Vous pouvez consulter le site de l'auteure à l'adresse suivante :
www.dorothykoomson.co.uk

Titre original :
The Rose Petal Beach
Publié par Quercus, Londres.

Présente édition :
© Charleston, une marque des éditions Leduc.s, 2019
29, boulevard Raspail
75007 Paris – France
contact@editionscharleston.fr
www.editionscharleston.fr

ISBN : 978-2-36812-341-6

Maquette : Patrick Leleux PAO

Pour suivre notre actualité, rejoignez-nous sur Facebook (Editions.Charleston), sur Twitter (@LillyCharleston) et sur Instagram (@ Lilly Charleston) !

Dorothy Koomson

LES PÉTALES DE SANG

Roman

Traduit de l'anglais
par Muriel Levet

BELFOND

Pour G & E
À la vie, à la mort.

Prologue

Connaissez-vous l'histoire de la plage aux pétales de roses ?

La légende de cette femme qui alla jusqu'à renoncer à sa propre vie par amour ? Sans relâche, elle parcourait la plage d'une île déserte, à la recherche de son bien-aimé, son bien-aimé qui avait disparu en mer. Et son amour était si exceptionnel et si merveilleux, si profond, si beau, si pur que, lorsque ses pieds foulaient le sol et se heurtaient aux bords tranchants des galets, chacune de ses gouttes de sang se changeait en pétale de rose, tant et si bien que la plage ne fut bientôt plus qu'un lit de pétales d'un rouge absolument parfait.

Connaissez-vous l'histoire de la plage aux pétales de roses ? Seriez-vous prêt à tuer pour elle ?

1

Tami

Ma vie commence maintenant.

Maintenant. Et non pas trente-six ans plus tôt dans une maternité de Londres. Ni dix-sept ans plus tôt, quand j'ai quitté la maison de mes parents pour m'installer seule dans un studio minuscule, mais charmant. Ni quatorze ans plus tôt, quand j'ai emménagé à Brighton. Ni douze ans plus tôt, quand j'ai épousé mon mari. Ni encore huit ans plus tôt, quand j'ai donné naissance à mon premier enfant. Ni six ans plus tôt, quand j'ai mis au monde mon second enfant. Non, ma vie commence ici, maintenant.

Avec deux robustes policiers en uniforme, et une mince inspectrice en civil, debout dans mon séjour, sur le point d'arrêter mon mari.

Cinq minutes plus tôt

Cinq minutes plus tôt, ma fille de huit ans, la tête à l'envers, se tenait en équilibre sur ses mains. Elle était en train de montrer à son père ce qu'elle avait fait à l'école ce jour-là, en cours de gymnastique. « Un jour, j'irai aux jeux Olympiques », disait-elle. Les deux nattes que j'avais faites pour dompter ses cheveux frisés pendaient de chaque côté de son visage, son ventre était creusé, et ses bras tremblaient sous l'effort. Anansy, notre fille de six ans, pelotonnée dans un coin du grand canapé en cuir dans son pyjama de flanelle rose imprimé de moutons, racontait une blague de M. et Mme... ont un fils.

Scott avait enfin laissé tomber son portable et son BlackBerry, auxquels il était resté collé depuis qu'il avait passé le seuil de la porte, tout au long du dîner, et même maintenant, au début de ces quelques minutes que nous pouvions passer ensemble avec les filles, avant qu'il soit l'heure de les coucher. À ce moment-là de la soirée, j'avais été tentée d'aller le trouver, de lui prendre calmement ses deux téléphones des mains, et puis, tout aussi sereinement, d'enfoncer mon talon dans chacun d'entre eux. Si je brisais le lien, si je coupais sa connexion avec le bureau, peut-être son esprit finirait-il par rejoindre son corps, ici, chez nous, à la maison ?

Trois minutes plus tôt

Trois minutes plus tôt, je me trouvais tout près de la porte du séjour, si bien que, lorsque j'ai entendu le tintement de la sonnette, suivi d'un coup sec mais fort assené contre la porte, et lorsque j'ai vu Cora s'effondrer joyeusement, mais sans dommage, sur le sol, c'est moi qui me suis dirigée vers l'entrée. Je ne m'attendais pas à voir quelqu'un en particulier ; tous les gens que nous connaissions se seraient d'abord annoncés au téléphone. Même les voisins qui avaient coutume de passer régulièrement avaient été « dressés » à toujours envoyer un texto ou un coup de fil pour prévenir de leur arrivée, si bien que plus personne ne venait jamais à l'improviste. C'est donc avec une certaine angoisse que je me suis dirigée vers la porte. Le matin même, en regardant par la fenêtre après le petit déjeuner, j'avais vu une pie solitaire sur la clôture. Et il y en avait une autre qui sautillait dans le jardin lorsque j'étais rentrée de l'école après y avoir déposé les filles.

Quand j'ai ouvert la porte, quand j'ai vu ces trois personnes qui n'avaient pas vraiment de raison de se trouver sur le seuil de ma maison, des souvenirs me sont brusquement revenus à l'esprit : le sel que j'avais renversé au dîner l'autre soir, et que j'avais négligemment balayé d'un revers de main au lieu d'en jeter une pincée derrière mon épaule. L'échelle sous laquelle j'étais passée le mois dernier, avant même de m'en rendre compte. Et toutes les fissures des trottoirs sur lesquelles j'avais dû marcher au cours de ma vie, sans jamais me soucier des conséquences, sans jamais imaginer une seule seconde qu'un jour elles finiraient par fracturer mon univers.

Une minute plus tôt

Une minute plus tôt, je me suis dit en moi-même : *Quelqu'un est mort*, et exactement au même moment, l'inspectrice de police m'a dit : « Bonsoir, madame Challey. Votre mari est-il là ? »

J'ai acquiescé, et ils n'ont pas attendu d'être conviés à entrer, ils l'ont fait d'eux-mêmes, et ils se sont dirigés droit vers le séjour, comme s'ils connaissaient les lieux, comme s'ils faisaient régulièrement irruption dans ma vie et dans ma maison, sans avoir besoin d'y être invités.

Maintenant

Et nous y sommes, dans le présent, à cet instant où ma vie est sur le point de commencer. Je sais qu'elle est sur le point de commencer, car je sens que le monde autour de moi est en train de changer : l'air est différent ; le séjour, qui ressemble à tous les autres séjours, avec son canapé et ses deux fauteuils, son tapis et sa cheminée, et ses murs décorés de bien plus de photos d'enfants que nécessaire, me semble quelque peu souillé depuis que ces gens y sont entrés. Depuis que ces *officiers de police* y sont entrés. Ma vie est sur le point de commencer car je sens que les fils de ma réalité se détachent, et vont être retissés pour former une trame nouvelle et totalement inconnue.

« Monsieur Scott Challey… », prononce l'inspectrice de police. Et curieusement, les mouvements de sa bouche me semblent à la fois ralentis et accélérés.

Tout se déroule au ralenti, si bien qu'il me faut une éternité pour aller chercher Cora et Anansy et les serrer contre moi pendant que cette femme parle. Et tout se déroule en accéléré, si bien que, une seconde plus tôt, les policiers étaient sur le pas de la porte et, maintenant, ils attrapent les mains de Scott et lui passent les menottes.

L'inspectrice de police poursuit : « ... je vous arrête pour... » Elle s'interrompt, semble buter sur le chef d'accusation, le crime qui est à l'origine de tout cela. Elle n'a pas l'air d'être craintive ou timide, mais, manifestement, elle est sensible. Jusqu'ici, elle n'avait pas semblé remarquer la présence de Cora et Anansy, mais maintenant elle se tait et tourne lentement les yeux vers elles, avant de jeter un regard à Scott. Un regard entendu, qui m'informe qu'ils partagent quelque chose qui n'a pas besoin d'être explicitement nommé : qu'il existe entre mon mari et cette parfaite étrangère un lien tel qu'ils n'ont pas besoin de mots pour se comprendre. En guise de réponse, Scott, les mains entravées par les menottes, le corps droit et raide, lui fait un signe de tête. Il n'est pas nécessaire qu'elle en dise plus car il sait de quoi il retourne.

Oui, il sait de quoi il retourne. Sidérée par ce cauchemar qui vient de commencer, occupée à essayer de réconforter les filles tout en tentant de donner un sens à ce qui se passe, j'ai failli manquer la réaction de Scott. Il arbore un air anxieux, troublé. Mais pas horrifié. Il ne réagit pas comme nous parce qu'il savait que cela allait arriver.

Mais qu'est-ce qui se passe ?

Je remarque que mes doigts sont gelés alors que j'essaie de tourner le visage de Cora vers mon ventre ; Anansy, qui tremble devant tous les policiers depuis que je lui ai dit que si elle volait de nouveau quelque chose à l'épicerie, ils viendraient la chercher, a déjà enfoui son visage dans mon flanc, et ses sanglots me secouent le corps.

« Vous avez le droit de garder le silence, continue l'inspectrice, les yeux fixés sur mon mari. Dans le cas contraire, tout ce que vous direz pourra être retenu contre vous devant un tribunal. »

Un tribunal ? Mais de quoi parle-t-elle ? Ça doit sûrement être une erreur. Oui, sûrement.

« Vous avez le droit d'être représenté par un avocat. »

De ses yeux impassibles, Scott la regarde parler.

« Avez-vous compris que je viens de vous lire vos droits ? » demande-t-elle. Scott répond par un léger hochement de tête, puis tourne son regard vers moi. Il comprend ce qui est en train de se passer, il savait que cela allait arriver et il n'a pas jugé utile de m'en avertir.

Pourquoi ? lui dis-je intérieurement. *Pourquoi ne m'as-tu rien dit ?*

Il ne répond pas à mon interrogation silencieuse ; il détourne son regard de moi, et se met à observer la porte, vers laquelle ils sont déjà en train de l'emmener.

Une fois cette porte refermée derrière eux, je m'agenouille par terre et reprends dans mes bras Cora et Anansy, que je serre aussi fort que possible contre moi pour les rassurer, pour me rassurer, pour nous protéger du monde alentour qui s'effiloche si vite que je n'arrive pas à suivre le mouvement.

Voilà quand ma vie a commencé. Avec le bruit des pleurs de mes filles et avec cette horrible certitude : ma vie est en train de se détisser, de se désagréger.

2

Tami

Vingt-cinq ans plus tôt

« Qu'est-ce que tu fais là ? » m'a demandé Scott Challey. Je n'étais pas le genre de fillette qu'on retrouvait souvent dans le couloir à attendre une convocation devant le bureau du proviseur. C'est pour ça que sa question ne m'a pas paru vraiment surprenante.

« On m'a demandé de me présenter à ce concours, auquel le collège participe pour la toute première fois. C'est un grand honneur pour moi. » J'avais onze ans et j'étais une intello. Mes amis étaient eux aussi des intellos et j'étais toujours dans les meilleurs de ma classe. Ça ne me gênait pas d'être une intello ; je me disais que c'était comme ça et pas autrement, un point c'est tout. « Et toi ?

— Pareil », m'a-t-il répondu en haussant les épaules et en détournant son regard du mien.

Scott Challey n'était pas un intello. Je le savais. Il était intelligent et faisait lui aussi partie des meilleurs de la classe, mais c'était un Challey, et tout le monde connaissait la famille Challey. Ma maman veillait toujours à ce que chacun d'entre nous quitte la maison dans un uniforme bien repassé, les cheveux parfaitement coiffés et, dans le cartable, les livres pour les cours de la journée et les devoirs faits. Les parents de Scott étaient contents d'eux à partir du moment où leur garçon était vu régulièrement à l'école, et ils considéraient les courriers qu'ils recevaient au sujet de son comportement comme la preuve ultime de son assiduité (d'après maman).

Quand papa ou maman voyait l'un des Challey dans la rue, ils faisaient ensuite des commentaires. Discrètement, bien sûr, mais pas assez pour qu'on ne les entende pas. On savait qu'il fallait changer de trottoir quand on les croisait. Mais sans leur laisser voir que c'était à cause d'eux, surtout : ils vous auraient cassé la figure s'ils avaient pensé ça. Ils pouvaient vous casser la figure pour beaucoup de raisons, d'ailleurs, d'après ce que j'avais entendu, mais surtout pour ça, s'ils vous reprochaient de les avoir dérangés, c'est-à-dire fait traverser la route pour vous mettre une raclée, alors que vous en auriez de toute façon mérité une pour le simple fait d'avoir croisé leur chemin.

Les profs avaient-ils vraiment demandé à Scott de participer à ce concours ? Ça m'étonnait un peu. Scott s'attirait toujours beaucoup d'ennuis. La semaine précédente, par exemple, en cours de physique, M. McCoy lui avait demandé de répondre à une question devant tout le monde, au tableau. Mais quand Scott avait répondu, M. McCoy lui avait dit qu'il s'était trompé. Quelques élèves s'étaient mis à ricaner. Alors, Scott, le visage déformé par la colère, s'était brusquement retourné vers nous et nous avait tous regardés d'un air mauvais. Aussitôt, les rires avaient cessé. Moi, je n'avais pas ri, car je savais que Scott avait raison et que M. McCoy se trompait. D'ailleurs, quand quelqu'un d'autre avait fini par lever la main et dire ce que je pensais au fond de moi, M. McCoy avait pris un air gêné et s'était excusé auprès de Scott. Mais Scott, qui le regardait désormais en plissant les yeux, lui avait crié : « Si vous me refaites un coup comme ça, je vous jure que je vous arrache le cœur avec une cuillère et que je le donne à manger à mon chien ! » M. McCoy n'avait rien répondu. Si ç'avait été un autre élève, il lui aurait hurlé dessus ou l'aurait envoyé dans le bureau du proviseur. Mais c'était Scott, et il savait que Scott était parfaitement capable de mettre ses menaces à exécution. Et que, s'il ne le faisait pas, ce serait un autre membre de sa famille qui s'en chargerait.

« Est-ce que les profs t'ont vraiment demandé de faire ça, ou est-ce que tu te fiches de moi ? lui ai-je dit.

— On me l'a vraiment demandé. Je ne vois pas ce qu'il y a de drôle.

— C'est juste que je n'imaginais pas que tu puisses avoir envie de faire ça », lui ai-je répondu en haussant les épaules.

Debout dans le couloir, on a gardé le silence quelques instants. De l'autre côté de la porte du bureau, on entendait des bruits de voix. « Pourquoi est-ce que tu as dit à M. McCoy ce truc, à propos de la cuillère ? » lui ai-je demandé, tout d'un coup. Je n'avais pas pu m'en empêcher. Il fallait que je sache comment quelqu'un pouvait en arriver à dire ce genre de choses.

« À cause de lui, tout le monde s'est moqué de moi.

— Pas tout le monde. Je n'ai pas rigolé, moi. Il y a beaucoup de gens qui n'ont pas rigolé. Je dirais même que la plupart n'ont pas rigolé.

— En tout cas, c'est l'impression que ça m'a donnée.

— Mais pourquoi est-ce que tu as dit ça ? C'est horrible. » Il a haussé les épaules. « C'est mon frère qui dit ça, des fois.

— Mais c'est horrible.

— Ouais. Mon frère est un type horrible.

— Ah. »

On est restés silencieux pendant un long moment. Et puis je lui ai dit : « Tu sais, ce n'est pas parce que ton frère est un type horrible que tu es obligé d'être comme lui. »

Il m'a regardée droit dans les yeux. « Tu crois ?

— Ben oui. Tu peux être un garçon sympa, si tu veux. En tout cas, tu n'es pas obligé d'être horrible. Moi, ma sœur, elle adore les ours en peluche. Et pourtant, elle est vachement plus vieille que moi. Eh bien ce n'est pas parce qu'elle aime les ours en peluche que je suis obligée d'aimer ça, moi aussi. Et toi, tu n'es pas obligé d'être horrible juste parce que ton frère l'est. Tu peux faire ce que tu veux, être qui tu veux. »

Plusieurs secondes sont passées. Il me dévisageait en fronçant les sourcils, comme si je lui avais parlé dans une langue étrangère. « Tu crois vraiment ?

— Ouais. J'en suis même sûre. »

Plusieurs minutes sont passées.

« Et ce concours, alors ? Est-ce que tu vas le faire ? ai-je fini par lui demander.

— J'en sais rien. Ça dépend de ce que mes parents vont dire. Et toi ?

— Je ne sais pas, ça dépend de ce que mes parents vont dire.

— Alors tu vas le faire, a-t-il affirmé.

— Oui, je crois que oui, lui ai-je répondu. Et toi, tu ne vas pas le faire.

— Non, je crois que non. »

Tout d'un coup, j'ai entendu des chaises grincer de l'autre côté de la porte. Je me suis dépêchée de décoller mon dos du mur et de me redresser. Scott Challey, lui, n'a pas bougé : il est resté adossé au mur, il se fichait bien de ce que les autres pouvaient penser de lui. Mais quand la poignée de la porte s'est abaissée, il a eu l'air de changer d'avis. Du coin de l'œil, je l'ai vu sortir ses mains de ses poches et, avant de redresser le dos, rentrer dans sa ceinture le pan de sa chemise d'un blanc grisâtre, qui ressortait de son pantalon comme une espèce de langue.

« Hé ! » a-t-il fait pour attirer mon attention.

J'ai tourné mon regard vers lui.

Il a fièrement relevé le menton.

Je lui ai adressé un sourire. Il n'était pas si mal. Pour un Challey.

Beatrix

Appelez-moi Beatrix. Tous mes amis m'appellent comme ça. Enfin, naturellement, certains m'appellent Bea, mais seulement quand ils me connaissent depuis un petit bout de temps, et comme nous venons de nous rencontrer, si cela ne vous fait rien, je préférerais que vous m'appeliez Beatrix.

C'est fou le nombre de gens qui se permettent d'user de diminutifs sans même vous demander votre permission, alors qu'ils viennent tout juste de vous rencontrer. C'est prendre un peu trop de libertés, vous ne trouvez pas ? Notez que je ne vous accuse pas de prendre des libertés. Je veux simplement vous faire comprendre dès maintenant que je préfère que vous m'appeliez Beatrix. Une fois que nous aurons appris à nous connaître, vous pourrez me donner un diminutif ou un autre, si vous le souhaitez. Mais sachez néanmoins que je ne vous répondrai certainement pas si vous m'appelez Trixie (quand j'étais petite, ma meilleure amie avait une chienne qui s'appelait comme ça ; vous n'aurez donc pas de mal à comprendre mes réticences, j'imagine).

Voilà ce que je compte dire à l'homme qui se trouve en face de moi s'il commet l'erreur de se mettre tout à coup à m'appeler Bea. Même si, de tous les hommes que j'ai rencontrés *via* Internet, c'est sans aucun doute lui le plus intéressant.

Eh oui, je fréquente les sites de rencontres. Enfin, pour l'instant, je tâtonne encore un peu. Du reste, jusqu'ici en tout cas, on ne peut pas vraiment dire que ç'a bien fonctionné. Après des heures de *chat*, j'ai rencontré quatre garçons : le premier avait une bonne vingtaine d'années de plus que ce qu'il m'avait affirmé (vieille photo à l'appui) ; le deuxième a trouvé de bon ton de me confier, dès notre premier rendez-vous, qu'il était accro au sexe et à la prostitution, mais qu'il était persuadé qu'en se mettant avec une femme bien, il réussirait sans peine à éradiquer cette addiction ; le troisième avait prétendu être célibataire, mais ne s'était pas donné la peine de dissimuler la marque pâle qui se trouvait sur son annulaire, à l'emplacement habituel de son alliance ; et le quatrième est assis en face de moi.

Pour être honnête, je dois admettre que jamais je n'avais imaginé que je referai ça un jour. Même quand mon mari m'a quittée pour une catin, pardon, je voulais dire quelqu'un d'autre… eh bien, je ne sais pas, je n'imaginais tout simplement pas que je me retrouverais là. À tout recommencer. Encore.

L'homme qui se trouve en face de moi a l'air normal. Lorsque nous nous sommes « rencontrés » sur le Net, il s'est montré assez spirituel, il ne m'a pas parlé sexe, et il n'a pas fait d'histoires quand je lui ai demandé de m'envoyer une photo de lui tenant un exemplaire d'un journal récent. Par ailleurs, je l'ai longuement interrogé sur son statut marital, et il s'est montré suffisamment honnête pour me dire qu'il avait été marié, qu'il avait divorcé et qu'il pouvait apporter les papiers avec lui, si nécessaire, afin de lever toute ambiguïté.

C'est notre premier rendez-vous dans la « vraie vie », et je dois dire que, en chair et en os, il n'est pas mal du tout.

Nous nous trouvons dans un restaurant de Brighton hors de prix (je ne suis pas du genre à me vanter en citant des noms, alors je ne vous dirai pas lequel), mais, le plus impressionnant, c'est qu'il nous a obtenu une table dans un salon privé. Un salon privé, vous vous rendez compte ? Il faut appartenir au beau monde pour en obtenir un, surtout en si peu de temps. Je suis très impressionnée, vraiment.

« Alors, Beatrix, et si vous me parliez un peu de vous ? » me dit-il.

Je lui souris. Parler de moi ? S'il savait… Je compte bien tout faire pour éviter cela.

3

Tami

J'en tremble encore.

Cela fait maintenant deux heures, mais j'en tremble encore.

J'ai réussi à mettre tout cela de côté pendant que je tenais les filles, les embrassais et leur disais que tout allait bien. J'ai réussi à dissimuler mes tremblements, ma confusion et ma peur tandis que, accrochées à moi, elles sanglotaient et se lamentaient en se remémorant l'horrible scène dont elles avaient été témoins.

Elles m'ont laissée les conduire à l'étage et les coucher dans le grand lit. Je me suis assise entre elles, et elles ont continué à sangloter et à s'accrocher à moi, pendant que je caressais leurs petites têtes, tout doucement, jusqu'à ce que, lentement, prudemment, les sanglots s'éteignent et le sommeil les emporte.

Quand elles étaient toutes petites et qu'aucune d'entre elles n'arrivait à dormir, j'étais vraiment ravie lorsque nous nous retrouvions tous dans le grand lit, telle une mosaïque, complexe et délicate, de corps en quête de sommeil. Scott détestait avoir à dormir au bord du lit, mais pour ma part, je dois avouer que, même si je ne le disais pas, j'adorais cela. Certes, je n'arrivais pas à me laisser aller à sombrer dans un sommeil profond, de crainte que l'une d'entre elles ne se retrouve écrasée ou ne tombe du lit, mais nous étions tous ensemble, serrés les uns contre les autres, et nous passions un moment en famille, même si nous ne nous en rendions que vaguement compte.

Après m'être glissée hors du lit, je me suis assise en bas de l'escalier. Et je suis toujours là, avec mon téléphone portable d'un côté et le téléphone fixe de l'autre, à trembler. Je serre les poings pour empêcher mes mains de le faire, mais le reste de mon corps refuse de s'immobiliser.

Cette expression qu'il arborait quand ils l'ont emmené… Il y avait quelque chose dans son visage, dans ses yeux, dans son langage corporel. Je n'ai pas réussi à me concentrer suffisamment longtemps pour déchiffrer ce que c'était, mais, ce qui est sûr, c'est que c'était bien là et que ça n'aurait pas dû être là. Le Scott que je connaissais, que j'aimais, que j'avais épousé, avec qui j'avais eu des enfants, n'aurait jamais affiché cet air-là. Mes pensées défilent à toute allure, vers l'avant, vers l'arrière. Elles jaillissent brutalement, se bousculent, trop nombreuses, trop rapides pour que je puisse les détacher les unes des autres, en cerner le sens précis. C'en est trop. Je desserre les poings et regarde mes mains trembler dans la pénombre du hall.

Il faut que je fasse quelque chose. Quelque chose. N'importe quoi. Si je reste ici à attendre, je sens que ma tête va exploser. Le tremblement cesse quand je prends mon téléphone portable et, *via* Internet, y recherche le numéro du commissariat de police le plus proche. Il y en a deux : un à Hove, et l'autre à Brighton. Où l'ont-ils emmené ? Hove est plus proche de chez nous, mais la ville de Brighton est plus importante.

La distance doit l'emporter sur la taille. Le tremblement reprend au moment où je compose le numéro. Il s'accentue quand la personne qui me répond me demande de patienter le temps qu'elle vérifie s'il est bien là. Il n'y est pas. Il doit donc être à Brighton. Je compose l'autre numéro. On me confirme qu'il se trouve bien là mais je ne peux pas lui parler. On ne me révélera pas la cause de son arrestation, on ne me fera pas savoir s'il a été inculpé. On ne peut pas me dire quand ni même s'il sera libéré. La seule chose qu'on peut me dire, c'est qu'il est bien là. Ça ne me suffit pas. J'ai besoin d'en savoir plus.

Une idée commence à tourner dans mon esprit : *Il faut que j'y aille. Il faut absolument que je le fasse. Ils ne pourront pas m'ignorer si je me trouve juste en face d'eux.*

Il est tard, et je ne connais que deux personnes dans le quartier susceptibles de venir rapidement à la maison pour garder les filles. Beatrix, qu'elles connaissent depuis toujours et qui vit à l'autre bout de la rue, avait rendez-vous avec un garçon ce soir. J'essaie quand même de l'appeler, en priant pour que son rendez-vous ait été annulé ou qu'elle soit rentrée plus tôt que prévu, mais son téléphone est éteint et je ne parviens pas à lui laisser de message. Si les filles se réveillaient, elles se sentiraient en sécurité en sa présence. Elles la connaissent depuis qu'elles sont nées, elles l'appellent Bix, c'est la marraine d'Anansy et elles la réclament quand elles ne la voient pas pendant deux ou trois jours. Si elle pouvait venir les garder, je ne me ferais aucun souci.

L'autre personne est Mirabelle. Les filles l'adorent, bien qu'elles n'aient pas la même relation avec elle qu'avec Beatrix. Elles l'appellent tatie Mirabelle, mais elle ne fait partie de leur vie que depuis deux ans, c'est-à-dire depuis qu'elle et moi sommes devenues amies. Mirabelle travaille avec Scott et a passé beaucoup de temps à la maison avec Cora et Anansy, mais jamais en mon absence. Je ne sais pas comment les filles réagiraient si elles la trouvaient là en se réveillant, et je ne sais pas non plus comment elle-même réagirait à l'idée d'avoir à les réconforter en pareil moment.

Les téléphones, silencieux, continuent de se moquer passivement de mon impuissance. Je n'ai pas le choix. Si je veux savoir ce qu'il se passe, il faut que je me rende sur place. Peut-être le tremblement cessera-t-il quand on m'aura expliqué le pourquoi du comment ? Peut-être. Mais, pour le savoir, il faudrait déjà que je me bouge.

Je recherche le numéro de Mirabelle dans mon répertoire et j'appuie sur la touche « Appel ». Le téléphone sonne plusieurs fois. « Bonjour, vous êtes sur le répondeur de Mirabelle. Laissez-moi un message. » Je raccroche. Je réessaie. Rien. Je réessaie. Rien. La quatrième fois, une voix inquiète me répond : « Allô ?

— Mirabelle, c'est moi ! m'exclamé-je, si soulagée que je sens des larmes m'emplir les paupières. Dieu merci tu es là !

— Tami ? dit-elle d'un air circonspect. Qu'est-ce qui se passe ? »

Au son familier de sa voix, je sens un sanglot monter dans ma gorge, engloutissant mes cordes vocales, et tous les mots que je voudrais prononcer. La scène se rejoue en boucle dans mon esprit : les menottes autour de ses poignets, les officiers de police qui l'emmènent, l'indescriptible expression de son visage. « Je… J'ai besoin de ton aide », balbutié-je, en faisant tout mon possible pour me contrôler, pour dissimuler le ton fragile, haché et presque brisé de ma voix. Je suis forte. Plus forte que ça. Je peux prendre les choses en main. Sans dévoiler mes faiblesses.

« Pourquoi ? » demande-t-elle prudemment. Et j'imagine ses lumineux yeux noisette s'étrécir sur la peau sombre de son visage alors qu'elle attend ma réponse.

« Je… Je… Tu pourrais venir à la maison ? Ce serait plus facile de te l'expliquer en face.

— Eh bien… pas trop, non. Je ne suis pas habillée. Vraiment, tu ne veux pas me dire ce qui ne va pas ?

— Non. S'il te plaît, viens. J'ai vraiment besoin de ton aide.

— Je… Tu es toute seule ?

— Non, les filles sont là, mais pas Scott. » Je prononce son nom, et c'en est fini. Je craque. Je me brise en minuscules petits fragments qui se dispersent en scintillant sur le sol du couloir. Je sanglote doucement. Assez doucement pour ne pas réveiller les filles, mais sans doute suffisamment fort pour que Mirabelle puisse m'entendre.

« O.K., j'arrive, dit-elle. Laisse-moi juste le temps de m'habiller. »

Elle raccroche. Je n'ai même pas réussi à la remercier.

Vingt-quatre ans plus tôt

Ce n'était pas juste. J'étais la seule fille de la classe à ne pas avoir reçu de carte de la Saint-Valentin. Même Kim Meekson qui était toujours assise au fond de la salle à manger ses crottes de nez, même elle, elle en avait eu une. Pour ma sœur, Genevieve, on en avait glissé cinq sous la porte rien que ce matin-là. Pour mon frère, Sarto, huit. Et pour moi, zéro. J'avais espéré que lorsqu'on ouvrirait la boîte aux lettres rouge qui se trouvait à côté du bureau de mon professeur principal, Mlle Harliss, il y en aurait au moins une pour moi. Mais non. Rien de ce côté-là non plus.

Quand la boîte a été ouverte et son contenu distribué, j'ai jeté un coup d'œil autour de moi et je me suis sentie différente, humiliée, vraiment rabaissée. J'avais la gorge serrée, j'avais envie de pleurer, mais je ne voulais pas que les autres voient que ça avait de l'importance à mes yeux. Assise à côté de moi, Phyllis Latan, ma meilleure amie, m'a chuchoté à l'oreille : « Je peux te prêter la mienne, si tu veux. »

Je ne voulais pas. La sienne avait été écrite par Harry Nantes, un garçon qui sentait mauvais parce qu'il ne se lavait pas les cheveux. Mais c'était quand même gentil de sa part, alors j'ai pris la carte et l'ai regardée pendant un petit moment, mais je me suis dépêchée de la lui rendre, parce que je voyais bien qu'elle avait peur que je la garde.

Personne ne m'aimait. Personne. D'un côté, je n'avais pas vraiment envie que les garçons m'aiment de cette façon, mais de là à être la seule fille à n'avoir aucune carte, parce que personne ne l'aimait… Bref, j'étais sûrement la seule élève de tout le collège à ne pas en avoir reçu.

Je suis rentrée à la maison en traînant les pieds et, en arrivant au coin de ma rue, je me suis dit que, quand Genevieve et Sarto allaient l'apprendre, ils allaient se moquer de moi pendant des semaines. Comme si ce n'était pas déjà assez dur d'être la plus petite…

Et tout d'un coup, Scott est apparu devant moi. Égal à lui-même, c'est-à-dire complètement débraillé. Je ne voyais pas pourquoi il s'était donné la peine de mettre une cravate, puisqu'elle était quasiment défaite. Sans parler de sa chemise couverte de taches de boue qui pendait sous sa veste d'école. Et de son pull rouge attaché autour de sa taille, et de son pantalon gris, tout taché de boue lui aussi.

Pendant quelques secondes, il est resté immobile devant moi, sans rien dire, sans rien faire. Et tout d'un coup, il m'a dit « Tiens » et m'a tendu une enveloppe rouge. Je n'ai même pas eu le temps de lui demander ce que c'était ; il avait déjà déguerpi, et je voyais son sac en cuir noir, sur la poignée duquel il avait noué des chaussures de foot, tressauter derrière lui. Je suis restée quelques instants sans bouger, à le regarder, et j'ai attendu qu'il disparaisse au coin de la rue pour baisser les yeux vers l'enveloppe, que je me suis alors dépêchée d'ouvrir.

Dedans, il y avait une carte décorée d'un ours blanc, qui tenait entre ses pattes un gros cœur rouge, sur lequel on pouvait lire : « Joyeuse Saint-Valentin ! » Je l'ai ouverte. À l'intérieur étaient imprimés les mots « Votre admirateur secret ».

Et au-dessus de cette pré-signature, Scott avait soigneusement écrit :

`Tu n'es pas si mal, tu sais ?`

J'ai tout de suite compris ce qu'il voulait dire par là : il ne m'aimait pas comme Harry aimait Phyllis. C'était juste qu'il ne voulait pas que je sois triste et que je sois la seule fille du monde qui se retrouve sans carte de la Saint-Valentin.

Manteau. Chaussures. Portable. Sac à main. Monnaie. Clefs.

Vingt-quatre ans plus tôt

« Qu'est-ce que tu faisais, avec ce Challey ? m'a demandé Genevieve après le dîner.

— Comment ça ?

— Je l'ai vu, depuis la fenêtre de la chambre. Il est venu te parler. Et il me semble bien qu'il t'a donné une carte. Qu'est-ce que tu faisais, avec lui ?

— Rien, ai-je répondu.

— Ne t'approche pas de lui, m'a-t-elle ordonné.

— Je ne me suis pas approchée de lui ; c'est lui qui est venu me voir.

— Est-ce qu'il t'a demandé de sortir avec lui ?

— Non !

— Bon, de toute manière, si je te vois encore avec lui, je le dis à papa et maman.

— Tu peux leur dire ce que tu veux, je n'ai rien fait du tout.

— Ils sont vraiment racistes dans sa famille, tu sais ?

— Et alors ? Qu'est-ce que ça peut me faire ? Je ne lui ai parlé que deux fois dans ma vie.

— Tami, fais-moi confiance, les types comme ça, c'est des sources de problèmes. Ne t'approche pas de lui. »

Je ne lui ai pas répondu, j'ai juste haussé les épaules : ma grande sœur ne savait pas de quoi elle parlait. Je ne l'aimais pas, il ne m'aimait pas. On ne s'était pas parlé depuis le jour où je l'avais rencontré devant la porte du bureau du proviseur, et il y avait peu de chances pour qu'on se reparle un jour. Il s'était juste montré sympa. C'est tout. Oui, c'était un Challey, et oui, tous les Challey, lui compris, étaient des sources de problèmes, mais ce n'était pas parce qu'il faisait partie de cette famille qu'il n'avait pas le droit de se montrer sympa au moins une fois dans sa vie, pas vrai ?

Mirabelle arrive à la maison plus tôt que je ne l'avais espéré. Elle porte le survêtement doré que je l'ai mise au défi d'acheter le jour où nous sommes sorties ensemble pour me trouver un nouvel équipement de footing.

« Je n'ai honte de rien, tu devrais le savoir, maintenant », m'avait-elle dit en cherchant sa taille sur le portant.

Je lui avais lancé d'un air moqueur : « Et si tu te faisais mettre une dent en or, pour aller avec.

— Ne me mets pas au défi », avait-elle répliqué.

Elle a mis son imperméable rouge vif par-dessus son survêtement et chaussé ses Ugg grises fourrées. Sa masse de cheveux bouclés, attachée au sommet de sa tête par un chouchou, retombe tout autour de son visage comme de l'eau s'écoulant d'une fontaine. Je devine qu'elle vient de se démaquiller. Elle devait s'apprêter à se mettre au lit quand je l'ai appelée.

« Qu'est-ce qui se passe ? » me demande-t-elle. Et son anxiété se change en panique quand elle s'aperçoit que je porte mon imperméable noir et que j'ai chaussé mes baskets rouge et blanc. « Où est-ce que tu vas ? »

J'ai appelé un taxi ; je ne m'imaginais pas en train de conduire ; je ne me voyais pas cesser suffisamment longtemps de trembler pour insérer la clef dans le contact, et encore moins enclencher une vitesse, regarder dans le rétroviseur, me rappeler ce qu'il faut faire aux intersections.

Le taxi se gare devant la maison, et je fais un signe au chauffeur par-dessus l'épaule de Mirabelle. Elle se retourne vers l'homme aux cheveux blancs qui hoche brièvement la tête et reste patiemment assis sur son siège, à m'attendre.

« Mais qu'est-ce qui se passe ? Où est-ce que tu vas ?

— Scott a été arrêté », dis-je d'un ton détaché. Je crois que si je dis les choses d'un ton détaché, si je me contente de les décrire platement, elles ne pourront pas me briser.

« Quoi ? » Elle a un mouvement de recul. « Quoi ?

— Scott a été arrêté. » Ton détaché. Pas de tremblement. « Je ne sais pas pourquoi, mais je vais au commissariat. » Description objective de la situation. « Je voudrais que tu restes ici, au cas où les filles se réveilleraient avant mon retour. » Affirmation légèrement plus complexe, mais néanmoins très précise.

« Quoi ? Non. » Elle secoue la tête fermement, résolument. « Non.

— Je t'en prie, je ne peux pas faire autrement. Je ne serai pas longue. » *J'espère.* « Écoute, si elles se réveillent, tu m'appelles, et je reviens tout de suite.

— J'ai dit non. Tu ne peux pas me demander de faire ça, affirme-t-elle, sans chercher à dissimuler la panique par laquelle elle s'est manifestement laissé gagner. Je ne veux pas être impliquée là-dedans.

— S'il te plaît. Je n'ai personne d'autre. Je ferai aussi vite que possible. Et puis il y a peu de chances pour qu'elles se réveillent. Allez, s'il te plaît. » Je suis déjà à mi-chemin de la porte. Elle n'a pas le choix : elle doit le faire ; je l'aurais fait pour elle sans hésiter une seule seconde. L'amitié est une chose qui se développe et se construit sur de petits actes de bonté tout autant que de grands services rendus, et nous sommes amies. Elle doit le faire, je ne vois vraiment personne d'autre à qui je pourrais confier les filles.

« Écoute, Tami, ce n'est pas bien, et ce n'est pas juste.

— Je suis désolée, désolée. Je te revaudrai ça. Je ferai tout ce que tu me demanderas. Je reviens aussi vite que possible. Je te le jure. Merci. Merci. Merci. »

Je me précipite dans l'allée et grimpe dans le taxi, sans lui laisser la moindre chance de me dire non à nouveau. Car si elle le faisait, cette fois-ci, il me semble bien que je la croirais.

Dix-huit ans plus tôt

« Hé, Tami Berize ! Comment ça va ? »

Je me trouvais à l'un des arrêts de bus les plus sympas de Lewisham : il n'y avait que deux chewing-gums collés sur les « vitres » de plastique troubles et fêlées, les sièges n'étaient que légèrement barbouillés de crasse et de graffitis, et deux des affiches étaient encore intactes.

J'ai senti mon visage s'illuminer de joie quand je l'ai reconnu. Je ne l'avais pas revu depuis le brevet, il n'était pas allé au même lycée que moi. « Waouh ! Un fantôme du passé ! me suis-je exclamée en souriant. Ça va bien, et toi ?

— Bien, bien. »

Scott Challey, complètement métamorphosé. De petit garçon incapable de rester propre et bien habillé, il était devenu un jeune homme élégant – jean bleu marine bien coupé, impeccable chemise blanche et long manteau noir. Ses cheveux en broussaille avaient été domptés : il arborait désormais une coupe tendance, un peu longue sur le dessus et bien courte sur les côtés. J'avais appris par ma mère qu'il s'était inscrit à la fac. Elle me répétait régulièrement qu'elle ne comprenait pas comment un membre de cette famille avait pu y aller, et pas moi, sa fille. Quand Scott avait apporté son dossier d'inscription chez lui, il avait été jeté aux ordures. Quand ses professeurs avaient essayé d'expliquer à ses parents qu'il s'agissait d'une opportunité à saisir, ils avaient été traités d'ordures. Mais, à en croire les voisins, sa grand-mère avait fini par intervenir. Manifestement, c'était elle qui détenait le pouvoir suprême dans la famille. Quand elle parlait, chose au demeurant assez rare, tout le monde écoutait et tout le monde s'exécutait. « Le petit Scott ira à l'université », avait-elle dit. Et il en avait été ainsi.

« Tu as tellement grandi… Je suis impressionnée.

— Et toi, tu t'es vue ? Tu as l'air d'une adulte, maintenant. J'imagine que c'est parce que tu as un boulot que tu peux t'acheter des fringues et plein d'autres trucs.

— Et toi ? Tu ne peux pas ? C'est marrant, mais je n'avais pas l'impression que tu étais à poil…

— Ouais, mais ce n'est pas la même chose quand tu travailles. Comment tes parents ont réagi quand tu leur as dit que tu n'allais pas à la fac ? »

J'ai haussé les épaules. « Ils ne s'en sont toujours pas remis. Mais ils sont persuadés que je changerai d'avis quand j'aurai compris à quel point la vie est dure quand on travaille.

— Et toi ? Qu'est-ce que tu en penses ?

— Eh bien… ça m'étonnerait que je change d'avis. J'ai un super boulot. Avec plein de possibilités d'avancement. J'aime beaucoup ce que je fais. Mais si ça peut les rendre heureux de penser que je finirai par aller à la fac, je ne vois pas pourquoi je les tirerais de l'illusion qui les abuse ?

— De l'illusion qui les abuse ? Tu as entendu comment tu parles ? Mais dis-moi, en quoi consiste ton boulot ? À compiler un dictionnaire ? Et les possibilités d'avancement, qu'est-ce que c'est ? Passer au service du langage archaïque ? »

Je suis partie d'un rire enjoué. « Mais non. Je travaille au service communication de TelmeCo.

— TelmeCo ? La grosse boîte de téléphonie ?

— Téléphonie, téléphonie mobile, et maintenant, le *World Wide Web.*

— Waouh, tu m'impressionnes ! Qu'est-ce que tu fais, là-bas ? Le café ?

— Bien sûr. Et aussi le ménage.

— Non, sérieusement, qu'est-ce que tu fais ?

— Beaucoup de choses. Principalement des tâches d'assistanat, mais on vient de me confier la rédaction du bulletin d'information. Je dois le taper sur l'ordinateur et l'envoyer sur leur réseau Intranet. C'est vraiment très amusant. Et en plus, j'apprends beaucoup de choses. Je suis sûre qu'avec un peu d'efforts je pourrais devenir P-DG de la boîte en… disons, six mois. »

Son rire, rauque et fort, a illuminé tout son visage, lui conférant un éclat que je n'avais jamais eu l'occasion de voir auparavant. « Si tu veux mon avis, tu ferais bien de réviser tes objectifs à la baisse, m'a-t-il dit en s'affalant sur le banc à côté de moi.

— Et pour toi, comment ça se passe à la fac ?

— Pas mal, pas mal du tout. La fac, c'est une super opportunité de se réinventer soi-même. Tu sais, là-bas, il n'y a pas grand monde qui sait ce que le nom de Challey signifie. Et je trouve ça vraiment cool.

— Mais j'imagine que, si tu es revenu dans le coin, c'est pour aller voir ta famille, non ?

— Ouais. Plus ou moins. En fait, c'étaient les funérailles de ma grand-mère.

— Je suis désolée, vraiment.

— C'est rien, a-t-il murmuré. C'était surtout pour elle que je venais. Mais maintenant, je ne vois plus bien l'intérêt. Dès que je mets les pieds dans cette maison, j'ai envie de repartir en courant.

— Allez, ta famille n'est pas si mal que ça », lui ai-je dit en lui donnant un petit coup d'épaule. Je savais bien que si. Enfin, c'était ce que j'avais entendu. Mais je n'aimais pas le désespoir que cette simple invocation avait fait naître sur son visage.

Il m'a regardée en haussant les sourcils. « Tu crois vraiment ?

— Eh bien… j'avais espéré, ai-je concédé.

— Tu ne trouves pas que c'est marrant ? Nous avons tous les deux déçu les espoirs de nos parents. Nous sommes la honte de nos familles respectives. Et pourtant, il me semble que nous n'avons commis aucun crime passible d'emprisonnement. »

De nouveau, je me suis surprise à rire. « Ouais, tu n'as pas tort. Vu la façon dont mes parents se comportent avec moi, il m'arrive de me demander s'ils n'auraient pas préféré que je commette un crime.

— Pareil pour moi. Sauf que, moi, j'ai fait ce que tes parents auraient voulu que tu fasses.

— Des marginaux et des parias, voilà ce qu'on est, toi et moi.

— Ouais.

— Mais tu sais, tout ça, ça ne m'empêche pas de dormir. Ça m'est bien égal que mes parents disent que je fiche en l'air mon potentiel et tous les sacrifices qu'ils ont faits pour que je puisse aller à la fac. Comme je te l'ai expliqué il y a des lustres de ça, je ne crois pas qu'on soit obligé de faire les choses parce que les autres veulent qu'on les fasse. On peut choisir d'être qui on veut être.

— Tu sais, TB, tu as changé ma vie le jour où tu m'as dit ça. J'ai demandé à grand-mère Cora si tu avais raison, et elle m'a dit que oui. Je lui ai demandé si, un jour, je pourrais aller à la fac, et elle m'a dit que oui. C'est elle qui a expliqué à mes parents que j'allais y aller et que c'était pas la peine de discuter. Je sais bien qu'ils auraient préféré que je travaille et que je rapporte de l'argent à la maison, mais ils ont quand même accepté. Et tout ça grâce à toi.

— C'est tout moi, ça. J'ai toujours été douée pour changer la vie des autres et décevoir les parents.

— La femme parfaite, quoi. »

J'ai éclaté de rire. Venant de lui, cela paraissait tellement ridicule. « Excellent ! Je devrais faire imprimer ça sur un T-shirt, me suis-je exclamée en désignant ma poitrine. “La femme parfaite”. Je trouve ça génial, vraiment génial.

— Tu vois, je n'ai pas perdu mon temps, à la fac. Je suis devenu un génie.

— Voilà mon bus, lui ai-je dit. Je vais à Croydon pour essayer de me trouver une tenue sympa et pas trop chère pour ce soir.

— Pourquoi ? Qu'est-ce que tu fais, ce soir ?

— Premier rendez-vous avec le type le plus beau de la terre, lui ai-je répondu en me levant.

— C'est vrai ? Je me serais habillé mieux que ça, si j'avais su…

— N'importe quoi…, ai-je marmonné, sans pouvoir néanmoins m'empêcher de sourire.

— Je peux venir avec toi ? Je pourrais t'aider à choisir. C'est toujours bon à prendre, un point de vue de mec.

— Si tu veux. Mais, à mon avis, tu vas t'ennuyer. Je fais toujours des milliers de magasins pour, au final, acheter le premier truc que j'ai essayé dans le premier magasin où j'ai mis les pieds.

— C'est pas grave, et, de toute façon, je n'ai rien à faire avant ce soir.

— Oooh… Un rendez-vous avec une jolie fille ?

— Oh oui, m'a-t-il répondu avec un sourire graveleux.

— Un rendez-vous dans ce genre-là, c'est ça ?

— Ouais, a-t-il répliqué.

— C'est super pour toi.

— C'est super pour nous, TB. Pour nous deux. »

Dans ma vie, je ne peux pas dire que j'ai vraiment eu l'occasion de fréquenter des policiers. Je n'ai jamais été victime d'un délit dont j'aurais pu me plaindre (un jour on m'a bien volé de l'argent et un GPS dans ma voiture, mais je ne pouvais pas vraiment me plaindre, puisque j'avais mal fermé ma portière) et je n'ai jamais commis de délit qui aurait justifié une arrestation. Et pourtant je suis là : dans le vaste hall d'accueil du commissariat de Brighton, un immense bâtiment beige et blanc qui, de l'extérieur, ressemble à une longue barre d'immeubles.

Prenant mon courage à deux mains, je lutte de toutes mes forces contre le tremblement et me dirige vers le grand comptoir de bois incurvé, qui semble avoir été conçu pour mettre les gens de taille moyenne à leur désavantage : on est obligé de lever légèrement la tête pour s'adresser à la personne qui se trouve derrière, laquelle, par conséquent, vous regarde littéralement de haut.

« Bonsoir », dis-je à la personne qui me regarde de haut.

C'est un homme, plus âgé que moi, probablement pas loin de la retraite. Le contour de son visage pâle et ridé est mal défini, son crâne est couvert de cheveux gris-blanc, et il est légèrement en surpoids, bien que la situation ne soit pas dramatique. Il se penche vers le bureau et, en guise de réponse, se contente de me dévisager, d'un air interrogateur.

« Mon mari a été amené ici tout à l'heure. Il a été… arrêté. Je me demandais si je pouvais le voir. »

Le policier incline sa tête sur le côté et pose sur moi un regard aimable ; il me paraît tout à coup sympathique, voire rassurant. « Comment s'appelle-t-il ?

— Scott Challey. » Je sens ma gorge se serrer à la seconde où ces mots sortent de ma bouche. Scott Challey. Scott Challey. Scott Challey.

« Ah, oui, M. Challey. On l'a amené il y a deux heures, dit-il, sans prendre la peine de consulter son ordinateur ou le cahier sur lequel j'imagine qu'ils inscrivent le nom des gens qui arrivent. Oui, il est là. »

Ce n'est pas ça que je t'ai demandé ; je t'ai demandé si je pouvais le voir.

« Puis-je le voir ? »

L'expression de son visage m'évoque celle d'une personne qui vous prendrait la main pour vous annoncer une mauvaise nouvelle. Il secoue légèrement la tête. « Je suis désolé, madame, ça ne va pas être possible. Il est toujours en salle d'interrogatoire.

— Pour quelle raison est-il interrogé ? Et combien de temps est-ce que cela va prendre ?

— Je crains de ne pouvoir répondre à aucune de vos deux questions, réplique-t-il.

— Vous ne pouvez pas ou vous ne voulez pas ? lui dis-je, sans parvenir à dissimuler ma frustration.

— Je suis désolé, madame. »

De nouveau, je serre les poings pour m'empêcher de trembler et de gémir. J'ai envie de rejeter ma tête en arrière et de pousser un énorme hurlement primaire, histoire de vider mon corps et mon esprit de toutes les émotions violentes et contradictoires qui se bousculent en eux. Je ne comprends pas pourquoi je suis ici, pourquoi ma vie est en train de se désagréger, et je ne comprends pas pourquoi cet homme refuse de m'aider.

« Pourrais-je au moins voir l'inspectrice qui l'a arrêté ?

— J'imagine qu'elle est occupée à interroger votre mari.

— Je vous en prie. Je veux juste lui parler. Si je ne peux pas parler à mon mari, je peux bien lui parler à elle. Je voudrais juste qu'elle me dise s'il va bien. Quand je serais rassurée sur ce point, je pourrais rentrer chez moi pour m'occuper de mes enfants en attendant son retour. S'il vous plaît. » Je déteste m'abaisser de la sorte, mais, parfois, il n'y a rien d'autre à faire. Parfois, la fin justifie les moyens.

Le policier aimable pose sur moi son regard bienveillant et me contemple pendant un long moment.

Il doit lire en moi la panique, l'effroi et la confusion. Au fond, je n'arrive toujours pas à me résoudre à accepter que tout cela soit vraiment en train de se produire, que je me trouve vraiment dans un commissariat de police à supplier un homme de me laisser parler à l'inspectrice qui a arrêté mon mari. Je ne mène par le genre de vie où des événements de ce type sont susceptibles de se produire.

« Je vais voir ce que je peux faire, dit le policier aimable. Asseyez-vous. » Il fait un signe de tête en direction de la rangée de sièges qui se trouve près de la porte. Je ne veux pas m'asseoir ; je paraîtrai moins faible, plus impressionnante si je reste debout. Il fait un nouveau signe de tête en direction des sièges, et je comprends que je dois faire ce qu'il me demande si je veux vraiment qu'il essaie de voir ce qu'il peut faire. Réflexion faite, il n'est pas si aimable que ça.

Je me dirige donc vers la rangée de sièges et m'installe au milieu. À ma gauche, un homme au visage ravagé (probablement par la drogue et l'alcool), si maigre que je me demande comment il peut marcher sans se briser ; à ma droite, un homme à barbe blanche. Il me paraît énorme et je ne tarde pas à comprendre pourquoi : manifestement, il a jugé bon d'enfiler absolument tous les vêtements qu'il possédait avant de venir, chacun de ceux que je peux voir étant incrusté de crasse noire, à l'instar de ses mains, ses mitaines et ses chaussures trouées et élimées. Il émane de lui un étrange mélange d'odeurs – urine, transpiration, crasse et bière – qui me reste littéralement en travers de la gorge et me retourne l'estomac à chaque fois que je respire.

Le policier attend que je sois bien assise avant de décrocher le combiné du téléphone qui se trouve devant lui. Sans me quitter des yeux, il appuie sur trois touches, et il ne me lâche pas du regard jusqu'à ce que son correspondant réponde. Alors, il se tourne sur le côté et se met à parler tout bas dans le combiné en couvrant sa bouche, de crainte, sans doute, que je ne lise sur ses lèvres et ne comprenne ce qu'il dit.

J'ai envie de vomir.

Vraiment envie de vomir, pas simplement mal au cœur. Je suis à deux doigts de rendre tout ce que j'ai sur l'estomac. Ce n'est pas uniquement la faute de l'homme qui est assis à côté de moi, il y a aussi la réalité qui, lentement, subrepticement, est en train de poindre dans mon esprit : Scott a été arrêté, et les filles ont été traumatisées par la scène. J'ai envie d'appeler Mirabelle pour prendre de leurs nouvelles, mais je n'ose pas, de crainte de les réveiller et de me retrouver contrainte de rentrer avant d'avoir pu me faire une idée de ce qui est exactement en train de se passer.

Je n'arrive pas à détacher mon regard du policier aimable et de la pitié que je lis sur son visage. Oui, de la pitié pure et simple. « *J'ai déjà vu ça des milliers de fois,* semble-t-il dire. *La pauvre femme aveugle, qui n'a aucune idée de qui est réellement son mari et qui vient ici pour s'assurer qu'il va bien, alors qu'il s'agit d'un dangereux criminel qui mène une double vie et qui mériterait de se trouver derrière les barreaux depuis bien longtemps.* »

J'ai envie de lui répondre qu'il ignore tout de moi et de ma vie, que je ne me laisse pas si facilement berner et que Scott n'est pas un criminel.

Néanmoins, cette expression, cette indescriptible expression que j'ai vue sur le visage de Scott ne cesse de se rappeler à mon souvenir. Et je finis par baisser les yeux.

« Madame Challey ? » dit le policier.

Parfaitement synchronisés, mes deux compagnons se tournent vers moi, puis font un bref signe de tête en direction du policier aimable, comme pour me signifier que l'on vient de m'appeler et m'encourager à aller voir pourquoi.

« Ça va aller, ma petite dame, dit le garçon maigre.

— Leur dis rien, surtout », renchérit l'homme rembourré.

Je me lève de mon siège et, les jambes en coton, me dirige vers le bureau.

« Le sergent Harvan m'informe que, à titre exceptionnel, elle accepte de vous recevoir dès qu'elle le pourra, me dit le policier.

— Merci.

— Asseyez-vous. »

Je hoche la tête et pars rejoindre ma fine équipe.

« Je vous l'avais dit que ça se passerait bien ! s'exclame le garçon maigre au moment où je m'assieds.

— Tu leur as rien dit, j'espère ? » me demande l'homme rembourré.

Un jour, Scott et moi finirons par rire de tout cela. Nous rirons, rirons, rirons…

Dix-sept ans plus tôt

« Tu n'en as pas marre que nous ne soyons qu'amis ? » m'a-t-il demandé.

Nous nous trouvions dans mon studio, une grande pièce joliment décorée, avec une salle de bains et des toilettes séparées, ainsi qu'un coin cuisine (doté d'un très beau plan de travail en bois) que je pouvais isoler de la salle principale à l'aide d'un grand rideau de couleur crème. La maison de mes parents était devenue invivable depuis qu'ils avaient fini par comprendre que je n'irai jamais à l'université. Sarto, pour sa part, profitait de tous les avantages de la vie familiale tout en fréquentant la fac de médecine, et cela se passait très bien pour lui. Avec mes parents, l'ambiance était généralement paisible et agréable, à partir du moment où l'on étudiait. Mais ce n'était pas la voie que j'avais choisie. Et ma présence ne faisait que leur rappeler leur échec : celle qui avait le plus de facilités à l'école était celle qui lui avait tourné le dos le plus rapidement. J'adorais la vie active, j'adorais mon travail, et j'avais bénéficié de plusieurs promotions au cours des dix-huit mois qui venaient de s'écouler, mais, pour mes parents, rien de tout cela ne comptait, et ce pour la simple et « bonne » raison que je n'avais pas de diplôme.

Chaque fois que Scott rentrait à Londres pour les vacances universitaires, il venait me voir. Nous passions notre temps libre tous les deux, et nous l'occupions principalement à traîner dans mon studio en mangeant des chips et en regardant des vidéos, et quand les cours reprenaient, il retournait à la fac, dans l'Essex, et je n'entendais plus parler de lui jusqu'aux vacances suivantes. Voilà à quoi ressemblait notre amitié.

« Et pourquoi en aurais-je marre ? ai-je répliqué. Tu es un super ami… »

Il a un peu écarquillé les yeux et m'a fait un petit sourire en coin. « En fait, je voulais juste savoir si tu avais déjà fantasmé sur moi. Ne serait-ce qu'une fois. Mais tu avais parfaitement compris ce que je voulais dire, n'est-ce pas ?

— C'est vrai.

— Tu voulais juste que je le dise à haute voix.

— Il y a de ça. Mais je voulais aussi me laisser le temps de réfléchir pour savoir si j'avais ou non envie de coucher avec toi.

— Et ?

— Et tout bien réfléchi, je crois que non. »

Il a d'abord paru surpris, puis vexé. Son visage est devenu rouge. « Même pas un tout petit peu ? m'a-t-il demandé, d'un air soudain moins confiant. J'avais l'impression, des fois, qu'il y avait quelque chose entre nous... Je me suis trompé ?

— Non, non. » J'ai posé ma main sur son bras, et un élan de désir m'a parcouru le corps, avant de se concentrer au creux de mon ventre. C'était l'effet que me faisait Scott, toujours, même quand je ne le touchais pas. « Tu ne t'es pas trompé du tout. Mais... je crois que je prends trop de plaisir à voir différentes personnes pour avoir envie de... tu sais, d'avoir un petit copain. De me poser. Surtout avec un garçon qui n'est pour ainsi dire jamais là.

— Ce n'est pas de cela dont je parlais.

— Bien sûr que si.

— Ouais, un peu, c'est vrai, m'a-t-il répondu avec un sourire forcé. Mais pas directement. »

Retirant ma main de son bras, je me suis rassise sur la poire et ai attrapé mon paquet de chips. « Pour l'instant, ce n'est pas à l'ordre du jour. Désolée.

— Tu ne t'imagines pas sortir avec un Blanc, et encore moins te poser avec un Blanc, pas vrai ? » m'a-t-il demandé tout à trac.

J'ai poussé un soupir exaspéré. Je m'en doutais. Je me doutais qu'il allait mettre ça sur le tapis. Il ne pouvait pas accepter le fait que je n'ai simplement pas envie de coucher avec lui. « Je ne t'ai jamais considéré comme un Blanc. À mes yeux, tu n'es pas un Blanc, tu es Scott, rien de plus, rien de moins.

— Mais j'ai raison, non ? Si j'étais noir, tu réfléchirais un peu plus à l'idée de sortir avec moi ?

— Et si j'étais blanche, tu te serais montré un peu plus subtil, tu ne m'aurais pas parlé directement de sexe », ai-je répliqué du tac au tac. Je n'avais pas envie que la conversation prenne ce tournant-là, mais c'était lui qui l'avait amorcé, qui avait décidé d'emprunter le dangereux chemin menant à cette pente savonneuse. Et, à cause de lui, nous étions en train de déraper, de glisser, sans avoir la moindre idée de l'endroit où nous allions atterrir et des blessures que la chute allait provoquer. « Parce que, dans ta tête, si jamais ça ne marchait pas comme tu le voulais, tu pourrais toujours dire que ce n'était que du sexe. Rien de très important, pas de quoi se fâcher. Tu n'essaierais pas de coucher avec une Blanche de la façon dont tu as essayé avec moi. Alors je t'interdis de me mettre ça sur le dos. »

Il a serré les lèvres et soutenu mon regard. Je venais de le mettre au défi de nier, de me dire que ce n'était pas vrai.

Mais comme il ne répondait pas, j'ai fait un geste circulaire du doigt, nous englobant tous deux dans le cercle que je venais de tracer. « Notre amitié, tout ce truc, le fait que nous passions tout notre temps enfermés ici… tout ça, c'est parce que tu as peur d'être vu avec moi. J'irais même jusqu'à dire que tu as honte d'être vu avec moi.

— Non ! a-t-il protesté. Ce n'est pas vrai. Ça n'a rien à voir avec le fait d'avoir honte d'être vu avec toi.

— Si, ai-je répliqué. Ç'a à voir avec le fait que je suis noire. Et je dirais aussi que ç'a à voir avec le fait que tu es blanc, mais comme tu ne sembles pas considérer ça comme un problème, je suppose que, à tes yeux, c'est moi, le problème.

— Il n'y a pas de problème. Je… J'ai juste du mal à accepter la façon dont on nous traite quand on est ensemble. Ici, les gens ont peur de moi à cause de ma famille ; dans l'Essex, ils me traitent comme n'importe qui, parce qu'ils n'ont jamais entendu parler des Challey et de leur réputation. Mais quand je suis avec toi… Écoute, jamais je n'ai été traité avec autant d'agressivité et de mépris que quand je suis avec toi. La façon dont les gens t'ignorent ou t'insultent… vraiment, ça m'énerve. Et je n'aime pas être énervé. J'ai du mal à me contrôler quand je suis énervé.

— Oui, c'est juste. Je comprends.

— Alors, tu vois, ce n'est pas toi ; c'est tous les autres.

— Je vois.

— Je serais fier d'être ton petit ami. Si tu le voulais. »

Sa peau était chaude, douce et soyeuse quand j'ai fait glisser mon pouce sur sa pommette. Et un nouvel éclair de désir m'a traversé le corps. « Écoute, pas pour l'instant, d'accord ? » lui ai-je dit aussi gentiment que possible. Il ne s'était pas montré complètement honnête avec moi. Ce qu'il venait de dire était sans doute en partie vrai, mais pas totalement, et il était hors de question que je m'engage avec un garçon qui ne pouvait pas se montrer à cent pour cent honnête avec moi. Ce chemin-là, c'était celui qu'empruntaient les femmes qui n'avaient pas peur d'avoir le cœur brisé et l'esprit embrouillé. Et je n'étais pas de ces femmes-là. « Il y a plein de filles qui ne rêvent que d'être dans tes bras. Alors continuons de nous amuser ensemble comme des amis et laissons tomber ça pour le moment, O.K. ? »

Il a détaché son regard brun du mien, puis s'est tourné vers la télé. « O.K. », a-t-il marmonné.

Cela fait deux heures que je suis ici. Deux heures. Autant dire une éternité. Le tout sans toucher à mon téléphone, dont je ne cesse de deviner la présence accusatrice à travers le cuir de mon sac à main. Il y a longtemps que j'aurais dû appeler Mirabelle. Je lui ai envoyé un texto en descendant du taxi pour lui dire que j'étais bien arrivée, et puis un autre une demi-heure plus tard pour lui demander si les filles dormaient toujours. Elle m'a simplement répondu « Oui ». Cela fait désormais plus d'une heure, et j'ignore complètement ce qu'il se passe, aussi bien ici que là-bas.

Je ne devrais pas être ici. Je le sais, je le sens. Je devrais être à la maison, mais je ne peux pas rentrer avant de m'être assurée que Scott allait bien. Si elles dorment, tout devrait bien se passer. Moi aussi, d'ailleurs, j'ai envie de dormir. De me recroqueviller sur moi-même, de fermer les yeux et de me dire que rien de tout cela n'est jamais arrivé.

Seize ans plus tôt

« Qu'est-ce que tu fous avec ça ? » a-t-il dit à Scott. Ces mots, il les avait déversés à travers un rictus de mépris, qui retroussait encore ses lèvres et déformait son visage. Son regard, haineux, était braqué sur moi.

Scott et moi, adossés à un mur, étions en train d'attendre un bus à Wimbledon. J'avais l'impression de passer ma vie à attendre des bus, quand je n'étais pas au travail, et les choses ne changeaient pas vraiment quand Scott rentrait de la fac pour les vacances.

« Qu'est-ce que tu as dit ? » a répondu Scott d'un ton plaisant, sans le moindre signe d'agressivité dans la voix.

Son frère a repris son examen minutieux, me dévisageant d'un air dégoûté. Je n'ai pas détourné le regard, comme il s'y attendait certainement ; mais comme je n'étais pas non plus idiote, je n'ai pas cherché à lui rendre son regard agressif. En d'autres termes, je ne voulais pas l'énerver davantage, mais il était hors de question que je me laisse intimider. « Qu'est-ce que tu fous avec ça ? » a-t-il répété en détachant chacune des syllabes.

Scott a regardé son frère, un garçon au faciès de renard qui portait les ravages de la vie sur son visage, lequel avait encaissé tant de coups et de plaies que sa pommette gauche n'était plus qu'une mosaïque de marques de points de suture. En l'observant bien, j'ai aussi remarqué que le côté droit de son menton était tout plissé de cicatrices, tandis que son sourcil droit était divisé en trois parties presque égales.

Scott s'est penché vers moi, m'a regardée dans les yeux durant un laps de temps trop bref pour lui permettre de me communiquer quoi que ce soit. Et il a joint ses lèvres aux miennes. Son baiser m'a paru un peu trop long, un peu trop appuyé et insistant, mais je me suis doutée que son intention n'était pas de m'impressionner moi, mais d'impressionner l'homme qui se trouvait en face de nous.

« C'est de ma petite amie que tu parles ? » s'est enquis Scott en se redressant et en baissant les yeux vers son frère aîné.

Le rictus qui déformait le visage de son frère s'est accentué, mais il a cessé de me dévisager, tournant son attention vers Scott. « Qu'est-ce qui t'arrive ? Tu n'as pas réussi à t'en trouver une comme toi pour te sucer la bite, alors tu es allé pêcher ça dans les bas quartiers ? » Je voyais bien qu'il se retenait parce qu'il y avait des gens autour de nous, autrement dit des témoins. Il devait estimer que nous ne valions pas un séjour en prison.

« Les gens comme moi, c'est des êtres humains, a répliqué Scott. Au fait, je me demandais : avec quelle espèce animale est-ce que tu prends ton pied, en ce moment ? »

Le corps de son frère est devenu une masse rigide de fureur. « Tu peux répéter ça ? a-t-il sifflé, le visage rouge de colère.

— Pourquoi ? Tu n'as pas compris ? C'était trop intelligent pour toi ?

— Je ne sais pas si tu es trop intelligent pour moi, mais, en tout cas, tu n'es pas trop grand pour que je te foute une raclée.

— C'est marrant, mais il me semblait que tu avais arrêté de faire ça à la minute même où j'étais devenu assez grand pour te rendre tes coups », a rétorqué Scott. Sa voix, qui avait été adoucie par son séjour à l'université, avait retrouvé le ton de ses origines, celui du quartier de Londres dans lequel il avait grandi.

« Ne me provoque pas, a grogné son frère.

— Ah, parce que c'est moi qui te provoque ?

— Si je te revois avec ça, tu vas regretter d'être né. »

Et pour ponctuer sa menace, il a reniflé bruyamment avant de cracher à nos pieds.

« Si tu crois que tu me fais peur, a répondu Scott.

— Faites pas les malins. Je vous aurai prévenus », a marmonné son frère en s'éloignant.

J'ai pris la main de Scott dans la mienne. J'avais enfin compris quel était son problème. J'avais enfin compris que ce n'étaient pas à cause des « autres » qu'il se cachait quand il était avec moi, mais à cause des membres de sa propre famille, et de tout le mal qu'ils pouvaient me faire.

Aussitôt que la porte de mon appartement s'est refermée derrière nous, laissant le monde – sa famille – de l'autre côté, nous nous sommes pris dans les bras l'un de l'autre. Parfaitement synchronisées, nous avons joint nos lèvres au centre même de l'espace qui se trouvait entre nous. Nous nous sommes embrassés doucement, lentement, tout en nous déshabillant l'un l'autre ; il n'y avait ni hâte, ni précipitation, nos mouvements étaient fluides et naturels ; libres de tout discours, calcul ou hypothèse quant à ce qui allait arriver par la suite.

Au lit, au moment où nos deux corps n'ont plus fait qu'un, nous avons poussé ensemble un doux gémissement. Nous étions fermement accrochés l'un à l'autre, parce que nous avions peur que quelque chose, quoi que ce fût, même l'air, puisse se mettre entre nous et rompre, ne serait-ce qu'une seconde, l'intimité de notre union. Nous nous murmurions des mots sur la peau ; nous gémissions le nom de l'autre, le changeant ainsi en épitaphe de plaisir ; nous faisions bouger nos deux corps ensemble, afin de ne pas briser leur unité.

« Je n'avais vraiment pas envie que cela s'arrête, m'a dit Scott après l'extase, tout en retraçant du bout de ses doigts le contour de mon nombril.

— Hmm, me suis-je entendue répliquer, tandis que, instinctivement, je caressais de haut en bas l'intérieur de sa cuisse.

— Ça ne te dérange pas, hein, que je sois tombé amoureux de toi ? m'a-t-il demandé.

— Hmmm », ai-je murmuré d'un air songeur, en tentant d'ignorer le sentiment de mal-être qui s'était installé, discrètement, mais résolument, au creux de mon ventre. Ma réponse l'ayant manifestement étonné, Scott a tourné la tête vers moi, laissant un profond sillon dans l'oreiller mal rembourré sur lequel il reposait.

« Tu regrettes ? m'a-t-il demandé, l'air tout à coup intimidé et effrayé, à mille lieues de l'homme qui venait d'affronter son terrifiant frère aîné.

— Non », ai-je répondu, en tournant la tête vers lui. Il me paraissait soudain vulnérable, peu sûr de lui, très différent de l'homme que je connaissais. D'ordinaire, il émanait de lui cette forme d'assurance et de détermination que seuls possèdent les gens qui ont dû se battre pour s'en sortir dès leur plus jeune âge. J'ai posé ma main sur son visage, pour le rassurer, pour le toucher, pour retrouver ce que nous avions partagé quelques minutes plus tôt. « Je ne regrette rien. » *J'aurais simplement voulu que nous fassions ça pour nous. Que nous n'ayons pas été poussés à le faire par ton crétin de frère.* Mais pourquoi aurions-nous dû attendre encore un mois ou un an ? Pourquoi perdre davantage de temps ? Maintenant que c'était fait, nous allions pouvoir tourner la page. Satisfaire cette petite envie pendant quelques semaines encore et puis passer à autre chose.

« Ça ne te dérange pas que je sois tombé amoureux de toi ? » a-t-il répété.

Mais il ne s'agissait pas d'une petite envie. Et il n'était pas question de passer à autre chose. Car la seule chose qui importait désormais était lui et moi. Nous.

« Non, ai-je répondu. Et je crois que je suis tombée amoureuse de toi, moi aussi. »

Mes deux compagnons d'infortune sont partis : le rembourré s'est fait jeter dehors ; le maigre a été conduit dans le fond du bâtiment. Je ne saurais jamais pourquoi ils étaient là, mais sans eux, je me sens seule. L'attente ne me procure aucun apaisement. Le temps que la solitude me laisse pour la réflexion effiloche peu à peu le déni dans lequel je me suis retranchée.

S'il s'agit d'une erreur, pourquoi n'est-il toujours pas sorti ? Plus le temps passe, plus la situation semble s'aggraver.

La dernière fois que j'ai dû attendre aussi longtemps, c'était l'année dernière, quand Cora a été opérée. J'avais l'impression que j'allais devenir folle, assise dans sa chambre, à attendre que l'on m'informe de ce qu'il se passait. Scott avait dû retourner au bureau et mes parents gardaient Anansy, si bien que j'étais seule, là aussi. Seule, à attendre de savoir si l'un des êtres qui m'étaient le plus chers au monde allait me revenir en un seul morceau.

VRRR !

Vrrr ? Je lève les yeux. La porte qui se trouve de l'autre côté du bureau de l'accueil. Elle vient de s'ouvrir sur l'inspectrice qui a lu ses droits à Scott et ordonné aux autres de l'emmener. Son regard rencontre le mien, et les traits de son visage s'adoucissent, tandis qu'un petit sourire triste se dessine sur ses lèvres.

Ce sourire, dans toute sa compassion et sa compréhension, me touche droit au cœur, littéralement, si bien que j'ai un mouvement de recul. Je ne m'attendais pas à cela. Je ne pensais pas qu'un officier de police puisse sourire de cette façon à la femme d'un homme qui a été arrêté.

« Madame Challey, dit-elle d'une voix chaleureuse en s'approchant de moi. Je suis vraiment désolée de vous avoir fait attendre. J'ai été retenue, je ne pouvais vraiment pas me libérer. Excusez-moi.

— Comment va Scott ? » demandé-je. Les mots sont trop lourds pour que ma voix, mince comme du papier à cigarette, réussisse à les projeter : ils retombent dans le silence du hall d'accueil aussitôt après être sortis de ma bouche.

Se redressant un peu, elle prend une profonde inspiration puis pousse un profond soupir. « Il… Il va bien, compte tenu des circonstances.

— Est-ce qu'il va bientôt rentrer ? Pour quelle heure dois-je réserver le taxi ? »

Manifestement déconcertée, elle fronce les sourcils en cherchant mon regard. « Euh… » Elle fait une petite grimace. « Allons nous asseoir, madame Challey, me dit-elle en pointant du doigt la rangée de sièges.

— Je n'ai pas envie de m'asseoir ; j'ai été assise toute la nuit. Mes filles sont traumatisées ; je devrais être avec elles. Mais d'abord, il faut que je sache quand je pourrai ramener mon mari à la maison et quand cet horrible cauchemar va se terminer.

— Allons, madame Challey…

— Arrêtez de prononcer mon nom de cette façon !

— De quelle façon ?

— Comme… Comme si j'étais simple d'esprit et que je ne pouvais pas comprendre.

— Excusez-moi. Ce n'était pas mon intention.

— Mais vous l'avez fait. Vous me parlez comme si j'étais stupide. Je veux que vous arrêtiez ça. Je ne suis pas stupide.

— Mais je ne l'ai jamais pensé une seule seconde. Et si je vous ai donné cette impression, j'en suis navrée. Vraiment. Mais… » De nouveau, elle m'apparaît comme une femme peu sûre d'elle. Elle n'a rien laissé paraître de tout cela quand elle a lu ses droits à Scott, et pourtant, ce manque d'assurance, cette hésitation me semblent sincères : on dirait qu'elle n'a aucune envie de faire cela. « Votre mari va passer la nuit ici, et sera interrogé de nouveau demain matin. Nous souhaiterions lui laisser l'occasion de changer d'avis quant à son refus de recourir à un avocat. Après cela, il est fort probable qu'il sera convoqué devant un tribunal, où il sera officiellement informé des actes qui lui sont reprochés.

— Quoi ? » m'exclamé-je. Je me retrouve tout à coup dans un long et large tunnel et je ressens les vibrations de mes mots sans vraiment les entendre. « Quoi ? répété-je. Convoqué devant un tribunal ? Mais qu'est-ce qu'il a fait ? Qu'est-ce que… ? » Mon sac me glisse des mains et s'écrase sur le sol. Je me passe nerveusement la main dans les cheveux. « Qu'est-ce que vous êtes en train de me dire ? Il va… » J'attrape une poignée de mes cheveux mi-longs et tressés en vanilles, et je tire dessus ; une vive douleur se répand dans mon crâne. « Il reste au poste toute la nuit et il va être convoqué devant un tribunal à cause d'un excès de vitesse ?

— D'un excès de vitesse ? répète-t-elle.

— Je sais bien que Scott conduit trop vite, qu'il s'est fait flasher une ou deux fois et qu'il ne paie pas toujours ses amendes en temps et en heure, mais ce n'est pas… À moins que… » Quelque chose me traverse l'esprit, et je sens mes mains retomber brutalement contre mes cuisses. « Il a eu un accident, c'est ça ? C'est pour ça qu'il est là, hein ? Il a eu un accident, et quelqu'un a été blessé ? Mais vous savez, je peux vous assurer que ce n'était pas intentionnel. Vous ne pouvez pas le…

— Madame Challey », m'interrompt l'officier de police d'une voix dure. Cette fois-ci, elle n'a pas prononcé mon nom comme si elle s'adressait à une imbécile ; elle l'a simplement fait pour m'empêcher de continuer de divaguer. « Je regrette de vous dire ça, mais ce n'est pas pour un excès de vitesse que votre mari a été arrêté, et, jusqu'à preuve du contraire, il n'a eu aucun accident de voiture. »

Sans mot dire, je la regarde déplacer nerveusement son poids d'un pied sur l'autre. L'impeccable queue-de-cheval châtaine qu'elle portait un peu plus tôt dans la soirée a disparu ; ses cheveux, lâchés, sont désormais tout emmêlés. On dirait qu'elle vient de se battre.

Mon esprit s'est déjà empressé de passer en revue tous les autres délits que Scott aurait pu commettre, et il n'y en a pas tant que cela. Fraude fiscale ? Peut-être. Mais nous ne manquons pas d'argent. Je sais combien il gagne, je sais combien je gagne, je sais que nous gagnons suffisamment d'argent pour mener une vie agréable. Sans avoir à tromper qui que ce soit. Enfin, je crois…

Le sergent Harvan marque un nouveau temps d'arrêt avant de me dire de quoi mon mari a été accusé. Et à l'écouter parler, à entendre ses paroles résonner une nouvelle fois dans ce long et large tunnel, je sens mon corps se pétrifier et se glacer. Chaque mot qu'elle prononce le rend plus froid, plus immobile encore. Une fois son monologue achevé, elle me demande si je vais bien, si j'ai compris ce qu'elle venait de me dire, et comme je suis incapable de bouger de moi-même, elle me prend le bras pour me conduire vers la rangée de chaises, où elle m'abandonne avant de disparaître.

Ce n'est pas en train de se produire. Par un malencontreux hasard, je me suis retrouvée projetée dans la vie de quelqu'un d'autre, et c'est à cette personne et à sa famille que tout cela est arrivé. Pas à moi.

L'inspectrice est partie, et le policier aimable, derrière son bureau, me regarde d'un air méfiant, comme si j'étais sur le point de craquer. Mais c'est hors de question, il est hors de question que je craque. Pourquoi le ferais-je ? Ce n'est pas ma vie, ce n'est pas en train de se produire.

Sans savoir comment, je me retrouve tout à coup sur mes jambes. Je traverse le hall d'accueil à toute allure, ramassant mon sac au passage, et je disparais dans la nuit. Fuyant en courant le commissariat, je descends la côte en direction de la gare, où je pense avoir des chances de trouver un taxi. Je suis trop effrayée pour en appeler un, je suis trop effrayée pour m'arrêter ne serait-ce qu'un instant, parce que ce n'est pas ma vie, parce que tout cela arrive à quelqu'un d'autre, mais jusqu'à ce que je retrouve ma vie à moi, jusqu'à ce que tout cela arrive à la personne à qui cela est censé arriver, je dois trouver un moyen de me débrouiller seule. Je dois vivre cette vie. Et je dois absolument rentrer chez moi.

Et tandis que je cours, mon corps fendant l'air froid de la nuit, mon cœur trop terrifié pour battre correctement, les mots de l'inspectrice continuent de résonner dans mon esprit. Ils guident chacun de mes pas, me poussent à courir plus vite que je ne l'ai jamais fait.

« *Je suis désolée d'avoir à vous dire ça, madame Challey, mais si votre mari est interrogé, c'est à cause d'un crime très grave. Il a été arrêté pour agression sexuelle. Et tout ce que je peux vous dire, c'est qu'il va très certainement être inculpé pour tentative de viol sur la personne de sa collègue de travail et voisine, Mme Mirabelle Kemini.* »

Beatrix

« Alors, Beatrix, et si vous me parliez un peu de vous ? dit-il.

— Non, rétorqué-je en souriant. Ça sonne toujours un peu faux quand on essaie de faire ça. Je préfère apprendre à connaître les gens au fil du temps, petit à petit. »

Vous voulez savoir comment il est ? Eh bien il est grand, plus grand que moi, ce qui ne veut néanmoins pas dire grand-chose, puisque je ne fais qu'un petit mètre soixante-cinq. Il a un beau corps, mais rien de trop ostensible, pas le corps de celui qui passe son temps dans les salles de sport, un corps qui montre qu'il est bien dans sa peau, si vous voyez ce que je veux dire. Il a un tout petit peu de ventre, mais ça ne fait qu'ajouter au charme de son aspect « normal ». Ses cheveux sont noirs, sa peau blanche (ou beige, enfin, vous m'aurez comprise) et ses yeux marron. Les traits de son visage le rangent positivement dans la catégorie des hommes « sexy », mais il demeure néanmoins difficile de ne pas avoir l'impression qu'il est doté d'un physique ordinaire : nez droit, yeux présentant une jolie forme, bouche normale. En somme, il n'est pas mal du tout. Voilà ce que j'essaie de dire.

Ou plutôt non. Ce que j'essaie vraiment de dire, c'est que je coucherais avec lui si la seule chose qui comptait était le physique et l'impression que j'ai eue sur le Net. Mais, dans la vraie vie, curieusement, les choses me paraissent manquer de saveur. Je m'étais attendue à un feu d'artifice, ou au moins à une petite étincelle. Mais force m'est de constater que rien ne bouge. Tout est calme sur l'ensemble du front.

« Je comprends votre point de vue, dit-il. Et je suis ravi de l'entendre car j'en déduis que vous avez envie de me revoir. Je vais me raccrocher à cette idée, même si j'ai l'impression que vous avez changé d'avis au cours des quelques minutes qui viennent de passer.

— Changer d'avis au sujet de quoi ?

— De moi. De vous. De l'éventualité que nous nous revoyions après cette soirée.

— Ah, vous avez perçu l'absence d'étincelle, vous aussi ?

— Pas du tout. Pour ma part, je suis tout étincelle. Mais dès l'instant où nos regards se sont croisés, j'ai cru lire sur votre visage et dans votre langage corporel une certaine déception.

— Je ne suis pas déçue », protesté-je.

Il ne me croit pas. Manifestement gêné par mon manque de sincérité, il baisse les yeux vers la carte, qu'il fait semblant de passer en revue.

« Ce n'est pas de la déception, dis-je en posant ma main sur la sienne. Sincèrement. J'ignore ce que j'attendais de ce rendez-vous, mais, quoi qu'il en soit, il a perdu tout éclat à mes yeux. En fait, je crois que je suis blasée. Mon problème, c'est que je recherche le vrai coup de foudre, la rencontre qui permet de zapper toute la partie des présentations pour passer directement à la fin.

— Le syndrome de la dernière page ? murmure-t-il en hochant la tête et en évitant mon regard. Ce truc des gens qui ne veulent pas se donner la peine de faire le travail nécessaire à la découverte de la vérité et qui préfèrent tout savoir tout de suite, si bien qu'ils commencent toujours par lire la dernière page des livres qu'ils achètent ? »

C'est vrai que je fais toujours ça avec les livres. Mais comme tout le monde, non ? « Il y a des fois où c'est nécessaire pour savoir si un livre mérite qu'on s'y accroche, pour être sûr de ne pas perdre son temps et de ne pas être déçu à la fin. Et puis il y a autre chose : et si vous vous faisiez renverser par un bus ? Vous risqueriez de mourir sans savoir comment l'histoire se termine. Je connaissais un garçon, en terminale, qui mangeait toujours son dessert au début du repas. Pour cette raison.

— Quoi ? Il avait peur de se faire renverser par un bus à chaque fois qu'il prenait un repas ? Mais où mangeait-il, ce garçon ? Dans un Abribus ? »

Je ris. Je ne peux pas m'en empêcher. J'ai l'impression que je n'ai pas eu l'occasion de rire comme cela depuis une éternité, et je me demande bien pourquoi. Je mène pourtant une vie plaisante.

« Bon, sérieusement, Beatrix, et si la partie importante de l'histoire se produisait plus tôt ? Est-ce que vous survoleriez le livre en revenant vers l'avant pour la trouver, ou est-ce que vous prendriez le risque de tout lire, en commençant par le commencement ?

— Je ne sais pas. J'avoue que je n'y ai jamais vraiment réfléchi. Ce qui est sûr, ce que je fais, c'est commencer par la fin et revenir vers l'avant pour chercher la dernière occurrence d'un nom, mais si je ne trouve pas tout de suite ce que je cherche, à la dernière page ou une autre, il ne me vient jamais à l'esprit de lire le livre normalement.

— Vraiment ?

— Oui. Et je suppose que c'est la même chose avec les rencontres. Si, dans mon esprit, je ne peux pas passer directement à la fin et nous imaginer ensemble dans tant de temps, je ne vois pas pourquoi je m'embêterais à réfléchir aux étapes qu'il pourrait y avoir dans l'intervalle.

— Mais, en faisant ça, vous n'avez pas peur de manquer des choses intéressantes que vous auriez pu vivre à l'occasion de ces étapes ?

— Non, répliqué-je en haussant les épaules. Je me dis que la vie est trop courte pour s'embêter à rencontrer des gens avec qui on ne pourra pas s'entendre et qu'on finira de toute façon par éliminer de son existence.

— Aïe, murmure-t-il.

— Ne vous inquiétez pas. Je n'ai pas dit que vous faisiez partie de cette catégorie. »

Nos regards se croisent.

« Mais je sens qu'il y a un mais.

— Vous vous trompez, rétorqué-je.

— Est-ce que ça veut dire que j'ai une chance ?

— Je ne suis pas encore passée à la fin, alors restons-en là où nous en sommes et voyons comment la soirée se déroule.

— Ça m'a tout l'air d'une bonne idée », dit-il en souriant.

Je lui rends son sourire. Et je constate avec une certaine surprise qu'il s'agit d'un sourire sincère. À l'instar de l'éclat de rire de tout à l'heure, ce sourire découle d'un sentiment de bien-être. D'ordinaire, mes sourires n'ont pour but que de coller à mon image de « bimbo » en robe moulante décolletée, ou bien d'aller avec le personnage que je me suis créé pour le travail (« Faites-moi confiance, vous avez envie d'acheter ça »). Mais ce sourire est tout à fait différent. C'est le mien, le vrai. Et il me semble que je l'avais perdu quelque part au cours de ma vie, quelque part au long du chemin qui m'a menée jusqu'ici. Oui, je l'avais perdu, j'avais perdu le sourire, et cet homme vient de m'aider à le retrouver.

« Alors, Beatrix, qu'est-ce qui vous ferait plaisir de manger ? me demande-t-il.

— Appelez-moi Bea », lui dis-je.

Au fait, vous ai-je dit qu'il se prénommait Rufus ?

Tami

Deux ans plus tôt

La rue dans laquelle nous vivons, Providence Close, a la forme de la moitié supérieure d'une bouteille de vin. Notre maison est sise à l'endroit où devrait se trouver le coin supérieur gauche de l'étiquette de la bouteille, et, ce jour-là, je me dirigeais vers un appartement situé dans la partie droite de la rue, au niveau du « bouchon » de la bouteille. En tournant au coin de la rue, pour entrer dans le « goulot », j'ai aperçu une femme grande et élancée qui sortait de la maison située juste à l'angle pour déposer un sac noir dans une poubelle verte entreposée au bout d'une allée de gravier.

J'ai baissé les yeux pour réfléchir. Je l'avais déjà vue, autre part qu'à Providence Close. Il ne m'a pas fallu plus de quelques secondes pour retrouver où : elle travaillait avec Scott à The Look Is The Idea, l'agence de design dont il était le directeur général. Beaucoup d'employés de la société vivaient dans les environs, et il m'arrivait très souvent d'en rencontrer par hasard sur le chemin de l'école, dans l'avenue principale, ou même dans notre rue. J'ai continué à avancer, et, tout à coup, me souvenant de qui elle était vraiment, j'ai senti mon cœur bondir dans ma poitrine. C'était le bras droit de Scott : Miriam, Mylene ou quelque chose comme ça.

« Bonjour. Nous nous connaissons ? m'a-t-elle dit, juste au moment où je passais devant sa propriété.

— Oui et non, lui ai-je répondu en m'arrêtant. Je suis Tamia Challey, l'épouse de Scott.

— Ah oui ! a-t-elle dit d'une voix prudente, comme le font souvent les gens lorsqu'ils rencontrent la femme de leur patron. Ravie de vous rencontrer.

— Mais moi aussi. Veuillez m'excuser, je ne connais pas votre nom.

— Mirabelle Kemini », m'a-t-elle répondu.

Et aussitôt, sans que je puisse rien y faire, le générique de *Mama Mirabelle*, ce dessin animé avec une éléphante qui voyage à travers le monde, s'est mis à résonner dans mon esprit. Ç'avait été le programme préféré de Cora et d'Anansy pendant des années.

« Vous avez le générique de cette histoire d'éléphants dans la tête, c'est ça ? » m'a-t-elle demandé.

J'ai acquiescé. « Désolée.

— Ça fait ça à tout le monde. » Elle a secoué la tête et s'est mise à rouler des yeux d'un air comique. « De tous les prénoms de la terre, il a fallu qu'ils prennent le mien pour faire un dessin animé d'éléphants. »

J'ai dû serrer les lèvres pour m'empêcher de rire.

« Euh… j'ai l'impression que vous avez oublié vos chaussures, madame Challey. » Cette réflexion m'a brutalement ramenée à la réalité, c'est-à-dire à la raison de ma présence dans la rue et, plus important encore, à l'image que je devais renvoyer.

Je portais un T-shirt des Goonies, noir et taché d'eau de Javel, que Scott m'avait acheté l'année précédente lors d'un voyage aux États-Unis. À cela s'ajoutait un cardigan irlandais en mailles torsadées, que je portais généralement pour dormir, et un jogging élimé qui traînait par terre. Oh, j'allais oublier : de vieilles chaussettes, en effet.

« Eh bien, c'est une longue histoire, ai-je répondu. Pour faire court, j'étais en train de terminer un projet sur lequel je suis en train de travailler, mais je n'arrêtais pas de regarder par la fenêtre, à cause des éboueurs, qui venaient de passer, et qui avaient renversé plein de détritus sur le trottoir. Au bout d'un moment, ça m'a tellement énervée que j'ai fini par décider de sortir pour aller ramasser ce qui traînait. Mais je n'avais même pas fait deux pas à l'extérieur que la porte s'est refermée derrière moi, et que je me suis retrouvée enfermée dehors. Bref, tout ça pour dire que je vais chez mon amie Beatrix, là, tout de suite à droite, voir si je peux appeler mon mari, pour lui demander qu'il me fasse envoyer les clefs par un coursier.

— Je suis en congé, aujourd'hui, mais je peux vous conduire au bureau, si vous voulez ? m'a-t-elle proposé.

— Non, merci. Je ne peux pas me pointer là-bas dans cette tenue.

— Pourquoi ?

— Eh bien, je crois que ça ferait un peu tache dans les bureaux de TLITI, vous ne pensez pas ? » Les locaux, complètement différents de ce à quoi ils ressemblaient quand j'y travaillais, étaient devenus un étincelant paradis de glace et d'acier. Les employés devaient désormais être absolument impeccables tous les jours ; dans le cas contraire, ils étaient vivement encouragés à réfléchir à la façon dont leur apparence physique contribuait à diffuser l'esprit de l'entreprise (c'est-à-dire renvoyés chez eux pour se changer). C'était le mot d'ordre du directeur général actuel, mon mari, donc, et s'il me voyait arriver dans cet état, il risquait fort de me faire une rupture d'anévrisme.

Mirabelle m'a regardée quelques instants en battant des cils, comme si elle se demandait ce qu'elle devait faire. « Je vous trouve très bien comme vous êtes, mais si vous ne voulez pas entrer, je peux toujours vous y conduire et aller chercher les clefs pour vous. Ou bien, si vous préférez, vous pouvez l'appeler de chez moi », m'a-t-elle proposé en m'indiquant sa maison. *Elle, au moins, elle a laissé sa porte ouverte*, ai-je songé amèrement.

« Si ça ne vous ennuie pas, ce serait vraiment super. »

En l'observant de plus près, j'ai été frappée par sa beauté. Il y a des femmes qui sont belles, des femmes qui ont beaucoup de charme, mais celle-ci avait vraiment quelque chose en plus, je dirais même quelque chose d'envoûtant. Sa peau avait la couleur et la texture d'un sombre chocolat chaud, si douce et bien hydratée qu'elle en paraissait presque liquide. Ses lèvres étaient pleines et belles. Et ses yeux, légèrement bridés, étaient noisette, très clairs, et formaient un contraste saisissant avec la sombre couleur de sa peau.

« Ce sont des lentilles.

— Pardon ? ai-je fait, un peu gênée d'avoir été surprise en train de l'observer.

— La plupart des gens évitent mon regard, parce que les femmes noires ne sont pas censées avoir des yeux aussi clairs. » Elle a fait une petite grimace, qui a déformé l'un des côtés de son visage. « Mais j'avoue que ça me plaît assez. Je les ai achetées sur un coup de tête, et ensuite, je n'étais pas très sûre de moi. Mais depuis que j'ai constaté l'effet qu'elles font sur les gens, je ne peux plus m'en passer. Bref, j'ai gardé les lentilles, et j'ai laissé de côté mes doutes.

— Ça vous va très bien.

— Merci. »

Scott m'avait beaucoup parlé de Mirabelle, tant et si bien que j'avais même fini par lui demander s'il n'était pas un peu attiré par elle. Alors, il avait simplement cessé d'en parler. Et comme il n'avait pas mentionné son nom depuis un certain temps, je lui avais récemment demandé si elle travaillait toujours avec lui. « Malheureusement, oui, m'avait-il répondu. Je ne comprends pas. Au départ, elle était brillante, mais depuis quelque temps, je ne sais pas ce qui se passe, son travail laisse vraiment à désirer. Du reste, si elle ne remonte pas un peu la barre, je crois bien qu'elle ne devrait pas tarder à recevoir un blâme. » J'avais été surprise d'apprendre que l'on pouvait passer si facilement du statut de « meilleure employée de la société » à celui de paria susceptible de recevoir un blâme.

« Vous voulez boire quelque chose ? m'a-t-elle demandé. Je suis désolée, je n'ai ni chocolat chaud ni marshmallows pour aller avec, mais j'ai du lait de coco, si vous préférez ça au lait de vache ?

— Comment savez-vous que j'aime ça ? me suis-je exclamée, complètement sidérée qu'elle ait réussi à deviner immédiatement quelles étaient mes boissons favorites.

— Je ne sais pas, a-t-elle répliqué, avec un petit sourire entendu. Il y a quelque chose en vous qui me donne l'impression que c'est le genre de choses que vous aimez.

— C'est Scott qui vous l'a dit ?

— Je vous assure que non. C'est juste que vous avez une tête à aimer ce genre de choses. » Son sourire est devenu plus large, étincelant. « Je suis désolée de ne pas pouvoir vous offrir de chocolat, mais que diriez-vous d'un *chai latte* ?

— Maison ?

— Non, en sachet. Mais nous pouvons toutes les deux prétendre que je l'ai fait moi-même, et même que j'ai pressé une noix de coco pour en extraire le lait, si vous voulez ?

— À vrai dire, je préférerais un café.

— Un café, alors. Plutôt court, avec un peu de lait et un sucre ?

— Oui, comment le… ? Ne me dites rien : j'ai une tête à aimer ça ? »

Elle a acquiescé et s'est remise à sourire. « Faites comme chez vous. »

Une fois seule dans son séjour, je me suis sentie un peu intimidée à l'idée de m'asseoir : les lieux me semblaient trop impeccables, minimalistes et bien rangés pour que je vienne en troubler l'harmonie. Un immense tapis crème avec des fibres aussi larges que mon petit doigt était posé sur un parquet en bois massif. De chaque côté de la pièce se trouvaient des canapés de cuir à l'aspect assez austère qui semblaient avoir été faits sur mesure. Mais l'attraction principale de ce séjour, l'objet qui attirait votre attention à la seconde même où vous y entriez, était l'immense tableau accroché au-dessus de la cheminée. Il était en décalage avec la décoration moderne de la pièce malgré son cadre chromé aux rebords biseautés.

Je me suis approchée de la peinture, attirée par sa composition et par le désir qu'elle avait aussitôt fait naître en moi : celui de passer en revue ses détails pour y découvrir de nouvelles informations, des éléments qui auraient pu m'échapper.

La scène était située sur une plage déserte. En arrière-plan, il y avait des palmiers, de minces troncs bruns surmontés de feuilles vertes et épaisses qui s'inclinaient vers la mer. L'eau était d'un bleu très pâle, à peine plus foncé que celui du ciel. Debout dans les flots se détachait la silhouette d'une femme fine et élancée vêtue d'une robe blanche qui retombait sur son corps épousant ses courbes gracieuses avant de s'enfoncer dans l'eau au niveau de ses chevilles. Elle tenait entre les mains une poignée de pétales de rose rouge sang, qu'elle semblait s'apprêter à jeter nonchalamment dans la mer. Quelques-uns d'entre eux s'étaient échappés de ses mains et flottaient déjà sur la surface de l'eau. Derrière la femme, sur la plage de galets beiges, blancs et anthracite, d'autres pétales rouge sang jonchaient le sol, traçant un chemin pourpre. Me rapprochant encore du tableau pour mieux les observer, j'ai remarqué que chacun d'entre eux avait été minutieusement peint et pourvu d'un aspect velouté, souple et épais. Et je n'ai pas pu résister à l'envie de passer la main sur la plage pour caresser de mes doigts ces pétales qui jonchaient les galets. Puis mon corps s'est un peu affaissé quand je me suis aperçue, non sans une certaine déception, qu'ils n'étaient pas ce qu'ils paraissaient être : on ne pouvait pas les caresser ; ce n'étaient que de petites gouttes de peinture durcie. À l'angle du tableau figurait la signature de l'artiste, un gribouillis que je n'ai pu ni déchiffrer ni reconnaître. Mais, tout en bas, au centre, dans une nuance plus claire que celle de l'eau, avaient été peints les mots : « Connaissez-vous l'histoire de la plage aux pétales de roses ? »

Mon regard est passé des mots aux galets recouverts de pétales, avant de se concentrer sur la femme. Ses traits étaient en grande partie dissimulés par de longues mèches de cheveux noirs et bouclés, mais elle ne manquait pas de me rappeler Mirabelle. La façon dont elle se tenait, la posture qu'elle affichait : confiante, mais décontractée. Le brun sombre et doux de sa peau, la courbe gracieuse de son cou, qu'elle tournait vers le fond de la scène, comme pour chercher quelqu'un qui n'y figurait pas.

« Les gens font toujours ça, a dit Mirabelle en rentrant dans le séjour. Enfin, la plupart. Ils ne peuvent pas s'empêcher de toucher les pétales de rose. Ils sont magnifiques, n'est-ce pas ? »

Comme un voleur pris la main dans le sac, je me suis empressée de retirer mes doigts de la toile. « Excusez-moi », ai-je balbutié, alors qu'elle me mettait entre les mains un mug bleu Tiffany, si haut et si grand qu'il avait presque l'air d'un bol à soupe avec une anse. La chaleur du café, la douceur du sucre m'ont procuré un sentiment de réconfort dont j'ignorais avoir besoin. « Merci.

— Vous n'avez pas à vous excuser, m'a-t-elle dit en plaçant son autre main sur son mug, en tous points semblable au mien. Je comprends très bien ; c'est un très joli tableau.

— C'est vous qui l'avez peint ?

— Non. Mais c'est moi qui ai raconté l'histoire à l'artiste, qui l'a en quelque sorte illustrée.

— C'est une histoire connue ? »

Ses traits se sont détendus et elle a repris son sourire habituel. « Non, très peu de gens la connaissent », a-t-elle murmuré d'un air songeur, et son corps gracieux m'a presque paru flotter dans les airs quand elle a traversé la pièce pour s'asseoir dans le canapé peu accueillant qui se trouvait près de la fenêtre, avant de replier ses jambes contre sa poitrine. Elle était pieds nus, et sa décontraction me paraissait en décalage total avec l'aspect austère de son environnement. Son regard était rivé sur la peinture, qu'elle observait d'un air à la fois émerveillé, méditatif et respectueux. « C'est une histoire qu'on m'a racontée il y a des années de cela, et qui m'a vraiment parlé.

— C'est vous, sur le tableau ? me suis-je enquise.

— Oui, a-t-elle répondu. Vous m'impressionnez, c'est la première fois que quelqu'un le remarque. Je connaissais l'artiste, et j'ai posé pour elle.

— C'est vraiment une très belle peinture », ai-je commenté. J'ai eu envie d'ajouter qu'elle était d'autant plus remarquable qu'elle en avait été le modèle, mais je me suis retenue : compte tenu de son identité, cela aurait été déplacé. « Eh bien, je m'excuse de vous déranger, mais pourriez-vous me passer votre téléphone pour que j'appelle Scott ?

— Bien sûr, bien sûr. » Elle m'a tendu le combiné, mais d'un peu trop loin pour que je puisse l'attraper. « Je suis ravie que vous vous soyez enfermée dehors, m'a-t-elle dit. Ça m'a donné l'occasion de vous rencontrer. Scott m'avait un peu parlé de vous, mais je suis vraiment contente d'avoir fait votre connaissance.

— Mais moi aussi, lui ai-je répondu, je suis ravie de vous avoir rencontrée, bien que je le sois beaucoup moins de m'être enfermée dehors.

— Vous n'êtes pas du tout comme je me l'imaginais.

— Et c'est une bonne chose ? » lui ai-je demandé.

Elle a hoché la tête avec un enthousiasme sincère. « Une très, très bonne chose. »

Mirabelle est assise sur les marches quand j'ouvre la porte. Elle porte toujours son imperméable, son téléphone est dans sa main, et on dirait qu'elle n'a ni marché dans la maison, ni monté l'escalier, ni même bougé depuis mon départ.

Au moment où je referme la porte, aussi silencieusement que possible, elle se lève, se dresse sur ses jambes et me domine de toute sa hauteur. Elle est magnifique, sculpturale et égale à elle-même : confiante, mais décontractée.

Nous nous jaugeons l'une l'autre de chaque côté du gouffre du couloir, comme deux animaux jetés dans une cage et contraints de se battre pour en sortir. Je l'examine de nouveau : elle n'est pas si confiante et décontractée. À y regarder de plus près, sa posture est figée et défensive, sa bouche est une ligne de silence brun noir, ses yeux clairs épient avec défiance le moindre de mes mouvements.

Je lève les yeux vers l'étage, et concentre toute mon énergie à essayer de percevoir quelque chose, le moindre petit son, le moindre petit indice qui pourrait me laisser entendre que mes filles vont bien, qu'elle ne leur a pas fait de mal.

« Je ne leur ai rien fait, me dit-elle. Je n'ai pas bougé d'ici. Et je ne les ai pas entendues depuis ton départ. »

En me précipitant vers la maison, mue par la terreur, le désespoir et le besoin instinctif de protéger mes enfants, je n'ai pas réfléchi à ce que j'allais lui dire. Au fond de moi, je m'imaginais juste que j'allais me battre avec elle pour l'arracher du chevet de mes filles, où elle se trouverait forcément, debout devant le grand lit, un oreiller à la main. Mais maintenant que je constate qu'elle est restée sagement assise à attendre mon retour, tout cela me semble presque risible.

J'ai vu Mirabelle, c'était hier. Hier. Apparemment, elle était sortie faire des courses, vêtue de son survêtement bleu nuit, ses baskets blanc et argent aux pieds, ses cheveux enroulés en chignon, des lunettes de soleil posées sur le nez. Et j'ai trouvé particulièrement étrange qu'elle marche sur le trottoir situé de l'autre côté de notre maison, presque comme si elle essayait de m'éviter, moi qui étais sortie pour aller chercher la poubelle des recyclables et pour bavarder avec elle.

Il m'a semblé qu'elle m'avait vue, mais plutôt que de traverser pour venir me dire bonjour, elle a continué son chemin, en accélérant le pas. Je l'ai appelée, lui ai demandé pourquoi elle n'était pas au travail, et elle s'est retournée, m'a souri, mais ne s'est pas arrêtée. Elle a simplement indiqué un point sur son poignet nu et agité la main dans ma direction, avant d'accélérer encore le pas et de disparaître au coin de la rue.

Je me suis demandé pourquoi elle n'avait pas traversé, mais maintenant, je comprends : elle ne pouvait pas parler à l'épouse de l'homme qu'elle venait de dénoncer à la police.

Savait-elle qu'ils allaient l'interpeller dans la soirée, devant les enfants ? Se doutait-elle qu'elle était sur le point de briser ma vie ?

Mirabelle, la femme qui a dénoncé mon mari, se tient parfaitement immobile devant moi, comme si le temps s'était arrêté. Mais elle est sur ses gardes. Prête à se battre, si nécessaire. Mon reflet parfait, en somme. Je suis pétrifiée, moi aussi, figée, mais également prête à me défendre en cas de besoin.

De temps à autre, son regard se tourne vers la porte, et je finis par comprendre qu'elle attend que je libère le passage pour refermer le gouffre qui nous sépare, juste le temps nécessaire pour qu'elle puisse s'enfuir.

Mirabelle a peur. De moi ? D'être ici ? De ce qu'il adviendra de sa crédibilité quand la police découvrira qu'elle se trouvait dans la maison de son agresseur présumé pour veiller sur ses enfants le soir où il a été arrêté ?

Je fais un pas sur le côté, et je vois ses muscles se contracter. Oui, c'est bien de moi qu'elle a peur. De moi. Je m'éloigne encore de la porte en faisant un nouveau pas vers la gauche ; elle se dirige vers la droite. Et nous continuons de nous déplacer de cette façon, presque circulaire, le regard fermement fixé sur notre adversaire, déterminées à ne pas laisser à l'autre le moindre avantage, jusqu'à ce que je me retrouve sur la première marche de l'escalier, et elle devant la porte.

Sans détacher son regard du mien, elle tend le bras en arrière pour tourner la poignée.

« Pourquoi m'as-tu répondu au téléphone ? Après ce que tu as fait..., lui demandé-je avant qu'elle ne s'échappe.

— Tu ne peux pas comprendre », me répond-elle.

Elle a sans doute raison. Je ne pourrais pas la comprendre. Je ne comprends pas. Je ne comprends rien de ce qui se passe. Je ne réponds pas.

Dans la maison, le silence est si pesant que le cliquetis de la porte qui se referme derrière elle me fait l'effet d'une bombe qui viendrait d'exploser.

Beatrix

Il était sympa, j'ai passé une bonne soirée. Alors, vais-je lire le livre de Rufus ? Un jour, peut-être, mais maintenant ? Sûrement pas. Ou peut-être que si, après tout, je me tâte. Il était sympa, il m'a fait rire, j'ai beaucoup souri. Mais tout de même, que voulez-vous ? Il n'y a pas eu la petite étincelle.

Oh, je vous vois venir. Vous vous dites que je suis le genre de fille qui vit dans ses rêves et ne sait pas reconnaître les bonnes choses quand elle y goûte. Eh bien, non, je ne suis pas comme ça ! Je suis juste une fille qui préfère commencer par la dernière page. Il m'a raccompagnée jusqu'à la station de taxis du bas de la rue, et nous sommes restés là quelques instants, mal à l'aise, à nous demander si nous devions ou non nous embrasser. Je voyais bien qu'il avait envie de le faire, mais je n'étais pas sûre que ç'aurait été une bonne idée. Et l'occasion a fini par passer, alors je me suis hissée sur la pointe des pieds (plus pour l'effet de style que par nécessité, puisque je portais bien sûr des talons vertigineux) et j'ai pressé mes lèvres sur sa joue. Il a glissé son bras autour de ma taille et m'a serrée contre lui.

« Alors ? Éliminé ? m'a-t-il demandé quand j'ai fait un pas en arrière et qu'il s'est vu contraint de me lâcher.

— Pas encore », lui ai-je répondu. Que vouliez-vous que je lui dise, alors qu'il était là, devant moi ? « *Ouais, désolée, mon gars, ça ne pourra pas coller* » ? Allons, ce n'est pas mon genre.

Le taxi va arriver à Providence Close par l'extrémité de la rue qui est la plus proche de la maison de Tami et Scotty. Ce qui me fait penser que Tami ne m'a ni appelée, ni envoyé de message. Étonnant. En général, quand je sors avec un garçon, elle cherche toujours à prendre de mes nouvelles pour s'assurer qu'il ne m'est rien arrivé (elle a vraiment tendance à se comporter avec moi comme une grande sœur). D'ailleurs, je trouve que mon téléphone s'est montré particulièrement silencieux durant la soirée. Je ferais bien de vérifier. J'ouvre mon sac, fouille et finis par le trouver. Écran noir. Après quelques vaines tentatives visant à le rallumer, je dois me résoudre à l'évidence : la batterie est à plat. Saleté de téléphone ! Je l'ai chargé cet après-midi. Tiens, c'est bizarre, ça. J'ai dû passer un meilleur moment que je ne le pensais, si je n'ai même pas remarqué qu'il était éteint. D'ordinaire, je suis toujours collée à mon téléphone. Oui, oui, même quand je suis en bonne compagnie.

S'il y a de la lumière chez les Challey, je m'arrêterai, me dis-je au moment où le chauffeur ralentit pour tourner au coin de la rue. Je me penche vers la fenêtre ; la maison est plongée dans le noir. Je jette un œil à l'horloge digitale du taxi : 22 h 55. Bien trop tôt pour qu'ils soient tous couchés. À cette heure-là, normalement, Tami est dans son bureau, en train de plancher sur un projet qui fera passer l'image d'une petite société, ou même d'une grande, du statut de « sympa » à celui d'« extrêmement professionnelle et stylée » ; Scotty, quant à lui, est généralement quelque part en train de faire l'idiot sur son ordinateur.

Et s'il leur était arrivé quelque chose ?

Le chauffeur continue sa route en direction de mon appartement.

Je me demande ce qui a bien pu se passer, un jeudi soir à Hove, pour qu'ils aillent tous se coucher si tôt, mais je suis certaine que je ne tarderai pas à le découvrir. Rien ne reste jamais secret bien longtemps, à Providence Close.

Tami

Quinze ans plus tôt

« Tu en es sûre ? m'a demandé Scott.

— Je ne t'en aurais pas parlé si ce n'avait pas été le cas.

— Tu as fait un test ? »

À ces mots, je me suis emparée de mon sac en toile, dans lequel j'ai fouillé quelques instants, avant d'en sortir les bâtonnets pour les lui montrer. « Un test ? Non, six. Et c'est marrant, mais ils disent tous la même chose. »

Dans un geste de désespoir, il a placé ses poignets sur ses yeux. « Oh… Merde ! » Scott venait de voir son rêve de MBA disparaître dans un nuage de couches, de biberons et de grenouillères. Et tout en enterrant ses projets d'avenir, il se demandait s'il m'aimait vraiment, s'il ne s'était pas trompé à ce sujet et s'il y avait ou non un moyen de se sortir de cette impasse.

Assise avec mon sac entre les pieds, et les bâtonnets qui pesaient dans ma main, je l'ai regardé vivre ce que j'avais moi-même vécu quelques heures plus tôt, quand j'avais vu ma promotion à la tête du service communication se désintégrer devant mes yeux, vision d'horreur à la suite de laquelle j'avais brièvement remis en question les sentiments que j'éprouvais pour lui. Le tout avait duré quelques secondes. Une minute tout au plus. Mais certainement moins de temps que la phase de doute par laquelle il était manifestement en train de passer.

« Je croyais que tu prenais la pilule », a-t-il fini par dire. Sa rancœur était dissimulée par le ton de sa voix, mais elle transparaissait nettement dans les termes qu'il avait choisis.

« C'est ce que je fais. Mais ce n'est sûr qu'à quatre-vingt-dix-neuf pour cent. Et comme par hasard, c'est moi qui suis tombée sur le un pour cent restant. Je devrais m'acheter un billet de loto.

— Je ne trouve pas ça drôle.

— Tu devrais… » Il était assis sur le seul et unique fauteuil de son studio, ses jambes repliées contre sa poitrine, son visage semblant taillé dans la pierre. « C'est complètement fou. Et je crois que ça va être plus drôle encore si tu me demandes si je suis sûre qu'il est bien de toi. »

Son visage est resté de marbre, mais il a modifié l'orientation de son regard, confirmant ainsi mon impression : il avait bien envisagé de me poser la question.

« Espèce de connard. Et dire que je me suis laissé avoir par tous tes beaux discours… »

Va-t'en, Tami. Va-t'en, me suis-je dit en moi-même. *Sors-toi de là et fais ta vie de ton côté.*

J'ai pris soin de déposer les six bâtonnets sur le rebord du lit, avant de ramasser mon sac et de me lever. « À la prochaine », lui ai-je lancé. Je savais parfaitement qu'il n'y aurait pas de « prochaine ». Non, je ne le reverrais pas. Même s'il essayait de modifier le tour qu'avaient pris les événements, même s'il essayait de faire les choses bien, je n'aurais pas envie de le revoir.

J'ai refermé la porte derrière moi. Et, en constatant qu'il ne l'avait pas rouverte immédiatement pour me demander de revenir, j'ai senti mon cœur se serrer. Je suis restée immobile quelques secondes, luttant de toutes mes forces pour me ressaisir. Je devais déjeuner avec ma famille, je ne pouvais pas y aller dans cet état, il fallait que je me blinde. Que j'ignore le trou noir qui se trouvait désormais à l'emplacement de mon cœur, et que je me concentre sur le futur qui était en train de grandir en moi.

Plongée dans la pénombre de la chambre, j'ai les yeux rivés sur la fenêtre, et les respirations mal synchronisées de Cora et Anansy sont la toile de fond de mes pensées. Un taxi, qui vient de s'engager dans notre rue, avance à une vitesse d'escargot en direction de la maison de Mirabelle. J'essaie de passer ma vie au crible, de fouiller dans mes souvenirs pour y dénicher le grain de sable qui, enseveli dans mon passé, détient en lui l'indice qui me permettra d'expliquer pourquoi Scott s'est retrouvé dans une salle d'interrogatoire et pourquoi je me suis retrouvée dans cette vie qui me paraît être devenue soudain un véritable enfer.

Quinze ans plus tôt

« Mais comment est-ce que tu as pu oublier de m'apporter des frites ? » s'est exclamé Sarto, avec une moue boudeuse. Il avait beau être l'aîné de nous trois et approcher de la trentaine, il n'avait jamais cessé d'éprouver le besoin de bouder.

« Prends des miennes, si tu veux, lui ai-je proposé en lui présentant mon sachet ouvert. Prends-en, je te dis. » Toutes les deux ou trois semaines avaient lieu ces déjeuners en famille au cours desquels nous nous efforcions de faire comme si nous n'avions pas tous profondément déçu nos parents : moi, à cause de l'université ; Genevieve, avec sa fugue et son mariage à Las Vegas ; et Sarto parce qu'il prenait son temps pour finir ses études de médecine. Genevieve et moi passions à la maison (Sarto y vivait toujours), et généralement, c'était maman qui faisait la cuisine. Mais, ce jour-là, peu de temps après son arrivée, Genevieve avait dit qu'elle s'occuperait du repas. Nous l'avions tous regardée, complètement sidérés à l'idée qu'elle puisse faire la cuisine. Manifestement satisfaite, elle nous avait alors jeté un regard entendu, avant de nous annoncer qu'elle allait au fast-food du coin. Dont elle était revenue sans frites pour Sarto.

« Ce n'est pas le problème, a gémi Sarto. C'est une question de principe. Ma sœur est allée au fast-food et a rapporté de quoi manger pour tout le monde. Tout le monde, sauf moi. Qu'est-ce que je dois en déduire, hein ? Je suis un homme ; je devrais me faire servir ; on ne devrait pas m'oublier. »

Je me suis efforcée de tousser pour recouvrir mon rire. J'étais quasiment certaine que Genevieve l'avait fait exprès. Et cela, précisément à cause de ce genre de propos, auxquels Sarto se livrait souvent et qui ne manquaient jamais de réveiller la féministe radicale qui sommeillait en elle. Amusée, j'ai décidé d'ignorer Sarto, ce qui a eu pour effet de l'énerver davantage, bien plus, en tout cas, que si j'avais essayé de le contredire.

« Mais quelle idiote ! » s'est exclamée Genevieve avec une emphase feinte. « Quelle écervelée ! La prochaine fois, tu ferais mieux d'envoyer un homme te chercher des frites. Au moins, tu seras sûr qu'il n'oubliera pas à quel point tu es supérieur à toutes les femmes de la terre.

— Combien de fois est-ce qu'il faudra que je te le répète, ma pauvre amie ? Je ne suis pas supérieur à toutes les femmes de la terre, je suis supérieur à tous les gens de la terre. »

C'est à ce moment-là que la sonnette a retenti. Naturellement, tous les regards se sont tournés vers moi : comme j'étais la plus jeune, c'était toujours à moi qu'incombait la tâche d'aller ouvrir la porte, de débarrasser la table et de faire toutes les autres choses que les autres n'avaient pas envie de faire. Je me suis concentrée sur mes frites, que j'ai entrepris de pousser dans mon assiette avec ma fourchette et mes doigts. La réaction de Scott face à l'annonce de ma grossesse était toujours bien présente dans mon esprit, malgré les deux heures qui avaient passé, et je n'étais pas d'humeur à me laisser malmener encore une fois.

Ding dong, a refait la sonnette. Je me suis léché les doigts et me suis nonchalamment emparée du ketchup et de la *salad cream*.

« Cette famille, c'est vraiment n'importe quoi, a dit Sarto en se levant dans un grincement de chaise. N'importe quoi ! »

Genevieve s'est mise à ricaner, et je n'ai pas pu m'empêcher de sourire. Ce pauvre Sarto en prenait vraiment pour son grade, ce jour-là. « Tamia ! a-t-il crié. C'est pour toi ! »

Et à la façon dont il a prononcé mon nom, j'ai immédiatement compris de qui il s'agissait. Je n'arrivais pas à croire qu'il ait eu l'audace de venir, alors qu'il n'ignorait rien de l'accueil que l'on réservait ici aux gens de son type (du type Challey).

« Tamia ! a de nouveau crié Sarto, plus fort, cette fois-ci. Scott Challey pour toi ! » Il avait dit cela pour que tout le monde comprenne bien ce que je faisais, le genre de personnes avec qui je fraternisais. Et comme il l'avait certainement deviné, toutes les têtes se sont tournées vers moi.

« Un Challey ? a murmuré papa.

— Ici ? » a balbutié maman d'une voix tout aussi faible.

Genevieve n'a rien ajouté, elle s'est contentée de dégager ses longues mèches de cheveux noirs de son visage et de me fixer, jusqu'à ce que mon regard rencontre le sien. Son expression est alors passée de la consternation à la déception, profonde et douloureuse. « *Est-ce comme ça depuis tes douze ans ?* » me demandait-elle silencieusement.

« Ne laissez pas Sarto manger toutes mes frites, ai-je lancé pour combler le vide que la stupéfaction avait fait naître dans la pièce. J'ai dit qu'il pouvait en prendre, mais il est hors de question qu'il les mange toutes.

— Je les garderai au péril de ma vie », a répondu Genevieve, en se détournant de moi. Elle ne voulait même plus me regarder. Elle avait rejoint le camp de mes parents, dont elle partageait désormais la déception à mon égard. Mais que savait-elle de mes sentiments ? Elle ne pouvait pas comprendre à quel point je regrettais d'être sortie avec un garçon que je n'aurais jamais dû fréquenter pour découvrir, au final, après être tombée amoureuse et enceinte de lui, qu'il n'était pas celui que je croyais.

Sentant peser leurs regards sur moi, je me suis levée avec peine et ai quitté la pièce.

« Le déjeuner attend, ne traîne pas, a marmotté Sarto d'une voix sinistre, alors que j'attrapais mon manteau.

— Tu n'es pas mon père, au cas où tu l'aurais oublié.

— En effet. Si c'était le cas, ça ne se passerait pas comme ça, l'ai-je entendu répondre au moment où je lui ai claqué la porte au nez.

— Tu es malade, d'être venu ici », ai-je sifflé à l'attention de Scott quand nous sommes arrivés sur le trottoir. Je n'osais pas me retourner vers la maison, de crainte de les voir tous attroupés derrière la fenêtre. Aussi me suis-je mise à marcher rapidement vers le bout de la rue pour m'éloigner d'eux autant que possible. « Toute ma famille est là. Ils vont s'imaginer… » *La vérité, rien de plus.*

« Pardon, excuse-moi, mais il fallait que je te voie. J'ai essayé de te retenir, mais tu étais déjà partie.

Tu n'étais pas chez toi, et je me suis rappelé cette histoire de déjeuners en famille le samedi, alors évidemment…

— Évidemment quoi ? Qu'est-ce que tu veux ?

— Excuse-moi. Je suis vraiment, vraiment désolé. Je me suis mal conduit. Bien sûr que je t'aime. Bien sûr que je sais que le bébé est de moi. Tu es la meilleure chose qui me soit jamais arrivée, et ce bébé le sera également, si tu souhaites le garder. Et si tu ne le souhaites pas, ce sera très bien aussi. Mais sache que, quelle que soit ta décision, je serai avec toi. Je suis désolé de ne pas t'avoir dit tout ça avant.

— Le problème, c'est que…

— Non, non, non. » Contre toute attente, il s'est arrêté de marcher et s'est jeté à genoux devant moi. « Si tu me parles de problème sur ce ton-là, c'est que tout est fini entre nous. Et cela, je ne pourrais pas le supporter, je n'arrive même pas à me l'imaginer. Je regrette de ne pas m'être mieux comporté, mais je suis là, maintenant. Je veux être avec toi. Je veux te soutenir, t'encourager. Je mérite certainement d'être "jeté dans le caniveau", comme ils disent dans le *Jerry Springer Show*, mais, s'il te plaît, je t'en supplie, laisse-moi une seconde chance.

— Et pourquoi y aurais-tu droit ?

— Mais parce que je t'aime ! Parce qu'on est bien tous les deux. Parce que, quand tu n'es pas là, j'ai l'impression qu'il me manque une partie de moi-même. Je t'aime, je t'aime.

— Eh bien, tu sais, parfois, l'amour ne suffit pas. Qu'est-ce qui me dit que tu ne vas pas recommencer ? Je veux dire, te défiler face à quelque chose dont on sera tous les deux responsables ? Ou bien te mettre à me soupçonner de coucher avec d'autres types ? Un bébé, c'est une source de pression, tu sais, et si tu ne te sens pas capable de gérer ça, eh bien, je préfère que tu partes !

— S'il te plaît, je t'en supplie. Je ferai tout pour que ça marche. Tout. Demande-moi n'importe quoi, je le ferai. Mais ne me laisse pas tomber, je t'en prie. »

Je sentais les gens nous épier derrière leurs doubles rideaux, réfléchissant déjà aux ragots qu'ils allaient pouvoir colporter : un Challey à genoux devant une Berize, dans la rue, les mains jointes, en train de la supplier de lui accorder quelque chose.

« Lève-toi, Scott.

— Non. Pas question. Je ne me lèverai pas tant que je n'aurai pas réussi à te faire comprendre à quel point je suis désolé, à quel point je t'aime et à quel point je souffrirais si tu ne m'accordais pas de seconde chance.

— Mais les gens nous regardent... »

Il a jeté un coup d'œil autour de lui. La rue était déserte, mais on pouvait parfaitement sentir les regards qui pesaient sur nous. « Qu'est-ce que ça peut faire ? Je t'aime, et je me fiche complètement de ce que les autres en pensent. » Brutalement, il a écarté les bras et rejeté la tête en arrière. « JE SUIS AMOUREUX DE TAMIA BERIZE ! » a-t-il beuglé, avant de baisser la tête et d'ajouter, d'une voix plus basse : « Tu vois ? Je me fiche bien de ce que les autres peuvent en penser. Je veux t'aimer jusqu'à la fin de mes jours. Et je veux aimer le bébé, aussi. »

Autour de nous, des portes ont commencé à s'ouvrir, des doubles rideaux à se tirer.

« Très bien, je t'accorde une seconde chance. Mais c'est la dernière fois, je te préviens. Au moindre truc plus ou moins louche, je m'en vais. Tu m'as bien comprise ?

— Il n'y aura pas d'autre truc louche. Plus jamais je ne referai le con, je te le promets. » Il s'est remis sur ses pieds, un large sourire aux lèvres. Et, devant tout le quartier, il m'a embrassée, en posant doucement sa main sur mon ventre, refermant ainsi le cercle qui faisait de nous une famille.

Mon portable bipe sur mes genoux. Mon cœur fait un bond dans ma poitrine, et je vérifie immédiatement que le bruit n'a réveillé ni Cora ni Anansy. Sous la couette couleur chocolat se découpent leurs deux silhouettes, parfaitement immobiles. Ça ne peut pas être Scott. Je sais qu'il ne sortira pas ce soir, ses téléphones sont en bas, et, de toute façon, que pourrait-il me dire dans un texto pour expliquer ce qu'il s'est passé aujourd'hui ? Sans même prendre la peine de vérifier l'identité de mon correspondant, j'éteins mon téléphone et ramène mes genoux sous mon menton. J'ai besoin de dormir.

Quinze ans plus tôt

Elle était douce et aimable, et son calme, presque olympien, réussissait à filtrer à travers le brouillard de douleur et d'épuisement. « Comment vous sentez-vous, mademoiselle Berize ?

— Bien, je crois », ai-je murmuré entre mes lèvres bleuies. La fatigue ne me permettait pas de garder les yeux ouverts plus de quelques secondes d'affilée ; mes paupières ne cessaient de se refermer, alors que le reste de mon corps luttait pour sortir des brumes du sommeil.

« Vous avez perdu beaucoup de sang, vous savez ? Je ne serais pas surprise si vous vous sentiez épuisée. »

J'ai hoché la tête. Épuisée. Et aussi dévastée.

La main de Scott était recourbée autour de la mienne, comme un chat endormi, enroulé autour des pieds de son propriétaire bien-aimé. Il ne m'avait pas lâchée de tout le temps où nous avions attendu dans ce box.

« Je suis désolée, a poursuivi la douceur incarnée. Nous ne pouvons rien faire, je suis vraiment désolée.

— Vous ne pouvez pas sauver le bébé ? a-t-il demandé.

— Pas à cette étape de son développement. Nous ignorons les causes exactes de ce qui est arrivé, mais ce genre de chose se produit malheureusement très souvent. Je suis sincèrement désolée. »

J'ai hoché la tête.

« Comme vous avez perdu beaucoup de sang, nous préférerions vous garder ici jusqu'à ce que nous soyons certains que le processus est bien achevé. Vous comprenez ? »

De nouveau, j'ai hoché la tête, trop épuisée, trop bouleversée pour dire quoi que ce soit.

Des larmes coulaient sur le visage de Scott, un flot intarissable. Il n'a pas lâché ma main pour les essuyer, il s'y est accroché fermement, laissant à chacun l'occasion de voir que son cœur à lui était également brisé.

Quatorze ans plus tôt

« Viens dehors avec moi », m'a dit Scott, au beau milieu de la nuit, en tirant sur le coin de l'édredon rouge et blanc dans lequel je m'étais emmitouflée.

Il était venu dans mon studio pour s'occuper de moi quand j'étais rentrée de l'hôpital à la suite de ma... fausse couche. Et il n'en était jamais vraiment parti. Comme il travaillait dans des bars pour financer ses études, il avait parfois des horaires décalés, mais il finissait toujours par revenir à moi. Par se glisser dans mon lit et se blottir contre mon dos, le choc provoqué par la fraîcheur de son corps me tirant souvent du sommeil pendant quelques secondes, avant que le réconfort de sa forme familière ne me ramène dans ses brumes. « Je t'aime, TB », me murmurait-il toujours à l'oreille. « Tu es tout pour moi. »

« Tu es fou, ou quoi ? lui ai-je répondu, en essayant de retrouver cette délicieuse marque chaude que mon corps avait laissée dans la couverture. Il fait nuit, je dors.

— Allez, viens. Juste une minute. Je te promets que tu ne le regretteras pas. »

Agacée, je me suis assise sur le lit, en tirant violemment l'édredon sur moi. « Je te préviens que ç'a intérêt à en valoir le coup, Challey. »

Debout devant le lit, il portait toujours son manteau noir et son écharpe grise. Et il tenait entre les mains mon long manteau gris, dans lequel je me suis glissée avec une satisfaction certaine. Le chauffage était en panne depuis le matin, et la fraîcheur de cette nuit de février s'était infiltrée à l'intérieur du studio. Devant la porte d'entrée, il m'a tendu mes après-skis, bien qu'il ne neigeât pas.

« Est-ce qu'il faut que je ferme les yeux, ou un truc comme ça ? lui ai-je demandé, quand nous sommes arrivés sur le palier.

— Si tu veux. Mais ne viens pas te plaindre si tu te ramasses par terre, m'a-t-il répondu en riant de lui-même.

— Pfff... », ai-je fait en lui donnant une petite tape sur l'épaule.

À l'extérieur, l'air pur et frais a dissipé les derniers filaments des brumes du sommeil qui tapissaient encore les recoins de mon esprit, et je me suis tout à coup sentie parfaitement réveillée.

« Tah dah ! » s'est-il exclamé, tel un présentateur de télé, en pointant du doigt la voiture qui était garée juste en face de l'immeuble. C'était un véhicule ancien, plus vieux que nous, plus rouillé que toutes les voitures que j'avais jamais eu l'occasion de voir, mais propre et bien lustré.

« Qu'est-ce que c'est ?

— Une voiture. *The* voiture. Je t'ai acheté une voiture ! » J'ai cligné des yeux, surprise. « Tu as quoi ?

— Je t'ai acheté une voiture.

— Waouh », ai-je murmuré, sans parvenir à détacher mon regard de la surface lisse et bordeaux de la voiture qui se trouvait en face de moi. J'aurais été incapable de dire de quelle marque elle était. Mais c'était une voiture. « Je n'arrive pas à croire... Mais où est-ce que tu as trouvé l'argent ?

— Je l'ai gagné à la sueur de mon front et je l'ai mis de côté, lentement mais sûrement, s'est-il empressé de répondre d'un air de défi. Si tu ne me crois pas…

— Mais je te crois, l'ai-je interrompu. Bien sûr que je te crois. Je suis simplement curieuse de savoir comment tu as fait, alors qu'en travaillant dans deux bars différents, tu as à peine de quoi sortir la tête de l'eau et payer tes études.

— J'ai fait des extras en journée pour pouvoir économiser. » Il a passé ses bras autour de mes épaules, ce qui m'a fait l'effet d'un cardigan que l'on aurait négligemment déposé sur mon dos. « Elle te plaît ?

— Je l'adore, ai-je répondu. Mais… je ne vois pas comment tu as pu faire des extras de jour, puisque le jour, tu es à la fac.

— Je fais une petite pause, en ce moment. Mais je compte y retourner bientôt.

— Scott ! C'est important, la fac !

— Dit celle qui n'y est jamais allée.

— Oui, bon, mais je pourrais toujours y aller plus tard. Alors que toi, tu y es déjà. Tu ne peux pas fiche en l'air cette opportunité. »

Manifestement pressé de changer de sujet, il m'a demandé : « Tu sais pourquoi je t'ai acheté cette voiture ?

— Euh… Non.

— Parce que je pense qu'on devrait le faire. Je pense qu'on devrait profiter de cette promotion qu'on t'a proposée pour aller à Brighton.

— Non. On en a déjà…

— Écoute, je trouve ça complètement stupide que tu restes ici à cause de moi. Parce que, quoi que tu puisses en dire, c'est à cause de moi.

— Il y aura d'autres opportunités.

— TB, on t'a proposé de prendre la tête du service communication d'une multinationale, et, si tu acceptais, tu deviendrais la plus jeune personne de l'histoire de l'entreprise à assumer ces fonctions. Tu ne t'imagines même pas à quel point je suis fier de toi. Je ne peux pas te laisser passer à côté de tout ça à cause de ton petit ami.

J'ai rejeté la tête en arrière pour pouvoir le regarder ; il a baissé la tête vers moi pour pouvoir me regarder. « À mes yeux, tu es bien plus qu'un petit ami. » Ce qui s'était passé nous avait profondément changés, individuellement et dans notre relation. Notre amour n'était plus caché, mais exprimé, affiché. Les moments que nous passions ensemble étaient toujours privilégiés, savourés.

« On met tout ce qu'on a dans cette voiture et on prend la route de Brighton. Une fois là-bas, on s'installe, on fait notre vie, et tu sais, on pourrait peut-être songer à réessayer, disons dans deux ans. » Je n'ai eu aucun mal à comprendre ce qu'il voulait dire : nous voulions tous les deux essayer de concevoir un autre enfant. Mais pour cela, nous devions attendre le bon moment, attendre que tout soit en place. « Je pourrais toujours prendre la voiture pour aller à la fac, le temps que j'en trouve une plus proche de Brighton.

— Tu veux m'épouser ? » lui ai-je demandé.

Les traits de son visage se sont adoucis, dessinant un sourire que je ne lui avais jamais vu jusqu'alors. Un sourire qui aurait dû être immortalisé en peinture, en sculpture ou je ne sais quoi, car il avait la texture du bonheur. « Oui, a-t-il répondu. Oui, je veux t'épouser. Je n'arrive pas à croire qu'il t'ait fallu tant de temps pour me le demander.

— Je voulais juste être sûre de moi », ai-je dit en riant, avant de tourner de nouveau mon regard vers la voiture. Notre voiture. « C'est tellement spécial, ai-je murmuré. C'est un cadeau qui renferme en lui toute une vie nouvelle.

— Tu le mérites, mon amour.

— Au fait, tu sais que je n'ai pas le permis.

— Quoi ? s'est-il exclamé, manifestement très déçu. J'étais persuadé que si. Ah, c'est tout moi, ça : acheter un cadeau sans prendre le temps de vérifier que son destinataire peut l'utiliser.

— Hé ! Je rigole ! me suis-je exclamée en éclatant de rire.

— Pff. » Il a ri à son tour, et s'est mis à me chatouiller, sans discontinuer, encore et encore, jusqu'à ce que, à bout de souffle, je lui promette de ne plus jamais lui jouer de mauvais tours de ce genre.

Je pose mes doigts sur mon alliance de platine, froide et lisse. Et je la fais tourner dans un sens et dans l'autre autour de mon index. C'est complètement illogique. Complètement absurde.

4

Beatrix

S'il y a bien un truc que je n'aime pas dans la vie de célibataire, c'est me réveiller seule. Le reste est parfaitement supportable, quoi que les gens puissent en dire. Mais se réveiller seul, croyez-moi, c'est vraiment ce qu'il y a de plus dur.

Je me languis de quelqu'un avec qui dormir. On peut coucher avec plein de gens, tout le temps, sans arrêt, c'est facile quand on est prêt à faire des concessions (nombreuses), et notamment sur la qualité. Mais trouver une personne avec qui on s'entende suffisamment pour dormir avec elle, eh bien je peux vous dire que ce n'est pas de la tarte.

J'adore me réveiller dans les bras d'un homme, sentir un corps contre le mien, avoir l'impression de faire partie d'un tout. J'aime ça et j'ai besoin de ça, parfois davantage que de sexe. Mais on dirait que ça ne fonctionne pas vraiment très bien avec les aventures d'un soir, allez savoir pourquoi. Sans doute parce qu'il est bien plus difficile de faire « comme si ». Vous ne pouvez pas vous laisser aller à vous détendre et à dormir paisiblement quand vous savez que le type sera de toute façon parti quelques heures après votre réveil, si tant est qu'il ne parte pas avant l'aube. Et en admettant qu'il reste un peu, qu'il y ait entre vous cette alchimie qui conduit généralement à des ébats matinaux, vous savez qu'il finira tôt ou tard par partir pour ne jamais revenir. Ce qui revient à dire que, quand on a vraiment besoin de dormir avec quelqu'un, faire semblant pendant quelques heures, c'est bien pire que de ne pas l'avoir fait du tout.

Quand j'ai ouvert les yeux ce matin, je me suis sentie vraiment à plat. Ce qui me fait penser que mon portable est définitivement fichu, et que je vais devoir aller au bureau, alors que j'avais prévu de travailler chez moi, aujourd'hui. Je pourrais très bien me passer de faire la route jusqu'au Kent, mais mes supérieurs n'ont aucun moyen de me joindre, si ce n'est par email, ce qui, pour quelque obscure raison, ne constitue pas un moyen de communication fiable à leurs yeux.

Malgré tous mes efforts, je n'arrive pas à atteindre le bord du lit, mon corps ne suffit pas à le remplir de lui-même.

Et tout à coup, je ne sais pas pourquoi, mais je pense à Tami et Scotty. Ils doivent être en train de se réveiller, en ce moment, blottis l'un contre l'autre, peau contre peau, si proches qu'ils pourraient presque ne faire qu'une seule et même personne. J'imagine Scotty en train d'embrasser Tami sur les cheveux, comme je l'ai vu faire des milliers de fois ; j'imagine Tami se retourner et enfouir sa tête dans le creux de son cou en souriant. J'ai l'air d'être jalouse ? Eh bien oui, je le suis. Je suis jalouse de quasiment tous les couples qui dorment ensemble, Tami et Scotty compris.

Au fait, cela fait plusieurs fois que je vous en parle, maintenant, et je suis sûre que vous êtes curieux de savoir comment je les ai rencontrés. Alors, voilà : il y a neuf ans environ, le banquier qui habitait au 18, Providence Close a perdu son job (et si vous voulez mon avis, ce branquignol, pardon, je voulais dire ce banquier-là, le méritait bien). Je le connaissais un peu, parce que, à cette époque, je travaillais à la City, où il trafiquait des trucs louches depuis des années. Bref, il fallait qu'il vende sa maison assez rapidement, alors, quand ce jeune couple est arrivé, avec un énorme apport et la possibilité d'emménager assez vite, il la leur a cédée sans regret.

Neuf ans plus tôt

Qui allait emménager au 18 ? Difficile à dire. À chaque fois que je croisais un habitant du quartier, j'entendais une version différente. D'après Gus, du numéro 48, c'était un veuf et ses six enfants ; selon Leenie, du numéro 3, c'était une mère célibataire qui avait gagné au loto ; et à en croire Cleo, du numéro 96, c'était le banquier qui avait vendu la maison et qui l'avait rachetée sous un nom différent pour mieux tromper le fisc. Tout ça pour dire que, lorsque j'ai vu le nouveau propriétaire sortir de la maison, avec un T-shirt couvert de poussière, un jean élimé et des cheveux tout en broussaille, je me suis dit qu'ils s'étaient tous mis le doigt dans l'œil.

Un sourire s'est dessiné sur son visage quand il m'a aperçue. « Bonjour, m'a-t-il dit.

— On emménage, à ce que je vois ? ai-je répondu en m'arrêtant devant le petit portail de fer et en m'adossant à la boîte à lettres.

— Et ça prend du temps. C'est fou ce qu'on peut accumuler comme bazar…, a-t-il dit en haussant les épaules. Je ne comprends même pas comment c'est possible. »

J'avais trouvé vraiment mignonne la façon dont il avait froncé le nez pour bien montrer à quel point la situation lui paraissait déconcertante. Quant à son habitude (je pouvais dire que c'en était une rien qu'à la façon dont il l'avait fait) de passer sa main droite dans ses boucles brunes, elle m'avait vraiment paru torride. Mais c'est son sourire, légèrement plus haut d'un côté que de l'autre, qui a achevé de me séduire. Dans ma tête, déjà, nous nous étions embrassés, avions fait l'amour, nous étions installés ensemble, nous étions fiancés, avions fait un merveilleux mariage et essayions de concevoir un enfant. Le tout à l'instant même où il m'avait dit : « Je ne comprends même pas comment c'est possible. »

J'ai hoché la tête.

« Alors comme ça, vous êtes tout seul ? » ai-je dit en faisant de mon mieux pour dissimuler mes espérances. Un studio, aucune trace d'une femme qui lui donnerait un coup de main pour le déménagement, personne d'autre que lui dans ce qui semblait être une phase déterminante de son existence. Conclusion : il était célibataire et disponible. Tout comme moi. Pour le côté célibataire et disponible s'entend.

« Tout seul ? Non. Bien sûr que non. Je n'irais pas m'installer dans une maison aussi grande, si j'étais seul. Ma femme est restée dans notre ancien appartement, pour donner ses instructions aux déménageurs. Elle est enceinte de six mois, mais elle serait en train d'installer les affaires ici, si je l'avais laissée faire. C'est vraiment quelqu'un d'étonnant. Je n'arrive pas à la convaincre de ralentir le rythme. » Ah, marié. À la seconde où il a prononcé ces mots, j'ai éteint le néon « célibataire et disponible » qui clignotait dans mon esprit, me suis concentrée sur son alliance (d'un genre assez peu habituel, soit dit en passant) et, plus important encore, ai décidé d'en rester là. Je suis une adepte de la chasse à l'homme, j'aime les sensations que l'on ressent quand on rencontre quelqu'un et qu'on sait que cela peut nous conduire n'importe où, mais, comme je vous l'ai dit il y a une minute, j'ai moi-même été trompée, mon mari m'a fait ça, à moi, il m'a quittée pour quelqu'un d'autre, alors il était hors de question que je prenne à mon tour ce « chemin »-là.

J'ai rencontré Tami quelque temps plus tard, et j'en suis vraiment ravie, car Scotty et elle ont pris une place très importante dans ma vie. Je fais quasiment partie de leur famille, maintenant, et inversement.

Le glissement de l'eau sur mon corps fatigué est un véritable ravissement. Rien de tel que la première douche de la journée pour vous réveiller et vous remettre d'aplomb. Pour ne rien vous cacher, je suis un peu perturbée d'avoir constaté en passant que toutes les lumières étaient éteintes chez Tami et Scotty la nuit dernière. Ça ne leur ressemble pas. La dernière fois que ça s'est passé, c'est quand Cora a fait sa crise d'appendicite et a dû être conduite d'urgence à l'hôpital.

Je n'ai même pas le temps de faire un saut en allant au travail. Il faudra que j'attende ce soir. Ou peut-être plus tard, car qui sait à quelle heure je vais rentrer ? Ça m'ennuie, vraiment. J'ai la désagréable impression que quelque chose ne va pas, là-bas. J'ai l'impression… Mais je ne vous dirai rien, car vous vous moqueriez sûrement de moi. Allez, je ferais bien de finir de me doucher et de prendre la route du Kent. Dans la joie et la bonne humeur, s'il vous plaît.

Tami

« Des Rice Pops ? Encore ! proteste Cora, une fois son bol plein à ras bord de minuscules céréales pâles.

— Tu n'as pas eu de Rice Pops, hier ; je me trompe ? » Hier matin. Autant dire il y a une éternité.

« Non, répond-elle.

— Alors ? Quel est le problème ?

— On a toujours des Rice Pops.

— Oui. Sauf hier. Et si je me rappelle bien, avant-hier. Du reste, je crois pouvoir dire sans me tromper que c'est la première fois de la semaine que tu en prends.

— On a toujours des Rice Pops, répète-t-elle.

— Très bien. Ansy, tu veux des Rice Pops ? dis-je en prenant son bol rose à pois blancs et en faisant mine de le changer avec celui, bleu à rayures blanches, de sa sœur.

— D'accord, maman, répond Ansy. Mais je veux pas de cette cuillère de bébé, je veux la grande Wallace et Gromit. Pas la petite, la grande. »

Je procède à l'échange de bols et me retourne vers Cora. « Qu'est-ce que tu veux, à la place ? »

Ses grands yeux bruns sont baignés de larmes, sa bouche est incurvée vers le bas et son menton, tout plissé, tremble légèrement.

« Qu'est-ce qu'il y a ? lui dis-je.

— Je veux pas de ce bol, c'est un bol de bébé. »

Ce matin, elles se sont réveillées dans le grand lit, à quelques minutes d'intervalle, et elles sont toutes deux restées allongées, paisiblement, à regarder autour d'elles, comme pour intégrer les éléments qui les entouraient. Et puis elles se sont regardées d'un œil suspicieux et ont relevé les draps. C'est alors que Cora s'est aperçue qu'elle portait toujours son jean et son T-shirt des jeux Olympiques. Anansy, qui a l'habitude de revêtir son pyjama dès qu'elle rentre de l'école afin de gagner du temps pour plus tard, n'avait pour sa part pas eu l'occasion de retirer son peignoir rouge en éponge.

« Coucou, les dormeuses », leur ai-je dit d'une voix radieuse, tentant de faire passer en force un peu de normalité dans cette journée, qui, je le savais, ne tarderait pas à être souillée par des fragments de ce qui s'était passé la veille. J'étais restée assise entre elles toute la nuit, à dormir par intermittence, attendant vainement que quelque chose survienne, quelque chose qui finirait par me convaincre que j'avais imaginé tout ce qui s'était passé.

« Coucou, maman », ont-elles marmonné, en étirant les muscles de leurs petits corps. Alors, lentement, l'expression de leurs visages s'est modifiée. Comprenant que les événements de la veille étaient en train de se rejouer dans leurs esprits, je les ai prises dans mes bras et les ai serrées contre moi. « Tout va bien se passer, leur ai-je dit en déposant un baiser sur leurs fronts. Pour nous, et pour papa. Tout va bien se passer, je vous le promets. » Sans rien répondre, elles ont jeté ensemble leurs bras autour de mon cou, réussissant, Dieu sait comment, à éviter de se toucher l'une l'autre, et elles se sont accrochées à moi.

Mais, en ce moment même, il me semble bien qu'elles sont en train de me dire à leur façon qu'elles ne me croient pas.

« Et voilà », lancé-je en transvasant les Rice Pops dans le bol d'Anansy. Je sais pertinemment que ce ne sera pas suffisant pour ma grande fille de huit ans. Bien sûr que non, comment n'y ai-je pas pensé ? Il y a toujours des trucs crado à l'intérieur, voyons. C'est évident. Sans attendre ses protestations, je prends le bol, me dirige vers l'évier, m'arrête au passage pour ouvrir le lave-vaisselle et en sors la cuillère requise. Armée de l'éponge verte et du liquide vaisselle, je me mets à laver les deux objets, en frottant bien, en en faisant des tonnes, de sorte qu'aucune d'entre elles ne puisse se plaindre de leur degré de propreté.

« Bon, qu'est-ce que tu veux ? » dis-je à Cora, une fois l'opération terminée.

Je le vois dans ses yeux, dans la façon dont elle tourne la tête, je l'entends, aussi, dans la courte respiration qu'elle prend avant de marmonner : « Des corn flakes. » *Je veux que papa rentre, s'il te plaît.*

« Moi aussi », murmuré-je, en remplissant mon propre bol de corn flakes. Elle aura compris le message.

Quatorze ans plus tôt

« Tu as déjà tracé ton nom dans les étoiles ? » m'a demandé Scott.

C'était notre seconde nuit à Brighton, et nous étions allongés sur la plage, le regard fixé sur le ciel : noir d'encre et infini ; un océan sans fond suspendu au-dessus de notre univers. Il faisait froid et nous étions gelés, mais il nous aurait semblé criminel de ne pas venir ici pour observer la mer, désormais si proche de nous.

« Non, je n'ai jamais fait ça.

— Regarde, c'est facile. » Il a levé la main et pointé son index vers le ciel. « Tu vois ? » m'a-t-il dit en commençant à effectuer de larges mouvements, désignant et reliant ainsi une multitude d'étoiles, une multitude de galaxies. Un trait vertical et un autre par-dessus : « T ». Un trait oblique vers le haut, un autre vers le bas et une barre transversale : « A ». Un trait vertical, un petit vers le bas, un petit vers le haut, et un autre vertical : « M ». Un autre trait vertical et deux petites barres horizontales en haut et en bas : « I ». Un trait oblique vers le haut, un autre vers le bas et une barre transversale : « A ». « TAMIA ». Et je pouvais parfaitement voir ce qu'il écrivait, je pouvais parfaitement percevoir les lignes invisibles qu'il traçait entre les étoiles. « Est-ce que tu le vois ? Ton nom ? Là-haut ?

— Oui, ai-je soufflé.

— Super. Regarde-le bien, ne le lâche pas, et ensuite, ferme les yeux, rappelle-toi cette image de ton nom dans les étoiles et mémorise-la. Là, a-t-il ajouté, après une petite pause, en plaçant son doigt sur ma poitrine. Grave-la dans ton cœur et ne l'oublie jamais. »

J'ai fermé les yeux longtemps, alors que je commandais à mon esprit de s'accrocher à ce souvenir et que je suppliais mon cœur d'en faire autant.

Et quand j'ai été certaine qu'il était bien là, bien enraciné en moi, j'ai rouvert les yeux, tourné la tête vers lui, et observé son visage, pour mémoriser également cette image. Oui, j'ai fait la même chose avec lui : ses cheveux bruns et emmêlés, sa peau lisse, son nez fin et droit, ses paupières closes, ses longs cils noirs, sa bouche large et presque parfaite. J'ai fixé l'image dans mon esprit puis fermé les yeux et gravé dans mon cœur le visage du garçon qui m'avait offert les étoiles.

Maintenant qu'elles ont toutes les deux leur lait, leurs cuillères préférées et la bonne chaîne de télé, je m'assieds à ma place et prends ma cuillère. À dire vrai, je n'ai absolument pas faim, mais je ne peux pas les encourager à manger si je n'essaie même pas de donner le bon exemple.

Le silence qui règne à la table me paraît vraiment inhabituel, notamment pour un jour d'école, où bavardages et hypothèses quant à l'identité de ceux de leurs camarades qui vont encore faire des bêtises et de celui qui sera récompensé par la très convoitée « étoile du jour » finissent souvent par tout dominer. On est généralement obligé de les rappeler à l'ordre pour qu'elles n'oublient pas de manger.

Je repose minutieusement ma cuillère à côté de mon bol. Il faut que je trouve quelque chose à dire, et vite, quelque chose qui me permette de briser le dôme d'anxiété sous lequel nous sommes toutes les trois enfermées. « Papa est... »

Et alors que je prononce ces mots, j'entends le bruit d'une clef que l'on insère dans la serrure de la porte d'entrée. Puis vient le grincement sourd de la porte qui s'ouvre, suivi d'un bruit de pieds que l'on frotte sur un paillasson : un pied, un autre, les deux dans une succession plus rapide. Les choses se précisent : je perçois des pas qui résonnent vaguement sur le dallage du couloir.

« Papa ! » s'exclament en chœur Cora et Anansy, tout en glissant de leurs chaises et en se précipitant vers la porte pour le rejoindre. Au moment où elles arrivent à son niveau, il tombe à genoux et les prend toutes les deux dans ses bras, avant d'enfouir son visage dans l'espace qui se trouve entre elles pour mieux les serrer contre lui.

Je le regarde et j'attends. J'attends patiemment ce petit truc qui devrait me donner envie de me jeter dans ses bras, de le serrer contre moi à mon tour, de vérifier par mes baisers qu'il est bien en un seul morceau, qu'il est sain et sauf, que tout va bien. Les filles, soulagées, se sont remises à parler, et leur bavardage emplit la pièce. J'attends toujours. J'attends, j'attends, j'attends.

Scott leur a menti. Il les a conduites à l'école après avoir déversé dans leurs oreilles des torrents de mensonges qui ont apaisé leurs esprits troublés, dissipé leurs craintes. Je suis sûre qu'il s'est dit qu'il faisait cela pour leur bien, pour les rassurer, mais un mensonge reste un mensonge.

« Pourquoi est-ce que les policiers t'ont emmené, papa ? lui a demandé Anansy. Tu as fait quelque chose de mal ?

— Non, non, lui a-t-il répondu, en déposant un baiser sur la tête de sa sœur, puis la sienne. Non, non. Je suis désolé que vous ayez dû voir ça. » Un baiser pour l'une, un baiser pour l'autre. « C'était une erreur. Ils m'ont pris pour quelqu'un d'autre. » Un baiser pour l'une, un baiser pour l'autre. « Ils se sont excusés, et ils m'ont dit que ça ne se reproduirait plus. »

Je savais qu'il mentait parce que l'inspectrice m'avait donné une tout autre version des faits. Je savais qu'il mentait parce qu'il n'osait pas me regarder. Et, pour tout dire, à ce moment-là, je savais qu'il mentait pour la simple et bonne raison que je le voyais respirer. Je me suis donc tenue à l'écart, car je ne voulais pas m'impliquer, parce que je n'ignore pas que, parfois, quand la vérité est trop difficile à supporter, on meurt d'envie d'entendre un mensonge à la place.

Il les a exhortées à terminer leur petit déjeuner pendant qu'il prendrait sa douche et puis, pour marquer le coup, il les a emmenées à l'école.

Elles ont fait comme on le leur avait demandé, et j'ai dû me forcer à leur sourire quand je leur ai dit au revoir à la porte. Il devrait rentrer d'une minute à l'autre, maintenant. Et je me demande encore ce que je vais faire en premier : lui passer un savon pour leur avoir menti ou lui hurler dessus pour nous avoir mis dans cette situation.

Mais il s'avère que, quand il arrive enfin, je ne fais rien de tout ça, rien de ce que j'avais prévu. Après l'avoir regardé à travers la cuisine pendant de longues secondes, je marche vers lui et le prends dans mes bras, et la sensation de soulagement est si intense que j'ai presque l'impression qu'elle me submerge.

Mon mari me serre contre lui et nous ne nous disons rien, nous restons parfaitement immobiles, dans les bras l'un de l'autre, tandis que le monde continue frénétiquement sa course autour de nous.

Douze ans plus tôt

« Je ne crois pas qu'on soit obligés de dépenser autant d'argent pour les alliances », ai-je dit à Scott. Ce n'était sans doute pas ce que le joaillier qui se trouvait devant nous avait envie d'entendre, mais c'était la pure vérité. L'alliance, la robe, la salle, le repas… tout cela, c'était bien joli, mais la réalité, c'était que s'il nous avait fallu porter des jeans et des bagues en plastique, ç'aurait tout de même été un moment magique, parce que le plus important, à mon sens, était la personne que j'allais épouser. Scott.

Mais il me semblait parfois qu'il avait du mal à comprendre que je ne me préoccupais pas de l'apparat autant que lui. Il n'arrêtait pas de faire grimper le budget, d'opter pour les possibilités les plus onéreuses, comme s'il voulait prouver aux autres que nous étions promis à un avenir radieux. Certes, il y avait des gens qui nous regardaient de haut, et notamment dans les endroits ultrasnobs où nous nous rendions, mais, pour ma part, ça ne me gênait pas, je n'avais tout simplement pas envie de devenir comme eux. Ce qui n'était vraisemblablement pas le cas de Scott, qui, manifestement vexé par leur attitude, cherchait à faire dans les grandes gesticulations pompeuses et tape-à-l'œil.

« Bien sûr qu'on n'est pas obligés, m'a répondu Scott. Mais moi, j'ai envie d'y mettre le prix. Ces alliances, je les veux comme le symbole de ce si long chemin que nous avons parcouru en si peu de temps… toi et moi. Quand nous étions ados, dans nos petits pavillons minables, avec nos familles, et ton refus d'aller à la fac… Est-ce que tu t'imaginais qu'un jour nous aurions les moyens d'entrer dans un magasin comme celui-ci pour y acheter quelque chose d'aussi… ? » Il s'est interrompu pour observer l'homme chauve et bouffi qui, de l'autre côté du comptoir, écoutait avidement notre conversation. Et puis il m'a entraînée plus loin, comme pour obtenir un peu d'intimité, bien que le magasin, où s'entassaient avec élégance des vitrines derrière lesquelles étaient présentés des bijoux splendides et hors du commun, fût à peine plus grand que notre séjour. « Et qui plus est quelque chose d'aussi exceptionnel et d'aussi onéreux ? a-t-il murmuré en se rapprochant de moi et en cherchant mon regard. Il faut le faire. Nous avons tous les deux une super situation. Alors montrons à tout le monde que nous sommes devenus des gens importants. »

J'ai tourné la tête vers le comptoir, où les bagues reposaient sur un moelleux morceau de velours violet. Il s'agissait de deux créations originales en platine, qui pouvaient s'attacher ensemble pour former une seule et unique bague. Le rebord supérieur de l'alliance du haut, celle de la femme, était droit, tandis que son rebord inférieur était une ligne sinueuse pourvue d'encoches dissimulées qui permettaient de la relier à l'alliance du bas. L'alliance du bas, celle de l'homme, était pourvue d'un rebord inférieur droit et d'un rebord supérieur qui épousait une forme de vague similaire à celle de l'alliance de la femme et dotée d'encoches correspondantes permettant de l'attacher à celle-ci pour ne plus faire qu'une seule bague. Le joaillier nous avait expliqué que, une fois achetées, les alliances étaient redimensionnées ensemble, de sorte que leurs diamètres permettent à la fois d'y insérer l'annulaire et de les insérer l'une dans l'autre. Elles étaient magnifiques. Et coûtaient près de trois mille livres pièce. J'avais de l'argent de côté, Scott avait fini ses études et gagnait bien sa vie, mais…

« TB, je veux le faire.

— Tu es sûr ? C'est tellement cher…

— Écoute, il faut qu'on le fasse. On va le faire. On mérite toutes ces jolies choses, alors on va le faire, d'accord ? » Il a baissé la tête pour rapprocher son visage du mien. « D'accord ? »

J'ai hoché la tête. « D'accord. »

Tout en m'adressant ce sourire qui avait toujours eu le don de me faire fondre, il a sorti de son portefeuille sa carte de crédit. Ces alliances étaient beaucoup trop chères, mais si je divisais leur prix par le nombre d'années que nous allions passer ensemble, la somme que j'obtenais était au final tout à fait correcte.

« C'est un véritable cauchemar. » Ce sont là les premiers mots que Scott prononce en s'asseyant de son côté préféré du canapé (le plus proche de la porte, celui qui a les coussins les plus replets). « Je ne pensais pas qu'une telle chose pouvait m'arriver.

— Mais qu'est-ce qui t'est arrivé ? » lui demandé-je. J'ai pris place dans mon fauteuil préféré, c'est-à-dire le fauteuil qui est à côté de la porte. Mais je n'arrive pas à me détendre, je voudrais avoir quelque chose à faire. Je ne sais pas exactement quoi. Une tâche physique, dans laquelle je pourrais transférer une partie de mon anxiété.

« L'inspectrice m'a dit qu'elle t'avait parlé, qu'elle t'avait expliqué de quoi j'étais accusé, et surtout par qui.

— Oui, mais c'est tout ce qu'elle m'a dit. Je ne connais pas les détails de l'histoire.

— Moi non plus ! Et je vais te dire pourquoi : parce qu'il n'y a pas d'histoire. Comment pourrais-je connaître les détails d'une chose qui n'existe pas ?

— Elle aurait menti ? Ma meilleure amie aurait inventé toute cette histoire de A à Z ? C'est ça que tu essaies de me dire ?

— Tu penses que je l'ai fait ? C'est ça que tu essaies de me dire ?

— Non, Scott. Ce que j'essaie de te dire, c'est que je veux comprendre ce qu'il se passe. »

Il se penche nerveusement vers l'avant, les traits pincés, comme s'il cherchait à retenir sa colère. « Écoute, son travail a laissé pas mal à désirer ces temps derniers. Elle bâclait les dossiers, ne respectait pas les échéances, semblait incapable de trouver une idée originale. Alors je l'ai rappelée à l'ordre

– tu sais bien que je ne peux pas travailler avec des glandeurs – et elle s'est énervée contre moi. Elle m'a dit qu'elle allait se plaindre.

— Se plaindre, pour moi, ça veut dire avoir recours à la justice. Ça n'a rien à voir avec ça.

— Elle a dit qu'elle allait me le faire payer. Alors je crois que si, il s'agit bien de ça.

— Mais c'est absurde…

— Comme je suis toujours au bureau, elle n'avait aucun moyen de se venger en sabotant mon travail. Alors ça ne m'étonne pas qu'elle ait imaginé un truc de ce genre. Et comme tu peux le voir, elle a réussi son coup : je me suis fait arrêter, et toi, tu doutes de moi. »

Jamais une femme ne ferait une chose pareille, me dis-je en moi-même. *Non, jamais.*

« Il y a autre chose, Scott. Tu ne me dis pas tout. »

Je peux presque voir les rouages de son esprit se mettre à tourner : il préférerait que je laisse tomber, mais moi aussi j'attends. Scott n'est pas très doué pour opérer dans le silence, il a besoin de parler, de vous embrouiller à tel point que vous n'avez plus d'autre solution que d'abandonner. Pour ma part, je peux attendre. Je suis très forte pour cela.

« Très bien, finit-il par dire en reprenant l'étrange expression qu'il arborait la veille au soir, quand il a été arrêté. Très bien. Il se peut qu'elle m'ait fait quelques avances.

— *Quoi ?* »

Il se dresse sur ses jambes, les deux mains en l'air pour me calmer, m'empêcher de perdre le fil de son récit. « Ça n'a été rien de plus qu'un petit flirt, qui est allé un peu trop loin. Mais j'ai mis un terme à tout ça dès que je me suis rendu compte qu'elle prenait les choses trop au sérieux.

— Tu aurais dû me le dire.

— Je sais, je sais, mais je n'ai pas osé. J'avais honte qu'elle ait mal interprété mon comportement. Tu sais bien que je suis toujours comme ça. Du coup, j'ai été très étonné quand je me suis aperçu qu'elle m'avait pris au sérieux. Mais heureusement elle a démissionné, je n'aurais plus jamais à la revoir.

— Elle a démissionné ?

— Ouais, il y a deux jours, elle s'est pointée au bureau et m'a remis sa lettre. Elle avait un mois de congés à prendre, alors elle n'a pas eu à faire de préavis. Comme ça, pas possible de prévoir le coup, pas possible de lui demander de former un remplaçant. En m'accusant de ce qu'elle m'a accusé, je crois qu'elle cherchait vraiment à m'achever.

— Est-ce que tu as dit tout ça à la police ?

— Plus ou moins.

— Comment ça, "plus ou moins" ?

— Je crois qu'il vaut mieux faire profil bas en attendant que ça se tasse.

— Quoi ? Mais qu'est-ce que c'est que ce plan ? Et ton avocat, qu'est-ce qu'il a dit ?

— Je n'ai pas pris d'avocat, je n'en ai pas besoin, je n'ai rien à cacher.

— Mais Scott, tu… ?

— Non, écoute, TB, je n'ai plus envie de parler de ça. J'ai juste besoin que tu me fasses confiance : ça va marcher. Tu sais, s'ils m'ont laissé sortir, sans demander de caution ou quoi que ce soit, c'est parce qu'ils n'ont absolument rien contre moi. Ils m'ont dit qu'ils allaient faire davantage de recherches, mais ils savent aussi bien que moi qu'ils ne trouveront rien. Je n'ai pas besoin d'avocat. Tout finira par s'arrêter tout seul, je te le promets.

— Mais si, moi, j'avais envie d'en parler, de continuer d'en discuter, jusqu'à ce que je comprenne ce qui s'est réellement passé ? »

Il lève une main devant lui et ouvre la bouche, comme s'il voulait dire quelque chose, puis semble se raviser. « Je pensais que tu m'aurais fait confiance, je n'aurais pas cru ça de toi. Mais peu importe, je vais me coucher. Si je reste là, je sens que je vais dire quelque chose que je regretterai. »

Puis, il sort du séjour et monte à l'étage. Me laissant seule avec le sentiment d'être l'unique responsable de ce qui vient d'arriver à notre famille.

Sept ans plus tôt

Scott, qui s'apprêtait à commencer son discours, semblait parfaitement à l'aise devant la foule de cinquante et quelques personnes qui s'était rassemblée dans les locaux de The Look Is The Idea. Je n'arrêtais pas de regarder autour de moi pour observer les visages, fière que les gens soient venus en si grand nombre, et fière de tout le chemin que nous avions parcouru en si peu de temps. À la suite de notre déménagement, j'avais pris mes fonctions au service communication de TelmeCo. Et, après de très nombreuses nuits blanches passées à travailler ensemble, Terry Cranson, l'homme qui m'avait embauchée, et moi-même étions parvenus à mettre en œuvre le plan que nous avions échafaudé et qui consistait à détacher le service communication de TelmeCo, c'est-à-dire à trouver des sources de financement pour en faire une entité distincte, une entreprise en soi susceptible de travailler à la fois pour TelmeCo et pour d'autres sociétés. Il nous avait fallu du temps pour parvenir à faire des bénéfices, mais TelmeCo avait été notre premier client, et nous n'avions jamais douté du fait que ses dirigeants auraient recours à nos services, puisque notre position nous permettait de ne pas leur compter de frais généraux.

Et, cinq ans plus tard, les bénéfices que nous faisions étaient si importants que même en rêve nous n'aurions pu l'imaginer. Scott, que j'avais moi-même recommandé pour ce poste, était devenu directeur des relations clients ; Terry, qui était président, siégeait au conseil d'administration ; et quant à moi, j'étais directrice générale.

« Mesdames et messieurs, je vous remercie d'avoir pris un peu de votre temps, que je sais être extrêmement compté, pour venir dire au revoir à Tami Challey », a courtoisement déclaré Scott.

C'était lui qui avait demandé à Terry s'il pouvait se charger de ce discours. Après cette introduction, il a été forcé de s'interrompre : quelques personnes s'étaient mises à applaudir, et je souriais, gênée. Je n'ai jamais aimé être le centre de l'attention. « Rares sont les hommes qui se retrouvent contraints d'admettre qu'ils doivent coucher avec leur patron pour garder leur job, a poursuivi Scott, que l'assemblée a cette fois-ci interrompu par des rires. Mais je trouve que c'est une chance immense. Et je suis d'ailleurs le plus chanceux de tous les hommes, car je sais que Tami va mettre au monde notre deuxième enfant dans à peine un mois, ce qui, par ailleurs, et par certains aspects, est bien triste pour nous tous, car elle ne souhaite pas reprendre le travail après son congé maternité. » Il s'est interrompu brièvement avant de chuchoter : « Tami se sent incapable de gérer à la fois les enfants et l'entreprise. Mais ne lui dites surtout pas que je vous ai dit ça, bien sûr. » Nouvelle salve de rires. « Elle se démet donc de ses fonctions, mais, pour ma part, je serai toujours là pour vous donner régulièrement des nouvelles de notre famille et de ma merveilleuse épouse. » Quelques « Oh » au fond de la salle. « J'aimerais vous expliquer à quel point je suis fier de Tami. Quand j'ai décidé d'emménager ici pour passer mon MBA, Tami, qui est une femme formidable, a accepté de me suivre pour rester avec moi. À cette époque, je n'imaginais pas une seule seconde ce qu'elle allait faire du poste qu'on lui avait attribué à la suite de la mutation qu'elle avait demandée. » J'ignorais où se trouvait Terry, mais je me doutais qu'il devait être en train de dévisager Scott d'un air complètement incrédule. « Tami, et bien sûr Terry, ont créé quelque chose de vraiment exceptionnel, et je crois que nous pouvons tous leur dire à quel point nous nous sentons reconnaissants envers eux d'avoir eu cette idée visionnaire. Bref, en conclusion, j'aimerais vous demander à tous de lever votre verre en l'honneur de Tami Challey. » J'ignorais toujours où était Terry, mais je pouvais désormais sentir son regard peser sur moi, comme pour me rappeler la conversation que nous avions eue ensemble la veille. J'ai entendu sa voix s'élever au-dessus des autres quand tous se sont exclamés en chœur : « À Tami Challey ! »

Terry avait essayé de me convaincre de rester, de travailler à mi-temps, de ne pas abandonner complètement le travail. La veille, il m'avait même demandé s'il pouvait passer me voir chez moi, parce qu'il savait que Scott serait absent. Je ne pouvais pas rester : Cora me manquait trop, et j'étais déterminée à passer davantage de temps avec elle avant la naissance du bébé et après.

Tandis que je me frayais un chemin à travers la foule pour m'avancer vers l'estrade afin de dire quelques mots, la voix de Scott s'est de nouveau élevée : « Je pense que Tami ne m'en voudra pas si je vous dis qu'elle n'aime pas beaucoup s'exprimer en public et qu'elle préfère dire au revoir personnellement à chacun d'entre vous plutôt que de faire un long discours. »

Je savais qu'il avait dit cela dans le seul et unique but de m'empêcher de corriger sa réinterprétation de l'histoire de notre arrivée à Brighton. Je ne l'aurais pas fait, je ne suis pas comme ça ; mais c'était Scott, et Scott croyait que tout le monde pensait comme lui.

Les gens ont commencé à venir me parler, et la conversation que j'avais eue la veille avec Terry m'est brutalement revenue à l'esprit : « *Il est doué pour ce qu'il fait, je te l'accorde, mais je crois qu'il serait capable de tuer père et mère pour gravir les échelons. Tu ferais mieux de laisser Scott à la maison et de continuer à travailler, Tami. Tu sais aussi bien que moi qui détient le talent dans votre couple.*

— *Ne lui dis pas ça, je t'en prie,* avais-je répondu à Terry. *C'est un mari et un père de famille formidable. Il ne m'a jamais fait de mal ni de peine. Et c'est ça qui compte.* »

« Je n'ai pas envie que nous nous disputions », murmure Scott derrière moi, un peu plus tard dans la journée. Je suis en train d'arracher des mauvaises herbes dans le jardin. Je n'avais pas prévu de le faire : je les ai vues, pointant entre les fleurs qui essayaient de pousser, et j'ignore pourquoi, mais cela m'a mise dans une colère noire. Soudain prise d'un violent accès de rage, je me suis jetée à genoux par terre et me suis mise à les arracher. Ces mauvaises herbes, ces monstruosités vertes et grêles, me faisaient penser aux événements qui surviennent sans crier gare, sabotant les choses que l'on sait être parfaites. Je les arrachais par poignées. Je tirais et tirais jusqu'à ce qu'elles cèdent. Je sais bien qu'il vaut mieux les déterrer pour les extraire avec les racines, ou bien utiliser du désherbant pour s'assurer qu'elles ne pourront plus repousser, mais je voulais absolument les voir disparaître dans la seconde. De mon jardin, de ma vue, de ma vie. Elles étaient en train d'étouffer les fleurs, et je voulais que cela cesse. Oui, je voulais qu'elles disparaissent, même si je savais que cela ne durerait qu'un temps.

« S'il te plaît, Tami, me dit Scott en posant ses mains sur mes épaules. S'il te plaît. J'ai besoin de toi. J'ai besoin que tu me dises que tu sais que je n'ai pas fait ça. »

Je ne réponds pas. Parce que, moi aussi, j'ai besoin de ça. J'ai besoin qu'il me dise qu'il ne l'a pas fait. Or il ne l'a pas dit. Il m'a simplement rapporté que la police n'avait absolument rien contre lui, il a dit que tout finirait par s'arranger, mais à aucun moment il ne m'a dit : « Je n'ai pas fait ça. »

Posant ses mains sur mes bras, il me relève doucement et me tourne vers lui.

« Il faut qu'on se serre les coudes, maintenant. Pour nous, pour les filles. Il faut qu'on se fasse confiance et qu'on se soutienne l'un l'autre. Nous ne pouvons pas laisser cela nous déchirer. »

Nous ne pouvons pas. Il a raison. Quand je repense à notre passé, à nos vies, je ne peux aboutir qu'à une seule conclusion : je sais qui il est. Je sais de quoi il est capable. Et il n'est pas capable de ça. Je le connais, mieux que quiconque. Il ne ferait jamais ça. Le garçon qui m'a offert les étoiles ne ferait jamais ça.

« Non, dis-je en le prenant dans mes bras, lui permettant ainsi de me serrer contre lui. Nous ne pouvons pas laisser cela nous déchirer.

— Je t'aime tellement, Tami, me dit mon mari. Je ne sais pas ce que je ferais sans toi.

— Moi non plus. »

Je sais qu'il ne ferait jamais ça. Mais pourquoi est-il parti aussi calmement. Pourquoi l'inspectrice n'a-t-elle pas eu besoin de lui dire pour quel motif elle l'arrêtait ? S'il est innocent, pourquoi n'a-t-il pas protesté contre son arrestation ?

Tu sais très bien pourquoi, me dis-je en moi-même dans un murmure à peine audible que mon esprit peine néanmoins à supporter. *Parce qu'il n'est plus le garçon qui t'a offert les étoiles, mais l'homme qui a été arrêté devant ses enfants et qui n'a même pas eu à demander pourquoi.*

5

BEATRIX

Coucou, les Challey ! Ai dû me rendre à l'aéroport de Gatwick à la dernière minute. Réunion de crise à Glasgow. Serai de retour lundi prochain. Pas de nouvelles de vous depuis jeudi. Espère que tout va bien. Ai rencontré un garçon à l'aéroport. Il est TERRIBLE. Je sens que ça va être très, très chaud. Je vous envoie plein, plein de bisous et de câlins. Bea

Et « Envoyer ». Parfait. Comme ça, ils savent que je pense à eux, mais que je ne leur en veux pas de ne pas m'avoir donné de nouvelles pendant quatre jours. Je ne leur en veux pas, c'est vrai, n'empêche que je trouve ça vraiment bizarre. Deux jours sans le moindre texto, c'est rare, alors quatre… je ne vous raconte même pas.

Je n'ai aucun mal à m'imaginer la réaction de Tami. Tout en faisant rouler ses grands yeux marron-noir, elle rassemble ses vanilles mi-longues (oui, c'est bien « vanilles » qu'il faut dire, et non pas « rastas », comme je le pensais avant) et les entortille pour en faire un gros chignon qui retombe aussitôt qu'elle l'a lâché. Elle secoue brièvement la tête puis s'assied et joue avec son alliance en réfléchissant à ce qu'elle va bien pouvoir écrire. Enfin, elle reprend son téléphone et me compose une réponse des plus neutres, dans laquelle elle me souhaite bonne chance et, tout en évitant d'utiliser une expression ou un mot explicite, parvient, on ne sait comment, à me faire passer son message, c'est-à-dire à m'exhorter à la prudence.

Je crois que Tami me considère un peu comme sa petite sœur : elle m'appelle régulièrement pour prendre de mes nouvelles, elle m'invite à dîner pour s'assurer que je mange correctement au moins une fois toutes les deux semaines. Elle m'a même demandé d'être la marraine d'Ansy. Et il se trouve qu'Ansy est la fillette de six ans la plus parfaite du monde. Je vous assure que c'est vrai. J'ai connu Cora quand elle avait six ans, et je peux vous dire qu'elle ne l'était pas, elle. Très bien, oubliez ça, je me suis mal exprimée, je vois bien que vous êtes en train de vous dire que je suis une peau de vache, mais, rassurez-vous, ça n'avait rien de méchant. Cora est magnifique, elle est adorable et amusante, et même étonnamment intelligente. Mais Anansy est tellement mimi et marrante qu'à six ans, elle est vraiment à son top. Voilà tout ce que je voulais dire : Anansy est la parfaite fillette de six ans, et Cora la parfaite fillette de huit ans.

Mon compagnon de voyage approche. Je me redresse un peu sur mon siège et modifie ma position pour faire ressortir ma poitrine et mettre en valeur ma taille fine. Je savais bien que ce soutien-gorge pigeonnant et ce top en Lycra feraient leur petit effet. « *Enfin, Beatrix, tu vas passer des heures dans cet avion, c'est déjà suffisamment rasoir comme ça. Est-ce qu'il faut vraiment que tu en rajoutes une couche, en te sanglant dans un soutif en ferraille et un bandage élastique géant, juste pour attirer l'attention des hommes ?* » me dirait Tami, si elle me voyait.

Des hommes, non. Mais de celui-ci, oui. Cette ruche de voyageurs et de voyagistes est pleine d'hommes et de femmes, de chariots et de sacs, et je ne vous parle pas du raffut des annonces de sécurité et du clignotement incessant des horaires de départs et d'arrivées sur les tableaux d'affichage. Mais dans ce chaos, une silhouette se détache. Mon compagnon de voyage s'approche de moi, tenant dans ses mains deux gobelets de carton vert et blanc. Du *chai latte.* C'est très bizarre, je trouve aussi, mais il n'y a aucun doute possible : c'est écrit sur les gobelets. Bon, peu importe, voilà le plan : je n'ai que trois heures pour le convaincre que, quels que soient les projets qu'il pouvait avoir avant notre rencontre, il meurt d'envie de passer les quelques jours à venir à Glasgow avec moi. Pour réussir, je dois donc lui démontrer par a plus b que lui et moi sommes faits l'un pour l'autre, parce que nous avons exactement les mêmes goûts et les mêmes centres d'intérêt. Et s'il me faut pour cela boire du lait tiédasse et vaguement épicé… eh bien, soit, je n'ai pas le choix !

Je m'humecte les lèvres du bout de la langue pour lui donner un avant-goût de ce qu'il pourrait obtenir s'il se décidait à jouer la bonne carte.

« Et un *chai latte* ! me dit-il en me tendant l'un des deux gobelets.

— J'adore ce truc, pas vous ? » susurré-je en souriant, tandis qu'il prend place à côté de moi, tout près, mais malheureusement pas assez pour que je puisse appuyer mon corps contre le sien, lui faire sentir ma présence, lui rappeler que je suis un corps chaud et accueillant. Peu importe. Malgré tout, je sens qu'un lien est en train de se tisser. Et puis il me plaît. Il tient un discours confiant et intelligent. Il a l'air sûr de lui et il a un sourire chaleureux, et je ne vous parle même pas de son rire, qui pourrait presque me donner de petits frissons de plaisir dans le dos.

« Non, me répond-il. En réalité, j'ai horreur de ça. J'en ai pris parce que mon ex aimait bien, par habitude. Mais en revenant ici, je me suis dit que c'était complètement idiot. J'y retourne : je vais aller me chercher une tisane à la camomille.

— Ah, d'accord ! » Il va falloir que je trouve un bobard pour me rattraper. Mais c'est une idée qui me plaît bien. J'ADORE ça. J'adore les sensations fortes que procure la chasse à l'homme.

Tami

Je me demande si d'autres personnes se sentent, comme moi, complètement détachées du monde dans lequel elles vivent.

Nous sommes lundi matin, et je suis assise sur un banc au bord de la mer. Si je tournais la tête à droite, je verrais deux grands immeubles, ainsi que la rangée de cabines de plage aux couleurs vives qui, tel un rang de perles arc-en-ciel, s'étend en direction de Brighton. Je verrais aussi la jetée de Brighton et le croissant de plage qui donne à cette région du Royaume-Uni des airs de Riviera. Je verrais des gens qui vont et viennent, tel un lent mouvement de marée sur la terre ferme. Et si je tournais la tête à gauche, je verrais le bâtiment qui a été récemment sauvé de la ruine et restauré par les promoteurs immobiliers, ainsi que l'arrière de la piscine municipale et le café qui vend des glaces maison pour lesquelles les gens font la queue jusqu'au coin de la rue. Je verrais le petit abri aux fenêtres sales et à la peinture écaillée qui semble tout droit sorti d'un film des années cinquante. Je verrais les digues pointer vers la mer à intervalles réguliers comme des doigts de terre, ainsi que la courte plate-forme parsemée de gilets de sauvetage orange et blanc, et je verrais la mer, dans son état paisible de verre soufflé.

Mais je ne regarde ni à gauche ni à droite. Je suis assise sur ce banc, les jambes repliées contre ma poitrine, le regard fixé sur la vaste étendue d'eau qui se trouve devant moi. Il y a quelques baigneurs. On trouve toujours des gens pour braver les eaux glacées, même les jours où il fait trop froid pour sortir sans un gros manteau, une écharpe et des gants. À bien y réfléchir, la mer n'est vraiment déserte que quand la terre est couverte de neige.

Y a-t-il d'autres personnes qui ressentent ce que je ressens ? Cette impression de se retrouver tout à coup dans une vie qui n'est pas la sienne. De n'être qu'un morceau de papier dans un monde qui est réel, complet et tridimensionnel. Ou bien l'inverse. Oui, c'est plutôt l'inverse, d'ailleurs : ça doit être le monde qui est en papier, puisqu'il semble si facile à modifier jusqu'à perdre tout son sens, et moi, je suis une poupée tridimensionnelle qui doit se fondre dans la masse.

Je suis venue ici après avoir déposé les filles à l'école pour échapper à l'atmosphère de la maison. Je n'arrive pas à penser quand je suis là-bas, je n'arrive pas à penser quand Scott est là. À l'issue de ce week-end, au cours duquel nous avons scrupuleusement évité de parler des « événements », préférant concentrer notre attention sur les filles pour nous assurer qu'elles allaient bien, il m'a annoncé qu'il avait décidé de travailler à la maison durant toute la semaine. J'avais hâte de m'enfuir, hâte d'avoir un peu de temps pour moi afin de pouvoir réfléchir sans me sentir coupable ou avoir l'impression de le trahir. Mais je sais maintenant que c'est impossible. Où que j'aille, il est là. Et même s'il ne se trouve pas dans la même pièce que moi, il y a des photos de lui (souriant avec les filles, avec moi) sous les magnets du frigo, ou encore encadrées, sur les murs. Et si ce n'est pas une photo, c'est son mug, ses chaussons, son journal, son chargeur de téléphone, son courrier, ses livres, ses chaussettes, ses vêtements, l'empreinte qu'il a laissée dans un fauteuil. Il est partout parce que c'est sa maison. Et je ne peux pas réfléchir en sa présence. Je ne sais pas quoi penser.

Mais même ici, c'est pareil. Je ne sais pas quoi penser.

Je le crois quand il dit qu'il ne l'a pas fait.

Je crois toute femme qui dit avoir été agressée.

Voilà pourquoi j'ai l'impression que je ne vais pas tarder à disjoncter. Je les crois tous les deux, mais je sais qu'il y en a nécessairement un qui ment.

Or je ne les vois pas, ni l'un ni l'autre, mentir sur une chose pareille.

Quinze mois plus tôt

« Viens faire du footing avec moi », m'a-t-elle proposé. Nous prenions régulièrement le café ensemble depuis des mois, et je n'en revenais pas qu'elle me ressemble à ce point. Nous nous entendions sur presque tout. Comme moi, elle savait ce que c'était que de vivre dans la désapprobation de ses parents, tout en étant satisfaite de la personne qu'elle était devenue, même si ce n'était pas celle qu'elle aurait dû être.

« Non, ai-je répondu d'un air offensé.

— Pourquoi non ? m'a-t-elle demandé avec son sourire habituel.

— Pourquoi oui, plutôt ? ai-je répliqué. Du footing… J'aurai tout entendu.

— Viens faire du footing avec moi, a-t-elle répété. On va bien s'amuser.

— Pas question. Tu m'as déjà vue courir ? Ce corps, ai-je dit en me désignant de l'index, et ces poumons ne sont pas faits pour courir.

— Viens faire du footing avec moi. J'en fais tous les matins, avant d'aller travailler, mais tu pourrais venir une fois par semaine, pour commencer.

— Pour commencer ?

— Une fois que tu t'y seras mise, je suis sûre que tu auras envie d'en faire tous les jours.

— Je suis absolument certaine que non. Par ailleurs, je te rappelle que j'ai deux enfants à amener à l'école. Le matin, c'est impossible.

— Et pourquoi ce ne serait pas Scott qui les amènerait ?

— Parce qu'il a du travail.

— Et alors ? Toi aussi.

— Mais… » Je me suis interrompue, me rendant soudainement compte qu'elle avait raison. J'avais du travail, et beaucoup, par-dessus le marché. Avant les trois dernières promotions de Scott, qui s'étaient enchaînées les unes après les autres, et avaient par conséquent augmenté nos revenus de façon significative en très peu de temps, c'étaient mes revenus et mes économies qui nous avaient maintenus à flot et permis de payer la maison. Je gagnais beaucoup d'argent, et je travaillais toute la journée, et aussi le soir, quand les filles étaient couchées. Mais, avec le temps, certaines choses étaient manifestement devenues des faits accomplis : c'était moi qui amenais les filles à l'école, qui allais les chercher et qui m'arrêtais de travailler si elles étaient malades ou si elles avaient besoin d'aide pour leurs devoirs.

Ça ne me paraissait pas exagéré de lui demander de conduire les filles à l'école une fois par semaine, ou même juste de les lever, de les préparer et de leur faire prendre leur petit déjeuner. « Viens courir avec moi, m'a dit Mirabelle, dont le sourire s'élargissait de seconde en seconde.

— D'accord, ai-je répondu. D'accord. »

Quatorze mois plus tôt

« Allez, ma grande, tu peux le faire. Continue. »

Mirabelle m'avait manifestement prise pour une fille qui pouvait courir plus de cinq minutes d'affilée sans s'arrêter.

« Allez ! » Elle a claqué des mains et fait demi-tour pour courir vers moi, s'arrêtant régulièrement en sautillant sur place pour attendre que je me reprenne, alors que je me traînais sur la promenade, à peine capable de me tenir debout. Je ne m'étais pas rendu compte de l'état lamentable dans lequel je me trouvais, mais, désormais, je le ressentais dans chacune des cellules de mon corps. Ma peau me faisait mal, me picotait sous mes vêtements comme si l'on m'avait enfoncé dans le corps des milliers d'aiguilles. Mais comment avais-je pu me laisser convaincre ? Cette question, je me l'étais déjà posée plusieurs fois au cours de ces séances de footing, sans jamais pouvoir y apporter de réponse claire : parce que c'était amusant, parce que ça me permettait de profiter de la compagnie de Mirabelle, de m'imprégner de son énergie. Son énergie, oui, mais aussi la foi qu'elle avait en moi. C'était quelque chose qui me manquait depuis bien longtemps. Mais je ne m'en étais pas aperçue avant qu'elle m'encourage à courir. Mettre un pied devant l'autre était un défi que je ne m'étais encore jamais lancé et qui me procurait beaucoup de plaisir, en dépit de la douleur. Peut-être étais-je un peu masochiste ?

Je me suis arrêtée et j'ai cherché à reprendre mon souffle, les deux mains posées sur mes cuisses. Mon survêtement était impeccable parce que je ne l'utilisais jamais ; le survêtement de Mirabelle était impeccable parce qu'elle en avait beaucoup.

Il y avait naturellement d'autres joggeurs autour de nous. Mais aucun d'entre eux ne paraissait aussi fatigué que moi. Je les regardais courir, la tête haute, le corps souple et détendu, et je me demandais comment ils avaient pu passer de mon étape à la leur, et à quel moment cette transition allait se produire pour moi.

« Allez. Juste un tout petit peu plus loin », m'a-t-elle dit d'un ton enjôleur. Elle était si épuisante qu'il m'arrivait parfois de me demander s'il n'aurait pas fallu lui retirer ses piles.

« Nan », ai-je répliqué en m'efforçant de parcourir le petit mètre qui me séparait du banc de bois que je lorgnais. Je m'y suis effondrée de tout mon poids.

Mirabelle, un sourire aux lèvres, est venue se placer devant moi, sans cesser de sautiller pour maintenir la cadence. « Tu te débrouilles superbien.

— N'importe quoi, comme disent les jeunes. Mais pourquoi est-ce qu'on est parties si tôt ?

— Je voulais te montrer quelque chose, m'a-t-elle répondu. Les liserés dorés de son survêtement et de ses baskets scintillaient nettement dans la faible lumière de cette matinée de septembre.

— Quoi ? » ai-je répliqué.

Elle s'est tournée vers Brighton, l'endroit vers lequel nous nous dirigions, et a souri de nouveau, en gardant le silence pendant quelques longues secondes. « Ça », a-t-elle fini par dire d'un air fier, mais d'une voix basse. J'ai suivi du regard la ligne de son long bras élancé, qui pointait vers l'endroit où, au-delà de la mer, au-delà de la jetée, le monde commençait à s'embraser. Des tons pêche, rose, ambre se répandaient rapidement à l'horizon, ouvrant la voie au soleil, qui ne tarderait sans doute plus à faire son apparition.

J'ai eu l'impression que le monde était en train de naître, et que j'étais présente pour en témoigner. Je regardais l'un de ces miracles de la vie que je prenais jusqu'alors pour un fait accompli : le lever du soleil.

J'ai pris une profonde inspiration.

« Tu n'as jamais vu le soleil se lever comme ça, n'est-ce pas ? »

C'était vrai. Je n'étais jamais sortie pour observer le lever du soleil, je n'avais jamais passé une nuit à la belle étoile pour regarder le jour poindre dans le lointain. Ce n'était pas pareil que de regarder le soleil se lever de derrière un carreau, mais, même cela, je ne l'avais pas fait bien souvent. Comment se pouvait-il que je n'aie jamais eu l'idée d'observer en direct la naissance d'un jour nouveau ?

« C'est comme ça que le jour doit se lever sur la plage aux pétales de roses, a murmuré Mirabelle.

— Il faudra que tu me racontes cette histoire, un jour.

— Un jour, a-t-elle répondu. Mais pas aujourd'hui. » Et, au lieu de m'offrir l'histoire du tableau qui était accroché dans son séjour, elle m'a tendu sa main. Je l'ai prise dans la mienne. Lisse et douce, elle n'avait rien de celle d'une femme qui passe ses journées à faire le ménage, la vaisselle et oublie d'utiliser de la crème pour les mains. J'étais un peu jalouse de ses mains, tout comme j'étais un peu jalouse de sa chevelure. Elle avait laissé pousser ses beaux cheveux noirs et brillants jusqu'au milieu de son dos, sans faire de lissage chimique, car elle avait le temps d'en prendre soin. Je lavais les miens et les tressais en vanilles toutes les deux semaines, et je les attachais souvent, parce que cela convenait à mon style de vie. Mirabelle prodiguait beaucoup de soins et d'attentions à sa chevelure, ce qui en faisait l'une de ses caractéristiques les plus remarquables. Elle m'a tirée par la main pour m'aider à me remettre sur mes pieds. Et la force du soleil a tout à coup paru s'infiltrer jusque dans mes os, ramenant mon corps à la vie. Debout sur mes jambes, je me suis sentie de nouveau forte, capable de courir jusqu'à la jetée de Brighton et de revenir sur mes pas. C'était son intention, naturellement. Et c'était là la meilleure partie de ces séances, à n'en point douter.

Non pas les plaisanteries que nous échangions, les bavardages, sa compagnie. Mais la redécouverte de moi-même dans le maelström quotidien de ma vie. Je me gardais quelques précieuses minutes qui me permettaient d'être Tamia. Quand je courais, je n'étais ni une mère, ni une épouse, ni une consultante, ni une femme, résidente de Hove, non diplômée, et ayant brisé tous les rêves de ses parents. J'étais Tamia. Inclassable, unique, épanouie. Être moi-même, c'était la chose la plus agréable que j'avais eu l'occasion de faire depuis bien longtemps.

Mirabelle a serré ma main avec détermination, et je lui ai rendu son geste.

Nous avons couru en direction de Brighton, nous éloignant de nos maisons, pourchassant le soleil levant. Nous tenant la main durant la plus grande partie du chemin.

C'est le banc sur lequel je me suis effondrée ce jour-là. Je m'arrête souvent ici quand je dois me rendre à Brighton à pied pour me souvenir de cette journée et du tournant qu'elle a marqué dans ma relation à moi-même. C'est ce jour-là que j'ai commencé à croire que j'étais importante, que j'avais le droit de prendre soin de moi aussi bien que de ma famille.

Je l'entends faire plusieurs allers et retours derrière moi sans s'arrêter, et elle finit par s'asseoir sur le rebord du banc le plus proche du mien.

Je ne la regarde pas. Je ne peux pas la regarder. Je ramène mes jambes plus près de ma poitrine, les serre plus fort contre moi. Je ne suis pas sûre d'avoir envie de lui parler. Je sais que je n'ai pas envie de parler à Scott, mais c'est parce qu'il est toujours là, que sa présence emplit toute mon existence. Or je ne peux pas dire qu'il en est vraiment de même avec elle. Elle était tellement importante à mes yeux, cependant. C'est elle qui m'a fait découvrir le footing. Ce sport qui était vraiment fait pour moi. Oui, Mirabelle m'a permis de débuter une petite révolution dans mon esprit, mon cœur, ma vie. Mais il semblerait aussi qu'elle ait joué un rôle dans la destruction de mon univers.

« Je viens souvent m'asseoir sur ce banc pour réfléchir, me dit-elle. Je le considère comme notre banc. »

Instinctivement, je tourne la tête vers elle. Est-ce vraiment à moi qu'elle parle ? Comme si de rien n'était ? Comme si elle n'avait pas accusé mon mari de l'avoir violée ?

Son expression devient tendue, son inquiétude apparente quand elle aperçoit mon visage, sur lequel elle discerne sans doute les restes des larmes que j'ai versées pendant que j'étais assise là. Gênée d'être surprise dans cet état, et qui plus est par elle, je m'essuie brutalement le visage d'un revers de manche, tout en me retournant vers la mer.

« Je suis désolée, me dit-elle. J'ai vraiment beaucoup réfléchi avant d'aller en parler. Et d'ailleurs, j'ai bien failli ne pas le faire, parce que je ne voulais pas que tu en souffres. Je regrette que tu aies dû apprendre qu'il avait fait ça.

— Mais l'a-t-il vraiment fait ? » demandé-je sans la regarder.

Un moment de silence et d'agonie passe : je vois sa douleur exploser et me poignarder en plein cœur.

« Tu ne me crois pas », finit-elle par répondre. Et ses mots sont suivis par un rire bref et sec. « Je pensais vraiment que tu étais différente.

— Différente ? Différente de qui ? Est-ce que tu as déjà fait ça, avant ?

— Non, je n'ai jamais "fait ça, avant". Mais j'ai déjà été harcelée sexuellement. Et je trouve étonnant le nombre de femmes qui se disent être vos amies et qui finissent par développer des "problèmes de confiance" quand on dénonce le harcèlement dont on est l'objet. »

Je détourne mon regard.

« Et c'est pour cette raison que je ne l'ai pas fait plus tôt dans le cas de Scott. Je me disais que si je faisais profil bas, si je me concentrais sur mon travail et si je parvenais à l'éviter autant que possible, tout finirait par s'arranger. Mais ça ne s'est pas passé comme ça, et les choses ont empiré jusqu'à ce que…

— Pourquoi ne m'as-tu rien dit ? C'est ça que je ne comprends pas. Si c'est vrai…

— C'est vrai ! m'interrompt-elle.

— En ce cas, pourquoi être restée mon amie pendant si longtemps et ne pas m'avoir dit un mot là-dessus ?

— Est-ce que tu m'aurais crue ? »

« *Oui, bien sûr* », ai-je envie de répondre, mais les mots restent en suspens sur le bout de ma langue et refusent de sortir. Non, pas si l'homme dont elle m'aurait parlé avait été un homme que je connaissais depuis presque toujours.

« Non, je ne pense pas », finis-je par dire.

Le silence tombe de nouveau sur nous, tresse ses vrilles entre nous, nous liant plus fort l'une à l'autre à chacune des secondes qui passent. Le bruit des vagues occupe l'espace qui devrait être comblé par des mots.

Je lui repose la question que je lui ai posée l'autre soir : « Pourquoi m'as-tu répondu au téléphone ? Après ce que tu as fait… »

L'espace d'un instant, je pense qu'elle va me resservir la réponse qu'elle m'a donnée dans le hall. Mais ses yeux noirs (elle ne porte pas ses lentilles) finissent par se fermer avec lassitude. « Parce que pendant un bref instant, j'ai pensé, ou plutôt espéré, que tu m'appelais pour me dire que tu me croyais. C'était parfaitement stupide, je l'admets. J'ai failli ne pas répondre, mais si je ne l'avais pas fait, la partie de moi qui espérait se serait toujours demandé si tu m'avais crue. »

Peut-être. Mais c'est tout de même absurde. Comment a-t-elle pu accepter de veiller sur les enfants de l'homme qui, d'après ses dires, aurait essayé de… ? « Tu aurais pu refuser.

— Rappelle-toi de la conversation, Tami. Tu ne m'as pas écoutée. Tu étais au bord de la crise d'hystérie, et je ne voulais pas venir, mais tu as insisté jusqu'à ce que je cède. »

Peut-on vraiment forcer quelqu'un à faire quelque chose contre sa volonté sans s'en rendre compte ? J'avais besoin de son aide, et comme elle refusait de me l'accorder, je l'ai forcée à le faire. Il ne m'est jamais venu à l'idée qu'elle pouvait avoir une bonne raison pour refuser de me rendre ce service. J'ai insisté et insisté, jusqu'à obtenir ce que je voulais.

Je me lève d'un bond. Il faut que je parle à Scott. Il faut que je lui parle et qu'il me dise absolument tout. J'ai confiance en Scott, j'ai confiance en Mirabelle, mais il y a quelque chose qui cloche dans cette histoire, et il faut absolument que je découvre quoi.

Tami

Ma maison est animée quand j'insère la clef dans la serrure.

La chaîne stéréo dernier cri, qui se trouve dans la cuisine, emplit l'espace de la musique de Luther Vandross. L'aspirateur ronronne en haut des marches, et, par-dessus son bruit, j'entends la voix de Scott, qui accompagne celle de Luther.

Comment un homme coupable de viol pourrait-il accomplir des tâches ménagères en chantant des chansons d'amour ? Ne devrait-il pas plutôt être en train de fomenter un plan pour se faire disculper ? Et un homme innocent ? Se comporterait-il ainsi ? Ne devrait-il pas plutôt être en train de se morfondre pour avoir été accusé à tort ? Ou être en ligne avec son avocat pour commencer à organiser sa défense ?

Sans prendre la peine de retirer mes chaussures, je me dirige droit vers la cuisine pour éteindre la musique afin de lui faire comprendre que je suis rentrée sans avoir à lui parler. Mais ma main reste en suspens au-dessus du bouton d'arrêt de l'iPod qui est inséré dans la chaîne stéréo. En entrant dans la pièce, quelque chose d'inhabituel a retenu mon attention et, coupée dans mon élan, je suis restée figée sur place. Il a fait le ménage. Scott a fait le ménage dans la cuisine. Toutes les surfaces ont été nettoyées, essuyées et polies. Il n'y a pas de vaisselle dans l'évier ou à côté. Il a balayé et passé la serpillière. Et on dirait même qu'il a passé l'éponge sur les portes des placards. Je ne me souviens même pas de la dernière fois qu'il a accompli l'une de ces tâches, et encore moins toutes ces tâches en même temps.

A-t-il agi ainsi pour se faire pardonner, à l'image d'un homme qui apporte des fleurs à sa femme parce qu'il a fait quelque chose de mal ? Luther me submerge, emplit mon esprit des mots qu'il est en train de chanter, sa voix fait vibrer mon corps, alors que je n'ai qu'une seule envie, qu'un seul besoin : la clarté. Oui, j'ai besoin de réfléchir. D'écouter. De comprendre. Car rien de tout cela ne fait sens.

J'appuie sur le bouton d'arrêt, interrompant Luther au beau milieu d'un mot. Ce mot, néanmoins, est achevé par mon mari, qui chante toujours en haut de l'escalier. Et il continue de chanter pendant quelques secondes encore, avant de se rendre compte que le fond sonore a été coupé. J'entends l'aspirateur s'arrêter, et puis plus rien. Il doit probablement être en train de tendre l'oreille pour savoir s'il y a quelqu'un d'autre à la maison, si je suis rentrée.

J'entends ensuite ses pas dans l'escalier, et on dirait presque qu'il se déplace en sautillant de joie, déterminé à rallumer sa musique, à emplir la maison de son bonheur. Je n'arrive pas à comprendre. Il a été arrêté il y a cinq jours, et il se conduit comme s'il ne s'était rien passé, comme si tout allait pour le mieux dans le meilleur des mondes possibles.

Comme je ne dis rien, il désigne la cuisine d'un vaste geste de la main. « Tah dah ! Qu'est-ce que tu en penses ? Je n'arrivais pas à me concentrer sur mon travail, alors je me suis dit que je ferais bien de mettre mon temps à profit pour t'aider un peu. Et je me suis pas mal amusé, en fin de compte. »

Je continue de le dévisager. Ce n'est pas l'homme que je pensais connaître. Littéralement. Physiquement. Cela fait longtemps que je ne l'ai pas regardé. D'où lui vient cette silhouette charpentée ? Il a toujours été du genre mince, tout en muscles, mais fin. Et d'où lui vient cette coupe ? Il a toujours porté ses cheveux assez courts, ou un peu longs sur le dessus et ébouriffés. Mais, à un moment ou à un autre, il a dû se mettre à les plaquer en arrière avec du gel. En réalité, je l'avais remarqué, mais je n'avais pas vraiment « imprimé ». Et d'où lui vient ce hâle complètement bidon ? Le Scott que je connais, le Scott que j'ai épousé et avec qui j'ai vécu durant toutes ces années a toujours eu une peau douce et juvénile. Rien à voir avec cette jeunesse artificiellement entretenue qu'il semble désormais afficher.

« Il faut qu'on parle, hein ? » finit-il par répondre à mon silence contemplatif.

Je hoche la tête. « Il faut que tu me dises toute la vérité. »

Là, dans notre séjour, Scott m'explique enfin ce qui s'est passé. Et, ce faisant, il démantèle chacune des pièces de mon esprit.

Trois ans plus tôt

« Qu'est-ce que tu fais ? » ai-je demandé à Scott en entrant dans le bureau des combles, que nous venions tout juste de faire aménager. Cela avait été un travail de titan, et nous avions bien failli devenir fous pendant la présence des ouvriers, mais tout était enfin achevé. Les murs étaient du même jaune paille que le reste de la maison, la moquette de la même couleur coquille d'œuf. Sous les Velux, il y avait un immense bureau sur lequel reposaient l'ordinateur, l'imprimante, le scanner et le fax. Nous avions installé de grandes bibliothèques le long du mur opposé, ainsi qu'un fauteuil confortable et une poire, afin de créer un espace de lecture. Il y avait même un petit banc, dont l'assise rembourrée pouvait s'ouvrir pour y ranger quelques jouets. Par terre, des photos des filles étaient posées contre le mur, attendant d'être accrochées pour compléter le décor. La pièce avait été conçue pour que l'un d'entre nous (plutôt Scott) puisse se servir de l'ordinateur de bureau tout en laissant à l'autre assez d'espace pour travailler sur son portable. Mais nous voulions aussi que les filles aient la possibilité de jouer sur l'ordinateur ou de lire un peu pendant que nous travaillions.

« Oh rien, a-t-il répondu en cliquant sur la souris pour changer de programme, alors que j'entrais dans la pièce.

— Je croyais que tu allais te coucher, ai-je murmuré en plaçant la paume de ma main sur sa nuque.

— J'y vais », a-t-il dit, et je l'ai senti se contracter très légèrement sous ma caresse.

Ignorant la petite pointe de déception que cette réaction avait provoquée en moi, j'ai passé mon bras autour de son cou. « Je croyais qu'on allait fêter ta promotion comme au bon vieux temps », lui ai-je dit en me glissant sur ses genoux. Et à ce moment même, contre toute vraisemblance, j'ai senti sous mes fesses la rigidité d'une érection, ainsi que les rebords durs d'une braguette ouverte. Complètement médusée, je lui ai jeté un regard interrogateur.

« Mais c'est ce que nous allons faire, m'a-t-il répondu en m'adressant un sourire forcé. Je finis un truc, et j'arrive. »

J'ai tourné mon regard vers l'ordinateur, puis cliqué sur la souris pour revenir à la fenêtre qu'il avait dissimulée quand j'étais entrée.

Mon corps et mon esprit se sont cabrés devant l'image, figée, qui emplissait l'écran, et un sentiment de mal-être s'est lentement répandu dans mon ventre. Ce n'était pas si extrême que cela, il ne s'agissait pas d'une pratique aussi inhabituelle que cela, il y avait même un sourire qui flottait sur le visage de la femme, tandis que les deux hommes arboraient des rictus pervers, mais c'est l'expression du visage de la femme qui a retenu mon attention. Le désespoir vide qui se cachait derrière son sourire, la souffrance infinie qui habitait son regard, et sans doute son âme.

Et tout à coup, ces gens, ces acteurs pornos, qui étaient là devant moi, ont disparu, effacés par la main de mon mari, nonchalamment posée sur la souris. En me levant de ses genoux pour aller m'adosser à la bibliothèque, je l'ai entendu refermer sa braguette. Il m'a fallu du temps pour me ressaisir, mais quand j'ai enfin trouvé le courage de lever les yeux vers lui, il m'a paru un peu penaud, un tantinet gêné, mais, globalement, normal.

« Mais nous allions faire l'amour…, lui ai-je dit, décontenancée.

— Je sais, mais… » Il n'a pas trouvé les mots pour terminer sa phrase, pas trouvé d'explication au fait qu'il était là, en train de faire ça, alors que nous nous étions fait une « promesse », qu'il avait répétée toute la journée. Il venait d'avoir une promotion, il était devenu le « roi du monde », comme je l'avais dit toute la journée. Il était à un pas de devenir chef de la direction de TLITI, à deux pas du poste de P-DG. Tous ses rêves étaient devenus réalité. Nous devions fêter cela au lit avec une onéreuse bouteille de champagne. Il ne devait monter ici que pour lire ses emails, avant de venir me rejoindre.

« Depuis combien de temps est-ce que tu regardes ces trucs ? lui ai-je demandé quand il m'a paru évident qu'il n'achèverait pas sa phrase, ne chercherait pas à justifier ses actes.

— Environ dix minutes.

— Tu as très bien compris ce que je voulais dire. »

Cela pouvait-il expliquer pourquoi il m'arrivait parfois, en entrant dans une pièce, d'y discerner une vague odeur de sexe ? Jusqu'alors, je m'étais toujours dit que c'était absurde, que c'était mon imagination qui me jouait des tours. Pourquoi y aurait-il eu dans le salon, ou toute autre pièce, une odeur de sexe, alors que nous n'y avions pas fait l'amour ?

Il a poussé un profond soupir, s'est mordillé la lèvre inférieure puis a passé sa main dans ses cheveux, le tout en évitant soigneusement de me regarder dans les yeux. « Allez, Tami, c'est rien. Juste un petit porno. Pas besoin de faire toutes ces salades pour si peu.

— Pour si peu ? Comment peux-tu dire ça ? C'est important, pour moi. J'ignorais que tu regardais ces trucs, je pensais que tu avais davantage de respect pour les femmes. »

Il a roulé des yeux avec beaucoup d'emphase. « Tous les hommes regardent des pornos. Ça ne veut pas dire pour autant qu'ils ne respectent pas les femmes.

— Mais si tu trouves ça si banal, pourquoi est-ce que tu ne m'en as jamais parlé, alors ?

— Et si c'est un tel problème pour toi, pourquoi est-ce que tu ne m'as jamais posé la question, hein ?

— Parce que je pensais que tu avais beaucoup plus de respect pour les femmes. »

Yeux qui roulent, encore ; gros soupir, encore ; expression qui démontre qu'il se moque de ce que je viens de dire. Encore une fois.

« C'est pour ça que nous n'avons pas fait l'amour depuis des semaines ? lui ai-je demandé. Parce que tu prenais ton pied devant ces trucs-là ?

— Non. Si nous n'avons pas fait l'amour depuis des semaines, c'est parce que tu étais tout le temps fatiguée, ou occupée avec les filles, ou encore débordée de travail. Voilà pourquoi.

— Ce n'est pas vrai. En tout cas, pas complètement. J'ai essayé plusieurs fois de prendre l'initiative, et tu ne t'es pas montré réceptif du tout.

— Si. J'étais réceptif, mais peut-être pas aussi enthousiaste que j'aurais dû l'être, parce que je voyais bien que le cœur n'y était pas.

— Comment peux-tu dire ça ?

— En tout cas, c'est l'impression que ça m'a donnée. Oui, j'ai l'impression que tu n'as plus autant envie de moi qu'avant. Et on dirait même parfois que tu le fais juste parce que tu penses que tu dois le faire.

— Ce n'est pas vrai. Tu sais parfaitement que ce n'est pas vrai.

— C'est l'impression que ça donne.

— Alors tu préfères te branler devant des films cochons, tu trouves ça mieux ? C'est ça ?

— Non. Je ne trouve pas ça mieux. Je trouve ça plus facile. Au moins, je sais que ces films ne me rejetteront pas.

— Mais je ne t'ai jamais rejeté !

— Ce n'est pas l'impression que j'ai eue. »

Je l'ai dévisagé quelques minutes en respirant profondément et en me demandant s'il s'était vraiment senti rejeté ou s'il ne m'avait pas resservi sa vieille ruse qui consistait à retourner la situation pour sortir victorieux des disputes. Un peu des deux, peut-être ? Naturellement, je n'avais aucun moyen de le savoir. « Écoute, ça ne me plaît pas que tu regardes ces trucs. Je préférerais vraiment, mais alors vraiment, que tu ne le fasses pas. Mais si tu comptes tout de même le faire, arrange-toi pour que les filles ne le découvrent jamais. Je n'arrive pas à croire qu'il y ait ça dans notre ordinateur. Cora pourrait si facilement cliquer dessus. »

Il a baissé les yeux, baissé la tête, adoptant une posture qui révélait enfin un minimum de honte. J'espérais bien qu'il comprendrait à quel point il avait tort d'agir ainsi.

« Si tu es décidé à le faire, je ne peux pas t'en empêcher, mais je te préviens que si, par malheur, les filles voyaient ne serait-ce qu'une seule de ces images, je n'hésiterais pas à demander le divorce. »

À ces mots, il a redressé la tête. « Mais, Tami, c'est juste un petit porno...

— Si, par malheur, ai-je répété lentement pour bien le lui faire comprendre, les filles voyaient ne serait-ce qu'une seule de ces images, je n'hésiterais pas à demander le divorce. Je te le dis dès maintenant, de sorte que je n'aie pas à le refaire, si, malgré tout, cela se produisait. O.K. ? »

Il a hoché la tête.

J'ai tourné les talons pour partir. Et tout à coup, j'ai entendu : « Ouvre la bouteille de champagne, je serai là dans deux secondes. »

Je me suis retournée vers lui pour le regarder, pour m'assurer qu'il ne plaisantait pas. « Prends ton temps », lui ai-je répondu quand j'ai compris que ce n'était pas le cas. Non, il ne plaisantait pas du tout. Il croyait vraiment que nous allions le faire, après ce que je venais de découvrir. Étonnant. « Prends tout le temps dont tu as besoin. Je vais me coucher. »

Mais j'ai eu beau chercher par tous les moyens à m'endormir, je n'y suis pas parvenue. À chaque fois que je commençais à m'assoupir, l'image de cette femme, avec son sourire forcé et son regard désespéré, me revenait à l'esprit, me tirant brusquement du sommeil.

Voilà comment je sais que je suis encore en vie : j'ai mal. J'ai mal.

À l'endroit où se situait jadis mon cœur, il n'y a plus qu'un large trou noir et béant, si vaste que je pourrais passer mon poing dedans sans même en toucher le bord.

Voilà comment je sais que je suis encore en vie : les mots qu'il m'a dits m'ont tuée. Ses paroles m'ont percutée tel un camion lancé à pleine vitesse, et je sens que je suis à moitié morte, mais pas complètement, parce que j'ai mal, et tout ce qui sort de sa bouche continue de me tuer.

Je suis assise dans l'un des fauteuils du séjour, et je me dis que je devrais être ailleurs. Que rien de tout cela ne serait jamais arrivé si je ne m'étais pas retrouvée dans la vie de quelqu'un d'autre.

Dans mon esprit, je vois Scott qui me tend la main, alors que j'arrive à lui, devant l'autel. Il sourit, et des larmes coulent à flot sur son visage. Dans mon esprit, je sens sa main se resserrer autour de la mienne, et je sais qu'il ne me laissera jamais partir. Dans mon esprit, je l'entends dire : « *Jusqu'à ce que la mort nous sépare.* » Dans mon esprit, je m'apaise et me détends, parce que je sais que ce sera pour l'éternité.

Scott m'a trompée avec Mirabelle.

C'est ce qu'il vient de me dire.

« Je ne voulais pas te le dire », a-t-il affirmé, en guise d'introduction. Nous étions assis dans notre séjour, à nos places respectives, dans nos fauteuils préférés. « J'espérais vraiment… » Il s'est interrompu, a pincé l'arête de son nez. Ses yeux étaient emplis de larmes. « Je ne voulais pas que tu apprennes ça. » Mirabelle. Ne m'avait-elle pas dit quelque chose de ce genre-là ? « Je regrette que tu aies dû l'apprendre comme ça. » Mais aucun d'entre eux ne m'a dit qu'il regrettait ce qu'il avait fait. Non, ils regrettent juste de s'être fait prendre. « Au départ, ce n'était qu'un petit flirt, et puis les choses ont dégénéré. Toi et moi, nous ne nous entendions plus aussi bien, je me sentais exclu de la vie que tu menais avec les filles, tu n'avais pas de temps à me consacrer. Je me sentais vraiment… seul, oui seul dans notre vie de couple. Pour essayer de me changer les idées, je me suis immergé dans mon travail, et elle était là. Au départ, nous nous sommes juste liés d'amitié, et puis nous avons commencé à passer davantage de temps ensemble, principalement au travail, et puis nous nous sommes mis à bavarder de choses sans rapport avec le travail, et tout s'est enchaîné… Je ne voulais pas que cela se produise. Mais une fois que les choses ont commencé, il m'est devenu impossible d'y mettre un terme. À chaque fois que j'essayais, elle menaçait de venir te voir. Elle disait qu'elle allait foutre ma vie en l'air, qu'elle irait tout te raconter de sorte que tu finisses par me quitter. Et je ne voulais rien de tout cela, je t'en prie, crois-moi.

« Je me sentais pris au piège. Et puis les choses se sont arrangées entre nous, tu es redevenue toi-même, tu avais l'air vraiment heureuse, et moi, j'avais peur, je me sentais horriblement mal. Alors j'ai décidé de rompre avec elle une bonne fois pour toutes. Je lui ai dit que je me fichais qu'elle aille tout te raconter, que, de toute façon, je comptais bien le faire moi-même. Et là, elle est devenue complètement dingue. Elle m'a traité de tous les noms et m'a dit qu'elle allait foutre ma vie en l'air, tout comme j'avais foutu la sienne en l'air. Elle a dit qu'elle allait faire quelque chose de terrible, s'arranger pour que tout le monde me déteste. Et, trois jours plus tard, j'ai été arrêté. »

J'ai toujours pensé que si je découvrais un jour que j'étais cocue, que l'homme que j'aimais avait couché avec une autre dans mon dos, je péterais un plomb. Que je lui hurlerais dessus et le jetterais dehors. Et puis que je balancerais ses affaires par la fenêtre, tout en continuant de hurler ma détresse, de lui faire connaître mes sentiments. Et que, enfin, au moment même où il aurait disparu de mon champ de vision, j'appellerais un avocat pour engager une procédure de divorce. Naturellement, je ne m'étais jamais imaginé que cela puisse se produire avec Scott, mais cela fait partie des choses qui vous traversent parfois l'esprit, dont vous discutez avec vos amis. Un peu comme quand on imagine ce qu'on ferait si on gagnait au loto, même si on n'achète jamais de billets. Une situation hypothétique qui n'a aucune chance de se produire, mais face à laquelle on croit savoir, compte tenu de notre personnalité, de quelle façon on réagirait.

Je pensais savoir, et pourtant je suis assise là, la poitrine serrée, le corps pétrifié d'horreur, la bouche emplie de bile, l'esprit comme embrouillé, enrayé.

« *Je ne voulais pas que tu apprennes ça* », me répète Scott, dans le silence de mon esprit. Je suis incapable de parler depuis qu'il a commencé son récit parce que chacun des mots qu'il a prononcés a déchiré une partie de mon être, démantelé toutes les certitudes que j'avais à notre sujet, au sujet de nos vies, de lui, de moi.

« Tu l'aimais ? » Ma voix semble avoir posé la question de son propre chef. Je ne me souviens pas de lui avoir ordonné de le faire.

« Mais non, pas du tout. Ç'a juste été une horrible erreur. Surtout quand on pense à ce qui s'est passé il y a quelques jours. Mais je crois qu'elle finira par retourner au commissariat pour dire la vérité. C'est pour ça que je n'ai pas pris d'avocat. Je sais qu'elle ne laissera pas les choses aller aussi loin. Elle dira la vérité, et tout finira par s'arranger tout seul. Je ne voulais vraiment pas que tu l'apprennes comme ça.

— Combien de fois as-tu fait l'amour avec elle ? m'enquiers-je.

— Ce n'était pas de l'amour. C'était… C'était une connerie. Une terrible erreur.

— Combien de fois cette terrible erreur s'est-elle produite ? » Mes lèvres me paraissent étranges, comme si elles n'étaient pas attachées à mon corps ; froides et engourdies.

« Je ne veux pas que tu le saches, dit-il.

— Combien ?

— Tami, je n'ai pas envie de te dire ça.

— Eh bien, moi, je veux savoir ! Combien ?

— Je ne m'en souviens plus, répond-il.

— La première fois ? Quand était-ce ? »

Il hausse les épaules, détourne son regard du mien. « Je ne m'en souviens plus, vraiment.

— Tu n'oublies jamais l'anniversaire de la fille de ton patron, et tu vas me dire que tu ne te souviens pas de la première fois que tu as couché avec la femme qui a brisé notre mariage ? Ne te moque pas de moi. Quand était-ce ?

— Il y a dix-huit mois », répond-il. Il me ment depuis un an et demi. Il me trompe depuis tout ce temps. Et je suis sûre qu'il se souvient aussi de combien de fois il l'a fait. Même si ce n'était qu'une fois par mois, au total, cela fait toujours dix-huit fois. Dix-huit fois. Mais je sais comment est Scott, ou comment sont les gens en général, d'ailleurs : quand on se lance dans quelque chose de nouveau, quand on se découvre une passion, on s'arrange pour s'y adonner plus d'une fois par mois. On le fait plus souvent. Aussi souvent que possible.

« Où ? » J'ai besoin de me représenter les choses mentalement. De m'en faire une idée aussi claire que possible pour pouvoir comprendre la situation. Car il me semble que, tant que je ne l'aurai pas entendu me la décrire, je n'arriverai pas à y croire. Je n'arriverai pas à ranger tout cela dans le domaine du possible.

En guise de réponse, il tourne son regard vers la cheminée. C'est lui qui a voulu cette cheminée. Je la trouvais trop grande et trop imposante, et la couleur de son marbre me paraissait trop terne pour les murs couleur beurre frais, la moquette beige et les canapés de cuir brun clair. J'en aurais voulu une en béton noir, qui ressorte bien, apporte quelque chose à cette pièce, somme toute assez fade. Mais Scott avait insisté. « Je suis sûr de moi, m'avait-il dit. Ça fera vraiment super. » Non. Ça ne fait pas super. Ça fait fade. Et je ne le lui ai jamais dit. Mais en cet instant précis, je ressens un besoin imminent de le faire. De le remettre à sa place. De lui faire comprendre qu'il n'a pas toujours raison. Et qu'il lui arrive parfois même de se planter complètement.

« Où ? » répété-je. J'ai l'horrible pressentiment que c'était ici même. Dans notre lit. Oui, je sens que la première fois qu'il m'a trompée, il l'a fait dans mes draps, dans ma maison. Après quoi elle a dû se laver dans ma douche. Se sécher avec mes serviettes. Et sans doute fouiller un peu dans mon placard et se moquer de mon assortiment de petites culottes noires, tristes et insipides. De mon lot de soutiens-gorge noirs, tristes et insipides. De mes vêtements passe-partout. De mes soins capillaires ordinaires. Si je couchais avec le mari d'une autre, je fouillerais probablement dans ses affaires pour me moquer d'elle, moi aussi. C'est vrai, quoi : qu'est-ce qui peut vous arrêter, quand vous avez dépassé cette limite ?

« Où ? » demandé-je encore. Le dégoût afflue jusqu'à mes lèvres. Le dégoût reflue dans mon corps, s'écrasant partout en moi en vagues de colère chaudes et écumeuses.

Il penche la tête sur le côté, comme un petit chiot qui aurait besoin qu'on le rassure en lui disant qu'il n'est pas si vilain que cela, pas si méchant que cela.

« Où ? m'efforcé-je de projeter encore entre mes dents serrées et mes lèvres brûlantes.

— Je ne pense pas que tu…

— Où ? Dis-moi juste où. C'est si difficile que ça ? Tu l'as fait, alors tu peux bien me raconter. Où, où, où, où… ?

— Dans sa cuisine, dit-il d'une voix forte pour m'arrêter. Contre l'évier. Ça n'a duré que quelques secondes. Ça va mieux, maintenant ? C'est ce que tu voulais entendre ? »

Des couleurs explosent derrière mes paupières. Le camion me percute de nouveau. Le trou situé à l'emplacement de mon cœur implose. Mon corps me paraît à la fois engourdi et embrasé. Je n'arrive pas à inspirer de l'air, je n'arrive pas à expirer de façon régulière. Chaque respiration est un halètement bref et forcé. Je pose une main contre ma poitrine, je pose l'autre contre mon ventre. Je n'arrive plus à respirer.

Un an plus tôt

« Scott, c'est un bon mari ? m'a demandé Mirabelle.

— C'est bizarre comme question.

— Tu trouves ? En tout cas, je me la posais. Et j'ai bien envie de lui demander, à lui aussi, si tu es une bonne épouse.

— Mais vas-y, ne te gêne pas. Je suis sûre qu'il te dira que je suis la meilleure épouse qu'un mari puisse rêver d'avoir.

— Mais tu ne peux pas dire la même chose de lui, en tant que mari, je me trompe ?

— Bien sûr que si, ai-je répondu. Il est merveilleux. »

Elle a souri. « Tu es devenue toute visqueuse quand tu as dit ça.

— Bah, j'ai bien le droit. C'est mon homme, tout de même.

C'est normal qu'il me fasse cet effet-là.

— J'ai été mariée, une fois, m'a-t-elle dit.

— Toi ? Mais… comment se fait-il que vous ne me l'ayez jamais dit, mademoiselle Mirabelle Kemini.

— C'était il y a longtemps.

— Et qu'est-ce qui s'est passé ? »

Nous avons regardé dans le lointain pendant quelques instants pour évaluer la distance que nous avions parcourue. « Beaucoup de choses. Dont je suis en grande partie responsable. Je me suis mariée trop jeune, et avec la mauvaise personne. Et puis j'étais destinée à ne pas rester, à pourchasser pour toujours le rêve inaccessible.

— Qui est ?

— L'amour, bien sûr. Qu'est-ce qu'il y a d'autre, dans la vie, qui vaille le coup d'être pourchassé ?

— Et tu n'aimais pas ton mari ?

— Si. Mais pas assez. Pas de la bonne façon. Et d'autant moins que mon rêve inaccessible était là-bas, quelque part. »

Elle s'est redressée pour s'étirer, et quand elle a levé les bras vers le ciel, le haut de son survêtement est remonté, laissant apparaître son ventre doux et plat, ainsi que le piercing en diamant qui ornait son nombril.

« Allez, il faut qu'on aille se laver et se préparer pour la journée. Tu as fini tes étirements ?

— Ton mari, tu l'as trompé ? » lui ai-je demandé.

Elle a baissé les bras brusquement et s'est mise à me dévisager d'un air perdu. « Eh bien, pour être honnête, je suppose que oui. Mais pas nécessairement de la façon dont tu l'entends. J'ai fait des choses dont je ne suis pas fière. Et que je n'arrive toujours pas à assumer. Mais ça viendra, un jour ou l'autre. Quoi qu'il en soit, je ne veux plus être le genre de femme qui a fait ce que j'ai fait à cette époque. J'essaie d'être quelqu'un de bien.

— Je trouve que tu es quelqu'un de super, lui ai-je dit.

— Merci, ma belle, m'a-t-elle répondu en tirant affectueusement sur une vanille qui s'était échappée de ma queue-de-cheval, avant de la ramener doucement derrière mon oreille. Tu es super, toi aussi. J'espère que Scott est conscient de la chance qu'il a de t'avoir. »

Bip-bip-bip-bip !

L'alarme de mon téléphone me fait sursauter. Je jette un coup d'œil à la pendule qui est accrochée à la cheminée. Trois heures moins dix. Il me reste dix minutes avant la sortie des classes.

Scott, la tête entre les mains, a les yeux fixés sur le sol. Je voudrais que tout cela cesse. Je voudrais revenir au temps où il ne me l'avait pas dit, et même plus loin encore, au temps où il ne l'avait pas fait. Je me souviens de notre toute première fois. Il disait toujours « faire l'amour ». Comme s'il s'agissait de quelque chose de spécial, comme s'il ne l'avait jamais fait avec personne d'autre. Il m'a toujours dit qu'il ne voulait de personne d'autre. Menteur.

MENTEUR !

Quand il a commencé à me parler, j'avais les jambes en coton, le corps pétrifié, mais maintenant que je suis debout, je découvre avec étonnement que mon corps peut se soutenir de lui-même, que mes membres peuvent se mouvoir aisément.

« Je vais chercher les filles », dis-je. Il faut que je mette tout ça de côté ; je ne peux pas m'en occuper maintenant. Si je continue d'y réfléchir, si je continue d'en parler, je n'arriverai plus à rien faire d'autre. Je ne pourrai plus ni conduire, ni penser, et les filles ont besoin de moi. Je n'ai pas le droit de m'effondrer devant elles pour la seule et unique raison que j'ai été assez bête pour épouser leur père et copiner avec sa maîtresse.

« Je n'ai jamais voulu que cela arrive, murmure Scott au moment où je m'apprête à quitter la pièce. Je n'ai jamais voulu que tu le découvres. »

Je n'en doute pas, me dis-je en moi-même.

Il n'a pas dit qu'il regrettait. Il ne m'a pas implorée de lui pardonner pour avoir couché avec une autre. Dans l'esprit de Scott, le plus grand problème de notre couple, c'est que j'ai découvert qu'il m'avait trompée.

C'est la pensée qui me tourmente tout au long du chemin qui mène à l'école.

Mon mari regrette de s'être fait prendre ; pas d'avoir fait ce qu'il a fait.

Tami

« Maman, où est-ce qu'ils dorment, les nuages ? » me demande Anansy.

Nous sommes sur la plage, en train de dîner de *fish and chips*, et, oui, je sais que je suis une mauvaise mère pour leur avoir fait ça, mais, sur le moment, rentrer à la maison, le retrouver « lui », cela m'était tout simplement impossible. Il fait un peu frisquet à cause du vent du large, et la nuit ne devrait pas tarder à obscurcir le ciel, mais je préfère rester encore un peu, grappiller quelques minutes de répit, avant de retourner chez nous pour les aider à faire leurs devoirs et les coucher.

Je lève les yeux vers les nuages qui se trouvent au-dessus de nous et ceux qui sont suspendus au-dessus de la mer.

« Je ne sais pas, lui dis-je. Tu le sais, toi, Cora ?

— Non, moi non plus, je sais pas, me répond-elle.

— Peut-être que papa le sait ? dit Anansy.

— Peut-être, murmuré-je. Peut-être. »

Je les débarrasse de leurs cornets de frites vides et graisseux, que j'entasse sur le mien, encore plein à ras bord. « Allez, les devoirs, les dents, et au lit !

— Est-ce que papa va nous lire une histoire ? » demande Anansy, tandis que sa sœur et elle rassemblent leurs cartables et autres sacs. J'ai les mains froides, presque engourdies. Les filles ont elles aussi la peau froide, mais elles ne se plaignent pas. Il faut toujours se battre pour les convaincre de porter un manteau ou de se boutonner.

« On verra », leur dis-je, en tâchant de prononcer ce mot sur un ton aussi neutre que possible. Oui, peut-être leur lira-t-il une histoire, avant de revenir vers moi, pour m'achever en terminant celle qu'il a commencé à me raconter.

Tami

Il ne savait pas où les nuages dormaient. Elles lui ont demandé, et il l'ignorait. Et il ne leur a pas lu d'histoire non plus, parce que, pour cela, il aurait fallu qu'il dise adieu à la sécurité des combles, dans lesquels il s'était retranché.

Je suis repliée sur moi-même dans le noir, à attendre quelque chose.

Quoi ? Je ne sais pas exactement. Mais ce que je sais, c'est que j'attends, et que je retiens mon souffle, qui semble attendre avec moi, jusqu'à ce que je n'aie plus d'autre choix que d'expirer.

Je n'arrive pas à me résoudre à y songer de nouveau. C'est trop important, trop effrayant, trop irréel. Peut-être est-ce cela que j'attends ? Oui, peut-être suis-je en train d'attendre que la réalité frappe mon esprit, de sorte que je puisse enfin accepter que Scott m'ait trompée et que Mirabelle m'ait menti. Mais ça ne me paraît pas possible.

La porte de la chambre s'ouvre et il se glisse dans son entrebâillement, comme pour ne pas faire entrer trop de lumière dans la pièce par souci de ne pas me réveiller. Ces temps derniers, pourtant, il ne prenait pas autant de précautions quand il se couchait après moi. Il ne voulait pas que j'aille faire du footing avec Mirabelle. Quand je lui ai dit qu'il allait devoir préparer les filles pour l'école une fois par semaine, il n'a pas arrêté de se plaindre et de bouder, jusqu'à ce que je lui dise : « Mais qu'est-ce que ça peut te faire, de t'occuper de tes enfants pendant deux heures, une matinée par semaine ? » Et comme la seule réponse qu'il a pu trouver a été « Rien », il a fini par laisser tomber. Malgré tout, on aurait dit qu'il essayait de saboter mes petites séances, sans néanmoins trouver le courage d'aller jusqu'au bout : il ne se gênait pas pour me réveiller la nuit, dans l'espoir, sans doute, que je serais trop fatiguée le lendemain pour aller courir ; mais il n'allait jamais jusqu'à me faire un sale coup ouvertement, comme programmer une réunion tôt le mardi matin. Naturellement, maintenant, je comprends pourquoi il faisait tout cela. Il voulait nous éloigner l'une de l'autre, de peur que son secret ne finisse par éclater au grand jour.

Les vêtements de Scott bruissent dans le silence. Il est en train de les retirer et de les laisser tomber en pile sur le sol, de son côté du lit. Sans même avoir à regarder, je peux dire exactement de quoi se compose cette pile : d'abord une chemise, puis un pantalon, un T-shirt, un boxer, et, enfin, sur le dessus, des chaussettes. C'est littéralement le même rituel chaque soir. Avec parfois une veste en plus, ou encore un pull, mais généralement la pile est telle que je viens de la décrire. Il retire ses vêtements dans le même ordre tous les soirs puis les laisse tomber en pile sur le sol pour que je les mette dans le panier à linge sale. Il ne s'agit naturellement pas d'un acte réfléchi ; c'est une simple habitude : il les laisse là parce que je les ramasse. Ça n'a pas toujours été comme cela, mais je ne me souviens pas du moment où les choses ont changé, où il est devenu un personnage trop important pour mettre lui-même ses vêtements dans le panier à linge, et où je suis devenue trop insignifiante pour qu'il accepte quelque reproche que ce soit de ma part.

Son corps est chaud dans le lit. Une présence familière et solide, dont je suis lentement devenue dépendante au fil des ans. Ce qui est parfaitement normal, puisque c'est mon mari. L'homme avec qui j'ai promis de passer le reste de mes jours. Où son corps mince et musclé devrait-il se trouver durant la nuit, si ce n'est dans ce lit ? Où ? Un peu plus loin dans la rue, dans la grande maison qui fait l'angle et qui a une ravissante propriétaire. Pendant que je me fais cette réflexion, Scott se déplace dans le lit, se rapproche lentement de moi, jusqu'à ce que son corps se trouve tout près du mien. Et soudain, il me touche, il est derrière moi, son corps lové contre le mien. Il redevient la moitié du 99 que nous avons toujours été.

« *Tu te rappelles des nuits où tu rentrais à la maison après avoir travaillé dans les bars, et où tu te pelotonnais contre moi* ? ai-je envie de lui dire. *Je me réveillais pendant une seconde et je me rendormais sur-le-champ, parce que je savais que tu étais là, et que je pouvais dormir du sommeil du juste. Tu te rappelles du 99 parfait que nous formions ?* » Et puis j'ai envie d'ajouter : « *Est-ce que tu couchais aussi avec une autre, à cette époque ? Est-ce que tu mentais, quand tu disais travailler dans des bars ? Est-ce que tu me racontais ça uniquement pour pouvoir jouir dans le corps d'une autre ?* » Et je voudrais également lui dire : « *Est-ce que tu peux finir de m'arracher le cœur à la petite cuillère et le donner à manger à ton chien ? Tu as mal terminé le boulot, et crois-moi, c'est horriblement douloureux. Allez, achève-moi, ce sera toujours mieux pour moi que de ressentir ce que j'éprouve.* » Ça, et tellement d'autres choses décousues, désagréables, blessantes, offensantes et désespérées que je suis contente de ne pas pouvoir parler.

« Je suis désolé de t'avoir fait du mal », murmure-t-il. Nous avions pris l'habitude de murmurer quand les filles étaient bébés et dormaient dans notre chambre. « Je suis désolé. Je n'ai pas réfléchi à ce que je faisais. Ç'a été une erreur stupide, vraiment stupide. Mais je me sentais tellement faible et seul. Je ne peux pas réfléchir et agir correctement quand nous ne sommes pas sur la même longueur d'onde, quand nous ne travaillons pas en équipe. C'était une terrible erreur… Je te demande pardon. »

J'ai envie de lui, désespérément envie de lui. Dans ma poitrine, entre mes jambes, au fond de ma gorge, je ressens ce besoin. J'ai besoin qu'il soit une part de moi. S'il était une part de moi, il redeviendrait mien, et ne serait plus infidèle. Son corps pourrait m'appartenir de nouveau, comme il me l'a juré le jour où nous nous sommes mariés, comme il m'a appartenu durant toutes ces années. Je tends le bras vers lui, et je sais exactement où ma main doit se poser pour lui faire comprendre ce dont j'ai envie, à savoir, lui. Je parie qu'elle ne sait pas cela, je parie qu'elle commence toujours par l'endroit le plus évident quand elle veut prendre l'initiative, mais moi, je connais Scott depuis toujours et je sais que, si je le touche à cet endroit-là, il comprendra immédiatement ce que je veux de lui.

Mes doigts se posent sur sa peau et il réagit aussitôt à mon message codé en s'écartant un peu de moi pour me laisser la place de rouler sur le dos. Alors, il s'empresse de chevaucher mon corps, et nos lèvres se joignent brièvement dans un échange qui nous indique que nous comprenons et acceptons tous deux ce qu'il va se passer.

Scott, ferme et érigé, s'enfonce en moi, mais la douleur ne disparaît pas dans le néant comme j'imaginais qu'elle le ferait une fois que nous serions unis. Elle explose, devient plus pressante, plus vive. Je cambre les reins, l'attire plus près de moi, enfonce mes ongles dans la chair de son dos pour essayer de le ramener à moi. Je le veux tout à moi. Il est à moi, je veux qu'il me revienne.

Je veux qu'il me revienne.

Je l'attire plus près encore, et le souvenir de la première fois que nous l'avons fait, l'intensité, la proximité, l'irrépressible besoin de ne rien laisser se mettre entre nous, me reviennent en mémoire, alors qu'il commence à se mouvoir plus rapidement en moi.

Il a fait ça avec elle.

Cette pensée explose dans ma tête, ma poitrine et mon cœur simultanément. Et puis elle se fraie un chemin jusqu'à mes mains, qui s'arrachent à son dos, et se retrouvent tout à coup sur sa poitrine, qu'elles repoussent violemment, tandis que mon corps roule sur le côté, le rejette, s'éloigne du sien.

Ce sont presque des hurlements qui sortent de ma gorge : « Arrête ! Arrête ! Arrête ! Laisse-moi ! »

Sans poser la moindre question, en l'espace d'un instant, il s'est écarté de moi.

Un flot ininterrompu de larmes s'écoule de mes yeux au moment où j'attrape la couette et la ramène sur mon corps, pour le dissimuler aux yeux de Scott. Je ne veux pas qu'il le voie, je ne veux même pas qu'il en discerne les contours. Je sais qu'il va me comparer à elle. Et je sais que cette comparaison me dévalorisera. Car je dois me rendre à l'évidence : je ne suis plus assez bien pour lui. Il a été une époque où il me regardait peut-être sans pouvoir s'imaginer avec quelqu'un d'autre, il a été une époque où il pensait peut-être que moi et mon corps étions tout ce dont il avait besoin, mais les choses ont changé désormais. Je me rends compte que je ne lui suffis pas. Il regarde des pornos et il m'a trompée. Je ne lui suffis plus.

Si c'était le cas, il n'aurait pas fait ce qu'il a fait.

« Je suis désolé », murmure-t-il.

Scott se rapproche de moi pour me réconforter, mais je m'écarte de lui en continuant de sangloter. Je ne veux pas de lui. Je ne veux même pas qu'il me touche. J'ai entendu la moitié d'une histoire, la moitié d'une explication, et je ne pourrai pas le laisser me toucher tant que je n'aurai pas tout entendu. Tant qu'il ne m'aura pas parlé, et parlé encore, jusqu'à ce que je comprenne. Jusqu'à ce que je sache pourquoi. Et quand. Et comment. Comment il a pu me faire ça.

« Je vais prendre une douche », lui dis-je entre deux sanglots. Je n'arrive pas à croire que j'ai fait ça. Je n'arrive pas à croire que j'ai essayé de récupérer mon mari de cette façon. Je n'arrive pas à croire que j'ai couché avec la personne qui m'a blessée comme jamais personne ne m'avait blessée dans ma vie. Il faut que je me lave de tout ça. Tout de suite. « J'ai besoin de prendre une douche. Tu peux regarder ailleurs, s'il te plaît ?

— Pourquoi ? demande-t-il, l'air perplexe.

— Je ne veux pas que tu me voies nue.

— Ça doit faire seize ans que je te vois nue, réplique-t-il.

— Tu comprends ce que je te dis ? » Les sanglots commencent à s'apaiser, et le calme à réintégrer mon corps. « Regarde ailleurs, c'est tout. »

Il envisage de protester, je le vois à la façon dont il inspire, mais, manifestement, il finit par se raviser. Quand il tourne la tête vers le placard mural et le regarde fixement, je me glisse hors du lit et attrape mon peignoir de bain, que je m'empresse d'enfiler. Son tissu me paraît rêche, et j'ai l'impression que des milliers d'aiguilles viennent de s'enfoncer dans ma peau hypersensible.

J'ai la main sur la poignée de la porte quand un timide murmure retient mon attention.

« Est-ce que tu vas me demander de partir ? » me dit-il d'une petite voix fragile et effrayée. Je ne l'ai pas entendu s'exprimer sur ce ton-là depuis le soir de la fausse couche, quand il a demandé au médecin s'il y avait un espoir de sauver le bébé. Depuis lors, Scott n'avait jamais manifesté devant moi ce type de peur. Car c'est bien de cela dont il s'agit : de la peur, pure et simple.

« Comment pourrais-je te demander de partir, Scott ? m'efforcé-je de dire à travers le verre brisé qui emplit ma bouche. Tu es déjà parti. »

Dix-huit mois plus tôt

« J'ai invité Mirabelle à dîner, demain soir, en plus de Beatrix », ai-je dit à Scott. Assis dans le lit, il lisait tranquillement les nouvelles.

« Quoi ? a-t-il répondu en posant son journal et en retirant ses lunettes.

— Beatrix devait venir, tu sais bien ? Et comme Mirabelle n'avait rien de prévu, je me suis dit qu'on pourrait faire d'une pierre deux coups.

— Non, a-t-il rétorqué. Je ne suis pas d'accord. Ça ne vous suffit pas, à toutes les deux, que je sois contraint de travailler avec elle toute la journée ? Il faut encore que je me la coltine le soir, après le boulot ?

— Eh bien, si ça te déplaît à ce point, tu peux toujours rester là, dans la chambre ? Je te monterai ton repas ?

— Écoute, TB, tu vois très bien ce que je veux dire. Ça me paraît déjà beaucoup qu'elle passe régulièrement à la maison pour te voir et pour jouer avec les filles. Est-ce qu'il faut vraiment qu'elle vienne s'incruster encore plus dans notre vie de famille comme ça, tous les quatre matins ?

— Tous les quatre matins ? C'est la première fois que je l'invite.

— Je ne veux pas qu'elle vienne quand je suis là, c'est tout », a-t-il dit d'une voix ferme. C'était le ton qu'il utilisait quand il se retrouvait confronté à des jeunes pas très compétents, ou à des clients difficiles, ou encore à des fournisseurs qui n'avaient pas livré à temps et qui essayaient de se défiler. Bref, il avait manifestement oublié que j'étais sa femme. Et que l'on ne me parlait pas sur ce ton-là.

« Eh bien, moi, j'ai envie qu'elle vienne ! Et au cas où tu l'aurais oublié, c'est ma maison à moi aussi. Et j'ajouterais encore que tu n'as pas à me commander, comme disent les mômes. » Je me suis mise à imiter sa voix : « "Je ne veux pas qu'elle vienne quand je suis là, c'est tout." Mais à qui est-ce que tu crois parler ?

— Je ne te trouve pas très juste avec moi, m'a-t-il répondu d'une voix triste. Quand je rentre à la maison, j'ai envie d'oublier le bureau, pas de retrouver les têtes que j'y vois tous les jours. Cette maison, c'est mon refuge, mon seul moyen de me préserver de toutes les merdes que je suis continuellement obligé de gérer. Je suis étonné que tu ne parviennes pas à comprendre que j'ai besoin de me couper du bureau et que sa présence ici me met sous pression. Tu faisais ce travail, avant. Je pensais que tu te rappellerais ce que c'était.

— Je suis désolée, ai-je balbutié, un peu honteuse. Je n'y avais pas réfléchi. Mais tu as raison, bien sûr. Bon, je vais trouver un moyen de nous sortir de là.

— Merci, ma chérie. Ça me ferait vraiment plaisir. »

Ça ne te dérange pas si j'annule pour demain soir ? Désolée, mais Bea voudrait me parler d'un truc privé. On remettra ça.

No problem, ma chérie. J'espère qu'elle va bien. Bisous. M

PS : Tu te souviens de cette série, No Problem ![1] ? J'adorais ce truc ! M

Scott descend l'escalier à pas de loup pour venir me chercher, car je ne suis pas retournée me coucher. Je préfère dormir dans le séjour plutôt que dans la chambre d'amis ; je m'y sens plus en sécurité. Je ne suis vêtue que de mon peignoir et, recroquevillée sur moi-même dans le canapé, je regarde un jeu de hasard sur le grand écran plat qui est accroché au mur, de l'autre côté de la pièce.

« Reviens te coucher », me dit-il en s'asseyant à côté de moi.

Je l'ignore et me concentre sur ce que je vois à la télévision. J'ai coupé le son pour ne pas réveiller les filles, dont les chambres se situent juste au-dessus du séjour, et, de toute façon, je n'ai pas besoin de son pour regarder ce genre de truc. Je suis fascinée par ce que les candidats sont en train de faire, c'est-à-dire mettre en jeu tout ce qu'ils possèdent. Comment peut-on mettre en jeu tout ce que l'on possède ? Comment peut-on regarder un ensemble de numéros, et décider de rassembler toute sa vie – maison, femme, enfants, travail, avenir – pour miser dessus ? Rien n'est jamais sûr quand on joue avec le

1. Sitcom comique diffusée sur Channel 4 entre 1983 et 1985 et centrée sur une famille d'origine jamaïcaine. Ce fut la première série à mettre en scène le mode de vie de la communauté noire britannique. (*N.d.T.*)

hasard. Et même les tricheurs finissent tôt ou tard par se faire prendre.

« Reviens te coucher », insiste-t-il. Comme je ne réponds pas, il traverse la pièce et éteint la télévision.

« Reviens te coucher, répète-t-il.

— Non.

— Tami, tu ne peux pas dormir ici, voyons.

— Laisse-moi tranquille.

— Je ne peux pas. Tu ne te conduis pas de façon rationnelle. Écoute, je veux que tu retournes te coucher. J'irai dans la chambre d'amis... Allez, s'il te plaît. Je ne pourrais pas supporter de te savoir là, toute seule, toute la nuit. S'il te plaît. »

Il ne se rend même pas compte qu'il est encore en train de le faire : « *Je veux que tu retournes te coucher.* » « *Je ne pourrais pas supporter de...* » Je, je, je. Je lui ris au nez. « Tu te fiches pas mal de moi, pas vrai ? Il faut juste que tu ramènes tout à toi. Même quelque chose d'aussi simple que le fait que je dorme dans le canapé. Allez, je sais bien pourquoi tu ne peux pas supporter l'idée de me savoir là. C'est juste parce que tu ne peux pas supporter l'idée que je ne fasse pas ce que tu voudrais que je fasse.

— Ce n'est pas du tout comme ça que je voyais les choses.

— Laisse-moi tranquille.

— TB...

— Ne m'appelle pas comme ça ! sifflé-je. Je t'interdis de m'appeler comme ça. Laisse-moi tranquille, sinon, je vais dormir dans la voiture, et tout le quartier sera au courant.

— Bon, finit-il par dire. Mais je vais quand même dormir dans la chambre d'amis, au cas où tu changerais d'avis.

— Ce ne sera pas le cas », dis-je dans un souffle. Une fois seule, je recentre mon attention sur le jeu de hasard. L'écran de la télé est noir.

Tami

« Il faut que tu ailles voir les flics pour leur dire la vérité », dis-je à Mirabelle.

J'ai eu une réaction viscérale en la voyant, quand elle m'a ouvert la porte, il y a quelques secondes à peine : je me suis recroquevillée sur moi-même. Ses cheveux, coiffés en larges vanilles, sont retenus par le bandeau qu'elle utilise généralement pour courir. Son visage, sans maquillage, révèle de nombreuses imperfections : taches, cicatrices d'acné et cernes sombres. Elle a les yeux rouges et les paupières gonflées, presque comme si elle avait pleuré. Et elle ne porte pas de survêtement comme elle le fait généralement quand elle est chez elle : elle est vêtue d'un sweat gris informe et d'un jean trop grand.

La nuit dernière, toute la nuit, repliée sur moi-même dans le canapé, je n'ai pas arrêté de me demander ce qui était le plus important dans cette histoire, et à chaque fois que je me posais la question, il n'y avait qu'une seule et unique réponse qui me venait à l'esprit : Cora et Anansy. Elles ne peuvent pas avoir un père que l'on qualifiera de « pervers », « criminel », « violeur » ou tout autre mot utilisé pour décrire les gens qui commettent le genre d'actes dont il a été accusé. Pour ma part, peu importe que je souffre : je suis une adulte, je peux prendre soin de moi toute seule. Mais mes enfants ont besoin que je veille sur eux. Et c'est pour cette raison que j'ai décidé d'aller voir Mirabelle et de la convaincre de retirer sa plainte.

J'ai donc attendu que Scott soit sorti pour accompagner les filles à l'école, et je suis venue ici. Chaque pas a été un véritable calvaire. Je n'avais pas envie d'y aller. Je n'avais pas envie de voir sa bouche et de l'imaginer sur le sexe de mon mari. Je n'avais pas envie de voir ses mains et de les imaginer dans les cheveux de mon mari, tandis qu'il lui donnait du plaisir avec sa langue. Je n'avais pas envie de voir son corps et de l'imaginer en train de se mouvoir contre le sien, avec le sien.

La maîtresse de mon mari me dévisage pendant quelques instants, l'air déconcertée. « C'est fait, finit-elle par répondre. J'y suis allée et je leur ai dit la vérité. »

Je suis si surprise que j'ai du mal à parler. « Et qu'est-ce qu'ils ont dit quand tu leur as expliqué pourquoi tu avais inventé cette histoire ?

— Rien. Parce que ce n'est pas ce que je leur ai dit. Je leur ai dit ce qui s'était passé, ce qu'il m'avait fait.

— S'il te plaît, Mirabelle… Écoute, je suis au courant, d'accord ? Je sais tout sur lui et toi, et…

— Qu'est-ce que tu sais, sur lui et moi ? »

Je soupire. « Il m'a tout dit. Il m'a dit que vous aviez eu une liaison et que tu l'avais menacé de te venger quand il avait essayé de rompre. Je sais tout et je suis complètement dévastée. Je ne crois pas que notre couple survivra à cette histoire. Voilà. Tu as eu ce que tu voulais. Alors maintenant, il faut que tu arrêtes, que tu mettes un terme à tout ça. »

Elle me regarde, ses yeux noirs fixés sur mon visage pendant une éternité. Je serais prête à la supplier de le faire, si cela pouvait lui faciliter la tâche. Je serais prête à tout, absolument tout, pour que les filles ne découvrent jamais cette horrible histoire.

Mirabelle rejette sa tête en arrière et se met à rire. C'est un rire sincère, on voit bien qu'elle ne se force pas. Elle se penche en avant et se tient les côtes. Et tout à coup, brutalement, elle se redresse et recentre son attention sur moi. « Lui et moi ? Une liaison ? hurle-t-elle en secouant la tête. Allons, même sous la torture, je ne pourrais pas me résoudre à le toucher.

— Comment peux-tu agir comme ça, après tout ce que tu m'as fait ? »

Comment peut-elle agir comme ça, alors qu'elle l'a aidé à démolir ma famille ?

Elle soupire. « Bon, je ne veux pas parler de ça sur le pas de ma porte. Alors soit tu rentres et nous en discutons posément, soit tu t'en vas.

— Très bien. Je m'en vais.

— C'est toi qui vois.

— Oui, c'est moi qui vois. »

Je tourne les talons et commence à m'éloigner, bouillante d'indignation. *Mais pour qui se prend-elle ?*

Pour la femme qui détient l'avenir de ma famille entre ses mains. Voilà pour qui elle se prend.

Elle ouvre sa porte et s'écarte pour me laisser passer. Je sais que je viens de pénétrer dans la fosse aux lions. Mais je sais aussi que je n'ai absolument aucun autre choix.

Une fois encore, j'ai l'impression d'avoir été percutée par un camion. Le même camion. Il s'est écrasé sur moi à la seconde où Mirabelle a bifurqué à gauche pour entrer dans sa cuisine. Et maintenant, je dois me tenir aux murs du couloir pour soutenir mon corps affaibli. Je me suis trouvée dans cette pièce un nombre incalculable de fois au cours de ces dix-huit derniers mois sans jamais imaginer une seule seconde que c'était là qu'ils l'avaient fait pour la première fois. Trouvait-elle excitant de me faire entrer ici en souvenir de cette première fois ? Jubilait-elle intérieurement en s'extasiant sur mon ignorance et ma naïveté ?

Je ne peux pas entrer dans cette pièce. Je sais que, si je le fais, je me retrouverai confrontée à des images d'eux. D'elle, appuyée contre l'évier, sa jupe crayon remontée jusqu'à sa taille, sa petite culotte gisant sur le sol ; de lui, avec son pantalon et son boxer sur les chevilles ; d'eux, en train de copuler, grognant plus fort à chaque coup de boutoir.

L'une des roues du camion est restée sur ma poitrine, et je n'arrive pas à respirer correctement.

« Ça va ? me demande-t-elle en revenant sur ses pas. Tu veux un verre d'eau, quelque chose ? »

Je secoue la tête, tout en tentant de ranimer la colère qui est en moi. « Ça va, dis-je en me redressant. Je veux juste savoir le fin mot de l'histoire. »

Elle se rapproche de moi et baisse la voix : « Si j'ai bien compris, il t'a raconté que lui et moi avons eu une liaison ?

— C'est bien ça. Et je sais que c'est vrai.

— Mais comment… ? Enfin… Tu crois vraiment que je t'aurais fait ça ? Je suis ton amie. Pourquoi est-ce que j'irais coucher avec ton homme ?

— Et pourquoi est-ce que tu l'accuserais d'avoir fait… ce dont tu l'as accusé ?

— Parce qu'il l'a fait. »

Je secoue la tête. Je n'y crois pas. Parce que je ne crois pas que Scott soit capable de ça. C'est idiot, je sais, mais c'est la seule chose rationnelle qui me traverse l'esprit à ce moment-là.

« Tu ne le vois pas tel qu'il est…

— Je sais très bien comment il est. Je te rappelle que je l'ai épousé. »

Elle prend une profonde inspiration, puis souffle bruyamment par le nez. « Tami, si je t'avais dit que quelqu'un avait essayé de… de… de m'agresser, tu m'aurais crue ? Tu m'aurais soutenue, réconfortée ?

— Oui. Bien sûr que oui.

— Et si je t'avais dit que quelqu'un avait essayé de s'introduire dans ma maison et de me cambrioler, tu m'aurais crue, tu m'aurais soutenue ?

— Oui.

— Et si je t'avais dit que quelqu'un m'avait mis son poing dans la figure, sans raison, tu m'aurais crue ?

— Oui.

— Et si je t'avais dit que quelqu'un avait essayé de… de… m'agresser sexuellement, tu m'aurais crue ?

— Oui.

— Alors, pourquoi crois-tu que quelqu'un d'autre aurait pu le faire, mais pas lui ?

— Parce que ce quelqu'un d'autre, je ne le connais pas.

— J'en déduis donc que, pour toi, seul un homme que tu ne connais pas serait capable de faire ça. »

Je préfère me taire, car il me semble que je ne peux pas lui apporter de véritable réponse. Je connais des gens (des gens avec qui je suis allée à l'école, des gens avec qui j'ai travaillé) qui ont été accusés de divers crimes et délits, et qui, pour beaucoup, ont été reconnus coupables. Mais tout ce que je sais, c'est que Scott n'aurait pas pu faire ça. Néanmoins, alors que je me fais cette réflexion, une image me revient brutalement en mémoire. L'image figée de ce fameux film porno. Je m'empresse de la balayer de mon esprit. Non. C'était il y a des années. Et puis ça n'a aucun rapport avec toute cette histoire.

« Tami, écoute-moi, je n'ai jamais eu de liaison avec lui. Je n'en ai jamais eu et je n'en aurais jamais. Il a essayé de… Il a essayé… » On dirait qu'elle cherche à éviter ce mot.

Je l'interromps : « Mais mets-toi à ma place. Qu'est-ce que tu préférerais ? Que l'homme que tu aimes soit accusé d'avoir fait quelque chose d'horrible à une autre personne que tu aimes, ou qu'il ait eu une liaison avec cette personne ?

— Je préférerais que cet homme soit un homme tendre et fidèle, plutôt qu'un monstre, répond-elle d'un ton désinvolte.

— Mais ça ne fait pas partie de mes options, c'est ça ? » rétorqué-je, en guise de contre-attaque.

Impasse. Nous sommes debout dans le couloir, face à face, toutes les deux sur la défensive.

« Tu ne vois pas comment il est, dit Mirabelle. Il est tellement fier de lui qu'il pense que tout lui est dû. Et son arrogance… Je pensais que je l'étais moi aussi, mais là, c'est carrément démesuré. Il veut que tout le monde soit à ses pieds, c'est à peine s'il ne vous dit pas textuellement qu'il attend de vous que vous le vénériez, sous peine de sanctions. Et naturellement, il pense que toutes les femmes du monde l'adorent, et que si ce n'est pas le cas, c'est qu'elles sont soit frigides, soit lesbiennes.

— Je te rappelle que c'est du père de mes enfants dont tu parles, lui dis-je d'une voix basse.

— Et tu m'en vois désolée. Mais c'est la pure vérité. Tout comme ce que je suis allée raconter aux flics. »

Je secoue la tête. Ce n'est pas la vérité. Ça ne peut pas être la vérité.

« Je ne suis pas une menteuse, Tami.

— Je n'ai jamais dit ça.

— Si. Tu ne t'en rends peut-être pas compte, mais tu es en train de me traiter de menteuse. »

J'ai envie d'enfoncer mon poing dans ma bouche et de hurler. De hurler suffisamment fort pour ébranler le monde.

« Tout a commencé quand il s'est mis à me faire des avances, environ six mois après mon arrivée dans l'entreprise. Je l'ai repoussé aussi poliment que possible, et il a pris les choses avec bonne humeur, si bien que je me suis dit que c'était réglé. Il avait vraiment l'air de ne pas en faire cas, mais, très vite, les commentaires désobligeants sur mon travail se sont multipliés. Puis sont venues les humiliations, verbales et publiques, au cours des réunions. Et les commentaires salaces, quand nous étions seuls. Pas tout le temps, non, de façon sporadique, de sorte qu'ils me surprennent, chaque fois. Du coup, je me demandais tout le temps à quel moment il allait recommencer, et j'étais tout le temps sur mes gardes, tout le temps sur les nerfs.

« Quand toi et moi sommes devenues amies, ça s'est un peu calmé. J'ignore pourquoi. Peut-être avait-il peur que je te raconte ce qu'il faisait ? Bref, les choses se sont apaisées et j'ai repris plaisir à travailler. Et puis nous nous sommes mises à faire du footing ensemble. Et ç'a dû l'énerver, ou je ne sais quoi, parce que c'est à ce moment-là que tout a recommencé : les commentaires graveleux, les humiliations, les remarques déplaisantes. Pareil, mais en pire. D'ailleurs, c'est aussi à cette époque-là qu'il s'est mis à me parler de vidéos pornos.

— De quoi ?

— Oui, en plus de tout ce qu'il me faisait endurer, il s'est mis à me demander mon opinion sur les films qu'il regardait. Il me racontait les scénarios en détail et il me demandait ce que j'en pensais.

— C'est complètement malsain…

— Absolument, c'est le mot qui convient : je travaillais dans une ambiance vraiment malsaine. Il me mettait ces scénarios dans la tête et je n'arrivais pas à les en retirer. Alors j'ai tout fait pour éviter de rester seule avec lui, mais il m'a mis des bâtons dans les roues. J'ai toujours les images dans ma tête, tu sais ? Je n'arrive pas à les oublier.

« Ce soir-là, il m'a demandé de rester après la fermeture pour que nous puissions travailler ensemble sur une offre de reprise. Naturellement, il m'a dit ça devant tout le monde pour s'assurer que je ne pourrais pas refuser, sous peine de passer pour la fille qui n'est pas dévouée à son travail, pas aussi impliquée que lui et les autres dans la croissance et la réussite de l'entreprise. »

Je voyais très bien de quelle offre elle parlait. Scott m'avait demandé d'y jeter un coup d'œil. Je l'avais trouvée excellente et, aussi mesquin que cela puisse paraître, tellement brillante que j'avais tout de suite compris que ce n'était pas lui qui l'avait préparée. Il n'avait d'ailleurs rien prétendu de tel, m'ayant clairement expliqué que c'était Mirabelle et son équipe qui l'avaient élaborée. Sans doute devait-il lui-même se rendre compte de la supériorité de leur travail sur le sien. Sinon, pourquoi leur aurait-il confié cette tâche, alors qu'il voulait tant voir cette société intégrer le portefeuille de TLITI ? C'était capital à ses yeux. D'après ses dires, s'il accomplissait cet objectif, il deviendrait automatiquement associé.

« J'étais vraiment anxieuse, car je savais que si je ne restais pas avec lui ce soir-là, il me retirerait ce projet, et si je restais, il allait recommencer.

— Alors c'est ça qui s'est vraiment passé ? lui dis-je. Il t'a fait des avances un peu lourdingues, et tu as monté tout ça en épingle ? »

L'expression de son visage se durcit et, pendant un bref instant, elle serre ses lèvres l'une contre l'autre. « Il a attendu que tout le monde soit parti. Il a attendu que nous ayons pris notre dîner, que je commence à baisser légèrement la garde, parce que cela faisait des heures que nous étions seuls et que rien de bizarre ne s'était passé. Et juste au moment où je commençais à me détendre un peu, il s'est jeté sur moi, m'a poussée contre son bureau et a arraché trois boutons de mon chemisier en essayant de l'ouvrir. Et puis il a déchiré une partie de mon soutien-gorge, tout en continuant de me maîtriser et en me disant des trucs dégoûtants que je n'avais jamais entendus dans la bouche d'un homme. »

Tel un animal pris dans les phares d'une voiture, je la regarde les yeux écarquillés, muette de stupeur.

« C'est comme ça qu'il t'a draguée, la première fois ? Parce que, si c'est le cas, tu as raison : j'ai peut-être monté tout ça en épingle. »

Je ne crois pas que mon corps pourrait bouger, même si je lui ordonnais de le faire. Et pourtant Dieu sait que j'ai envie de partir, pour ne pas entendre ce qu'elle va me dire.

« Et est-ce qu'il a aussi arraché le bouton de ton pantalon, tout en glissant sa main dans ta culotte ? Est-ce qu'il a continué de te débiter des flots d'ordures, de te dire tout ce qu'il comptait te faire, tant qu'il te tenait ? Est-ce qu'il s'est mis à… ?

— Arrête. S'il te plaît, arrête, parviens-je enfin à articuler. S'il te plaît, arrête. Je ne peux pas en entendre davantage. S'il te plaît. S'il te plaît. »

Ses yeux, humides, reflètent son angoisse. Son visage n'est plus déformé par le dégoût, mais trempé de larmes. « Je ne suis pas une menteuse. Je n'ai rien inventé. J'ai juste réussi à lui échapper. Si je n'y étais pas parvenue, je... Je ne suis pas une menteuse. »

Ç'a l'air vrai, et je serais parfaitement convaincue que ça l'est, si ce n'était pas de Scott dont elle était en train de parler.

« Tu sais bien comment il peut être. Au fond de toi, dans ce petit recoin où tu évites de te rendre parce que c'est là que sont entreposées toutes tes mauvaises pensées et expériences. Là, au fond de toi, tu le sais, n'est-ce pas ? »

Des images me reviennent en mémoire. Des images de cette fois-là. Cette fois où j'ai dit oui, parce que j'en avais envie, mais... où il y a eu cet acte auquel je ne m'attendais pas, dont je ne voulais pas. Et puis ces mots qu'il n'avait jamais prononcés jusqu'alors. Sans parler des marques qui sont restées sur mon corps après, parce que ç'avait été les ébats les plus violents que nous ayons jamais eus. Nous avions déjà eu des ébats violents, et ces séances, marginales, étaient d'ailleurs devenues de plus en plus dures au fil du temps, mais cette fois-là, cela avait été pire, plus douloureux que jamais. Néanmoins, il y avait toujours l'après : ce moment où il se montrait tendre, aimant, proche de moi. Et l'étreinte de l'après, qui avait été longue cette fois-là mais qui allait devenir de plus en plus brève, là encore par paliers, au fil du temps. Je m'étais sentie aimée, désirée, adorée. Mais aussi effrayée, blessée, vidée, vulnérable. « C'était génial, hein, TB ? » m'avait-il demandé. J'avais fermé les yeux, afin de ne pas avoir à regarder son visage, j'avais resserré mon étreinte autour de lui afin de ne pas être tentée de le repousser et j'avais murmuré un vague « Hmm » afin qu'il ne sache pas à quel point je me sentais mal.

Tout cela avait bien eu lieu, certes, mais cela n'avait rien à voir avec ce que Mirabelle venait de décrire. Ce qu'elle venait de décrire faisait de lui un criminel et un monstre. Ce dont je me souvenais résultait d'un malentendu entre deux personnes consentantes. Et il s'agissait de deux choses radicalement différentes.

Elle me regarde bizarrement et se recroqueville un peu sur elle-même. Les coins de sa bouche se tournent vers le bas. « Oh, Tami, il te l'a fait à toi aussi, c'est ça ?

— Non… Non ! Car j'estime qu'il y a une différence entre des ébats un peu brutaux et… et ce que tu viens de me décrire.

— Oui, c'est vrai. Un peu de brutalité, ça peut être sympa. À partir du moment où on en a envie. »

Était-ce de cela dont j'avais envie ? Je ne me rappelle plus. Mais qui peut se souvenir de ce dont il avait envie avant chacun des rapports sexuels qu'il a eus au cours de sa vie ?

« Était-ce ce dont tu avais envie ? me demande-t-elle, comme je garde le silence. Était-ce ce dont tu avais envie ou est-ce ce que ta vie sexuelle est devenue ?

— Ça n'a rien à voir avec ça.

— Écoute, Tami, nous avons beaucoup bavardé ensemble, et j'ai toujours eu l'impression qu'il y avait quelque chose qui clochait entre toi et lui. Ça s'est fait progressivement, c'est ça ? Plus il a grimpé dans l'échelle sociale, plus il s'est mal comporté envers toi ? J'étais certaine que cela faisait des années qu'il cherchait à te dominer et à repousser tes limites. Mais je n'imaginais pas que ça puisse aller aussi loin. Qu'il te vio…

— Ne dis pas ça. Ne prononce pas ce mot. Il ne m'a pas fait ça ; je t'interdis de dire ça.

— Je t'adore, Tami. Tu es l'une de mes meilleures amies, tu es l'une des personnes les plus étonnantes que j'aie jamais rencontrées. Mais je voudrais tellement que tu te réveilles et que tu comprennes comment il est vraiment. Que tu ouvres les yeux sur ce qu'il te fait et sur ce qu'il m'a fait. »

Il faut que je parte. Que je m'en aille d'ici. Si je reste encore un peu, si je la regarde encore un peu, si je l'écoute encore un peu, je vais finir par l'entendre. Je vais finir par me souvenir différemment de certains éléments de ma vie de couple, je vais finir par les isoler pour qu'ils collent à ce qu'elle dit. L'esprit humain est ainsi fait : il trouve toujours le moyen d'arranger les choses à sa façon. Si je ne m'en vais pas, je vais finir par croire ce qu'elle est en train de me dire. « Arrête. Arrête. Je ne veux pas parler de ça. »

Au moment où j'ouvre la porte, je sens sa présence derrière moi. « À chaque fois que je te vois, je me dis que j'ai bien fait d'aller chez les flics, affirme-t-elle. Pour ma propre sécurité, mais aussi pour la tienne. »

Je traverse son jardin, folle de rage. Je n'ai pas réussi à la convaincre de retirer sa plainte, et je sors de sa maison avec plus de doutes encore que quand j'y suis entrée.

La voiture qui est garée dans la rue est gris argenté et plus ancienne que les deux véhicules garés dans l'allée de Mirabelle. Mais je suis certaine qu'elle est parfaitement en règle et qu'elle a le contrôle technique. Puisqu'il s'agit d'une voiture de police. Un officier est en train d'en sortir quand je quitte la maison, tandis que l'autre personne qui se trouve à l'intérieur semble décidée à l'attendre. Mais maintenant qu'elle me voit, elle ouvre sa portière et sort à son tour.

« Madame Challey, comme je suis surprise de vous trouver ici ! » me dit le sergent Harvan d'une voix peu aimable. La gentillesse et la sympathie dont elle a fait preuve envers moi l'autre soir ont complètement disparu, sans doute balayées par le regret d'avoir dû libérer Scott faute de preuves.

« J'espère que vous n'essayez pas d'embobiner ou d'intimider la victime supposée », me dit son coéquipier. Grand et musclé, il a les cheveux noirs, la peau mate et la plus grande paire d'yeux marron que j'aie jamais eu l'occasion de voir chez un homme. En un quart de seconde, les regards des deux policiers passent de moi à la femme qui se trouve derrière moi, puis de nouveau d'elle à moi. En parfaite synchronisation.

« Bien sûr que non. Nous ne faisions que… Nous ne faisions que discuter. »

Comme une seule et même personne, ils tournent une nouvelle fois leurs regards vers Mirabelle.

« Euh… oui, nous discutions, c'est tout », confirme-t-elle. À l'instar de la mienne, sa voix trahit son anxiété et sa nervosité. Nous avons l'air toutes les deux d'avoir quelque chose à nous reprocher.

« Eh bien, à l'avenir, évitez de "discuter, c'est tout", dit Harvan.

— Restez à l'écart l'une de l'autre, ajoute son coéquipier.

— Nous ne voulons pas de malentendus, dit Harvan.

— Cela pourrait fausser notre enquête, termine le coéquipier.

— Je ne cherche pas à fausser votre enquête, affirmé-je. Ce n'est pas mon genre.

— Ce n'est jamais le genre de personne, réplique Harvan.

— Jusqu'au jour où..., ajoute le coéquipier.

— Vous essayez de nous faire un duo comique, ou quoi ? » intervient Mirabelle. Je pensais exactement à la même chose, mais jamais je n'aurais osé m'exprimer ainsi. « Si c'est le cas, je ne vous trouve pas drôles du tout, à terminer vos phrases à tour de rôle, comme ça. Ça n'a rien d'amusant, c'est juste énervant. »

Je suppose qu'elle peut se permettre d'agir ainsi, puisque c'est elle la victime. Elle peut dire et faire tout ce qu'elle veut. C'est à moi de me tenir à carreau.

« Puis-je y aller ?

— Bien sûr. Mais je ne veux plus vous voir ici », me répond Harvan avec un sourire aigre à faire tourner le lait. Son coéquipier, lui, ne sourit pas. Il me regarde avec des yeux froids, qui semblent m'accuser de quelque chose que je sais ne pas avoir fait.

Beatrix

Il ne s'est rien passé avec le garçon de l'avion. Il s'est montré très agréable, mais il n'était pas intéressé. Pas la peine de prendre cet air moqueur. Ce n'était qu'un petit flirt, je n'avais aucune intention d'aller plus loin, alors inutile de me juger ou de vous réjouir en vous disant que j'avais besoin d'être remise à ma place. Depuis que mon mari m'a quittée, je suis mue par un besoin désespéré de tester mon pouvoir de séduction. Au fond, je sais très bien que je suis attirante : je me regarde dans les miroirs, je m'efforce d'être toujours bien habillée. Mais, de temps en temps, j'ai besoin d'en avoir la preuve. Une confirmation extérieure. Ça me fait vraiment du bien.

Parce que cela signifie que je ne suis pas toutes ces choses qu'il m'a dites quand il m'a quittée. Au fait, vous ai-je dit qu'il m'avait quittée pour une catin, une putain, pardon, je voulais dire quelqu'un d'autre ? Une fille qui n'est même pas vraiment plus belle que moi, d'ailleurs. Enfin, je ne sais pas. Tout ce que je sais, c'est que certains jours, c'est un véritable miracle si j'arrive à sortir du lit. Les choses qu'il a dites sur mon corps, sur notre vie sexuelle et, de façon générale, sur tout ce que je suis au fond de moi, m'ont profondément blessée. Un peu comme s'il avait marqué mon âme au fer rouge.

Tous les hommes qui me regardent ou manifestent de l'intérêt pour moi tendent à me prouver qu'il avait tort. Oui, j'ai l'air d'une femme désespérée, je l'admets. Mais avant de me regarder de haut, regardez-vous vous-même. Je parie que vous le faites, vous aussi. Et si vous ne le faites pas, sachez que je vous envie, mais alors, énormément.

Toujours pas de nouvelles des Challey. J'ai presque peur d'appeler, maintenant, car je me dis que, si quelque chose leur est arrivé, c'est forcément quelque chose de terrible.

Tami

« Merci d'être venue jusqu'à nous, madame Challey », dit l'inspectrice.

Je n'ai pas vraiment eu le choix. Après m'avoir suivie depuis la maison de Mirabelle, ils m'ont interpellée devant chez moi en me disant qu'ils souhaitaient me parler. Ils m'ont laissé le choix entre me rendre immédiatement au commissariat ou les recevoir à la maison plus tard dans la semaine. Le sergent Harvan s'est exprimée d'une façon qui ne laissait planer aucun doute sur ses intentions : son but était de toucher ma corde sensible, d'utiliser mes faiblesses, c'est-à-dire Cora et Anansy, pour m'obliger à me plier à sa volonté et à me rendre au commissariat sur-le-champ. Si elle parvenait à me convaincre, les choses deviendraient officielles : ils pourraient enregistrer la conversation, ils pourraient me faire asseoir dans une pièce semblable à celles qu'ils réservent aux criminels et ils pourraient prendre le contrôle de la situation. Or il se trouve que c'est précisément ce qui est en train de se passer. Je suis assise dans une salle d'interrogatoire, ils sont de l'autre côté de la table, et une caméra a été enclenchée.

Je ne voulais pas que les choses se déroulent ainsi, mais après ce qu'il s'est passé la semaine dernière, il m'a paru indispensable de faire tout ce qui était en mon pouvoir pour que les filles ne se doutent de rien. Ni Cora ni Anansy ne m'en ont reparlé, mais je sais que le souvenir est encore présent dans leur esprit : que l'ombre de cette expérience hante toujours leurs cauchemars de la même façon qu'elle explique leur besoin de savoir où se trouve leur papa à chaque instant de la journée. Je ne voulais pas qu'elles me voient à mon tour me faire interroger.

« De rien. » Mal à mon aise, je tente de changer de position sur mon siège. Au vu du temps que les gens passent sur ces trucs, on peut dire qu'ils sont vraiment mal conçus : pas de rembourrage, pas de courbes rassurantes contre lesquelles on pourrait mouler son corps. Ce qui, à bien y réfléchir, est très probablement intentionnel : vous êtes là pour avouer, et l'inconfort permet d'y venir plus vite.

« Nous essayons de récolter quelques informations d'ordre général susceptibles de nous aider à approfondir nos recherches », me dit Harvan. J'ai l'impression que c'est elle qui est aux commandes, mais il se pourrait que je me trompe ; son collègue, plus expérimenté, préfère sans doute se faire discret pour mieux observer les réactions des suspects.

Je hoche la tête dans la direction de Harvan.

« Comment sont vos relations avec votre mari, madame Challey ? »

« *Bonnes, normales, sans problème. Pas parfaites, mais qui peut se vanter d'avoir des relations parfaites avec son mari ? Tout va bien, vous savez. Il y a des hauts et des bas, mais tout cela importe peu, parce nous nous aimons, nous sommes ensemble depuis la nuit des temps, et nous finirons nos jours ensemble.* » C'est la réponse que j'aurais dû donner. Que j'aurais donnée si on m'avait posé la question une semaine, et même six jours plus tôt.

« Pas terribles, en ce moment », rétorqué-je en rabattant les manches de mon cardigan fuchsia sur mes poignets. L'un des fils de l'ourlet droit est en train de se défaire, et la couture commence à se relâcher.

« Et pourquoi donc ? demande-t-elle, comme si elle ne s'en doutait pas.

— Je ne sais pas. J'imagine que ç'a un rapport avec le fait qu'il a été arrêté et que j'ai découvert qu'il avait une liaison avec ma meilleure amie. C'est le genre de choses qui ne fait jamais de bien dans un couple.

— Ce qui signifie que vous n'aviez aucun soupçon ? Que vous n'imaginiez pas que votre mari puisse avoir une relation extraconjugale avec Mme Kemini ? »

Je secoue la tête. Non, vraiment. J'étais trop confiante. Trop crédule. Trop aveugle pour me rendre compte de ce qui pouvait se passer sous mon nez.

« Quelle est la fréquence de vos rapports sexuels avec votre mari, madame Challey ? »

Comment ?

« Comment ? » J'ai un mouvement de recul. Mon regard passe de l'un à l'autre. Les yeux fixés sur moi, ils arborent tous deux la même expression nonchalante.

« Quelle est la fréquence de vos rapports sexuels avec votre mari, madame Challey ? répète-t-elle.

— Ce ne sont pas vos affaires, répliqué-je en baissant la tête et en tirant davantage sur le fil décousu.

— Je trouve dommage que vous voyiez les choses de cette façon, car je pense qu'en nous en faisant un portrait aussi détaillé que possible, vous pourriez vraiment aider votre mari.

— Je ne répondrai pas à cette question », insisté-je. Ce souvenir, celui que ma discussion avec Mirabelle a fait rejaillir, se bat pour être libéré. Il veut que je le regarde de nouveau, que je l'explore, que je le réexamine, que je le revive. Et que je comprenne pourquoi je l'ai refoulé si longtemps. Pourquoi, mis à part le soir où il m'a avoué son infidélité, je n'ai pas eu de rapports avec Scott depuis ce jour-là. Près de quatre mois ont passé, et nous n'avons pas fait l'amour. Je trouve cela difficile à admettre, même dans l'intimité de mes propres pensées. Ce souvenir, celui du oui qui avait tout du non, a anéanti le désir que j'avais pour lui, et a mis une barrière entre nous dans notre lit, dans nos vies. Nous n'en avons pas parlé, mais je crois que nous savions tous les deux que le sexe ne serait plus à l'ordre du jour avant un bon moment.

« C'est votre droit, madame Challey », dit-elle avec un petit sourire à peine perceptible. Triomphe. Elle pense que je viens de corroborer sa théorie. Qu'elle va pouvoir utiliser cela, mon refus de répondre à sa question, comme un indice de la culpabilité de Scott. Il n'avait pas ce qu'il voulait à la maison, alors il est allé voir ailleurs et a forcé quelqu'un d'autre à le lui donner.

Dans mon esprit, les mains de Scott m'agrippent, me maîtrisent et puis il me fait mal ; dans ma tête, l'écho de sa voix continue de souffler des mots que je ne le pensais pas capable de prononcer ; dans mon corps, le tremblement est revenu. Je me fais violence pour tout repousser en bloc : souvenirs, sensations, tremblements. Je mets tout cela derrière moi et je claque la porte. *Concentre-toi sur ce qui est en train de se passer maintenant,* m'ordonné-je.

« Votre mari regarde-t-il des vidéos à caractère pornographique ? demande-t-elle.

— Comme tous les hommes, non ?

— Non, dit-elle en secouant la tête. Pas tous.

— Pas moi », intervient l'inspecteur Wade, qui s'est présenté à moi un peu plus tôt, dans la voiture qui nous a menés jusqu'ici. Wade a l'air d'un homme normal, ni inhibé ni excessivement « attaché à son côté féminin ».

« Je pensais que tous les hommes le faisaient. » J'ai l'air pathétique. Abrutie et pathétique. Je n'y crois même pas. J'essaie seulement d'accepter le fait que Scott continue d'en regarder. Car il a beau savoir que je déteste ça, il continue, et qui plus est régulièrement.

« Les hommes ne prennent pas tous plaisir à regarder des femmes se faire violenter, dit Harvan.

— Comment ? Ce n'est pas parce qu'on regarde des vidéos pornos qu'on prend plaisir à regarder des femmes se faire violenter.

— Renseignez-vous sur le sujet, madame Challey, reprend Wade. Vous apprendrez certainement que la plupart de ces films présentent des scènes scandaleusement immorales. Et qu'on y trouve très souvent des images de femmes avilies, humiliées et, oui, violentées. »

Non, je ne me renseignerai pas sur le sujet ; l'existence de ce genre de vidéos est déjà une réalité suffisamment pénible ; comme celle de voir régulièrement resurgir dans mon esprit le visage de cette femme que j'ai aperçue dans l'une d'entre elles, pendant une fraction de seconde, il y a des années de cela, et d'imaginer brièvement ce qu'elle était en train d'endurer, ce qu'elle était en train de ressentir, ce qui a pu se passer dans sa vie pour qu'elle en soit réduite à sourire alors qu'elle était de toute évidence en train de souffrir. Je ne veux pas me renseigner sur le sujet. Que ferais-je de ce que j'aurais appris ? En quoi cela pourrait-il rendre Scott meilleur à mes yeux ?

« Votre mari se masturbe-t-il devant des vidéos présentant des scènes de viol ? demande Harvan.

— Quoi ? Non. Absolument pas.

— Vous semblez bien sûre de vous.

— Il ne ferait jamais une chose pareille.

— Vous en êtes certaine ? La plupart des hommes commencent avec des vidéos tout ce qu'il y a de plus bateau, des pornos prétendument "romantiques", puis leurs goûts deviennent de plus en plus extrêmes à mesure que leur besoin de sensations fortes augmente.

— Il ne ferait jamais ça.

— Tout comme il n'agresserait jamais une femme ?

— Ou n'aurait jamais une liaison extraconjugale ? » ajoute Wade. Le « duo comique ». Ils ont remis ça.

« Selon la version que vous souhaitez croire, dit-elle.

— Mais vous admettrez qu'aucune d'entre elles ne présente votre mari sous un jour favorable, n'est-ce pas, madame Challey ? conclut Wade.

— Ce n'est pas parce qu'on trompe sa femme et qu'on regarde des films pornos qu'on est... qu'on est coupable de ce dont vous l'accusez.

— Si vous saviez..., dit Harvan.

— En tout cas, ce ne serait pas la première fois que nous le constaterions, ajoute Wade.

— Et c'est pour cette raison que nous vous interrogeons à ce sujet.

— Les épouses en savent souvent bien plus qu'elles ne le croient. À condition qu'elles se donnent la peine de rassembler les pièces du puzzle.

— Et de prendre un peu de recul. » Harvan baisse d'un ton et prend un air soucieux. « Madame Challey, votre mari vous a-t-il déjà fait du mal au cours de rapports sexuels ? Volontairement ou non ?

— Je vous ai déjà dit que je ne répondrai pas à cette question. » Ce regard, encore ce regard. Elle est en train de réfléchir à ce que mon refus de répondre pourrait cacher.

« Avez-vous d'autres questions ? » Qu'on en finisse. « J'ai du travail à faire et des enfants à aller chercher à l'école.

— Où étiez-vous la nuit du 8 avril de cette année ?

— Ai-je besoin d'un alibi ?

— Non. Nous nous intéressons à l'état émotionnel dans lequel se trouvait votre mari quand il est rentré à la maison ce soir-là.

— Le 8 avril… ? Quel jour de la semaine était-ce ?

— Un lundi.

— Dans ce cas, je ne l'ai probablement pas vu. Je fais du footing le mardi matin, alors je me couche toujours tôt le lundi soir.

— Vous courez seule ? demande-t-elle.

— Ne me dites pas que vous ignorez que je cours avec Mirabelle.

— Êtes-vous allée courir avec Mme Kemini le lendemain du 8 avril ? »

Une étrange sensation de picotements envahit mon cuir chevelu, descend le long de ma colonne vertébrale et se répand dans mon corps. C'était il y a deux semaines de cela. La seule fois où Mirabelle a manqué une séance de footing sans avoir annulé longtemps à l'avance. Je secoue la tête.

« Pourquoi ? »

J'ai l'impression que ma langue est collée à mon palais et j'ai du mal à parler. « Elle n'est pas venue à notre rendez-vous.

— Pour quelle raison d'après vous ? »

J'ai attendu et attendu à l'endroit habituel, au coin de la rue, en courant un peu sur place, jusqu'à ce que notre heure de départ soit passée de dix minutes. J'avais mon téléphone sur moi, dans un étui attaché à mon bras, et je n'arrêtais pas de vérifier si j'avais des textos ou des appels manqués, mais rien. Au bout de dix minutes, je l'ai appelée, mais elle n'a répondu sur aucun de ses téléphones. Alors je suis allée frapper à sa porte, en pensant qu'elle avait dû avoir une panne d'oreiller, mais elle n'a pas répondu. J'étais inquiète. Les stores étaient baissés, mais j'avais la sensation qu'elle était chez elle.

Je me suis mise à faire les cent pas devant sa maison, en me demandant ce que je devais faire. Et si elle avait eu un accident et était incapable d'appeler les secours ? Devais-je les appeler moi-même ? Sans doute. Mais si ce n'était pas cela ? Si elle avait rencontré quelqu'un et qu'elle l'ait ramené chez elle ? La dernière chose dont elle aurait envie serait que je la dérange en lui envoyant la cavalerie.

J'ai essayé de l'appeler une nouvelle fois, sans plus de succès. Quelques secondes plus tard, mon téléphone a bipé.

Panne d'oreiller. Vas-y sans moi.

Rien de plus. Un message sans rien de commun avec son habituel style chaleureux, ses petits mots qui se terminaient toujours par un « Bisous ».

Cela signifiait-il... ?

« Madame Challey, vous ne nous avez pas dit pourquoi vous étiez allée courir seule le lendemain de l'agression présumée de Mme Kemini ?

— Elle, euh... Elle a dit qu'elle avait eu une panne d'oreiller. »

Ce qui m'avait semblé absurde car je la connaissais depuis un certain temps, et jamais elle n'avait eu de panne de réveil ou été en retard pour quoi que ce soit. Un peu plus tard dans la journée, elle m'avait envoyé un message pour me dire qu'elle s'était fait mal à la jambe et qu'elle ne pourrait donc pas courir pendant un certain temps.

« Êtes-vous allée chez elle pour vérifier ?

— Pourquoi l'aurais-je fait ?

— L'avez-vous crue ?

— Pourquoi ne l'aurais-je pas crue ? »

Sur les lèvres de l'inspectrice, le petit sourire est revenu. « Pourquoi, en effet ? »

Je baisse les yeux, m'inquiétant toujours de l'ourlet de ma manche. La couture continue de se détacher. Se détacher. Tout est en train de se détacher.

« *Panne d'oreiller. Vas-y sans moi.* »

Ces deux phrases se dessinent en grosses lettres dans mon esprit.

« Merci de nous avoir accordé un peu de votre temps, madame Challey, dit le sergent Harvan en me tendant la main. Ce sera tout pour l'instant. »

Les mots du dernier message de Mirabelle vacillent devant mes yeux. Je me lève et accepte la main qu'elle me tend. C'est une poignée de main ferme, une poignée de main qui me met au défi de montrer qui je suis réellement : une dégonflée ou une femme forte ? Je lui serre la main tout aussi franchement et vigoureusement qu'elle : je ne suis pas une dégonflée.

« Je vous rappelle que vous ne devez pas entrer en contact avec Mme Kemini, dit Harvan.

— Si elle était menacée de quelque façon que ce soit, nous nous verrions dans l'obligation de prendre des mesures, ajoute Wade.

— Pourquoi la menacerais-je ? Je sais que Scott est innocent. »

Ces paroles sonnent creux à mes oreilles, et j'imagine que ce doit être encore pire pour eux. « Je sais que la vérité finira par éclater.

— Vous avez raison sur ce point, madame Challey », reconnaît Harvan.

Tami

Je suis en train de regarder une version de l'enfer en vidéo.

Scott n'était pas à la maison quand je suis rentrée. Je l'ai cherché dans toutes les pièces jusqu'aux combles. Et en repensant aux questions de Harvan, je me suis dit qu'il était grand temps que je me fasse une idée précise de ce à quoi mon mari s'adonnait avec tant d'assiduité.

Le fichier n'était pas si bien caché que cela, mais il contenait une bonne centaine de sous-dossiers. Sous-dossiers qui contenaient eux-mêmes une bonne centaine d'images et de vidos chacun.

J'ai cliqué sur un film qui n'avait pas de titre, et le cauchemar a commencé. Et puis j'ai ouvert des fichiers au hasard, des vidéos au hasard, dans le vain espoir d'y trouver quelque chose de différent, quelque chose de « romantique ».

Au lieu de cela, l'enfer. Ou ce qui en serait une représentation parfaite pour toutes les femmes de ma connaissance. Et le pire, c'est que ç'a l'air réel. Je n'ai pas l'impression que ce qui se passe devant moi est une scène jouée par une actrice qui sera payée pour son travail. Non, je vois une femme ordinaire. Une femme comme moi, brutalisée, battue, *violée.*

Et mon mari a téléchargé ce « film » pour pouvoir le regarder seul, à son aise. Il l'a sélectionné et téléchargé. Toutes les vidéos que j'ai vues tournent en boucle dans ma tête. Il était réel, cet acte qui a eu lieu le soir du oui qui avait tout du non. Elle était réelle, la scène que m'a décrite Mirabelle.

Il l'a fait.

Prise de haut-le-cœur, j'arrache brutalement les câbles qui sont branchés à l'arrière de l'ordinateur, espérant ainsi avoir grillé le disque dur, et regrettant aussitôt mon geste. Et puis je me précipite en bas des marches et, une fois dans la salle de bains, rends tout ce que j'ai avalé. Les spasmes sont secs et douloureux et, à chacun d'entre eux, j'ai l'impression que mon estomac va se déchirer en deux, mais, au bout du compte, il ne reste plus rien, pas même un mince filet de bile, et je m'effondre sur le sol, à côté de la baignoire. Posant une main tremblante sur ma bouche, je pousse un hurlement dans le néant silencieux. Tout est fini. Il l'a fait. Il n'a pas eu une liaison avec elle, il a essayé de la violer.

Tami

Le tremblement a empiré.

Chaque fois que je fais quelque chose, je dois mobiliser toutes mes ressources pour empêcher mon corps de trembler. L'horreur de ce que j'ai vu sur l'ordinateur s'est matérialisée en un sentiment de nausée, fermement ancré dans mon plexus solaire. J'ai essayé de boire de l'eau, d'ingérer des aliments pour l'éliminer, mais rien n'y a fait : il est toujours là. Il a décidé de rester logé sous ma peau, entre mes deux seins, le long de ma colonne vertébrale, repoussant mes côtes vers l'extérieur.

Les filles n'arrêtent pas de piapiater. Elles piapiatent depuis que je suis allée les chercher à l'école, après avoir ramassé tant bien que mal les morceaux éparpillés de moi-même. C'est un véritable bourdonnement auquel je ne comprends rien. Je souris et hoche la tête au bon moment, enfin je l'espère, et je multiplie les « Ah oui ? ». Elles pourraient aussi bien me dire qu'elles ont marché sur la lune, ça ne ferait pas de différence.

Je n'arrête pas de regarder autour de moi, d'observer les objets que nous possédons, les babioles et toutes les choses que nous avons collectées au fil du temps et assemblées pour faire de cette maison notre chez-nous. Et je me demande : pourquoi ? quand ? comment ?

Comment Scott a-t-il pu devenir le genre d'homme capable de faire ça ? Et je ne parle même pas du crime ; il faut commencer par le commencement : le fait de jouir devant des images de femmes qui se font brutaliser. Comment a-t-il pu devenir comme ça ? Puis passer à l'action ? Pourquoi n'ai-je rien remarqué ? *Pourquoi, pourquoi, pourquoi ?*

« Piapiapia, piapiapia, piapiapia », continuent les filles, toujours attablées derrière moi. Partir. Nous devons partir. Je dois faire les bagages et emmener les filles loin d'ici. Maintenant.

Je coupe le gaz sous la casserole d'eau chaude prévue pour les pâtes. Je dois faire vite. Ne prendre que le strict nécessaire. Une fois que nous serons arrivées… je ne sais où, d'ailleurs, nous pourrons toujours…

« Coucou tout le monde ! s'exclame-t-il d'une voix radieuse ; et, à l'entendre, je sais avec une certitude absolue que je me suis trompée : il n'a pas pu faire ça.

— Salut, papa, répondent les filles l'une après l'autre.

— Allez, dépêchez-vous de vous habiller, je vous emmène dans un super restau, dit-il ; et, à l'entendre, je sais avec une certitude absolue que j'ai raison : il l'a fait.

— Ouais ! s'écrient les filles en sautant de leurs chaises et en courant vers l'entrée.

— Elles n'ont pas fait leurs devoirs, marmonné-je, sans cesser de trembler.

— Allez, pour une fois… Elles pourront commencer ce soir en rentrant, et terminer demain matin. »

Il n'a pas pu le faire.

« Arrange-toi pour que ce soit impeccable, parce que dans le cas contraire, c'est moi qui recevrai la lettre de la directrice.

— Ne t'inquiète pas. Des lettres comme ça, mes parents en recevaient tout le temps. Ce n'est pas pour ça que j'ai raté ma vie. »

Il l'a fait.

« Si tu le dis…

— Écoute, Tami. Je voulais te dire, pour hier… »

Je lève une main pour lui intimer le silence. « Je n'ai pas envie d'y repenser. » Je n'ai pas envie de me demander si j'ai eu un rapport sexuel avec un… « Je voudrais juste me concentrer sur les filles. Pour le moment, je ne vois rien de plus important.

— Je regrette de t'avoir fait du mal, marmonne-t-il.

— Non. Tu regrettes de t'être fait prendre, ce n'est pas pareil. Maintenant, laisse-moi tranquille. »

Mais pour quelle faute s'est-il fait prendre ? Relations extraconjugales ou viol ?

Je suis sur le point de quitter la pièce, quand il m'attrape par le bras. « Tu crois toujours que j'ai fait ça ? Tu crois toujours que je suis un violeur ? »

Je libère mon bras et le regarde pendant quelques instants sans rien dire. Et puis je quitte la pièce.

Environ trois ans plus tôt

« Tu t'es lassé de moi ? » ai-je demandé à Scott. Les filles étaient couchées, le dîner terminé ; il s'apprêtait à aller à la salle de sport.

Tout en glissant son portable dans sa poche, il s'est arrêté sur le pas de la porte et s'est lentement tourné vers moi. Il avait l'air irrité, répondant ainsi bien plus clairement à ma question que s'il avait utilisé la parole pour le faire.

« Pourquoi est-ce que tu me demandes ça ?

— Parce que... » J'ai perdu courage. Il avait à peine lâché un mot de tout le dîner, comme tous les soirs où il rentrait suffisamment tôt pour que nous mangions tous ensemble : il était là, mais il était absent. Il était débordé, il avait une cliente américaine à distraire, il avait un projet qui pourrait rapporter des millions à la société, il avait une vie loin de moi. Et c'était comme cela depuis bien longtemps déjà, mais jamais, jusqu'alors, je n'avais eu cette impression. J'avais besoin de savoir s'il s'était lassé de moi, s'il en avait marre de me voir. Si c'était moi qui avais besoin d'être remplacée. J'avais envie de savoir, mais, une fois la question posée, je songeais à toutes les choses qui prendraient fin quand il y répondrait. Ne plus voir les filles tous les jours, ne plus cocher la case « mariée » sur les formulaires, ne plus bénéficier de la sécurité financière, ne plus vivre dans cette maison, qui serait sans doute impossible à entretenir avec mes seuls revenus. Ne plus avoir personne à attendre le soir. Ne plus pouvoir regarder le visage endormi de l'homme que j'aimais en me demandant qui il était devenu. La réponse à ma question aboutirait à une fin certaine. J'étais sûre de cela. Mais y étais-je prête pour autant ?

« Tu veux encore me parler de conseiller conjugal, c'est ça ? » m'a-t-il demandé, sans chercher le moins du monde à dissimuler son mépris.

J'ai ouvert la porte du réfrigérateur, dont l'air frais a apaisé ma peau brûlante d'humiliation, calmé un peu mes nerfs à vif. « Non. Ne t'inquiète pas pour ça. Ignore-moi. » *Comme tu sais si bien le faire.*

« TB, je ne comprends pas ce que tu veux dire.

— Je ne veux rien dire du tout. Rien. Je crois que j'ai besoin d'une bonne nuit de sommeil, c'est tout.

— Tu voudrais que je reste à la maison, ce soir ?

— Mais non, pas du tout. Allez, va. On se verra ce soir, ou demain, si j'arrive à me coucher tôt. »

Je ne l'ai pas entendu pendant quelques secondes. Et puis il s'est rapproché de moi, toujours cachée derrière la porte du réfrigérateur, et a déposé un baiser sur ma joue. « Dors bien, ma chérie. Et prends soin de toi. N'oublie pas que je t'aime. »

Un sourire s'est dessiné sur mes lèvres, mais je n'ai pu me résoudre ni à le regarder ni à quitter ma cachette avant d'avoir entendu la porte se refermer derrière lui. Quand il a été parti, je me suis emparée de mon sac Mulberry et suis retournée m'asseoir à table. Mon verre d'eau était toujours à sa place, presque plein. Après avoir un peu fouillé dans mon sac, j'en ai extirpé le sachet en papier blanc que m'avait remis la pharmacienne. D'un geste mal assuré, j'en ai écarté les bords pour en sortir une petite boîte en carton. « Citalopram », pouvait-on lire. Pendant quelques secondes, je suis restée immobile à la regarder d'un œil morne. Voilà. Je l'avais entre les mains, ce fameux antidépresseur que m'avait prescrit mon médecin. Je savais ce qu'il me restait à faire.

La tristesse, l'angoisse, le désespoir… tout cela devait cesser. Ce n'était pas bon pour les filles, ce n'était pas bon pour moi, ce n'était pas bon pour mon couple. Je n'ai pas pu m'empêcher de jeter un œil à la porte, sur laquelle j'ai cru discerner l'empreinte que Scott avait laissée en disparaissant. Mais n'étais-je pas la seule qui essayait de sauver ce que nous avions construit ?

« Maman ! a crié Cora depuis l'étage. Maman, j'ai soif ! »

Je me suis empressée de ranger la boîte dans le sachet, et le sachet dans mon sac. En définitive, ce n'était pas le bon soir pour commencer mon traitement. J'allais me laisser encore un peu de temps. Mais si, dans quelques semaines, je continuais de me sentir comme ça, si le sentiment de désespoir et de vide persistait, alors, je le ferais. Je forcerais les choses pour revenir à mon état normal, et je pourrais m'occuper de tout ce dont j'avais à m'occuper.

« Maman !

— J'arrive, Cora ! J'arrive ! »

*
* *

C'est mon troisième verre de vin depuis que nous sommes rentrés. Je n'ai rien trouvé de mieux pour m'arrêter de trembler.

« Où est-ce que tu étais, tout à l'heure ? me demande Scott. Je t'ai attendue. J'espérais que tu serais rentrée avant que je parte. » Il s'est approché de moi sans que je l'entende, comme s'il avait essayé de me surprendre en train de faire quelque chose de mal.

Est-ce bien ce matin que je suis allée voir Mirabelle pour prendre sa défense ? Est-ce bien ce matin que je suis allée au commissariat de police pour prendre sa défense ? Je ne sais plus. Tout ce que je sais, c'est que c'est bien cet après-midi que j'ai découvert qu'il aimait regarder des actes sexuels brutaux dans notre maison.

« Tami, où étais-tu ? me demande-t-il encore.

— Au commissariat », dis-je dans un souffle, avant de porter mon verre à mes lèvres. Il regarde mon verre, mais ne dit rien. Et puis il fixe mon annulaire. Je ne porte plus mon alliance. Je l'ai retirée un peu plus tôt dans la journée. Liaison ou agression, il est hors de question que je reste mariée avec lui.

« Pourquoi est-ce que tu es allée au commissariat ? s'enquiert-il.

— Les flics m'ont vue dans la rue et m'ont demandé de les accompagner au poste. Ils voulaient que je confirme ta version de ce qui s'est passé le soir en question, entre autres choses.

— Et c'est ce que tu as fait ?

— Je ne vois pas comment je pourrais confirmer ta version, puisque je ne la connais pas. La seule chose que tu m'aies dite, c'est qu'elle cherchait à se venger de toi, mais que tout finirait par s'arranger tout seul, et que tu n'avais donc pas besoin d'avocat.

— Bon, bon.

— En tout cas, j'ai trouvé supersympa de me faire interroger sur notre vie sexuelle et ton addiction au porno. J'ai passé un très agréable moment, je devrais y retourner plus souvent.

— Je suis désolé que tu aies dû endurer ça, marmonne-t-il.

— Tu le penses vraiment, ou tu dis ça juste parce que ça fait bien, dans le contexte ?

— Tami, si j'avais su que cela allait finir comme ça… Écoute, je te demande pardon. »

Je rejette ma tête en arrière, ferme les yeux. J'adorerais sentir la chaleur du soleil sur mon visage, j'adorerais que ses rayons viennent me réchauffer. J'adorerais qu'ils me fassent croire qu'il n'a pas pu faire cette chose, j'adorerais qu'ils brûlent les images que les vidéos pornos de mon mari ont mises dans ma tête.

« Est-ce qu'ils… Est-ce qu'ils t'ont laissée entendre où ils en étaient dans leur enquête ?

— Non, mais on dirait qu'ils cherchent à examiner cette affaire sous tous les angles possibles. Et ils m'ont aussi donné l'impression qu'ils avaient des preuves.

— Je ne vois pas comment ils pourraient en avoir, puisqu'il ne s'est rien passé.

— Je te dis juste que c'est l'impression qu'ils m'ont donnée. »

« *Je ne te dis pas que j'ai vu cette scène dans l'une de tes vidéos, et je ne te dis pas non plus que je connais la date, maintenant, et que je compte bien tout vérifier.* »

« Tu penses que je l'ai fait ? » me demande-t-il.

Mes paupières s'ouvrent brutalement. Je fixe le plafond, dont le blanc éclatant n'a pas encore été souillé par des dépôts de graisse de cuisine.

« Ton silence parle de lui-même, murmure-t-il, au bout d'un certain temps, sans chercher à dissimuler son chagrin.

— Mais qu'est-ce que tu veux que je fasse, Scott ? » Je continue de fixer le blanc éclatant du plafond, comme si je pouvais y trouver un moyen quelconque de m'échapper de là. « Pour le moment, le meilleur scénario possible, c'est que tu m'aies trompée. Et c'est vraiment le meilleur de tous les scénarios.

— Ça ne répond pas à ma question. Tu penses que je l'ai fait ? »

« *Non. Non, je ne pense pas que tu l'aies fait.* »

« *Oui. Oui, je pense que tu l'as fait.* »

« Eh bien, au moins, comme ça, je sais à quoi m'en tenir. » Le grincement du bois sur le carrelage emplit l'air au moment où il se lève de sa chaise. « Je ne voulais pas faire ça. Je ne voulais pas te montrer ça, et je ne pensais pas que j'aurais à le faire, parce que j'étais sûr que tu me croirais. Mais voilà. Voilà la preuve de ce que je t'ai dit. La preuve que nous étions… ensemble. » Son BlackBerry émet un bref claquement en tombant sur la table de bois. « Va voir dans les messages sauvegardés. Je m'excuse d'avance pour ce que tu vas y trouver. Ce n'est pas… Excuse-moi. »

Sur ces mots, il quitte la pièce. Et je me retrouve de nouveau seule, seule pour endurer une horrible et bouleversante épreuve.

7 janvier 2012
Je t'aime. Je n'ai jamais aimé personne comme toi. Mais pourquoi est-ce que tu ne comprends pas ? M

21 janvier
Je ne te demande pas de laisser tomber les 3 autres, je ne te demanderais jamais ça, je te veux juste plus à moi. Est-ce trop demander ? M

4 février
Je sens encore ton goût sur mes lèvres. M

7 février
Je sens encore tes doigts en moi. M

15 février
Je ne pourrais même pas regarder quelqu'un d'autre. Tu ne comprends pas ? Je suis à toi. Pour toujours. M

15 février
Pour toujours. M

25 février
Arrête de dire ça, STP. C'est toi que j'aime. C'est toi que je veux. M

1er mars
Bien sûr que j'ai envie que nous soyons ensemble, mais je ne te demanderais jamais de quitter ta famille. Je l'ai moi-même fait, et je sais que c'est horrible. Je ne pourrais jamais demander à quelqu'un d'autre de faire ça. Pas même à toi. M

3 mars
Tu sais à quoi je n'ai pas arrêté de penser, aujourd'hui ? À notre 1er baiser. Et je pouvais

parfaitement sentir tes lèvres sur les miennes, tes dents qui mordillaient doucement ma lèvre inférieure. Le plaisir ne va pas sans douleur, n'était-ce pas ce que tu disais ? Tu es pur plaisir, absolument dépourvu de douleur. M

6 mars
Tu avais un goût vraiment délicieux, hier. Je voulais juste que tu le saches. M

9 mars
Tu m'appartiens. Quoi que tu puisses en dire, tu m'appartiens. Je me battrai pour te garder. M

15 mars
Jamais personne ne m'avait fait l'amour comme ça. Si quelqu'un l'avait fait, je ne l'aurais jamais laissé sortir de ma vie. M

20 mars
Je sais que c'est mal, mais je ne peux pas me battre contre mes sentiments. Je sais que tu n'es pas libre, mais je suis prête à attendre. J'attendrai toute ma vie, s'il faut cela pour que tu te décides à venir vivre avec moi. Cela engendrera beaucoup de malheur, et je ne suis pas fière de ça, mais je t'aime. M

Je vérifie et vérifie encore. Je n'arrête pas de regarder son numéro sur mon téléphone. Et c'est bien le même. Le sien. C'est elle qui a envoyé ces petits messages amoureux et passionnels. À Scott. À mon mari.

Mon mari m'a trompée avec ma meilleure amie. Ils étaient amoureux. Elle essayait de l'encourager à me quitter.

Mon mari m'a trompée avec ma meilleure amie. Ils étaient amoureux. Il lui a fait l'amour comme jamais personne ne lui avait fait l'amour.

Mon mari m'a trompée avec ma meilleure amie.

Mon mari m'a trompée avec ma meilleure amie.

Mon mari m'a trompée avec ma meilleure amie.

Mon mari m'a trompée avec ma meilleure amie.

Mon mari m'a trompée avec ma meilleure amie.

Mon mari m'a trompée avec ma meilleure amie.

Il faut que je me le répète et me le répète encore, jusqu'à ce que j'arrive à y croire.

Tami

J'ai envie d'aller courir. Je veux sentir la terre ferme sous la semelle de mes baskets, la frapper de toute la force de mes jambes, et je veux sentir le vent du large, puissant et impitoyable, claquer sur moi, me vider la tête et me libérer le corps.

Je veux sentir l'anxiété se dénouer en moi pendant que je cours dans les rues en direction de la mer puis de la jetée, des collines de Rottingdean, et de ce qu'il y a derrière, au-delà. Il ne m'est arrivé qu'une fois de pousser jusqu'à la marina, puis de faire demi-tour pour parcourir les dix kilomètres qui mènent au phare de Shoreham. Mais aujourd'hui, j'ai envie de courir, courir, courir, sans jamais revenir sur mes pas. J'ai envie de continuer jusqu'à ce que mon corps s'effondre, jusqu'à ce que la douleur physique soit telle qu'elle annihile l'atroce souffrance émotionnelle qui est en train de creuser mon cœur.

Et pourtant je suis là, à faire les cent pas dans mon bureau, à essayer de me ressaisir. Mon bureau était jadis la plus petite chambre du premier étage, mais, maintenant, c'est mon espace à moi. Un immense panneau d'affichage recouvre tout un mur. J'y ai punaisé des coupures de journaux, des cartes postales, des images que j'aime, mon planning et les dates d'échéance des travaux en cours, ainsi que quelques photos de ma famille. Sur mon bureau s'entassent des piles de choses et d'autres : magazines professionnels jamais ouverts, factures rédigées mais pas encore postées, lettres (dont certaines contiennent sans doute des chèques) et autres courriers. Des choses que l'agitation des jours passés m'a contrainte à laisser de côté.

Mon corps est en manque de footing. Mes membres sont froids et engourdis, mon torse me paraît rigide et pesant, ma tête est une masse de coton. Physiquement, je suis comme une voiture qui se fige, se rigidifie parce qu'il y a bien longtemps qu'elle n'a pas fait ce long trajet qui aurait dû la débarrasser de ses toiles d'araignées et encourager ses différentes pièces à travailler et à se lubrifier.

Mon mari m'a trompée avec ma meilleure amie.

Et j'ai envie de courir. De fuir tout ça.

Ceci étant, la peur, la honte et les on-dit me retiennent prisonnière de ma propre maison. Nous sommes épiés, scrutés, observés. Les gens qui ont vu M. Challey se faire embarquer attendent probablement le prochain épisode. Des murmures – suppositions, interrogations, condamnations – m'écorchent les oreilles dans le silence de la rue. Cela ne paraît pas déranger Scott, pourtant si sensible aux apparences, et je n'arrive pas à comprendre pourquoi. Il a emmené les filles à l'école, aujourd'hui, et il devait faire un saut au bureau pour récupérer des dossiers. Il m'a dit cela devant nos filles, exprès, pour que je ne puisse pas lui répondre d'arrêter de me faire chier en me parlant comme si tout était normal. D'arrêter de se comporter comme si les choses pouvaient un jour s'arranger entre nous.

Pour ma part, ces ragots me dérangent. Suffisamment, en tout cas, pour m'empêcher de courir et me forcer à faire cette petite séance de classement dans mon espace de travail. Je suis gênée à l'idée que les gens aient pu le voir entrer chez elle et se soient posé des questions ; à l'idée que les gens aient eu vent de ce qui s'était passé et se soient mis à me prendre en pitié. Tami Challey, la pathétique épouse qui ignorait tout.

DING-DONG ! TOC-TOC ! Grincement métallique du clapet de la boîte aux lettres. Et enfin : « Cou-couuu ! »

Beatrix.

Elle en est à son second « Cou-couuu ! » quand j'arrive en courant en bas des marches et ouvre violemment la porte, sans même lui laisser le temps de se redresser. Naturellement, elle bascule en avant et s'effondre sur moi. Je trébuche un peu, mais parviens à garder mon équilibre. Et puis, instinctivement, je la serre de toutes mes forces dans mes bras.

« Je vois que tu es contente de me voir, parvient-elle à dire, bien que son petit corps soit presque étouffé par le mien.

— Tu ne peux même pas t'imaginer…

— Oh, ma chérie, répond-elle. Ça ne m'a pas l'air bon du tout, tout ça. Allez, on va se faire un petit thé et tu vas tout me raconter. »

Mais au lieu de libérer mon amie pour la faire entrer dans la cuisine, je continue de l'étreindre fermement. Elle, la seule et unique personne saine d'esprit dans cet épouvantable chaos qu'est devenue ma vie. Il ne me faut que quelques secondes pour tremper son épaule de larmes, et elle ne se plaint même pas.

« C'est horrible. Mon Dieu, Tami, tu aurais dû m'appeler. » Je secoue la tête. « Qu'est-ce que tu aurais pu faire ?

— Plein de choses, répond-elle. Prends mon épaule, par exemple : n'est-elle pas parfaite pour pleurer un bon coup dessus ? J'aurais pu emmener les filles dormir à la maison. Et je vais te dire ce que j'aurais pu faire aussi : aller lui dire deux mots, à celle-là.

— Non. S'il faut retourner lui parler, c'est moi qui le ferai. Je n'ai pas envie que tu te brouilles avec elle. »

Elle écarquille ses grands yeux verts. « Tu n'as pas envie que je me brouille avec elle ? répète-t-elle. Tami ! Elle a pratiquement détruit ta famille. Il me semble que j'ai toutes les raisons du monde de me brouiller avec elle. Du reste, je n'arrive même pas à imaginer meilleure raison de se brouiller avec quelqu'un. »

Un vague sourire se dessine sur mes lèvres. Je me sens tellement lourde, tellement triste. Presque endeuillée. « C'est Scott, le responsable, lui dis-je.

C'est lui qui a détruit la famille. Quoi qu'il ait pu se passer, cela est dû aux choix que Scott a faits.

— Tu as raison, répond Beatrix en étirant ses longues mains fines au-dessus de la table pour en envelopper délicatement les miennes. Je te comprends parfaitement. »

Pour être tout à fait honnête, je n'en suis pas convaincue, me dis-je en observant ses doigts. Ils sont plus fins que les miens, et ses paumes sont plus petites, plus étroites que les miennes. Comme c'est étrange de se faire réconforter par quelqu'un qui semble bien moins substantiel que soi !

« Et à ton avis, qu'est-ce qui s'est passé ? » me demande-t-elle en prenant son mug et en le portant à ses lèvres. Elle fait ça pour éviter de me regarder dans les yeux, tout en conservant la possibilité d'observer mes réactions. Je le sens, je le vois.

« Je ne sais plus quoi penser. Cette histoire est en train de bousiller ma vie. Je n'arrête pas de me dire que je n'ai pas mérité ça. » Mais en suis-je si sûre ? N'est-ce pas le prix à payer pour ne pas avoir écouté mes parents ? Et si je n'avais après tout eu que ce que je méritais pour avoir épousé un homme issu d'une « mauvaise » famille, qu'aucun membre de la mienne n'appréciait, et pour ne pas être allée à l'université, ne pas être restée à Londres, et pour m'être enorgueillie d'avoir eu deux magnifiques enfants, qui sont le soleil de ma vie ? Ce doit être ce qui arrive quand on croit savoir ce qu'on a à faire et quand on essaie de mener sa vie comme on l'entend. On se retrouve contraint d'assumer les conséquences de ses choix. Force m'est de constater que dans mon cas elles sont giga-méga-grandes, comme dirait Anansy. Si énormes qu'elles en occultent le système solaire, les étoiles dans lesquelles il a un jour écrit mon nom.

Beatrix hoche tristement la tête. « Je vois ce que tu veux dire, murmure-t-elle. Quand mon mari m'a quittée en me sortant le bon vieux : "Je t'aime bien, mais je ne suis plus amoureux de toi", un gros mensonge en fait, puisque la vérité c'est qu'il s'envoyait en l'air avec une ... enfin, quelqu'un d'autre ; bref, quand il m'a quittée, ce que j'aurais souhaité plus que tout, c'est que ce soit pour une autre raison, n'importe laquelle, mais pas celle-là. J'aurais voulu qu'il se soit pris un coup sur la tête et qu'il ne soit plus lui-même, ou un truc de ce genre, un truc qui aurait signifié que l'homme que je connaissais et que j'aimais n'aurait pas été capable de me tromper et de me quitter.

— Je le déteste pour ce qu'il m'a fait. Je les déteste tous les deux pour ce qu'ils ont fait. Et il y a des fois où ça me fout tellement en rogne que je me dis que je pourrais les tuer tous les deux de mes mains. »

Beatrix hoche la tête. « Je me sentais comme ça, moi aussi. C'est parfaitement normal. Quand mon mari a décidé de revenir parce qu'il pensait qu'on pouvait peut-être recoller les morceaux – en d'autres termes, parce que sa catin avait eu la trouille de quitter son mari –, je me souviens que j'ai regretté de ne pas avoir le temps de piler du verre et de le mettre dans son assiette avant de lui servir son dîner. J'étais devenue l'épouse parfaite, tu sais, parce que j'avais peur qu'il ne me quitte de nouveau, mais je ressentais toujours ces élans de fureur et de haine, si brusques et si intenses que j'aurais vraiment pu l'assassiner. Bref, tout ça pour dire que je te comprends parfaitement. »

Il est difficile d'imaginer Beatrix capable de ressentir en elle une telle rage. Elle est toujours si calme, si joyeuse. Tout son univers tourne autour de rendez-vous galants et de bon vin, de yoga et de zumba, de Pilates et de football. Son existence repose sur un parfait équilibre : vie de célibataire entremêlée à un goût pour la vie de famille qu'elle satisfait avec nous, et dont elle a vraiment besoin, à en juger par la façon dont elle dévore parfois les filles des yeux. Et puis elle habite dans cet immense appartement, qu'elle a décoré exactement comme elle le souhaitait. Sans personne pour lui imposer de cheminées hideuses. Bref, j'ai du mal à concevoir qu'elle puisse avoir des pensées aussi criminelles que celles que j'ai eues au cours des heures qui viennent de passer.

Levant les yeux, j'essaie d'imaginer comment ce serait d'être aussi bien dans ma peau qu'elle dans la sienne. J'étudie ses traits qui lui donnent des airs de poupée en porcelaine ; son teint clair qui, avec ou sans maquillage, fait ressortir ses pommettes rosées ; ses cheveux qui… Mais… !

« Qu'est-ce que tu as fait à tes cheveux ! » Ses belles boucles rousses et soyeuses, qui retombaient en cascade jusqu'en bas de son dos, ont laissé place à un carré court, lisse et blond platine. Comment ai-je pu ne pas remarquer ça ? J'étais tellement enlisée dans mes problèmes que je n'ai même pas pris le temps de la regarder.

Un large sourire se dessine sur son visage. « Tu aimes ? me demande-t-elle en se passant les doigts dedans.

— Oui, oui. Beaucoup. Mais qu'est-ce qui t'est arrivé ?

— Cette semaine, je suis passée devant un coiffeur à Glasgow, et je me suis dit qu'un peu de changement ne me ferait pas de mal. Je me sentais un peu morne ces temps derniers, j'ai pensé que ça pourrait peut-être me regonfler un peu le moral. Et tu sais quoi ? Ç'a superbien marché. » De nouveau, elle passe sa main dans ses cheveux. « Ça te plaît, vraiment ?

— Oui, vraiment », lui dis-je. Naturellement, c'est une autre personne, maintenant. On ne passe pas du roux long au blond court en restant la même. Mais ce n'est pas une mauvaise chose, après tout. « Ça te va très bien.

— J'ai appelé maman sur Skype l'autre jour. Elle a détesté. Mais je lui ai dit : "Les hommes préfèrent les blondes, tu sais ? C'est bien toi qui m'as dit que j'avais besoin d'un homme. Eh bien, comme chacun le sait, c'est la seule façon d'en trouver un." Ça lui a rabattu son caquet. Son mari ne pouvait plus s'arrêter de rire.

— Comment va-t-elle, d'ailleurs, ta maman ?

— Bien. Elle s'arrange toujours pour me rendre dingue, et j'aimerais qu'elle habite dans une ville un peu plus proche que Sidney, mais elle est heureuse, et je ne peux rien demander de mieux, pas vrai ? me demande-t-elle avec un large sourire.

— Non, me contenté-je de lui répondre.

— Ça va aller, me dit-elle d'un ton rassurant. Je suis sûre que cette histoire finira par s'arranger et que tout rentrera dans l'ordre.

— Puisses-tu avoir raison.

— J'ai raison. Mais laisse-moi te dire une chose : ne te prends pas la tête. Si tu as besoin que Scott parte pour te remettre les idées en place, demande-lui de le faire. Tu sais, mon plus grand regret, c'est de ne pas avoir jeté mon mari dehors à la seconde où j'ai appris qu'il m'avait trompée. Avec le recul, je me dis que, si je l'avais fait, ça m'aurait épargné beaucoup de souffrances.

— On verra.

— Je ne te dis pas de le faire ; je te dis que, si c'est ce que tu veux, fais-le, n'aie pas peur. Ça ne pourra lui faire que du bien.

— Bon, assez parlé de moi », lui dis-je. J'ai envie de changer de conversation, car cette possibilité, celle d'un départ éventuel de Scott, ne fait pas partie de celles que j'ai étudiées jusque-là. « Dis-moi tout sur le type d'Internet, et celui de l'avion.

— Je te préviens que tu vas regretter de m'avoir demandé ça. »

Pendant les deux heures qui suivent, elle m'emmène loin d'ici et de tout ce qui s'y passe et, sur les flots de ses mots, m'entraîne vers une autre vie, une vie qui n'a rien de commun avec la mienne. C'est le meilleur moment que je passe depuis des mois.

Beatrix

Il me semble que tu as des explications à me donner. Appelle-moi. Bea

J'ADORE Tami. C'est la sœur que je n'ai jamais eue. C'est une femme vraiment adorable, vraiment généreuse. Ce qui rend les choses d'autant plus difficiles à dire. Mais voilà : je crois qu'elle a une grande part de responsabilité dans cette affaire. *Beurk.* Rien que de l'avoir pensé, je me sens horriblement mal. Mais écoutez bien ce que j'ai à vous dire : si vous prenez les faits, et uniquement les faits, vous vous rendrez compte que j'ai raison. Et pourtant, Dieu sait que j'adorerais avoir tort. Pouvoir porter sur leur couple un point de vue extérieur, et dire que tout cela a constitué pour moi une véritable surprise, que je ne comprends pas comment il a pu avoir envie d'aller voir ailleurs. Mais je ne peux pas affirmer cela. Si je le faisais, il me faudrait faire le deuil de mon adorable petit nez court.

C'était un couple qui ne vivait plus, qui survivait à peine. Quand j'ai rencontré Tami, elle était enceinte de Cora et elle était rayonnante. Vous vous rappelez ? J'avais rencontré Scotty en premier, et, dans la conversation, il m'avait confié que sa femme était enceinte. Curieuse de voir à quoi elle ressemblait, je jetais toujours un œil sur leur maison quand je passais devant pour me rendre à George Street, la rue principale de Hove. Et figurez-vous que c'est dans cette rue que je l'ai vue la première fois, alors qu'elle sortait de la librairie. Elle portait de grandes lunettes de soleil, avait les cheveux lâchés, et souriait à tous les gens qu'elle croisait, sans cesser de caresser son gros ventre de femme enceinte. Si je l'ai remarquée, c'est à cause de son sourire, qui semblait immuable et qui illuminait la beauté déjà luminescente de son visage, une beauté qu'aucune paire de lunettes de soleil n'aurait suffi à dissimuler.

Je rentrais chez moi en flânant, et elle était juste devant moi. Quand je l'ai vue tourner à Providence Close, mon cœur a eu une sorte de raté. Je connaissais quasiment tout le monde dans le quartier. Ça ne pouvait être qu'elle. La femme avec qui Scotty était marié.

« Bonjour ! » me suis-je exclamée, alors qu'elle s'apprêtait à insérer une clef dans la porte d'entrée de sa maison. Elle s'est tournée vers moi et m'a regardée.

« Bonjour, m'a-t-elle dit, tout sourire, en faisant glisser ses lunettes de soleil sur le sommet de sa tête.

— Vous êtes la femme de Scotty ? lui ai-je demandé.

— Tout à fait. Et vous devez être notre sympathique voisine Beatrix…

— Bien vu ! »

Je ne pensais pas que ce fût possible, mais son sourire s'est encore élargi, et elle a pris un air plus radieux encore.

« Ça fait plaisir de rencontrer enfin quelqu'un de son âge, m'a-t-elle dit. Je m'appelle Tami.

— Oui, c'est vrai que la rue est remplie de vieilles peaux. Enfin, je ne dis pas ça méchamment, bien sûr, ai-je ajouté, pour qu'elle ne me prenne pas pour une garce. En tout cas je suis ravie que vous et Scotty ayez emménagé ici.

— Moi aussi, j'en suis ravie. Vous venez boire un café ? Ça me ferait plaisir de faire votre connaissance. »

Je devais retourner travailler, mes rapports de vente n'allaient pas se faire tout seuls, mais j'avais envie de jeter un coup d'œil à la maison et de discuter avec elle. J'étais curieuse de savoir quelle sorte de femme Scotty avait épousée et quelle sorte de femme avait pu jeter son dévolu sur un homme comme Scotty.

Et nous avons passé l'après-midi à rire, blaguer et boire du thé dans ce que leurs travaux laissaient d'accessible de leur cuisine, en cours de rénovation. Tant et si bien que nous y étions encore à l'heure où Scotty est rentré. Je me souviens que, lorsqu'elle a entendu la clef tourner dans la serrure, il m'a semblé que tout son corps s'illuminait, et quand il l'a embrassée sur la bouche après lui avoir embrassé le ventre, la main de Tami s'est attardée sur l'épaule de Scotty, comme si elle voulait continuer de le toucher le plus longtemps possible.

Bref, rien à voir avec maintenant. Je ne me rappelle même plus la dernière fois que j'ai vu Tami sourire en voyant Scotty ou en pensant à quelque chose qu'il avait fait. Lorsque je dîne avec eux, c'est à peine si elle jette un coup d'œil dans sa direction. Elle lui sert son assiette, et c'est tout. Pas de sourire de connivence pour lui faire comprendre qu'elle l'aime, pas de traitement de faveur pour lui montrer qu'il est le meilleur, pas de clin d'œil furtif pour lui faire comprendre qu'il est l'homme le plus sexy du monde.

Au fil du temps, elle a fini par concentrer toute son attention sur les gamines. Leurs repas, leurs bains, leurs devoirs, leurs activités, leurs jeux, leur développement, leur coucher, Cora, Anansy, Cora, Anansy, Cora, Anansy. Mais où est la place de Scotty, dans tout ça ?

Je leur ai posé la question à tous les deux une fois, il y a de cela deux ans et demi environ, à l'époque où j'essayais de leur faire comprendre que leur couple était en danger.

« Ma place ? Quelle place ? » m'a répondu Scotty d'un air si dépité que j'en ai eu le cœur brisé pour lui.

Quant à Tami, elle a pris un air outré et m'a dit : « La place de Scott ? C'est plutôt de notre place, à moi et aux filles, dans sa vie à lui, que tu devrais t'inquiéter.

— Mais il se sent exclu de votre vie, j'en suis sûre. »

Sa réponse m'a choquée par sa vulgarité : « Alors tu crois que je devrais le sucer plus souvent pour changer ça ? » Ce n'était pas du tout ce que je voulais dire. « Et moi, dans tout ça ? Je travaille à temps plein et je m'occupe de toutes les tâches ménagères et tout ce qui concerne les enfants. Tu penses vraiment qu'une femme qui fait tout ça est censée veiller en plus à ce que son mari se sente aimé et valorisé ? Non. Et je vais te dire pourquoi : parce que c'est techniquement impossible. »

Je me suis contentée de hausser les épaules ; elle avait en quelque sorte marqué un point.

« Scott est l'amour de ma vie. Mais je ne peux pas m'empêcher de penser que s'il s'impliquait davantage dans notre vie de famille – tu vois, faire une lessive ou passer l'aspi de temps en temps, ou même rentrer à la maison suffisamment tôt pour mettre les filles au lit –, eh bien il aurait davantage l'impression d'en faire partie, de cette vie. Et nous aurions davantage de temps pour nous deux. »

J'aurais tellement voulu la convaincre, j'aurais tellement voulu lui faire comprendre que les hommes comme Scotty avaient besoin d'être admirés pour se sentir épanouis. Qu'ils avaient besoin de se sentir aimés et désirés. Passer l'aspi, faire une lessive, mettre les filles au lit… tout cela ne changerait rien au fait que Scotty était un mâle alpha, et que les mâles alpha ont besoin d'être adulés et vénérés.

Mais n'allez pas croire pour autant que je pense qu'il est blanc comme neige. Loin de là. Il aurait dû manifester davantage d'intérêt à son égard. Lui offrir des fleurs, de petits cadeaux, et même des sous-vêtements sexy. Du reste, c'est ce que je lui ai suggéré de faire, une fois. Il m'a répondu d'un ton bourru que s'il se risquait à lui offrir des sous-vêtements, elle se sentirait obligée de coucher avec lui, et elle n'en avait pas du tout envie. Tout ça pour dire que s'ils avaient tous les deux fait un petit effort, ils n'en seraient pas là aujourd'hui.

N'essaie même pas de m'ignorer, Scotty. Tu ne t'en tireras pas comme ça. Bea

Je me doutais, aussi, qu'il allait finir par y avoir des histoires avec cette Mirabelle. Il y a quelques semaines, Scotty a réussi à nous obtenir des billets pour un match du championnat. Nous ne soutenions aucune des deux équipes, et nous avions même du mal à nous rappeler leurs noms, mais nous étions tout contents d'aller voir un match dans un stade, d'autant plus (oui : d'autant plus) que les places qu'il avait eues donnaient accès à la tribune VIP. Vous voyez : le genre d'opportunité qui ne se présente pas tous les jours. Nous avions décidé d'y aller en train, parce que nous savions que nous serions tentés de boire un ou deux petits verres pour accompagner le succulent repas qu'on nous servirait. Il y avait quelques personnes de son travail qui devaient également venir, alors nous avions dû nous mettre sur notre trente et un pour l'occasion. J'avais proposé à Tami de m'occuper des filles pour qu'elle puisse y aller, mais elle m'avait répondu : « Je préférerais encore qu'on m'arrache un bras. » Alors j'y étais allée à sa place. Avec beaucoup de plaisir, parce que j'ADORE le foot. Dans le train et pendant le match, Scotty était de bonne humeur, détendu. Nous avons bu, ri, blagué, et même réussi à regarder un peu le match. Nous nous sommes tellement amusés que nous avons raté le dernier train et sommes rentrés en taxi. Or, plus nous approchions de Brighton, plus il devenait taciturne. Et, au bout d'un moment, il a fini par me confier qu'il était angoissé à l'idée de rentrer parce qu'il n'avait pas envie de voir Mirabelle au bureau le lundi suivant, ou même de la croiser dans la rue, avant ou après.

« Mais pourquoi, Scotty ? lui ai-je demandé, à la fois surprise et peinée par son air abattu.

— Elle… Elle n'arrête pas de me faire des avances. Et j'avoue que j'ai du mal à y résister.

— Quoi ? me suis-je exclamée, horrifiée. Tu t'intéresses à elle ? Tu as envie de sortir avec elle ?

— Bien sûr que non, m'a-t-il répondu sur un ton rassurant. C'est juste que j'ai du mal à lui faire comprendre que je préférerais qu'elle me laisse tranquille. Tami ne se rend pas du tout compte de ce qu'elle est vraiment.

— Qu'est-ce que tu vas faire ?

— Me montrer plus dur avec elle, m'a-t-il dit d'un air rebuté, comme s'il s'agissait pour lui d'une chose pénible (alors que vous vous imaginez bien qu'un type comme lui n'était pas devenu dirigeant d'une société de renommée internationale en jouant les chochottes). Mais j'ai peur qu'elle décide de se venger en m'accusant de harcèlement sexuel, ou un truc comme ça.

— Beurk ! Je déteste les filles qui font ce genre de truc, ça me dégoûte. Au final, elles donnent une mauvaise image professionnelle de la femme. »

Scott m'a regardée d'un air bienveillant, mais n'a rien dit.

« Pourquoi est-ce que tu me regardes comme ça ? lui ai-je demandé.

— Tami ne verrait pas les choses de cette façon. Si Mirabelle m'accusait de quoi que ce soit, elle se demanderait s'il n'y a pas un peu de vrai dans ses propos. Elle pense que les femmes sont malmenées dans le monde du travail.

— Seulement quand elles choisissent d'être des victimes.

— Exactement, m'a-t-il répondu. C'est exactement ça. Ça fait plaisir de discuter avec quelqu'un qui vous comprend, de temps en temps. En tout cas, ça change. »

Je ne supporte pas les filles comme Mirabelle. Et d'ailleurs, je ne supporte pas Mirabelle. Tami a essayé plusieurs fois de créer un lien entre elle et moi, mais rien à faire : je n'ai jamais pu la sentir. Avec le recul, je me dis que c'est peut-être parce que j'ai toujours eu l'intuition qu'elle en avait après Scotty.

O.K. Vu que tu sembles avoir perdu ton téléphone, je crois que je vais sortir avec ce nouveau gars du boulot plutôt que de garder les filles, comme j'avais prévu de le faire pour que vous puissiez dîner dehors et discuter. Je ne vois pas pourquoi je serais la seule à essayer d'arranger les choses. Je te laisse, maintenant. Bea

Une fois de plus, on dirait qu'il n'y a que moi qui comprenne dans quel pétrin ils se sont fourrés et qui aie une solution à apporter. On pourrait presque croire que c'est de mon couple qu'il s'agit.

6

Tami

Anansy et Cora sont allongées dans leurs lits, complètement surexcitées. C'est Beatrix qui les surveille ce soir. Elle a apporté un sac de couchage qu'elle a posé sur le petit matelas d'appoint que nous avons glissé entre leurs deux lits.

« Vous n'allez pas fermer l'œil de la nuit, je me trompe ? leur dis-je à toutes les trois, alors qu'elles me jettent un regard furtif de sous leur couverture.

— Si ! » répondent-elles à l'unisson. Toutes les trois.

Totalement impuissante face à la situation, je sens mes épaules s'affaisser. « Vous allez être dans un état lamentable, demain. Et c'est moi qui vais payer les pots cassés quand vous serez trèèès fatiguées, qu'il sera trooop tôt, et que rien de ce que je ferai ne sera assez bien.

— On va être gentilles, dit Cora, la bouche dissimulée sous sa couette jaune, qui ne laisse dépasser que son petit nez et ses grands yeux bruns en amande, tout brillants de joie.

— Très gentilles, ajoute Anansy, dont la couette rose est remontée jusque sous le menton et qui arbore une expression parfaitement identique à celle de sa sœur.

— Très, très gentilles », conclut Beatrix. Ses yeux sont verts, ses cheveux sont blonds, sa peau est pâle, et pourtant, en ce moment précis, elle me paraît en tout point semblable à mes filles : à en juger par leurs visages, on pourrait croire que Noël, leur anniversaire et toutes les fêtes possibles et imaginables sont de véritables tortures en comparaison de ce qu'elles vont vivre ce soir.

« Bien. Je vous fais confiance », dis-je en fronçant les sourcils, avec la discrète résignation de la femme qui connaît ses enfants.

Je ne leur fais évidemment pas confiance. Après ce que j'ai vécu, je ne m'imagine d'ailleurs même pas être un jour en mesure d'accorder de nouveau ma confiance à quiconque. Mais il se trouve que Scott m'a demandé, et même suppliée, d'accepter de lui parler. Je n'en ai pas envie. Je voudrais oublier cette horrible chose, je voudrais me transporter dans un futur où nous aurons réglé cette histoire. Ou bien encore revenir en arrière pour empêcher que tout cela se produise. Remonter le temps jusqu'au moment où notre couple était si mal en point que Scott a éprouvé le besoin d'aller voir ailleurs. Mais j'ignore quand cela s'est produit. Je peux toujours imaginer, émettre des hypothèses, des suppositions, au bout du compte, je n'en sais rien. Il m'est parfaitement impossible de mettre le doigt à l'endroit précis de la frise chronologique de ma vie et de me dire : « C'est là que tout a commencé à s'effondrer. »

« Je t'aime. À demain, dis-je à Cora en l'embrassant. Je t'aime. À demain, dis-je à Anansy en l'embrassant. Je t'aime. À demain », dis-je à Beatrix en souriant.

Elle me retourne un sourire plein de préoccupation et d'encouragements, avant de prononcer silencieusement les mots : « Ça va aller. »

Je hoche la tête, en sachant parfaitement que ça n'ira pas.

Nous n'avons pas parlé tandis que nous marchions jusqu'au centre-ville. Le matin depuis quelques jours, Scott emporte son ordinateur avec lui quand il emmène les filles à l'école, si bien qu'il a l'air d'un mulet avec son porte-documents, sa sacoche d'ordinateur et les cartables accrochés tout autour de lui. Une grossière stratégie pour m'éviter jusqu'au retour des filles et se constituer une barrière contre mon indifférence. Quoi qu'il en soit, il m'a téléphoné un peu plus tôt dans la journée pour me demander ce qui me ferait plaisir de manger pendant que nous parlerions. Je lui ai raccroché au nez.

Je n'arrive pas à lui parler. Chaque fois que j'essaie, l'un des textos me revient à l'esprit, et les images qu'il invoque sont autant de couteaux plantés dans mes entrailles. Je ne pourrais pas dire lesquels me paraissent les plus traumatisants, les plus blessants : les messages d'amour ou les messages de sexe ? Ce qui est sûr, c'est qu'ils me déconcertent tous, qu'ils me font tous du mal.

« Bon, est-ce que tu vas finir par me parler ou pas ? » me dit-il tout à coup. Scott ne supporte pas le silence. « On ne peut pas continuer comme ça, il faut qu'on parle.

— De quoi ?

— TB…

— Je t'ai déjà dit de ne plus m'appeler comme ça. C'est peut-être trop te demander, mais je préférerais vraiment que tu ne me fasses plus l'insulte de m'appeler par un surnom qui me rappelle la vie qu'on avait avant.

— Qu'est-ce que tu veux dire par là ?

— De quoi veux-tu qu'on parle ?

— De ce que nous allons faire pour sauver notre couple. À moins que tu ne préfères briser notre famille, sans même avoir essayé d'arranger les choses ? »

Nous sommes dans Church Road, une rue qui mène à une autre rue, qui elle-même mène à une autre rue menant à Brighton. D'ordinaire, nous empruntons le chemin qui borde la mer, et nous nous arrêtons pour discuter en regardant les flots, en nous tenant nonchalamment par le bras, en nous serrant l'un contre l'autre pour partager la chaleur de nos corps, et, souvent, nous nous arrêtons aussi pour nous regarder tendrement, avant de nous embrasser, un sourire niais au visage. Scott avait fait mine de prendre ce chemin, mais, l'ignorant royalement, je suis partie dans l'autre sens, vers cette rue jalonnée de magasins obscurs, qui n'est illuminée çà et là que par la trouble lumière d'un restaurant ou d'une vitrine éclairée toute la nuit. Ce parcours m'a semblé plus approprié : sombre et doté d'une évidente ambiance de tristesse et de désespoir.

Je n'ai toujours pas répondu à sa question au moment où nous passons devant Tesco. La supérette est très éclairée et pleine de gens qui semblent se déplacer lentement et sans but, tels des zombis rassemblant des provisions. Nous approchons du croisement avec George Street. Si j'éprouve quelque réticence à répondre à son interrogation, c'est parce que j'ignore si j'ai, oui ou non, envie de sauver notre couple.

« Tu veux sauver notre couple ou pas ? me demande-t-il d'un ton indigné. Parce que moi, je crois que nous devons y travailler ensemble, faire des concessions.

— En fait, je ne sais pas si j'ai vraiment envie de le sauver. » Devant le restaurant italien qui est à l'angle de Ventnor Villas et Church Road, Scott s'arrête brusquement.

« Tu ne sais pas si tu as envie de sauver notre couple ? » Il a l'air incrédule. Et un léger sentiment d'angoisse transparaît sous sa surprise.

Avant de m'arrêter à mon tour, je me pousse sur le côté pour laisser passer une jeune fille et un jeune homme, bras dessus bras dessous, corps contre corps. Je les regarde avec envie. Moi qui suis si loin d'eux, si loin de cette innocence. Je me trouve désormais dans l'îlot de lumière que l'un des lampadaires projette sur le sol ; Scott vient m'y rejoindre. Nous sommes exposés aux regards de tous. Je tourne la tête vers le restaurant et les clients qui y sont assis. Qui mangent, boivent, vivent. Et je me demande combien d'entre eux trompent leurs conjoints. Combien d'entre eux ont été trompés. Combien d'entre eux connaissent cette douleur absolue que l'on ressent quand on sait que l'on aime la seule et unique personne avec qui on ne peut rester. « Non, je ne sais pas si j'en ai envie.

— Et ce dont j'ai envie, moi ? Ça ne compte pas ? »

Si, et c'est même la seule chose qui compte depuis bien longtemps, trop longtemps. Voilà ce que je pense. Mais jamais je ne le blesserais en disant une chose comme celle-ci, et surtout pas à un moment comme celui-ci, où son corps est si tendu et agité, où je sens que ses mains brûlent d'envie de m'empoigner, de me secouer pour que je retrouve mes esprits, que je reconsidère ce que je viens de dire.

« Écoute. » Je parle comme lui. Plus que je ne le devrais, plus que je ne le voudrais. Je suis sûre que c'est parce que nous avons grandi au même endroit ; non, ce n'est pas parce que j'ai perdu mon identité en vivant avec lui. « La situation est bien trop grave. On ne pourra pas recoller les morceaux.

— Je trouve ça injuste. Que tu veuilles briser notre famille sans lui laisser la moindre chance de survivre.

— Je me demandais à quel moment tu allais me la sortir, celle-là. Je veux dire, m'avouer que tu penses que c'est ma faute si tu m'as trompée.

— Je ne serais pas allé voir ailleurs si j'avais été heureux avec toi », réplique-t-il, l'air tout à coup beaucoup moins désespéré et beaucoup plus sûr de lui.

Ce n'est pas comme si je ne m'y attendais pas. Ces paroles, je savais que j'allais me les prendre en pleine figure ; j'en ai reçu toutes sortes de variantes depuis qu'il m'a dit la vérité. Mais les entendre prononcées de vive voix constitue une expérience totalement différente. Tout à coup, je ne suis plus dans mon corps, je suis perchée au-dessus du lampadaire, et je nous regarde, et je me vois distinctement. Mes cheveux auraient besoin d'être lavés, mes vanilles refaites pour dompter les mèches qui s'en échappent. Ma peau est terne et marquée, mes yeux sont troubles et rouges d'avoir été frottés, mes lèvres sont sèches d'avoir été constamment mordillées, mon corps est amaigri et mes vêtements commencent à flotter sur moi. Voilà ce que Scott a devant les yeux. Voilà la femme dont il a fini par se lasser à tel point qu'il a ressenti le besoin d'aller voir ailleurs. Voilà cette femme qui n'est autre que moi.

« Je savais que tu allais dire ça. Et si c'était l'homme que j'avais épousé, l'homme que j'ai aimé durant toutes ces années, qui avait dit ça, je crois que j'aurais été complètement dévastée. Mais venant de toi, ça glisse comme de l'eau sur les plumes d'un canard.

— Mais qu'est-ce que tu racontes ? C'est moi que tu as épousé ! »

C'est à mon tour d'afficher mon mépris. En tout cas, c'est ce sentiment que j'éprouve, bien que je n'aie aucun moyen de savoir s'il se lit ou non sur mon visage. « L'homme que j'ai épousé n'était pas accro au porno, obsédé par l'argent et obnubilé par les apparences. Il était gentil, et quand il m'embrassait ou me prenait dans ses bras, ce n'était pas toujours un prélude au sexe. Et encore moins au sexe violent. L'homme que j'ai épousé m'écoutait quand je parlais, il a pleuré quand ses filles sont nées, et il lui arrivait parfois de me tenir la main juste pour le plaisir. L'homme que j'ai épousé a un jour donné à un SDF ses cinq dernières livres, parce qu'il faisait froid et qu'il voulait que le type puisse aller se prendre un thé bien chaud. L'homme que j'ai épousé a écrit mon nom dans les étoiles. L'homme que j'ai épousé faisait souvent le cheval pour ses filles dans le jardin, même quand il y avait plus de boue que d'herbe, et que, en conséquence, il flinguait son pantalon préféré. Et quand l'une de ses filles a eu la varicelle, il n'a pas dormi pendant toute une semaine pour pouvoir l'empêcher de se gratter, garder un œil sur sa température et lui lire des histoires. Tu n'es pas cet homme-là.

« Je ne sais pas où est passé le Scott Challey que j'ai épousé, mais ce que je sais, c'est que ce n'est pas toi. On dirait que tu as tué le véritable Scott Challey, à petit feu, jour après jour, jusqu'à ce qu'il disparaisse complètement et qu'il ne reste plus que cet homme qui a été capable de me tromper et qui non seulement s'est fait arrêter pour agression sexuelle, mais a en plus réussi à me faire penser qu'il en était vraiment coupable. Tu m'as tout retiré : mon meilleur ami, mon amant et le père de mes enfants. »

Jusqu'ici, jamais ces mots ne s'étaient agencés de la sorte dans mon esprit. Je ne m'étais pas rendu compte qu'ils reflétaient ce que je ressentais jusqu'à ce que je les prononce à haute voix. Mais désormais j'en suis certaine : il n'y a rien de faux là-dedans. Je ne sais plus qui il est. Les événements qui se sont produits m'ont extirpée du déni, extirpée du confortable coma dans lequel je m'étais installée pour endurer jour après jour la vie que je menais avec ce parfait étranger.

Scott a encaissé tout ce que je lui ai dit avec un air impassible. Il ne me semble plus ni incrédule ni choqué ; il est passé à l'étape de la colère. Et voilà que je le retrouve : le petit garçon qui avait dit à M. McCoy qu'il lui arracherait le cœur avec une cuillère et le donnerait à manger à son chien. Il se cabre dans le corps de Scott, se dévoile dans son visage, dans les courbes de son corps, dans la façon dont il se tient et dont il respire. Ses poings se serrent, son visage se déforme et sa bouche s'ouvre.

« Ma pauvre chérie, dit-il avec une ironie blessante. Tu te sens lésée, hein ? Pourtant, il me semble que ça ne te pose pas de problème de dépenser mon argent, de vivre dans ma maison, de conduire ma voiture. Et moi, dans tout ça, tu y as pensé ? La femme que j'ai épousée était une femme cool et décontractée, chaude et sexy, toujours partante pour essayer de nouveaux trucs. Elle était drôle et chaleureuse, et j'avais confiance en elle. Et voilà que maintenant, je me retrouve avec une femme prude, névrosée et mal fagotée, qui ne se donne même pas la peine de mettre un peu de rouge à lèvres quand je la sors. Et le sexe, hein ? Il faudrait peut-être que je te rappelle ce que c'est ? Il n'y a aucun homme sur terre qui tiendrait aussi longtemps que moi sans sexe. Et je ne te parle même pas de toutes les choses que tu hésites à faire pour moi, parce que tu te demandes si ça ne perturbera pas les gamines. D'ailleurs, il n'y a que ça qui t'intéresse, hein ? Tu te fiches pas mal du reste. Il faut absolument que tu contrôles tous les aspects de la vie des filles, même aux dépens de notre relation. Dis-moi, quand avons-nous eu une véritable conversation pour la dernière fois ? Tu es vraiment si surprise que ça que j'aie ressenti le besoin de me reposer sur quelqu'un d'autre ? De faire confiance à quelqu'un d'autre ? De faire l'amour à quelqu'un d'autre ? Je n'avais rien de tout cela à la maison, rien à espérer de la personne qui aurait dû me fournir toutes ces choses. » Il se rapproche brusquement de moi, le visage déformé par la colère, que la lumière orangée du lampadaire ne fait qu'accentuer, et sa voix n'est plus qu'un grognement : « Tu crois vraiment que je serais allé voir ailleurs, si je n'avais pas eu une potiche à ma table, et un bloc de glace dans mon lit ? »

Ses paroles flottent dans l'air comme de la poussière, s'ajoutant à celles que je viens de prononcer pour épaissir la couche d'amertume et de douleur qui nous sépare. Mais, curieusement, cette situation me procure une certaine satisfaction : c'est lui-même qui a lancé cette conversation pour me convaincre d'accepter de « sauver » notre couple et, au final, il en est arrivé à la même conclusion que moi.

« Alors nous sommes d'accord, dis-je, il n'y a plus rien à sauver. Nous pouvons passer à l'étape de la rupture. »

À ces mots, il se rétracte immédiatement, physiquement et émotionnellement. Son corps change, l'expression de son visage se modifie, tout son être respire la conciliation. « Non, ce n'est pas ce que j'ai dit. Ce n'est pas du tout ce que je voulais dire. Ce que je voulais dire, c'est qu'aucun d'entre nous n'est parfait. Je ne veux pas que nous nous séparions.

— Et pourquoi pas ? m'exclamé-je. Je suis nulle, je suis horrible, je suis un boudin mal fagoté. Alors, pourquoi n'en profites-tu pas pour te débarrasser de moi ? Ce serait une bonne occasion de tout recommencer à zéro avec ta femme parfaite, qui est si inspirée au lit et passionnante dans la vie quotidienne. Allez, je te donne mon autorisation. Retourne avec elle. » Avec Mirabelle. Oui, il peut bien y retourner. Même si cela me déchirera le cœur de les voir ensemble, et même si les filles ne comprendront pas pourquoi il habitera là-bas, et plus avec nous. Tant pis. Je finirai par m'habituer, nous finirions par nous habituer. « Ce sera une bonne occasion de vivre la vie merveilleuse que tu n'as pas avec moi.

— Je ne veux pas que nous nous séparions », insiste-t-il. Il semble plus calme, plus gentil, plus doux. « Je veux essayer d'arranger les choses, je ne veux pas que nous nous séparions. »

J'ai envie d'essayer d'arranger les choses, moi aussi. Naturellement. Je l'aime. Et je me demande s'il me sera vraiment possible de vivre sans lui. De me lever le matin et de respirer en sachant qu'il n'est pas là et ne reviendra pas. Et même au milieu de cet horrible cauchemar, je parviens encore à percevoir des bribes de l'ancien Scott, du vrai Scott. Mais s'il reste, rien ne changera. Il y aura toujours trop du nouveau Scott, trop peu de l'ancien Scott, et le sentiment, douloureux et persistant, qu'il a été capable de se donner à quelqu'un d'autre. Corps et âme. Je sais que je mérite mieux que cela.

Mes pieds se mettent à avancer d'eux-mêmes, tournant au coin de la rue en direction de Brighton, notre destination. Scott est contraint de m'emboîter le pas. Nous devons continuer de parler. Je dois lui faire comprendre que la rupture est la seule façon pour moi de ne pas sombrer dans la folie.

Nous avons marché côte à côte, nous nous sommes assis face à face dans ce restaurant, mais nous ne nous sommes pas reparlé depuis le vif échange que nous venons d'avoir. Je pense à la dissolution de nos vies. Je pense au divorce.

Tant de choses à régler : la maison, mon travail, la manière dont on va l'expliquer aux autres. Et surtout aux filles. Chaque fois que je pense à ça, à l'aspect pratique de la séparation, ses modalités concrètes, mon esprit dévie et passe à autre chose.

Divorce. Ce mot est un cauchemar en soi. Il est immense, effrayant, insurmontable. Je suis là, tout en bas, et j'ai beau regarder en haut, tout en haut, toujours plus haut, je ne vois pas le sommet de la montagne. Comment pourrais-je remonter la pente, si je n'arrive même pas à me faire une idée réaliste de sa hauteur ? Toujours au pied de cette grande montagne qu'est devenu le monde, je baisse la tête et la tourne vers la droite pour essayer d'en voir le bout, de déterminer jusqu'où elle s'étend, de juger de la possibilité de la contourner. Mais son extrémité est trop loin, si loin qu'elle n'apparaît pas dans mon champ de vision. Comment pourrais-je ne serait-ce qu'envisager de la contourner, si je ne parviens même pas à me représenter sa taille réelle ? Il n'y a aucun moyen de remonter la pente ou de la contourner ; je dois attaquer de front, passer au travers. Et, vu d'ici, ç'a l'air terrifiant. On dirait bien que je vais devoir me battre pour traverser de longs tunnels obscurs, en tâtonnant, en trébuchant, en tombant parfois, en me blessant et en n'étant guidée que par une seule et unique certitude : l'impossibilité de faire demi-tour, car si je choisissais cette solution de facilité, je devrais très probablement de nouveau passer au travers de tout cela, et ce serait plus effrayant encore, car je ne saurais pas comment arriver de l'autre côté, cette fois-ci.

Divorce. Ce n'était pas censé m'arriver à moi. À nous. À notre couple. À notre famille.

« Tu te rappelles cette escale de deux jours que nous avons faite en Turquie, quand nous sommes allés en Égypte ? » me dit Scott.

Je hoche la tête et baisse les yeux vers la nappe blanche sur laquelle repose mon assiette à pain, mon couteau à beurre et mon petit rectangle de beurre pâle. « Oui, marmonné-je.

— Tu te rappelles cet hôtel, où le gérant a refusé de nous donner une chambre double, parce qu'on n'était pas mariés et qu'il ne voulait pas salir la réputation de son trou à rats en nous laissant dormir dans la même chambre ? »

Je hoche de nouveau la tête, et je sens qu'un sourire essaie d'étirer les coins de ma bouche alors que ce souvenir me revient à la mémoire et que je me retrouve plongée dans les images, sons et odeurs de cette époque.

« Et tu te rappelles que tu l'as engueulé comme du poisson pourri et qu'il a fini par accepter de nous louer une chambre avec des lits jumeaux ? »

Le sourire cherche à s'élargir, à se révéler sur mon visage.

« Et tu te souviens, quand on est sortis dîner et qu'on a terminé dans l'équivalent local de cet infect boui-boui de Brighton ? Et quand on est revenus à l'hôtel, et qu'on s'est aperçus qu'un chat avait dû entrer par la fenêtre et avait pissé sur ton lit ? On s'est retrouvés l'un contre l'autre dans mon petit lit, et tu as dit : "Je suis certaine d'avoir fermé cette fenêtre avant de partir. Tu crois qu'ils ont fait entrer le chat exprès ou qu'ils ont juste ouvert pour aérer ?" Et je t'ai répondu : "Je te trouve bien optimiste de penser que c'est un chat : comment un chat aurait-il pu savoir qu'il fallait pisser sur ton lit, et pas sur le mien ?" »

Nous avions discuté et ri, blottis l'un contre l'autre, mais, malgré tout, nos corps dépassaient un peu de chaque côté du lit. Ce qu'il vient d'évoquer, c'est le genre de souvenir qui vous revient à l'esprit quand vous pensez à toutes les raisons pour lesquelles vous aimez quelqu'un.

« Tu t'en souviens ? me demande Scott.

— Oui, je m'en souviens, mais pourquoi est-ce que tu me ressors ça ?

— Je… Tu sais… Nous séparer… Tami, je sais que tu n'en as pas envie, et moi, je n'en ai pas envie non plus. S'il te plaît. Nous avons vécu des choses si belles, si spéciales, et je ne comprends pas comment nous avons pu oublier tout ça. Mais je crois que nous devons nous battre pour les retrouver, et nous battre pour continuer d'en construire de nouvelles. »

Je secoue la tête. Je n'ai pas envie de me battre. Je ne veux pas que ces souvenirs soient réécrits, voire effacés parce que nous serons restés ensemble. Avoir une liaison extraconjugale, c'est comme dénouer le fil qui vous lie à l'autre et l'utiliser pour tisser une trame totalement différente, une trame souillée par le mensonge. Notre relation est souillée, et nous ne pourrons rien faire contre cela. Et si je dois le regarder tous les jours, apprendre de nouveaux éléments sur le comment et le pourquoi de sa trahison, je sais que je ne supporterais pas l'invalidation de réécritures substantielles, ou même subtiles de nos souvenirs. Je n'ai pas envie de me battre contre ce mouvement d'effilochage, de désagrégation, de désintégration. Je veux garder notre relation intacte, et, pour cela, je dois m'en aller maintenant.

« Nous ne pouvons pas faire ça aux enfants, dit Scott. Nous séparer avant d'avoir tout essayé, absolument tout, pour faire fonctionner les choses. »

Je m'imagine en train de dire aux filles que maman et papa ne vont plus vivre ensemble. Qu'à partir de maintenant, elles ne nous verront plus tous les deux, tous les jours. Et je n'arrive pas à me représenter l'expression que prendront leurs visages, l'horreur qui les gagnera quand elles prendront conscience de la décomposition de leur famille. Elles ont des amis qui ont des parents divorcés, qui ont deux maisons, et qui le vivent très bien. Ce sont des enfants heureuses, pleines de vie et de santé. Mais combien de temps leur faudra-t-il pour accepter les choses de cette façon ? Comment se sentiront-elles au cours des premières semaines, des premiers jours, des premières heures ? Quel sens vont-elles donner à tout cela ? J'imagine le visage de Cora : l'epres sion de son visage se durcit, ses lèvres se serrent l'une contre l'autre, son front se plisse ; j'imagine celui d'Anansy : elle écarquille les yeux, ouvre la bouche, et sa respiration devient précipitée et saccadée. Puis-je vraiment leur faire ça avant d'avoir tout essayé ?

« Allons voir un conseiller conjugal, dit-il. Essayons de trouver un moyen de parler de ça et de régler les choses. »

Je m'imagine les filles le jour où elles seront assez grandes pour comprendre que je suis partie sans même avoir essayé de consulter, sans même avoir laissé à leur père une chance de se rattraper.

« Tami, je vais tout faire pour essayer de me rattraper. Tout. Demande-moi tout ce que tu voudras, je le ferai. » Il s'interrompt. « Et dans l'éventualité où on n'arriverait pas à faire fonctionner les choses, je voudrais tout de même qu'on aille voir un conseiller pour trouver un moyen de nous séparer à l'amiable. Je t'en prie, on ne peut pas laisser les choses se terminer comme ça.

— Pourquoi maintenant, alors que, lorsque je te l'ai proposé l'année dernière, tu l'as refusé ? » J'avais insisté pour que nous consultions un conseiller, et ce malgré la réaction qu'il avait eue la première fois (« Arrête tes conneries, Tami. Je ne vois pas pourquoi j'irais payer pour parler à quelqu'un. Ce sont les gens qui me paient pour parler, pas le contraire. Les thérapies de couple, c'est de la merde. C'est comme les jeux d'argent : des attrape-couillons. Je te croyais plus intelligente que ça. »), parce qu'il se comportait si mal que je ne pouvais plus le supporter. Et alors que je songe à tout cela, je me retrouve frappée de plein fouet par la dure réalité : il était horrible avec moi, il est passé de petites rebuffades à de véritables humiliations, son ego était devenu démesuré. C'est à ce moment-là qu'il s'est mis à dénouer le fil qui nous unissait pour tisser cette relation avec elle.

« Je… J'avais… J'étais dans un autre état d'esprit à cette époque. J'étais… Les choses sont différentes, maintenant. J'ai envie que ça marche. Et je suis sûr que ça peut le faire. » Il a dit cela comme s'il pouvait effacer l'enfer de ces derniers jours, ainsi que ses dix-huit mois et quelques d'infidélité et ses quatre années de comportement affligeant et injustifié par la simple force de sa volonté. C'est impossible, bien sûr, mais j'ai envie d'essayer, pour Cora et Anansy, pour leur épargner d'inutiles souffrances.

« O.K., on essaie. Mais je ne te promets rien. J'accepte simplement d'aller consulter un conseiller, pour voir si ça peut nous aider. »

À ces mots, tous les muscles de son corps se détendent. « Super ! s'exclame-t-il. Merci. Je sais qu'on va y arriver, j'en suis certain. » Il avance sa main vers la mienne pour entrelacer ses doigts aux miens. Je la retire vivement de la table, et tout mon corps a un mouvement de recul. Les blessures des choses qu'il m'a dites dans la rue sont toujours là, invisibles à l'œil nu, mais bien réelles. Toujours douloureuses au toucher. Mes mots, en revanche, ne semblent pas l'avoir heurté. Pour quelqu'un dont la personnalité a été descendue en flèche à peine une heure plus tôt, il me paraît remarquablement bien dans sa peau.

« O.K., je crois qu'on peut dire qu'il s'agit d'une urgence. Prends rendez-vous pour cette semaine. Je trouverai bien un moyen de me libérer. J'espère que ce sera possible. Tu n'as qu'à me dire le jour, l'heure et le lieu, j'y serai. »

Muette de stupeur, je reste quelques instants à le dévisager, me demandant s'il est vraiment sérieux. Non, ce n'est pas possible. Il me fait marcher. C'est sûr. C'est sûr ? Je ne réponds pas, et continue de balayer son visage du regard.

Il garde le silence. Et je me souviens brusquement de quelque chose que j'aurais dû lui dire un peu plus tôt dans la soirée : l'homme que j'ai épousé ne m'aurait jamais traitée comme son assistante, au mieux, ou sa domestique, au pire.

« Je ne prendrai pas ce rendez-vous, finis-je par dire. Je ne vois pas pourquoi ce serait moi qui le ferais, alors que je n'ai pas envie d'y aller et, plus important encore, alors que ce n'est pas moi qui ai eu une liaison. »

L'expression de son visage se modifie lentement, à mesure qu'il prend conscience de son erreur. Sous le coup de la culpabilité, je l'espère, il ferme les yeux.

« Ton arrogance me sidère, lui dis-je.

— Arrête ça, me répond-il sèchement.

— Quoi ?

— Arrête de me parler de façon méprisante. Si nous voulons que les choses fonctionnent, nous devons essayer de nous montrer aimables l'un envers l'autre, compréhensifs, jusqu'à ce que nous voyions ce conseiller qui nous apprendra à mieux communiquer. »

Il a raison, bien sûr. Mais tout de même. Ça m'ennuie. Peut-être est-ce pour cette raison, d'ailleurs, que nous devrions aller voir quelqu'un ? Pour faire disparaître cette désagréable impression que j'ai de commettre une erreur à chaque fois que j'essaie de me montrer aimable avec lui.

« Tu dois arrêter le porno, lui dis-je.

— Pardon ?

— Tu m'as dit que tu ferais tout ce que je voudrai. Eh bien je veux que tu arrêtes le porno. »

Son corps, tendu, essaie de le convaincre de dire non, de ne pas céder à ma sollicitation. « Très bien. D'accord. Je vais arrêter d'en regarder.

— Et je veux que tu effaces tous les fichiers que tu as sauvegardés. Sur ton PC, ton ordinateur portable, ton iPad et tes téléphones. »

Il hoche la tête comme s'il était dans un autre monde et évite mon regard.

« Un problème ?

— Non, non, répondit-il. Aucun problème. Je vais le faire. Bien sûr. » Ses yeux sombres se tournent vers mes mains, jointes sur mes genoux. J'ai remarqué qu'il regardait souvent mes mains depuis quelques jours. « Et moi, je veux que tu remettes ton alliance. »

Je ne la porte plus à mon doigt, mais elle est toujours sur moi. Dans ma poche ou, quand je n'en ai pas, dans mon soutien-gorge. Je ne veux plus la porter à mon doigt, mais je n'arrive pas à me résoudre à m'en séparer. Au début de notre mariage, j'avais une sorte de réaction allergique, et j'arrivais à peine à la garder plus d'une heure ou deux. Mais je l'ai retirée et remise, jusqu'à ce que ma peau s'habitue au contact constant du métal ; jusqu'à ce que mon corps s'habitue au fait que j'étais mariée. Et il se trouve que, à la base de mon doigt, une bande lisse et sombre se dessine désormais à l'endroit où l'alliance a perdu sa bataille contre la force de ma volonté. Or je ne pense pas que cette marque s'effacera un jour. Elle sera toujours là pour me rappeler mon mariage, présent ou passé.

« Ne tire pas trop sur la corde », lui dis-je.

Il me répond par un bref hochement de tête.

Je serre les poings, enfonçant dans mes paumes le bord acéré de mes ongles pour m'empêcher de pleurer. La douleur se diffuse lentement, l'engourdissement se répand dans mon corps. Et tout autour de moi, je vois le tissu de mon passé, la trame de l'histoire de mon seul amour. Elle s'effiloche, se dénoue, et est impitoyablement retissée.

7

Tami

Deux semaines ont passé.

Deux semaines durant lesquelles nous sommes plus fragiles encore, mais où nous essayons de sauver la face devant les filles. Beatrix passe nous voir tous les trois ou quatre jours pour nous aider, par sa présence, à apaiser les tensions. Scott a repris le travail, et j'ai la maison pour moi toute seule durant la journée.

Il fait des efforts. Il emmène les filles à l'école tous les jours, désormais, et il rentre à temps pour dîner avec elles et participer aux rituels de leur coucher. Il fait la vaisselle après le dîner, il fait des machines le soir, étend le linge avant de se coucher et nettoie la salle de bains le week-end. Il inspecte le réfrigérateur et les placards pour noter ce qu'il manque et il s'arrête pour faire les courses en rentrant du travail. Il est là. Présent. Plus de textos ni d'emails sur ses téléphones quand il est à table ou avec les filles. Son attention est centrée sur elles, et elles seules. Il est le mari et le père de famille modèle.

Et je le déteste pour cela presque autant que je le déteste pour avoir eu cette liaison. Il savait ce qu'il aurait dû faire, il savait à quel point il s'était éloigné de nous, mais il a porté les choses à leurs dernières extrémités, littéralement. Il a attendu le dernier moment pour nous revenir. Retourner pleinement à notre famille et cesser de nous envoyer l'ombre de lui-même tous les soirs.

En ce moment, nous nous rendons chez le médecin pour Anansy, qui semble avoir une otite. Scott est là, et il vient avec nous. Il y a quelques jours à peine, il n'aurait pas été là, ou ne serait pas venu avec nous. Quoi qu'il en soit, c'est à ce moment précis que l'inévitable finit par arriver. Nous n'habitons pas dans la plus grande ville du monde, et il semble qu'elle ait bel et bien décidé de ne pas se cacher, comme je l'aurais moi-même fait si j'avais été à sa place.

Mirabelle arrive face à nous. En l'apercevant, je me retrouve brutalement ramenée aux messages, à la passion et à la sensualité, aux images d'eux qui se sont accrochées à mon esprit comme ces petites graines de plantes munies de barbes et de crochets qui se collent sur les vêtements et ne peuvent être détachées que si l'on tire sur chacune d'entre elles l'une après l'autre. Ces souvenirs ne s'en iront pas d'eux-mêmes ; ils devront être extirpés un à un avant d'être détruits.

Mirabelle (son simple nom suffit à me donner la nausée) marche de notre côté de la rue. Comme si de rien n'était, comme si elle ne m'avait pas trahie, comme si elle n'avait pas accusé Scott, elle s'apprêtait à passer devant notre maison.

Au moment où ils s'aperçoivent, Scott et Mirabelle vacillent puis s'arrêtent dans leur élan. Et je me demande ce qu'ils doivent éprouver en ce moment, ce que l'on ressent quand on se retrouve face à son amant ou sa maîtresse, en présence du conjoint légitime, qui connaît désormais toute l'histoire.

La voix innocente d'Anansy me sort brutalement de ma stupeur. « Tatie Mirabelle ! hurle-t-elle en se précipitant dans sa direction, avant de se jeter sur ses jambes et de s'y agripper fermement. Tatie Mirabelle, où t'étais ? Tu m'as trop manqué ! »

Je savais que les filles l'appréciaient, mais j'ignorais que c'était à ce point-là. Elles voyaient régulièrement Mirabelle, parce qu'elle venait souvent prendre le café le week-end, quand Scott était à la salle de sport ou à une de ces foires commerciales auxquelles il se rendait régulièrement pour entretenir ses relations professionnelles. Mirabelle s'asseyait avec les filles, jouait avec elles et bavardait avec elles. Nos existences étaient tellement plus liées, tellement plus entrelacées que je ne l'avais pensé. Combien de temps allait-il me falloir pour extirper son fil de la trame de ma vie, de nos vies ?

Le visage de Mirabelle, dissimulé sous une couche épaisse de fond de teint, d'ombre à paupières et d'eye-liner, se fend d'un sourire. Sans hésiter, elle s'accroupit par terre et serre Anansy contre elle. J'ai envie de lui arracher mon enfant des bras. J'ai envie de lui hurler de laisser ma fille tranquille. *Comment peut-elle embrasser mon enfant, alors qu'elle a essayé de briser notre famille ?* Mais je ne peux pas faire cela. Si je le faisais, Anansy et Cora comprendraient sur-le-champ que Mirabelle a quelque chose à voir avec l'atmosphère tendue qui règne actuellement à la maison.

« Bonjour, tatie », dit Cora en s'approchant timidement de Mirabelle, qui la prend à son tour dans ses bras. Cette fois-ci, la pulsion est quasi irrépressible, et je fais un pas en avant pour les lui arracher. Mais je m'arrête dans mon élan. L'expression de son visage me paraît si triste... Je me souviens de lui avoir un jour demandé si elle voulait avoir des enfants.

« Moi ? Des enfants ? m'avait-elle dit avec ce sourire énigmatique qui était le sien, celui qui se dessinait toujours sur son visage juste avant qu'elle ne se mette à adopter un comportement mystérieux.

— Ben oui, toi. Tu veux avoir des enfants ? avais-je répété, déterminée à ne pas me laisser décourager.

— Je ne sais pas si j'en veux, mais, en tout cas, j'en ai besoin.

— Comment ça ? Je ne comprends pas...

— Je veux simplement dire que je ressens le besoin d'avoir des enfants. Mais si tu me poses la question parce que tu te rends compte que je ne suis pas tout à fait à l'aise avec les tiens, même si je les adore, eh bien... pour être tout à fait honnête, je crois que j'ai peur de les briser, ou quelque chose comme ça...

— Mais ce n'est rien, ça. C'est un sentiment que l'on éprouve tous à des degrés divers, mais qui disparaît très vite après la naissance d'un enfant.

— Oui, je sais, mais, chez moi, c'est une peur constante. On peut briser un enfant sans le vouloir. Et pas seulement sur le plan physique. »

Mirabelle ne regarde pas Scott. Quant à lui, je ne peux pas dire : il se trouve derrière moi. Est-il en train de l'observer ? De se souvenir de ce qu'ils ont fait ensemble, de ce qu'ils ont partagé, de la façon dont ils s'accordaient ensemble dans le désir qu'ils éprouvaient l'un pour l'autre ? Est-il en train de se demander s'il a fait le bon choix ?

« J'espère que vous êtes sages, les filles, leur dit-elle.

— Très sages, répondent-elles en chœur.

— Quand est-ce que tu viens à la maison, tatie Mirabelle ? demande Anansy. On peut pas jouer au thé de la plage quand t'es pas là.

— Oui, acquiesce Cora, faut que tu apportes tes pétales de roses pour qu'on puisse bien faire le jeu.

— On verra, répond Mirabelle.

— Ça, ça veut dire non, commente Cora.

— Ce n'est pas ce que j'ai dit.

— Ouais… mais “on verra”, c'est un mot de grands pour dire “non ”. Tout le monde sait ça.

— Pourquoi tu veux pas jouer avec nous ? demande Anansy, manifestement déconcertée.

— Mais si, j'en ai envie. C'est juste que j'ai beaucoup de travail en ce moment, et que je n'ai pas le temps de jouer. Ce n'est pas que je ne veux pas, c'est que je n'ai pas le temps. »

À l'instar de Scott, elle ment trop facilement. Les mensonges lui sortent de la bouche comme s'il s'agissait de choses sans conséquences. Comme s'il s'agissait de choses qui ne restaient pas sur notre dos et ne souillaient pas notre âme.

« Je viendrai bientôt. Promis. » Mensonge. Doublé d'une promesse qui ne sera pas tenue.

« Oh oui, s'il te plaît, dit Anansy en prenant ses grands yeux tristes et son sourire le plus enjôleur.

— S'il te plaît », ajoute Cora d'un air plaintif, sans éprouver la moindre honte à copier l'attitude de sa sœur.

Assez, assez, assez, assez. Je fais un autre pas dans leur direction. « Allez, il faut vraiment qu'on y aille, dis-je à l'attention des filles.

— Oh nooon, se mettent-elles à gémir, à l'unisson.

— Allez, les filles. Maman vous attend. » L'espace d'une seconde, comme elle a parlé de moi, je crois que son regard va croiser le mien. Mais elle l'évite toujours. Dommage. J'aurais voulu voir le sien, j'aurais voulu voir en lui la honte, voir ce qui brille dans les yeux d'une menteuse. D'un geste doux et attentionné, elle redresse le col du manteau d'Anansy et remet derrière l'oreille de Cora une mèche qui s'est échappée de l'une de ses tresses. « Et soyez sages. »

Concentrant toute son attention sur les filles, qu'elle ne quitte pas du regard, elle se redresse complètement. « À bientôt, mes chéries », dit-elle, et je perçois dans sa voix l'intonation des derniers adieux, une inflexion qui provoque en moi une étrange sensation de mal-être. *Où peut-elle bien se rendre ?*

« À bientôt », dit Cora.

Anansy dépose sur sa main un baiser, qu'elle lance ostensiblement vers Mirabelle. Celle-ci l'« attrape » dans la paume de sa main. « Merci, dit-elle. Je le mets dans ma poche et je le garde pour quand je serai triste, d'accord ? »

Anansy hoche la tête en souriant.

« Salut », dit-elle en leur souriant de nouveau à toutes deux, avant de remonter son sac Mulberry (le même que le mien) sur son épaule. Elle ne regarde ni Scott ni moi. Pas même un coup d'œil dans notre direction pour nous faire comprendre qu'elle sait que nous sommes là. Comme si nous étions invisibles, elle descend du trottoir et s'empresse de traverser la rue pour poursuivre son chemin.

« Tatie Mirabelle me manque », annonce Cora, en glissant sa main dans la mienne.

À moi aussi, manqué-je de dire, mais je retiens ces mots dans ma gorge avant qu'ils ne m'échappent.

« On devrait la réinviter à dîner. On aime bien son jeu avec la plage et les fleurs. »

Scott garde le silence, son humeur a changé, et la morosité qui émane de son être est presque palpable. L'enquête menée contre lui est toujours en cours, sans parler du divorce qui lui pend au nez. Cette rencontre avec Mirabelle a dû lui rappeler tout ça.

« Maman, pourquoi elle vous a pas parlé, à toi et à papa ? » s'enquiert Cora au moment où je déverrouille les portières de la voiture.

Demande à ton père, a envie de dire mon côté mauvais, le côté de moi qu'il me faut dompter au nom de l'« amabilité » que je dois à l'homme qui a brisé mon cœur et en a piétiné les morceaux.

« Elle devait être pressée, dis-je.

— Mais elle pourra quand même revenir à la maison pour jouer avec nous, pas vrai ? demande Anansy. Elle a dit que oui.

— On verra », répliqué-je. Elles auront toutes deux compris le message.

Tami

Cela fait trois jours que la « joyeuse » nouvelle est tombée : Mirabelle a retiré sa plainte et l'affaire est donc classée. Je devrais me sentir radieuse, heureuse, soulagée. Mais, malgré tous mes efforts, je n'y parviens pas.

Les inspecteurs Harvan et Wade nous ont dit qu'ils allaient enquêter pour déterminer s'il y avait eu des tentatives d'intimidation. Quant à moi, j'essaie de revenir au point où j'en étais avant que Scott ne soit arrêté. Je n'y suis pas encore arrivé. J'en suis loin, très loin.

« Est-ce que Scott regarde des pornos ? » me demande tout à coup Beatrix. Le Scott en question garde ses filles en ce samedi après-midi parce qu'il a éprouvé le désir de le faire. En outre, il m'a encouragée à sortir et à prendre du temps pour moi. Je ne suis pas habituée à tant de bienveillance de sa part. Quoi qu'il en soit, suivant son conseil, je me suis promenée dans George Street, ai regardé une ou deux vitrines et fini par me retrouver ici, dans l'appartement de Beatrix, assise devant un expresso fraîchement coulé de sa machine et de petits *cupcakes* roses que j'ai achetés à la boulangerie bio de la rue principale.

« Pourquoi est-ce que tu me demandes ça ?

— Parce que, l'autre jour, j'ai lu un article qui disait qu'il y avait un lien très fort entre l'infidélité conjugale et la fréquentation de sites pornographiques. Une histoire de limites à repousser, d'essayer pour de vrai, un truc comme ça. Alors ? Il en regarde ? »

Je suis tentée de dire non, de dire qu'il n'est pas comme ça. Mon instinct, comme toujours, me pousse à le protéger. « Ce n'est pas un truc dont j'ai vraiment envie de parler.

— Mon mari le faisait. Je crois que c'est comme ça que tout a commencé, tu sais ? Au départ, il regardait des vidéos en cachette, et, au final, il est parti avec cette garce. »

J'avais presque réussi à effacer ces horribles images de ma tête. Elles m'avaient longtemps hantée, et puis elles avaient peu à peu cessé de le faire, parce qu'il avait arrêté de les regarder. « Il… Euh… » Ces images ne me hantent plus, mais cette pensée si : mon visage ressemblait-il à celui de cette femme dans la vidéo qui montrait cet acte qui a eu lieu le soir du oui qui avait tout du non ? Avais-je l'air aussi effrayé, horrifié et dégoûté ? « Il ne le fait plus. »

Debout devant l'évier de sa cuisine, Beatrix pose sur moi le regard tranquille qu'elle a toujours quand elle s'apprête à me dire quelque chose qui ne me plaira pas. « Tu es sûre, ma chérie ? »

Mon corps se met à bouillir de rage et d'indignation. « Pourquoi est-ce que tu me dis ça ? Scott t'a parlé de quelque chose ? Cela fait partie des conditions que j'ai posées pour que nous restions ensemble et allions voir un conseiller. » Machinalement, je masse l'emplacement où devrait se trouver mon alliance. « Il m'a dit qu'il allait arrêter.

— Mais ma chérie, il t'a trompée pendant des mois, il t'a menti pendant des mois. Alors, pourquoi est-ce qu'il tiendrait parole maintenant ? »

Il s'agit là d'une chose que je ne me suis pas risquée à considérer. Il se comporte en mari et père de famille modèles. Comment pourrais-je imaginer qu'il fasse encore des choses derrière mon dos, et notamment ça ?

« Tami, écoute. » Elle s'approche de la table et, après s'être assise en face de moi, prend doucement mes mains dans les siennes. « Mon mari m'a trompée, plus d'une fois. Et ç'a commencé avec les sites pornos. Il m'a promis des tas et des tas de fois qu'il allait arrêter de se rendre sur ces sites et de me tromper. Et quand je dis "tromper", je ne parle pas de coucher avec d'autres femmes : je parle de flirts en ligne, d'échanges de photos, de sexe en ligne. Il m'a dit qu'il allait arrêter, et, à chaque fois, il m'a menti. Il n'a pas réussi à renoncer aux sensations que lui procurait tout ça. Il me disait qu'il allait faire un effort, on se réconciliait, et il redevenait parfait. Et puis tout recommençait.

« Ma chérie, je ne veux pas t'inquiéter plus que tu ne l'es déjà, et tu sais que Scott est mon ami et que je l'adore, mais je peux te dire que, s'il est accro au porno, il me semble absolument impensable qu'il ait pu arrêter comme ça, du jour au lendemain. »

Je sais qu'elle a raison. Je sais que je me fais des illusions en pensant qu'il a définitivement abandonné sa vie sexuelle secrète simplement parce que je le lui ai demandé.

« Écoute, si je te dis ça, c'est parce que je ne veux pas que tu finisses comme moi : avec ton estime de toi en lambeaux et ton corps couvert de blessures "que tu as voulues sans les vouloir", toute seule, parce qu'il finira de toute façon par partir. Il faut que tu reprennes les choses en main. Tu as déjà assez fait l'autruche comme ça. Et puis, s'il te ment à ce sujet, c'est peut-être qu'il te ment sur sa volonté de changer pour que vous preniez un nouveau départ... Et même peut-être qu'il te trompe encore. »

Il faut que je sache. Il le faut, mais en ai-je vraiment envie ? Une petite voix me dit qu'il vaut mieux fermer les yeux, mais une autre m'exhorte à regarder la réalité en face. Voilà dans quel état d'esprit devait se trouver Pandore, juste avant de faire le mauvais choix.

Beatrix

« Super, murmuré-je pour moi-même. Vraiment, super. »

De l'autre côté de la salle de sport se trouve une femme. Mirabelle. Rien que d'avoir prononcé son nom dans ma tête, j'ai l'impression d'avoir craché de la bile verte et gluante. Elle est sur un tapis de course. Elle a un bandeau autour de la tête, et ses longues boucles sont attachées en une volumineuse queue-de-cheval. Elle porte un survêtement noir à manches longues, qui paraît beaucoup trop chaud pour une salle de sport et surtout pour la façon dont elle court, la colère avec laquelle ses pieds semblent frapper la machine. Je suis d'ailleurs surprise que personne ne soit encore venu la voir pour lui dire de se calmer. La salle dispose d'une grande baie vitrée qui donne sur la mer. Et c'est là, juste devant les vitres, que sont installés les tapis de course. Quand on est dessus, on a presque l'impression de courir dehors.

J'ignorais totalement qu'elle venait ici. Je l'ai toujours vue faire son footing à l'extérieur, qu'il pleuve ou qu'il vente. Du reste, je ne sais pas comment elle s'y est prise, mais elle a réussi à embarquer Tami là-dedans. Un jour, je lui avais proposé de m'acompagner à la salle. Je voyais ça comme un truc sympa à faire ensemble, entre copines, sans les filles et sans Scotty. Quand je lui avais posé la question, elle m'avait ri au nez. « Tu y crois vraiment ? » s'était-elle exclamée entre deux éclats de rire. Et quand elle avait vu que j'étais vexée, elle s'était empressée d'ajouter : « Écoute, tu me connais. Tu sais très bien que je préfère marcher pour garder la forme. » Et deux jours plus tard, elle s'achetait des baskets et un soutien-gorge de sport, et elle partait courir sous la pluie avec Mirabelle. Quand elle m'a dit ça, je n'y ai même pas cru. On se serait tellement bien amusées, toutes les deux, à la salle de sport ! Mais non, il a fallu que Mirabelle débarque. Mirabelle a dit : « On court ? » et Tami a dit : « Où ça ? » Fin de l'histoire.

Vous pensez que je suis jalouse, c'est ça ? Eh bien ce n'est pas vrai. Absolument pas. Mirabelle et moi, on ne peut pas se sentir, c'est tout. On n'a jamais pu et on ne pourra jamais se sentir.

Vingt et un mois plus tôt

« On n'est pas un peu vieilles pour une soirée pyjama ? » ai-je demandé à Tami. Elle était tout excitée, parce qu'elle avait prévu de nous faire dormir dans le salon avec des sacs de couchage et du pop-corn, des petits-fours et des cocktails à base de champagne. À la façon dont elle courait dans tous les sens, pour vérifier si elle avait suffisamment de plats pour les petits-fours, de verres pour les cocktails, de couettes, d'oreillers et de DVD, j'aurais presque pu penser, si je ne l'avais pas connue aussi bien, qu'elle avait un petit faible pour Mirabelle. Cette fille, je l'avais rencontrée à deux occasions depuis qu'elle et Tami étaient devenues amies, mais c'était la première fois que j'allais passer un long moment avec elle.

J'étais certaine (oui : certaine) qu'elle et Tami allaient passer la soirée à faire des plaisanteries qu'elles seules pouvaient comprendre et à parler cheveux naturels et extensions pendant que je resterais assise là à tenir la chandelle. Par ailleurs, Scotty étant absent, je savais que je n'aurais absolument personne vers qui me tourner pour me sauver de l'ennui.

« Il n'y a pas d'âge pour les soirées pyjama, m'a répondu Tami.

— Enfin, passé douze ans…, ai-je murmuré d'un air si perfide que Tami s'est arrêtée de papillonner pour se concentrer sur moi.

— Excuse-moi. Je me rends compte que je t'ai un peu traînée de force dans cette histoire…

— Un peu, oui. »

Tami s'est rapprochée de moi et a pris ma main dans la sienne, confirmant notre amitié par la chaleur et l'assurance de son geste. « En fait, il se trouve que Mirabelle et toi, vous êtes mes deux meilleures amies. Je te connais depuis plus longtemps qu'elle et je trouve que tu es une fille géniale, c'est pour ça que j'aimerais qu'elle apprenne à te connaître tout comme moi, je te connais. Et inversement : je voudrais aussi que tu apprennes à la connaître. Ce serait super si nous pouvions faire ce genre de truc plus souvent, toutes les trois. » Elle s'est interrompue quelques instants, prenant un air méditatif, puis a poursuivi : « Pour être tout à fait honnête, je dois reconnaître que je n'ai pas beaucoup d'amis. Avant, la plupart de mes amis étaient aussi des collègues de bureau. Du coup, depuis que je ne travaille plus à l'extérieur, je me retrouve un peu isolée. Il n'y a pas beaucoup de gens ici en qui j'ai confiance, et je suis trop timide pour me mêler aux autres parents d'élèves. Je dépose les filles à l'école, et je m'en vais, point. Toi et Mirabelle, vous êtes mon cercle d'amies. Enfin, nous formons plutôt un triangle, mais bon, tu vois ce que je veux dire… »

Oui, je voyais très bien. La plupart des amis que j'avais eus jusqu'alors étaient passés tels des nuages dans le ciel de ma vie. Et je trouvais en quelque sorte admirable qu'elle ait l'honnêteté de vouloir changer cela, d'essayer de s'accrocher aux personnes qui étaient ses véritables amis.

« Alors, tu ne veux pas essayer ? Pour moi ? »

J'ai vaguement hoché la tête, telle une ado boudeuse. D'ordinaire, je suis bien plus mature que ça, mais je dois admettre que Mirabelle me sortait par les yeux parce qu'elle était plus jolie que moi. Voilà : c'est dit. Elle est plus belle que moi, elle est plus sexy que moi et elle est plus grande que moi. Tami, pour sa part, est mignonne, mais assez ordinaire. Dans le bon sens du terme, s'entend. Elle dégage une merveilleuse beauté maternelle, la beauté de la meilleure amie qui ne vous volera jamais votre homme.

Quand elle sourit, elle est radieuse, mais Mirabelle, elle, a vraiment une longueur d'avance. Elle ferait bander n'importe quel type, sans rien avoir à faire d'autre que de se mettre devant lui tout habillée. J'ai beaucoup de mal à l'admettre, mais j'aime bien être la plus jolie femme de l'assemblée. Et c'est généralement le cas. Tant que Mirabelle n'est pas dans les parages. « Mais si elle se met à tortiller ses cheveux, en faisant genre : "C'est moi la plus belle", je te préviens que je rentre chez moi. »

Et Mirabelle est arrivée, telle la perfection incarnée, et j'ai eu envie de la couvrir d'injures. Elle avait apporté son maquillage, et sa collection de vernis à ongles et de produits capillaires. J'avais apporté une bouteille de vin blanc.

Nous avons passé un bon moment, mais dès que Tami quittait la pièce, la conversation se tarissait. Je voyais bien comment Mirabelle me regardait quand nous étions seules toutes les deux, je voyais bien qu'elle me jaugeait avec mépris, comme si elle était mieux que moi. Bref, il était hors de question que je lui parle. J'avais tenu la promesse que j'avais faite à Tami, j'avais fait un effort, et voilà comment elle, elle se comportait. Après ce soir-là, je n'ai plus fait le moindre effort. Il nous est même arrivé de nous croiser dans la rue et de faire comme si nous ne nous connaissions pas.

Elle m'a vue. Mais elle s'efforce de faire comme si j'étais transparente, et elle ne se débrouille pas mal du tout. Je prends ma serviette et traverse la salle pour utiliser le vélo elliptique qui se trouve à côté des machines de muscu. Et quand je passe à côté d'elle, elle me fusille du regard. Je n'y crois pas. Non mais quel culot ! QUEL CULOT ! Elle a menti comme une folle au sujet des gens dont je suis le plus proche au monde, et elle se permet de me regarder comme ça. Mon corps s'embrase, j'ai les nerfs à vif. Comment a-t-elle osé faire ça ? Mais pour qui se prend-elle ?

Je suis trop énervée pour me déplacer ; mais je la regarde jusqu'à ce qu'elle termine son exercice et saute de son tapis de course. Sa main se pose sur une grande serviette blanche et moelleuse dont elle s'empare machinalement avant de se diriger vers les vestiaires. Nous sommes seules, la personne qui se trouve derrière le comptoir a disparu. Si je lui parle, si je lui dis ses quatre vérités, il n'y aura pas de témoin. Dans l'éventualité où elle déciderait d'aller chez les flics, ce serait ma parole contre la sienne. Et comme elle a retiré sa plainte, ils doivent avoir compris qu'il s'agissait d'une menteuse finie. Bref, ils ne la croiront pas.

Quand j'arrive à son niveau, son visage est trempé de sueur et la porte de son casier est ouverte. Elle est en train d'en sortir son sac de sport et le reste de ses affaires.

« Pour qui est-ce que tu te prends ? lui dis-je.

— Qu'est-ce qu'il y a ? murmure-t-elle en reposant son sac et en se tournant vers moi. Tu as quelque chose à me dire, *Beatrix* ? »

La façon dont elle a prononcé mon nom déclenche en moi un nouvel élan de rage.

« Tu es… Il n'y a même pas de mot pour ça. Tu es une honte pour la gent féminine. Je connais des femmes qui…

— Tu connais des femmes ? Permets-moi d'en douter, m'interrompt-elle.

— Je ne vois pas pourquoi tu dis ça.

— Tu es ce que les gens appellent une potiche. Tu n'apprécies pas les femmes, probablement parce que tu as été formée à penser que tu étais en compétition avec elles ou que tu devais te conduire comme un homme pour faire ton trou, en prenant part à tous les discours désobligeants que les hommes font sur les femmes. Et comme tu n'es la "victime" de personne, tu penses que tu es puissante et féministe. Sauf que tu ne te qualifieras jamais de féministe, parce que tu crois qu'une féministe, c'est une fille qui déteste les hommes. Alors qu'en réalité, vois-tu » – elle prend un air doux, feignant la compréhension et la condescendance –, « être féministe signifie lutter pour l'égalité entre les hommes et les femmes. La plupart des féministes n'ont aucun problème avec les hommes. Est-ce que tu comprends ou est-ce qu'il faut que je reformule tout ça avec des mots qui ne font pas plus de deux syllabes ?

— Scotty avait raison. Tu es…

— Une gouine frigide qui déteste les hommes ? Il dit ça de toutes les femmes qui ne le suivent pas partout avec des yeux de crapaud mort d'amour et qui ne le laissent pas les peloter chaque fois que l'envie lui en prend. Mais toi, tu n'es pas comme ça, n'est-ce pas, Beatrix ?

— Si tu crois que je suis intéressée par Scotty…

— Tu en rêves, hein, de ce cher Scotty ?

— Tu ne sais pas de quoi tu parles.

— Et tu crois que, puisque Tami n'a pas remarqué que tu courais après son mari, personne d'autre ne s'en est aperçu ? Flash info pour Beatrix » – elle place ses mains en porte-voix et se met à hurler : « tout le monde sait que tu fantasmes sur lui.

— Oh, va te faire foutre !

— Ou quoi ? Tu le diras à ton petit copain ? Devine quoi ? » Elle me refait le coup du porte-voix. « Je n'ai pas peur de lui. »

Si elle n'était pas plus grande et plus forte que moi, je me la ferais. J'attraperais à pleines mains ses cheveux dont elle tire tant de fierté, et je les lui arracherais par poignées, avant de lui enfoncer mes ongles dans les yeux.

Sans plus se soucier de moi, elle se penche vers son sac, qu'elle hisse sur son épaule, avant de se diriger vers le vestiaire. Il s'agit d'une minuscule pièce toute carrelée de blanc qui a été reprise sur le vestiaire des hommes, car il s'agissait jadis d'une salle de sport exclusivement masculine. La porte est toute petite, si bien que je n'ai aucun mal à lui en barrer l'accès.

Une vague d'anxiété passe sur son visage, mais très vite elle semble trouver l'idée que je puisse lui faire du mal absolument hilarante. Elle me rit au nez, littéralement. « Je n'essaierais pas, si j'étais toi. Ça pourrait très mal se terminer. »

Je libère le passage. Sans ajouter un mot, elle s'engouffre dans le vestiaire et claque la porte derrière elle, me laissant seule avec l'âpre goût de la colère et de l'indignation.

Je la déteste tellement que je pourrais vraiment lui faire du mal.

Salope ! Mais pourquoi est-ce qu'elle ne ferait pas le plaisir à tout le monde de disparaître de la surface de la terre ? *Espèce de salope prétentieuse !* Personne ne me parle comme ça, personne ! Et surtout pas les filles comme elle. Mirabelle, la salope de Providence Close, ne s'en tirera pas comme ça. Elle va souffrir, je peux vous l'assurer.

8

Tami

Hier soir, je me suis endormie tout habillée. Et je suis sortie pieds nus. J'avais de la terre et des petits graviers collés à mes pieds quand je me suis réveillée ce matin. Et j'avais aussi des égratignures sur les mains, et les avant-bras endoloris. J'ai dû tomber, ou quelque chose comme ça.

Pour tout dire, je n'ai aucun souvenir de ce que j'ai fait la nuit dernière.

Ou plutôt si : je me souviens être restée assise dans ma cuisine à écouter Whitney (Houston) et Donna (Summer) en m'enfilant des verres de la plus chère de toutes les bouteilles de vin que j'avais pu trouver dans la cave de Scott. Le bord acéré de mes sentiments s'est lentement émoussé, pour ne plus laisser place qu'à une sourde douleur, qui a persisté, même quand *Your Love Is My Love,* dont le texte avait été lu lors de notre cérémonie de mariage et dont la musique avait constitué la toile de fond de notre première danse, a commencé. Puis la colère s'est mise à bouillir en moi, submergeant la sensation de douleur. Une rage aveuglante, débordante, accompagnée d'un besoin irrépressible de me venger physiquement de Scott et de Mirabelle. De leur faire du mal.

Je pouvais presque sentir le poids de l'oreiller que je tenais entre mes mains, quelques secondes avant que je l'écrase sur le visage de Scott et le maintienne ainsi, jusqu'à ce qu'il cesse de bouger. Je pouvais presque sentir la douceur soyeuse de la peau de Mirabelle, alors que je refermais mes mains autour de son cou et le serrais de toutes mes forces. Je me souviens de l'étrange sentiment d'horreur mêlée de fascination que j'ai ressenti en même temps que ce besoin irrépressible de leur faire du mal, si vif que ça m'en paraissait presque réel. J'en avais parlé à Beatrix, mais c'était une façon d'exprimer une pensée qui m'avait traversé l'esprit. Il s'agissait désormais de quelque chose de différent. Du ressenti réel de l'émotion, de la prise de conscience du fait qu'une partie de moi en était capable. Était capable de s'en prendre à quelqu'un, physiquement, avec la ferme intention de le faire souffrir.

Après ça, les choses sont plus vagues, plus troubles. La musique s'est arrêtée. Je savais que je devais aller me coucher. J'en étais à ma deuxième bouteille de vin, et je n'avais rien mangé. Mais je ne suis pas montée me coucher ; je suis sortie. Nous n'avons pas de gravier dans notre allée. Mais je sais qui en a dans la sienne. Je ne serais quand même pas allée là-bas ? Non, quand même pas ?

Le gravier orangé a disparu dans le siphon de la douche ce matin, et je suis là, en train de préparer le petit déjeuner.

Je me déplace dans la cuisine, sors deux bols pour les filles, prépare des toasts, verse du jus d'orange dans leurs gobelets rose et vert, les place devant leurs bols, je sors le lait, pose des paquets de céréales entre leurs deux places et remplis la bouilloire. Je suis à deux doigts de vomir, et à une assiette cassée de plus de sentir ma tête se fendre en deux.

Je ne prépare plus le petit déjeuner de Scott. Je n'arrive pas à me résoudre à le faire et il ne semble plus attendre de moi que je le fasse.

Ce que Beatrix m'a dit l'autre jour au sujet du porno n'arrête pas de se tourner en boucle dans mon esprit. Je devrais vérifier. Mais ça non plus, je n'arrive pas à me résoudre à le faire. Ç'a l'air pathétique à dire, mais je ne peux plus en supporter davantage, c'est déjà trop, bien trop. Et s'il en regardait toujours ? Est-ce que ça changerait quelque chose ? Vraiment ? Je suis dans l'expectative, dans l'attente de la consultation avec le conseiller. J'ai besoin qu'une tierce personne intervienne, une personne neutre à qui je pourrais expliquer que je veux rompre avec lui. C'est pour ça que je suis toujours là. C'est pour ça que je ne suis que l'ombre de moi-même et que je bois tous les soirs pour m'endormir. Je sais que la séparation ne sera pas facile, mais rester avec lui, c'est pire, bien pire. Si nous en sommes toujours là, ce n'est pas parce que je pense que les filles pourraient ne pas s'en remettre ; ce n'est pas parce que je l'aime toujours ; il m'inspire plus de haine qu'autre chose. Non, c'est parce que, de cette façon, il me laisse tranquille. Alors que, s'il s'en allait, il serait constamment sur mon dos à essayer de me convaincre de le laisser revenir. J'attends avec impatience ce rendez-vous, car je veux qu'une tierce personne soit présente quand je lui dirai que nous ne pourrons rien réparer. Parce que là, en ce moment même, telles que les choses se présentent, je suis certaine qu'il ne pourra pas accepter ça, et, par ailleurs, tant que nous n'aurons pas « tout essayé », je ne pourrais pas m'en aller avec la conscience tranquille.

Arrivée devant la table, je m'arrête brusquement. Pause. Je laisse le temps s'écouler, j'ai besoin de calme. J'ai besoin de néant pour contrer le chaos qui est partout.

Les bruits sourds que j'entends à l'étage m'annoncent que la tempête est en train de se lever, que le petit déjeuner va commencer.

« À quoi tu penses, maman ? » me demande Anansy. Je ne me suis pas assise à table. Je suis en train de ranger, de déplacer des choses, n'importe quoi pour avoir l'air occupée et ne pas avoir à m'asseoir en face de mon mari.

« À rien, lui dis-je.

— Tu penses à des gâteaux au chocolat ? enchaîne Cora.

— Non.

— Tu penses au nombre de rayures qu'ont les zèbres ? renchérit Anansy.

— Tu penses à ta bague ? » demande Cora.

Je me tourne vers la table. Elles sont toutes les deux en train de m'observer. Scott a les yeux fixés sur son bol de céréales. Depuis que j'ai arrêté de lui cuire des œufs le matin il n'a plus l'air gêné de manger ce qui se trouve sur la table. « Et pourquoi est-ce que je penserais à ma bague ?

— Parce que tu la mets plus, répond Cora. Tu l'as perdue ?

— Non, elle est dans… » Mais où est-elle, d'ailleurs ? Je ne l'ai pas retirée de la poche du slim que je portais hier pour la mettre dans celle du jean que je porte aujourd'hui. Mais… je n'avais pas de poche, hier ? Non, je n'en avais pas, elle devait donc être dans mon soutien-gorge. « Je ne me rappelle plus. Elle est en haut, quelque part, je ne l'ai pas perdue.

— Bien, qui est prêt pour aller à l'école et qui va courir derrière la voiture comme la Panthère rose ? » dit Scott, en bondissant presque de son siège.

Une étrange sensation de mal-être et de dégoût se répand dans mon estomac, comme chaque fois qu'il ouvre la bouche. Je me retourne vers le plan de travail pour éviter d'avoir à le regarder.

« Moi ! Moi ! » crient les filles à l'unisson, et j'ignore si elles veulent dire qu'elles sont prêtes ou qu'elles veulent courir derrière la voiture, mais, après un bref grincement de chaises, j'entends le bruit de leurs pas qui s'éloignent rapidement en direction du couloir.

« Tic-tac, tic-tac, on se dépêche ! s'exclame jovialement Scott. Et comment va ma magnifique épouse ? » ajoute-t-il en se rapprochant de moi, avant de passer son bras autour de ma taille et de déposer un baiser sur ma nuque.

Mon corps se fige sur place, incapable de réagir. C'est la première fois qu'il me touche depuis le rapport sexuel que nous avons eu ce soir-là. Je ne sais pas ce qui a pu lui faire croire qu'il pouvait franchir cette limite, qu'il s'agissait d'une chose acceptable. La révulsion coule dans mon sang, infecte chaque partie de mon corps.

« Tami, je t'ai dit que j'étais désolé », murmure-t-il en me libérant et en s'écartant de moi. Je suis sûre qu'il a passé une main dans ses cheveux, je suis sûre qu'il a l'air aussi blessé que sa voix le laisse entendre. « Je fais beaucoup d'efforts. Tu dois me croire. Qu'est-ce que tu veux que je fasse de plus ? »

« *Tu me crois maintenant ?* » fait la voix de Mirabelle dans ma tête. Quand a-t-elle prononcé ces mots ? J'ai l'impression que c'était la nuit dernière. J'ai l'impression qu'elle m'a dit quelque chose la nuit dernière, qu'elle m'a tout expliqué et que j'ai enfin compris la vérité. Et la vérité, c'était que je la croyais. Elle.

« On s'était mis d'accord, Tami, poursuit-il comme je ne lui réponds pas. On avait dit qu'on ferait tous les deux des efforts. Mais je suis le seul qui en fait. Je fais tout ce que tu veux, et tu ne me donnes rien en échange. Même pas un petit câlin. On ne peut pas continuer comme ça, tu sais ?

— Est-ce une menace ?

— Je suis simplement en train de te dire que j'ignore combien de temps encore je pourrai supporter de ne rien recevoir en échange des efforts que je fournis. Tu n'es pas complètement irréprochable dans cette histoire, tu sais ?

— Combien de fois lui as-tu dit que tu l'aimais ? »

Un silence pour seule réponse.

« Combien de fois lui as-tu fait l'amour dans notre lit ? » Silence.

« Est-ce que tu envisageais de me quitter ? »

Silence.

« Tu vois ? C'est ça : j'ignore combien de temps encore je pourrai tenir sans connaître les détails. Je ne t'ai rien demandé, parce que je savais que tu ne me dirais rien. Quand tu seras en mesure de répondre à mes interrogations, je verrais ce que je pourrais faire pour te donner quelque chose "en échange" de tous ces efforts que tu devrais de toute façon fournir pour ta famille. »

« *Tu me crois maintenant ?* »

« Écoute, T...

— Papa, je peux m'asseoir devant, l'interrompt Cora, qui vient de réapparaître dans la cuisine avec sa sœur.

— Pas question, répond-il en se glissant harmonieusement dans le rôle du papa poule. C'est trop dangereux, pour une petite puce ! » Il la prend dans ses bras et la soulève du sol, je n'ai pas besoin de le voir pour le savoir.

Anansy s'approche de moi et passe gentiment ses mains autour de mes jambes. « Bonne journée, maman. Travaille bien », me dit-elle d'une voix radieuse. Il y a des fois où on dirait une version miniature de moi. Elle pense que le monde est un endroit merveilleux, et je vois distinctement le soleil de la vie briller au fond de ses yeux. C'est comme ça que je me représente, parfois. Comme une petite fille qui croit que le monde est plein de joie et de prodiges ; qu'il y a toujours de nouvelles choses à découvrir, de nouveaux moments de bonheur à rechercher.

« Oooh, merci », lui dis-je en m'accroupissant pour la prendre dans mes bras. *Merci de m'avoir rappelé qu'il y avait de jolies choses dans le monde. Même s'il m'est impossible d'en profiter pour le moment.*

Le calme après la tempête. Je m'assieds à la table, les yeux fixés sur ma tasse. Juste après que nous avons emménagé ici, Scott et moi nous sommes assis par terre, dans le coin qui est près de la porte, pour discuter de l'aménagement de la cuisine et visualiser l'espace, afin qu'il soit exactement tel que nous le souhaitions. À un moment, il s'est penché vers moi et a placé sa main sur l'arrondi de mon ventre – sur mon bébé – avant d'y déposer un tendre baiser. « Une fois qu'elle sera là, m'a-t-il dit, je crois que notre vie sera absolument parfaite. » Et je me suis mise à pleurer, parce que j'étais sûre qu'il avait raison. Je désespère de retrouver cet instant, de retrouver ce moment où rien ne pouvait changer, où rien ne pouvait mal tourner.

Quelqu'un vient de frapper à la porte. Je m'immobilise. Personne ne passe jamais sans s'être annoncé. Beatrix l'a fait l'autre jour quand elle est rentrée de son déplacement, mais il s'agissait d'une exception. Personne ne passe jamais sans s'être annoncé.

Si je n'ouvre pas la porte, rien de mauvais ne pourra m'arriver. D'autant moins que j'ai fait très attention avec le sel, les trottoirs et les échelles. J'ai même salué les pies. Rien de mauvais ne pourra m'arriver si je n'ouvre pas la porte.

Il y a un policier en uniforme devant chez moi. Tout recommence, nous sommes revenus à la case départ, nous en sommes de nouveau là.

« Bonjour, madame », fait-il. Et à partir de cet instant, je n'entends plus aucun des mots qu'il prononce.

Beatrix

Réponds au téléphone ! RÉPONDS AU TÉLÉPHONE ! Je ne plaisante pas. Réponds !

Tami

Le policier m'a expliqué qu'il s'était passé quelque chose dans la rue et m'a demandé si j'avais vu ou entendu quoi que ce soit de suspect la nuit dernière. Il n'a pas voulu me préciser de quoi il s'agissait exactement, il m'a simplement dit que c'était quelque chose de très grave et qu'ils étaient à la recherche de témoins. Comme je ne savais rien, je n'ai rien pu lui dire. J'étais contente de pouvoir refermer ma porte sur lui. Contente qu'il ne prenne pas ma maison d'assaut pour aller chercher Scott.

Il vient à peine de disparaître que de nouveaux coups résonnent contre la porte. Et puis le clapet de la boîte aux lettres se soulève et je vois un rectangle de visage à travers l'ouverture. « Tami, ouvre, ouvre, vite ! » s'exclame-t-elle.

J'ouvre et elle bascule à l'intérieur. Après avoir jeté un coup d'œil par-dessus son épaule, comme si elle était poursuivie par quelqu'un, elle s'empresse de refermer la porte, contre laquelle elle se laisse lourdement tomber. Elle soupire avec emphase.

« Oh, mon Dieu, c'est horrible ! s'exclame-t-elle. Est-ce que les flics t'ont dit ?

— Oui, mais pas ce qui s'est passé exactement ? »

Beatrix, immobile, garde le silence quelques secondes. « C'est Mirabelle, finit-elle par dire. Elle a été assassinée. »

9

Fleur

Blog de la fille de la plage aux fleurs

Liste des choses qui feraient disjoncter mon père si par malheur

il venait à les apprendre :

— Je fume.

— Je fume généralement après le sexe.

— Non seulement je prononce le mot sexe, mais je sais d'expérience ce qu'il signifie.

— J'ai une vie sexuelle (au cas je n'aurais pas été assez claire).

— J'envisage d'arrêter mes études.

De toute manière, il disjoncte tout le temps, papa. Il faudrait qu'il se calme un peu : il est tendu comme un string. J'adorerais voir la tête qu'il ferait s'il m'entendait dire ça.

Fumer fait partie des choses que je ne devrais pas faire. Ça fait partie des choses qu'une fille comme moi ne devrait même pas envisager de faire. Sauf après le sexe. Après le sexe, la clope est un moyen qui me permet de ne pas devenir ce genre de fille. Tu vois ce que je veux dire ? La fille qui se blottit contre l'homme avec qui elle est et se met à blablater sans discontinuer pour l'empêcher de lui tourner le dos et de s'endormir. La fille qui cherche à s'accrocher à ce truc qu'il y a entre eux maintenant qu'ils sont si proches. S'en griller une, c'est à mi-chemin entre se lever pour se rhabiller et se barrer et se blottir contre le garçon pour lui montrer à quel point on s'est impliquée dans ce qui vient de se passer.

Quand tu kiffes un garçon, lui montrer à quel point tu es impliquée dans ta relation avec lui, ça peut être vraiment fatal. Je n'aime pas jouer la comédie, mais il y a des fois où on ne peut pas faire autrement. Par exemple, dans ma situation actuelle, avec le garçon qui est ici. Ça fait déjà quatre cigarettes que je fume. C'est beaucoup pour moi. Ce garçon, je le kiffe. Grave. Et ça commence à m'énerver. Grave.

« À quoi est-ce que tu penses ? » il me dit. La lumière du couloir se reflète sur sa peau, lui conférant un éclat qui me donne une envie dingue de la lécher.

« À plein de choses », je lui fais. J'essaie d'avoir l'air aussi détaché que possible. Mais, avec ce garçon, j'ai l'impression que ma stratégie de détachement fonctionne moyen. J'espère que ça ne se voit pas trop.

Je l'ai rencontré il y a six semaines à l'Old Skool. Tu sais, cette boîte qui a ouvert récemment près du carrefour Elephant et Castle. De tous les beaux gosses qu'il y avait, c'était lui le plus beau. Sa peau avait la merveilleuse couleur du chocolat fondu, ses yeux étaient noirs comme la nuit. Il avait la tête complètement rasée, chose que je n'apprécie généralement que moyen chez les garçons, mais, sur ce garçon-là, des cheveux, ça n'aurait fait que gâcher le tableau en masquant les contours de son beau visage. On aurait dit que ses pommettes avaient été sculptées par des anges, son nez était large et parfait, et ses lèvres semblaient s'étendre à l'infini. Je crois que, de toute ma vie, je n'ai jamais vu un garçon aussi beau.

Eh bien, tu sais quoi ? Ce garçon, Noah, il se trouve qu'il est actuellement adossé contre l'oreiller. Les draps de son lit sont toujours très propres quand je viens, et le reste de son studio pareil, nickel. Il cuisine très bien, aussi : je n'ai jamais mangé de meilleur riz wolof de toute ma vie.

« Tu sais, tu es la première personne que je laisse fumer ici », il me dit, d'un air détaché.

Médusée, je regarde fixement la porte, les yeux écarquillés. « La fumée te dérange ? » je demande. Je ne lui ai jamais posé la question. J'en ai allumé une la première fois, c'est tout, et je n'ai pas arrêté, depuis. D'habitude, je suis bien plus polie que ça.

« C'est pas mon truc, il me répond, et sa voix chaude et rauque envoie des vibrations de plaisir de la racine de mes cheveux au bout de mes pieds. J'ai même dû acheter un cendrier après la première fois que tu es venue. »

Heureusement, je suis assise au bord du lit, je lui tourne le dos. *Oh non, non, non, non,* je fais avec mes lèvres, mais sans prononcer les mots. « Excuse-moi, j'aurais dû te demander. Je suis vraiment désolée. » J'écrase ma cigarette dans le cendrier qui est sur la table de chevet. « La prochaine fois, je ne le ferai pas. Désolée. » Tu as vu ça ? J'ai dit « la prochaine fois ». Comme un message subliminal pour lui faire comprendre que je reviendrai.

« Pas de problème », il me dit.

Dans mon sac, mon portable se met à vibrer. Je ne peux pas savoir qui c'est, et, en temps normal, j'aurais juste ignoré l'appel, mais j'ai le pressentiment que ça pourrait être papa. Si c'est lui, il risque d'appeler et d'appeler encore jusqu'à ce que je décroche. Il fait ça souvent. Très souvent. Mais il a ses raisons.

Je m'excuse auprès de Noah et je me mets à fouiller dans mon sac pour y trouver mon téléphone. Bien vu. Le mot « papa » est affiché sur l'écran.

« Salut, papa. » J'essaie de prendre un air jovial. Et d'avoir l'air d'une fille qui n'a pas passé l'après-midi au lit avec un garçon. Et même d'une fille qui n'a jamais partagé le lit d'un garçon. La jeune fille de bonne famille parfaite, qui souhaite rester vierge jusqu'au mariage.

Je ne parle presque pas ; je me contente d'écouter. Et quand il a fini de parler, après lui avoir dit plusieurs fois que j'allais bien, je raccroche. Je raccroche et je reste figée sur place, le téléphone suspendu au bout de ma main flasque, les yeux perdus dans le lointain.

Après plusieurs minutes de silence, Noah me demande : « Tout va bien ? »

Je secoue la tête, tout en continuant de lutter pour assimiler ce qui vient de se passer. Pour rassembler les pièces du puzzle et prendre toute la mesure de ce que je viens d'entendre. « Non. Tout va mal. »

Je l'entends se redresser. Sa main se trouve désormais sur le bas de mon dos, et son menton repose sur mon épaule, deux confirmations de sa présence qui me paraissent superagréables, mais surtout superrassurantes. « Qu'est-ce qui se passe ? »

Qu'est-ce qui se passe ? Voilà ce qui se passe : « Ma mère a été assassinée. »

Tami

Ça n'a pas l'air réel. Mirabelle est partie, morte, assassinée. Trois mots qui décrivent le fait que je ne pourrai plus jamais lui parler.

Je n'ai pas cru Beatrix quand elle me l'a dit. Cela paraissait tellement invraisemblable, et elle se comportait de façon tellement incongrue. Elle m'a dit ça comme si elle me racontait qu'elle avait vu le pasteur s'envoyer en l'air avec la voisine d'en face. Et non pas que l'une de mes meilleures amies avait disparu de mon existence, disparu de l'existence.

« Je ne trouve pas ça drôle », lui ai-je dit. Et tout à coup, l'incongruité a disparu, son visage s'est décomposé et la conversation que j'avais eue avec le policier un peu plus tôt dans la journée m'est brutalement revenue à l'esprit. Le temps a ralenti son cours. J'ai eu l'impression que j'allais tomber, m'effondrer, mais j'étais figée sur place. Elle était morte. Je le sentais.

Depuis lors, je ne suis pas dans mon état normal, je n'arrive pas à réfléchir correctement.

Scott est rentré déjeuner, il devait être au courant, il a probablement essayé d'appeler : mon portable et le téléphone fixe ont sonné plusieurs fois, mais je n'ai pas pu me résoudre à répondre. Il avait les yeux troubles et écarquillés quand il s'est laissé tomber sur la chaise à côté de moi, en face de Beatrix. Nous sommes tous restés assis en silence, à regarder fixement nos tasses de thé pour essayer de prendre toute la mesure de ce qu'il venait de se passer.

La veille au soir, j'avais eu des pulsions meurtrières à l'égard de Mirabelle. Et ces pulsions s'étaient matérialisées. Je les avais laissées s'exprimer. Je n'avais pas su garder ces mots empoisonnés et ces pensées dangereuses dans la forteresse de mon esprit, je les avais libérés, et le résultat était là.

Ce n'est pas vrai, naturellement. Mais ça pourrait l'être.

L'autre chose qui me torturait l'esprit et la mémoire, c'était l'impression de l'avoir vue dans sa maison. D'être allée là-bas et de lui avoir parlé. « *Tu me crois maintenant ?* » Ces mots ne cessaient de se répéter dans mon esprit. Mais ça non plus, ça ne pouvait pas être vrai, puisque la dernière fois que j'étais allée chez elle, c'était quand nous nous étions disputées. Bref, tout serait beaucoup plus clair dans ma tête si je ne buvais pas tous les soirs jusqu'à en perdre la mémoire depuis le jour où j'ai découvert leur liaison.

« *Tu me crois maintenant ?* » Je n'arrivais pas à déterminer d'où venait ce souvenir.

L'alarme de mon téléphone a sonné et, tous les trois, nous avons sursauté. Je me suis levée sans dire un mot aux autres, et j'ai pris mes clefs pour aller chercher les filles. Mais, à mi-chemin de la voiture, je me suis arrêtée. Autour de moi, je sentais le poids du cordon de police, des enquêteurs qui travaillaient méticuleusement et du meurtre qu'ils tentaient d'élucider, et je me suis rendu compte qu'il allait falloir que je le dise à Cora et Anansy, que je leur explique que l'une des personnes qu'elles aimaient le plus avait disparu pour toujours, car si je ne le faisais pas, quelqu'un d'autre le ferait à ma place, et il était hors de question que cela se produise.

Tremblant de tout mon corps, j'ai tourné les talons et rejoint la cuisine. Scott, debout, avait les yeux rivés sur la porte de derrière, tandis que Beatrix, devant la bouilloire, s'apprêtait à préparer du thé, comme elle n'avait cessé de le faire durant toute la journée. « Il faut que tu viennes avec moi », ai-je dit à Scott.

Il a hoché la tête. « Nous le leur dirons ensemble, m'a-t-il répondu.

— Je vais rentrer, est intervenue Beatrix.

— Non, me suis-je empressée de dire, reste. Reste avec nous. Mieux vaut qu'on reste ensemble ce soir, pour se serrer les coudes. »

Le dîner, ce soir-là, a été calme. Anansy avait acquiescé et dit qu'elle était triste, mais je voyais bien qu'elle n'avait pas vraiment compris la signification de ce que je venais de lui dire. Quant à Cora, fidèle à elle-même, elle avait écouté sans faire de commentaire. Je leur avais expliqué qu'elles pourraient en discuter avec nous chaque fois qu'elles en ressentiraient le besoin, que c'était normal qu'elles pleurent si elles se sentaient tristes, et que Mirabelle (le simple fait de prononcer son nom suffisait à ancrer une profonde tristesse au fond de mon cœur) les aimait beaucoup toutes les deux.

Nous étions complètement anéantis, mais Beatrix a fait de son mieux pour mener et alimenter la conversation, et l'heure du coucher (sans bain) a fini par arriver.

« Je crois qu'on devrait faire une prière », a dit Cora à Anansy, juste avant de se mettre au lit.

Il y a un an environ, elles avaient vu dans un film une petite fille agenouillée devant son lit, les yeux fermés et les mains jointes, et elles m'avaient demandé ce qu'elle faisait. Je leur avais expliqué ce qu'était une prière et je leur avais raconté que, quand j'étais petite, je devais dire les miennes tous les soirs. Anansy m'avait demandé si elles pouvaient le faire elles aussi, et je leur avais répondu que oui, si elles en avaient envie, mais qu'elles n'étaient pas obligées. Elles l'avaient fait tous les soirs pendant une semaine environ, mais avaient fini par se lasser. Depuis lors, le sujet semblait être tombé dans l'oubli. Jamais plus je n'avais entendu l'une d'entre elles l'évoquer.

« D'accord », a répondu Anansy en plaçant minutieusement Fee-Fu, son ours rose, contre son oreiller, avant de s'agenouiller devant son lit, en joignant les mains et en fermant les yeux. Aussitôt, Cora est venue à côté de sa petite sœur, dans la même posture.

« Dieu, s'il te plaît, a commencé Cora, est-ce que tu pourrais bien t'occuper de tatie Mirabelle ? C'est une dame très gentille, tu sais ? Merci beaucoup. Bisous de Cora. » Elle a attendu quelques secondes puis, voyant que sa sœur ne réagissait pas, lui a mis un petit coup de coude.

« Oui. Merci beaucoup. Et bisous d'Anansy, qui a six ans et quart. Ça veut dire que j'ai pas encore six ans et demi, mais que c'est pour bientôt.

— Il sait, a soufflé Cora.

— Oh pardon, Dieu, a dit Anansy dans un murmure, comme pour s'accorder avec le ton de sa sœur. J'avais oublié que tu savais tout. »

Les épaules de Cora se sont affaissées. Une réaction de déception mêlée de tendresse que lui inspirait souvent sa petite sœur. « Désolée, Dieu, a-t-elle dit d'un air très concerné. C'est pas sa faute ; c'est parce qu'elle est très jeune.

— Il sait », lui a rappelé Anansy, dans un autre murmure. Cora a poussé un petit soupir, avant de dire : « Bonne nuit, Dieu ; bonne nuit, tatie Mirabelle.

— Bonne nuit, Dieu ; bonne nuit, tatie Mirabelle », a répété Anansy. Sur ce, elles se sont toutes les deux levées d'un bond, et Cora est venue me serrer dans ses bras. « Bonne nuit, maman », m'a-t-elle dit avant de rejoindre son lit et de se glisser sous ses couvertures.

Une fois sa sœur couchée, Anansy a couru vers moi et a jeté ses bras autour de mon cou. « Bonne nuit, maman », m'a-t-elle dit. Elle a pris tendrement Fee-Fu dans ses bras avant de grimper dans son lit.

Je me suis plu à penser qu'elles n'avaient pas vraiment conscience de ce qui s'était passé. J'ai éteint la lumière et je me suis assise sur le tapis, entre leurs deux lits. Elles n'avaient plus besoin de moi pour s'endormir, mais cette nuit qui a suivi la mort de Mirabelle, je voulais écouter le son de leurs respirations, j'avais besoin de sentir les vibrations presque imperceptibles de leur présence dans la création. Il fallait que je sois près d'elles ; à cet instant, ne pas être avec elles aurait relevé de l'impossibilité physique.

Fleur

Blog de la fille de la plage aux fleurs
Liste des choses que j'ai à faire aujourd'hui :
— Prendre un billet pour Brighton
— Trouver une tenue pour un enterrement

Et vraiment, si j'arrive à faire un autre truc après ça, ce sera du bonus.

De toute ma vie, je n'ai assisté qu'à un seul enterrement.

Et c'était celui de la troisième femme d'un ami de papa, une fille que je ne connaissais pas vraiment. Je n'ai jamais imaginé que le prochain enterrement auquel j'assisterais serait son enterrement à elle. Ma mère. Je l'appelle souvent « elle », parce que je ne sais pas très bien comment l'appeler. « Mirabelle », ça fait un peu irrespectueux, d'autant qu'on m'a toujours appris à appeler les amis de la famille

« tonton » ou « tatie ». Et « maman », ça sonnerait faux, parce que ce n'était pas ça. Enfin, ça l'avait été, mais ça ne l'était plus.

Ce petit mot, qui fait sûrement partie des plus utilisés dans le monde, eh bien il me reste en travers de la gorge. Pareil pour « mère ». C'était une femme bien, très sympa, et, avec le temps, le courant a fini par passer entre elle et moi, mais je ne pense pas que je l'aimais comme on aime une mère. Et ça me pose un problème. Je m'interroge beaucoup là-dessus. Est-ce qu'on a le droit ? Est-ce que c'est mal ?

Je ne l'aimais pas comme on aime une mère, mais ça ne change rien au fait que j'ai beaucoup de mal à accepter ce qui s'est passé. Je me sens complètement retournée, et j'ai l'impression qu'il n'y a rien qui pourrait m'apaiser. Je voudrais trouver un moyen de me poser, quelque chose qui empêcherait ces émotions de se bousculer en moi, qui me permettrait de me sentir de nouveau calme et zen, d'être comme j'étais avant cet appel. Si, hier, quelqu'un m'avait interrogée sur mes problèmes et mes angoisses, j'aurais pu épiloguer pendant des heures sur plein de petits trucs qui me prennent la tête. Mais maintenant je me rends compte que tout ça n'était pas si important, que je n'étais pas si stressée que ça. Bref, il a fallu que je sois vraiment mal pour me rendre compte à quel point j'étais bien. C'est bizarre, non ?

Assise dans ce train, en première (j'essaie de me bichonner un peu), j'angoisse pour papa. J'angoisse pour lui depuis toujours. Mais cette fois-ci, les choses sont différentes. Il y a les soucis habituels, mais il y en a de nouveaux qui sont venus s'y ajouter. Il ne voulait pas que j'assiste à l'enterrement. Papa ignore tout de la nature des relations que j'entretenais avec elle. Mirabelle.

Il croit qu'on a échangé quelques mails, et que je l'ai rencontrée une fois ou deux. Il ne sait pas qu'on communiquait régulièrement par mails et par textos, et que je la voyais au moins une fois par mois depuis mes seize ans. Ça faisait donc cinq ans que j'apprenais à connaître cette femme qui était ma mère, mais qui n'était pas ma maman, et tout ça dans le dos de papa. S'il l'avait su, il se serait encore pris la tête. Il y a des fois où je me dis que j'ai vraiment de la chance qu'il me laisse sortir de l'appartement le matin. Notamment les jours où il est particulièrement stressé ou les jours qui lui font penser à elle, Mirabelle, parce qu'il doit s'agir de dates d'anniversaire ou je ne sais quoi. Quand c'est comme ça, on dirait vraiment qu'il cherche à nous barricader pour nous isoler du monde extérieur. Papa a peur qu'un jour ou l'autre, je finisse par ne pas rentrer à la maison.

« Fleur, tu ne m'as toujours pas expliqué pourquoi tu voulais assister à l'enterrement, il m'a dit, il y a quelques jours, en retirant ses lunettes et en les envoyant valser sur la table de la cuisine. Ce n'est pas comme si tu la connaissais vraiment. » Il vieillit, mon papa. Mirabelle et lui m'ont eue quand ils avaient tous les deux dix-sept ans, c'est sûrement pour ça qu'il m'a toujours paru très jeune comparé aux pères de la plupart de mes copines. Mais maintenant, sa peau couleur moka est striée de rides, qui s'étendent sur son front, aux coins de sa bouche et de ses yeux. Ses cheveux noirs commencent à grisonner sur les côtés, et, du coup, il ressemble un peu au type en plastique des Quatre Fantastiques. Et puis il a un peu de ventre, maintenant. Il est toujours beau, mon papa, vachement plus beau que les pères de mes copines, mais il a pris un petit coup de vieux, c'est sûr.

Je lui ai répondu en haussant les épaules : « C'est ma mère. » Et j'ai répété, au cas où il n'aurait pas bien compris le sens de mes mots : « C'est ma mère.

— Tu te fais souffrir pour rien », il m'a dit. Je voyais bien qu'il avait envie d'ajouter que c'était peut-être ma mère, mais que ça ne l'avait pas empêchée de m'abandonner, mais papa n'aurait jamais dit quelque chose d'aussi cruel.

« Il y a des choses que l'on *doit* faire, même si on risque d'en souffrir. C'est toi-même qui me l'as dit, papa. »

Il a secoué la tête, lentement, et j'ai bien vu qu'il regrettait de m'avoir dit ça. « Ça fait beaucoup de route pour un seul jour. Et pour souffrir pour rien. »

Oh oh. J'avais omis de mentionner que… « En fait, j'envisageais de rester là-bas quelques jours. »

Son corps s'est figé sur place. J'ai senti sa femme, Jocelyn, s'interrompre dans ce qu'elle était en train de faire à l'autre bout de la cuisine et fermer les yeux. On savait toutes les deux que ce que je venais de lui dire allait lui faire péter un plomb.

« À la base, je voulais rentrer direct, mais le notaire m'a dit qu'elle avait fait un testament, dont l'exécutrice était une dame nommée Tamia Challey et dont je suis la principale bénéficiaire. Il va falloir que je signe des documents et que je règle certains trucs. Ça ne pourra pas se faire en un seul jour, et je n'ai pas envie de multiplier les allers et retours ; ce serait bête. Alors je préfère rester là-bas jusqu'à ce que Mme Challey et moi ayons réglé ses affaires financières et mis sa maison en vente. Une fois que tout ça sera fait, je pourrais passer le relais à Mme Challey et rentrer à la maison. Je n'aurais plus aucune raison de retourner là-bas. »

J'ai pris soin de prononcer cette dernière phrase pour bien lui faire comprendre que je comptais rentrer. Que je n'avais pas l'intention de m'échapper pour aller vivre à Brighton comme l'avait fait ma mère. Que je n'étais pas ma mère.

« Je vais venir avec toi, a dit papa sur un ton qui laissait entendre qu'il n'y avait pas à discuter, que l'affaire était close.

— Je ne pense pas que ce soit une bonne idée. » Notamment parce que aucune date n'avait encore été arrêtée pour l'enerrement. Je lui avais plus ou moins menti sur ce point parce que je voulais aller là-bas aussi vite que possible. Comme il n'y avait apparemment personne pour organiser l'enterrement, je m'étais dit que j'allais contacter cette Mme Challey dont elle, pardon, dont Mirabelle parlait tout le temps, et que, une fois sur place, je m'occuperais de tout avec elle et que je verrais bien ce qu'il allait se passer ensuite. Ce que j'allais découvrir. Mais si j'avais expliqué ça à papa, il m'aurait strictement interdit de partir. Eh oui : j'ai beau avoir vingt et un ans, mon père m'interdit toujours de faire certains trucs. Il a ses raisons, c'est vrai, n'empêche que j'ai parfois l'impression d'être en prison.

« Moi non plus », a dit Jocelyn, à l'autre bout de la cuisine. Papa s'est tortillé sur son siège pour la regarder puis s'est retourné vers moi. Les seuls moments où le courant passe vraiment entre Jocelyn et moi, c'est quand on tombe d'accord sur quelque chose que papa ne devrait pas faire. Ce n'est pas une mauvaise belle-mère, loin de là ; c'est juste qu'on n'a pas grand-chose en commun.

J'ai regardé papa : « Toi et elle, on ne peut pas dire que vous vous soyez vraiment bien entendus après qu'elle… après que tu as demandé le divorce. Ça va te rappeler de mauvais souvenirs, et tu vas en souffrir. Je ne pense pas que tu doives aller là-bas.

— Moi non plus, Donald. Absolument pas. Et puis ce ne serait pas juste pour Fleur. Elle va rendre un dernier hommage à sa mère, c'est déjà assez difficile comme ça, je ne vois pas pourquoi elle devrait s'inquiéter en plus de ce que toi, tu ressens. » Jocelyn s'est approchée de lui, sa petite silhouette noyée dans un immense tablier, et elle a passé ses bras autour de son cou et laissé sa tête retomber doucement contre la sienne. « Ce serait vraiment égoïste de ta part de ramener les choses à toi, Donald. Il me semble que Fleur est en droit de s'occuper de cela à son idée. »

Ses yeux bleu acier étaient restés fixés sur moi durant tout le temps où elle avait parlé à papa : elle savait que j'avais des contacts réguliers avec ma mère ; elle avait dû l'apprendre en fouinant dans ma chambre. Si je m'étais rendu compte de ça une semaine plus tôt, j'aurais eu la rage, mais là, ça me paraissait complètement insignifiant. Il y avait plus important : ma mère était partie. Morte.

« Laisse-la s'en aller et faire ce qu'elle a à faire comme elle l'entend. Elle reviendra quand elle sera prête. »

Jocelyn disait à papa que je reviendrais, mais à moi, avec ses yeux, elle me disait de ne pas revenir. Il y avait bien longtemps que j'avais compris qu'elle n'était pas ravie à l'idée de m'avoir dans les pattes. Elle n'avait jamais voulu avoir d'enfants ; ce qu'elle voulait, c'était mon père. Alors elle avait fait semblant d'être contente de jouer la mère de substitution. Comme je l'ai déjà dit, elle n'était pas méchante ; juste indifférente. Toute personne dont la vision des choses n'aurait pas été déformée par la douleur d'avoir été abandonnée par l'amour de sa vie, c'est-à-dire toute personne autre que papa, aurait deviné qu'elle se désintéressait complètement de moi. Mais, en me faisant comprendre que je ne devais pas revenir, Jocelyn allait dans mon sens. Elle m'ouvrait les portes de la jolie cage dorée dans laquelle j'avais vécu pendant toutes ces années et elle m'encourageait à prendre mon envol. « *Prends le temps de réfléchir, si tu veux*, me disaient ses yeux, *mais ne reviens pas.* »

« Tu as sûrement raison », lui a dit papa, sans remarquer son petit manège.

En fin de compte, à leur façon, ma mère et ma belle-mère m'ont toutes les deux aidée à trouver une raison légitime de quitter le cocon familial et de voler de mes propres ailes. Jusqu'ici, comme je savais que papa ne pouvait même pas imaginer me voir partir, et comme je ne voulais pas le faire souffrir, eh bien, j'étais restée, j'étais allée dans une fac de Londres et j'avais essayé de vivre ma vie, enfin, autant que faire se peut quand on vit encore avec son père.

Ma mère et ma belle-mère se seraient détestées, ça, j'en suis certaine, mais sans elles, jamais je n'aurais eu cette chance de connaître un jour la liberté.

Beatrix

Je n'ai pas souhaité sa mort. Ne me faites pas dire ce que je n'ai pas dit. J'étais folle de rage, je vous l'accorde, et c'est vrai que j'ai pensé à aller la voir pour lui casser la figure, mais je ne l'ai pas fait, et c'est ça qui compte. Les flics vont interroger tous les gens qui la connaissent, mais ils ne m'interrogeront pas, moi. Pourquoi iraient-ils m'interroger, alors que je la connaissais à peine ?

Ce n'était rien d'autre qu'un petit accrochage, nous n'en sommes même pas venues aux mains. Pas la peine d'aller raconter ça aux flics ; ils n'en sauront jamais rien. Si j'étais assez stupide pour aller leur en parler, ils penseraient que c'est moi qui l'ai fait. Et vous savez aussi bien que moi que ce n'est pas vrai.

Je n'aurais pas pu. Je n'aurais tout simplement pas pu.

Fleur

Le train vient de s'arrêter à la gare de Brighton.

Je ne suis venue ici que trois fois dans ma vie. Elle n'aimait pas trop, pardon, Mirabelle n'aimait pas trop que je vienne. À mon avis, elle avait peur que quelqu'un nous voie ensemble et raccroche les wagons. Elle n'avait pas dû confier à beaucoup de gens qu'elle avait une fille.

J'aime bien Brighton. J'aime cette gare : les rochers qu'on peut voir de chaque côté du train quand on arrive, les lignes des quais qui mènent aux guichets. Sans parler de la haute structure en métal, qui donne l'impression qu'on est entré dans une gare d'une autre époque, une gare qui devrait être en noir et blanc.

Je récupère le petit sac de voyage que j'ai pris pour faire croire à papa que je n'avais pas l'intention de m'attarder, mon livre, ma bouteille d'eau, mon sac à main et la grande boîte à chapeau blanche.

Je sors de la gare, et c'est comme si Brighton me frappait en plein visage. Tout est là en même temps. Bang ! Il y a toute une ville devant la gare, une file de taxis, des arrêts de bus, du trafic, des gens qui avancent vers le bâtiment, s'éloignent du bâtiment. Une sorte de marée confuse qui ne saurait jamais dans quel sens elle doit se diriger.

On sent l'odeur de la mer, ce parfum si particulier qui a toujours un petit côté chimique, alors qu'il est bien sûr cent pour cent naturel. Je m'arrête au bout de la rue qui longe la gare pour attendre le feu piétons et je respire à pleins poumons l'air de Brighton. L'air qu'elle, pardon, l'air que Mirabelle a respiré durant la moitié de sa vie.

Ç'a quelque chose de réconfortant. Je suis tout près de l'endroit où elle habitait. J'aime bien.

Le feu piétons passe au vert, et la foule qui déferle sur moi m'emporte avec elle. À la base, je pensais aller direct à mon *bed and breakfast,* mais, en fin de compte, je préfère prendre la direction de la mer. J'ai envie de marcher sur la plage. J'ai envie de voir la mer, de respirer l'air salin, de rester dehors aussi longtemps que possible. Ça me changera. Je n'ai pas souvent l'occasion de flâner, quand je suis chez moi.

La maison, la fac. Voilà à quoi se résume ma vie. Et puis il y a Noah aussi, bien sûr. Il a pris une place importante dans ma vie depuis ce fameux appel.

Je n'arrive toujours pas à croire que papa ait pu me faire ça, j'ai halluciné. Mais qu'est-ce qu'il lui a pris d'aller m'annoncer la nouvelle au téléphone ? Ce n'est pas le genre de truc qu'on dit aux gens au téléphone. Et si j'avais été toute seule dans un bus et que je me sois évanouie, hein ? Qu'est-ce qui se serait passé ?

Je n'en sais rien. Mais, tout compte fait, il aurait peut-être mieux valu qu'il se passe un truc de ce genre, plutôt que ce qui est vraiment arrivé. À savoir… Pff, j'en tremble rien qu'à y repenser.

Quand je l'ai dit à Noah, j'ai craqué. Et quand il a vu que je fondais en larmes, il m'a prise dans ses bras et m'a doucement bercée en me murmurant que je pouvais pleurer autant que j'en avais envie, autant que j'en avais besoin. Je voulais m'arrêter, mais il y avait sans cesse des sanglots qui venaient secouer mon corps, et, à chaque sanglot, il me serrait plus fort contre lui, comme pour absorber les ondes de choc. Il m'a serrée dans ses bras jusqu'à ce qu'il ne reste plus aucune larme dans mon corps. Et là, il m'a demandé si je voulais qu'il appelle un taxi pour que je rentre chez moi.

J'étais tellement choquée que je n'ai même pas pu parler. J'ai hoché la tête.

« Rentre bien, il m'a dit en refermant la porte du taxi. Je t'appelle bientôt. »

Encore une fois, j'ai hoché la tête. J'étais persuadée qu'il ne le ferait pas.

Mais bien sûr, il l'a fait. Parce qu'il est comme ça. Je n'ai pas répondu à son appel. Mais je lui ai quand même envoyé un texto pour le remercier. Et lui dire que j'avais la tête en vrac et que je l'appellerais quand je me sentirais mieux. Il m'a dit qu'il n'y avait pas de souci, et puis, il s'est mis à m'envoyer des textos tous les jours pour savoir comment j'allais.

J'ai trouvé ça vraiment très gentil, surtout de la part d'un garçon que j'avais rencontré dans une boîte à peine six semaines plus tôt.

Quand je l'ai vu entrer à l'Old Skool, l'espace d'un instant, comme ça m'arrive souvent, je me suis demandé pourquoi je ne faisais pas partie de ces filles qui ne se posent pas de questions quand elles croisent un garçon qu'elles kiffent et qui vont direct le draguer. À la seconde même où mes yeux se sont posés sur lui, je me suis tournée vers Lariska (qui est justement une de ces filles) et je lui ai dit : « Je l'ai vu en premier.

— Qui ? » elle m'a demandé. Et puis elle m'a mis un grand coup de coude dans les côtes et elle m'a dit : « Tu es malade ou quoi ? Je n'ai même pas tenté ma chance.

— Je sais. Mais il est à moi.

— C'est le plus beau gosse de toute la boîte.

— Je sais. Et il est à moi.

— N'importe quoi, elle a fait en secouant la tête. Vraiment n'importe quoi. »

J'ai haussé les épaules. « Peut-être. Mais il est à moi. »

Elle a fait claquer sa langue et elle s'est mise à rire.

Entre-temps, il avait disparu dans la cohue de la salle, s'était fondu dans l'arrière-plan de corps, vêtements, boissons et discussions. Je me suis dit que je l'avais perdu, qu'il devait déjà être sur la piste, en train de se frotter contre une fille ou de discuter avec une autre, une fille qui ferait comprendre à toute personne se risquant à regarder dans sa direction qu'il était à elle et qu'elle était prête à se battre bec et ongles pour le garder. Je commençais à paniquer, et tout d'un coup, je l'ai vu, il était là, juste à côté de moi, les yeux baissés vers moi, avec aux lèvres un petit sourire sexy. Trop, trop sexy. J'étais en train de me demander s'il essayait d'engager la conversation avec moi quand j'ai entendu l'ouverture d'un morceau des Mandrill, et là, je te jure que c'est vrai, juste au même moment, lui et moi, on s'est tous les deux mis à fredonner « Put Your Money Where the Funk Is ».

On a échangé un petit sourire. Il m'a fait de la tête « On y va ? » ; j'ai haussé les épaules pour dire « O.K. ». Et là, juste au même moment, lui et moi, on s'est tous les deux mis à avancer en direction du seul petit espace de la piste qui n'était pas blindé de gens. Je pensais que j'allais être un peu stressée, mais en fait, pas du tout. Je kiffais cette chanson, je kiffais ce garçon, et j'avais l'impression d'avoir été transportée dans un autre monde. Je ne pensais plus à rien d'autre qu'à bouger mon corps au son de la musique.

Nos corps étaient proches, tout proches, mais ils ne se touchaient pas. On dansait ensemble, séparés, mais unis par la musique, qui nous rapprochait l'un de l'autre. Son corps était leste, souple, agile. À chaque pas, à chaque mouvement, je sentais de la chaleur me monter à la tête. C'était la première fois que je remarquais que danser était un peu comme faire l'amour. En fait, je le savais déjà (tout le monde sait ça), mais c'était la première fois que j'en faisais vraiment l'expérience. En général, ce n'est pas terrible, c'est plutôt comme si l'autre se masturbait contre vos hanches, mais là, avec cette absence de contact, cette espèce de distance intime, c'était différent, j'avais vraiment l'impression d'être caressée, embrassée, léchée, et même pénétrée.

Plus on dansait, plus la force d'attraction que la musique générait entre nous devenait puissante, et plus on se rapprochait physiquement l'un de l'autre. Et ce qui devait arriver arriva : on a fini par se toucher, s'unir et s'embrasser. Mais tout d'un coup, il s'est écarté de moi. Il m'a souri. Et puis il s'est rapproché, mais pas assez pour me toucher, et il m'a chuchoté à l'oreille : « Café ? Demain au marchand de bagels du coin de la rue ? 10 heures ? »

Il a fait un pas en arrière pour voir si j'étais d'accord. J'ai hoché la tête, sachant parfaitement que, le lendemain, j'avais déjeuner dominical avec mon père et sa femme à l'autre bout de Londres. Je sentais qu'il allait y avoir des cris et des larmes, j'entendais déjà le sermon qu'allait me faire papa, mais j'avais le sentiment que ce garçon valait bien quelques arrangements avec la routine. Enfin, quelques-uns, pas trop. Car il n'était pas question que je change de vie pour quelqu'un avec qui j'avais juste envie de coucher. Ça, c'était son truc à elle. Moi, je n'étais pas comme ça.

Le lendemain, en arrivant chez le marchand de bagels, il m'a dit qu'il n'allait pas pouvoir s'attarder parce qu'il fallait qu'il conduise sa grand-mère à l'église puis qu'il aille déjeuner avec sa sœur et sa famille. Sur le coup, je ne l'ai pas cru. Attends, les gens comme ça, ça n'existe pas. Mais plus je discutais avec lui, plus je me demandais s'il ne m'avait pas dit la vérité. Il avait l'air tellement sincère. Bref, du petit déjeuner, on est passés à un déjeuner. Et puis à un dîner. Et ainsi de suite, jusqu'à arriver à des ébats vraiment magiques (un truc bien mieux encore que tout ce que j'avais pu imaginer en dansant) et à cette addiction à la cigarette, qui me permettait de rester détachée et de garder la tête froide quand j'étais avec lui.

J'étais persuadée que, si je laissais transparaître le moindre signe d'attachement, je ne reverrais plus jamais ses belles petites fesses. Mais tout a changé depuis l'épisode des larmes. Je me suis accrochée à lui et j'ai le pressentiment qu'il ne va pas tarder à me larguer, mais, comme je te l'ai déjà dit, il m'envoie des textos tous les jours pour me demander comment je vais, alors il y a peut-être un petit espoir.

Je lui réponds toujours : « Bien, merci. Et toi ? »

Je ne suis pas sûre de bien aller, et je sais que c'est un peu laconique, mais qu'est-ce que tu veux que je lui réponde ?

« Je vais être occupée, ces jours-ci, à organiser un enterrement et discuter avec des flics pour retrouver un assassin » ?

Tu t'imagines, en train d'écrire ça à quelqu'un ?

Fleur

Je comprends pourquoi elle avait choisi de vivre ici. C'est un endroit vraiment magique.

On dirait qu'il y a quelque chose dans l'air qui le rend particulier. C'est vrai que chaque endroit est particulier, exceptionnel. Mais cet endroit est plus exceptionnel que les autres. Bon, je m'arrête là ; je crois que je commence vraiment à dire n'importe quoi.

Il y a plein de pensées qui se bousculent dans mon esprit, et les battements de mon cœur se sont accélérés. Je n'aurais peut-être pas dû aller à la plage. J'aurais peut-être dû me rendre direct au *bed and breakfast.* Je suis complètement paumée, maintenant. J'avais mémorisé le chemin à emprunter depuis la gare, mais je ne sais pas du tout comment faire pour y aller à partir d'ici. Du reste, je crois que je commence à paniquer. Instinctivement, je me suis accrochée à la balustrade.

Elle est morte. Elle est vraiment morte.

Je ne la reverrai plus jamais.

Ça n'a pas l'air d'un truc qui pourrait m'arriver à moi. Je suis peut-être le genre de fille qui a été abandonnée par sa mère et qui allume une clope sans rien demander à personne dans l'appartement du plus beau garçon qu'elle ait jamais rencontré, mais ça, ça, ça n'a pas l'air réel.

Je sens les larmes qui commencent à baigner mes yeux, et je me penche en avant pour laisser mon front reposer contre la balustrade.

« *La vie est pleine de surprises, Fleury, n'oublie jamais ça.* » Cette phrase, c'est elle qui me l'a dite quand je suis sortie du lycée le dernier jour de mes exams et que je l'ai trouvée dans la rue, adossée au capot de sa voiture.

Quand je l'ai vue, j'ai été choquée. Mais quand je te dis « choquée », je veux vraiment dire « choquée » ! Ça faisait quatre ans qu'elle avait complètement disparu de ma vie.

« Qu'est-ce que tu fais là ? je lui ai demandé, au lieu de lui dire bonjour comme j'aurais dû le faire.

— La vie est pleine de surprises, Fleury, n'oublie jamais ça. » Elle m'a souri. Elle était vraiment douée pour les grands sourires. Son visage était cent fois plus beau quand elle souriait comme ça. « Câlin ? » elle m'a dit, en ouvrant les bras.

J'ai fait un petit signe de tête en direction de mes copines, qui m'attendaient pour fêter la fin des exams.

« Désolée, j'avais oublié que ce n'était pas très cool de faire un câlin à sa maman devant ses amies. »

Elle m'a dit ça comme si elle n'était jamais partie, comme s'il lui arrivait tout le temps de me réclamer des câlins. « Vous voulez que je vous dépose quelque part ? On peut tenir à quatre dans la voiture. »

Sa voiture, elle était vraiment terrible : jantes alliage, peinture noir métallisé, chromes. J'ai jeté un œil à l'intérieur. Et sièges en cuir noir, en plus ! J'étais tellement impressionnée que j'ai fait signe à Lariska et Yasmin de rappliquer.

« Je te présente Lariska et Yasmin, j'ai dit à Mirabelle. Lariska et Yasmin, voici… » Elles savaient qui c'était, puisque j'avais collé une photo d'elle dans l'agenda que j'emportais partout avec moi, mais elles ne l'avaient jamais rencontrée, et je me voyais mal la présenter comme ma maman. Ou comme ma mère.

« Mirabelle, elle a fini par dire. Vous pouvez m'appeler Mirabelle.

— Comme l'éléphante ? » a demandé Yasmin, en souriant bêtement.

Lariska lui a mis un grand coup de coude.

« Quoi ? a fait Yasmin. Mon petit frère le regarde. Il adore.

— Oui, comme l'éléphante, a dit Mirabelle en souriant. Et maintenant, si on allait faire un tour, pour fêter ça ?

— Trop bien ! » a crié Yasmin.

Nouveau coup de coude de Lariska.

« Je te préviens que si ton coude touche encore une fois mes côtes, je t'arrache le bras », a sifflé Yasmin.

Tout en baissant la tête pour ne pas montrer à quel point elle trouvait Yasmin marrante, Mirabelle a ouvert sa portière et baissé le siège avant pour que les deux fofolles puissent monter à l'arrière. J'ai fait le tour pour me mettre sur le siège passager et elle nous a déposées à Ealing High Street, devant tous les commerces.

Pendant que les autres sortaient de la voiture, elle m'a tendu une petite carte blanche sur laquelle figurait son numéro. « Appelle-moi. Si tu as envie de discuter ou de me voir. N'hésite pas. »

J'ai hoché la tête, sachant parfaitement que je ne le ferais pas. Ça aurait fait trop de peine à papa.

Mon téléphone vient de biper dans ma poche. Ça doit être papa qui cherche à vérifier si je vais bien et si je vais revenir.

Mais, non, c'est Noah.

N'oublie pas de me communiquer la date de l'enterrement. J'aimerais y assister pour lui rendre hommage. Noah

Je suis tellement touchée par la générosité de sa proposition, par l'idée qu'il souhaite vraiment faire toute cette route pour rendre hommage à une femme qu'il n'a jamais rencontrée, que je l'appelle direct. Et, debout devant la plage, je bavarde et bavarde encore avec lui, pendant quasiment toute l'heure qui suit.

Fleur

C'était sa maison. C'était l'endroit où elle vivait.

Et c'est carrément gigantesque.

Je n'arrive pas à croire qu'elle ait vécu ici toute seule, alors que papa et moi habitons dans un appart qui doit faire la taille de son séjour. Les murs de la maison sont en brique rouge, et, en bas du toit, il y a des briques (ou peut-être des tuiles, je ne sais pas trop) incurvées et alignées comme une queue de sirène. Toutes les fenêtres ont l'air à la fois anciennes et flambant neuves. La porte d'entrée est noire, avec un énorme numéro 57 en cuivre accroché entre les deux panneaux du haut.

Je ne peux pas entrer ; il y a des rubans de police partout. En travers de la porte, en travers de l'allée. Et aussi sûrement en travers de la porte de la salle de bains, où elle est morte. Je me demande si tout est resté exactement comme quand elle est morte.

S'ils ont laissé les choses comme elles étaient au moment où ça s'est produit ou s'ils ont rangé un peu. Tout d'un coup, je dois me forcer à détourner le regard parce que, malgré moi, j'essaie de deviner si la salle de bains se trouve à l'avant de la maison, si sa fenêtre est bien celle que je suis en train d'observer. Ça ne sert à rien de faire ça, je suis en train de me faire du mal.

C'est une jolie rue, bordée de nombreux arbres, mais elle est un peu bizarre, parce qu'elle est d'abord incurvée puis rectiligne, puis elle tourne à gauche en angle droit et encore à gauche, avant de s'incurver un peu à nouveau. Le jardin est grand, et, dans l'allée, il y a deux voitures garées.

Je me demande combien de gens savent que la Mini bleu ciel m'appartient. Elle l'a achetée pour moi. Pas parce qu'elle essayait d'acheter mon affection, non, ce n'était pas son genre, mais juste parce que papa ne voulait pas que je passe le permis. À cause d'elle, comme toujours. Pour lui, un permis de conduire, c'était le permis de m'en aller pour ne jamais revenir. Pourtant, elle, Mirabelle, était partie en train, mais j'imagine que c'était une question de principe. Il voyait ça comme un moyen potentiel de m'éloigner de lui, et il a donc voulu m'empêcher de l'utiliser.

Papa fait tout le temps ça. Ce n'est pas facile à expliquer ; il faut vivre avec lui pour comprendre. Mais cette fois-là, j'ai fini par obtenir ce que je voulais. À savoir, une voiture.

Un an plus tôt

Elle, pardon, Mirabelle, était montée à Londres pour me voir, et je venais d'avoir une engueulade avec papa. En fait, il avait découvert que je fumais en fouillant dans mes poches. Il y a vraiment des fois où j'ai l'impression d'être mariée avec lui ou de lui appartenir, un truc comme ça, je ne sais pas. Je me rappelle qu'à une époque Lariska sortait avec un garçon qui s'était révélé être un vrai psychopathe : il fouillait tout le temps dans ses poches pour voir si elle le trompait ou si elle sortait sans lui. Eh bien papa faisait un peu pareil, mais lui, il le faisait pour voir si j'étais une fille bien. Car, dès mon plus jeune âge, il avait cherché à me faire comprendre que je devais être une fille bien. Tout ça parce que ma mère n'en était pas une et qu'elle était partie. Voilà : c'était sur moi que c'était retombé.

Quand il avait trouvé ces cigarettes, il avait pété une durite, s'était mis à bouillir de rage et avait carrément explosé. J'ai même cru qu'il allait me frapper.

Jocelyn s'était faite toute petite, et moi, j'étais restée debout sans rien dire, j'avais encaissé. Je ne pouvais pas faire grand-chose d'autre. De toute manière, je crois que, inconsciemment, je devais avoir envie de me faire gauler. J'avais vingt ans et j'étais dans l'une de mes phases « rebelle ». Mais bon, je vivais toujours chez lui. Et j'avais un couvre-feu officieux. Il était encore sur les nerfs à cause de cette histoire de cigarettes, alors j'imagine que j'aurais dû attendre un peu pour m'inscrire au code. Mais ça me paraissait tellement normal pour une fille de mon âge que je n'avais pas pensé que ça puisse poser un problème. Ceci dit, après l'incident du passeport (la même chose que les cigarettes, mais en pire), j'aurais dû me douter qu'il refuserait catégoriquement.

Papa avait ouvert l'enveloppe (il ouvre tous mes courriers, même les trucs avec la mention « Personnel et confidentiel »), et il avait encore pété un câble, pour changer. Mais cette fois-ci, j'avais décidé de ne pas céder, et de lui dire ce que j'avais à lui dire. Je lui avais expliqué que, si j'en avais envie, je pouvais parfaitement prendre ces leçons, que toutes les filles que je connaissais avaient commencé à prendre des leçons de conduite. Il avait essayé de me dire que c'était pour mon bien, que la voiture, c'était dangereux, que ça coûtait cher, mais je lui avais répondu que je m'en fichais et que je le ferais quand même. Et au final, j'avais passé le code, juste pour l'embêter, ou presque.

Désormais, je ferais ce que j'avais envie de faire. Voilà ce que je voulais lui faire comprendre. Maintenant que j'avais ce papier, ç'aurait été bête de ne pas commencer les leçons de conduite. Alors papa m'avait dit que si j'avais les moyens de me payer ces leçons, j'avais les moyens de lui payer un loyer. Je lui avais répondu que si je devais payer un loyer, j'irais le payer ailleurs. Alors, bien sûr, il s'était mis à énumérer tous les sacrifices qu'il avait faits pour moi ; à m'expliquer qu'il aurait pu avoir un meilleur job, mais qu'il avait dû refuser ses promotions pour pouvoir être plus souvent à la maison ; à me traiter d'ingrate, parce qu'il m'avait consacré toute sa vie, et que, maintenant, je le traitais comme un moins que rien et je ne lui faisais même plus confiance quand il me disait que ce que je faisais n'était pas bon pour moi.

Et il avait continué de me débiter ce genre de trucs jusqu'à ce que je n'aie plus d'autre solution que de partir. Je suis arrivée en retard à mon rendez-vous avec elle parce que j'avais dû descendre du bus au bout de quelques arrêts pour m'asseoir dans un Abribus. À cause de mon envie de pleurer. J'en avais marre. J'avais la rage ! J'aurais dû lui dire qu'il avait tort et que j'étais une personne à part entière qui pouvait prendre ses propres décisions. Que ce n'était pas à lui de diriger ma vie. Et que s'il pouvait le faire, c'était parce que je le laissais faire. Et que je m'en voulais à mort pour ça.

« Qu'est-ce qui se passe ? » elle m'a fait, au moment où je me suis assise dans le petit café qu'elle avait déniché au fond de la grande rue de Greenwich.

C'était un tout petit café, avec des nappes à carreaux, des assiettes décoratives sur les murs, des tables anciennes (c'est-à-dire superbancales) et des rideaux bonne femme vieillots.

J'ai haussé les épaules. « Rien », je lui ai répondu. Je n'avais pas envie de parler de ça. C'était sa faute à elle, après tout. Ce n'était pas juste de penser comme ça, parce que rien ne dit que les mères doivent nécessairement s'occuper de leurs enfants jusqu'à ce qu'ils soient assez grands pour ne plus leur téléphoner quand ça va mal, pas vrai ? Je ne vois pas pourquoi je me voilerais la face : je ne suis pas différente de mes copines. Et elles le font toutes, même celles qui sont proches de leurs mères : elles ne les appellent que quand elles ont besoin d'elles. Mes copines ont des vies bien remplies, on a toutes des vies bien remplies, et nos mères n'ont pas toujours leur place dedans. Et pourtant, pourtant, elles sont censées être présentes quand on a besoin d'elles. Mais elles ? Pourquoi est-ce qu'on les fait souffrir en n'étant pas là quand elles ont besoin de nous ? Elle avait le droit de m'abandonner : elle ne cesse pas d'être une personne juste parce qu'elle m'a rejetée.

Je savais tout ça, je m'étais dit tout ça, mais je lui en voulais quand même. J'entretenais toujours de la rancœur contre elle. Mais je l'aimais, aussi. Enfin, ce n'était pas de l'amour, plutôt comme une sorte d'écho de l'amour. Ce sentiment, je savais qu'à une époque je l'avais ressenti, mais ça me paraissait tellement vieux, tellement inadapté à l'instant présent que c'était pour moi plus un devoir qu'un sentiment. Je n'aimais pas vraiment Jocelyn non plus (ni en tant que belle-mère ni en tant que personne), mais, au fil des années, on avait fini par apprendre à s'accepter. La plupart du temps, ça se passait bien. Le reste du temps, on se tenait à l'écart l'une de l'autre.

« Allez, dis-moi », a insisté Mirabelle. Elle avait un don pour donner l'impression de comprendre les gens, mais c'est juste une impression.

« Qu'est-ce que tu veux que je te dise ? » j'ai répondu, en haussant un peu les épaules. Je n'avais pas envie de parler de papa, non plus. Ce n'était pas nécessaire, de toute manière : il était toujours là, comme un énorme truc posé sur la table entre elle et moi, et tout ce qu'on disait, tout le temps, était passé à travers le filtre de la question essentielle qui était : « *Que penserait papa/Donald s'il m'entendait dire ça ?* »

Elle s'est penchée vers moi et a posé sa main sur la mienne, et quand la chaleur de son corps a commencé à passer dans le mien, j'ai senti que cette espèce de sac de nœuds d'angoisse, de colère, de déception et de culpabilité qui était en moi était en train de se dénouer doucement. « Dis-moi, elle a répété.

— Papa ne veut pas que je passe le permis. »

En disant ça, j'ai tout de suite eu le sentiment d'avoir trahi l'homme qui m'avait nourrie, logée, blanchie et offert des tonnes et des tonnes d'amour durant toute ma vie. Jamais il ne s'était éloigné de moi, et je savais que ç'avait dû être dur, très dur, des fois.

« À cause de ce que j'ai fait ? » elle m'a demandé.

On n'en avait jamais vraiment discuté jusqu'ici. On avait tourné autour du pot, notamment depuis ce qui s'était passé pendant le voyage scolaire, mais malgré la présence constante de papa entre elle et moi, on n'avait jamais ouvertement évoqué le sujet.

« J'imagine », je lui ai répondu en libérant ma main de la sienne. Je me sentais mieux, désormais. Je n'avais pas besoin que quelqu'un me tienne la main. J'avais déjà un pot de colle à la maison, ça suffisait comme ça.

« Je suis sûre que ton père ne veut que ce qu'il y a de mieux pour toi, elle m'a dit.

— Et ce que je pense être le mieux pour moi, hein ? Ça ne compte pas ? Je vis toujours chez papa, parce qu'il pense que c'est ce qu'il y a de mieux pour moi. Je voulais passer un diplôme d'art ou de com, mais papa a dit qu'il valait mieux pour moi que je fasse quelque chose qui me permette de décrocher un job, et je me suis retrouvée en fac de sciences informatiques. J'avais demandé un passeport pour pouvoir partir en vacances avec mes copines, mais je n'y suis pas allée, parce que papa ne voulait pas que je traîne avec des filles qui ne pensent pas à leur avenir. Et maintenant, je n'ai pas le droit d'apprendre à conduire, parce que papa veut me priver d'un moyen de lui échapper. »

Je me suis risquée à jeter un coup d'œil vers elle ; on aurait dit qu'elle essayait de conserver une expression neutre.

« Quand est-ce que j'aurai le droit de vivre, hein ? Qu'est-ce qui va se passer ? Papa va continuer jusqu'à mes trente-cinq ans à prendre des décisions à ma place, ou, plutôt, il me fera prendre mes propres décisions en fonction de ce qu'il pense être le mieux pour moi ? Mais comment je peux apprendre à faire les bons choix, si personne ne me laisse l'occasion de me tromper de temps en temps ? Je suis tellement sur les nerfs que j'ai envie de tout casser. »

Elle n'avait rien dit, mais ses yeux marron clair (des lentilles) étaient restés attentivement fixés sur moi durant tout le temps où j'avais parlé.

« C'est pas parce que tu es partie que je n'ai pas le droit d'avoir de vie. C'est pas juste. » Je ne voulais pas dire ça. Et encore moins devant elle. Notre vie était comme ça à cause du choix qu'elle avait fait, mais ce n'était pas entièrement sa faute. Il y a des choses auxquelles je n'aime pas beaucoup penser, et entre autres, celle-ci : si papa se comportait avec elle comme avec moi, ce n'était pas étonnant qu'elle l'ait quitté. J'aurais juste voulu qu'elle m'emmène avec elle. Mais c'est très rare que je pense à ça, parce que ça ne me semble pas juste vis-à-vis de papa. Il est resté, pas elle. Où est-ce que je serais s'il avait lui aussi pris la tangente ? Ma grand-mère paternelle est morte quand j'étais toute petite. Mais grands-parents maternels sont repartis au Nigeria il y a des lustres de ça, et ils ont beau m'écrire ou m'envoyer des trucs de temps en temps, on voit bien qu'ils ne veulent pas trop s'impliquer dans mes affaires. Ou les siennes. Elle a fait de la peine à plein de gens quand elle est partie. Elle était censée aller à l'université et devenir médecin ou je ne sais quoi, mais elle est tombée enceinte, elle s'est mariée et puis elle est partie. Je crois bien que ses parents ne s'en sont jamais remis, ni d'un point de vue personnel ni d'un point de vue social, dans la communauté nigériane. Elle a détruit tellement de vies…

Et puis je dois dire que papa ne s'est pas toujours montré aussi sévère. Pendant quelques années, il m'a laissée faire tous les trucs que les autres enfants avaient le droit de faire. Mais, à partir du moment où j'ai commencé à vouloir faire des choses qui chamboulaient les horaires de la maison, il a repris le contrôle de ma vie.

« C'est vrai, ce n'est pas juste. Et je regrette vraiment. J'ai fait quelque chose d'horrible, et je vois qu'encore maintenant, les gens continuent d'en payer les conséquences.

— Excuse-moi. Je n'aurais pas dû te dire ça. Ce n'est pas ta faute si papa se comporte comme ça avec moi. » *Est-ce qu'il a toujours été comme ça ?* J'avais envie de lui poser la question, mais ç'aurait voulu dire pousser mes pensées déloyales à de nouvelles extrémités et les projeter dans le monde réel. Une fois qu'on a fait ça, qu'on a rendu les choses réelles, on a beaucoup moins de mal à recommencer. Et je ne voulais pas que ça devienne facile au point que j'en arrive un jour à lui dire en face. Je n'avais pas envie de faire du mal à mon papa. C'était mon papa.

« Si, c'est ma faute, elle a répondu. Je pourrais prétendre qu'il a toujours été aussi autoritaire et que c'est pour cette raison que je suis partie, mais ce n'est pas le cas. » Elle a secoué la tête. « Je pense que ton père a été traumatisé d'avoir été abandonné par la personne qu'il aimait le plus au monde après toi. Il n'a pas supporté ce que j'ai fait et les raisons pour lesquelles je l'ai fait. Il pense sûrement que s'il réussit à contrôler tous les aspects de ta vie, il ne revivra pas ça. Je ne peux pas lui en vouloir : ce que j'ai fait était vraiment horrible. J'aimerais vraiment pouvoir revenir en arrière. Mais je sais que c'est impossible. Et je regrette que ma décision ait eu autant de répercussions sur lui, sur toi et sur mes parents. Toute ma famille a souffert de mon égoïsme. »

J'ai tendu la main vers elle. « Excuse-moi. Je ne voulais pas te faire culpabiliser.

— Ne t'excuse pas, non. Surtout pas. Tu as toutes les raisons du monde d'être en colère contre moi, et sans doute plus encore que ton père, et tu es parfaitement en droit d'exprimer ta colère. Si tu veux m'insulter et me gifler, vas-y, ne te gêne pas. Si tu ne veux plus jamais me revoir, c'est ton droit également. L'essentiel, c'est que tu ne fasses pas passer mes sentiments avant les tiens. C'est ce que tu ressens toi, qui compte. Si tu veux, je peux parler à ton père.

— Surtout pas !

— D'accord, elle m'a dit. D'accord. Je vais trouver une autre idée. »

Et deux semaines plus tard, quand on s'est revues, elle m'avait acheté une voiture. Elle m'a dit qu'elle allait la garder chez elle jusqu'à ce que je me sente prête à en parler à papa ou à passer l'examen de conduite. Parce qu'elle voulait m'apprendre à conduire !

« Toi ? je lui ai fait.

— Oui. Je sais que ce n'est pas la même chose que de prendre des leçons avec un moniteur et que ce n'est pas ça qui va rassurer ton père, mais pour l'instant, c'est la seule idée que j'ai trouvée. »

J'étais complètement sciée. Il n'y a pas beaucoup de jeunes femmes de mon âge qui ont une voiture, et encore moins une voiture aussi cool, vieille d'à peine trois ans. J'ai hurlé « Merciii ! » et je me suis jetée à son cou en poussant de petits cris perçants.

« Je suis désolée de m'être montrée si dure avec toi, Fleury. Je vais essayer d'arranger les choses. » Elle m'a serrée dans ses bras. Plus tard, je me suis rendu compte que ce jour-là avait marqué un tournant dans notre relation : c'était la première fois depuis des années qu'on se prenait dans les bras l'une et l'autre.

Mme Challey habite un peu plus loin dans la rue. Mirabelle m'a expliqué qu'elle avait emménagé ici juste avant qu'elle-même ne décroche son job dans la boîte de son mari, et que sa rencontre avec elle était sûrement la meilleure chose qui soit arrivée dans sa vie, après nos retrouvailles.

Je me sens tout excitée à l'idée de la rencontrer ; ça doit être la seule personne sur terre à qui Mirabelle ait parlé de moi. Parce qu'il y a ce truc que je ne t'ai pas encore dit : elle, Mirabelle, n'a jamais confié à qui que ce soit qu'elle avait une fille. Elle devait avoir peur que les gens la jugent. Et je suis sûre qu'il y en a plein qui l'auraient fait, s'ils avaient appris que, lorsque sa fille avait six ans, elle était partie pour Brighton et n'était jamais revenue.

Tami

Groove Is In the Heart passe à la radio.

J'ai augmenté le volume et je danse un peu en nettoyant la cuisine. Elle n'est pas sale, elle n'a pas besoin d'être nettoyée, mais il faut absolument que je m'OCCUPE avant l'arrivée de Beatrix.

Aucun d'entre nous ne sait où en est l'enquête de police. Très peu de détails ont été révélés, et la seule chose dont nous sommes certains, c'est qu'elle a été… qu'elle est morte dans sa baignoire. Et que ça ne peut pas être un accident. Nous savons que ce n'est pas un accident parce que Scott a été arrêté le lendemain de sa mort. C'était le suspect numéro un, bien sûr. Il m'a raconté tout le déroulement de l'interrogatoire et a conclu son monologue anxieux par cette phrase : « Ce n'est pas moi, Tami, tu dois me croire. »

Je sais que ce n'est pas lui. Naturellement que ce n'est pas lui. Il ne pourrait pas tuer quelqu'un et continuer de vivre sa vie comme si de rien n'était. Personne ne pourrait faire ça.

Ils l'ont libéré presque tout de suite et l'ont éliminé de la liste des suspects parce que l'examen de son ordinateur a révélé qu'il était sur le Net au moment où elle a été tuée. La nuit était très avancée, et il était sur le Net. Apparemment, ils ont réussi à localiser la pièce dans laquelle il se trouvait à l'heure du crime et à obtenir une liste détaillée de tout ce qu'il a fait sur l'ordinateur : les sites qu'il a visités, le temps qu'il a passé sur chacun d'entre eux, les fichiers qu'il a téléchargés, les cookies. L'examen a révélé qu'il n'avait pas simplement laissé son ordinateur connecté à Internet, ce qui lui aurait permis de sortir pour commettre le crime. Non, il était actif à ce moment-là. Quand il m'a expliqué ça, j'ai compris qu'en réalité, il était en train de me dire : « *Ce n'est pas moi qui l'ai fait car, à ce moment-là, j'étais en train de me masturber devant un porno.* » Probablement une scène de viol. Je l'ai regardé fixement. Il a soutenu mon regard, et j'ai vu la culpabilité troubler le sien. J'ai tourné la tête, tentant de chasser de mon esprit ce qu'impliquaient ces révélations. « Peu importe », ai-je marmonné en quittant la pièce.

Une chose horrible vient de se produire, et cette chose m'a rappelé qu'il fallait que je me concentre sur l'instant présent. Sur la vie. La chance que j'ai d'être en vie. Toute cette histoire m'a poussée à reconsidérer la valeur de ma vie, et je sais désormais que je veux vivre de nouveau. J'ai entamé un processus de découverte de moi-même quand je me suis mise à faire du footing. J'adore les différents rôles que je joue dans ma vie, mais, au fil du temps, certains aspects importants de ma personnalité se sont effacés. Et ces parties effacées auront besoin de temps pour retrouver toute leur substance. Je dois découvrir qui je suis. Moi, dans ma totalité.

Et ceci commence par la recherche de chaussures appropriées. Mirabelle avait de merveilleuses chaussures. Alignées dans le grand dressing qu'elle avait fait aménager à l'étage. Elle m'y avait conduite un jour et, l'espace de quelques secondes, j'étais restée littéralement muette d'admiration devant le nombre de vêtements qu'elle avait et toutes ces rangées de chaussures qu'elle possédait. Chaque paire avait été soigneusement entreposée dans une boîte en plastique opaque, sur laquelle figurait une photo du modèle. « J'ai l'impression d'être au pays des merveilles, lui avais-je dit.

— C'est un peu l'idée », m'avait-elle répondu. Elle m'avait laissée en essayer quelques-unes. Et en regardant mes pieds, j'avais eu l'impression qu'elles étaient faites pour moi. Or, je ne m'étais pas trompée : elles étaient faites pour moi. Elles parlaient à cet aspect de ma personnalité qui adore les vêtements, les belles choses, les objets luxueux.

Nous allons donc faire un peu de shopping pour que je puisse redevenir Tami, la « fashionista ».

Beatrix cherche également à embrasser la vie. Elle a pris sa journée et envisage de s'acheter des chaussures et des sous-vêtements. « Pour aller avec ma nouvelle coiffure, tu sais ?

— Toi, tu vas avoir des ennuis au travail, lui ai-je dit en songeant à tous les dossiers qui m'attendaient moi-même sur mon bureau et dans mon ordinateur.

— Des ennuis, moi ? Jamais ! Je sais où sont les cadavres. » Elle s'est aussitôt reprise en sursautant et en mettant sa main devant sa bouche. Et nous avons toutes deux laissé passer plusieurs secondes de silence horrifié mais respectueux avant de faire comme si elle n'avait jamais dit ça et de nous lancer dans nos préparatifs.

Un notaire m'a appelée hier pour me dire que j'étais l'exécutrice du testament de Mirabelle et me proposer de prendre rendez-vous avec lui pour discuter de la procédure administrative. C'est la dernière chose au monde que j'ai envie de faire. Il m'a dit que l'autre exécutrice était une personne nommée Fleur Stuminer. Je lui ai dit de voir avec elle, parce que je ne voulais pas être mêlée à ça, et j'ai raccroché. Je n'ai pas envie de m'impliquer là-dedans. Je n'ai pas envie de classer des papiers, de me pencher sur les archives de sa vie et de m'assurer que tous les gens qu'elle aimait reçoivent ce qu'ils méritent. Je n'ai pas envie de m'occuper des restes de vie de la feue maîtresse de mon mari.

J'ai reçu une lettre du notaire, ce matin, mais je ne l'ai pas ouverte. Je l'ai enfouie au plus profond des entrailles de l'un des tiroirs de la cuisine.

Ding-dong entonne la sonnette.

Mon cœur a un raté. Ça me fait ça à chaque fois, désormais. Les problèmes se sont accumulés sur le pas de ma porte au cours de ces dernières semaines. Mais je me détends bien vite car ce doit être Beatrix qui est venue me chercher pour notre séance de shopping.

J'attrape mon sac, éteins la radio et m'approche presque en dansant de la porte d'entrée. « J'arrive ! »

m'exclamé-je, en m'arrêtant pour enfiler mes sandales et décrocher mon imperméable bleu marine de la rampe.

« J'espère que tu as pris ton… »

Des problèmes. Encore des problèmes sur le pas de ma porte.

J'ignore qui est cette femme. C'est peut-être une personne très sympathique, mais ce n'est pas celle que j'attendais, ce n'est pas Beatrix, ça ne peut donc être qu'une nouvelle source de problèmes.

Elle est grande, elle fait presque une demi-tête de plus que moi. Sa peau est légèrement plus sombre que celle de Cora et Anansy, et elle arbore une masse de cheveux bouclés qui sont naturellement bruns, blonds et noirs par endroits. Et son visage, son corps, la façon dont elle se tient… c'est Mirabelle réincarnée. Surtout ses yeux.

Je suis en train de regarder le visage de Mirabelle.

Et si c'était cela qui se produisait quand on part trop tôt, trop vite, avant notre heure ? Et si elle était revenue pour me dire quelque chose en empruntant le corps et le visage de quelqu'un d'autre ?

« Bonjour. Excusez-moi. J'espère que vous pourrez m'aider. » Sa voix ne ressemble pas du tout à celle de Mirabelle. Cette femme est de Londres, et son accent laisse son empreinte sur chacun des mots qu'elle prononce. « Je suis Fleur Stuminer. Vous êtes Mme Challey ? »

J'acquiesce, prudemment.

Elle me tend la main, et je la serre machinalement. Nous nous serrons la main trois fois.

« Je suis Fleur Stuminer, répète-t-elle.

— Oui… Vous l'avez déjà dit. »

Le sourire qu'elle affichait disparaît de son visage. L'air à la fois abattu et gêné, elle baisse les yeux. « Ah, murmure-t-elle. Elle ne vous a pas parlé de moi. »

Je secoue la tête. « Elle » désigne Mirabelle, j'en suis presque sûre, mais pas complètement.

« Je pensais que, si elle l'avait dit à quelqu'un, ç'aurait été à vous. Mais apparemment, je me suis trompée. » Elle me tend de nouveau la main. « Bonjour, me dit-elle poliment, mais d'un ton un peu plus froid que la première fois. Je suis Fleur Stuminer. La fille de Mirabelle. »

Fleur

Blog de la fille de la plage aux fleurs

Liste des choses auxquelles j'ai pensé aujourd'hui :

— Pourquoi est-ce que les gens mentent ? Est-ce qu'ils cherchent à vous faire du mal ou à vous protéger ? Pourquoi ?

Ça se termine toujours par des cris et des larmes. Toujours.

Aaah !

Oui, *Aaah !*

Comme par hasard, juste au moment où je commençais à me convaincre que je signifiais quelque chose pour elle, que j'avais de l'importance… il a fallu que ça arrive. Que je me prenne une claque en pleine face pour me rappeler qu'à ses yeux, je n'étais rien d'autre qu'un honteux secret.

Et en plus, elle m'a menti. Elle m'avait dit qu'elle avait parlé de moi à ses amis. Mais pourquoi est-ce que ça me fait aussi mal ? Quelle imbécile, je devrais être habituée, maintenant. À chaque fois, c'est pareil.

Je me souviens qu'un jour où j'étais assise à côté d'elle dans ma voiture et où elle planifiait le circuit qu'on allait faire pour ma leçon de conduite, l'une de ses copines nous a aperçues et nous a fait un signe de la main.

« Coucou, a dit la fille d'un air radieux, en s'approchant de la fenêtre de Mirabelle. Qu'est-ce que tu fais à Kensington ? Je croyais que tu ne quittais jamais Brighton.

— Eh bien, tu sais, il faut quand même que je sorte un peu de mon trou de temps en temps », lui a répondu Mirabelle. Je souriais, je cherchais son regard, j'attendais. J'attendais.

« Je n'arrête pas de te le dire, a répliqué sa copine d'un air narquois.

— Mais tu en dis toujours trop », a répondu Mirabelle.

Et sa copine s'est mise à attendre, elle aussi. Elle attendait, attendait, attendait qu'elle se tourne vers moi et dise : « *Je te présente Fleur, ma fille.* »

« Euh… tu ne me dis pas qui c'est ? elle a fini par demander, comme la situation commençait à devenir embarrassante, et qu'elle n'avait plus que deux solutions : soit lui poser la question, soit partir.

— Si, c'est… Roza, a répondu Mirabelle. La fille de ma cousine. Je lui donne quelques leçons de conduite pour, euh… pour rendre service à ma cousine. » Les mensonges lui venaient si facilement à la bouche. Ils en sortaient naturellement. Roza était mon deuxième prénom, sa cousine avait bien une fille de mon âge (je le savais, même si je ne voyais jamais les gens de ce côté-là de la famille), et elle me donnait des leçons de conduite pour rendre service, mais à moi. Ce qu'elle venait de dire, c'était des bribes de vérité mais l'ensemble constituait un gros mensonge.

« Ravie de vous rencontrer, Roza », m'a dit la fille.

Et je lui ai souri. Juste souri. Je ne voyais vraiment pas ce que je pouvais lui dire. Je n'étais pas une menteuse, moi, contrairement à la femme qui était assise à côté de moi.

Le sourire de la fille s'est élargi et elle s'est éloignée en disant : « À la semaine prochaine. » Mais elle s'est retournée deux fois pour nous regarder, et Mirabelle a attendu qu'elle ait disparu de notre champ de vision pour recommencer à parler.

Elle avait les yeux fixés sur le pare-brise, et moi aussi : je ne pouvais pas la regarder.

« Je suis désolée. J'ai paniqué. Je ne me sens pas encore prête à te partager avec les autres. J'ai l'impression que je viens juste de te retrouver, et je veux te garder pour moi toute seule. Tu comprends ?

— Bien sûr. »

Oui, j'avais bien compris, très bien compris, que, à ses yeux, je n'étais rien d'autre qu'un honteux secret.

Mme Challey pose une tasse de café sur la table basse à côté du canapé. Comme elle a vu que j'étais une adulte, ça ne la choque pas que je boive du café. Papa et elle, Mirabelle, ne m'ont jamais proposé de café. Ils m'autorisent à boire du thé, mais du café, surtout pas, c'est une boisson d'adultes, et Fleur est une enfant. Sera toujours une enfant. TOUJOURS !

Par contre, cette femme, là, m'a tout de suite demandé si je voulais du café, du thé, de l'eau ou un jus de fruits. Je lui ai répondu du café, non seulement parce que j'en bois tout le temps, mais aussi pour voir si elle allait marquer sa désapprobation ou me demander si j'étais sûre de mon choix. « Très bien, elle m'a dit. Mais je vous prie de m'excuser, ce sera sûrement de l'instantané. Ma fichue cafetière ne fonctionne qu'une fois sur deux. »

Elle tremble. Elle essaie de le cacher, mais j'ai bien vu que sa main tremblait quand elle a posé la tasse sur la table et qu'elle s'est assise dans le fauteuil. Elle est peut-être alcoolique ? Elle n'a pas l'air d'une alcoolique, mais, de nos jours, les apparences, ça ne veut plus dire grand-chose. Il y a des gens qui ont l'air très bien, vus de l'extérieur, alors qu'en réalité, ils sont alcoolos au dernier degré ou accros au shit. Sans parler de ceux qui détiennent tellement de secrets qu'au final ils n'ont pas grand-chose à voir avec les gens à qui on croit parler.

Mme Challey a les yeux injectés de sang comme si elle avait bu, mais il se pourrait aussi qu'elle ait pleuré ou qu'elle ait passé une nuit blanche. Par contre, elle est superbien habillée. Elle porte un jean slim, comme si elle était jeune. Du reste, elle n'a pas l'air si vieille que ça, elle fait même un peu plus jeune que Mirabelle. Elle a un haut blanc sans manches orné d'un petit nœud. Et ses bras sont très bien, ni gros ni maigres, comme les miens ou ceux de Mirabelle. Je dirais qu'elle a l'air normal.

Son corps, ses vanilles mi-longues, ses vêtements… oui, elle est normale. Conforme à l'idée que je me fais d'une maman, pas comme Mirabelle, et encore moins comme ma belle-mère. Le vernis de ses ongles de pied est tout écaillé : elle est comme les mères de mes copines, elle n'a pas le temps de faire ce genre de truc, parce qu'elle est trop occupée à être une maman.

Machinalement, je regarde les murs de la pièce. Il y a des photos des enfants. Partout. Papa en a mis deux de moi sur la cheminée du salon, mais là, ça n'a rien à voir, ça va beaucoup plus loin. Ils ont fait faire des agrandissements par des pros. Leurs filles en train de rigoler, la plus jeune assise dans l'herbe en train d'observer une pâquerette, l'autre couchée par terre, la tête entre les mains. L'aînée habillée d'un tutu rose, la petite, tout sourire, en haut d'un grand toboggan en plastique rouge et bleu. On dirait que rien de ce que font leurs enfants ne peut échapper à l'objectif et qu'absolument tout ce qu'elles font est digne de décorer leurs murs.

« Ce doit être tellement dur pour vous, me dit Mme Challey. Je ne peux même pas m'imaginer ce que je ressentirais si je perdais ma mère. Mes deux parents sont encore en vie. Ils ont une pêche d'enfer, qu'ils mettent à profit pour critiquer tous mes faits et gestes, comme seuls les parents africains semblent savoir le faire. Mais bon, je les ai toujours. » Elle m'adresse un sourire dont la tristesse est sincère, et une drôle de sensation se répand brutalement dans ma poitrine. J'ai l'impression que c'est la première fois que je comprends vraiment ce que veut dire le mot « mort ». « Je suis vraiment désolée. »

Mon cœur me fait mal.

« C'est rien, je lui dis. Je ne la connaissais pas vraiment. Enfin, pas trop. Elle est partie quand j'avais six ans.

— Six ans ? s'exclame Mme Challey comme si elle allait pleurer ou un truc dans le genre. C'est tellement jeune !

— Ouais, sûrement. En fait, je ne peux pas trop vous dire, je n'ai pas de point de comparaison. Je me souviens un peu d'elle. Par bribes. Comme cette histoire qu'elle me racontait tous les soirs. Je suis sûre que je la connaissais par cœur avant même de savoir parler. Quand elle est partie, je n'ai pas pu dormir pendant des semaines parce qu'elle n'était pas là pour me la raconter, et papa ne la connaissait pas. »

En fait, papa la connaissait très bien. Mais il ne voulait pas la raconter parce qu'il était fâché contre elle.

« L'histoire de la plage aux pétales de roses ? me dit Mme Challey.

— Oui ! Vous la connaissez ? Elle vous l'a racontée ?

— Pas vraiment. Mais elle l'a racontée plusieurs fois à mes filles et je l'ai entendue. D'ailleurs, je l'ai interrogée une ou deux fois à ce sujet. »

C'est à cause de cette histoire qu'elle est partie.

« J'ai l'impression de vous connaître. Elle me parlait tellement de vous quand je la voyais. Elle ne l'a jamais dit texto, mais je suis sûre que vous étiez sa meilleure amie. »

Mme Challey va pleurer. J'ai dit quelque chose qu'il ne fallait pas et elle est sur le point de craquer. Elle ferme les yeux et prend une profonde inspiration, comme si elle essayait de se calmer.

« Merci d'avoir dit ça, elle me dit, après avoir rouvert les paupières. C'est tellement gentil de votre part d'essayer de me réconforter dans un moment comme celui-ci. »

Je n'essayais pas de la réconforter ; j'étais juste sincère. « J'étais tellement persuadée qu'elle vous avait parlé de moi... Mais je me suis trompée : je n'étais pas aussi importante à ses yeux que je le pensais.

— Ne croyez pas ça, elle me dit en reposant sa tasse de café et en se levant pour venir s'asseoir sur le canapé à côté de moi. Mirabelle était tellement compliquée... Elle m'a dit qu'elle s'était mariée parce qu'elle était tombée enceinte, mais qu'elle avait perdu son bébé. Alors j'ai cru qu'elle voulait dire qu'elle avait fait une fausse couche. Mais si j'avais insisté, si je lui avais demandé ce qu'elle entendait exactement par là, elle me l'aurait dit, je suis certaine qu'elle me l'aurait dit. Ce sont mes déductions hâtives qui l'ont empêchée de le faire. Pourquoi serait-elle allée dire à la mère de deux enfants qu'elle avait abandonné sa fille ? » Mme Challey me masse l'épaule, et je trouve ça sympa. J'ai l'impression d'être aimée. « Et vous savez, tout récemment, elle m'a dit qu'elle avait essayé de revenir, mais que votre père avait refusé. Et que c'était mieux comme ça. Parce que, à cette époque, si elle avait cherché à le faire, c'était uniquement pour elle, dans un but purement égoïste. Elle m'a également confié qu'elle voulait essayer de devenir quelqu'un de bien et se racheter des mauvaises actions qu'elle avait commises. Voilà toutes les choses qu'elle m'a dites au fil du temps et que j'ai cru comprendre. Mais en remettant en place les pièces du puzzle, je me rends compte que ce n'est que maintenant que j'en saisis vraiment le sens.

« Elle m'a dit qu'elle regrettait de ne pas vous avoir emmenée avec elle et qu'elle voulait essayer de trouver un moyen de recoller les morceaux. Vous étiez tout pour elle, et je vous assure qu'elle essayait de réparer son erreur. » Elle me caresse le dos, comme elle doit le faire avec ses filles pour leur rappeler qu'elle sera toujours présente quand elles auront besoin d'elle. La chaleur de sa main se diffuse dans chacun des endroits qu'elle touche, se répand dans mon corps et apaise la douleur de mon cœur. Pas complètement, mais plus qu'un peu. En tout cas, assez pour que je le sente. Je me demande si elle se rend compte de ce qu'elle est en train de faire.

« Vous êtes super, madame C. Pardon, madame Challey.

— Appelle-moi Tami, comme tout le monde. »

Waouh, elle me traite comme une adulte, encore. Un peu comme quand on teste un nouveau juron, je répète tout bas « Tami ». Ça fait bizarre d'appeler une personne plus vieille que soi par son prénom. Juste son prénom ! « Tu es super, Tami, je me risque à dire.

— Toi aussi, Fleur. Je peux t'appeler Fleur ?

— Bien sûr ».

Et sans même m'en apercevoir, je me mets à faire ce truc que je fais tout le temps. Je ne peux pas m'en empêcher. À chaque fois que je rencontre une femme en âge d'être ma mère, je me demande ce que serait ma vie si j'étais sa fille. Comment elle aurait été avec moi ? Plutôt stricte ou plutôt cool ? Est-ce qu'elle m'aurait obligée à finir mes légumes ou est-ce qu'elle m'aurait laissée manger tout ce que je voulais quand je voulais ? Est-ce qu'elle m'aurait parlé de la petite graine ou est-ce qu'elle se serait contentée de me donner un livre et de me demander si j'avais des questions ? Est-ce qu'elle aurait voulu savoir si je prenais la pilule et si j'avais un petit ami ? Est-ce qu'elle aurait fouiné dans ma chambre, lu mon journal intime et pété un câble si elle y avait trouvé quelque chose qui ne lui plaisait pas ? Est-ce qu'elle aurait été pour moi plus une copine qu'une mère ? Et surtout, est-ce qu'elle m'aurait abandonnée pour rechercher la personne qui lui avait raconté l'histoire de la plage aux pétales de roses ?

J'ai le sentiment que Mme Challey, pardon, que Tami, aurait été stricte, mais quand même assez cool. Qu'elle aurait insisté pour que je mange mes légumes, tout le temps, sauf les fois où elle aurait vu que je n'en avais vraiment pas envie. Je sais qu'elle aurait crié après moi si j'avais fait des bêtises, mais qu'ensuite elle l'aurait regretté. Elle m'aurait tout dit sur le sexe, et elle aurait essayé de rendre ça naturel, mais aussi un peu insipide pour ne pas me donner trop envie d'essayer. Elle aurait cherché à me dissuader de prendre la pilule et de coucher avec des garçons jusqu'à ce que je sois assez mûre pour gérer ça. Elle aurait sûrement été tentée de fouiner dans ma chambre, mais elle ne l'aurait fait que si mon comportement l'avait réellement inquiétée. Elle serait devenue complètement barge si elle avait trouvé des cigarettes ou des préservatifs dans mes affaires, mais après coup, elle m'aurait prise à part pour m'expliquer calmement que c'était ma vie et qu'elle comprenait que ce soit tentant d'essayer ce genre de trucs, mais qu'il valait mieux que je prenne mon temps, que je réfléchisse bien à ce que je faisais, et, surtout, que je garde toujours assez d'estime de moi pour prendre soin de ma personne, d'un point de vue physique et émotionnel. Elle m'aurait dit : « *Je suis ta meilleure amie, mais je suis tout de même ta mère.* » Et ce rôle de mère aurait pris le pas sur tous les autres, la poussant à prendre des décisions difficiles et à distribuer des punitions si nécessaire, mais aussi à m'aimer d'un amour inconditionnel, même si je l'avais fait souffrir.

Et elle ne m'aurait jamais abandonnée. Non, pour rien au monde elle ne m'aurait abandonnée.

Ce petit jeu-là, j'y ai beaucoup joué, beaucoup. Et jamais je n'ai trouvé meilleure candidate que Tami. Je veux qu'elle soit ma mère. La place est libre.

Mon cœur me fait mal.

« Est-ce que tu pourrais m'aider à organiser l'enterrement ? » je lui demande. J'ai envie de lui poser plein de questions pour savoir ce que les flics ont dit. J'ai envie de lui demander si elle a une idée de la personne qui pourrait l'avoir tuée, elle, *Mirabelle.* Et j'ai aussi envie de lui demander ce que Mirabelle voulait dire quand elle m'a confié il y a quelques semaines de ça qu'elle avait des problèmes. Est-ce que c'était ça qu'elle voulait dire ? Est-ce qu'elle se doutait que ces problèmes pouvaient aboutir à ça ? J'ai envie de l'interroger, mais je n'ose pas. Je ne peux quand même pas débarquer ici comme ça et me mettre à jouer les détectives. Tami ne savait même pas que j'existais avant que je frappe à sa porte. Et puis toutes ces questions peuvent attendre. Rien ne presse. Je n'ai aucune intention de retourner à la fac. J'ai le temps, plein de temps. « Je ne sais pas par où commencer. J'ai vu qu'il y avait des pompes funèbres un peu plus loin dans la rue, mais je ne sais pas si je peux me pointer là-bas directement ou s'il faut d'abord appeler. Et puis comment est-ce que je vais choisir ? Par exemple… tu sais, le truc dans lequel ils vont la mettre ? Et les fleurs ? Et l'église ? Tu crois qu'elle aurait voulu un enterrement religieux ? Il y a tellement de choses à régler, et encore plus que j'ignore… » Je me tourne vers elle pour la regarder. « Tu vas m'aider, hein ? »

Encore une fois, on dirait qu'elle va pleurer. À vrai dire, je suis nulle pour gérer ce genre de situation. Je suis mal à l'aise avec les crises de larmes, qu'il s'agisse des miennes ou de celles des autres. Je devrais peut-être appeler Noah, lui dire de venir ici tout de suite. Je l'ai trouvé plutôt doué la dernière fois. Moi, ce n'est pas trop mon truc.

« Le problème, Fleur…, commence Tami, et je sens quelque chose dans mon ventre se serrer. En fait, je ne veux pas t'ennuyer davantage, je sais que tu vis déjà une épreuve extrêmement difficile, mais je ne peux pas te mentir : Mirabelle… Ta mère et moi avons eu un important différend juste avant sa mort. Et…

— À quel sujet ?

— C'est compliqué », elle me répond, comme si elle ne voulait pas en parler. Et tout d'un coup, on dirait qu'elle change d'avis : « En fait, tu sais, ce n'est pas si compliqué que ça. J'ai découvert que mon mari avait une liaison avec ta mère. »

Quoi ? Quoi ? Quoi ?

« Oui. C'est un peu plus compliqué que ça, parce que la police est intervenue à propos d'une autre affaire, que je t'expliquerai un peu plus tard, mais, en gros, c'est ça qu'il s'est passé. Je suis désolée d'avoir à te le dire. J'aurais vraiment préféré ne pas avoir à le faire, mais la discussion aurait été faussée si… Et ça me pèse sur la conscience, mais je ne peux pas faire comme si tout allait bien entre nous. Je ne comptais pas assister à son enterrement, et encore moins participer… » Elle s'interrompt, serre très fort les paupières, se tord très fort les mains, et tout son corps se crispe. « Mais je vais t'aider. Tout cela n'a rien à voir avec toi ; ce n'est pas ta faute. Je ne peux pas laisser une jeune femme en deuil se débrouiller toute seule pour organiser l'enterrement de sa mère dans une ville qu'elle ne connaît pas. Ce serait vraiment cruel. Je vais passer les coups de fil et prendre les rendez-vous. Je vais faire tout ce que je peux pour t'aider. Mais c'est toi qui prendras les décisions. Moi, je serai juste là pour te soutenir moralement. »

C'est moi qui prendrai les décisions ? Personne ne m'a jamais laissée prendre de décisions importantes. Je n'ai pas le droit. Je suis trop jeune. Même elle, Mirabelle, ne me laissait pas prendre de décisions. Elle faisait comme si elle était l'anti-papa, celle qui m'accordait la liberté, mais quand je lui exposais un problème, elle se contentait de le régler pour moi, sans se donner la peine de me demander ce que j'en pensais. L'histoire du permis, c'est un bon exemple. Je lui ai dit que papa ne voulait pas que je le passe, alors elle m'a acheté une voiture et m'a donné des leçons de conduite. Il ne lui serait jamais venu à l'esprit de me dire : « Voilà l'argent pour payer tes leçons. Qu'est-ce que tu aimes comme voiture ? Je vais essayer de t'en trouver une. » J'adore la Mini, c'est une voiture supercool et sa couleur est sympa. Mais si j'avais voulu une Jeep ou pensé qu'une Micra s'accorderait mieux à mon style de vie ? À aucun moment elle ne m'a donné l'occasion de prendre une décision moi-même.

Cette occasion, c'est maintenant que je l'ai, maintenant que je dois la saisir. Pour régler ses affaires à elle. Ce n'est pas un peu bizarre, ça ?

« Vous êtes sûre, madame Challey ? Pardon, tu es sûre, Tami ? Je ne veux pas t'embêter…

— Ne t'inquiète pas. Tu ne peux pas faire ça toute seule ; je vais t'aider autant que possible. Et ne te fais pas de souci pour l'argent : c'est moi qui paierai.

— Merci. Merci infiniment.

— De rien. Tu as déjà assez de problèmes comme ça ; je ne voudrais pas que tu en aies davantage. » Elle me caresse le dos, et la douleur que j'ai au cœur s'estompe encore un peu plus. Un tout petit peu plus. « Tu veux une autre tasse de café ? »

Je secoue la tête. Non. Maintenant qu'on me propose ça comme une chose que je suis autorisée à faire, ça ne me fait plus envie. Et si ça me faisait pareil pour d'autres trucs ? Et si, maintenant que je ne suis plus à la maison et que je peux faire ouvertement tout ce que j'ai envie de faire, je m'apercevais que je n'ai plus envie de certaines choses ? Comme des clopes ? Ou du sexe ?

Instinctivement, je me mets à fouiller dans mon sac. « Ça ne te dérange pas si je fume ? je dis à Tami.

— Non, mais pas dans la maison. Dans le jardin, si tu veux. » Oh, mon Dieu ! Je n'ai pas du tout envie d'une cigarette. Et si j'avais perdu le goût de ça ?

« Mais tu ne devrais pas fumer, me dit Tami. C'est vraiment une mauvaise habitude. Tu devrais essayer d'arrêter. »

Je peux presque sentir la fumée emplir mes poumons, soulager mes tensions. Cette cigarette, je vais la savourer. Je vais trop, trop la savourer.

Je repose mon sac et lève les yeux vers Tami.

« Il y a quelque chose que je ne capte pas, je lui fais. Tu m'as dit que ton mari avait eu une liaison avec elle, Mirabelle ?

— Oui.

— Mais ce n'est pas possible.

— Pourquoi ? »

Mme C., Tami, se remet à trembler. C'est l'anxiété. Mais qu'est-ce que je suis en train de faire ? Ce n'est pas le moment. Si je veux l'aider, ce n'est sûrement pas maintenant que je dois le lui dire. « Je… Je ne la vois pas faire ça à une amie.

— Moi non plus », elle me dit, les yeux pleins de larmes.

Ça attendra. Ce que j'ai à lui dire attendra. Je me tais. Et, en agissant ainsi, je crois que je me comporte un peu comme elle. Comme ma mère.

10

Tami

Debout devant le miroir de la salle de bains, Fleur s'entraîne à serrer la main des gens. « Bonjour, ravie de vous rencontrer », murmure-t-elle. Elle porte une robe T-shirt en coton qu'elle a apportée. Elle est très ajustée et tombe jusqu'à ses chevilles. Sa masse de boucles sauvages a été rassemblée en un chignon serré à la base de sa nuque. Avec ses talons hauts, elle va surplomber toute l'assemblée, c'est certain. Je vais essayer de lui suggérer de m'emprunter une paire de chaussures plates.

Elle me fait penser à un mélange de Cora et Anansy. Elle a l'exubérance d'Anansy et la ténacité de Cora. Quand je regarde dans ses yeux, parfois, je vois l'enfant de six ans que sa mère a abandonnée ;

une petite fille qui doit lutter pour faire le deuil d'une personne qu'elle n'a pas vraiment connue.

Mais qui connaissait Mirabelle ? Voilà une question épineuse. Comment a-t-elle pu me cacher cela ? Je lui ai déballé toute ma vie, je lui ai dit des choses que je n'ai jamais dites à Scott, mais elle, que m'a-t-elle dévoilé ? Les couches superficielles de sa personnalité, rien de plus. Elle avait une fille.

« Fleur, dis-je à la jeune fille qui se trouve dans ma salle de bains et que je ne peux m'empêcher de considérer comme mon troisième enfant, tu ne peux pas porter ces chaussures. Enfin, si, bien sûr. Mais tu risques de faire peur à tout le monde. »

C'est aujourd'hui que doit avoir lieu l'enterrement.

Il a été facile à organiser. Je n'imaginais pas que les choses puissent aller aussi vite. Je ne voulais pas que Fleur ait l'impression que c'était moi qui dirigeais les opérations, mais elle semblait presque pétrifiée à l'idée de prendre la moindre décision. J'aurais voulu lui parler de Mirabelle, j'aurais voulu lui parler de sa vie, mais au bout du compte, nous avons surtout parlé littérature. Elle lit énormément, et elle adore ça, parce que c'est un moyen pour elle de s'évader. Elle ne me l'a pas dit textuellement, mais j'ai bien compris qu'elle avait besoin d'échapper aux contraintes de la vie quotidienne. Je lisais beaucoup, moi aussi, quand j'étais plus jeune. C'est dans mes lectures que j'ai découvert le monde extérieur, et c'est par mes lectures que j'ai compris que je voulais en faire partie. Et que plus vite je rentrerais dans la vie active, plus vite je pourrais quitter le foyer afin de devenir ce que j'étais. Partir, c'était préférable à regarder le cours de ma vie dévier à cause des deux personnes que je voulais le moins voir souffrir au monde. Le chemin que mes parents me proposaient n'était pas fait pour moi. Je ne voulais pas aller à l'uiversité pour étudier le droit. L'anglais, à la limite, mais le droit, non.

« Moi, je les trouve… jolies », me dit-elle en baissant les yeux vers le piédestal sur lequel elle se trouve et en tournant l'une de ses chevilles vers moi pour mieux me faire apprécier. J'ai remarqué qu'il lui arrivait souvent de s'arrêter au milieu de ses phrases pour réfléchir à ce qu'elle allait dire. Parfois pour chercher un commentaire positif à formuler, mais parfois aussi pour chercher un mot susceptible de bien sonner aux oreilles d'une vieille et surtout d'être compris par son vieux cerveau. Cette vieille, naturellement, c'est moi. Fleur se comporte comme une interprète de la culture « djeuns ». Et me donne l'impression d'être bien plus âgée que je ne le suis.

« Elles sont sublimes. Mais les talons sont un peu trop hauts. Tu sais, j'ai des Jimmy Choo plates qui iraient très bien avec ta robe… je pourrai te les prêter, si tu veux ?

— Des Jimmy Choo ? Des vraies ?

— Oui.

— De vraies Jimmy Choo ? Arrête, tu rigoles.

— Mais non. On me les a offertes. Elles sont comme neuves, je n'ai pas souvent l'occasion de porter des chaussures aussi belles.

— C'est pas des chaussures. C'est des chaussuuuuures !

— Si tu le dis.

— Mais je le dis. Tu me les prêtes, c'est vrai ? »

Et voilà : elle refait son Anansy. Ses yeux noisette (exactement la même couleur que les lentilles de Mirabelle) dansent de joie, son corps est une pile électrique et je vois bien qu'elle a envie de taper dans ses mains.

« En fin de compte, non. Je ne vais pas te les prêter.

— Hein ? Mais, pourquoi ?

— Parce que, à bien y réfléchir, je crois que tu devrais porter tes chaussures. Que tu devrais t'élever au-dessus de tout le monde. Parce que tu n'es pas n'importe qui. Tu es sa fille, et tu dois te démarquer du reste de l'assemblée.

— Tu crois vraiment ?

— J'en suis certaine », lui dis-je en hochant la tête.

Je lui tends la main. « Allez, on y va. »

Scott, qui n'aurait pas pu se dispenser d'assister à l'enterrement sans attirer les soupçons de ses collègues, a pris l'initiative d'emmener Cora, Anansy et Beatrix déjeuner au restaurant. Ils sont censés nous rejoindre à l'église, tous les quatre.

Fleur glisse sa main dans la mienne et redevient un peu Cora : timide, réservée, mais déterminée à se battre pour trouver l'assurance de faire quelque chose qui la terrifie. Je serre sa main comme je l'aurais fait si cela avait été l'une de mes filles. Et, l'espace d'un bref instant, je me rappelle le premier jour de crèche de Cora et le premier jour d'école d'Anansy. Je n'avais pas envie de les laisser partir. Je voulais les garder avec moi pour toujours, car je savais que, tant que je serais avec elles, rien de mauvais ne pourrait jamais leur arriver.

Fleur

Je fume toujours.

Pendant quelque temps, je me suis dit qu'en traînant avec Mme C., j'allais finir par arrêter. Elle est tellement sympa et tellement cool que je suis parfois obligée de me calmer en me rappelant que je ne la connais pas. Et qu'elle n'est PAS ma mère. Ses deux filles, Cora et Anansy, ont vraiment trop de chance. Elle est terrible, je te jure.

Par contre, il se passe vraiment des trucs louches entre elle et son mari ; elle ne m'a pas menti là-dessus. Son bonhomme, elle l'évite comme la peste, et j'avoue que je la comprends. Il n'est pas rentré une seule fois à la maison avant que les enfants soient couchés depuis que je suis arrivée. Ça fait plus d'une semaine que je suis là, et je ne l'ai jamais vu rentrer tôt à la maison, et encore moins avant que je sois partie. Il y a des jours où je viens, où je m'en vais et où je reviens. Mme C., je devrais vraiment l'appeler Tami, mais j'aime bien l'appeler Mme C. (« Arrête de m'appeler comme ça, elle m'a dit, l'autre jour, j'ai l'impression qu'on est dans *Happy Days* et que tu es Fonzie. Moi, je rêvais plutôt d'être Claire Huxtable dans *Le Cosby Show.* C'était la maman la plus cool de toute la télé, tu ne trouves pas ? » Comme je la regardais bizarre, genre « Je vois pas du tout de quoi tu parles », elle a roulé des yeux en soupirant. « Mais comment est-ce que les gens de ton âge se débrouillent pour me faire sentir si vieille juste avec ce genre d'expression perplexe ? ») Bref, Mme C. m'invite à rester dîner presque tous les soirs.

Mais moi, j'aime bien dîner dehors. J'aime m'acheter un *fish and chips* dans le fast-food qui se trouve tout près de chez eux et le manger en me baladant dans ces grandes et larges rues où il y a des tas et des tas de maisons de oufs avec vue sur la mer. Rentrer très, très, très lentement vers mon *bed and breakfast*, en mangeant mes frites avec plein de sel et plein de vinaigre. J'adore Brighton. J'ai l'impression d'y vivre depuis toujours.

Même si on ne peut pas vraiment dire qu'il fasse chaud, c'est quand même le paradis. Pas besoin de partir le chercher à l'étranger, quand on a la mer à ses pieds, et tous ces bâtiments anciens, et tous ces gens différents. Je comprends bien pourquoi elle, pardon, je voulais dire pourquoi Mirabelle habitait là. C'est une ville vraiment magnifique.

En général, j'entre dans la chambre de mon *bed and breakfast* à l'heure où Noah m'appelle. Depuis le début de la semaine, on discute des heures au téléphone tous les soirs. Il est vraiment gentil ; il me parle de tout et de rien. J'avais oublié de te dire qu'il allait venir, aujourd'hui. En fait, il m'a dit qu'il viendrait, mais je ne suis pas sûre qu'il le fasse. Peut-être qu'il a juste dit ça comme ça, parce qu'il ne voyait pas ce qu'il pouvait dire d'autre quand je lui parlais des préparatifs. Il n'allait quand même pas me faire : « *Génial, amuse-toi bien.* » Bref, il se pourrait qu'il vienne. Ou pas. Néanmoins, il m'a tout l'air d'un garçon qui tient ses promesses. Alors on verra bien, hein ?

Sinon, il a été superimpressionné quand je lui ai dit que Mme C. avait tout payé. *Grosso modo,* c'est elle qui a tout planifié. Elle n'a pas cherché à diriger les opérations, non, elle m'a laissée mener les discussions, mais quand elle voyait que je n'avais pas d'opinion, elle suggérait quelque chose. Et il se trouve qu'à chaque fois, c'était vraiment le truc qu'il fallait faire.

Elle est super, Mme C.

Ce n'est pas elle qui l'a fait. Jamais de la vie elle n'aurait pu tuer Mirabelle.

L'autre jour

« Vous êtes Fleur Stuminer ? » m'a demandé le deuxième homme le plus sexy du monde après Noah, il y a quatre jours de ça. Grand et baraqué, il avait les cheveux très courts, dégradés vers sa nuque, qui était quasiment rasée à blanc (je l'ai vue quand il s'est tourné vers la maison dont je venais de sortir).

Je ne lui ai pas répondu tout de suite. Sexy ou pas, ç'aurait pu être un tordu. Comment ça se faisait qu'il connaissait mon nom et qu'il m'attendait devant la maison de Mme C. ? « Ça dépend de qui la demande ? » je lui ai répondu.

Il a sorti de sa poche un petit portefeuille en cuir noir qu'il a ouvert pour me montrer quelque chose : une carte blanche, sur laquelle figurait une photo de lui (en seulement très légèrement moins sexy), avec le sigle de la police à côté. « Inspecteur Wade. J'enquête sur la mort de Mirabelle Kemini. »

Je n'aime pas les flics. Ça n'a rien de personnel, je n'en ai jamais connu, mais, tu vois, il faut être prudent avec eux. J'ai toujours tendance à penser qu'ils sont là pour vous accuser de quelque chose, vous faire tomber dans un guet-apens. D'accord, il y a peu de chances, mais on ne sait jamais, non ?

« Mirabelle Kemini était ma mère.

— Oui, je sais. Et je suis vraiment désolé de ce qui lui est arrivé. Nous faisons tout ce que nous pouvons pour retrouver son assassin.

— Vous êtes sûr que ce n'était pas un accident ? Je n'arrive pas à croire que quelqu'un ait pu lui faire ça. » Elle est morte dans sa baignoire, c'est papa qui me l'a dit. Noyée, ou un truc dans le genre, il ne savait pas trop. Il y avait de nouvelles révélations qui étaient sorties dans les journaux locaux, mais je n'avais pas encore trouvé le courage de les lire. Je m'étais vaguement dit qu'il fallait que je contacte les flics pour leur demander plus d'infos mais :

A) Je n'aime pas les flics.

B) J'avais peur qu'ils ne veuillent pas m'en donner parce que j'étais trop jeune.

C) J'avais peur qu'ils ne disent à mon père que je les avais interrogés ; je ne savais pas trop comment il aurait réagi.

D) J'avais peur qu'ils ne me disent quelque chose qui me fasse flipper parce que j'étais trop jeune.

Du coup, j'avais laissé tomber. En me disant que j'apprendrais les choses avec le temps. On finit toujours par apprendre les choses avec le temps.

« D'après les indices collectés sur les lieux du crime et l'état du corps… non, je suis désolé, m'a dit le flic. Ça n'a pas pu être un accident. Je suis vraiment désolé. »

Encore une fois, j'ai ressenti cette douleur, cette espèce de détonation qui faisait mal. J'étais sûre que c'était mon cœur, mais ç'avait l'air bête de penser que mon cœur me faisait mal, que je souffrais autant, alors que je ne me sentais pas spécialement triste. Et ça aussi, du reste, c'était absurde. Je savais bien que j'aurais dû me sentir triste à l'idée d'avoir perdu ma « mère », pourtant ce n'était pas le cas. Je me comportais comme je croyais devoir me comporter : repliée sur moi-même, choquée, déprimée, ébranlée. Mais, en réalité, j'étais juste choquée. Le choc, c'était le seul truc que je ressentais vraiment. Je n'ai jamais connu de gens qui ont été assassinés. Ni même de gens qui sont morts, d'ailleurs (il y a bien deux enfants avec qui je suis allée à l'école qui sont morts dans un accident de voiture, mais c'est juste des noms, de vagues silhouettes du passé). Alors qu'elle, elle, je l'avais vue deux semaines plus tôt. On était liées l'une à l'autre. Et quelqu'un lui avait délibérément fait du mal, l'avait délibérément tuée. C'est pour ça que j'étais choquée. Parce qu'un truc qui n'arrivait qu'à la télé, dans les journaux ou dans les livres était arrivé à quelqu'un que je connaissais.

« Vous en savez beaucoup, sur les Challey ? » m'a demandé le flic.

J'ai tourné la tête vers la voiture qui était garée un petit peu plus loin dans la rue. C'était de celle-là dont il avait dû descendre. Il y avait une femme à l'avant, je ne pouvais pas la voir distinctement, la voiture était juste un peu trop loin pour que je puisse discerner ses traits, mais elle était blanche et avait les cheveux châtains. J'ai imaginé qu'ils avaient pris le temps de réfléchir à celui des deux qui serait le mieux placé pour m'extirper un max d'infos. Ils avaient fini par désigner l'homme. Et ils avaient eu raison, bien sûr. Il était beau gosse. Mais il n'en restait pas moins un flic. Et cette question qu'il venait de me poser, elle était un peu cousue de fil blanc. Il avait quelque chose à me dire, mais il voulait que moi aussi je lui dise des trucs. Je ne sais pas ce qu'il croyait que j'allais lâcher, vu que j'étais là depuis à peine trois jours, mais il était hors de question que je lui dise quoi que ce soit. QUOI QUE CE SOIT. « Assez », je lui ai répondu.

Il a un peu froncé les sourcils, mais pas trop. Et ses pommettes, supersaillantes, sont ressorties quand il s'est mis à rire en baissant les yeux et en secouant la tête. Il avait trop confiance en lui, ça se voyait. Il pensait qu'il pouvait se tirer de n'importe quelle situation avec un sourire comme celui-là. Et il faut voir la vérité en face : c'était sûrement le cas. En temps normal. Mais la situation dans laquelle on était n'avait rien de normal.

« Très bien. Mais permettez-moi tout de même de vous poser cette question : savez-vous quel type de relation votre mère entretenait avec les Challey, juste avant sa mort ?

— Oui », je lui ai répondu. Il était en train de sous-entendre quelque chose. Je ne voyais pas du tout quoi, mais je savais que, si je voulais lui extirper des infos, il fallait que je fasse la fille qui était au courant.

« Vous n'êtes donc pas gênée à l'idée de fréquenter un homme qui a été accusé d'avoir agressé sexuellement votre mère et qui a été interrogé dans le cadre de notre enquête sur son assassinat ? »

Mme C. Qu'est-ce qu'elle avait dit, déjà ? Ah oui : « La police est intervenue à propos d'une autre affaire, que je t'expliquerai un peu plus tard. » J'étais tellement scotchée par sa gentillesse, le fait qu'elle me traite comme une adulte et m'aide à organiser l'enterrement, que j'avais carrément oublié de l'interroger à ce sujet. Une drôle de sensation de malaise s'est répandue dans mon estomac. Pas étonnant que Mme C. et son mari fassent chambre à part, pas étonnant qu'elle devienne tendue chaque fois qu'il est censé rentrer, pas étonnant que l'ambiance soit si pourrie dans cette maison.

« Je ne le fréquente pas », je lui ai dit, l'air de rien.

Le flic a hoché la tête. « Vous passez du temps avec Mme Challey ?

— Oui, et les enfants. Elle m'aide à organiser l'enterrement.

— C'est bien ce que je craignais.

— Qu'est-ce que vous voulez dire par là ?

— Vous ne vous êtes jamais demandé pourquoi elle vous aidait ?

— Non. Je sais bien pourquoi elle m'aide : parce que je ne sais pas du tout comment on fait pour organiser un enterrement.

— Il se pourrait qu'elle soit du genre altruiste, mais, si vous voulez mon avis, c'est plutôt la culpabilité qui la pousse à faire ça.

— Oui, je sais qu'elles ne se parlaient plus au moment de sa mort, et il se pourrait bien que Mme C. se sente coupable à cause de ça, mais ça arrive à tout le monde, de s'engueuler avec ses amis. Et ensuite, quand on est quelqu'un de bien, on regrette, c'est normal.

— Il n'y a pas que ça. Soyez prudente, d'accord ? Mme Challey n'est pas la femme qu'elle paraît être.

— Qu'est-ce que vous voulez dire par là ? »

Il s'est approché de moi et a baissé la voix en prenant un air de conspirateur. Ridicule. On aurait dit une parodie de film d'espionnage. « Je ne devrais pas vous dire ça, mais nous avons trouvé des preuves de la présence de Mme Challey dans la maison de votre mère le soir où elle a été assassinée. » Il s'est interrompu, attendant ma réaction. Je n'en ai pas eu. Il me faut parfois un peu de temps pour prendre toute la mesure de ce qu'on me dit. Histoire d'en remettre une couche, il a donc ajouté : « Nous pensons qu'elle pourrait en savoir plus qu'elle ne veut le dire sur le meurtre de votre mère. »

J'ai fait un pas en arrière. Je n'avais plus envie d'entendre ses secrets. C'était n'importe quoi. Qu'est-ce que Mme C. aurait bien pu cacher ?

« Soyez prudente, Fleur. Je ne voudrais pas qu'il vous arrive quelque chose. Et si vous entendez ou voyez quoi que ce soit de louche, n'hésitez pas à m'appeler. »

Il était en train de me demander de jouer les indics, les balances. Mais je n'étais pas comme ça.

Jamais de ma vie je n'irais trahir une personne aussi sympa que Mme C. en la balançant aux flics. Jamais. Et pourtant, pourtant, j'ai pris sa carte quand il me l'a présentée et je n'ai pas parlé à Mme C. de cette conversation. Pourquoi ? Je n'en sais rien. À ce moment-là, ça me paraissait être la meilleure chose à faire, sur tous les plans.

Mais plus je passe de temps avec Mme C., et plus je me rends compte que ça ne peut être que des mensonges. Ils ne l'ont pas fait venir au poste, et il suffit de passer deux secondes avec elle pour comprendre que c'est une théorie complètement débile. Mme C. n'est pas une meurtrière. Elle n'a pas tué Mirabelle. Pourquoi est-ce qu'elle aurait fait ça ?

Des gens, il n'y en a pas tant que ça.

Une cinquantaine, je dirais. C'est beaucoup ? Je n'en sais rien. En tout cas, l'église n'est pas remplie. J'avais bien pensé à rester debout devant la porte pour remettre à chacun le livret de l'enterrement que Mme C. a rédigé et fait imprimer, mais je ne connais pas la moitié de ces gens. Je dirais même que je ne connais aucun d'entre eux et qu'aucun d'entre eux ne me connaît. Un nouveau coup en pleine face pour me rappeler à quel point elle me tenait à l'écart de sa vie. Au bout du compte, il a fallu qu'elle meure pour que j'aie accès à son monde. C'est vraiment n'importe quoi.

Je me rappelle que, quand j'avais neuf ans, j'ai retrouvé dans la poubelle une carte d'anniversaire qu'elle m'avait envoyée. Elle avait écrit : « Mon amour de petite fleur, tu me manques énormément. À très vite. Tendrement, maman. » Je l'ai lue, relue et relue encore. Je n'arrêtais pas de la lire, parce qu'elle y disait que je lui manquais et laissait entendre que je la reverrais bientôt. Le souvenir que j'avais d'elle était encore très net à cette époque, et je n'avais donc aucun mal à me la représenter en train de l'écrire, à imaginer la manière dont elle avait tiré la langue pour humecter le timbre avant de le coller sur l'enveloppe. Je me suis dit qu'elle avait dû serrer la carte contre elle avant de la poster, alors je l'ai serrée moi aussi contre ma poitrine. Elle sortait de la poubelle, et il y avait des morceaux de toasts et de céréales collés dessus, mais je m'en fichais. À travers cette carte, c'était ma maman que je serrais dans mes bras.

Après l'avoir serrée contre moi, je l'ai lue, relue et relue encore jusqu'à ce que j'entende le son de sa voix se déverser dans mes oreilles comme une douce musique, jusqu'à ce que je sente le parfum d'eau de rose qu'elle portait tout le temps, jusqu'à ce que je perçoive la chaleur de son corps serrant le mien. Et une fois qu'elle était là, aussi réelle que si elle se tenait devant moi en chair et en os, j'ai dû la laisser partir. Une fois encore. J'ai dû remettre la carte dans la poubelle exactement comme je l'avais trouvée pour que papa ne remarque pas que je l'avais prise, pour qu'il ne souffre pas. Elle était partie et il était resté, et il aurait eu le cœur brisé s'il avait pensé que je voulais qu'elle revienne.

Comment est-ce qu'elle a pu écrire des cartes comme celle-là et ne pas parler à une seule personne de mon existence ? Comment ? C'est complètement absurde. Comme beaucoup de choses, d'ailleurs. Il y a plein de trucs que je ne pige pas.

Perdue dans mes pensées, je me tourne vers la porte de bois en ogive, histoire de voir s'il y a encore du monde qui arrive. Il est là. Mon cœur, et tout ce qu'il y a en moi, est secoué par une sorte de tressaillement. Il est venu. Il porte un costume anthracite, une chemise noire et une cravate noire. Il s'arrête dans l'encadrement de la porte et balaie du regard l'intérieur de l'église, somme toute assez sombre, malgré les vitraux représentant les différentes stations du chemin de croix. Et il finit par me trouver. Son visage, sur lequel flotte un air grave de circonstance, s'adoucit un peu, de façon presque imperceptible, et les coins de sa bouche s'étirent pour former un triste sourire de compassion.

Je ne devrais pas ressentir ça. Je ne devrais pas ressentir ces fourmillements d'excitation qui tournent autour de mon cœur en deuil comme des chevaux dans un manège. Je ne devrais rien ressentir d'autre que la douleur de l'avoir perdue. Je voudrais être comme ça, je te jure. Mais je n'y arrive pas.

Je sens mon corps se détendre au moment où il se glisse à côté de moi, sur le banc.

« Ça va ? » il me demande d'une voix basse en pressant sa joue contre la mienne et en déposant un baiser juste en dessous de mon oreille. Je ne réponds pas. Au moment où il retourne la tête vers le chœur, il me prend la main. Doucement, gentiment, pour me dire qu'il restera avec moi aussi longtemps que j'aurai besoin de lui.

Dix ans plus tôt

« Fleur, il faudrait que tu souffles tes bougies, maintenant. Les gens commencent à s'impatienter.

— On attend encore un tout petit peu, papa. S'il te plaît. Juste un tout petit peu. Elle a dit qu'elle viendrait. On peut pas attendre encore un tout petit peu ?

— Fleur, ma petite fleur, elle ne viendra pas. Je suis désolé d'avoir à te dire ça, mais elle a dû avoir un empêchement. »

J'étais persuadée que papa se trompait. Bien sûr qu'elle allait venir. Elle avait dit qu'elle viendrait, qu'elle serait là pour me voir souffler mes bougies. J'étais presque une ado, j'avais beaucoup grandi, et c'était pour ça que j'avais pu l'inviter à mon anniversaire. Papa m'avait demandé si c'était vraiment important pour moi, et j'avais failli lui dire que c'était le vœu que j'avais fait l'année d'avant en soufflant mes bougies, et aussi chaque fois qu'on cassait le bréchet quand on mangeait un poulet. Je voulais que ma maman me voie faire des trucs bien, des trucs exceptionnels, comme souffler mes bougies d'anniversaire, danser sur le devant de la scène ou gagner une médaille à une compétition sportive. Je voulais qu'elle me voie faire toutes ces choses parce que, si je les faisais, c'était pour elle. Si je les faisais, c'était pour qu'elle soit tellement fière de moi qu'elle ait envie de rentrer à la maison.

« Bon, d'accord, ma petite fleur, on va attendre 4 heures. Mais ensuite, il faudra souffler tes bougies, pour que les gens puissent rentrer chez eux. »

J'ai jeté mes bras autour de son cou et je l'ai serré contre moi. Elle allait venir. Elle l'avait dit, alors elle allait le faire.

Je tourne la tête vers Mme C., qui a respectueusement choisi de s'asseoir sur le banc derrière moi parce que, avec son mari, ses filles et sa copine, elle occupe toute une rangée. Jusqu'à ce que Noah arrive, je croyais que ça me serait égal d'être toute seule. Bref, Mme C. est en train de pleurer. Elle a les mains serrées l'une contre l'autre, comme si elle était en train de prier très fort, et, tout d'un coup, elle appuie ses mains jointes contre sa bouche et les laisse retomber sur ses genoux. Et pendant tout ce temps, il y a des larmes qui coulent de ses yeux, et on dirait qu'elle n'a même pas conscience d'être en train de pleurer. Ses deux filles sont à sa droite, et son mari se trouve à côté de l'aînée.

C'est sa meilleure amie qui est à côté d'elle. Son autre meilleure amie. Je n'arrête pas de regarder Mme C. et son bonhomme, et chaque seconde qui passe me montre à quel point ils sont éloignés l'un de l'autre. Elle le regarde à peine, et lui, quand il la regarde, on dirait qu'il ne la voit pas. C'est comme s'il se retrouvait face à une étrangère. Je le trouve vraiment flippant, ce type.

Tout d'un coup, il tend le bras, le glisse bizarrement derrière le dos de ses filles et pose sa main sur l'épaule de Mme C., comme pour la réconforter. Elle ne bouge pas pendant une seconde puis se penche légèrement du côté opposé, juste assez pour dégager son épaule, pour qu'il ne la touche plus. Son autre meilleure amie l'a vu, elle aussi, et nos regards se croisent.

Tout est fini entre eux. C'est mort.

C'est mort. Une expression stupide que j'ai utilisée des milliers de fois. Mais aujourd'hui, les choses sont différentes. Ça me fait du mal de l'imaginer comme ça. Morte. Plus en vie. Plus là. Plus à cent kilomètres d'autoroute, en train de vivre une vie que je ne peux pas voir, mais une vie quand même.

Son bras se pose sur mes épaules à la seconde même où je commence à craquer. Il m'attire doucement contre lui et me serre si gentiment, mais si fermement, que je me sens en sécurité pour pleurer la mère que je n'ai pas connue dans les bras d'un homme qui m'est quasiment inconnu.

Dix ans plus tôt

« Tu ne peux pas continuer de me faire ça, Donald, ce n'est pas juste. »

Elle n'était pas venue. J'avais dû souffler mes bougies sans elle, et elle n'était pas venue. Elle n'avait pas appelé ni rien. Papa m'avait gentiment caressé le dos quand j'étais allée me coucher en pleurant ce soir-là. C'était la plus importante de tous mes invités, mais elle n'était pas venue. Jusqu'au bout, j'avais cru qu'elle allait faire son apparition, majestueuse, dans un grand nuage de parfum, comme une star de cinéma, avec une robe superchère et un grand chapeau. « Je suis un peu dans une phase chapeaux, en ce moment », elle m'avait dit.

Je voulais que tous mes copains la voient, je voulais leur montrer que j'avais une mère « superglam ». Que même si elle ne vivait pas avec moi, elle était présente aux moments importants.

« Ce qui n'est pas juste, c'est que tu aies abandonné une petite fille de six ans. Voilà ce qui n'est pas juste, *Mirabelle*, a dit papa.

— Tu m'as demandé de faire des choix, et ensuite, tu m'as empêchée de les faire.

— Parce que tu n'as pas fait les bons. »

J'entendais leurs voix depuis ma chambre. Et je me demandais s'ils se doutaient que je les écoutais. Des disputes comme ça, j'en avais entendu des tonnes. En gros, il y en avait à chaque fois qu'il lui prenait l'envie de débarquer. C'était le lendemain de ma fête d'anniversaire. Elle avait choisi ce jour-là pour se pointer. Alors que ça n'avait plus d'importance, que ça ne comptait plus.

« Est-ce qu'elle est au courant que tu ne m'as pas donné la bonne date ?

— Tout ce qu'elle sait, tout ce qu'elle a besoin de savoir, c'est que tu n'es pas venue, alors que tu avais dit que tu le ferais. Que tu l'as déjà abandonnée une fois, et que tu continues de la laisser tomber.

— J'aurais dû me douter qu'il y avait quelque chose de louche. Tu t'es montré tellement aimable au téléphone pour m'annoncer ce changement de programme… J'aurais dû me douter que tu cherchais à me faire un coup de ce genre. Est-ce que tu te rends compte que la seule personne à qui tu fais du mal, c'est Fleur ?

— J'aime ma fille. Suffisamment pour rester avec elle.

— Mais c'est ma fille, à moi aussi. Et je t'assure que si tu continues comme ça, je n'hésiterai pas à prendre un avocat pour obtenir un droit de visite régulier.

— Mais vas-y, Mirabelle, vas-y. Je suis impatient d'aller expliquer à tout le monde comment tu as laissé tomber ta fille pour ton amour de jeunesse, et de raconter toutes les perversités et les monstruosités que tu as faites. Au moins, quand tout ça sera terminé, Fleur ne voudra plus jamais t'adresser la parole et la justice t'interdira officiellement de la revoir.

— Malheureusement, je sais bien que tu en es capable. Malgré toute la souffrance que cela causerait à Fleur, tu le ferais, juste pour me faire souffrir, moi.

— Non. Je le ferais pour que tu restes à l'écart d'elle, parce que je n'ai aucune envie qu'elle fréquente une perverse.

— J'ai commis une grave erreur en la laissant grandir avec un réac comme toi. Je pensais que tu étais un type bien, et même si je ne t'ai pas aimé comme tu aurais voulu que je t'aime, je t'aimais. Je serais restée si…

— Ça m'est égal. Va-t'en.

— Laisse-moi la voir, s'il te plaît. Je lui dirai que c'est moi qui me suis trompée de date. Je ne lui dirai pas que c'est ta faute. S'il te plaît. Je ne veux pas qu'elle croie que je l'ai oubliée.

— Elle dort.

— S'il te plaît, Donald, s'il te plaît.

— Non. Elle dort. Inutile de remuer le couteau dans la plaie.

— Alors au moins, prends son cadeau.

— Tu n'as qu'à le lui envoyer par la poste.

— Pour qu'il se perde, comme toutes les lettres et tous les autres cadeaux que je lui ai envoyés ?

— Je ne vois pas de quoi tu veux parler. Ce n'est pas ma faute si tu n'as pas de chance avec la poste.

— Fleur ne restera pas éternellement une enfant. Un jour, je parlerai avec elle et je lui dirai tout sur moi. Je lui expliquerai pourquoi je suis partie et je lui raconterai tout ce que tu as fait pour me tenir à l'écart d'elle. Tu ne pourras pas m'en empêcher.

— Tu peux toujours rêver. Jamais je ne te laisserai lui bourrer le crâne avec tes mensonges. Jamais, quoi qu'il m'en coûte.

— C'est ça. On en reparlera quand elle aura vingt et un ans et qu'elle sera libre de faire sa vie sans toi. »

Qu'est-ce que j'aurais aimé avoir vingt et un ans pour pouvoir entendre la vérité ! Mais je ne les avais pas, et quand papa a entrouvert la porte de ma chambre, ce soir-là, j'ai fait semblant de dormir. C'était la seule chose que je pouvais faire. J'étais douée pour ça. Ça faisait des années que je m'entraînais. Parce que, quand je « dormais », je découvrais souvent des trucs : papa ne parlait pas à voix basse et n'utilisait pas de messages codés d'adultes quand il était au téléphone.

Je n'aimais pas mentir à papa, mais, parfois, mentir est le seul moyen de découvrir la vérité.

« Je n'ai pas envie d'aller au truc, après, à la maison », je dis à Noah, en m'éloignant de la tombe. Je n'ai pas envie d'être entourée de plein de gens que je ne connais pas. Dans la maison des Challey, en plus.

« Tu n'es pas obligée de faire quoi que ce soit, il me répond.

— Tu m'emmènes faire un tour en voiture ?

— D'accord.

— Je peux conduire ? »

Il prend un air perplexe et me regarde pendant quelques secondes d'un air défiant, avant de me demander : « Tu as le permis ?

— Oui. Mais je ne le lui ai jamais dit, à Mirabelle. Elle m'a appris à conduire, et elle était très douée, je l'ai eu du premier coup. Mais comme j'aimais bien les moments qu'on partageait ensemble dans la voiture, j'ai fait semblant de l'avoir raté deux fois pour qu'elle continue de me donner des leçons. Tu crois que je n'aurais pas dû ?

— Oui et non. Je ne pense pas que mentir soit une bonne chose, mais si tu avais l'impression que tu ne pouvais pas faire autrement pour pouvoir passer du temps avec elle, étant donné la nature de vos relations, je ne peux pas dire non plus que tu as eu tort à cent pour cent.

— Tout ce que je voulais, c'était passer du temps avec elle.

— Je sais, il me répond, en me serrant plus fort contre lui. Allez, tu peux conduire ma voiture. Mais sache néanmoins qu'il s'agit d'un grand privilège. Que je ne laisse pas n'importe qui piloter la Bête. »

Je me retourne machinalement. Mme C. est toujours au bord de la tombe, ce qui me rappelle qu'il faut que j'aille lui parler. En la voyant avec son mari, tout à l'heure, je me suis dit qu'il fallait absolument qu'elle sache la vérité. « Deux secondes », je fais à Noah. Il hoche la tête et glisse ses mains dans ses poches pour attendre mon retour. En m'approchant de Mme C., je me rends compte qu'elle est presque en transe.

« Madame C. », je lui dis. Elle arrache son regard de la tombe pour tourner la tête vers moi.

« C'était une très belle cérémonie, Fleur. Tu as fait du bon boulot.

— Merci. Mais c'est surtout grâce à toi.

— Je ne crois pas, je ne crois vraiment pas.

— Madame C., il y a quelque chose que je ne comprends pas. Je ne voulais pas te le dire, mais, en te voyant aujourd'hui… Bref, tu m'as dit que ton mari avait eu une liaison avec elle, Mirabelle. »

Elle se met à regarder autour d'elle, comme pour vérifier que personne ne peut surprendre la conversation, puis elle s'avance vers moi et baisse la voix : « Oui.

— Ce n'est pas possible, je lui fais. Tu m'aurais dit avec toi, d'accord, mais avec ton mari, ce n'est pas possible.

— Qu'est-ce que tu essaies de me dire ?

— Elle… » J'agite mes mains devant moi, comme si je voulais leur faire dire ce que moi-même je n'arrive pas à dire. Je trouve ça vraiment gênant de parler de ce truc. Ce n'était peut-être pas l'impression générale que ça donnait, mais, techniquement, c'était quand même ma mère, ce qui veut dire que techniquement, je suis en train de parler de – hum hum huuum ! – de sa vie « sexuelle ». On ne pense jamais à ça quand on pense à ses parents, et on en parle encore moins. À moins bien sûr d'avoir comme moi un GROS problème à régler. « Elle aimait les femmes. Euh… d'amour.

— Pardon ? me dit Mme Challey.

— C'est pour ça qu'elle est partie, tu sais ? Elle est allée à Brighton pour essayer de retrouver sa première petite amie. Elles s'étaient rencontrées au lycée, mais elles avaient rompu parce qu'elles s'étaient fait gauler par la mère de Mirabelle. Ma grand-mère. Elle a failli faire une crise cardiaque quand elle a vu ça. Alors Mirabelle a demandé à mon père de l'aider à s'enfuir de chez ses parents. Et puis cette fille, son premier amour, a disparu à Brighton, et Mirabelle est venue ici pour la rechercher. Elle a tout quitté pour essayer de retrouver son amour perdu. Elle aimait les hommes, mais pas de cette manière-là.

— Tu es en train de me dire que Mirabelle était lesbienne ? » me demande Mme Challey.

Je hoche la tête. « Oui. Oui, c'est ça. »

Tami

Je suis seule devant la tombe de Mirabelle.

Tous les gens sont partis. Ils sont soit rentrés chez eux, soit retournés à leur travail, soit chez moi pour la collation. Ça me paraît tellement irréel. Nous venons d'enterrer Mirabelle. Elle qui était si présente, tout le temps. Je crois que « pleine d'entrain » serait un bon qualificatif. Il ne me semble pas possible que cela ait pu lui arriver.

Et d'autre part, elle était lesbienne. Elle était lesbienne et elle ne me l'a jamais dit.

Fleur est partie, elle aussi, après m'avoir transmis cette nouvelle qui m'a bouleversée alors que je ne croyais pas qu'il fût possible de l'être davantage que je l'étais déjà. J'espère qu'elle est partie avec ce garçon, j'espère qu'il s'occupe bien d'elle. Je ne me rappelle plus son nom, mais je me souviens qu'elle a mentionné au détour d'une conversation qu'elle voyait quelqu'un, mais que ça n'avait rien de très sérieux. Néanmoins, à la façon dont elle en a parlé, à la façon dont son visage s'est illuminé, j'ai bien compris qu'il s'agissait de quelque chose auquel elle tenait beaucoup. Le souvenir d'avoir ressenti ce genre de choses ne disparaît jamais totalement. Il vous aide à traverser les moments difficiles et à poursuivre ensemble votre chemin. Mais pour ce qui concerne Scott et moi, je crains que ce ne soit pas suffisant. Après tout ce qui s'est passé, je ne pense pas que nous pourrons continuer notre route. D'autant moins que je sais désormais qu'il n'avait pas de liaison avec elle.

Elle était lesbienne : mon mari n'a pas pu me tromper avec elle. Mon esprit me retient ici, m'empêche de retourner dans cette maison où il faudra que je prenne toute la mesure de ce qu'il a fait.

À côté de la tombe se trouve une boîte dorée remplie de pétales de roses. Les pétales recouvrent le cercueil maintenant, jetés par ses proches. La plupart ont décrit des arabesques délicates avant de se poser sur le couvercle d'érable, mais certains se sont envolés en dansant dans la brise, comme un symbole de ce qu'elle était, de ce qu'elle aimait.

« Ça fait beaucoup de pétales de roses », commente une voix derrière moi.

Tout en me frottant les yeux pour essayer de contenir les larmes qui ne cessent de couler, je me retourne vers l'endroit d'où est venue cette voix. Le sergent Harvan. Elle semble être venue seule, mais je suis certaine que son acolyte ne doit pas être loin. Ils forment une sorte de duo indissociable et me paraissent incapables de travailler l'un sans l'autre.

Je reste quelques instants à la dévisager.

Le sergent Harvan incline sa tête sur le côté et me regarde sans rien dire pendant quelques longues secondes. Elle a les cheveux tirés en arrière. Son visage semble constitué de traits singuliers et anguleux, qui, les rares fois où elle n'adopte pas son air renfrogné, lui confèrent une beauté certaine, mais atypique.

« J'ignorais que les policiers assistaient aux enterrements des victimes d'assassinat, dis-je, pour enchaîner, comme il me semble nécessaire que je dise quelque chose.

— Je suis ravie de vous rencontrer ici, me dit-elle, comme si nous nous étions croisées par hasard au détour d'une rue. Je me demandais si vous accepteriez de passer au commissariat pour une petite discussion.

— Une petite discussion ? À quel sujet ?

— Une discussion d'ordre général.

— Ai-je besoin d'un avocat ? »

Elle ouvre de grands yeux, et prend un air faussement surpris. « Vous n'êtes suspectée de rien, madame Challey. Nous souhaiterions juste éclaircir un point ou deux avec vous. Ce sera un interrogatoire de routine, rien de vraiment officiel. Vous n'avez pas de souci à vous faire, j'en suis sûre.

— Très bien, dis-je.

— Lundi ?

— D'accord. Lundi.

— Parfait. À lundi. »

J'attends qu'elle ait disparu avant de me retourner vers la tombe. « Pardon, Mirabelle, lui dis-je. Pardonne-moi pour tout. Repose en paix. »

Le calme règne dans la maison. Les invités, solennels, passent de pièce en pièce en parlant à voix basse. Mais parmi eux, qui connaissait Mirabelle ? Se montrait-elle toujours aussi secrète avec tout le monde ? Ces gens sont venus pour lui rendre hommage, mais combien d'entre eux peuvent prétendre l'avoir vraiment connue ?

J'ai évité Scott, et il m'a évitée. Toute notre vie semble fondée sur ces rapports d'évitement depuis que je lui ai dit que j'allais aider Fleur et que nous allions payer l'enterrement. « Tu es folle ? s'est-il exclamé. Cette femme a failli briser notre couple. » J'ai noté le « failli », que j'ai pris comme une preuve du fait qu'il pensait que les choses s'étaient arrangées entre nous.

« Qu'en est-il de ton addiction au porno, Scott ? ai-je répliqué. Et ce fameux conseiller conjugal, tu l'as relancé ? »

Il a serré les dents si fort que l'une des veines de sa mâchoire est brutalement ressortie. « Fais comme tu le sens », m'a-t-il dit. Et il s'est éloigné si vite qu'il n'a même pas dû entendre ma réponse : « C'est bien ce que je compte faire. »

Il est en train de discuter avec Terry Cranson à côté de la baie vitrée. Terry, qui est désormais président du conseil d'administration, a supprimé le poste de directeur général après s'être démis de cette fonction. Je l'ai toujours soupçonné de l'avoir fait pour empêcher Scott d'accéder à ce statut, mais comme je ne lui ai pas parlé depuis des années, je ne peux pas le lui demander maintenant.

Il s'est entretenu poliment avec moi, mais j'ai bien vu qu'il était mal à l'aise. Je me suis demandé si c'était parce que je n'avais pas voulu reprendre le travail, après la naissance d'Anansy, ou bien si c'était parce que Scott lui inspirait toujours un profond sentiment de méfiance, et qu'il savait que, quoi qu'il arrive, je me montrerais loyale envers mon mari.

Je n'ai jamais dit à Scott que Terry avait fait pression sur moi pendant des mois et des mois pour que je réintègre la société. Pas même quand il s'est vanté de son dernier succès en laissant entendre que je ne serais jamais arrivée là où lui en était arrivé si j'étais « restée dans les parages », comme il disait. Encore un chapitre de notre histoire qu'il a réécrit et que je ne me suis pas donné la peine de corriger. Je me disais que ce n'était pas grave. Que ça n'avait pas d'importance. Je connaissais la vérité, et lui aussi.

Scott continue de parler à l'homme dont il convoite le poste, mais son regard est constamment attiré par quelque chose qui se trouve de l'autre côté de la pièce. Vers la cheminée. Devant laquelle se tient Beatrix qui discute avec l'un des subordonnés de Scott. Si vous cherchez Beatrix dans une soirée ou lors d'un cocktail, vous la trouverez toujours en grande discussion avec le plus bel homme de l'assistance. Elle ne manque jamais une occasion de…

« *Et s'il ne te mentait pas sur ce qu'il a fait, mais sur la personne avec qui il l'a fait ? Peut-être est-ce pour ça que tu sembles si disposée à le croire ? Parce que, au fond de toi, tu sais qu'il a quelqu'un d'autre ?* » Ce sont les mots de Mirabelle. Je m'en souviens comme si c'était hier. Il y a beaucoup de choses que les événements de ces dernières semaines ont rendu floues dans ma mémoire, mais pas ces phrases. Nous étions en train de nous disputer, et elle portait un peignoir. Un peignoir ? Ce n'est pas possible. Toutes les fois où je lui ai parlé depuis le début de ce cauchemar, elle était habillée, pas en peignoir. Je dois me tromper.

Mais elle m'a dit ça, j'en suis certaine. Je regarde Scott. Il semble concentré sur Beatrix.

Lentement, subrepticement, de sorte que personne ne le remarque, pas même son interlocuteur, Beatrix tourne les yeux vers Scott, et un sourire à peine perceptible se dessine sur son visage, puis elle offre de nouveau toute son attention à l'homme avec lequel elle est en train de flirter.

« *Et s'il ne te mentait pas sur ce qu'il a fait, mais sur la personne avec qui il l'a fait ?* » Mirabelle le savait, ou au moins, s'en doutait. Scott couche avec Beatrix.

Beatrix

On peut se voir tout à l'heure ? Bea

Scotty ne m'a pas quittée du regard de toute la journée, il n'a pas arrêté de vérifier où j'étais, ce que je faisais, avec qui je parlais. Et il se trouve que j'ai parlé avec ce garçon qui était au match de foot avec nous, il y a quelques semaines de cela. Scotty l'a remarqué, bien sûr, et quand il m'a raccompagnée chez moi, il m'a dit que ça ne lui avait pas plu du tout. C'est lui qui est marié, et c'est lui qui me reproche de discuter ouvertement avec un homme qui a engagé une conversation avec moi. Mais de qui est-ce qu'il se moque ? Il y a des fois où il a vraiment une drôle de façon de raisonner.

Quand cette histoire avec Mirabelle a commencé, Scotty a dit qu'il fallait calmer un peu le jeu entre nous. Il voulait passer davantage de temps chez lui, être plus présent pour les gamines, apaiser un peu

Tami pour qu'elle ne soit pas tentée de commettre un acte irréfléchi, comme partir en emmenant les filles avec elle. Il a peur de ça, très peur, et c'est pour cette raison qu'il reste avec elle. J'ai essayé de le convaincre qu'avec tous ces bouleversements, le moment était on ne peut mieux choisi pour le lui dire, pour officialiser notre relation. Mais il est persuadé que les flics cherchent à le coincer, qu'ils ont cru à la ridicule histoire de Mirabelle et qu'ils vont essayer de le faire condamner par tous les moyens possibles. Aussi dit-il qu'il ne pourrait y avoir pire moment pour rompre avec elle. De toute façon, ce n'est jamais le bon moment : même quand Mirabelle a retiré sa plainte, il a dit qu'il fallait attendre. Je me demande quelle excuse il va trouver maintenant qu'elle est morte. Vous êtes sûrement en train de vous dire que, si j'ouvrais un peu les yeux, je m'apercevrais qu'il me mène en bateau. Eh bien, vous vous trompez ! Il m'aime. Je le sais parce que j'ai vu comment il me regardait quand je parlais à cet homme : il est jaloux. Et il ne serait pas jaloux s'il n'avait pas envie de moi, s'il n'avait pas besoin de moi, s'il n'était pas amoureux de moi.

Pour ma part, si je continue de draguer des beaux garçons, c'est pour bien faire comprendre à Scotty que j'ai le choix. Qu'il y a d'autres hommes qui me trouvent attirante, et que, s'il ne fait pas attention, s'il ne me traite pas de façon convenable, il se pourrait que je finisse par en choisir un parmi tous ceux-là.

Bref, le but est de lui rappeler que je n'attendrai pas éternellement.

Le séjour fait partie des pièces que j'aime le moins dans cette maison. Il y a tellement de photos d'eux, de cruels souvenirs de la famille qu'ils ont jadis formée. Famille qu'ils formeraient toujours d'ailleurs, s'ils avaient prêté davantage d'attention l'un à l'autre. C'est vraiment horrible de se dire que tout est faux. Que Scotty a passé tout ce temps à mentir, à faire semblant, juste pour s'assurer qu'elle ne l'empêcherait pas de voir ses filles.

Je ne pense pas qu'elle réagirait de cette façon mais on ne peut jamais être sûr de rien dans ce genre de circonstances. Il faut que j'arrête de la regarder. Elle est vêtue de noir et elle est de toute évidence dévastée. Cette femme, Mirabelle, a essayé de briser leur couple, et elle, elle est accablée de chagrin parce qu'elle est morte... Il y a des choses que je n'arrive vraiment pas à comprendre.

Scotty lui a dit qu'il avait eu une liaison avec Mirabelle, parce que, dans le cas contraire, elle aurait sûrement été tentée de réfléchir davantage à ses absences, à ses « séminaires », à toutes les fois où elle l'appelait au bureau et où on lui disait qu'il était en rendez-vous à l'extérieur, et elle aurait fini par découvrir la vérité. Je sais que vous vous dites que si j'ouvrais un peu les yeux, j'aurais du souci à me faire en songeant à tous les moyens qu'il a déployés pour l'empêcher de découvrir notre liaison. Mais je ne me fais pas de souci.

Pour me rassurer, il me suffit de tourner de nouveau la tête, très légèrement, dans la direction de Scotty. Je sens le poids de son regard sur moi, je vois la jalousie qui brille dans ses yeux. Je ne me fais pas de souci. Du tout.

Je vais essayer. Mais elle n'est pas en superforme. Je vais sûrement devoir me la coltiner toute la soirée. Mets quand même ton truc bleu et noir. Je bande rien qu'à t'imaginer dedans.

Moi et Scotty. Oui, parfaitement.

Avant de vous expliquer, je voudrais m'excuser de ne pas vous avoir tout dit dès le départ. J'espère que vous n'êtes pas choqué. Mais j'aurais pensé que vous aviez deviné quand je vous ai raconté qu'à notre retour du match de foot, il avait dit des choses pas très sympas sur elle et des choses plutôt élogieuses sur moi. Je ne suis pas fière de ce petit jeu de critiques et d'éloges auquel il se livre souvent et que je ne cherche nullement à encourager. Je ne suis pas fière du fait que nous nous soyons éclipsés dans les toilettes durant le match pour satisfaire l'irrésistible désir que nous éprouvions l'un pour l'autre. Et je suis moins fière encore d'avoir accepté de passer quelques heures avec lui dans une chambre d'hôtel, ce qui explique pourquoi nous avons raté le dernier train.

À bien y réfléchir, j'aurais également pensé que vous vous douteriez de quelque chose quand Mirabelle a dit ce truc au sujet de Scotty et moi et que je n'ai pas vraiment réussi à démentir, parce qu'il y avait bien plus de vérité là-dedans qu'elle ne le pensait. Et toutes ces petites ruses pas très sympas, comme essayer d'encourager Tami à vérifier s'il regardait toujours des pornos pour qu'elle se sente obligée de lui dire de partir. C'était tout de même très révélateur, non ? Je ne suis pas fière d'avoir fait ça, vous savez, mais c'était nécessaire.

Bref, le problème n'est pas que vous vous en soyez douté ou non, le problème, c'est que, nous-mêmes, nous n'avons rien vu venir. Nous n'avions pas prévu que les choses se dérouleraient ainsi. On a « accroché », c'est tout, et ç'a été le début de notre chute.

On supportait la même équipe de foot, on buvait le même whisky millésimé, on aimait discuter voitures de sport et on adorait fumer un bon cigare ensemble de temps en temps.

Je me suis acheté de nouveaux sous-vêtements. Le genre de trucs qui feraient passer la guêpière bleue et noire pour une ceinture de chasteté. Ça te dirait de voir ? Bea

Mais pourquoi est-ce que tu choisis toujours les moments où je ne peux rien faire pour m'exciter comme ça ?

Pour t'embêter. Bea

Quand je repense à toutes les choses que j'aurais pu faire pour empêcher ça, à tous les autres chemins que j'aurais pu emprunter, je finis toujours par conclure que je n'ai pas eu le choix. Quand vous en arrivez au point où vous ne pensez plus qu'à un seul homme, où vous prenez soin de porter certaines choses parce que vous avez remarqué que son regard s'attardait davantage sur votre corps quand vous les aviez sur vous, où vous avez son nom sur les lèvres à la seconde même où vous vous réveillez parce qu'il a été au cœur de vos rêves toute la nuit durant, vous savez que vous n'avez pas le choix.

Tous les autres chemins disparaissent, il n'en reste plus qu'un à suivre.

Celui qui vous mène directement à l'homme pour lequel vous n'hésiteriez pas à trahir votre meilleure amie.

Vingt et un mois plus tôt

Il ne restait que quelques secondes avant le coup de sifflet final, les spectateurs retenaient leur souffle, tous leurs muscles tendus, immobiles. L'arbitre a sifflé, et il y a eu la course du joueur vers le ballon, le claquement du cuir contre le cuir, le silence inquiet de centaines de personnes dans l'expectative, et le glorieux retentissement du ballon s'écrasant dans le filet. Et puis un immense vacarme, tout le monde debout, tout le monde en train de crier, de se bousculer, de jubiler. Et, tout à coup, les bras de Scotty autour de moi, ses cris dans mon oreille tandis que nous sautions sur place ensemble. Et le moment de la prise de conscience, quand il m'a regardée, que je l'ai regardé et qu'il m'a semblé si naturel de me hisser sur la pointe des pieds pour joindre mes lèvres aux siennes, comme il semblait s'attendre à ce que je le fasse. Non, nous n'étions pas en train de nous embrasser, ça n'était pas en train de se produire, c'était impossible. Quand il m'a libérée de son étreinte, la gêne, le choc et la culpabilité se lisaient en filigrane sur nos deux visages.

« Euh… désolé », m'a-t-il semblé qu'il marmonnait en évitant mon regard. Je ne l'entendais pas bien avec tous ces cris, mais j'ai pensé que c'était ce qu'il avait dit, parce que c'est ce que j'aurais moi-même dit. « Je me suis laissé emporter.

— Ouais, moi aussi, ai-je répondu.

— Allez, on rentre, a-t-il crié. Tami doit nous attendre avec une bouteille de champagne. »

Il avait sciemment prononcé son nom, l'avait délibérément mise entre nous. Nous l'aimions tous les deux, nous ne voulions pas la faire souffrir. C'était l'ambiance. C'était à cause du temps que nous passions ensemble depuis qu'il venait régulièrement faire de petits travaux de bricolage à la maison. C'était à cause de Tami, qui était très occupée par un nouveau projet et qui avait peu de temps à nous consacrer à tous les deux. C'était à cause de Tami, qui passait de plus en plus de temps avec Mirabelle et nous excluait tous les deux de sa vie. C'était à cause de plein de petites choses idiotes qui nous avaient rapprochés l'un l'autre. Mais nous aimions Tami. Jamais nous ne lui aurions fait du mal en devenant plus que des amis. Nous étions amis, juste amis, point barre.

Je crois que je vais commencer par m'occuper de toi sur la table de la cuisine.

Ah oui ? Permets-moi de penser que tu changeras d'avis quand tu auras vu ce que j'ai dans la chambre. Un truc qui devrait exciter ta curiosité… Bea

Dix-huit mois plus tôt

Près de trois mois étaient passés depuis le match de foot, trois mois au cours desquels nous avions tous deux cherché à garder nos distances après ce qui s'était passé le soir du match. Quand j'avais des problèmes à la maison, j'essayais de me débrouiller sans lui, mais quand les quatre spots de l'entrée ont grillé, je n'ai pas trouvé d'autre solution que de l'appeler.

Il ne lui a fallu que quelques minutes pour les changer. Après ça, nous sommes restés dans ma cuisine, à bavarder. Debout devant l'évier, j'écoutais ce qu'il me disait en sirotant mon verre d'eau. Je n'admirais pas les lignes dures de son visage. Je n'imaginais pas sa langue dans ma bouche, ses mains sur mes fesses, sa…

« Bon, il faut que j'y aille », a-t-il dit tout à coup en se rapprochant de moi pour poser son verre sur l'égouttoir. Et il se trouve que, quand il a retiré sa main du plan de travail, ses doigts ont accidentellement frôlé les miens. Lentement, délibérément, il a fait courir ses doigts le long de mon bras nu, laissant sur ma peau une délicieuse sensation électrisante, et il a doucement fait remonter sa main jusqu'à mon visage. Ma respiration s'est accélérée. Rassemblant le peu de force qu'il me restait, j'ai fini par lever les yeux vers lui et plonger mon regard dans le sien.

« Bea », a-t-il dit dans un souffle. Et c'en était fini, j'étais sienne. Je ne pouvais plus bouger mes yeux, je ne pouvais plus bouger mon corps, j'étais sa proie, sa captive. Comme c'était bon de se sentir de nouveau désirée par un homme. Et qui plus est par cet homme-là. C'était un peu… vous savez, ce garçon, à l'école, sur lequel vous fantasmiez, mais qui ne jetait jamais le moindre regard dans votre direction ? Eh bien, c'était lui, Scotty !

C'était mal. Tellement délicieux et tellement mal. Quand, sans détacher son regard du mien, il a glissé sa main sous la ceinture de ma jupe à fleurs pour la passer dans ma petite culotte de dentelle noire, je me suis dit que c'était mal et que je devais arrêter ça. Quand il a ouvert sa braguette, je me suis dit que c'était mal et que je devais arrêter ça. Et même quand il s'est rapproché de moi pour me pénétrer, je me suis dit que c'était mal – mal, mal, mal – et que je devais arrêter ça. Mais entre vouloir et pouvoir, il y a un véritable gouffre dans des moments tels que celui-ci : je devais arrêter ça ; mais je ne pouvais pas. Il m'était physiquement impossible de repousser cet homme qui avait envie de moi.

Dix-huit mois plus tôt

« Ça ne doit pas se reproduire », m'a-t-il dit. Cela faisait trois jours déjà, mais, pour moi, le temps s'était arrêté à ce moment-là. Mon esprit et mon corps rejouaient en boucle ce délicieux instant où il m'avait pénétrée, l'excitation que j'avais ressentie quand son corps avait tressailli d'extase, la pureté enivrante de mon orgasme.

Pour mieux garder nos distances, nous étions restés chacun à un bout de la cuisine. La dernière fois, nous étions trop proches, d'un point de vue à la fois physique et émotionnel. Avec une table entre nous, tout irait bien. Nous pourrions parler et mettre un terme à cette chose avant même qu'elle n'ait commencé. Trois jours plus tôt, quelques secondes à peine après avoir joui, il avait remonté son pantalon et était parti sans dire un mot, le visage marqué par l'horreur.

J'ai acquiescé à ce qu'il venait de dire, alors que mon corps tout entier s'opposait fermement à cette décision rationnelle. Je voulais que ça se reproduise.

Comment aurais-je pu refuser de mon plein gré ce déferlement de plaisir ? Je m'en étais énormément voulu d'avoir franchi cette limite avec le mari d'une amie, mais, d'un autre côté, cela me paraissait tellement naturel, tellement juste. Comme si le destin nous avait réunis, comme si nous étions faits l'un pour l'autre.

« Je suis avec elle depuis toujours. Je ne veux pas lui faire de mal, m'a-t-il dit.

— Tu l'aimes ? » lui ai-je demandé. Il n'avait pas prononcé son nom, et moi non plus. Si j'avais prononcé son nom, elle serait redevenue réelle. Elle serait redevenue la femme qui avait raté un important rendez-vous pour venir me voir à l'hôpital le jour où je m'étais fait agresser. Elle serait redevenue la personne qui m'avait dit : « Ça te plairait d'être la marraine d'Anansy, de faire partie de la famille ? » Elle serait redevenue l'amie qui m'avait dit qu'elle ne voyait aucun problème à ce que je multiplie les coups d'un soir si je pensais être en mesure d'en supporter les retombées émotionnelles ; l'amie qui m'avait consolée quand je n'avais plus pu les supporter. Elle serait redevenue Tami. Elle n'aurait plus été la complication, l'obstacle sur le chemin de l'amour.

Sa bouche est restée immobile ; nous ne pouvions détacher nos regards l'un de l'autre. Ses yeux bruns, d'une couleur entre chocolat et noisette, j'aurais pu les contempler éternellement. « Je ne veux pas lui faire de mal », a-t-il répété.

Moi non plus. Et c'était complètement fou. Elle était ma meilleure amie, vraiment. Mais ce qu'il y avait entre nous, c'était de l'amour. Et l'amour l'emporte toujours sur tout, non ?

Tout à coup, nous avons avancé l'un vers l'autre, nous nous sommes pris dans les bras l'un de l'autre, fiévreusement embrassés, les mains sur les visages, dans les cheveux, sous les vêtements. Nous nous sommes mutuellement débarrassés de nos vêtements, nous nous sommes retrouvés par terre, et il l'a fait de nouveau, il m'a pénétrée, cette délicieuse sensation est revenue en moi, et il s'est mis à aller et venir de plus en plus violemment, et j'aurais voulu qu'il ralentisse le rythme, qu'il se montre aussi doux qu'il l'avait été la dernière fois, mais je savais qu'il était excité et qu'il était en quelque sorte passionné, et il a fini par jouir, et je suis venue avec lui.

« Cela n'aurait jamais dû se produire, a-t-il dit, avec un air de regret sincère. Je suis venu ici dans le but même de mettre un terme à ce qui vient de se produire, mais je n'ai pas trouvé la force de le faire. Je suis faible face à toi.

— J'aurais pu te dire exactement la même chose, lui ai-je répondu.

— Je ne veux pas perdre les filles. Si elle apprend ça, elle s'en ira avec les filles. Elle ne doit jamais l'apprendre. »

Je me suis redressée et j'ai chevauché son corps. Je voulais le faire de nouveau, mais, cette fois-ci, je voulais prendre le contrôle des opérations, tracer moi-même le chemin du plaisir. « Jamais je ne le lui dirai. Et après ça, cela ne se reproduira plus, alors il n'y aura de toute façon rien à dire. D'accord ? »

J'ai laissé échapper un petit gémissement quand je me suis assise sur lui.

« D'accord, a-t-il répondu. Parfaitement d'accord. »

Dis-moi ce que c'est, au cas où je ne pourrais pas venir ce soir.

Si tu ne viens pas ce soir, tu ne le sauras jamais. Bea

Quinze mois plus tôt

« Scotty, tu l'aimes ? » lui ai-je demandé.

Notre plan avait échoué. Pour être tout à fait honnête, je dois dire qu'il n'y avait jamais eu de plan. Nous avions simplement décidé que ce serait la dernière fois, mais nous avions recommencé. Nous ne nous sommes jamais arrêtés, en fait. Pendant des mois et des mois. Elle, je l'évitais autant que possible, mais elle ne semblait pas le remarquer, sans doute parce qu'elle passait beaucoup de temps avec Mirabelle. Mais à l'occasion, elle venait me voir pour partager avec moi quelques *cupcakes* maison. Comme ce jour-là :

« Bien sûr, m'a-t-elle répondu. On ne se serait pas mariés si on ne s'aimait pas.

— Malgré tout le temps qui a passé, vous vous aimez toujours ?

— Je vois. Tu me demandes ça à cause de cette conversation que nous avons eue l'autre jour quand je t'ai laissée entendre que je ne pouvais plus le supporter… Mais ne t'inquiète pas, ce n'était qu'un mauvais moment à passer, et il est passé. Ça arrive, parfois, mais ce n'est rien. Globalement, nous sommes heureux.

— Dans tous les domaines ?

— Si tu veux savoir si on a toujours une vie amoureuse, eh bien, oui, nous en avons une ! Pas aussi riche que je le voudrais, mais nous avons tellement peu de temps à nous consacrer l'un à l'autre que cela n'a rien de vraiment surprenant. Mais bon, oui, nous… Tu sais ? Nous le faisons.

— Tu pourrais imaginer ta vie sans lui ? » lui ai-je demandé.

Quelques jours plus tôt, il m'avait laissée croire qu'il souhaitait passer à l'étape suivante. Qu'il voulait la quitter pour moi. Il allait donc falloir changer de quartier. J'adorais l'endroit où nous vivions, mais il faudrait bien faire ce sacrifice pour pouvoir être ensemble, car personne autour de nous ne comprendrait. Tout le monde prendrait son parti à elle et tout le monde nous rejetterait. Au départ, les filles ne comprendraient sans doute pas pourquoi leur papa serait avec moi, et nous devrions probablement leur cacher la vérité pendant un certain temps. À son travail, les choses risquaient également d'être délicates, car beaucoup de ses collègues la connaissaient et continuaient à travailler avec elle. Ici, ce ne serait pas impossible, mais cela serait plus facile si nous nous installions ailleurs, le temps que les choses se calment. Pourquoi pas dans le Kent, où se trouvait le siège de ma société ?

« Non, je ne pourrais pas imaginer ma vie sans lui. »

Mes yeux ont commencé à me picoter, la culpabilité à envahir mon cœur. J'étais en train de faire une chose horrible à une personne adorable.

« Ce n'est rien, te n'inquiète pas, m'a-t-elle dit, manifestement surprise par mon comportement. Ça n'arrivera jamais.

— Excuse-moi, je me suis conduite comme une idiote. C'est parce que je pensais à mon mari. Ç'aurait dû être l'anniversaire de notre rencontre, aujourd'hui.

— Ah, m'a-t-elle dit en passant son bras autour de mes épaules. N'y pense pas trop. Je suis sûre que les choses finiront par s'arranger pour toi. J'en suis certaine. »

L'explosion de culpabilité a failli m'arracher le cœur.

Quand elle est partie, j'ai craqué. Je me suis assise sur le sol du séjour, au milieu des souvenirs de nos ébats, et j'ai pleuré. Je détestais ce que je faisais, le mal que je lui faisais sans même qu'elle en ait conscience, mais j'étais amoureuse de lui. Je l'aimais, je l'aimais, je l'aimais. Et je ne pouvais pas me résoudre à l'abandonner.

Mes larmes se sont changées en violents sanglots. Que pouvais-je faire ? Je l'aimais trop pour rompre, et la seule autre solution qui se présentait à moi était de faire du mal à une personne pour laquelle j'avais énormément d'affection et d'estime. À un moment ou à un autre, il allait bien falloir que je fasse un choix : amour ou amitié ?

Je n'ai pas attendu bien longtemps pour savoir que je choisirais la solution qui me ferait le moins souffrir.

Ça ne serait pas du jeu. Il faut absolument que tu viennes. C'est ce soir ou jamais. Bea

Allumeuse !!!

Toujours. Bea

On ne choisit pas la personne dont on tombe amoureuse. Et il arrive parfois que, en cédant à la force de l'amour, on fasse du mal à une tierce personne. Or, cette personne-là, on ne choisit pas non plus de lui faire du mal. J'espère qu'elle comprendra ça quand elle apprendra la vérité. Je l'espère vraiment.

Tami

« Je vais faire un tour », me dit Scott. Les filles sont couchées et tout le monde est parti, même les quelques personnes qui s'étaient attardées pour m'aider à ranger. Je la sens toujours, la lourde odeur de renfermé de ce qui s'est passé ici aujourd'hui, la tristesse et le choc de l'avoir perdue.

Quand tout le monde a été parti, pendant que Scott mettait les filles au lit, je me suis assise dans le séjour, sur ce qui était jadis mon fauteuil préféré, et j'ai regardé autour de moi, comme pour rassembler les fragments de notre vie. Le canapé, les fauteuils, la cheminée ridicule, le tapis, la moquette, les murs jaune paille, les stores vénitiens en bois, la rosace du plafond, les prises de courant chromées, la télévision surdimensionnée.

Je déteste cette pièce, désormais. On dirait que toutes les mauvaises choses qui me sont arrivées ces derniers temps se sont produites ici. C'est ici qu'on a passé les menottes à Scott. C'est ici qu'il m'a parlé de sa liaison. J'ignorais qu'il me mentait, non pas sur la liaison, mais sur la personne avec qui il l'avait entretenue. Et c'est ici, juste ici, devant la porte, que j'ai su qui était cette femme. Un jour, je prendrai un lance-flammes et je brûlerai cette pièce. Je l'anéantirai totalement pour tout recommencer à zéro. Comme je compte le faire dès maintenant avec mon mariage.

Scott, mon mari, l'amour de ma vie, vérifie ses messages sur son portable et, telle l'incarnation de l'innocence, se prépare à sortir. Sa beauté virile me paraît moins réconfortante ou attirante qu'inquiétante. Le costume noir dont il est vêtu est cher ; un simple coup d'œil suffit à le comprendre. Il le porte bien, de même que la cravate de soie noire que je sais (la connaissant) être un cadeau de Beatrix. Sa chemise blanche est nette et dépourvue de plis ; une chemise de créateur. Ses chaussures sont sans doute assez anciennes, puisque je n'ai remarqué aucune nouvelle boîte de son côté de la garde-robe récemment. Ses cheveux sont coiffés en arrière, maintenus en place par l'un ou l'autre des produits qui se sont multipliés dans la salle de bains depuis quelques mois, et même probablement quelques années, maintenant. Il a l'air faux. Il est faux. Tout en lui est faux.

« Ah oui ? lui dis-je comme si de rien n'était. Tu vas baiser avec Beatrix ? » Cette fois-ci, je n'ai pas l'impression d'avoir été percutée par un camion. Pour la première fois depuis bien longtemps, tout fait sens, le monde ne semble plus être empli de choses étranges qui ne s'assemblent pas entre elles, d'incohérences que je semble être la seule à percevoir, comme si j'étais folle, en décalage avec la réalité. Je vois les choses de façon claire, désormais. Je n'étais pas en train de perdre la tête, je n'étais pas paranoïaque, je n'étais ni égoïste ni passéiste, je ne cherchais pas à m'empêcher d'aller de l'avant en me montrant suspicieuse ou anxieuse. Toutes les réactions que j'ai eues étaient normales, parce que l'on continuait de me tromper, de me manquer de respect. De me MENTIR.

« Quoi ? fait-il en relevant brusquement la tête de son portable. Qu'est-ce que tu racontes ?

— Ce n'est pas ça que tu as fait, toute la journée ? Lui envoyer des textos pour lui dire quand est-ce que tu pourrais aller baiser avec elle ? »

Il arbore tout à coup un air peiné, choqué et légèrement irrité. « Tu n'as pas le droit de m'accuser de n'importe quoi sous prétexte que je suis ami avec une femme, Tami. Il faudrait quand même que tu recommences à me faire confiance. Sans ça, je ne vois pas l'intérêt d'essayer de recoller les morceaux. Bref, la journée a été longue et difficile ; j'ai besoin de prendre un peu l'air pour me changer les idées. À mon retour, nous reparlerons de tes ridicules accusations, que tu peux déjà commencer à oublier.

— Ou alors, vous étiez en train de vous moquer de moi : la pauvre petite Tami, tellement bête qu'elle ne se rend même pas compte de ce qui se passe sous son nez.

— Je ne sais pas où tu es allée pêcher cette idée, mais…

— Je sais que c'est avec Beatrix que tu couches. Ça n'a jamais été Mirabelle, ç'a toujours été elle. »

Les yeux marron clair de Scott deviennent pénétrants : il essaie de sonder mes pensées pour faire la part de ce que je sais et ce que j'ai déduit.

Et maintenant il s'apprête à parler, ouvre la bouche pour mentir.

« Inutile de mentir. Je connais la vérité. Je l'ai vue de mes yeux. »

À ces mots, il ferme la bouche et, lentement mais sûrement, commence à se transformer. Son dos devient un peu plus droit, son corps un peu plus rigide, un rictus se dessine sur son visage et il serre les poings. Je l'ai déjà vu comme ça, bien sûr, mais en ces occasions, sa colère était rarement dirigée contre moi. Après avoir légèrement incliné sa tête sur le côté, il m'observe pendant quelques longues et pénibles secondes.

Je devrais sans doute avoir peur, mais ce n'est pas le cas. « Je veux savoir comment tu as eu ces textos de Mirabelle, parce qu'ils provenaient vraiment de son numéro.

— Qu'est-ce qui te fait penser qu'il n'y a pas eu Mirabelle, aussi ?

— Je sais qu'il n'y a pas eu Mirabelle, dis-je d'un ton ferme. Elle ne m'aurait jamais fait ça.

— Évidemment, lance-t-il d'un air moqueur. Ta précieuse petite Mirabelle ne t'aurait jamais fait ça.

— Mirabelle était lesbienne », lui dis-je.

Le rictus est emporté par le raz de marée qu'a provoqué cette révélation. « Quoi ? souffle-t-il.

— Elle était lesbienne, dis-je en détachant chacune des syllabes. Elle m'a expliqué qu'elle ne t'aurait jamais touché, même sous la torture, et moi, idiote que j'étais, je ne l'ai pas crue. »

Scott me regarde fixement, les yeux grands ouverts.

« Dis-moi comment tu as eu ces messages, ces messages qui m'ont convaincue que tu couchais avec elle et qu'elle était obsédée par toi au point de mentir à la police ?

— Je croyais que tu avais réponse à tout.

— Tu as volé son téléphone et tu les as écrits toi-même, c'est ça ? Tu as fait ça pour… Oh mon Dieu ! Tu t'es fabriqué un alibi pour pouvoir la violer. » Une brusque envie de vomir s'empare de moi. Mon mari est un prédateur sexuel, froid et calculateur. Il l'a probablement déjà fait avant. Je me remets à trembler. Toute la laideur de la personne avec laquelle j'ai vécu, avec laquelle j'ai couché, que j'ai aimée est en train de se révéler à moi.

« Non, proteste-t-il, non, je n'ai jamais projeté de faire quoi que ce soit de ce genre.

— Alors explique-moi, parce que, ces textos, c'est la seule chose qui ne colle pas.

— Je… J'ai trouvé son téléphone.

— Où ? Où l'as-tu trouvé ? »

Soupir. Silence. « Dans son bureau. Je suis allé dans son bureau, pour y rechercher des informations. J'espérais y découvrir des choses sur elle, elle était tellement distante. J'ai toujours pensé qu'elle avait quelque chose à cacher, alors je suis entré en douce dans son bureau, pendant qu'elle était en réunion, et j'ai aperçu son téléphone. Elle ne l'avait pas verrouillé, alors j'ai un peu fouiné dedans. Et quand j'ai vu ces messages, j'ai tout de suite compris qu'elle les avait envoyés à un homme marié de la direction, peut-être même à

Terry. Je voulais prendre le temps de découvrir qui c'était, alors j'ai renvoyé les messages sur mon téléphone.

— Du chantage. » Horrifiée, je mets mes mains sur mon visage. « Chantage, infidélité, pornos violents, agression sexuelle…

— Non. Non, tu ne peux pas dire ça. Je n'ai pas fait ça. Je n'ai pas essayé de l'agresser. La situation est devenue confuse. Elle m'envoyait des signaux contradictoires.

— Je ne vois pas comment elle aurait pu t'envoyer des signaux quelconques : elle est lesbienne. Elle était lesbienne. » Elle était lesbienne. Elle n'existe plus dans le présent ; elle est partie.

« Peut-être qu'elle n'était pas très sûre de ses préférences sexuelles. Mais, tu sais, j'ai cru qu'elle en avait envie. Et j'ai pensé qu'une fois que ce serait fait, les choses seraient plus claires entre nous.

— Une fois que ce serait fait ? Mais est-ce qu'elle a eu son mot à dire, là-dedans, ou est-ce que tu as juste… ?

— Ça ne s'est pas passé comme ça. Pas comme tu as l'air de le croire. Tu n'étais pas là ; tu ne peux pas comprendre. Je me suis dit que si je prenais les choses en main, elle…

— Elle quoi ? m'exclamé-je. Elle finirait par se plier de bon cœur à ta volonté. Ce que tu es en train de me décrire, Scott, ça s'appelle une agression sexuelle, un viol. Et tu le sais très bien. Tous les hommes le savent.

— Ça ne s'est pas passé comme ça.

— Tu dois t'en aller, maintenant. Je veux que tu prennes tes affaires et que tu t'en ailles. »

Il secoue la tête. « Non, dit-il en haussant les épaules.

— Scott, tu dois partir.

— C'est impossible. Partir ? Pour aller où ? Et puis, qu'est-ce que je ferais sans vous trois ?

— J'ai besoin... » Ma voix se brise, et il me faut un moment pour accepter ce qui est en train de se passer. J'ai compris ce qu'il avait fait au moment où je me suis rendu compte que c'était avec Beatrix, et non pas avec Mirabelle qu'il couchait, mais ce n'est que maintenant que je prends toute la mesure de l'horreur de son acte. Maintenant qu'il est en face de moi. Le monstre qui vit sous le lit, le démon qui hante vos rêves. Mon mari est un violeur. Il doit partir. « Tu dois partir.

— Je ne peux pas, me répond-il. Je t'ai déjà dit que je ne pouvais pas. »

Son visage se décompose, il secoue la tête. Il joint les mains, comme s'il allait prier. « S'il te plaît, Tami. Tu ne peux pas me demander de partir. » Il a l'air petit, terrifié.

« Scott, s'il te plaît, ne fais pas ça. Tu sais que tu dois t'en aller. »

Tout à coup, il redevient un Challey, le visage plein de colère et de mépris. « C'est ma maison. Si tu as un problème, c'est à toi de t'en aller. Il est hors de question que j'aille où que ce soit.

— D'accord, lui dis-je. D'accord, je vais aller à Londres avec les filles. Nous irons chez mes parents.

— Il est hors de question que tu emmènes mes enfants où que ce soit, siffle-t-il.

— Tu ne pourras pas m'en empêcher », répliqué-je.

Nouveau changement. « Tami » – doux, raisonnable –, « la situation n'est pas aussi grave que ce que tu décris. Je vais me faire aider. J'ai déjà rompu avec… avec elle. Je vais me faire aider pour mon addiction au porno. Je vais redresser la barre. Mais je ne pourrai pas le faire sans toi et les filles. Je ne pourrai pas le faire si je m'en vais. J'ai besoin de savoir que tu seras toujours là quand mes efforts auront porté leurs fruits. Sinon, à quoi bon ? J'ai besoin de toi.

— Tu seras toujours le père de Cora et Anansy. Elles auront toujours besoin de toi dans leur vie.

— Et toi ? me demande-t-il. Auras-tu toujours besoin de moi dans la tienne ?

— Nous serons toujours des parents, lui dis-je. Nous élèverons les filles ensemble. »

Il secoue la tête, et des larmes se mettent à couler sur ses joues. « Tu dis ça comme si nous n'allions plus être que cela l'un pour l'autre. »

Je ne lui réponds pas. Je ne peux pas lui dire que nous pourrons de nouveau vivre ensemble un jour, car, pour le moment, ça me semble tout à fait impossible. Je ne vois pas comment nous pourrions un jour être de nouveau ensemble.

Il se décompose littéralement, ses jambes se dérobent sous lui, et il se retrouve un genou à terre. « Je ne veux pas partir. S'il te plaît, tu ne peux pas me demander ça. Je t'aime. Pardon, pardon. Je n'ai pas réfléchi. S'il te plaît, ne me demande pas de partir. Je n'ai pas réfléchi. Je n'ai jamais voulu te faire du mal. »

Avant que tout cela ne commence, avant que Scott et moi ne devenions amants, nous avions l'habitude de nous asseoir sur mon lit pour regarder la télé ou des vidéos en mangeant des chips. Et nous discutions. Nous avons discuté pendant des heures de tout et de rien, forgeant notre amitié à l'aide de mots. J'ignore à quel moment il est devenu possible qu'il fasse toutes les choses qu'il a faites et j'ignore à quel moment il est devenu possible que je le regarde pleurer sans le prendre dans mes bras pour le consoler. Mais c'est ce qui est en train de se passer. Je me demande ce que la Tamia de jadis m'aurait dit à moi, la Tamia d'aujourd'hui, si je lui avais expliqué la situation dans laquelle je me trouve, la situation dans laquelle elle se retrouverait un jour.

« J'y vais », me dit-il. Deux sacs de voyage, une housse à costumes posée en travers du sac qu'il a hissé sur son épaule. Jadis, c'était comme ça qu'il portait ses cartables, et ce souvenir en arriverait presque à me faire sourire. « Je vais changer, ajoute-t-il en hochant la tête. Je vais redevenir digne de toi. Je te le promets. Je vais devenir un meilleur père et je vais redevenir l'homme que j'ai été. D'accord ? Je vais faire des efforts, beaucoup d'efforts pour te reconquérir.

— Fais-les pour toi », murmuré-je.

On dirait que je ne me sens pas concernée, que tout cela est facile pour moi et qu'il m'a suffi de faire un pas en arrière pour me libérer de son emprise mais ce n'est pas le cas.

Nos regards se croisent, et je sens le couperet de la guillotine tomber entre nous. Rompus. Séparés. Jamais plus je ne le regarderai de la même façon.

Il ouvre la bouche pour parler, et je lève la main et secoue la tête pour l'en empêcher. Je ne veux plus entendre ces mots-là. Un millier de « Pardon » ne pourraient rien changer. Un million de « Je n'ai jamais voulu te faire de mal » ne modifieraient pas non plus la situation dans laquelle nous nous trouvons. Aucun « Je t'aime » ne pourrait panser les blessures de mon cœur.

« À bientôt, Scott, lui dis-je.

— À bientôt, TB. »

Je baisse les yeux en acquiesçant, tandis que les larmes commencent à s'accumuler sur mes cils. C'est ce que nous nous disions rituellement à la fin des vacances, quand il devait retourner à la fac. Et je savais qu'il allait me manquer, parce que j'avais beau ne pas beaucoup penser à lui quand il était absent, ne pas avoir de nouvelles de lui et ne pas le trouver vraiment indispensable, durant les vacances, nous étions tout simplement inséparables.

Je me demande ce que le Scott de cette époque m'aurait dit si je lui avais raconté ce qui s'est passé. Je le vois me fixer de son regard confiant, tranquille et fort. Je le vois froncer les sourcils en m'écoutant. Et quand j'en ai terminé, il m'adresse un large sourire et me dit que je suis cinglée. Que jamais il ne ferait ce genre de trucs, et que jamais je ne laisserais les choses dégénérer à ce point.

Le claquement de la porte d'entrée me fait l'effet d'une explosion dans la poitrine.

J'ai envie de lui courir après pour lui dire de revenir, pour lui dire que nous allons recoller les morceaux, que tout finira par s'arranger. Et c'est précisément pour ça qu'il doit s'en aller.

Fleur

« Salut, Fleur, c'est Tami Challey. J'espère que tu vas bien, enfin, compte tenu des circonstances. En fait, je t'appelais pour m'excuser. Je ne t'ai pas dit toute la vérité sur ce qui s'est passé entre ta mère et mon mari. Si j'ai cru qu'ils avaient une liaison, c'est parce que l'autre version des faits était si horrible que je n'avais même pas la force de l'envisager. Pour faire court, disons simplement que mon mari a été arrêté pour avoir agressé ta mère. J'ai eu beaucoup de mal à l'accepter, alors je me suis laissée aller à croire qu'ils avaient eu une liaison. Je me rends compte que j'ai agi de façon lâche et honteuse dans le simple but de me protéger. Et que, par voie de conséquence, je me suis mal comportée envers toi, alors que la situation dans laquelle tu te trouvais était déjà extrêmement difficile.

« Mon mari a également été interrogé dans le cadre de l'enquête sur l'assassinat de ta mère, mais il avait un alibi. Je vais être interrogée, moi aussi, mais je ne sais pas ce qu'ils vont me demander, ni même pourquoi ils veulent me parler, alors qu'ils savent que Scott est innocent. À moins qu'ils ne pensent que j'ai quelque chose à voir avec sa mort… Mais je m'égare.

« Ce que je voulais te dire, c'est que je suis désolée. J'ai l'impression que toute ta vie durant, tu as été confrontée à des gens qui t'ont menti, et je n'aurais pas dû me comporter comme ça avec toi. La peur nous pousse parfois à faire des choses stupides. J'espère vraiment que tu vas bien. N'hésite pas à m'appeler si tu as besoin de quoi que ce soit, ou même si tu as envie de discuter un peu. Allez, je te laisse. À bientôt. »

C'est ça, le problème, avec Mme C., elle ne vous facilite pas la tâche : elle est tellement adorable que c'est quasi impossible de la détester. Impossible tout court, même. Regarde : je ne peux pas dire que je la déteste, non, alors que je me sens vraiment trahie. Je n'ai pas compris pourquoi elle ne m'avait pas dit tout ça plus tôt.

Je réécoute le message.

Si on était dans un film, je ne tarderais pas à apprendre que c'est elle qui l'a fait. Mais comme on n'est pas dans un film, mais dans la vraie vie, les choses ne vont pas se passer comme ça. Ou peut-être que si, qui sait ? Bref, l'important, c'est qu'elle se soit excusée et qu'elle ait fini par cracher le morceau. Et puis, on dirait qu'elle a compris que j'ai passé toute ma vie à n'entendre que des demi-vérités et que maintenant, j'ai soif de vérité vraie.

Je l'adore. C'est la personne la plus proche de l'idée que je me fais de ce qu'une maman devrait être. Mais il n'empêche qu'elle est avec un homme qui a agressé ma véritable mère. Je ne devrais pas me fier complètement à elle. Et même pas du tout, en fait.

Je suis toujours là, à Brighton. Avec Noah. Comme il est consultant, il peut travailler n'importe où, avec son ordinateur portable. On a laissé tomber mon *bed and breakfast* pour un hôtel légèrement plus luxueux, parce qu'on voulait un peu plus d'espace et une meilleure connexion Wi-Fi.

Il est assis devant la fenêtre, à la table à laquelle on a pris notre petit déj', concentré sur son ordinateur, et il y a des papiers dispersés tout autour de lui, sur la table et sur le sol. On dirait de gros flocons de neige. Il a l'air bordélique, comme ça, mais il est très organisé, et quand il se gratte la tête en fronçant les sourcils, avant de chercher quelque chose pendant une bonne minute, je ne me fais pas de souci, je sais que c'est juste une habitude de travail. Rien à voir avec quelqu'un qui ne serait pas organisé.

Je souris et reprends là où j'en étais. Je suis en train de peindre les ongles de mon pied gauche aux couleurs de l'arc-en-ciel. Le petit est rouge, le suivant orange, et puis ce sera jaune, vert, et enfin, bleu. Pourquoi ? Pourquoi pas ? J'envisage aussi de me faire faire un tatouage, quelque chose qui parte de mon pied pour aller vers ma cheville. Pourquoi ? Pourquoi pas ?

Le sentiment de sérénité que je ressens à l'idée de ne pas être obligée de rentrer à Londres tout de suite a quelque chose de vraiment réconfortant.

Papa m'a beaucoup téléphoné, mais je n'ai répondu qu'à la moitié de ses appels. Ce n'est pas par méchanceté que je cherche à l'éviter, non. Le truc, c'est que chaque fois que j'entends le désespoir dans sa voix, je me sens de nouveau complètement retournée, et puis la culpabilité reprend le dessus, et, au final, l'impression qu'il me reste, c'est d'être la pire fille qu'un père puisse avoir.

Huit ans plus tôt

« Tu es sûre, Fleur ? Tu es sûre que tu as envie de faire ça ? m'a demandé papa.

— Mais oui, papa. Je vais bien m'amuser.

— Je trouve ça un peu risqué. »

Évidemment, on était les derniers de la file des gens qui s'apprêtaient à monter dans le car. Il me répétait ça depuis que j'avais fini de faire mes bagages pour ce voyage scolaire de quatre jours à Spurton Hall, au pays de Galles. Quatre jours. Je n'arrivais même pas à me l'imaginer. Quatre jours sans que papa me dise ce que j'avais à faire.

« Ça va aller, papa. » J'ai dû lutter un peu pour lui reprendre la valise des mains. « Je t'appellerai tous les soirs et je te jure que je me coucherai très tôt. »

Si papa avait fini par dire oui, c'était parce que Mlle Devendis, ma prof principale, et M. Ratchford, le proviseur, lui avaient expliqué que j'étais un peu isolée des autres enfants. « Fleur travaille très bien, mais elle ne semble pas être aussi à l'aise en société que les autres élèves, parce qu'elle n'interagit pas beaucoup avec eux. » Après ce rendez-vous, j'avais eu le droit de suivre les cours de gym organisés au collège en fin de journée. Et surtout, j'avais eu le droit de participer à ce voyage scolaire.

Jamais je n'aurais pensé qu'un truc comme ça puisse arriver. Papa avait d'abord dit que c'était trop cher, et puis il avait changé d'avis et dit qu'on pourrait peut-être se le permettre. Et maintenant, on était là. Je savais qu'il pouvait encore changer d'avis à tout moment et m'empêcher d'y aller, mais, au moins, on était là. C'était déjà quelque chose.

« Fleur, j'espérais tellement que tu viendrais ! » m'a dit Mlle Devendis en s'approchant de moi pour prendre ma valise. Ça y est, c'était bon ! J'étais obligée d'y aller, maintenant que Mlle Devendis avait ma valise. Papa ne pouvait pas la lui reprendre, ç'aurait été trop « malpoli ».

Je lui ai adressé un grand sourire. J'avais l'impression qu'elle savait comment était papa. Peut-être que son père à elle était comme ça, lui aussi ?

« Sois très sage, Fleur, et fais bien tout ce que tes professeurs te disent de faire, m'a recommandé papa en posant une main sur chacune de mes épaules.

— T'inquiète, papa. C'est promis. » Je l'ai serré dans mes bras et je n'ai plus eu envie de le lâcher. Tout d'un coup, j'avais peur d'être loin de lui. Et s'il n'était pas là quand je rentrerais ? Et s'il décidait de partir, comme elle, et de ne pas revenir me voir avant des mois et des mois ? Qu'est-ce que je deviendrais ?

« Allez, Fleur. Tu devrais déjà être partie », a dit papa en s'écartant de moi. Il devait être un peu mal à l'aise, à cause de Mlle Devendis.

J'ai agité la main dans sa direction, longtemps, très longtemps, à la fenêtre du car, et j'ai caché mon visage pour que les autres ne voient pas que j'étais en train de pleurer. Ils avaient tous l'air tellement contents de s'en aller loin de leurs parents. Mais leurs mères à eux, elles n'étaient pas parties. Ils n'avaient aucune raison de penser que leurs pères pouvaient faire exactement la même chose, sans qu'ils sachent jamais vraiment pourquoi.

Mon téléphone se met à jouer *Papa Don't Preach.* C'est la sonnerie de papa, et ça doit être la quinzième fois que je l'entends ce matin, alors qu'il n'est même pas encore midi. Noah regarde mon téléphone, puis moi, puis se retourne vers son ordinateur. Il sait que les choses sont compliquées entre papa et moi en ce moment (papa veut que je rentre à la maison, ce qui explique pourquoi la plupart de ses appels finissent sur ma messagerie), mais Noah ne se risquerait jamais à faire le moindre commentaire. Sauf si je lui demandais son avis, bien sûr ; là, évidemment, il me le donnerait. Du reste, c'est sûrement pour ça que je ne lui ai rien demandé. Chacun ses affaires.

Huit ans plus tôt

« Vite, courez ! »

Je n'avais pas la moindre chance. Je n'étais vraiment pas habituée à faire ce genre de truc. Un peu plus tôt, quelques-uns des garçons étaient entrés en douce dans notre dortoir, et Raymond Rheine s'était assis sur mon lit. Raymond Rheine, je l'aimais vraiment bien, et comme il me regardait très souvent, je pensais qu'il m'aimait bien, lui aussi. Il m'avait demandé pour quelle équipe de foot j'étais.

Je lui avais dit : « Arsenal, bien sûr. » Et il m'avait répondu : « Moi, je suis pour Liverpool. »

Alors j'avais haussé les épaules et je lui avais fait : « C'est pas grave. » Et il m'avait répondu en riant : « C'est ce que mon grand frère dit toujours. Il est pour Manchester United. » Et tout d'un coup, je te jure que je ne m'attendais pas du tout à ce qu'il fasse ça, mais il m'avait embrassée sur la bouche. Oui, sur la bouche. C'était allé vite, très vite, et après, j'étais restée assise à le regarder pendant quelques secondes, sans bouger d'un pouce, parce que, justement, c'était allé tellement vite que je n'avais même pas eu le temps de savoir si j'avais aimé ou non. Alors j'avais décidé de le lui faire moi aussi, et je l'avais fait, très vite, comme lui. J'avais trouvé ça sympa, bizarre, mais sympa. J'avais envie de recommencer, mais, juste à ce moment-là, ses copains avaient dit qu'on pouvait tous aller dehors pour fumer une cigarette.

« Tu viens avec nous, Fleur ? » il m'avait demandé.

Je n'avais pas trop envie de venir, parce que je savais qu'on pouvait se faire choper. Mais comme j'avais encore envie d'embrasser Raymond, j'avais dit oui, et on s'était glissés dehors par l'une des fenêtres du dortoir, avant de nous rassembler derrière le bâtiment. Et les autres s'étaient tous mis à fumer en se faisant passer des cigarettes, et l'une d'entre elles avait bien sûr fini par arriver jusqu'à moi. C'est là que les ennuis ont commencé. Quelqu'un a entendu un prof et quelqu'un d'autre a crié : « Vite, courez ! » Mais je suis restée sur place, bloquée. Et tout d'un coup, le proviseur adjoint et

Mlle Devendis étaient devant moi. Moi qui tenais à la main la cigarette que je n'avais même pas eu le temps de mettre dans ma bouche.

« S'il vous plaît, n'appelez pas mon papa, je leur ai dit en sanglotant, quand on est arrivés dans le bureau. S'il vous plaît, s'il vous plaît.

— Nous n'avons pas le choix, Fleur, m'a répondu Mlle Devendis. Je ne m'attendais vraiment pas à ça de ta part. Je suis extrêmement déçue.

— Pardon, j'ai fait, entre deux sanglots.

— Avec qui étais-tu ? m'a demandé M. Marmaduke, le proviseur adjoint. Si tu nous le dis, nous serons moins durs avec toi. »

Il était hors de question que je balance qui que ce soit. Si je le faisais, tôt ou tard, on finirait par me le faire payer. Et, de toute manière, je n'étais pas comme ça, je n'étais pas du genre à dénoncer.

« S'il vous plaît, ne le dites pas à mon papa.

— Nous ne pouvons pas faire autrement. C'est le genre de chose dont on doit informer les parents, afin qu'ils prennent les mesures qui leur semblent les plus appropriées. »

Parents. Ils avaient dit « parents ».

« Alors appelez ma maman, s'il vous plaît, pas mon papa. Ils sont divorcés, mais je crois que ce sera mieux si papa l'apprend de sa bouche à elle. »

« Tu veux dîner en ville, ce soir ? » me demande Noah en levant les yeux de son ordinateur pour me regarder.

Ça me fait un peu bizarre de penser au premier garçon que j'ai embrassé, alors que le dernier se trouve juste là, de l'autre côté de la pièce.

Je hoche la tête. Il est tellement différent de Raymond. Mais cette drôle de sensation dans ton ventre, elle ne s'en va jamais quand tu aimes quelqu'un, non ? Avec le temps, peut-être, mais ce qui est sûr, c'est que la sensation que j'ai maintenant est exactement la même. Un peu comme si tu étais malade et que tu ne pouvais pas te soigner, ou un truc dans le genre, mais en bien.

« Super. Alors, comme c'est moi qui ai proposé de sortir, à toi de décider où on va. »

Je le regarde en plissant les yeux. Tu parles d'une erreur de débutant !

« Quoi ? il me dit d'un air innocent, en haussant les épaules. Tu connais les règles, mon cœur : il y en a un qui propose, et l'autre qui choisit.

— C'est toujours moi qui ai le meilleur job », je lui réponds, en le regardant, les yeux toujours plissés.

Huit ans plus tôt

Ils l'ont appelée le soir même, et le lendemain matin, à 6 heures, elle était là. Elle a parlé avec eux pendant super longtemps, sans moi, et puis ils m'ont appelée, je me suis assise à côté d'elle, et les profs m'ont dit que ça n'apparaîtrait pas dans mon dossier, mais qu'ils étaient déçus par mon comportement et qu'ils me renvoyaient chez moi avec ma mère. Je ne savais pas ce qu'elle leur avait dit, mais il ne fallait surtout pas que ça devienne un truc que papa pourrait me ressortir tout le temps. S'il venait à l'apprendre, jamais plus il ne me laisserait m'éloigner de lui.

« Est-ce que tu vas le dire à papa ? » je lui ai demandé quand les panneaux « Londres » ont commencé à se multiplier et que je me suis rendu compte qu'on se rapprochait dangereusement de lui. Il ne me frapperait pas, mais je savais qu'il allait grave s'énerver. Et j'avais peur de le voir s'énerver, mais j'avais plus peur encore de le voir pleurer. Quand il pleurait (ça lui arrivait quand je faisais de grosses bêtises), mon ventre devenait tout drôle. J'avais envie de pleurer aussi et de le serrer dans mes bras. Et de ne plus jamais recommencer, d'être toujours, toujours, une gentille fille.

« Et si tu me racontais ce qui s'est vraiment passé, hein ? elle m'a fait. Comme ça, je saurais quoi dire à ton père.

— J'ai rien fait. J'ai pas fumé.

— Alors qui a fumé ?

— Pas moi », je lui ai répondu. C'était sa faute, de toute manière. Si elle était restée avec nous, papa n'aurait pas été aussi triste et aussi énervé, et il ne m'aurait pas demandé d'être tout le temps super-sage. Papa n'aurait pas pleuré si elle ne nous avait pas quittés.

« D'accord.

— J'ai rien fait de mal », je lui ai dit. *Contrairement à toi.*

« D'accord, elle m'a répondu.

— C'est les autres.

— D'accord.

— Je te jure ! Raymond Rheine est venu me parler de foot, et puis il m'a embrassée, et j'ai trouvé ça cool, mon ventre est devenu tout drôle, mais pas comme quand papa s'énerve ou quand il pleure, non, là, c'était bien. Et tout d'un coup, les autres ont dit qu'ils voulaient aller dehors, et Raymond m'a dit de venir, alors j'y suis allée et ils se sont tous mis à fumer, et il y en a un qui m'a passé une cigarette, et tout d'un coup, les profs sont arrivés, et tout le monde s'est mis à courir, mais moi j'ai pas réussi. J'avais une cigarette, mais je la fumais pas. J'étais pas en train de fumer.

— Embrasser des garçons et fumer. Je trouve que ça fait beaucoup, pour une seule soirée.

— J'étais pas en train de fumer ! » j'ai crié. Ce n'était pas juste : j'avais été renvoyée, alors que je n'avais rien fait du tout. « J'ai rien fait de mal !

— Si, elle m'a répondu en jetant un coup d'œil vers moi, avant de se retourner vers la route. Un : tu n'aurais pas dû aller avec eux. Et deux : tu ne t'imagines tout de même pas que je vais passer l'éponge sur le fait que tu aies embrassé un garçon. Tu es beaucoup trop jeune pour ça.

— Je suis pas trop jeune. Et puis personne ne me demande jamais de faire quoi que ce soit, tellement je suis sérieuse. De toute manière, papa me laisse jamais rien faire.

— Ce n'est pas si mal d'être sérieuse, tu sais ? En général, les filles sérieuses se débrouillent mieux que les autres à l'école, et, en grandissant, elles finissent par acquérir la liberté de devenir qui elles veulent et de faire ce qu'elles veulent. Tu ne préfères pas attendre un peu, faire quelques efforts maintenant pour être libre plus tard de mener une vie passionnante ?

— Non.

— Bien sûr. Question idiote. Écoute, Fleur, ça ne va pas du tout. Tu sais à quel point ton père va être fâché.

— Je sais.

— Mais le problème principal, c'est que tu devrais avoir davantage de respect pour toi-même. Ça ne devrait pas être la crainte de ton père qui t'empêche de faire des choses que tu sais parfaitement ne pas être bonnes pour toi ; ça devrait venir de toi. »

Je sentais mon estomac se contracter et je commençais à avoir des nausées. Je n'avais pas envie de voir papa. Je n'avais pas envie de tout ça.

« Je pourrais pas venir habiter avec toi ?

— Pardon ?

— S'il te plaît, maman, je peux venir habiter avec toi ? »

Elle a regardé dans le rétroviseur, a mis son clignotant et s'est arrêtée, là, sur la bande d'arrêt d'urgence de l'autoroute. Il n'y avait pas beaucoup de voitures, alors ça allait quand même. Elle n'a pas coupé le moteur ; elle a juste défait sa ceinture de sécurité pour se tourner vers moi et me regarder.

« Fleur, j'adorerais que tu viennes habiter avec moi, mais je ne pense pas que ce soit ce que tu veux vraiment.

— Si », je lui ai répondu. Je n'avais pas envie de laisser papa, mais j'avais envie de venir vivre avec elle. En gros, c'était ça.

« Je pense que tu as peur et que tu es inquiète de la réaction que va avoir ton père quand il apprendra que tu t'es fait renvoyer de ce séjour. Je ne te le reproche pas : si j'étais à ta place, je crois que je ressentirais exactement la même chose. Mais vivre avec moi ne résoudra pas le problème. Tu dois assumer ce que tu as fait. Je sais bien que ce n'est pas facile, mais si tu es assez grande pour embrasser des garçons et faire le mur avec tes amis, c'est que tu es également assez grande pour accepter ta punition. » Elle m'a caressé le visage. « Ce ne sera pas si dur, ne t'inquiète pas. Ceci étant, si, après avoir parlé avec ton père et avoir réglé les choses de façon convenable avec lui, tu veux toujours venir habiter avec moi, n'hésite pas à me le dire, j'en parlerai à ton père. Ça te va ? »

J'ai hoché la tête.

Je me demande si Noah ne serait pas l'homme parfait. Il est tellement différent de tous les autres garçons que j'ai pu connaître. Il est du genre cool, mais pas mou non plus ; on voit bien qu'il travaille beaucoup. Et évidemment, le fait qu'il soit si beau gosse ne gâte rien. Au moment où je te dis ça, il détourne son regard de son écran d'ordinateur pour m'adresser le plus beaux de tous les sourires. Qu'est-ce que je te disais, hein ? Parfait.

Huit ans plus tôt

« Attends-moi là. Je vais parler à ton père. Ne t'inquiète pas, tout va bien se passer. »

C'était un samedi, et c'était le début de l'après-midi. Papa devait être en train de regarder le foot à la télé, pendant que sa nouvelle « amie », comme il disait, faisait le ménage. Je me demande bien pourquoi il ne disait jamais « petite amie », mais « amie ». Je savais que c'étaient ses petites amies et je savais ce qu'il faisait avec elles. Des trucs sexuels. Il y avait des fois où j'entendais papa dire à la fille de faire moins de bruit parce que je dormais. Dans ces cas-là, je mettais mon oreiller sur ma tête ; je trouvais ça vraiment trop dégoûtant. Moi, en général, le samedi, je rangeais ma chambre, j'écrivais dans mon journal intime et je faisais mes devoirs.

Je me suis ratatinée sur le siège passager, tant et si bien qu'on ne devait plus voir que le haut de ma tête par la fenêtre. Mais j'ai quand même pu la voir se diriger vers la porte. Elle a appuyé sur la sonnette puis a fait quelques pas en arrière. Papa a mis une éternité à ouvrir, et quand j'ai vu la tête qu'il faisait, je me suis encore plus ratatinée sur mon siège.

Elle s'est mise à parler, et il a regardé vers la voiture, et là, j'ai vu qu'il était trop, trop énervé. Et j'ai senti mon estomac se contracter, et se retourner encore.

Il a commencé à s'approcher de la voiture. J'ai fait « Non ! » et je me suis jetée par terre. Mais elle l'a arrêté. Elle lui a barré la route (elle était aussi grande que lui). Et au bout d'un moment, j'ai eu l'impression qu'il commençait à l'écouter.

Il n'a rien dit pendant très longtemps, mais il n'arrêtait pas de me regarder, et elle, elle n'arrêtait pas de parler. Et tout d'un coup, il n'a plus du tout regardé la voiture ; il s'est mis à la regarder, elle. Elle parlait, parlait, parlait. Puis, au bout d'un moment, elle s'est approchée de la voiture et a ouvert la portière en me disant : « Vas-y, c'est bon. Il ne te criera pas dessus et ne t'empêchera pas de participer aux autres voyages scolaires. »

Je ne l'ai pas crue, je n'ai pas bougé. J'avais tellement envie d'aller habiter avec elle. J'aurais voulu ne plus jamais retourner à la maison.

Elle a pris ma valise dans le coffre, et puis elle est revenue et m'a tendu la main. Sa main, la dernière fois qu'elle me l'avait tendue, j'étais encore petite. Toute, toute petite.

« Fais-moi confiance, ça va aller », elle m'a fait. Et elle m'a souri. Et ç'a été comme si j'avais de nouveau cinq ans. Quand j'avais cinq ans et qu'elle me souriait, je lui souriais tout le temps. Je me sentais en sécurité quand elle me souriait, j'avais l'impression qu'elle serait toujours là pour me protéger. C'était comme si j'étais blottie dans ses bras et qu'il ne m'arriverait jamais rien de triste. Quand elle me souriait comme ça, exactement comme elle était en train de le faire, j'avais l'impression qu'elle était vraiment ma maman.

J'ai pris sa main et je suis descendue de la voiture. On a rejoint papa.

« Tu m'as beaucoup déçu, Fleur », m'a fait papa. S'il disait ça, c'était parce qu'elle était là. En temps normal, il m'aurait crié dessus, m'aurait traité de méchante, m'aurait rappelé tous les sacrifices qu'il avait faits pour moi et m'aurait dit que j'étais une ingrate, que je faisais tout pour lui faire de la peine, et que jamais plus il ne me laisserait quitter la maison seule.

« Pardon, papa, je lui ai dit.

— Lundi, j'appellerai le collège pour leur dire de te coller pendant au moins une semaine. Ce renvoi ne me semble pas être une punition suffisante. Par ailleurs, je ne veux pas que ça se reproduise.

— Ça se reproduira pas, papa. » Elle n'avait pas lâché ma main ; j'avais toujours l'impression d'être en sécurité, avec ma maman.

« Va dans ta chambre. Je t'apporterai un goûter tout à l'heure. »

Quoi ? C'est tout ? C'était vraiment tout ce qu'il allait me dire ? J'ai regardé papa ; il n'avait plus l'air fâché. Déçu, oui, mais plus du tout aussi fâché qu'il l'était quand elle avait commencé à lui parler.

J'ai levé les yeux vers elle. Mais qu'est-ce qu'elle avait bien pu lui raconter ?

« Bon, je crois qu'il est temps de nous dire au revoir, Fleury », elle m'a fait, en me souriant toujours comme quand j'avais cinq ans. Elle s'est penchée vers moi et, tout en me regardant droit dans les yeux, elle m'a prise dans ses bras et m'a serrée fort contre elle. Je me suis sentie vraiment en sécurité, vraiment bien et vraiment aimée. Très, très aimée. Et là, elle m'a chuchoté à l'oreille : « Je t'aime, mon bébé. Ne l'oublie jamais, n'en doute jamais. »

Et puis elle s'est redressée et elle a fait « Donald » en hochant la tête, comme si elle s'adressait à quelqu'un de très important qu'elle n'aimait pas beaucoup. « Mirabelle », il a répondu.

Elle m'a souri une dernière fois avant de retourner dans sa voiture. Et puis elle nous a fait au revoir de la main à moi et à papa, et elle est partie.

J'étais persuadée que papa allait me hurler dessus, maintenant qu'elle n'était plus là, mais non. Il m'a juste répété d'aller dans ma chambre et, un peu plus tard, il m'a apporté un sandwich au fromage. Sans évoquer le sujet.

Juste avant de me coucher, ce soir-là, quand j'ai tiré les rideaux à fleurs bleues et rouges de ma chambre, j'ai aperçu quelqu'un qui, de l'autre côté de la rue, avait l'air de regarder ma fenêtre. C'était une silhouette qui ressemblait à la sienne, mais je ne pouvais pas en être sûre, parce qu'il faisait noir, et que la personne était assez loin du réverbère.

J'ai tiré les rideaux et je suis allée me coucher. J'ai fermé les yeux. J'ai essayé de dormir, mais je ne pouvais pas, parce que je sentais sa présence, je sentais qu'elle me racontait l'histoire de la plage aux pétales de roses, comme elle l'avait fait pendant tant d'années. Alors, tout d'un coup, j'ai rejeté mes draps et j'ai couru jusqu'à la fenêtre. J'ai ouvert les rideaux. Mais elle était partie. Enfin, si c'était bien elle. Mais je suis quasiment sûre que c'était elle. Après ce jour-là, je ne l'ai pas revue pendant quatre ans.

Noah, qui a toujours l'air aussi sérieux, est concentré sur son ordinateur. Ça me fait bizarre de buller. J'ai des trucs à faire, bien sûr, mais le cœur n'y est pas. À quoi bon ? Je n'ai jamais aimé la fac, et, de toute manière, je ne vois pas l'intérêt de faire quoi que ce soit. Tiens, prends Mirabelle, par exemple : elle faisait plein de choses, elle entrait dans ma vie comme dans un moulin, elle en ressortait sans crier gare. Mais est-ce que ça l'a rendue heureuse ? Est-ce que ça l'a empêchée de se faire assassiner ? Non. Alors ? À quoi bon ?

Je me redresse un peu pour regarder mes ongles de pied, de toutes les couleurs. Ça me rappelle la robe qu'elle portait le jour où elle est venue me chercher au pays de Galles. C'était une robe à manches longues bien ajustée, avec des rayures aux couleurs de l'arc-en-ciel. Elle lui arrivait juste au-dessus des genoux et dévoilait ses jambes longues et fuselées, ça la faisait paraître encore plus grande qu'elle ne l'était déjà. Elle était vraiment belle, ma mère. Il n'y a pas beaucoup de femmes qui auraient pu s'habiller comme elle. Quand elle m'a prise dans ses bras, ce jour-là, on aurait dit qu'elle me disait adieu. Qu'elle cherchait à me montrer tout l'amour qu'elle avait pour moi en une seconde. Elle savait. Elle savait qu'elle ne me reverrait pas. Mais qu'est-ce qu'elle a bien pu dire à papa ce jour-là ?

Ni une ni deux, je prends mon portable et compose le numéro de papa.

Il décroche dès la première sonnerie. « Fleur, comment vas-tu ? Quand est-ce que tu reviens ?

— Je ne sais pas. La police ne m'a pas encore laissée entrer dans sa maison. Je n'ai même pas pu commencer à déménager ses affaires et à préparer les papiers de la vente. Je vais sûrement devoir rester un peu plus longtemps que prévu.

— Tu devrais rentrer, et retourner là-bas quand tu auras accès à la maison.

— Ça ne devrait plus tarder, maintenant, tu sais. Je préfère rester dans le coin pour attendre. Au fait, papa, rien à voir, mais tu te souviens de la fois où je me suis fait renvoyer de ce voyage scolaire au pays de Galles ?

— Oui, il me répond d'une voix méfiante.

— Je me demandais : qu'est-ce qu'elle… Qu'est-ce que Mirabelle, maman, t'a dit pour que tu ne te mettes pas en rogne ? »

Son silence traverse le combiné et emplit toute la chambre. Je garde le silence, moi aussi, et je retiens mon souffle. Noah, qui a arrêté de travailler, me regarde, et on dirait qu'il attend, lui aussi, la réponse de mon père. « Je ne m'en souviens plus, Fleur, c'était il y a longtemps.

— Arrête, papa, tu te souviens toujours de tout. »

Ça, c'est vrai. Il se souvient de toutes sortes de trucs que la plupart des gens oublient.

Tout d'un coup, Noah appuie sur le bouton « Sauvegarder » de son ordinateur, attrape ses deux portables et sa veste, et agite sa main dans ma direction. Juste avant que se referme sur lui la porte blanche sur laquelle sont affichées les instructions d'évacuation d'urgence, je le vois lever la main vers son oreille, le pouce et l'index écartés, pour me faire signe de l'appeler.

« Pourquoi est-ce que tu me demandes ça ? me dit papa.

— J'ai juste envie de savoir. J'étais en train de repenser à cette époque… Bref, vous vous êtes parlé et je veux savoir ce que vous vous êtes dit. »

Un nouveau silence emplit la chambre. Je sais que je suis censée dire : « Bon, c'est pas grave. Je suis sûre que ce n'était pas important. » C'est ce que je fais en général quand il refuse d'évoquer tout ce qui a un rapport avec Mirabelle. Mais pas cette fois. Parce que je ne comprends pas pourquoi il ne s'est pas énervé. Ce n'est pas logique : c'était la première fois qu'il me faisait confiance, et je l'avais trahi. Or il a gardé son calme. Il a presque fait comme si de rien n'était.

Il finit par me répondre d'une voix lente et réticente :

« Elle m'a dit que tu avais été renvoyée de ce séjour à Spurton Hall parce que tu avais traîné avec des enfants qui fumaient, et que tu étais vraiment désolée, et que tu étais très inquiète de la réaction que j'allais avoir.

— Et ?

— Et c'est tout. En gros.

— S'il te plaît, papa, je suis sûre qu'elle t'a dit autre chose. » J'en suis certaine.

Il pousse un soupir. « Elle m'a dit que tu avais eu tellement peur de ma réaction que tu lui avais demandé de venir vivre avec elle. C'est vrai ? » Il a un ton contrarié, et je sais bien que, s'il me demande ça, c'est parce qu'il pense qu'en me montrant à quel point il a été blessé, il finira par me dissuader de poser d'autres questions. Ce qui veut dit que j'ai raison, qu'il y a bien autre chose...

« Oui. J'avais treize ans, j'avais peur. Et ensuite ?

— Elle... Elle m'a dit que si je te faisais passer un sale quart d'heure, elle ferait tout ce qu'elle pourrait pour que tu viennes vivre avec elle. Elle m'a dit que c'était ce qu'elle voulait plus que tout, mais qu'elle t'avait demandé de régler les choses avec moi, alors qu'elle aurait très bien pu te ramener avec elle. Et elle m'a aussi dit que, si elle avait acheté cette grande maison au bord de la mer, c'était pour que tu puisses séjourner chez elle de temps en temps, comme je le lui avais promis.

— Quoi ? Tu lui avais promis que je pourrais aller chez elle ? Mais pourquoi est-ce que tu ne m'as jamais laissée y aller ?

— Je savais que ce n'était pas ce dont tu avais envie, Fleur. Si tu y étais allée, tu aurais eu l'impression d'être un fardeau pour elle. Elle avait sa vie là-bas et elle ne voulait pas vraiment que tu viennes chez elle, elle disait ça pour se déculpabiliser. »

Ce n'est pas souvent que papa ment ; sa spécialité, c'est plutôt l'omission. Mais là, il ment. C'est sûr et certain : il ment. Aucun doute possible. Elle voulait que je reste avec elle. Elle voulait de moi.

« Et ensuite, qu'est-ce qu'elle a dit ? » J'ai la bouche sèche, et tout mon corps me picote, comme si j'étais en train de faire une crise d'urticaire.

« Elle m'a dit que je devais t'accorder davantage de liberté. Te laisser participer à des voyages scolaires, des activités extrascolaires, ce genre de choses. Te laisser dormir chez tes amies si tu en avais envie. Elle m'a dit que tu étais une fille bien et que tu ne devais pas souffrir de ce qu'elle avait fait, elle.

— Et ?

— Elle… Elle m'a dit que si je t'accordais ces libertés, si je te laissais devenir une adolescente normale, elle s'en irait et me laisserait tranquille, enfin, nous laisserait tranquilles, nous laisserait vivre nos vies. »

Je n'arrive plus à parler. J'étouffe, je suis sonnée, groggy debout.

« Pourquoi, papa ? » je réussis enfin à dire. *Pourquoi est-ce que tu as accepté ça ?*

« Je suis désolé. Je ne peux pas te dire pourquoi elle a fait ça, je ne sais pas. La seule chose que je sais, c'est qu'il fallait que je te protège d'elle. »

Elle voulait de moi. Si elle n'est plus venue me voir, c'était pour m'offrir une vie. Après ça, papa m'a laissée participer aux voyages scolaires, il m'a autorisée à dormir chez des copines de temps en temps, il a accepté que je suive des cours d'arts plastiques et de théâtre, et que je fasse de la gym après l'école.

« Fleur, je comprends que ça doit être très dur d'entendre ça à un moment comme… »

Je l'arrête tout de suite, en appuyant sur « Raccrocher ». Je ne peux plus entendre ses mensonges. Elle lui a fait cette proposition, il l'a acceptée, et, ensuite, il m'a fait croire qu'elle se fichait complètement de moi. Mensonge. Encore un mensonge. Et elle, pourquoi est-ce qu'elle ne m'a rien dit ? Elle a fait ça pour moi, d'accord, mais quand on s'est revues, elle ne m'a pas expliqué pourquoi elle m'avait laissée tomber une deuxième fois.

Papa Don't Preach se met à résonner dans la pièce et le mot « PAPA » clignote sur l'écran de mon portable.

Les mains tremblantes, je renvoie l'appel sur ma messagerie. Une seconde plus tard, le mot « PAPA » se remet à clignoter, la sonnerie reprend, le téléphone vibre.

Je renvoie sur ma messagerie.

Papa Don't Preach reprend. Je rejette l'appel sans même regarder le nom qui s'affiche sur l'écran. Bousillant au passage mon vernis pas tout à fait sec, je saute du lit et me précipite vers la salle de bains. La sonnerie reprend. D'une main tremblante,j'enfonce la bonde dans le lavabo et tourne le robinet d'eau froide. De mon autre main, je rejette les appels au fur et à mesure qu'ils arrivent. Une fois le lavabo rempli jusqu'au trop-plein, je regarde mon téléphone.

Papa Don't Preach reprend et le mot « PAPA » clignote sur l'écran.

« Au revoir, papa. » Et je laisse tomber le téléphone dans l'eau. Quelques bulles d'air montent à la surface et j'entends quelques notes confuses de *Papa Don't Preach,* mais l'eau finit par s'infiltrer à l'intérieur des circuits, et la chanson s'arrête, et l'écran devient noir.

Je ne reviendrai pas. Je m'étais dit qu'il me resterait toujours cette possibilité de secours, si les choses ne marchaient pas pour moi ici, mais, en ce moment précis, je ne suis plus certaine que d'une chose : je ne reviendrai jamais ; je ne reverrai jamais mon père.

11

Tami

« Avez-vous déjà vu un cadavre, madame Challey ? » me demande le sergent Harvan. Sa frêle silhouette me paraît plus large, plus menaçante, depuis qu'elle s'est mise à rôder dans la pièce comme un prédateur jaugeant sa proie. Elle a commencé par quelques civilités, qu'elle m'a servies pour la forme, et sans doute pour la caméra enclenchée, mais elle a eu tôt fait de changer de ton.

Je secoue la tête. Fort heureusement non, et j'espère que ce ne sera jamais le cas. Pour quelque obscure raison, je me sens nerveuse. J'ai comme l'impression qu'ils savent quelque chose que je devrais savoir, que cette discussion est bien plus officielle qu'elle ne l'a laissé entendre.

« Vous en êtes certaine ?

— Oui.

— Pas même celui de Mirabelle Kemini ? » Elle a dit ça comme ça, comme si des êtres qui m'étaient chers se faisaient tuer, assassiner tous les jours.

« Non », rétorqué-je. Je n'ai pas voulu voir son corps avant l'enterrement. Fleur et moi avons demandé à l'entrepreneur des pompes funèbres de s'occuper de ça, car nous ne nous sentions pas le courage de le faire ; aucune de nous deux n'était assez forte. Nous avons acheté une robe blanche toute simple, nous lui avons expliqué comment nous voulions qu'elle soit coiffée et maquillée, et nous lui avons demandé de dissimuler toute trace de ce qui lui était arrivé, mais nous n'avons pas souhaité la voir dans cet état. L'entrepreneur s'est montré très compréhensif, et il a pris des photos qu'il a glissées dans des enveloppes cachetées au cas où l'une d'entre nous changerait d'avis. Je n'ai pas changé d'avis.

« Si vous n'avez jamais vu de cadavre, voulez-vous que je vous explique à quoi cela ressemble ?

— Je préférerais que vous vous en dispensiez, merci.

— Ce n'est pas comme dans les films. »

Elle est derrière moi. Elle contrôle la situation, elle contrôle mes réponses. Elle me maintient dans un état de déséquilibre, d'anxiété.

« C'est plutôt moche. Et dans le cas de Mirabelle Kemini qui, comme vous ne l'ignorez pas, a été noyée dans son bain, je peux vous assurer que c'était particulièrement horrible.

— Je ne veux pas en entendre davantage », protesté-je.

Du coin de l'œil, je vois Harvan hocher la tête en direction de Wade. À ce signal, il prend la pochette en carton jaune qui se trouve sur la table entre lui et moi, et il l'ouvre. Je distingue une partie de ce qu'elle contient : des photos. Ils ne vont tout de même pas me montrer des photos d'elle. Non. Non. C'est impossible.

Jamais je n'ai connu une terreur telle que celle-ci. Je ne veux pas voir ça. Je ne veux pas que ces images demeurent dans ma tête pour le reste de ma vie.

« Si vous me montrez ces photos, je vous assure que je m'en vais tout de suite, dis-je, paniquée. Rien ne m'oblige à rester ici, c'est vous-même qui me l'avez dit. »

La main de Harvan, qui se pose lourdement sur mon épaule, me fait sursauter. « Vous n'avez pas à vous inquiéter, madame Challey. Détendez-vous. » Elle parle comme si elle essayait de calmer une enfant. « Nous ne vous montrerons pas ces photos, ce ne sera pas nécessaire. Je vais vous les décrire.

— Non.

— Ses bras, ses épaules et son cou sont noircis par des hématomes. Ces marques se sont imprimées quelque temps après sa mort, quand son corps a été complètement froid. Notre équipe scientifique nous a expliqué qu'elle était dans son bain, et que sa tête avait probablement heurté la baignoire au moment où le tueur avait refermé ses mains autour de son cou. Par la suite, elle a sans doute été secouée comme une poupée de chiffon, sa tête constamment plongée sous l'eau. » Je n'aurais aucun mal à me représenter la scène, mais je ne le ferai pas. Je n'ai aucune envie de me représenter Mirabelle dans cette situation. « Vous m'écoutez, madame Challey, ou c'est inutile parce que vous vous trouviez sur les lieux quand ça s'est passé ?

— Je n'y étais pas. Je ne comprends pas le sens de cette question.

— Mais Mirabelle ne s'est pas laissé faire. Ses poumons et son estomac étaient remplis d'eau, ce qui veut dire qu'elle a dû hurler très fort et se débattre pour empêcher son assassin d'arriver à ses fins. Les ongles de ses mains étaient arrachés, ce qui signifie qu'elle a dû chercher à s'agripper au carrelage et aux rebords de la baignoire pour essayer de sortir la tête de l'eau, de s'accrocher à la vie. Ses talons et ses mollets étaient couverts d'hématomes. Et la quantité d'eau retrouvée sur le sol indique qu'elle s'est libérée plusieurs fois de l'emprise de son agresseur, qu'elle aurait sans doute été à même de maîtriser si elle n'avait pas été dans sa baignoire. Mais tout cela, vous le savez déjà, n'est-ce pas ?

— Mais pas du tout. Je vous ai déjà dit que je n'étais pas là. »

La scène qu'elle vient de me décrire s'est gravée dans ma mémoire et se rejoue en boucle dans mon esprit. Son combat, ses cris, le bruit incessant de l'eau qui jaillit.

Harvan se rassied sur sa chaise et se rapproche de la table, de sorte que Wade et elle sont parfaitement alignés. Le mur de la loi. « Vous n'étiez pas sur les lieux, vraiment ?

— Non.

— Alors, qu'est-ce que c'est que ça ? » me demande-t-elle en déposant un objet sur la table. Je baisse les yeux. Et je suis sur le point de lui dire que c'est une petite pochette en plastique et que je ne comprends pas ce que ç'a à voir avec cette histoire, quand je finis par distinguer l'objet que la pochette en question renferme : mon alliance, avec son inimitable rebord sinueux qui permet de l'emboîter dans celle de Scott et de former ainsi l'ultime symbole de l'union.

« Je précise, dit-elle en se tournant vers la caméra, que je suis en train de montrer à Mme Challey une alliance portant l'inscription "TB & SC" et les chiffres "21/10/98".

— Est-ce bien votre alliance, madame Challey ? » me demande Wade.

Je regarde fixement la bague. Les battements de mon cœur s'accélèrent, deviennent de plus en plus rapides, jusqu'à m'évoquer le galop d'un cheval. « Ça y ressemble, finis-je par répondre.

— Avez-vous perdu votre alliance récemment, madame Challey ? » s'enquiert Harvan.

Je suis dans le pétrin.

« Oui.

— N'êtes-vous pas curieuse de savoir où nous l'avons trouvée ? me demande Harvan.

— Même pas un peu ? ajoute Wade.

— Où l'avez-vous trouvée ?

— Au domicile de Mirabelle Kemini », me répondent-ils ensemble.

Je suis vraiment dans le pétrin.

« Je l'ai tout de suite reconnue, notamment grâce à son inscription. Mais naturellement, Wade, non, dit-elle en posant sa main sur l'épaule de son coéquipier. Les hommes ne font pas attention à ce genre de choses, n'est-ce pas ?

— Certains, marmonné-je.

— Eh bien, pas notre Wade, en tout cas. Mais moi, moi, je l'ai reconnue, cette alliance si atypique. Et puis, bien sûr, il y a cette inscription qui est atypique, elle aussi. Ce n'est pas votre date de mariage, je présume. Qu'est-ce que c'est ? Premier rendez-vous, première déclaration d'amour, première fois au lit ? »

Je ne lui réponds pas, elle n'a pas à savoir ça.

« Allons, madame Challey, vous pouvez bien partager avec nous cette petite information. Nous nous connaissons depuis un certain temps, maintenant. »

Mes jambes se mettent à remuer anxieusement, et je dois placer mes mains dessus pour les en empêcher.

« Votre comportement me déçoit. Mais passons. Quand votre alliance a été retrouvée, savez-vous ce que je me suis dit, madame Challey ? Je me suis demandé ce que pouvait bien faire votre alliance sur cette scène de crime, me dit Harvan.

— Je n'étais pas là. » *En tout cas, je ne pense pas.*

« Mais cette alliance semble prouver le contraire, réplique Wade.

— Mon collègue a formulé une intéressante hypothèse, poursuit Harvan. Il m'a dit que, comme vous étiez une amie de Mme Kemini, il était possible que vous l'ayez perdue à son domicile à l'occasion de l'une des nombreuses visites que vous aviez dû y faire. »

Je me tourne vers Wade et lui jette un regard reconnaissant ; il me renvoie un regard vide d'expression.

« Mais vous la portiez la première fois que vous êtes venue au commissariat, c'est-à-dire le jour même où je vous ai demandé de ne pas vous approcher de Mme Kemini. »

Je suis vraiment, vraiment dans le pétrin.

« S'il n'y avait que ça, nous ne serions sans doute pas aussi convaincus de l'existence d'un problème, intervient Wade.

— Mais il y a aussi les empreintes de pieds que nous avons retrouvées sur le dallage du couloir, ajoute Harvan.

— Ainsi que les cheveux noirs qui sont restés accrochés au col de velours du peignoir que nous avons trouvé sur le sol de la salle de bains de Mme Kemini.

— Je suis certaine que vous ne verrez pas d'inconvénient à nous laisser vos empreintes de pieds pour que nous vous éliminions de notre liste de suspects. Ainsi que quelques-uns de vos cheveux, pour que nous puissions procéder à une analyse ADN. »

Ils se taisent. Enfin. Ils interrompent momentanément leur petit numéro pour attendre ma réponse, me donner l'occasion de m'expliquer.

« Je crois que je ferais mieux d'appeler un avocat. » Je ne me souviens pas si j'étais là ou pas, c'est ça, le problème. C'est pour ça que les battements de mon cœur sont devenus incontrôlables. La nuit de sa mort j'ai bu deux bouteilles de vin à jeun. Le lendemain, je me suis réveillée tout habillée, avec de petits graviers collés sur la plante de mes pieds nus, et des coupures, des égratignures et des bleus sur mes mains, mes avant-bras et ma poitrine. Ce matin-là, je me suis rendu compte que j'avais perdu mon alliance. Voilà tous les faits concrets que je peux énumérer, mais le reste, l'important, l'essentiel, je ne me le rappelle pas. Des fragments de cette nuit-là me reviennent parfois par flashs – mes bras autour d'elle, les cris de colère que je lui adresse, mes mains qui la frappent – mais rien de concret. Rien n'est cohérent, rien n'est fixe, tout m'apparaît comme de la gelée qui s'écoulerait par les trous d'une passoire. En d'autres circonstances, cela n'aurait rien de gênant. Mais en ce moment même… je suis dans le pétrin.

« Je croyais que vous n'aviez rien à cacher et que vous n'aviez pas besoin d'un avocat », fait remarquer Wade. Si la situation n'était pas aussi sérieuse, je pourrais presque croire qu'il se fiche de moi.

Mais je suis innocente. Je sais que je n'ai pas pu faire ça. Même si j'étais ivre, même si j'étais folle de rage. Je n'ai pas pu faire ça. Je ne ferais jamais ça. J'aimerais tant pouvoir me souvenir de ce qui s'est passé. Je suis certaine qu'il me suffirait de le leur raconter pour mettre un terme à tout ça.

« Il faut toujours mettre en doute l'innocence des gens qui refusent de coopérer et décident tout à coup de prendre un avocat », dit Harvan avec une forme de désinvolture qui m'empêche de déterminer si elle s'adresse à Wade ou à moi.

Je serre mes mains plus fort l'une contre l'autre, comme pour rassembler le peu de forces qu'il me reste. On dirait que je suis en train de prier. Je suis sûre que Harvan va le remarquer. Elle doit penser que je prie intérieurement, que je demande le pardon et la délivrance. Ce n'est pas le cas. Alors je les pose à plat sur la table, l'une à côté de l'autre.

Si je me concentre sur mes mains, c'est parce que je pense qu'il est préférable de ne pas leur parler. J'ai entendu dire qu'il ne fallait jamais poser de questions dont on ignorait soi-même les réponses. Il ne faut surtout pas que je pose de questions dont j'ignore moi-même les réponses.

« J'aurais besoin des coordonnées de votre avocat pour pouvoir le contacter », me dit Wade.

Je n'ai pas d'avocat. Pourquoi aurais-je un avocat ? Je travaille chez moi. J'élève mes enfants, je vis avec mon mari, j'ai acheté ma maison il y a des lustres de ça. Je me demande quel type de gens ont besoin de connaître les coordonnées d'un avocat. Je me demande quel type de gens se retrouvent trois fois au poste de police en moins d'un mois. Comme moi ?

« Laisse tomber, Wade, dit Harvan. Mme Challey n'a pas besoin de contacter un avocat. Elle peut partir. » Elle se tourne vers moi. « Vous pouvez y aller. » Elle se retourne vers Wade. « Mme Challey est une femme raisonnable, elle ne songerait pas à partir où que ce soit avant que nous ne l'ayons définitivement éliminée de notre liste de suspects. »

Je me lève, resserre mon cardigan autour de moi et ramasse mon sac. Je ne me risque même pas à dire au revoir. J'ai trop peur qu'ils ne fassent une mauvaise interprétation de ces propos.

12

Beatrix

Je commence vraiment à m'inquiéter, mon cœur. Qu'est-ce qui se passe ? Tu vas bien ? Dis-moi ce que je peux faire pour t'aider. Je t'aime. Bea

Je ne peux plus supporter ça. Cela fait six jours que je n'ai pas eu de ses nouvelles. Six jours ! Même quand ils sont en vacances et qu'elle est avec lui sept jours sur sept, vingt-quatre heures sur vingt-quatre, il trouve toujours le moyen de m'envoyer des textos : il va aux toilettes avec son téléphone ou il se glisse hors du lit au beau milieu de la nuit. Il a même réussi à m'envoyer des photos très intimes un jour où il était au bord d'une piscine. Et quand ils louaient cette villa au Portugal, nous avons fait l'amour au téléphone, alors qu'elle était en train de se doucher, à quelques mètres à peine de lui. Ce n'est pas bon signe. Il n'est pas au travail, et personne ne semble disposé à m'expliquer pourquoi. À chaque fois que j'appelle, on me dit qu'il est absent, mais que je peux laisser un message, auquel il répondra certainement dès son retour.

Je demande toujours : « Quand reviendra-t-il ? »

Et la réponse est invariablement : « Bientôt. »

Chaque fois que j'entends ça, j'ai envie de hurler : « Vous ne savez pas à qui vous vous adressez. Je suis la future Mme Challey, je suis l'amour de sa vie et j'ai besoin de savoir ce qui se passe. »

Je ne peux plus supporter cette situation. J'ai à peine mangé, à peine dormi depuis la dernière fois que je l'ai vu. J'ai appelé le bureau pour dire que j'étais malade : je ne me voyais pas du tout conduire jusqu'au Kent dans cet état.

Ce soir-là, le soir où il devait venir, je suis restée assise, avec mes vertigineux talons et les sous-vêtements en dentelle de Chantilly noir et rouge que je venais d'acheter. Je suis restée assise à attendre.

Et j'ai attendu.

Attendu. Attendu. Attendu.

D'ordinaire, je ne trouve pas ça irritant, ça me paraît normal, de l'attendre, il y a tant d'imprévus dans sa vie quotidienne. Naturellement, je suis un peu déçue de ne pas faire partie de sa vie quotidienne, mais que voulez-vous ? On a beau être un fin gourmet, on ne peut pas se nourrir uniquement de mets raffinés. Je suis la petite friandise qui vient conclure ses dures journées de labeur, l'excellente bouteille de vin qu'il garde pour les grandes occasions, le plaisir après lequel il languit.

À 21 heures, j'ai ouvert une bouteille de champagne – Veuve Clicquot, son préféré – dans l'intention d'en boire une coupe, une seule, car je savais qu'il n'apprécierait sans doute que moyennement de me trouver pompette en arrivant. J'ai fini la bouteille en moins d'une demi-heure. J'en ai ouvert une deuxième. Et je l'ai descendue, celle-là aussi. Quand je me suis réveillée, j'étais toujours assise, à moitié affalée sur la table de la cuisine, une troisième bouteille devant moi, et j'avais les muscles tout contractés et une raideur dans la nuque qui allait sûrement donner du boulot à mon chiropracteur pendant des semaines. Mais surtout, j'étais seule. Et j'avais dû le rester toute la nuit, à en juger par l'état dans lequel se trouvait la pièce.

Quand j'ai vérifié mon téléphone et me suis aperçue qu'il n'y avait ni messages ni textos, une fureur incandescente s'est emparée de moi. Je lui ai envoyé un message hargneux, pour lui faire savoir qu'il avait vraiment intérêt à avoir une excellente excuse. Pas de réponse. Je l'ai appelé. Son téléphone était éteint. Je lui ai envoyé un mail. Pas de réponse. Rien non plus sur Facebook ou Twitter. Rien. Rien, rien, rien. Silence total. Durant six jours.

Il était parfaitement impensable qu'il ne cherche pas à me contacter. Il était mort, c'était la seule explication plausible. Ça me paraissait presque logique, après ce qui était arrivé à Mirabelle. Les flics n'avaient pas encore coincé l'assassin, alors, pourquoi Scotty n'aurait pas été le suivant sur sa liste ? Je me suis mise à penser à ça. Et j'ai commencé à appeler sa femme.

Oui, je sais ce que vous vous dites, et vous avez parfaitement raison : je suis une garce, une garce capable d'appeler la femme de son amant juste pour savoir s'il va bien. Mais il fallait que je sache. Je l'aime. Il fallait que je sache si quelque chose lui était arrivé. Elle n'a pas répondu sur son portable les deux fois où je l'ai appelée, et ensuite, elle l'a coupé. J'ai essayé le fixe ; il était débranché. Encore un mauvais signe. Quelque chose d'horrible a dû arriver. Et il faut absolument que je découvre quoi. C'est pourquoi je suis là, en train de faire le grand tour pour arriver chez eux, parce que je ne peux plus supporter de passer devant la maison où Mirabelle est morte. Je sais bien que c'est ridicule, que des tas de gens ont dû mourir dans les maisons du quartier, toutes plus ou moins anciennes, mais que voulez-vous ? Ces gens-là, je ne les connaissais pas. Alors que Mirabelle, si.

Et elle a eu beau commettre un acte impardonnable en mentant comme ça pour essayer de se venger de Scotty, et j'ai eu beau avoir envie de lui refaire le portrait la dernière fois que je l'ai vue, ça ne m'empêche pas de penser qu'elle ne méritait pas ça. Personne ne mérite ça. Noyée dans son propre bain. Abandonnée là, nue, je suppose, jusqu'à ce que quelqu'un la retrouve. Le plus bizarre, c'est que personne ne sait qui l'a retrouvée. Enfin, peut-être que les flics le savent et qu'ils ne veulent pas nous le dire pour éviter qu'une psychose se répande dans la ville. Rien qu'à y penser, j'en ai des frissons. Ce qui s'est passé est vraiment horrible et, chaque fois que me vient l'idée de prendre un bain, je ne peux pas m'empêcher d'y songer à nouveau. Moi qui adore barboter des heures dans ma baignoire, je n'ai pas repris de bain depuis, parce que l'idée de mourir comme ça... Une nouvelle vague de frissons me parcourt le corps, et je me mets à trembler.

Je n'ai pas annoncé ma visite, je n'ai pas pu le faire, étant donné le silence radio dans lequel ils sont plongés. Arrivée devant chez elle, je frappe tout doucement à la porte, même si je sais que c'est parfaitement inutile. Quand Cora est née, j'avais l'habitude de frapper fort ou de sonner. Mais chaque fois que je le faisais, invariablement, une seconde plus tard, un cri s'élevait dans la maison, puis la porte s'ouvrait violemment sur Tami, le visage partagé entre la fureur et le désespoir, les bras occupés par un minuscule petit paquet geignard à la tête couverte de boucles brunes. Au bout d'un certain temps, j'ai fini par comprendre la leçon : frapper doucement ou envoyer un texto pour dire que j'étais à la porte. Je le fais toujours désormais, par habitude, même quand les filles sont à l'école.

Pas de réponse. Je sais qu'elle est là : la fenêtre de son bureau est ouverte. Jamais, au grand jamais, Tami ne sortirait en laissant une fenêtre ouverte. J'insiste : ce n'est pas dans sa nature, elle est bien trop consciencieuse.

Je frappe encore. Plus fort, cette fois-ci.

Et j'attends. J'attends. *Rien.*

Je sonne et je frappe à nouveau.

Et j'attends. J'attends. *Rien.*

Je sais qu'elle est là. Je peux presque la voir, dans sa tourelle, ignorant royalement cette intrusion, trop absorbée qu'elle est par son travail. Mais comment peut-elle se montrer aussi peu concernée, alors qu'il est arrivé quelque chose à son mari ? Comment peut-elle se montrer aussi insensible ? Oui, il lui est arrivé quelque chose, j'en suis certaine. N'allez pas penser que je suis folle. Si vous vous dites ça, c'est que vous ne comprenez pas la force du lien qui nous unit : jamais il ne couperait les ponts avec moi sans me donner d'explication. Il m'aime.

Je place la paume de ma main sur la sonnette et j'appuie. Fort. Longtemps. Jusqu'à ce que je l'entende descendre la volée de marches qui mène à l'entrée puis s'approcher de la porte pour la déverrouiller et l'ouvrir.

« Coucou, lui dis-je alors d'une voix joyeuse, en écartant ma main de la sonnette. Tu as une minute pour boire un café, manger un ou deux biscuits et bavarder un peu ? » Je lui souris. « Je crains que tu n'aies à procurer le café et les biscuits, parce que figure-toi que j'ai oublié les deux, mais, en revanche, tu peux compter sur moi pour fournir les sujets de conversation. J'ai des tas de choses à te raconter. »

L'espace d'un instant, les traits de son visage se détendent un peu, mais alors qu'elle incline la tête sur le côté, ils se crispent de nouveau, formant un petit sourire qui me paraît amer. Elle a l'air légèrement incrédule, étrangement fascinée.

« Il n'est pas là, finit-elle par dire.

— Qui ? » rétorqué-je. Je m'efforce de conserver mon ton enthousiaste, mais la peur commence à remplir les ventricules de mon cœur : elle sait. Elle est au courant pour moi et Scotty.

« Il n'est pas là », répète-t-elle, d'une voix plus ferme. C'est la première fois que je suis confrontée à cet aspect d'elle, me semble-t-il. Je l'ai déjà vue hausser le ton dans des magasins ou des restaurants, ou bien encore s'énerver pour se plaindre auprès de services clients. Mais c'est la première fois que ce ton, ce regard me sont destinés. Elle sait, c'est sûr. Mais si elle savait, ne se serait-elle pas déjà jetée sur moi ? Si j'avais découvert que Scotty était avec une autre fille et que cette fille s'était tout à coup retrouvée devant moi, je lui aurais arraché les yeux rien que pour l'avoir regardé, je lui aurais arraché les cheveux pour que plus personne ne la regarde, et, naturellement, je lui aurais mis mon poing dans la figure.

« Tu parles de Scotty ?

— Ça m'a toujours gênée que tu l'appelles comme ça. Je ne savais pas exactement pourquoi la familiarité et l'intimité que supposait l'usage de ce surnom me mettaient si mal à l'aise, mais maintenant, je comprends. »

Ça l'a toujours gênée ? Je ne vois pas pourquoi. « Mais il n'y a rien de gênant à ça, balbutié-je, déconcertée par le tour qu'a pris la conversation.

— Tout le monde l'appelle Scott. Tout le monde, sauf toi. Pourquoi ? Parce que tu es bien trop spéciale pour faire comme les autres, bien plus proche de lui que les autres. Mais peu importe. De toute façon, il n'est pas là.

— Oui, tu me l'as déjà dit. Mais pourquoi serait-il là ? Il doit être au bureau… Quant à moi, je travaillais à la maison, aujourd'hui, alors je m'étais dit que je pourrais passer te rendre visite, pour voir comment tu allais. »

Elle baisse les yeux vers le sol. « Comment je vais ? » dit-elle, comme si elle réfléchissait à la question. Après avoir relevé la tête, elle prend une profonde inspiration et laisse son regard se perdre dans le vide. « Comment je vais ? répète-t-elle, d'un air toujours aussi méditatif.

— Eh bien oui ! Ce n'est pas une question piège, à ce que je sache », lui dis-je jovialement, en tâchant de dissimuler la confusion dans laquelle me plonge cette conversation sur ma façon d'appeler Scotty. Je ne vois vraiment pas ce qu'il y a de mal là-dedans. Je donne toujours des diminutifs ou des surnoms aux gens. Ce n'est rien de plus qu'une marque d'affection. Tout le monde fait ça.

Je distingue un petit sourire énigmatique sur ses lèvres au moment où elle finit par me regarder dans les yeux. « Je suis fatiguée, pour te dire la vérité. Très fatiguée. J'ai passé ces dernières semaines à essayer de sauver mon couple, parce que mon mari m'a avoué qu'il avait eu une liaison avec l'une de mes amies et qu'il m'a ensuite supplié de lui accorder une seconde chance. »

Elle m'avait déjà laissée entendre que c'était lui qui l'avait suppliée de rester, et quand j'avais interrogé Scotty à ce sujet, il m'avait dit qu'il n'avait pas eu le choix : qu'il ne pouvait rien faire avant d'avoir pris toutes les mesures nécessaires pour s'assurer qu'elle ne l'empêcherait pas de voir les filles.

« Je sais que ç'a été très dur pour toi », lui dis-je d'un air compatissant. Ne vous y méprenez pas, ma compassion est sincère, je n'ai pas à me forcer. J'ai mal pour elle, vraiment. La partie de moi qui est amie avec elle a repris le dessus, et j'ai envie de la serrer dans mes bras et de lui dire que tout finira par s'arranger. Du reste, je viens de prendre conscience d'une chose : il faut absolument que j'oublie Scotty pour le moment afin de me comporter en véritable amie avec cette femme qui a déjà tellement souffert. « Écoute, lui dis-je, pourquoi est-ce que tu ne me laisserais pas entrer ? On pourrait en discuter. » Je fais mine d'avancer, mais elle ne cille pas : son corps, tel un obstacle immuable, me bloque toujours le passage.

« Et puis j'ai fini par comprendre que c'était avec toi qu'il baisait depuis le départ, me dit-elle, en me regardant droit dans les yeux.

— Quoi ? » m'esclaffé-je, dans un petit rire nerveux dû tout autant au choc de ce qu'elle vient de me dire qu'aux mots qu'elle a choisis pour le faire. Une froide terreur vient de se loger au creux de mon ventre et est en train de se répandre lentement mais sûrement dans mon corps.

« Avec toi, parfaitement. Et je me demande encore comment j'ai pu me tromper de personne.

— Mais qu'est-ce que tu racontes ? parviens-je à dire, en dépit des vrilles de terreur qui rampent à toute vitesse dans mon corps.

— Tu vois, c'est pour ça que je suis fatiguée. Il y a d'abord eu la colère et l'anéantissement, et puis les efforts que j'ai dû fournir pour sauver mon couple et enterrer mon amie. Je ne m'étais pas encore remise de tout ça. Mais je me disais que la situation ne pouvait pas être pire, et donc, que les choses ne pouvaient que s'arranger. Eh bien, non, je m'étais trompée ! Il a encore fallu que je fasse avouer à mon mari avec qui il couchait vraiment et que j'intègre le fait que lui et sa maîtresse m'aient menti et manipulée pendant presque deux ans, et, pour finir, il a fallu que je trouve le courage de convaincre mon mari de partir. Voilà. Je crois que c'est pour ça que je suis incapable de ressentir quoi que ce soit d'autre que de la fatigue, à l'heure actuelle. Alors, si ça ne te dérange pas, je te prierai de dégager, maintenant, et de me foutre la paix, je t'en serai extrêmement reconnaissante. » Elle recule et referme la porte sans me laisser le temps de dire quoi que ce soit.

Et là, seule devant cette porte bleue, cette barrière qui me barre l'accès à la maison des Challey, je me demande ce que je dois faire.

Jamais je n'avais imaginé que les choses se passeraient comme ça quand elle l'apprendrait. Je m'étais dit qu'il y aurait des larmes, des éclats de voix, des coups de griffes. Qu'après les quelques premières confrontations, au cours desquelles elle m'aurait crié des insultes et je lui aurais crié des explications, la situation aurait fini par s'apaiser, me permettant ainsi d'en reprendre le contrôle, de doser minutieusement la durée et la régularité de nos rencontres jusqu'à ce qu'elle commence à accepter la situation. Jusqu'à ce que je sois en mesure de lui expliquer que je n'avais pas voulu lui faire de mal, que ce qui était fait était fait, et qu'il était désormais temps pour chacune d'entre nous de faire sa vie de son côté.

Bref, tout cela n'a absolument rien à voir avec ce que j'avais imaginé.

Je ne pensais pas qu'elle se comporterait comme ça, ni même que la conversation prendrait ce tour-là. Et puis surtout, je m'étais dit que Scotty (ça me fait bizarre de l'appeler comme ça, maintenant) serait à mon côté au moment de la confrontation. D'ailleurs où est-il ? Question qui en soulève une autre, et même deux : pourquoi n'est-il pas venu me voir, et pourquoi ne m'a-t-il pas dit qu'elle était au courant ?

Il n'y a qu'une seule réponse à toutes ces questions, et cette réponse, vous la connaissez aussi bien que moi : il a filé en douce et il doit être caché quelque part en train de panser ses plaies, en attendant que les choses s'apaisent un peu.

Ou alors, elle l'a tué. Hypothèse qui ne paraît pas si absurde que ça, quand on sait ce qui s'est passé à l'autre bout de la rue.

Je tourne les talons, me force à traverser le jardin et m'arrête devant le portail. Je ne suis pas sûre de ce que je dois faire maintenant, mais, tout bien considéré, j'ai beaucoup de chance d'être encore en un seul morceau.

TAMI

J'imagine Mirabelle entourée de fleurs, des roses, naturellement. Je l'imagine allongée sur sa plage, entourée de pétales de roses, assoupie. Assoupie. Dans la robe blanche de la peinture, peut-être. Son visage est doux, ses paupières à peine fermées, ses longs cils noirs alanguis au sommet de ses pommettes parfaites. Ses cheveux, brillants et bouclés, encadrent son visage, retombant gracieusement sur ses épaules.

C'est ainsi que je dois l'imaginer. Il faut que je le fasse, il faut que je me crée une image d'elle aussi claire et précise que possible, une image que je pourrais garder en mémoire. Il faut que je visualise le drapé de sa robe, chacune de ses coutures, son ourlet parfaitement dissimulé. Il faut que je me souvienne de la douceur de son teint immaculé ; il faut que je m'accroche aux spirales et volutes de sa somptueuse chevelure ; il faut que je retienne les lignes longues et fluides de ses membres, ainsi que l'harmonie qu'elles formaient avec la finesse de sa taille, le renflement de sa poitrine, la gracilité de son cou et de ses épaules.

S'il me faudra désormais faire cela chaque fois que je penserai à elle, c'est à cause de ce que l'inspectrice m'a dit. Les détails de sa mort se sont imprimés dans ma mémoire, et je ne peux pas les en effacer. À l'instar des vidéos pornos de viols que j'ai vues sur l'ordinateur de Scott, elles tournent en boucle dans mon esprit.

Et chaque fois, les mains qui l'étranglent, ce sont les miennes.

13

Beatrix

Scott, appelle-moi, envoie-moi un texto, un mail, quelque chose. J'ai besoin de savoir que tu vas bien. Rien de plus. Juste que tu vas bien. Bea

Je regrette que Scotty, pardon, Scott, n'ait pas été célibataire à l'époque où nous sommes tombés amoureux l'un de l'autre. Vous me connaissez bien, maintenant, vous savez que je ne suis pas comme ça, que ce n'est pas le genre de chose que j'aurais faite en temps normal. Allez, je vous vois venir, vous allez dire que j'ai quand même des « antécédents » de liaisons avec les hommes mariés. Il n'empêche : je ne cherche jamais volontairement à faire ce genre de truc. Je vous le jure. Et je peux aussi vous jurer que je ne fais pas partie de ces garces qui prennent plaisir à piquer les maris des autres. Mais la vie est comme ça, que voulez-vous y faire ?

Vous savez, je suis quelqu'un qui s'entend mieux avec les hommes qu'avec les femmes. Je n'ai rien d'une « potiche », comme a pu le dire Mirabelle, mais c'est comme ça depuis toujours. Il y a bien eu des périodes où j'avais plein de copines. Cela étant, la rivalité (la compétition au niveau du physique, des vêtements, du maquillage) finissait souvent par générer un besoin de break dans nos relations. D'autant plus que les filles se montraient toujours suspicieuses envers moi, vu que je pouvais tout aussi bien tenir une conversation sur le dernier défilé de Michael Kors que sur l'équipe qui allait gagner le championnat anglais.

Et puis, à partir du moment où ces prétendues copines étaient maquées, c'était la guerre ouverte. Du reste, avec le temps, la plupart de ces filles ont fini par me lâcher, mais il m'arrivait tout de même de croiser leurs hommes à des matchs de foot ou dans des pubs. Dans ces cas-là, je me montrais sympa, je trinquais et je rigolais un peu avec eux, rien de plus. Mais quand leurs copines ou leurs femmes apprenaient que « Beatrix » avait assisté au match, elle aussi, il y avait des scènes, des larmes, des ultimatums, et, au bout du compte, le gars comme la fille finissaient par m'éliminer définitivement de leurs vies. ALORS QU'ON N'AVAIT RIEN FAIT DU TOUT.

Mais certains garçons me voyaient en cachette. Je le faisais rarement plus d'une fois ou deux avec eux, parce que, très vite, les choses devenaient compliquées : ils tombaient amoureux de moi, ils en voulaient davantage, et je ne pouvais pas leur offrir ce qu'ils me réclamaient, parce que, comme vous le savez si bien, mon mari m'a quittée pour une catin, et jamais je n'aurais pu faire ça à une autre fille. Jamais je n'aurais laissé un homme quitter sa femme, et encore moins ses enfants, pour moi. Coucher avec eux était une chose ; briser leur couple, c'en était une autre.

Après que le dernier, Craig, un garçon que j'avais connu au travail et avec qui j'étais souvent allée voir des matchs, a fini par quitter sa femme pour moi alors que je l'avais largué, je m'étais juré de ne plus recommencer.

Jamais je ne pourrais oublier le jour où j'ai vu la femme de Craig, faisant ses courses chez Sainsbury's, quelques semaines après leur séparation. Ses cheveux étaient sales, et des mèches grasses pendaient de chaque côté de son visage, elle était squelettique, blanche comme un linge. Je la connaissais depuis longtemps, et jamais je ne l'avais vue sans maquillage ou porter des vêtements aussi informes.

Ç'a été une expérience horrible. En la regardant, je me suis souvenue de ce que cela faisait, de ce que l'on ressentait quand on voyait tout à coup son monde s'écrouler.

Après ça, je me suis promis de ne plus jamais toucher aux hommes mariés ou en couple. Même s'ils étaient divins, même si leurs femmes voulaient les empêcher de se lier d'amitié avec des filles. Il fallait que je reste à l'écart. À cause de tout le malheur que cela pouvait engendrer.

Et tout s'est bien passé, mon plan a fonctionné, je n'ai plus couché avec aucun homme marié, et j'étais très, très fière de moi. Et puis il y a eu Scotty.

Tami

Le bruit de l'eau qui coule m'effraie, fait jaillir dans mon cœur des élans de terreur glacée.

Ce bruit a commencé à me déranger après la mort de Mirabelle, mais depuis que j'ai vu le sergent Harvan, il me terrifie. À chaque fois que je l'entends, un frisson glacé me parcourt le dos, et je dois me concentrer pour arrêter de trembler. J'essaie d'invoquer cette image d'elle entourée de pétales de roses, et, parfois, ma stratégie fonctionne, la terreur disparaît. Parfois encore, les images se combinent, et je vois des pétales de roses dans l'eau, et Mirabelle, allongée, les yeux fermés, dans un silence de mort. Mais parfois rien n'y fait : je suis esclave de la peur, impuissante face à elle, qui s'insinue lentement en moi, pour me torturer.

Je crois que ce bruit fait partie de ceux que j'ai entendus cette nuit-là. La nuit où elle a été assassinée. Comme je n'ai pas pris de bain ce soir-là, la seule explication qui me vienne à l'esprit, c'est… que j'ai dû l'entendre chez elle. Que je devais être là au moment de sa mort.

Mais je n'en suis pas sûre. C'est ça le pire. Ne pas savoir si j'étais là pendant que l'eau du bain coulait, ne pas savoir si je me suis approchée d'elle en silence, si je n'ai pas enfoncé son corps dans l'eau et si je ne l'ai pas maintenu au fond de l'eau jusqu'à ce qu'elle cesse de se débattre, jusqu'à ce qu'elle parte. Est-ce que je l'ai fait ? J'avais tellement de colère en moi. Et pas seulement ce soir-là, mais aussi tous les soirs, tous les jours, depuis l'arrestation de Scott. J'étais blessée, horrifiée, choquée, bouleversée, effrayée, mais tous ces sentiments étaient teintés de colère. Je m'en voulais de n'avoir rien vu, de n'avoir rien deviné, mais j'en voulais aussi à Scott et à Mirabelle. Et le résultat de tout ça, c'est que j'ai désormais peur de ce que je suis en train de faire. À savoir, faire couler un bain pour mes enfants.

Le simple fait d'enfoncer la bonde, de lever le mélangeur avec ma main, suffit à me tordre le ventre de peur. Mes mains tremblent, naturellement. Je verse un peu de produit dans le bain et le regarde changer la transparence de l'eau en un blanc laiteux qui opacifie le fond de la baignoire et le tapis de bain imprimé de poissons. Et je détourne le regard. C'est toujours à ce moment-là, au moment où les nuages blancs commencent à se diluer dans l'eau avant de disparaître, que je dois détourner le regard. Cela me rappelle quelque chose. J'ignore s'il s'agit d'une chose réelle ou si elle a été inventée par mon cerveau pour coller aux images que l'inspectrice a fait naître en moi, mais, quoi qu'il en soit, cette impression transforme ce qui était auparavant un plaisir, une belle façon pour moi de passer du temps avec mes enfants, en un pur moment de stress et d'anxiété.

« Vous êtes prêtes ? » demandé-je d'une voix forte, devant la porte de la salle de bains, avant de prendre une profonde inspiration pour me concentrer, chasser tous ces souvenirs qui sont sans aucun doute artificiels. Je ne pourrais pas faire ça. Il faut que je me le répète et me le répète encore : je n'aurais jamais pu tuer VOLONTAIREMENT. Je n'aurais pas pu.

À moins que…

« Prête ! » s'écrie Anansy d'une voix perçante, en arrivant dans la salle de bains avec sa serviette à la main, déjà vêtue de son pyjama. En théorie, sa chevelure a été domptée par les trois tresses que je lui ai faites tout à l'heure, mais, en pratique, les innombrables cheveux qui s'en sont échappés confèrent à l'ensemble de sa coiffure un adorable effet chaotique. Je me souviens du désespoir que je causais à ma mère quand elle me retrouvait dans le même état qu'Anansy à l'heure du goûter, malgré toute la peine qu'elle s'était donnée pour me coiffer au début de la journée. Pourquoi un tel désespoir ? Je ne peux pas vraiment le dire. C'était comme ça, « un point c'est tout », pour paraphraser Anansy.

« Je suis là », dit Cora, qui arrive en sautillant dans la salle de bains. Avec son peignoir en éponge et sa serviette de toilette enroulée en turban autour de la tête, elle me paraît tout droit sortie d'une autre époque. On dirait une star des années cinquante. Il ne lui manque plus qu'un verre de martini et un fume-cigarette suspendu entre les doigts d'une main. Mirabelle, d'ailleurs, aurait très bien pu incarner ce genre d'élégance glamour.

Cora retire son peignoir et j'ai envie de la prendre dans mes bras, de l'empêcher de monter dans la baignoire, de l'empêcher de connaître le même destin que Mirabelle. Ma réaction étant parfaitement irrationnelle, je me force à m'agenouiller pour aider Anansy à se déshabiller.

Je ne vois pas pourquoi elles ne pourraient pas entrer dans la baignoire. Il ne peut rien arriver, dans un bain, absolument rien. Ce qui est arrivé à Mirabelle ne se produit que très rarement. Les gens meurent, certes, mais pas comme ça. Pas assassinés.

Anansy joue avec l'eau, mais pas Cora. Je suis surprise que, à son âge, Cora accepte toujours de prendre son bain avec sa petite sœur, mais manifestement, ça ne la gêne pas. À chaque fois que je lui demande si elle ne préférerait pas prendre son bain toute seule, elle me regarde comme si j'étais à moitié folle. Elle adore passer du temps avec sa sœur, ce sont vraiment les meilleures amies du monde. L'arrestation de Scott les a encore rapprochées, et depuis son départ, elles sont devenues littéralement inséparables.

Le bruit de l'eau déplacée par des corps, des corps chauds et vivants, est assourdissant. Un océan en pleine tempête, tout paraît sauvage, dangereux, mortel. Comme je ne peux pas plaquer mes mains contre mes oreilles sans alarmer les filles, je ferme les yeux, mais, naturellement, cela ne fait qu'empirer les choses. Éliminez un sens, et l'acuité des autres s'en trouvera décuplée. Je le savais, je le savais parfaitement. Alors, pourquoi ai-je été aussi stupide ?

Pourquoi ai-je augmenté le volume, amenant ainsi les vagues de l'océan à s'écraser tout autour de moi ?

Elle soupire. Dans ma tête, Mirabelle soupire. Elle regarde par-dessus mon épaule comme si elle se demandait s'il n'y avait pas quelque chose de plus intéressant dans la rue. « Oui ? Qu'est-ce que tu veux ? » me demande-t-elle d'un air désagréable. Mais comment ose-t-elle se montrer désagréable avec moi ?

« Je veux que tu me dises pourquoi tu as fait ça », marmonné-je.

Elle se concentre sur moi, cesse de regarder par-dessus mon épaule, cesse de m'ignorer. « Tu as bu ? » me demande-t-elle, l'air tout à coup très concernée. Elle baisse les yeux vers mes pieds. « Et tu ne portes pas de chaussures. Oh mon Dieu, Tami, mais pourquoi est-ce que tu te fais du mal comme ça ?

— Arrête de faire comme si ça t'intéressait », rétorqué-je. Je me balance d'un pied sur l'autre ; je m'effondrerais si je restais immobile.

« Viens », me dit-elle. Et sans me laisser l'occasion de protester, elle me prend par le bras et m'attire dans sa maison.

« Lâche-moi ! m'écrié-je en la repoussant. Ne me touche pas. Ne me touche pas ! »

« Maman, qu'est-ce qu'il y a ? » me demande Anansy. Sa voix angoissée me ramène brusquement à la réalité de la salle de bains.

Je tremble. J'ai le dos appuyé au mur. Je ne peux pas compter sur la gravité et le présent pour m'empêcher de m'écrouler. J'ai besoin de m'accrocher à quelque chose.

« Ça va, maman ? » s'inquiète Cora.

Assises dans leur bain, elles me dévisagent toutes les deux d'un air préoccupé, et je comprends que je leur fais peur. « Oui, oui, ça va », leur dis-je, en me risquant à décoller mon dos du mur. Ça va. Je ne suis pas tombée. « Ne vous faites pas de souci pour moi. » Ça va. Tout va bien.

« Allez, on sort du bain, et tout le monde au lit. C'est l'heure de l'histoire. »

Ça va. Ce n'était que mon imagination. Ce n'était pas un morceau du puzzle de cette soirée dont je n'ai que des souvenirs morcelés. Ce n'était pas une preuve que je l'ai fait. Non, parce que je n'aurais pas pu faire ça.

Beatrix

Je sais qu'elle sait, mon cœur. Parle-moi. Tu me dois bien ça. Bea

Quatre mois plus tôt

« Je veux un bébé. »

C'était un dimanche matin. Officiellement, il était parti à la salle de sport, mais en réalité, il était là, allongé dans mon lit, occupé à me faire toutes sortes de choses délectables. Nos deux corps enlacés, nous laissions paresseusement s'écouler la matinée.

« Écoute, Bea, qu'est-ce que tu veux que je te réponde ? a-t-il rétorqué.

— Je veux un bébé, Scotty. Je ne suis plus toute jeune, tu sais ? Si tu ne peux pas ou si tu ne veux pas, tant pis. Je trouverai quelqu'un d'autre… » Je mentais, évidemment. C'était son enfant à lui que je voulais porter, pas celui d'un autre. Jamais je n'avais ressenti ce besoin auparavant, mais, avec lui, tout était différent : j'avais envie qu'il me regarde et qu'il m'aime comme la mère de ses enfants. J'avais envie de retrouver sur son visage l'expression qu'il avait affichée le jour où j'avais fait sa connaissance et où il m'avait parlé d'elle. J'avais envie qu'il redevienne comme ça. Mais avec moi, naturellement.

« Ne fais pas ça, m'a-t-il dit.

— Je crois nécessaire de t'informer que j'ai arrêté la pilule. Ce qui signifie qu'à partir de maintenant, c'est toi qui devras t'occuper de la contraception.

— Ne fais pas ça, a-t-il répété.

— Je ne te demande pas ta permission. Je suis très sérieuse : si tu veux faire l'amour, tu mets un préservatif ou tu prends le risque.

— Bea, tu n'as pas le droit de me faire ça. Ce que tu es en train de me dire, c'est que si je veux continuer de faire l'amour avec toi, il faudra que j'abandonne au moins l'un de mes enfants. Que je choisisse entre Cora et Anansy et ton enfant à toi. Parce que tu sais très bien que je ne pourrai jamais me résoudre à te quitter.

— Non, ce que je suis en train de te dire, c'est qu'à partir de maintenant, il faudra que tu t'occupes toi-même de la contraception, sans quoi je risque fort de tomber enceinte.

— Tu ne changeras pas d'avis ?

— Non.

— D'accord, m'a-t-il dit. D'accord. »

14

Fleur

Blog de la fille de la plage aux fleurs (note pour plus tard)

Liste des choses auxquelles j'ai pensé aujourd'hui :

— Je sais que j'insiste, mais quand même, pourquoi est-ce que les gens mentent ? Et je ne parle pas des petits mensonges, je parle des gros. Parce qu'ils se disent : « Quitte à raconter un petit mensonge, autant en dire un gros » ? Parce qu'ils se croient si importants qu'ils pensent qu'ils doivent déformer la réalité pour qu'elle colle à la haute opinion qu'ils se font d'eux-mêmes ? Je n'ai pas la réponse à cette question, et je sais que je le fais, moi aussi, de temps en temps. Mais quand même, pourquoi est-ce que les gens mentent ? Quel bien pensent-ils pouvoir tirer de leurs mensonges ?

« Tu peux me parler de ma mère ? »

Je n'ai pas eu d'autre choix que de venir. Noah est super, mais il ne peut pas comprendre. Sa mère est morte quand il était petit, et il a été élevé par sa grand-mère, son père et ses sœurs. Il a grandi avec une famille, entouré de gens qui l'aimaient, qui le connaissaient et qui ne lui ont jamais menti.

Mme C. m'a menti, c'est vrai, mais elle me l'a avoué presque tout de suite. Ça faisait bien longtemps que je n'avais pas rencontré quelqu'un qui s'était montré aussi honnête avec moi.

Elle avait l'air d'appréhender quelque chose quand elle m'a ouvert sa porte, mais dès qu'elle m'a vue, ses traits se sont détendus et elle m'a souri. « Fleur, elle m'a dit, l'air ravie, ça me fait vraiment plaisir de te voir. Je pensais t'avoir perdue pour toujours. Entre, viens. »

O.K. Mais avant d'entrer, je lui ai demandé si elle pouvait me parler de ma mère. Si j'étais venue, c'était dans ce seul et unique but. Depuis que je savais qu'elle ne m'avait pas délibérément abandonnée, contrairement à ce que j'avais toujours pensé, je me sentais de nouveau toute retournée. Et j'ai très envie de découvrir d'autres trucs sur elle. Oui, j'ai besoin de découvrir qui elle était, parce que, en fait, je sais très peu de choses. J'ai besoin de savoir comment elle était vraiment, qui elle était.

« Bien sûr. Tu n'as qu'à me poser des questions sur elle, je te répondrai. »

Noah avait un rendez-vous à Londres, aujourd'hui, alors je ne savais pas trop quoi faire. J'ai couru sur le front de mer, parce que j'avais besoin d'un endroit ouvert et libre, d'un endroit où j'aurais assez d'espace pour respirer.

Quand l'air de la mer a soufflé sur moi, chassant le brouillard et la claustrophobie, j'ai compris que si j'étais bloquée, si je n'arrivais plus à avancer, c'était parce que je ne la connaissais pas. Elle était partie, et il y avait plein de choses qui s'étaient perdues avec elle. Refermées avec elle. Je n'avais aucun moyen de la ramener. Sa maison était toujours interdite d'accès. Et je ne pouvais pas parler à mon père, parce que c'était un menteur. Et en plus, je n'avais plus de téléphone.

« Me mens pas, s'il te plaît », je lui ai dit en entrant avec elle dans la maison.

Sa maison est très chaleureuse, c'est un vrai foyer. Il y a tellement de signes de la présence des différents membres de la famille qu'ils sautent littéralement aux yeux. Les manteaux accrochés en bas des marches, les rangées de chaussures au bout du couloir carrelé. Le grand miroir de cuivre qu'on découvre en entrant et sur lequel on distingue nettement de petites empreintes de doigts. Les murs du couloir, couverts de dessins, tous encadrés et sous verre, avec, pour légende, le nom et l'âge des filles au moment où elles les ont faits. Et puis tous les murs de toutes les pièces dans lesquelles je suis entrée sont décorés de photos des filles.

Sur le canapé jaune paille qui se trouve contre l'un des murs de la cuisine, la petite Anansy est allongée, emmitouflée dans un édredon rose. Elle a des couettes et elle porte un pyjama rose imprimé de petits moutons.

« Bonjour, elle me dit en relevant rapidement la tête vers moi, avant de se remettre à ce qu'elle faisait, c'est-à-dire à essayer d'enfoncer une grosse grenouille verte dans une petite boîte en argent.

— Bonjour, je m'appelle Fleur.

— Oui, je me souviens de toi. T'es la fille de tatie Mirabelle.

— C'est ça », je lui dis, et de nouveau il y a ce drôle de truc qui m'arrive. Ma gorge se resserre et mon cœur se met à battre à toute allure. Elle a dit ça de façon tellement naturelle. Elle le sait, elle le dit. Point. Ça fait bizarre d'être avec des personnes comme ça.

« Anansy est malade », me dit Mme C. en haussant les sourcils, comme pour me faire comprendre qu'elle sait très bien que la petite joue la comédie, mais qu'elle a quand même accepté de la garder à la maison.

Consciencieuse, Anansy se force à tousser un peu et modifie l'expression de son visage, histoire de se donner l'air d'une petite fille un peu trop malade pour aller à l'école.

« Je croyais que c'était ton ventre qui était tout drôle ? lui dit Mme C. en haussant de nouveau les sourcils.

— Oui, maman, mais ma gorge est un peu tousseuse, aussi.

— Bon, répond Mme C., en me regardant d'un air entendu. Café ? me demande-t-elle.

— Oui, merci », je lui réponds.

Je me retourne vers Anansy qui, tout en jetant des regards méfiants en direction de sa mère, m'invite à m'asseoir à côté d'elle en me faisant un petit geste de la main.

Obéissante, je me dirige vers le canapé. Elle me fait un peu de place et me sourit encore, comme pour me remercier d'avoir joué le jeu. Elle est mignonne. Vraiment mignonne. Il y a des petites filles qui sont seulement mignonnes de l'extérieur, avec leurs couettes et tout ça, mais elle, elle l'est de l'intérieur.

Je lui souris et elle me sourit en retour. Le petit trou qu'elle a à la place de l'une de ses incisives ne fait qu'ajouter à son côté supermignon. Et tout d'un coup, je me rends compte qu'elle est en train de m'examiner. Qu'elle me regarde comme si j'étais un truc qu'elle voyait pour la première fois dans l'un de ses livres. « T'es la petite fille qui me ressemble, pas vrai ? »

Anansy a peut-être raison : je devais lui ressembler un peu quand j'étais petite. On a la même nature de cheveux, le même genre de bouche et nos yeux ont peut-être une forme légèrement similaire. Mais la ressemblance s'arrête là.

« Qu'est-ce que tu veux dire par là, Ansy ? » lui demande Mme C. Le diminutif affectueux me fait l'effet d'un couteau lancé en plein cœur. Elle, pardon, Mirabelle, avait l'habitude de m'appeler Fleury. Mais le jour où je lui ai dit que je détestais ça, elle a arrêté. C'était juste après la fois où elle m'avait présentée à son amie en m'appelant Roza. J'avais eu envie de lui faire mal, comme elle m'avait fait mal en ne lui disant pas qui j'étais réellement.

« C'est la petite fille qui me ressemble, répond Anansy à sa mère. C'est tatie Mirabelle qui me l'a dit.

— Ma mère t'a dit que je te ressemblais ?

— Elle a dit qu'il y avait une petite fille qui me ressemblait, mais qu'elle avait les cheveux qui devenaient comme de l'or au soleil. Et elle m'a dit que la petite fille lui posait tout le temps des questions et qu'elle aimait bien l'histoire de la plage, elle aussi. Elle m'a dit qu'il fallait qu'elle lui raconte l'histoire de la plage tous les soirs avant qu'elle aille au dodo.

— Quand t'a-t-elle dit ça ? lui demande Mme C.

— Plein de fois, tout le temps. Elle le disait à Cora, aussi, mais Cora aimait pas trop, parce que la petite fille lui ressemblait pas, c'était à moi qu'elle ressemblait. Tatie Mirabelle disait que, des fois, la petite fille avait des taches de rousseur sur le nez. Et aussi qu'elle essayait toujours de compter les étoiles, même quand elle pouvait pas les voir depuis la fenêtre de sa chambre. »

Le vide que j'ai en moi, le petit morceau qui me manque, il est en train de s'ouvrir, de devenir de plus en plus grand. Tous les soirs, quand j'allais me coucher, je lui disais qu'après l'histoire, je compterais les étoiles. « *Mais comment vas-tu t'y prendre, ma Fleury, on ne les voit pas depuis ton lit ?*

— *Je sais qu'elles sont là, maman. Je vais les compter dans ma tête.*

— *Ça, c'est une belle idée.* »

« Et qu'est-ce qu'elle t'a dit d'autre ? » lui demande Mme C., et je lui suis vachement reconnaissante pour ça, parce que c'est exactement ce que je voulais faire, mais je suis bloquée, je n'arrive plus à parler.

Anansy hausse ses petites épaules et se concentre sur la grenouille, qui refuse toujours obstinément d'entrer dans la boîte. « Je me rappelle plus trop.

— Allez, essaie de te souvenir, lui dit Mme C. d'une voix encourageante.

— D'accord. Elle m'a dit que la petite fille aimait bien les vaches et qu'elle lui achetait tout le temps des jouets-vaches. Alors je lui ai dit que, pour ça, elle me ressemblait pas, parce que moi, j'aime bien les moutons. Et aussi les grenouilles. Et les cochons. Et les lapins. Et les chevaux. Et tatie Mirabelle m'a dit que la petite fille aimait bien tous ces animaux-là, aussi, mais que c'étaient les vaches qu'elle préférait. Elle m'a dit qu'elle avait fabriqué pour la petite fille un doudou-vache, qui était tout doux comme une vache, pour que la petite fille puisse le serrer contre elle quand elle allait au dodo.

— Je n'étais pas là, quand elle t'a dit toutes ces choses, commente Mme C.

— Si, maman, elle en parlait tout le temps. Mais je crois que tu préparais le dîner.

— Ah bon ! dit Mme C.

— J'ai demandé à tatie Mirabelle si je pouvais jouer avec la petite fille, mais elle m'a dit qu'elle était grande, maintenant. Alors je lui ai dit que c'était pas grave, que je pouvais quand même jouer avec elle. Et tatie Mirabelle m'a dit : "J'aimerais beaucoup, et je suis sûre qu'elle aussi. Je lui demanderai un jour, d'accord ?" Alors je lui ai dit oui. » Anansy pointe son doigt dans ma direction. « Cette petite fille, c'est toi, pas vrai ? »

Comme je n'arrive toujours pas à parler, je dois me contenter de hocher la tête. J'ai l'impression que mon cœur va me lâcher, que mon corps s'est lentement décomposé à mesure qu'elle parlait.

« Tu l'as toujours, ton doudou-vache ? » elle me demande.

J'ai envie de lui répondre que oui, mais je n'y arrive pas. Bien sûr que je l'ai toujours. Du reste, je l'ai emporté dans mes bagages. Il commence vraiment à dater, sa fourrure a beaucoup perdu de sa douceur et ses taches noires se sont presque complètement effacées, mais je l'ai depuis que je suis toute petite, et, tous les soirs avant de me coucher, je le plie sous mon menton et je le serre contre moi. Je l'ai apporté avec moi parce qu'il fait partie de moi. Si je ne l'avais pas, ce serait comme s'il me manquait un bras ou une jambe, mais je l'ai mis de côté depuis que Noah est arrivé.

Je ne savais pas que c'était elle qui l'avait fabriqué pour moi. En fait, on voit bien qu'il a été fait à la main : les bords ne sont pas très droits, les coutures sont irrégulières. Comme je l'ai depuis toujours, je pensais juste qu'il m'avait été donné quand j'étais bébé par un membre de la famille ou un proche, quelqu'un qui ne savait pas très bien coudre. Mais je n'avais jamais imaginé que ça puisse être elle. Si j'avais su… Si j'avais su que pendant toutes ces années j'avais eu avec moi un objet qu'elle avait fait de ses mains, pour moi, avec amour. Toujours incapable de parler, je hoche la tête en direction d'Anansy.

« Je peux le voir ?

— Elle ne doit pas l'avoir sur elle, tu sais, Ansy. La prochaine fois, peut-être.

— Tu joues avec moi ? me demande Anansy en me tendant la grenouille et la petite boîte en argent. J'essaie de faire rentrer la grenouille dans la boîte pour faire peur à Cora. Je voudrais qu'elle saute et qu'elle lui fasse : "Bouh !" Enfin, c'est moi qui vais faire "Bouh !" mais je crois que je pourrai y arriver, si je réussis à la faire rentrer dans la boîte. Tu veux jouer ?

— Oui, je lui dis, après m'être éclairci la gorge deux fois pour la dégager de l'espèce de nœud qui l'obstruait. Ça me ferait vraiment très plaisir. »

Anansy me sourit encore. « Tatie Mirabelle avait raison. »

Seize ans plus tôt

« Veux-tu que je te raconte l'histoire de la plage aux pétales de roses ?

— Oui, maman ! Oui, oui, oui !

— D'accord, ma Fleury. Va te coucher, je vais commencer.

Mais je ne veux pas que tu sois triste si tu t'endors. Si tu t'endors, je te raconterai la fin demain, d'accord ?

— Je vais pas m'endormir.

— Tu dis ça tous les soirs, et tu t'endors tous les soirs.

— Mais pas ce soir, maman, je te le promets.

— D'accord, allons-y. Connais-tu l'histoire… ? »

Une fois les filles couchées, Mme C. ouvre une bouteille de vin, et on s'assied à la table de la cuisine, devant deux verres pleins à ras bord. Waouh ! D'abord, du café, et maintenant, du vin !

Un peu plus tôt dans la soirée, j'ai emprunté le téléphone de Mme C. pour vérifier que Noah était bien rentré à l'hôtel. Son numéro fait partie des rares que je connaissais par cœur avant de bousiller mon portable. Ce portable, j'ai l'impression d'être plus libre depuis que je ne l'ai plus. Je ne suis plus connectée avec le monde extérieur. Pas de Facebook, pas de Twitter, pas de blog, même pas Internet. Pas de textos, pas d'appels, pas de jeux. Le monde ne peut pas entrer en contact avec moi, et j'adore cette idée. Je sais bien que ça ne durera pas éternellement, notamment parce que les flics n'ont aucun moyen de me joindre pour me dire quand je pourrai entrer dans sa maison, mais ça me plaît bien d'être déconnectée de tout.

« À quelle heure il rentre, ton mari ? » je demande. Je veux partir avant son retour. Je ne peux pas supporter de penser à ce qu'il a fait et je n'ai aucune envie de me retrouver face à lui.

Après avoir serré très fort les lèvres, elle porte son verre à sa bouche et essaie de boire une gorgée de vin. « Il ne rentrera pas, elle dit, une fois qu'elle semble avoir compris qu'elle ne pourrait pas boire la bouche fermée. Il est parti. Je lui ai dit de partir. J'ai découvert qu'il m'avait menti sur pratiquement tout. Il fallait qu'il parte. »

À ces mots, je sens mon corps se détendre un peu. Je n'ai pas à m'inquiéter, je n'ai pas à appréhender le bruit d'une clef dans la serrure. « Ah », je fais. Je n'ai jamais été très douée pour réconforter les gens ou trouver le mot juste.

« C'est pour ça que j'ai laissé Anansy manquer l'école, aujourd'hui. Cora et elle sont un peu déstabilisées par tout ce qui s'est passé ces temps derniers, alors j'essaie de me montrer un peu plus coulante. Pas sur tout, mais sur certaines choses.

— Il est parti pour toujours ?

— Pour être honnête, Fleur, je n'ai pas trop envie d'en parler, ni même d'y penser. C'est un tel désastre… Et tout ça est en grande partie ma faute.

Si j'avais été un peu moins aveugle et un peu plus courageuse, beaucoup de choses se seraient passées différemment. Je ne me serais pas brouillée avec ta mère, pour commencer.

— Je ne sais pas quoi te dire à ce sujet.

— Tu n'es pas obligée de me dire quoi que ce soit, mais, pour ma part, il faut que je te dise une chose : la police pense que je suis impliquée dans le meurtre de ta mère. »

Ça, le flic beau gosse me l'avait déjà dit. « Ah ?

— Ils m'ont expliqué qu'ils avaient trouvé des indices de ma présence dans sa maison le soir du meurtre. C'est pour ça qu'ils m'ont interrogée, l'autre jour.

— C'est toi qui l'as fait ? » Les mots sont sortis de ma bouche tout seuls, comme ça ! Et je sais pourquoi : on dirait que rien de tout ça n'est réel. Un peu comme si je regardais une série à la télé et que je disais à la personne qui est assise à côté de moi : « À ton avis, qui c'est ? » Et que le gars ou la fille me répondait : « *C'est la mère de famille qui a l'air clean et toute gentille.* » Et que moi, je lui rétorquais : « *Mais non, ça peut pas être elle. Une dame qui porte des jeans slim et qui donne aux gens du vin et du café, ça peut pas commettre un crime.* »

Elle s'immobilise, le verre à mi-chemin entre sa bouche et la table.

« Non, elle dit, en reposant son verre, qu'elle regarde fixement pendant quelques secondes, avant de relever lentement la tête vers moi. Non, ce n'est pas moi. »

J'ai envie de la croire. Vraiment. Mais quand je repense à toutes ces séries télé que j'ai regardées, je me dis que c'est presque toujours les gens normaux qui commettent des crimes. Ceux dont on peut dire – à la manière dont ils se tiennent, à la manière dont leur regard ne reste jamais fixe très longtemps, à la manière dont leurs mains se mettent tout d'un coup à trembler sans raison – qu'ils ont quelque chose d'important à cacher.

« D'accord, je lui dis.

— Veux-tu que je te parle de ta mère ?

— Non », je lui réponds, avant de m'enfiler deux bonnes gorgées de ce vin, qui est vraiment délicieux. Ça fait classe, j'adore ! « Je crois que je ferais bien d'y aller, maintenant. Noah doit m'attendre. »

Elle hoche la tête et me suit du regard, pendant que je me lève, reprends la veste en denim que j'ai laissée sur le dos de ma chaise et ramasse mon sac, un faux Gucci que Yasmin m'a ramené de Dubaï l'année dernière.

« À bientôt, madame C., je lui dis, une fois arrivée à la porte.

— Tu passes quand tu veux.

— Merci. Et n'oublie pas aussi de remercier Anansy pour moi. J'ai vraiment passé un super moment grâce à elle. »

Elle hoche la tête en souriant.

Mme C., je l'aime trop, je me dis en remontant la rue. *Si seulement je pouvais découvrir ce qu'elle me cache.*

15

Beatrix

Scott, je t'aime. J'ai vraiment besoin de toi, en ce moment. S'il te plaît. Je n'ai que 2 amis : toi et la femme avec qui tu es marié. Mais pour des raisons évidentes, je ne peux pas lui parler à elle. Alors il faut que je te parle à toi. Il le faut. STP, appelle-moi. Je t'aime. Bea

Tami

Je ne pensais pas qu'il me manquerait.

Je ne pensais pas que je me réveillerais tous les matins en me demandant pourquoi l'autre moitié du lit me paraît si abandonnée ; puis en regrettant qu'il ne soit pas là, que je ne puisse pas me blottir contre lui, retrouver l'autre moitié de mon 99. Je ne pensais pas qu'en regardant les filles faire quelque chose, je me retrouverais tout à coup avec mon téléphone à la main, prête à lui envoyer un texto pour lui raconter, et obligée de me rappeler que ce n'est plus comme ça que les choses fonctionnent, que c'est désormais à lui de prendre l'initiative de me contacter pour que nous parlions ensemble des filles. Il me manque à certains moments. Et puis je me souviens de qui il est, de ce qu'il a fait.

Je rentre de chez mes parents, où je viens de déposer les filles pour ce long week-end du 1er mai, et je commence à sentir la peur me gagner. Trois jours toute seule. J'aurais pu rester, passer un peu de temps avec mes parents et les enfants de Sarto et Genevieve, mais j'ai pensé qu'il serait plus sage de profiter de l'occasion pour réfléchir un peu.

Il faut que j'élabore un plan, quelque chose à quoi je pourrai m'accrocher quand la situation deviendra trop difficile, quelque chose que je pourrai invoquer quand je serai prise d'une envie soudaine de le laisser revenir. Parce que cela finira bien par arriver. Tôt ou tard, en dépit de tout ce qui s'est passé, je finirai par perdre courage, par avoir peur de l'avenir, et je me convaincrai moi-même que c'est la meilleure chose à faire pour les filles. Si je prends des résolutions fermes maintenant, alors que j'ai encore assez de force pour le détester, je ne pourrai pas prendre de mauvaises décisions dans le futur.

« *Je veux juste savoir pourquoi tu m'as poignardée dans le dos* », lui dis-je. Ces mots, nouvelle pièce du puzzle de cette nuit-là, viennent de me revenir en mémoire. Depuis quelque temps, je ne cherche plus à repousser ces souvenirs, je n'ai plus peur d'eux. Je pense qu'il vaut mieux que je sache ce qui s'est réellement passé. Oui, désormais, quand les fragments de cette nuit-là se projettent dans mon esprit tels des grains de sable dans le vent, je laisse la tempête s'apaiser, les particules se rassembler et les choses se révéler à moi.

« *Je veux juste savoir pourquoi tu m'as poignardée dans le dos.*

— *Tu peux croire ce que tu veux, mais jamais je ne t'aurais fait ça, me répond-elle. Et surtout pas avec lui.*

— Je ne vois pas pourquoi il mentirait. »

Je suis trop ivre pour tenir debout, mes jambes se dérobent sous moi et je m'effondre lamentablement sur le sol.

Elle secoue la tête, et son visage est empreint d'une profonde tristesse.

« Et s'il ne te mentait pas sur ce qu'il a fait, me dit-elle, mais sur la personne avec qui il l'a fait ? Peut-être est-ce pour ça que tu sembles si disposée à le croire ? Parce qu'au fond de toi, tu sais qu'il a quelqu'un d'autre ?

— J'ai vu les textos.

— Quels textos ? Je ne lui ai jamais envoyé le moindre texto. Si tu savais à quel point je le déteste, tu comprendrais que je ne veux rien avoir à faire avec lui.

— "Je sais que c'est mal, récité-je, mais je ne peux pas me battre contre mes sentiments. Je sais que tu n'es pas libre, mais je suis prête à attendre. J'attendrai toute ma vie, s'il le faut, pour que tu te décides à venir vivre avec moi. Cela engendrera beaucoup de malheur, et je ne suis pas fière de ça, mais je t'aime." Ce n'est pas toi qui a écrit ça ? »

L'air choquée, elle me regarde pendant un long moment en clignant des yeux.

« Je veux que tu partes, maintenant », me dit-elle en essayant de me relever.

Je n'ai pas envie d'être relevée ; je suis très bien, assise par terre ; c'est stable, par terre, le monde ne tourne plus. « Lâche-moi, lâche-moi ! Je t'ai déjà dit que je ne voulais pas que tu me touches ! » Je la repousse violemment avec mes mains et mes pieds. « Ne t'approche pas de moi ! Recule ! Ne me touche pas ! »

Envolé. Aussi brutalement qu'il est arrivé, le souvenir est parti, et moi, je reste là à essayer de le rattraper, de le faire revenir, de me forcer à me rappeler ce qui s'est passé après ce que… Il y a quelqu'un au milieu de la route. Sans même y réfléchir, j'écrase la pédale de frein et me retrouve projetée à l'avant de la voiture, qui s'immobilise brusquement.

Je reste figée sur place pendant quelques secondes, le souffle court, les mains soudées au volant. J'ai failli tuer quelqu'un. J'ai failli renverser quelqu'un. Comme pour essayer de ralentir le rythme de ma respiration, d'apaiser les battements de mon cœur, je m'adosse à mon siège. J'ai failli tuer quelqu'un.

Je pose la paume de ma main sur mes lèvres, et inspire et expire lentement pour tenter de convaincre mon corps de se calmer, de revenir à son état normal. Il ne s'est rien passé ; je me suis arrêtée à temps ; personne n'a été blessé. Une fois que mon esprit s'est apaisé et que je peux de nouveau penser, une fois que mon cœur a retrouvé son rythme normal et que la conscience a regagné mon corps, je lève les yeux vers le pare-brise. Le passant imprudent doit être loin, maintenant. Il a dû disparaître dans la nuit de Providence Close.

Non, il est toujours là. Paralysé par la peur, le regard fixé sur le trottoir d'en face, et non sur la voiture qui a failli écourter son existence. Une masse de cheveux blond platine brille dans la lumière de mes phares. Un cou fin et élancé, une petite silhouette frêle… C'est elle.

« Mais qu'est-ce que tu as, à la fin ? m'écrié-je en sortant de la voiture. Tu ne crois pas que tu as assez bousillé ma vie, non ? Tu voudrais en plus que j'aille en prison pour t'avoir renversée ? »

Elle n'a pas bougé de l'endroit où elle se trouvait quand j'ai failli la percuter de plein fouet, mais au moment où je me suis mise à parler, elle s'est lentement tournée vers moi pour me faire face. Son regard est vide, fixe, on dirait qu'elle ne me voit pas. Instinctivement, je lui tends la main pour la réconforter. Et puis je me souviens de qui elle est, de ce qu'elle a fait.

« Je me fiche bien de toi et de ce que tu peux faire, mais ne reste pas au milieu de la route. Tu as eu de la chance que j'aie pu m'arrêter à temps... »

Elle cligne des yeux, subitement, et sort de l'état de transe dans lequel elle se trouvait pour revenir à la réalité du temps présent dans un sifflement presque audible.

« Tami, dit-elle, je venais te voir pour te parler, mais tu es là... Merci. Merci d'être venue. »

Les propos de Beatrix sont incohérents, et bien qu'elle soit physiquement devant moi, ses yeux, injectés de sang, paraissent regarder ailleurs, et leurs pupilles sont immenses. « Tu as pris quelque chose ? »

Manifestement déconcertée par ma question, elle secoue la tête, et des vagues de cheveux blonds ondulent sensuellement autour de son visage. Une image me vient à l'esprit, je ne peux la repousser : la main de Scott dans ses cheveux, leurs deux corps enlacés sur notre lit. J'ai envie de vomir.

« Non. Qu'est-ce que j'aurais pu prendre ?

— Je ne sais pas pourquoi je te parle, lui dis-je en me retournant vers ma voiture. Tu fais ce que tu veux de ta vie.

— Pardon ! s'écrie-t-elle. C'est ça que j'étais venue te dire. Pardon. Je ne te l'ai pas dit la dernière fois que nous nous sommes parlé, mais je suis désolée. Vraiment. Je te demande pardon. »

Je m'arrête et j'attends. J'attends que ses paroles pénètrent mon corps et émoussent les lames de douleur qui sont enfoncées dans mon cœur, mais il ne se passe rien.

« J'ai quelque chose d'important à te dire », me déclare-t-elle.

Je me remets à marcher. Je n'ai rien à faire ici, et rien de ce qu'elle pourrait me dire n'effacera ce qu'elle a fait ni ne me donnera envie de lui parler à nouveau. Jusqu'à ce qu'elle prononce les seuls mots susceptibles de me stopper dans mon élan et de me pousser à me retourner vers elle, les yeux grands ouverts.

« *Je suis enceinte de lui.* »

Je continue de dévisager cette femme vêtue d'une robe d'été jaune sans manches et chaussée de tongs rouges. Je la dévisage, parce que ce n'est pas ce qu'elle a dit. Ce ne sont pas ces mots-là qu'elle a prononcés.

Je tâche d'ouvrir mon esprit et de fouiller dans ma mémoire immédiate. Et cette fois-ci, je les entends, distinctement :

« J'ai un cancer du sein. »

Voilà ce qu'elle m'a dit.

BEATRIX

Vous savez, j'ai envie de me montrer courageuse et combative. J'ai envie d'affronter cette chose la tête haute, de ne pas la laisser m'entraver. Je veux être cette femme qui prend une posture guerrière et s'écrie : « Je suis une femme. Je suis Beatrix Carenden, je ne laisserai pas cette chose me vaincre, je mènerai cette bataille et j'en ressortirai victorieuse. »

Mais la femme que je suis a envie de se recroqueviller sur elle-même. Elle a envie de sentir des bras autour d'elle, elle a envie d'entendre des murmures rassurants à son oreille, une voix qui lui chuchote que tout va bien se passer. La femme que je suis a envie de dire la vérité. Et la vérité, c'est que j'ai peur.

J'ai peur de souffrir.

J'ai peur d'être seule.

J'ai peur de partir sans avoir eu le temps de laisser un souvenir marquant de mon passage sur terre.

J'ai peur de la fin.
J'ai peur. J'ai peur. J'ai peur. J'ai peur.
Je ne suis pas faite pour ça, et j'ai peur.

Tami

La femme que j'ai failli écraser est assise sur le siège passager de ma voiture. Je suis montée dans la voiture et je lui ai ouvert la portière passager. Maintenant, elle est assise à côté de moi, toute raide, et je la raccompagne chez elle.

Je me risque à jeter un coup d'œil vers elle. Elle. L'autre femme. La maîtresse de mon mari. Elle est diminuée. Elle était toujours parfaite, toujours en forme, et sans doute toujours prête. Jusqu'à aujourd'hui. Car je dois dire que là, sur le siège passager de ma voiture, elle me paraît fragile, renfermée et bouleversée.

« Merci, me dit-elle, au moment où je m'arrête devant son immeuble. Merci, vraiment. »

Nous sommes passées devant la maison de Mirabelle. Elle est vide. Et ce vide, on le perçoit nettement ; même dans la voiture, on sent le poids de l'absence, le poids de ce qui est parti, de ce qui a été emporté. Instinctivement, j'ai serré très fort le volant, comme pour m'accrocher à l'instant présent. Je n'avais pas envie de revisiter ces souvenirs avec l'autre femme à mon côté. Et pourtant, Mirabelle était dans mon esprit, juste au-dessus de mon épaule, en train de me chuchoter ce que je devais faire : je m'étais très mal comportée avec elle, je lui avais fait une chose horrible, et il fallait que je me rattrape.

« À bientôt », me dit-elle.

Le regard fixé sur le pare-brise, je hoche la tête.

« Pardon, je suis désolée, vraiment. »

Je hoche de nouveau la tête, sans tourner mon regard vers elle.

« Tami… »

Je termine sa phrase pour elle en rallumant le moteur et en regardant dans mes rétroviseurs pour sortir de cette place de parking et m'éloigner de son immeuble.

Beatrix

Coucou, toi. Appelle-moi quand tu as un moment. Je ne sais pas ce que tu as, mais ça me ferait vraiment du bien d'entendre le son de ta voix. Je t'aime. Bea

Un an plus tôt

« Tes nibards, c'est vraiment la partie de ton corps que je préfère, m'a-t-il dit.

— Ce sont des seins, pas des nibards, lui ai-je répondu. Mais merci, c'est l'une des choses les plus gentilles que tu m'aies jamais dites. »

Scott a roulé des yeux. C'était le roi des regards exaspérés et le prince des soupirs de déception presque silencieux. « Laisse tomber le politiquement correct. J'y ai assez droit comme ça à la maison.

— "Nibards", ça fait vraiment… comment dire ? Méprisant ? Oui, méprisant. "Seins", ça sonne comme de délicieux ébats. “Nibards”, en revanche, c’est un petit coup vite fait. »

Avec ses pouces, il s’est mis à masser mes tétons, envoyant des décharges de plaisir dans tout mon corps. « J’adore tes seins, tes nibards, tes nichons, a-t-il murmuré. C’est la partie de ton corps que je préfère. »

Je me suis allongée sur le dos pour lui donner une vue d’ensemble de mon corps. « Et mes jambes ? Tu ne préfères pas mes jambes ? » lui ai-je demandé en passant ma main dessus. Il a secoué la tête. « Et mes fesses ? » ai-je dit en me retournant un peu vers lui pour mieux les exposer à son regard. Il a secoué la tête. « Et mon ventre ? » ai-je dit en le caressant langoureusement. Il a secoué la tête. « Et mes bras ? » ai-je dit en les levant en l’air pour les lui montrer. Il a secoué la tête. « Alors c’est vrai ? C’est la partie de mon corps que tu préfères ? » lui ai-je demandé en faisant courir le bout de mes doigts sur les courbes de ma poitrine. Ma peau pâle était douce au toucher, car je ne l'exposais pas au soleil, et l’exfoliais et l’hydratais tous les jours. D’un geste lent et sensuel, j’ai posé mes doigts sur mes aréoles douces et claires pour tracer le contour des petits bouts roses de mes tétons. C’était la première fois qu’un homme me disait que mes seins étaient la partie de mon corps qu’il préférait. Et j’aimais ça, parce que cela voulait dire que Scotty pensait suffisamment à moi pour avoir une partie préférée de moi.

Au cas où vous ne l’auriez pas remarqué, j’aime mon corps. J’ADORE mon corps. Il est parfaitement proportionné, il est élancé, fin mais pulpeux, et je m'identifie beaucoup à lui. La plupart des femmes sont complexées par leur corps. Elles s'inquiètent du poids de leurs fesses, de la forme de leurs seins, de la largeur de leur taille. Je vous assure, presque toutes, je le constate sans arrêt. Mais moi, je ne suis pas comme ça. Je ne pense pas comme ça, je ne me prends pas la tête comme ça, parce que j'adore mon corps.

Mon corps me déteste.

Mon corps s'est retourné contre moi. Oui, il s'est retourné contre moi, à l'image d'un ami perfide et sournois qui vous poignarderait dans le dos. Il m'a fait ça à moi, il m'a fait cette chose en lui-même et il est en train de me détruire lentement. J'ignore depuis combien de temps cela dure, mais maintenant que je le sais, j'ai mal comme jamais de ma vie j'ai eu mal. Oui, d'accord, je sais bien que mon corps m'a fait exactement ce que moi, je lui ai fait à elle, mais ça ne veut pas dire pour autant que c'est bien, non ? Et, de toute façon, je n'ai jamais voulu lui faire de mal, à elle.

J'aime mon corps, mon corps me fait souffrir.

Je n'étais pas toute seule quand le médecin m'a habilement annoncé la nouvelle. Il y avait aussi un chirurgien et une infirmière spécialisée. L'infirmière s'est assise à côté de moi quand le médecin s'est mis à parler. J'aurais dû me douter, en les voyant tous les trois dans la pièce, que la petite boule de la taille d'une myrtille que j'avais découverte sur le côté gauche de mon décolleté n'avait en réalité rien d'un simple kyste. Mais je ne m'en étais pas doutée, pour la simple et bonne raison que, depuis que j'étais entrée dans la clinique pour passer ces examens et durant tout le temps où j'avais attendu les résultats, mon esprit n'avait cessé de s'évader, de partir dans tous les sens, comme un enfant qu'on aurait laissé sans surveillance. Il fallait sans arrêt que je le ramène à l'instant présent, à ce qui était en train de se passer, que je l'empêche de se demander à quel moment Scott allait de nouveau me contacter ; quelles équipes de la *league* allaient être déclassées ; combien de fois j'allais encore pouvoir porter les babies Prada que j'avais rapportées de New York. Mais à chaque fois que je forçais mon esprit à se concentrer sur ce qui était en train de se passer, je me rendais compte que j'étais assise dans une pièce en compagnie de deux personnes à qui j'avais été brièvement présentée, en train d'écouter une troisième personne me dire que mon corps s'était retourné contre moi.

Quand le médecin me l'a dit, j'ai eu tout à coup l'impression de me retrouver sur une île déserte, entourée de sable et d'eau, et je n'ai plus été capable de penser qu'à une seule chose : j'étais seule et malade, et personne ne pouvait me porter secours, personne ne pouvait me sauver.

En parcourant l'île du regard, à la recherche d'un moyen de m'échapper, j'ai essayé de penser à tous les gens qui se souciaient suffisamment de moi pour être susceptibles de traverser l'océan afin de me rejoindre, de me prendre la main et de me faire savoir que je n'étais pas seule. Le paysage est demeuré désert pendant très, très longtemps. Je suis restée seule sur l'île pendant une éternité avant de l'apercevoir. Cette personne. La seule et unique personne qui se souciait sans doute assez de moi pour avoir envie de m'accompagner dans un moment tel que celui-ci. Et cette personne, ce n'était pas lui. Mais ça, vous le saviez déjà, n'est-ce pas ? Moi aussi, je le savais. Il traverse une période difficile en ce moment et il a besoin de temps pour réfléchir. Si je le lui disais, s'il était au courant, je suis certaine qu'il voudrait être là. Qu'il me prendrait dans ses bras et me serrerait contre lui, me rassurerait et me dirait que tout allait bien se passer. Il me proposerait de m'accompagner à toutes mes consultations, il me regarderait et verrait en moi celle qu'il a toujours vue, la femme dont il est tombé amoureux, et non celle que je suis sur le point de devenir. Il ne verrait pas la femme dont le corps vient de lui révéler combien il la haïssait.

La personne qui traversait l'océan, celle qui surmontait tous les obstacles pour venir veiller sur moi, voulez-vous que je vous dise qui c'était ? Allons, c'est inutile, vous le savez bien. Naturellement que vous le savez.

Tami place un mug de thé devant moi et part se retrancher à l'autre bout de la cuisine. Visiblement, elle n'a pas envie de se tenir trop près de moi. Ça me paraît logique.

Et pourtant, pourtant, elle m'a fait monter dans sa voiture, m'a ramenée chez moi, puis chez elle, où elle m'a fait asseoir dans sa cuisine, avant de me servir un thé. « Les enfants sont chez mes parents, m'a-t-elle dit au moment où nous sommes arrivées et où j'ai tout doucement refermé la porte d'entrée. Il n'y a que moi. »

« *Et moi,* ai-je eu envie d'ajouter. *Je suis là, moi aussi. Je ne suis pas encore partie.* »

Instinctivement, je tourne mon regard vers le portable qui se trouve sur la table devant moi. Rien.

Elle est adossée au plan de travail, les bras largement écartés, les mains fermement accrochées au bois, la tête baissée, le corps immobile et crispé. « Quand l'as-tu appris ? me demande-t-elle.

— Euh... Je... Quel jour sommes-nous, aujourd'hui ? Vendredi, c'est ça ? »

Elle acquiesce sans relever la tête.

« Vendredi, oui. Eh bien, c'était il y a deux jours. Mercredi. » Dans deux semaines environ, je saurai tout : le type, le stade, les différentes possibilités de traitement. Je me souviens qu'on m'a dit ça.

Tami hoche de nouveau la tête, lentement, comme s'il lui fallait absorber mes mots pour mieux les assimiler.

« Mais c'est seulement ce soir que j'ai capté. Mercredi, j'ai entendu ce que le médecin m'a dit, j'ai compris ce qu'il m'a dit, mais avant ce soir, ça n'avait pas l'air réel. Je ne sais pas comment dire : tout à coup, tout est devenu clair, trop clair. » Je bois une gorgée de thé. « C'est difficile à décrire, comme sentiment... »

Un petit sourire désabusé se dessine brièvement sur son visage. Elle se redresse et fixe son regard sur la sombre paroi vitrée des portes pliantes. « Ne t'inquiète pas, dit-elle doucement. Je vois très bien ce que tu veux dire. »

Comment ? Tami serait passée par là, elle aussi ? Son corps se serait retourné contre elle ? Mais quand ? Et pourquoi ne m'a-t-elle rien... ? Quelle idiote ! Elle ne parle pas de ça, elle parle du moment où elle a appris pour Scott et moi. Et de tous ces trucs qu'il y a eu avant, quand elle pensait qu'il était avec Mirabelle. Mais ce n'est pas la même chose. Enfin, je ne crois pas. Peut-on vraiment se sentir à ce point brisé, traumatisé, en découvrant que la personne qu'on aime est tombée amoureuse de quelqu'un d'autre ?

J'ai envie de l'interroger sur lui. De lui demander comment il va. Comment il supporte d'être séparé de ses filles. Mais je ne peux pas. Je suis en présence de la seule personne au monde qui est en contact avec l'homme que j'aime, et je ne peux pas l'interroger sur lui, par crainte de ce que cela pourrait déclencher. C'est horrible. C'est une véritable torture…

Mais pourquoi suis-je en train de me dire ça ? Comme à chaque fois que la peur de la maladie devient trop importante, je pense à lui. Pourquoi est-ce que j'en reviens toujours à lui ? Pourquoi est-ce que je m'inquiète pour lui ? Et pas pour moi, pour Tami ou pour quelqu'un d'autre. Non, pour lui, rien que pour lui. Peut-être parce que je suis amoureuse de lui. Certes, mais cela ne me paraît pas être une explication suffisante. Ni même convaincante. Ne serais-je pas plutôt en train de passer par une phase de déni ? Ne chercherais-je pas plutôt à éviter de penser à l'avenir en me concentrant sur une chose sur laquelle il m'est absolument impossible d'exercer le moindre contrôle ? Est-ce que deux choses incontrôlables peuvent former un tout contrôlable ?

« À qui en as-tu parlé ? me demande-t-elle.

— Je ne l'ai pas dit à Scott, si c'est ça que tu veux dire. Je ne lui ai pas parlé depuis son départ. »

Refusant toujours de regarder dans ma direction, elle secoue la tête. Les traits de son visage se reflètent dans le verre des portes assombri par la nuit, et je remarque qu'elle arbore une expression légèrement surprise. « Non, me répond-elle, ce n'est pas ce que je voulais dire. Je… En fait, peu m'importe que tu lui aies parlé ou non. Ce ne sont pas mes affaires. Mais je devine que si tu as choisi de venir vers moi plutôt que vers quelqu'un d'autre, c'est que tu ne l'as pas dit à grand monde. Et je me demandais si tu voyais quelqu'un que je pourrais appeler, une personne qui pourrait rester avec toi, afin que je puisse te raccompagner à ton appartement. » C'est donc pour cela qu'elle m'a ramenée ici, après s'être arrêtée devant chez moi : elle ne voulait pas me laisser seule. Elle savait que je n'avais personne d'autre et elle ne voulait pas me laisser dans la glaciale étreinte d'un appartement vide après ce que l'on venait de m'annoncer. Elle ne veut pas me sauver, elle ne veut pas m'aider ; elle veut se débarrasser de moi.

À cette idée, je sens ma gorge se nouer, et j'ai du mal à déglutir, et même à respirer. Je repose mon mug sur la table, et mon regard se tourne vers le portable silencieux qui se trouve devant moi. Elle ne veut pas de moi ici. Et je la comprends. Mais je n'ai personne d'autre.

Nous respirons de façon parfaitement synchronisée, Tami et moi. Nous prenons toutes deux de grandes bouffées d'air, avant d'expirer longuement. Nous sommes sur la même longueur d'onde. Et je me demande si nos cœurs ne battent pas au même rythme. Avant que tout cela se produise, j'écoutais souvent le cœur de Scott et j'essayais de faire coïncider ses battements avec les miens par la seule force de ma volonté, comme pour obtenir confirmation du fait que nous étions liés l'un à l'autre, faits l'un pour l'autre, malgré tout le mal que notre entourage pouvait penser de notre relation. J'ai toujours imaginé que des âmes sœurs étaient des personnes dont les cœurs battaient au même rythme, des personnes dont les existences étaient unies sur le plan le plus élémentaire, vital. À chaque fois que j'écoutais, l'oreille collée à la poitrine de Scott, nos cœurs ne battaient pas en même temps. Mais ça ne signifiait pas pour autant qu'ils ne le feraient pas un jour. Qu'un choc amenant l'un de nos deux cœurs à s'arrêter pendant un bref instant ne pourrait pas générer cette harmonie.

Mon cœur bat-il au même rythme que celui de Tami ? Et si elle était devenue mon âme sœur ? Parce que nous sommes amoureuses du même homme ? Parce qu'elle est tout ce qu'il me reste ?

Ses mains sont si fermement agrippées au plan de travail que j'ai l'impression qu'elle va y laisser des marques. Elle veut que je parte. Ce silence, ce lourd et incessant silence n'est dû qu'à son désir de me voir partir. Elle m'a fait venir ici, mais maintenant, elle veut que je parte. Néanmoins, elle ne me le fera pas savoir explicitement. Elle ne veut pas devenir la femme qui m'aura renvoyée seule dans un appartement vide.

Je devrais lui dire que je vais partir, lui proposer de la laisser tranquille. Mais je ne peux pas le faire. Je sais bien que c'est mal. Mais je ne peux pas rester seule.

J'ai un cancer. Je ne veux pas me retrouver toute seule. Je préfère encore rester ici, dans le silence total, avec pour seul lien entre elle et moi le rythme synchronisé de nos respirations.

Tami

Elle est assoupie sur mon canapé.

Hier soir, au bout d'un certain temps, j'ai fini par comprendre qu'elle n'avait aucune intention de partir. Et surtout, qu'elle savait que je ne le lui demanderais pas. Comment ai-je pu devenir comme ça ? Comment ai-je pu devenir ce paillasson que des gens comme mon mari et sa maîtresse pensent pouvoir piétiner en toute impunité ?

Nous sommes restées dans la cuisine pendant un long moment. J'ai attendu qu'elle se lève pour s'en aller. Comme n'importe quelle personne normale l'aurait fait. Mais est-elle une personne normale ? Je commence à avoir des doutes. Comment peut-elle avoir envie de passer du temps dans notre foyer, après ce qu'elle a fait à notre famille et alors que l'homme pour lequel elle l'a fait n'en fait plus partie ?

J'ai dit à Cora et Anansy que leur père était parti en voyage pour son travail et qu'il ne rentrerait pas avant longtemps, et cette explication a eu l'air de leur convenir. Il les appelle sur le fixe. Quand le téléphone sonne à la maison, je sais que c'est lui. Il leur dit qu'il a beaucoup de travail et qu'elles lui manquent, et il leur recommande d'être gentilles avec leur maman. Mais il ne demande jamais à me parler, et je n'éprouve jamais le désir de lui parler. Elles ne m'ont pas demandé s'il était en prison, comme je m'y attendais, mais je les soupçonne d'en avoir discuté entre elles. J'essaie de combler leurs vies avec des tas de choses pour qu'elles ne pensent pas trop à l'ambiance qui régnait à la maison avant que leur papa ne parte. Il ne reviendra pas. Je ne leur ai pas encore dit.

Et la raison pour laquelle il ne reviendra pas se trouvait hier assise dans ma cuisine, bien décidée à s'incruster.

Au bout d'un moment, je suis montée dans ce qui était autrefois notre chambre (je ne m'y suis pas encore réinstallée) pour aller y chercher une couette et un oreiller, que j'ai déposés au passage dans le séjour avant de retourner dans la cuisine.

« Tu peux dormir sur le canapé », lui ai-je proposé, en me dépêchant de quitter cette pièce sans lui dire au revoir, pour ne pas lui laisser le temps de me remercier ou d'ajouter un autre « pardon » à la liste.

Elle dort toujours. Il est 9 heures, et elle dort toujours. Je n'ai pas dormi, les images que j'avais d'elle et lui ont fini par me tirer du lit et me conduire dans mon bureau, où je suis restée assise à travailler jusqu'à ce que les oiseaux commencent à chanter et le soleil à rougeoyer.

Je ne pense pas que je pourrais dormir si on m'apprenait une telle nouvelle. Je ne pense pas que je serais à même de retrouver l'état de sérénité nécessaire au sommeil, de lâcher volontairement prise sur ma conscience. J'aurais trop peur de ne jamais pouvoir la retrouver. D'ailleurs, j'ai toujours pensé que l'acte d'endormissement constituait en quelque sorte un acte de foi, dans la mesure où s'endormir implique de croire, sans aucune preuve tangible, que l'on se réveillera le lendemain.

« Quelle heure est-il ? » me demande-t-elle sans ouvrir les yeux. Sa robe a négligemment été jetée par terre, sur ses tongs. Combien de fois s'est-elle retrouvée ainsi, nue ou quasi nue, dans cette pièce, dans cette maison ?

« 9 heures.

— Je n'arrive pas à croire que j'ai dormi. » Elle a toujours les yeux fermés. « C'est la première fois que je fais une nuit complète depuis que je sais. »

Je n'ai pas fait de nuit complète depuis que je sais. J'ai suffisamment d'heures de sommeil derrière moi pour ne pas constituer un danger pour mes enfants ou pour moi-même, mais pas assez, vraiment pas assez, pour me sentir en forme, équilibrée. Humaine.

« Je n'ai pas envie d'ouvrir les yeux, parce que je sais qu'en te voyant, je me sentirai obligée de te demander pardon, encore et encore.

— Vous l'avez fait dans mon lit ? »

Elle ouvre les yeux, et il lui faut quelques secondes pour me localiser dans la pièce. « Non, finit-elle par répondre.

— D'accord, dis-je. J'ai beaucoup de choses à faire, aujourd'hui, alors… » *Habille-toi et va-t'en.*

« Oui, bien sûr. Bien sûr. » Elle ne bouge pas. Enfin si : elle referme les yeux et remonte la couette sous son menton. Elle n'ira nulle part.

BEATRIX

Je n'arrive pas à croire qu'elle m'ait demandé ça.

Naturellement que nous avons fait l'amour dans son lit. Nous l'avons fait dans toutes les pièces de la maison, mis à part la chambre des enfants et les toilettes du rez-de-chaussée. Nous l'avons même fait dans son bureau. Moi, je n'avais pas envie d'investir son espace personnel en y commettant un acte aussi vil, mais c'est lui, il a insisté. J'ai pleuré, après. J'avais trouvé ça tellement horrible : être assise sur lui, sur son fauteuil à elle, faire l'amour avec lui tout en regardant ses contrats accrochés aux murs, ses récompenses exposées sur la cheminée, son chaos organisé de piles de dossiers étalées dans toute la pièce. Et toutes ces photos de leurs enfants. « Excuse-moi, m'a-t-il dit quand il a compris à quel point je regrettais de m'être laissé embarquer là-dedans. Je n'aurais pas dû faire ça :

c'était dégueulasse. On ne le refera plus, je te le promets. »

Le lit conjugal, c'était vraiment mon endroit préféré de la maison. J'aimais bien quand on y était, ça me donnait une sorte d'impression de légitimité, comme s'il ne s'agissait que d'une question de temps avant que nous nous y retrouvions ensemble, toutes les nuits, pour toujours.

C'était mal, je sais, mais on fait tous des choses un peu folles, quand on est amoureux. Ne l'oubliez pas.

Mais revenons-en à nos moutons : pourquoi m'a-t-elle posé la question ? Je ne vois pas en quoi la réponse que je lui ai donnée a pu la soulager.

Je ne comprends vraiment pas pourquoi elle cherche à souffrir comme ça.

Tami

Je l'ai ramenée chez elle. Je l'ai raccompagnée en silence parce que je savais que je ne pourrais pas me débarrasser d'elle si je ne prenais pas les choses en main. Et maintenant, elle est devant la porte de son appartement, en train de fouiller dans son sac pour y chercher sa clef, et elle farfouille et farfouille encore. Son petit jeu ne pouvant vraiment plus durer, elle sort la clef du sac et l'insère dans la serrure.

« À plus tard », lui dis-je. À ces mots, elle se retourne brusquement vers moi, les yeux grands ouverts, horrifiés.

« Est-ce que tu pourrais…, fait-elle, manifestement terrorisée par l'idée de se retrouver seule. Est-ce que tu pourrais… attendre que je sois bien rentrée ? »

Scott avait l'habitude de demander ça pour moi aux chauffeurs de taxi. « *Vous pourriez attendre qu'elle soit bien rentrée avant de repartir ?* » leur disait-il. Il savait, déjà à cette époque, que toutes sortes de dangers pouvaient survenir sur le pas de votre porte. À l'endroit même où vous pensiez être en sécurité.

« Je... J'ai un peu peur depuis... tu sais ? Mirabelle. Je n'aime pas être seule. »

Elle est peut-être vraiment inquiète : nous ignorons pourquoi Mirabelle a été tuée. Elle n'a pas été... n'a pas été tripotée avant sa mort, sa maison n'a pas été cambriolée. Mais il pourrait néanmoins s'agir d'un meurtre perpétré par un pervers qui traque les femmes seules. Ou bien encore d'un acte commis par une femme qui était tellement ivre et tellement folle de rage qu'elle ne savait plus ce qu'elle faisait.

Je sais bien que la peur de Beatrix est légitime, mais elle m'en demande trop, beaucoup trop. Elle veut que j'entre avec elle dans cet appartement où se trouve peut-être un tueur psychopathe, que je l'accompagne dans son combat contre la maladie. « Tu n'as pas le droit de me demander ça, lui dis-je.

— Je sais », me répond-elle. Son regard rencontre le mien, et les coins de sa bouche se plissent vers le bas. « Et je te demande pardon. Je suis désolée, vraiment désolée. »

Mirabelle. Elle est de nouveau là. Là, derrière mon épaule, dans ma tête, elle pèse sur ma conscience depuis la dernière fois où je l'ai vue. « Vas-y, va chercher tes affaires, lui dis-je.

— Merci, me répond-elle, les larmes aux yeux. Merci. » Sur ce, elle se précipite à l'intérieur pour faire ses bagages, et je sais que son empressement est mû par la crainte que je change d'avis.

Je ne changerai pas d'avis. Je ne le fais pas pour elle. Je le fais pour l'amie que j'ai laissée tomber.

Beatrix

« Je pourrais accompagner les filles à l'école, lundi, si tu veux ? » proposé-je à Tami.

Elle est en train de mettre du linge dans le tambour de la machine à laver. La cuisine et la maison sont tout imprégnées de l'odeur du poulet qui est en train de rôtir dans le four. C'est comme ça tous les samedis. Une fois le poulet cuit, elle en prélèvera la viande, qu'elle mettra dans des sacs distincts : deux pour le réfrigérateur et un pour le congélateur. La carcasse, elle la rangera dans un autre sac qui ira au congélateur, lui aussi. Quand elle aura amassé cinq carcasses, elle les rassemblera pour faire du bouillon de poulet. Et en même temps, elle fera du bouillon de légumes. Mais ce samedi-là n'est pas un jour à bouillon. Une fois la machine en route, elle commencera à cuisiner les plats qu'elle congèlera pour la semaine à venir. Une fois la machine terminée, elle étendra le linge. Peu de temps après, elle passera l'aspirateur et nettoiera la salle de bains. Et puis elle mettra en route une autre lessive. En temps normal, les filles seraient là. En temps normal, elle chercherait à les occuper tout en essayant de faire un maximum de choses pour qu'elles aient éventuellement le temps de sortir en fin d'après-midi. En temps normal, elle ferait toutes ces choses toute seule parce que Scott serait au lit avec moi.

Sans relever la tête et sans cesser de déposer des vêtements dans la machine, Tami me répond : « Non, je te remercie.

— Mais ça ne me gêne pas, ça me ferait plaisir, au contraire. » Elle se redresse entièrement, referme le tambour de la machine et verse la lessive dans le compartiment, sélectionne le bon programme et appuie sur le bouton « Marche ». « Non, vraiment, je te remercie.

— Mais j'ai envie de t'aider. De faire des trucs. Pour me changer les idées. »

Tami se tourne vers moi. Et pendant les longues secondes qui suivent, j'oublie qui je suis, j'oublie le combat que je dois mener, et je ne vois plus que mon amie. Elle est affreuse, vraiment. Et je vous assure que je ne dis pas ça parce que je suis une garce ; je dis ça parce que je suis inquiète. Ses cheveux sont attachés en queue de cheval, révélant un visage marron grisâtre, couvert de taches et de boutons. Elle a perdu énormément de poids, c'est horrible et parfaitement visible sur ses joues, son cou, ses épaules… Bref, sur tout son corps. Elle nage dans son T-shirt des Goonies, et je me rappelle que le jogging qu'elle porte, et qui tombe désormais sur ses hanches comme un pantalon de clown, était à une époque bien ajusté et assez flatteur. « *Mais quand as-tu mangé pour la dernière fois ?* ai-je envie de lui demander. *Quand as-tu pris soin de toi pour la dernière fois ?* »

« Qu'est-ce que tu veux, exactement ? me demande-t-elle. M'aider ou jouer un rôle de mère de substitution auprès de mes enfants ? »

Je ne m'attendais pas à ça. C'est exactement comme quand elle m'a expliqué qu'elle savait que Scott et moi étions amants : je ne m'attendais pas à ce qu'elle me dise ça. J'ignore à quoi je m'attendais, j'ignore ce que je pensais qu'il allait se passer si je restais dans cette maison, mais je n'imaginais pas ça. Je crois que, au fond de moi, j'espérais qu'elle me tendrait la main. Qu'elle me demanderait si j'avais envie de parler, qu'elle me laisserait exprimer mes craintes et mes sentiments, qu'elle me prendrait dans ses bras pour me rassurer. Et peut-être qu'elle m'encouragerait à pleurer, à libérer les peurs qui sont en moi…

« Euh…, finis-je par lui répondre, ça n'a jamais été mon intention.

— Si. Dès le premier jour. Tu voulais mon mari, ma maison, et ensuite, mes enfants. J'ai toujours cru que l'intérêt que tu nous portais provenait de ta solitude et du désir frustré de fonder une famille, et c'est pour ça que je t'ai encouragée à prendre part à la vie de notre foyer. C'est pour ça que je laissais Scott aller au foot avec toi, faire du bricolage chez toi, aller boire le café chez toi. J'ai toujours cru que tu étais mon amie, alors que toi, dès le départ, tu cherchais à me voler ma vie. »

Ce n'est pas aussi simple que ça, honnêtement. Vous vous rappelez quand j'ai expliqué à Rufus que ce que je recherchais, c'était le véritable coup de foudre ? Et que ce coup de foudre ne pourrait se produire que pour un homme avec qui je n'aurais aucun mal à m'imaginer dans l'avenir, rien qu'en fermant les yeux ? Eh bien c'est ça qu'il s'est passé avec Scott. Dès la toute première fois où je l'ai rencontré, j'ai ressenti une attirance que je n'avais jamais connue jusqu'alors. Et j'admets que, quand il s'est mis à parler d'elle, j'ai eu désespérément envie d'être à sa place. J'ai eu envie qu'il dise que, moi, j'étais étonnante, et qu'il se montre presque euphorique à l'idée que, moi, je porte son enfant. Je n'ai pas cherché à le séduire, mais je suis tombée amoureuse de lui dès la seconde où je l'ai rencontré. Je n'aurais pas fait toutes ces choses si je n'avais pas été amoureuse de lui.

« Tami…

— C'est pour ça que tu détestais Mirabelle, hein ? Parce qu'elle avait percé tes intentions ?

— Je sais que tu ne pourras pas comprendre, dis-je d'une voix hésitante, car je n'ignore pas à quel point cela va te faire du mal, mais je l'aime. Depuis… Depuis le premier jour où je l'ai vu. Je suis tombée amoureuse de lui, et je n'ai jamais voulu te faire souffrir. J'étais ton amie, c'était sincère. Mais j'étais amoureuse de lui, aussi. »

Avant même qu'elle soit au courant, je me sentais parfois mal à l'aise quand je venais chez eux et qu'il était là, car j'étais terrorisée à l'idée qu'elle perçoive ce que je ressentais pour lui. Mais je me languissais de le voir et j'aurais fait n'importe quoi pour être avec lui. Ou, au moins, avec les filles, parce qu'elles étaient une partie de lui. Et parfois même la compagnie de Tami me paraissait suffisante, parce qu'elle vivait avec lui. J'avais tellement envie de lui, envie d'être avec lui, que ça me faisait peur. Au début de notre liaison, je craignais qu'il ne décide brusquement de rompre. Qu'il ne finisse par choisir Tami, ou que les remords ne s'emparent de lui. J'étais toujours sur mes gardes, jamais sereine. Et du coup, je me sentais obligée de me tenir disponible, de m'inventer des histoires avec d'autres hommes pour continuer de susciter son intérêt, et aussi de faire des choses que je m'étais juré de ne plus jamais faire après le départ de mon mari, parce que je les trouvais dégradantes, ignobles et vaines. Et je me détestais pour ça, mais j'aurais fait n'importe quoi pour le garder. Que dis-je ? J'ai fait n'importe quoi pour le garder. J'ai fait tout ce qu'il m'a demandé de faire.

« Et tu pensais qu'être amoureuse de lui te donnait tous les droits, c'est ça ? me dit-elle.

— Non, Tami, ce n'est pas ça que je voulais dire.

— Quand dois-tu retourner à l'hôpital ? me demande-t-elle de but en blanc.

— Mercredi. Ils doivent me faire passer d'autres examens et me donner davantage d'informations sur l'opération.

— À quelle heure ?

— 10 heures.

— Très bien. Je réserverai un taxi pour 9 heures. Si je prends la voiture à cette heure-là, ce sera l'enfer pour se garer. Tant pis, si nous arrivons en avance, nous attendrons dans un café. Je veillerai à ce que les filles puissent aller prendre le goûter chez une copine, au cas où nous ne serions pas rentrées à l'heure pour aller les chercher.

— Tu veux quand même venir avec moi ?

— Ai-je le choix ? » me demande-t-elle. Et elle me dévisage pendant quelques instants, attendant ma réponse.

Nous avons tous des choix à faire. Chacun d'entre nous. Certains sont trop aveugles pour s'en rendre compte. D'autres refusent de les faire. D'autres encore n'en font pas bon usage. Et d'autres encore s'en voient totalement privés, parce qu'ils sont piégés dans des situations auxquelles ils ne peuvent échapper. Mais nous avons tous des choix à faire.

Je baisse les yeux et tourne les talons. « Je l'aime vraiment », murmuré-je en quittant la pièce. J'ignore si elle m'a entendue, mais elle ne me répond pas. Ou peut-être que si. Peut-être l'a-t-elle fait, en fin de compte, parce que, dans ma tête, j'entends : « *Mais l'amour peut-il être important au point de justifier la destruction de la vie d'une autre femme ?* »

Beatrix

Tu m'appelles ? Bea

« Tu vas habiter dans notre maison tout le temps, Bix ? » me demande Anansy.

Je les accompagne à l'école. Tami leur a demandé si elles en avaient envie, et elles ont répondu oui. Elle a fait ça pour elles, j'en suis sûre. Et pour moi aussi, je suppose. Elle sait que je les aime vraiment, même si mes motivations n'avaient à l'origine rien de désintéressé. En ce moment, j'ai vraiment besoin que ma vie soit remplie d'amour. Je n'ai pas eu de nouvelles de Scott, au cas où vous vous le demanderiez. Et en ce moment, je suis assez tentée de lui envoyer un texto pour lui dire ce que j'ai. Histoire de le secouer un peu et de le pousser à m'appeler. Je n'ai pas envie de me faire une mauvaise opinion de lui, je sais qu'il est sous pression, mais j'ai besoin de lui. J'ai besoin qu'il vienne à moi et qu'il arrange les choses par sa présence et par son amour.

Je dors dans leur chambre. Apparemment, elle ne m'a pas crue quand je lui ai dit que nous ne l'avions pas fait dans leur lit, que nous n'avions pas souillé l'endroit où elle dort.

Je sais bien que je devrais penser que ce que j'ai fait relève de la traîtrise, je sais bien que je devrais me sentir horriblement coupable, mais ce n'est pas le cas. Je n'arrive pas à regretter. Peut-être à cause du diagnostic qu'on m'a annoncé, ou peut-être encore parce que nous ne l'avons pas fait dans le but de la faire souffrir. Au bout du compte, certes, cela revient au même, mais jamais nous ne nous sommes dit quelque chose comme : « *Et si on faisait l'amour devant la cheminée le week-end où elle emmène les filles chez ses parents ? Quand elle l'apprendra, elle sera complètement traumatisée, c'est sûr.* » Non, si nous avons fait tout ça, c'était dans le simple but d'exprimer avec nos corps tout ce que nous ressentions l'un pour l'autre.

« Non, finis-je par leur répondre, je ne vais pas habiter dans votre maison tout le temps. » La main d'Anansy s'insère parfaitement dans la mienne. Cora, quant à elle, est trop grande pour me tenir la main, mais elle le fait tout de même pour traverser la rue, parce qu'elle n'a pas le choix. « Je vais rester jusqu'à ce que je me sente mieux. Je ne me sens pas très bien en ce moment, et votre maman m'a dit que je pouvais rester jusqu'à ce que je me sente mieux.

— Tu crois que si papa était malade, maman le laisserait rester jusqu'à ce qu'il se sente mieux ? me demande Anansy.

— C'est pas comme ça que ça marche quand les parents divorcent », dit Cora à sa sœur. Fut une époque où elle se serait énervée et fâchée contre la petite, où elle lui aurait parlé sèchement. Mais le ton de sa voix est doux et compréhensif. « C'est pas comme ça que ça marche quand les parents divorcent, répète-t-elle en me regardant, comme pour m'en informer, au cas où je ne le saurais pas.

— Mais maman a pas dit qu'ils allaient "divorter", réplique Anansy. Elle a dit que papa allait rester au travail très, très longtemps.

— Tu sais ce que ça veut dire, au moins, divorcer ? lui demande Cora.

— Oui ! Je le sais. »

Mon soutien-gorge est trop serré. J'ai beau m'efforcer d'inspirer, on dirait que l'air ne parvient pas à entrer dans mes poumons.

« Maman a dit que, quand elle saurait quand papa rentre, elle nous le dirait, poursuit Anansy.

— C'est ce que disent les grands quand ils savent que quelqu'un va pas rentrer, réplique sa sœur. Quand ils disent : "On verra", ça veut dire non, et quand ils disent : "On vous le dira quand on le saura", ça veut dire qu'ils le savent déjà et qu'ils veulent pas nous le dire.

— C'est pas juste ! » s'exclame Anansy. Et je sais d'expérience que, dans sa bouche, cette expression signifie plutôt : « Ce n'est pas vrai. »

« Si ! Hein, Bix ? » me demande Cora, qui me ramène brutalement à la réalité de cette dispute. Cette dispute dont la cause n'est autre que moi-même.

À bien y réfléchir, il se pourrait que Tami n'ait pas agi de façon si désintéressée en me laissant accompagner les filles à l'école. Peut-être voulait-elle que je prenne conscience de l'ampleur des dégâts que j'ai causés, que je me mette à sa place pendant quelques minutes, histoire de bien me faire comprendre ce que c'est que de s'occuper de deux enfants dont le papa est parti ?

« C'est pas juste, pas vrai, Bix ? » me demande Anansy.

Je me souviens qu'elles appelaient Mirabelle « tatie », comme si c'était un membre de la famille. J'étais bien contente qu'elles ne fassent pas cela avec moi. Moi, j'étais leur copine, j'étais leur Bix, et j'aimais bien ça. Et pourtant, maintenant, chaque fois qu'elles m'appellent Bix, j'ai l'impression qu'on me plante un couteau dans le cœur. Je ne suis pas leur amie. J'ai fait quelque chose d'horrible à leur famille. Troublée, je m'arrête au milieu du trottoir et m'accroupis devant elles.

Sans réfléchir, je les prends dans mes bras. « Je vous aime, toutes les deux », leur dis-je. Je les libère de mon étreinte ; elles me regardent d'un air perplexe. « Vous savez, moi, je n'avais pas de papa quand j'étais petite.

— Mais tout le monde a un papa, commente Anansy d'un air docte. Si t'avais pas de papa, tu serais pas née.

— Elle a raison, dit Cora.

— Oui, elle a raison. Ce que je voulais dire, c'est que mon papa est parti quand j'étais toute petite.

— Pourquoi ? T'étais méchante ? me demande Anansy.

— T'étais méchante ? répète sa sœur, d'un air suspicieux.

— Tu voulais pas manger tes légumes ?

— Tu dessinais sur les murs ?

— T'as cassé le collier préféré de ta maman et tu l'as caché sous le canapé ?

— T'as renversé ton jus d'orange dans la voiture alors que ta maman t'avait dit de faire attention ?

— T'as cassé la poupée préférée de ta sœur et t'as dit que c'était pas toi ?

— Hé, j'ai jamais fait ça ! s'écrie Cora, en se tournant vers sa petite sœur.

— Si, si, si.

— Non, non, non. »

Je voulais juste les rassurer, leur faire un petit discours de motivation pour qu'elles se rendent compte de la chance qu'elles ont d'être aimées ; qu'elles comprennent qu'elles pourraient tout de même mener une jolie vie, même si leur papa n'était plus là. Je voulais juste qu'elles sachent que jamais Scott ne se comporterait comme mon père l'avait fait, que jamais il ne partirait pour quelqu'un d'autre et refuserait ensuite de payer la pension de son enfant, et même de le voir. Que jamais il ne rejetterait sa fille en disant à sa mère qu'il n'y avait que le train qui ne lui était pas passé dessus et qu'il n'avait aucune preuve qu'elle était bien de lui. Que jamais, face à l'irréfutabilité des preuves ADN, il ne dirait à sa fille qu'il n'avait pas de place dans sa vie pour elle, bien qu'elle fût presque une adulte au moment où elle essaierait de le contacter. Que jamais il ne donnerait à sa fille l'impression d'être une moins que rien.

Je regarde Cora et Anansy se chamailler, et je me souviens de ce jour où j'allais à l'école avec ma meilleure amie.

Vingt-sept ans plus tôt

Eilise Watford était rousse, comme moi. On se faisait toutes les deux traiter de poils de carotte, mais on s'en fichait. On se fichait de tout, parce qu'on était les meilleures amies du monde et qu'on habitait dans la même rue. On allait à l'école ensemble et on rentrait de l'école ensemble. Des fois, on avait le droit de jouer dehors toutes les deux. L'été d'avant, quand la maman d'Eilise était partie voir sa sœur et sa petite nièce au pays de Galles, on avait passé beaucoup de temps ensemble. Ma maman nous gardait, Eilise et moi, jusqu'à ce que le papa d'Eilise rentre du travail, et il venait toujours la chercher après le dîner. Et parfois, elle avait même le droit de passer la nuit à la maison, et on dormait dans le même lit.

Ce jour-là, on allait à l'école à pied, toutes seules, parce qu'on était des grandes, désormais, on avait le droit. Et c'est là que tout d'un coup, Eilise a insulté maman.

« T'as pas le droit de dire ça ! » j'ai hurlé en l'attrapant par les cheveux. J'avais entendu les ados qui fumaient dans le parc ricaner en disant ce mot-là à une fille, qui était partie en courant et en pleurant. « T'as pas le droit !

— Si ! Parce que c'en est une ! Ta mère, c'est une salope ! a crié Eilise en essayant de retirer ma main de ses cheveux. C'est ma mère qui me l'a dit. Ta mère, elle a embrassé mon père, c'est une salope. »

Avec mes ongles, j'ai commencé à lui griffer le visage. J'avais envie de lui arracher les yeux, de lui faire autant de mal que ses paroles m'en avaient fait à moi. Elle a tiré sur mes vêtements. Et toutes les deux, on s'est mises à crier, crier et encore crier, pas des mots, juste des cris, jusqu'à ce que M. Johnson, qui habitait dans la maison devant laquelle on s'était arrêtées, sorte de chez lui pour nous séparer.

« Arrêtez ça tout de suite ! » il nous a dit en nous prenant chacune dans un bras. C'était un grand costaud. « Qu'est-ce que c'est que ces manières de furies ? J'ai jamais vu ça ! Mais vous vous en tirerez pas comme ça. Je vais veiller personnellement à ce que vos mères vous tannent le cuir. »

Il nous a fait remonter la rue en nous traînant derrière lui. C'était ma maison qui était la plus proche des deux, alors c'est là qu'il s'est arrêté en premier. Quand maman a ouvert la porte, elle a eu l'air choquée de me voir comme ça, avec M. Johnson qui me tenait par le cou.

« Qu'est-ce qui se passe ?

— Je les ai trouvées en train de se battre comme des chiffonnières dans la rue, a répondu M. Johnson, l'air superénervé. Je vais ramener celle-ci chez elle. J'espère que vous tannerez le cuir de celle-là. » Il m'a libérée et il est parti sans rien ajouter en traînant Eilise derrière lui.

« Mais qu'est-ce qui t'a pris ? » m'a dit maman en refermant la porte derrière nous, après avoir jeté quelques coups d'œil inquiets en direction de la rue, comme pour vérifier que personne ne nous avait vus. Je m'en fichais bien, moi, de qui pouvait nous avoir vus.

« C'est elle ! Elle t'a traitée ! » j'ai crié. Il fallait qu'elle comprenne que ce n'était pas ma faute.

Maman m'a dévisagée pendant quelques secondes, l'air perplexe. « Qu'est-ce qu'elle a dit ? elle m'a demandé.

— Elle a dit que t'avais embrassé son père. Elle a dit que t'étais une… » C'est là que j'ai entendu la porte de derrière grincer en s'ouvrant puis en se refermant. Je me suis tue, les yeux grands ouverts : quelqu'un venait d'entrer. Des bruits de pas dans le jardin de derrière. Non, quelqu'un venait de sortir. Ça faisait à peine dix minutes que j'étais partie pour aller à l'école. Je ne comprenais pas. Qui pouvait bien être passé à la maison ? « Une quoi ? » m'a dit maman, en faisant comme si elle n'avait rien entendu.

Je suis montée dans ma chambre en courant aussi vite que j'ai pu. Je savais qui était passé à la maison. Et j'avais beau n'avoir que neuf ans, j'avais bien compris qu'Eilise ne voudrait plus jamais être copine avec moi. Et que tout ça, c'était la faute de maman.

« Est-ce que vous pourriez arrêter de vous chamailler toutes les deux ? dis-je à Cora et Anansy d'une voix forte et autoritaire. Quelques minutes, le temps qu'on arrive à l'école ? »

Cora se tourne vers sa sœur et hausse les épaules. « D'accord, répond-elle.

— D'accord », consent Anansy.

Au moins, je n'ai pas d'enfants. Je sais qu'ils n'éprouveront jamais pour moi ce qu'il m'est arrivé d'éprouver pour ma mère.

16

Fleur

Blog de la fille de la plage aux fleurs

Liste des choses que j'aimerais faire avant de mourir (ordre aléatoire) :

— Voir le grand Jésus de Rio.

— Vernir chacun de mes ongles de pieds d'une couleur différente.

— Faire un séjour en Italie pour apprendre la vraie cuisine italienne.

— Faire l'amour sur une plage. N'importe quelle plage, ça ira bien.

— Danser nue sous la pluie (à cause de la chanson).

— Faire don d'un mois de salaire à une association (il faudrait déjà que je commence par me trouver un job à plein temps).

— *Me marier, peut-être ?*

— *Faire un enfant, peut-être ?*

— *Gagner assez pour ne plus avoir à travailler après trente-cinq ans.*

— *Comprendre ma mère.*

Je me suis un peu laissé distraire. Par le sexe. Cette chose grandiose et merveilleuse qu'on appelle le sexe. Ça pourrait être l'amour aussi, oui, bien sûr, mais, pour le moment, il me semble plutôt que ce truc qui me distrait, c'est le sexe. Avec Noah, évidemment.

Ça n'a rien de nouveau pour moi. Je ne suis pas une débutante, loin de là. Je le fais depuis que j'ai dix-huit ans. Enfin, c'est ce que je lui ai dit à elle, Mirabelle, pardon je voulais dire maman (pour papa, je suis toujours vierge, bien sûr).

Je sais qu'elle a commencé plus jeune (autrement, je ne serais pas là), mais elle aurait flippé si je lui avais dit que je l'avais fait moi aussi très tôt, disons, à quatorze ans. De toute manière, ce n'est pas à cet âge-là que je l'ai fait pour la première fois : papa ne me quittait jamais des yeux ; ça n'avait pas la moindre chance d'arriver. Non, j'avais seize ans, et il était clean. Enfin… tu vois ? Gentil, quoi. Il ne m'a pas forcée, il ne m'a pas obligée à faire des choses que je n'avais pas envie de faire. Clean. Il était en deuxième année de fac et il pensait que j'étais plus vieille que ça. Enfin, c'est ce qu'il a dit quand le frère de Lariska est allé le trouver, mais en fait, il savait très bien que ce n'était pas le cas. Je n'ai pas ouvert les yeux, je n'ai rien dit, j'ai peut-être simulé un peu, mais j'ai quand même éprouvé du plaisir, et lui aussi, apparemment.

Et depuis, tout s'est bien passé. Deux « bien », deux « génial » (je parle des séances, pas des garçons) et deux « tellement bon que je n'arrivais même plus à parler après ».

Mais ce qu'on fait avec Noah, c'est autre chose : ce n'est pas du sexe, c'est « le » sexe. Je crois qu'il faudrait prononcer le mot d'une voix douce et sensuelle pour bien faire comprendre à quel point c'est délicieux.

C'est beau. Tellement beau que j'ai mal rien que d'y penser. Je me sens vide, comme si son absence et le fait qu'on ne soit pas physiquement ensemble se diffusaient dans tout mon corps, jusqu'aux plus petites cellules de ma peau. Mon propre corps me paraît étrange quand il n'est pas là.

À la manière dont il me prend la main, m'embrasse le cou, joue avec mes cheveux, je crois pouvoir dire qu'il ressent la même chose que moi. On n'est pas bien quand on est loin l'un de l'autre. Ce qui risque de poser un grave problème dans l'avenir, parce je n'envisage pas de quitter Brighton. Je ne peux pas, ce n'est pas possible. Or il vient de signer un super contrat pour un boulot à Londres l'année prochaine. Il pourra travailler à distance de temps en temps, mais il faudra qu'il soit à Londres. Toute sa vie est là-bas, toute sa famille. Il est très famille, et moi, j'ai quitté la mienne. Enfin, tu vois ce que je veux dire : j'ai quitté ma famille pour trouver mes racines.

Bref, Noah ne va pas tout plaquer pour s'installer ici à cause d'une fille.

« Qu'est-ce qui se passe, dans ta petite tête ? » il me fait en caressant mon ventre nu. Instinctivement, je tourne mon corps vers lui, pour lui en faciliter l'accès. « On voit que ça travaille, là-dedans. À quoi est-ce que tu penses ?

— À toi. À moi. À nous. À ce qu'il va se passer quand j'aurai appris ce qui est arrivé à ma mère, et que tu devras retourner à Londres. » Tu vois, c'est ça qui rend le sexe avec lui si différent : la sincérité qui vient avec. Avant, il fallait toujours que je fasse semblant, que je me retienne pour ne pas devenir le genre de fille qui… Enfin, tu sais. C'était comme ça avec lui, au départ, mais maintenant, tout est tranquille, naturel, sincère.

« Ne te prends pas trop la tête, il me dit. Si tu veux mon avis, le mieux, c'est de vivre au jour le jour jusqu'à ce qu'on sache ce qui est arrivé à ta mère.

— Je sais, mais je n'y arrive pas. Je pense que je vais rester ici. Je ne m'imagine plus vivre ailleurs, maintenant. Mais toi, tu adores Londres, non ?

— Ouais, mais Brighton commence à me plaire. Et je me disais que je pourrais peut-être faire des allers et retours.

— Vivre ici et aller travailler là-bas ?

— Ouais. Pourquoi pas ?

— Tu veux qu'on vive ensemble ? Je ne suis pas sûre que ce soit une bonne idée.

— Moi non plus, je ne crois pas. Mais, d'un autre côté, ça m'a bien plu, de rester avec toi dans cet hôtel pendant tout ce temps. » Il me caresse un peu plus bas, et la douleur devient une douce torture qui nous oblige à nous accrocher l'un à l'autre.

« On en reparlera quand je saurai ce qui est arrivé à ma mère. » Il continue de descendre, plus bas, toujours plus bas, et mon corps se languit de retrouver le sien.

Et si je ne l'apprenais jamais ? C'est une possibilité que je m'efforce d'ignorer. Et pourtant, elle est bien réelle, puisque l'enquête n'a absolument rien donné jusqu'ici. Les flics ne savent rien de plus que la première fois où je leur ai parlé, ils n'ont aucune nouvelle piste, aucun nouvel indice. Mais j'ai l'impression qu'ils ne cherchent pas beaucoup. Sûrement parce qu'ils pensent déjà connaître le coupable.

J'ai deux nouveaux téléphones et un nouveau numéro. J'allume le téléphone qui correspond à mon ancien numéro une fois par jour pour écouter les messages de papa, mais c'est de l'autre dont je me sers régulièrement. Je n'arrive toujours pas à parler à papa. Un jour, peut-être, mais pour l'instant, non.

Pour l'instant, j'ai un truc à faire. Un truc important : rassembler mes forces pour trouver le courage de visiter la maison dans laquelle ma mère a été assassinée.

Beatrix

Rien qu'un petit texto pour me dire que tu vas bien. Ce serait gentil. Bea

Ce café, situé à cinq minutes à peine de l'hôpital, est plein à craquer. Les tables ont été collées les unes contre les autres pour y faire asseoir le plus de gens possible, et malgré cela, debout devant le comptoir, il y a des clients qui épient ceux qui sont assis, prêts à bondir pour leur prendre leur place dès qu'ils se seront levés pour partir.

Nous ne nous parlons pas, Tami et moi. Mes rêves de bavardages réconfortants ne se sont pas réalisés. Je dîne avec elles, elle va mettre les filles au lit, et je range la cuisine. Elle va dans son bureau (oui, et chaque fois qu'elle en ouvre la porte, je sens la honte grandir en moi) et elle y reste pendant des heures. Enfin, jusqu'à ce que je retourne dans ma chambre. Mais je ne le fais pas tout de suite : avant, je regarde la télé, je lis tout ce que je peux lire sur mon téléphone, j'ai même essayé de compter le nombre de fils du tapis. Bref, n'importe quoi pour ne pas penser à mercredi, c'est-à-dire à aujourd'hui. De toute façon, même si elle finissait par se résoudre à me parler, que pourrais-je lui dire ?

Je ne pourrais pas lui expliquer que j'ai peur. Je n'ai pas le droit d'avoir peur. Ce n'est pas mon rôle dans l'histoire. Moi, je suis la courtisane, la briseuse de ménages. Je suis la salope. Je ne ressens pas d'émotions au-delà de l'acte purement charnel. La seule chose qui m'intéresse, c'est de voler le mari des autres. Je suis une salope, je suis la salope.

D'ailleurs, quand Tami me parle, on dirait que toutes ses phrases sont ponctuées par ce mot. Ça me rappelle que, quand Cora apprenait à lire et que l'on jouait aux devinettes, elle ajoutait des lettres aux mots sans nous le dire. De cette façon, avec le « G » muet qu'elle lui avait accolé, par exemple, un mot commençant par G pouvait tout aussi bien désigner une « table » qu'une « glace ». Et Tami, dans tout ça ? me direz-vous. Eh bien, ce qu'elle fait avec ses phrases, c'est presque la même chose ! Exemples : « Tu peux venir dîner [, salope] » ; « Tu as du linge à laver [, salope] ? »

Vous avez compris ? Bon, alors je vais vous faire une confidence : ce petit numéro de femme blessée et trahie commence vraiment, mais alors VRAIMENT à m'énerver.

Je me suis mal comportée, c'est vrai, mais je ne l'ai pas fait exprès, je n'ai pas agi dans l'intention de la faire souffrir. Ça serait tout de même bien qu'elle comprenne, maintenant. J'ai d'autres problèmes à régler, moi. Plein de problèmes. Mais je ne peux pas me concentrer dessus, avec l'incarnation de la douleur assise en face de moi. Je rumine, je rumine, et je suis tellement à cran que je commence à remuer mon café un peu plus vite. Beaucoup plus vite. Beaucoup trop vite, à en juger par le bruit.

« Il y a un problème [, salope] ? me demande Tami.

— Non, aucun. »

Elle se concentre sur sa tasse de café. Je me remets à martyriser la mienne, et éprouve une satisfaction certaine quand elle lève de nouveau les yeux vers moi. « Écoute, qu'est-ce qui se passe ? Je vois bien que tu as un problème. Alors épargne-moi toutes ces simagrées, et dis-moi ce qu'il y a [,salope].

— Je suis… Je suis dans une situation extrêmement difficile, et tu te comportes avec moi comme si j'étais une moins que rien.

— Et comment devrais-je me comporter ? »

Déstabilisée, je hausse les épaules. *Pas comme ça. Pas comme si j'étais le mal incarné.*

« Si tu ne sais pas toi-même, je ne vois pas comment je pourrais le savoir. Écoute, je ne peux pas te donner l'absolution et soulager ta conscience quant aux choix que tu as faits. »

Est-ce l'absolution que je lui ai demandée ? Je ne crois pas. J'ai juste besoin d'une amie. Les gens passent dans nos vies comme des nuages, ils s'attardent parfois un peu dans notre ciel, mais, lentement mais sûrement, ils finissent toujours par poursuivre leur chemin.

Je suis tombée amoureuse d'un homme qui est tombé amoureux de moi. Je n'ai pas besoin de recevoir l'absolution pour ça. J'ai juste besoin d'une amie. Et puisqu'elle est toujours là, dans le ciel de ma vie, Tami se doit d'assumer ce rôle.

« Ce n'est pas l'absolution que je demande. J'ai juste besoin d'une amie.

— Tu ne regrettes rien, c'est ça ? me demande-t-elle.

— Je regrette de t'avoir fait du mal, mais, sincèrement, ce n'était pas mon but. Je regrette la douleur que ça t'a causée, les problèmes que ç'a engendrés, mais je ne regrette pas d'être tombée amoureuse. Comment pourrais-je regretter ? On ne peut pas regretter de tomber amoureux. Je n'aurais pas pu m'empêcher de tomber amoureuse de lui. Ce sont des choses qu'on ne peut pas contrôler.

— C'est vrai. Mais, en revanche, on peut contrôler sa façon de se comporter », me dit-elle. Elle a toujours l'air aussi incrédule. « Tu ne regrettes vraiment pas ce que tu as fait ? » Elle secoue la tête. « Mais qu'est-ce que je fais là ? Je suis complètement folle. » Elle se lève en m'adressant un sourire forcé. « Bon courage pour ta consultation. »

Je ne peux pas la supplier de rester. Je ne peux pas lui faire du chantage pour l'obliger à m'accompagner. Si elle n'arrive pas à surmonter ça, que puis-je y faire ? Rien. Mais, en ce moment précis, j'ai besoin de calme et de stabilité, pas de crise ou de scène. J'ai besoin de Tami.

Et elle le sait. J'ai besoin de quelqu'un qui gardera la tête froide quand ils m'expliqueront ce qui va se passer. Quand ils mettront des objets sur mon corps, me feront passer des examens, prélèveront des échantillons, me tâteront, me palperont, me videront. J'ai besoin d'une personne qui soit assise à côté de moi. Pour me dire, même silencieusement, qu'elle est avec moi. Mon corps ne m'appartient plus. Le cancer s'est emparé de lui. Le cancer. Mon corps est sur le point d'être pris d'assaut par des personnes qui vont essayer de stopper son invasion. Et moi, passivement, je regarde, je scrute, j'essaie de comprendre. Je suis une femme perdue dans le noir et j'ai besoin d'un guide ou au moins d'un compagnon qui ne paniquera pas, qui me tiendra la main sur le chemin.

Je ne comprends pas vraiment ce qui est en train de m'arriver. Je ne comprends pas vraiment ce qui va m'arriver. Mais ce que je sais, c'est que je ne veux pas endurer ça toute seule.

J'ai besoin de Tami. Elle le sait. Et elle en profite.

Ou pas. Je ne sais pas. Parce que Tami n'est pas comme ça. Le fait qu'elle ait tout de même accepté de me parler, qu'elle soit venue avec moi aujourd'hui en constitue une preuve irréfutable : elle n'est pas comme ça. Elle n'était pas obligée de venir. Je lève les yeux vers la porte du café, par laquelle elle vient de disparaître. Elle n'était pas obligée de réserver un taxi, de payer le chauffeur et de venir s'asseoir ici avec moi, à cent mètres à peine du lieu où je vais devenir une patiente soignée pour un cancer.

Moi, femme ordinaire, je suis sur le point de devenir une patiente soignée pour un cancer.

J'ai besoin de Tami. C'est égoïste, c'est mal, et je n'aurais pas dû la faire souffrir. Je n'aurais pas dû trahir sa confiance. Je n'aurais pas dû lui demander sans lui demander de venir avec moi. Mais j'ai besoin d'elle. Elle, le nuage qui ne disparaîtra pas.

Un homme en costume bleu marine se précipite vers notre table et prend la place qu'elle a laissée vacante. Il m'adresse un sourire penaud. Je lui renvoie un regard vide. Il me répond par un vague haussement d'épaules et se met à siroter son café tout en lisant quelque chose sur l'écran de son téléphone.

Tournant mon regard vers la porte, je l'aperçois. Elle est en train de se frayer un chemin entre les tables et les chaises pour revenir vers moi. Tami. Elle, le nuage qui ne disparaîtra pas.

Arrivée à notre table, elle s'arrête et se met à regarder avec insistance l'homme en costume bleu marine qui a pris sa place. L'homme lève les yeux vers elle, tourne la tête vers moi et semble conclure que le jeu n'en vaut pas la chandelle. Aussi rapidement qu'il est arrivé, il disparaît. Tami tire sa chaise et la tourne légèrement sur le côté pour ne pas avoir à me faire face. « Ne me parle pas, me dit-elle. Si tu dis quoi que ce soit, je te jure que je m'en vais pour de bon. »

Je me sens tellement soulagée que j'en ai les larmes aux yeux. Je ne serai pas seule. Le silence sera le prix à payer pour ne pas être seule. Ça me va, ce n'est rien. Je dirais même que c'est dérisoire.

Beatrix

Le choc, encore une fois.

Je suis assise là, à écouter ce médecin parler, et mon esprit n'arrive pas à se concentrer sur ce qu'il dit. Il a cité des chiffres, un stade et un grade. Il a parlé de chirurgie, de radiothérapie et de chimiothérapie. Mais la plupart des mots qu'il prononce entrent par une oreille et sortent par l'autre. C'est comme si j'essayais de m'agripper à du savon mouillé : mon esprit ne parvient pas à réfléchir suffisamment longtemps pour saisir le sens de ses paroles.

Seul le mot « chimiothérapie » est resté dans ma tête. Parce que c'est un mot que je connais et que j'associe facilement au mot « cancer ». On perd ses cheveux. Ça, je le sais. On est obligé de porter des perruques ou des fichus. Les fichus, ça ne me va pas très bien. C'est complètement idiot de penser à ça maintenant, vous ne trouvez pas ? Alors qu'il y a tellement d'autres choses dont je devrais m'inquiéter, auxquelles je devrais réfléchir, pour lesquelles je devrais me préparer. Mais non, c'est à ça que je pense. Ce qui ne fait que confirmer mon point de vue initial : je ne suis pas assez mûre pour traverser ce genre d'épreuve. J'aurais besoin de vivre quelques années de plus, d'accumuler davantage d'expérience.

Pour l'instant, je n'ai pas encore entendu l'autre mot. Celui qu'on associe toujours aux mots « cancer du sein ». Mais il me semble que je l'attends. Oui, je l'attends. Il ne va pas tarder à arriver, je le sens. Tout comme j'avais senti que ce n'était pas un simple kyste, je sens que ce mot va arriver.

Une main vient de se poser sur la mienne. Terrorisée, je sens mon cœur bondir dans ma poitrine. Je baisse les yeux : c'est sa main à elle. Elle a soigneusement enveloppé ma main dans la sienne, et maintenant, elle est en train de glisser ses doigts entre les miens. Je regarde fixement nos mains. Liées. Ensemble. Elle n'a même pas détourné son regard de l'homme, qui est toujours en train de parler. Elle est assise à ma gauche, et à ma droite, il y a l'infirmière spécialisée de la dernière fois. Celle qui est restée avec moi un long moment à répondre à mes questions, des questions dont j'ignorais avoir besoin de connaître les réponses. D'ailleurs, je ne me souviens plus de ce qu'elle m'a dit. La seule information qui est restée dans ma tête, c'est que j'avais rendez-vous aujourd'hui à 10 heures. Le reste n'est plus qu'un vague brouhaha.

« Il n'y aura pas besoin d'effectuer une mastectomie, alors ? » demande Tami. Je me tourne vers elle.

« Non, comme je vous l'ai expliqué, nous pensons qu'une simple ablation de la tumeur devrait suffire.

— Et vous pensez qu'il s'agit d'un cancer de stade I et de grade I, étant donné la taille et l'emplacement de la tumeur ?

— Oui. Mais l'opération nous permettra de déterminer le stade avec davantage de précision et de savoir si le cancer s'est étendu aux ganglions lymphatiques de l'aisselle. Nous procéderons à une ponction ganglionnaire. Si celle-ci se révélait positive, nous retirerions les ganglions après l'ablation de la tumeur, au cours de la même opération.

— Et après l'opération, que va-t-il se passer, en termes de traitement ?

— Cela va dépendre en grande partie de ce qu'on va découvrir pendant l'opération. Il faudra également que nous déterminions s'il s'agit ou non d'un cancer à récepteurs d'œstrogènes positifs. S'il présente ce type de récepteurs, il est probable qu'il réagisse bien à un traitement hormonal. Bref, ce n'est qu'une fois que nous aurons rassemblé toutes ces informations que nous serons à même de déterminer le traitement le plus adapté. »

Si c'est Tami qui parle, c'est parce que, moi, j'en suis incapable. Et si elle pose des questions, c'est essentiellement pour faire répéter au médecin des informations qu'il a déjà mentionnées afin que je puisse les entendre. Les intégrer. Comprendre de quoi il retourne.

Tous les soirs, je fais cette prière : « Dieu, s'il te plaît, ne laisse pas cette chose m'arriver. Merci. Bea. »

« Madame Carenden, vous êtes une femme jeune et vigoureuse. Par ailleurs, il semblerait que nous ayons décelé cette tumeur très tôt dans son développement. Tous ces facteurs vont jouer en votre faveur. Quoi qu'il en soit, pour commencer, vous allez passer d'autres examens et effectuer une préparation à l'opération. »

C'est à moi qu'il parle. Il me parle, et je l'écoute. Pour la première fois depuis que tout cela a commencé, j'écoute, et j'écoute attentivement.

En prenant ma main, elle m'a ancrée dans le présent. Elle m'a empêchée de partir à la dérive, de me retrancher dans le déni et de faire comme si rien de tout cela n'était en train de se passer.

« À quoi ressemblera mon sein après l'opération ? » demandé-je. Et mon amie, mon ancre, resserre ses doigts autour des miens.

Tami

« Je suis désolée de t'avoir fait du mal, Tami », me dit Beatrix dans le taxi qui nous ramène à la maison.

Elle n'est pas en train de s'excuser, je sais comment elle est. En réalité, ce qu'elle veut dire, c'est : « *Comment as-tu su qu'il fallait demander tous ces trucs ? Comment as-tu su qu'en incitant le docteur à répéter les informations qu'il m'avait transmises, tu parviendrais à me les faire comprendre ? Pourquoi m'as-tu pris la main ?* »

Elle a beau avoir joué la comédie pendant toutes ces années, s'être liée d'amitié avec moi pour me voler ma vie, il n'en demeure pas moins que j'ai passé beaucoup de temps avec elle. Je la connais. Je sais qu'avec Beatrix il faut généralement répéter les choses plusieurs fois pour que le message s'imprime, et je sais que le contact physique tend à l'ancrer dans la réalité. D'ailleurs, si elle recherche constamment ce contact, c'est parce qu'elle en a besoin pour se sentir réelle. Beatrix a tendance à penser que, si personne ne l'étreint, elle disparaîtra.

« Il me semblait t'avoir demandé de ne pas me parler », finis-je par lui répondre.

Si j'avais eu suffisamment confiance en moi pour croire Mirabelle, pour me dire que je la connaissais tout aussi bien que Beatrix, elle ne serait peut-être pas… Et alors, je ne serais pas coincée dans cette terre de désolation, à attendre que la prochaine pièce du puzzle se révèle à moi pour que je découvre ce qui s'est exactement passé cette nuit-là.

« Pardon », balbutie Beatrix en fixant de nouveau son regard sur la fenêtre, derrière laquelle défilent les rues de Brighton qui nous rapprochent de la maison.

Fleur

Blog de la fille de la plage aux fleurs

La chose dont j'ai le plus peur au monde :

Il y a beaucoup de choses qui me font peur. Je ne suis pas une fille qui a peur de tout, peur du monde, mais j'avoue que j'ai la phobie des rats et des grosses araignées dégueu, et que je flippe toujours de me retrouver enfermée dans le métro.

Mais la chose dont j'ai le plus peur, c'est l'amour. Accepter l'amour de quelqu'un, c'est l'autoriser à te faire souffrir. Pense à toutes les mauvaises actions que les gens célèbres ou les gens de ton entourage ont commises au nom de l'amour. Pense à toutes les personnes que tu as aimées et que tu as fait souffrir. Les gens croient qu'ils peuvent te faire souffrir impunément, puisqu'ils agissent par amour. Ils pensent qu'ils peuvent te mentir parce qu'ils t'aiment et qu'ils veulent te protéger. Et n'oublions pas ceux qui croient qu'ils peuvent partir pour rechercher l'amour. Partir et ne jamais revenir.

L'amour, ça me fait peur. Ça me terrifie. Essaie de réfléchir à cette question, d'accord ? Qui pourrais-tu faire souffrir au nom de l'amour ?

Hier soir, Noah m'a dit qu'il m'aimait. Il a murmuré ça la bouche contre la base de mon cou avant de s'assoupir. J'ai fait semblant de dormir et de ne pas avoir entendu. Je n'ai pas envie qu'il me le redise. Je n'ai pas envie d'avoir peur. Peur que, maintenant qu'il l'a dit, plus rien ne soit comme avant. Peur qu'il me fasse souffrir, et que je me retrouve obligée d'accepter cette souffrance parce qu'il m'aime.

Beatrix

Elle était là quand je suis arrivée à l'hôpital la veille au soir de l'opération, elle était là juste avant qu'ils m'emmènent au bloc, elle était là quand je me suis réveillée. Elle m'avait apporté des chocolats, un iPod avec des films et une carte couverte de cœurs sur laquelle Cora et Anansy avaient écrit avec tous les crayons de couleur qu'elles avaient pu trouver « Bon rétablissement, Bix », et à l'intérieur de laquelle elles avaient collé des photos de nous trois : au parc, à la plage et dans le séjour de leur maison. C'est une carte colossale, tellement grande que je n'ai pas pu la ranger dans un tiroir, j'ai dû la poser debout sur ma table de chevet.

J'ai les cheveux roux sur ces photos, et l'une d'entre elles a été prise à l'époque où je ne couchais pas encore avec leur père.

Les ganglions lymphatiques étaient sains, apparemment. Encore un point positif. Un signe que tout va bien se passer. Le jour où je suis venue avec Tami, le chirurgien m'a décrit à quoi ressemblerait mon sein après, et il me l'a de nouveau expliqué avant que j'aille au bloc. Il m'a dit qu'il n'y aurait qu'un tout petit creux du côté gauche de mon décolleté.

Ça y est, c'est fait. On m'a pris un morceau de moi, on me l'a pris pour me sauver la vie. J'étais entière, complète, et, désormais, il manque un morceau de moi.

Je devrais être contente que ce morceau soit tout petit. Je devrais être contente qu'il ne s'agisse apparemment que d'un cancer de stade I et de grade I, et que je n'aie besoin ni de chimio ni de radiothérapie.

Je devrais être contente. Et je le suis. Mais... pourquoi moi ? Je sais bien que je ne suis pas censée me poser cette question. Il faut que je pense au côté positif des choses et que je reste forte. Il faut que regarde ce truc en face et que je lui dise que je vais le dégager de là. Mais j'ai peur. Et je ne sais pas ce que je dois faire de cette peur.

« Je crois que tu devrais en parler à ta mère, me dit Tami.

— Jamais », répliqué-je, en essayant de changer de position. Mais le tiraillement de mes points de suture tout frais et la pression de mon pansement trop serré finissent par me dissuader d'effectuer le moindre mouvement.

« Elle a le droit de savoir, me dit-elle.

— Non.

— Mais j'aurais le cœur brisé si j'apprenais que Cora ou Anansy avait enduré une telle épreuve sans me le dire. Je déplacerais des montagnes pour être avec elles, si ça leur arrivait.

— Tu te rappelles que l'infirmière m'a dit que la réaction de certaines personnes à cette nouvelle pouvait avoir un impact négatif sur moi. Eh bien, je suis certaine que celle de ma mère entrerait dans cette catégorie.

— Mais tu aimes ta mère. Tu m'as toujours dit que vous étiez très proches l'une de l'autre. »

Je baisse les yeux vers ma couverture, un truc en coton gaufré qui ne parvient pas vraiment à me tenir chaud.

« Quand mon mari m'a quittée, j'ai téléphoné à ma mère, en larmes. Je n'avais personne d'autre à qui en parler et j'avais besoin qu'elle me dise que tout allait bien se passer. Que ce n'était pas ma faute. Ça me paraissait tout naturel qu'une mère dise ça à son enfant. Bref, qu'elle le pense ou non, j'avais besoin de l'entendre me dire ça. Mais elle m'a dit qu'elle avait peur de ce qu'allaient penser les gens quand ils apprendraient que je n'avais pas réussi à garder mon mari. Et aussi qu'elle trouvait ça très gênant que je sois divorcée. Parce que les gens allaient la regarder de haut en pensant que je suivais son exemple. Et puis, elle s'est mise à insinuer que je n'avais pas fait assez d'efforts pour le garder. Et pour finir, elle m'a dit textuellement que s'il était allé voir ailleurs, c'était parce que je ne faisais pas assez l'amour avec lui… J'aime ma mère, je l'adore, mais ce n'est pas la personne à contacter quand on a besoin d'un soutien émotionnel. »

Tami a fait machine arrière ; ce que ma mère m'a dit au sujet de ma rupture l'a manifestement laissée sans voix. Elle est en train de passer au crible son propre mariage et, à cet instant précis, son langage corporel m'indique qu'elle aimerait être ailleurs qu'en face de moi. « Je voudrais juste que tu comprennes que, si je l'ai fait, c'est parce que je l'aime », lui dis-je. Elle prend une profonde inspiration et détourne le regard d'un air irrité. « Ce n'est pas vrai », m'assène-t-elle, sans quitter la fenêtre des yeux. De l'autre côté de la vitre, le monde continue de tourner, et moi, je suis enfermée là, à me remettre de mon opération et à parler à ma rivale. Elle a l'air d'être ailleurs, dans un autre monde, sur une île lointaine. Sa voix semble avoir traversé tout un océan avant de parvenir jusqu'à moi.

« Je sais mieux que toi ce que je ressens », lui dis-je. Je ne peux pas la laisser me traiter comme ça. Peu importe ce qu'elle a pu faire pour moi, je ne peux pas lui laisser me dire ce que je ressens. « Je l'aime.

— Tu l'aimes ? » Elle se tourne vers moi, et pour la première fois, je vois de la colère briller dans ses yeux. « Tu ne le connais pas ; je ne vois pas comment tu pourrais l'aimer.

— Ce n'est pas parce que je ne le connais pas depuis aussi longtemps que…

— Comment s'appelait la première fille qu'il a embrassée ? m'interrompt-elle.

— Je… Je ne sais p...

— Jemmy Tanton. Il avait quatorze ans, c'était à l'arrêt de bus de notre quartier. Combien de fois son père l'a-t-il envoyé à l'hôpital ?

— Quoi ? Je savais qu'il avait eu une enfance difficile, mais j'ignorais que…

— Cinq. Combien de fois s'est-il fait arrêter par la police, sans compter l'incident d'il y a quelques mois ?

— Il s'était déjà fait…

— Sept. Une fois pour conduite en état d'ivresse, et toutes les autres parce que c'était un Challey. Quel est son deuxième prénom ?

— Il n'a pas de…

— Keir. C'est le prénom de son grand-père, personne ne le sait parce qu'il le déteste. Quel prénom aurait-il voulu donner au bébé que j'ai perdu si ç'avait été un garçon ? »

L'air descend dans ma poitrine et s'y enfonce, dur et douloureux. Elle a perdu un bébé ? Ils ont vécu ça ensemble ? Il ne me l'a jamais dit. Il ne m'a jamais rien dit de tout ça. « Je… Je ne…

— Kade. Et si ç'avait été une fille ? »

Je secoue la tête. Je ne sais pas. Naturellement que je ne sais pas.

« Igrayne. Combien de fois a-t-il été marié ?

— Deux ? dis-je au hasard.

— Une fois. Avec moi. Tu me crois, maintenant ? Tu ne pouvais pas l'aimer, tu ne pouvais pas aimer l'homme qu'il est réellement, parce que, cet homme-là, tu ne le connais pas. » Elle s'interrompt et se tourne de nouveau vers la fenêtre.

Elle a raison, je ne le connais pas, mais cela ne signifie pas pour autant que je ne peux pas l'aimer.

« On ne peut pas aimer quelqu'un que l'on ne connaît pas vraiment. Tu as fantasmé sur lui, tu étais attirée par lui, mais tu as beau le connaître depuis neuf ans, tu n'as jamais réussi à aller au-delà de la surface. Allez, avoue : tu voulais coucher avec lui, c'est tout. Tu as le droit, tu sais, on a parfaitement le droit de coucher avec un homme dont on n'est pas amoureuse. Mais je pense vraiment que tu te leurres toi-même en essayant de croire que tu l'as fait par amour.

— Et moi je pense que c'est toi qui essaies de te leurrer en essayant de croire que nous n'avons pas été unis par ce lien qui rend deux êtres incapables de se passer l'un de l'autre.

— Ouais, tu as raison. »

Pardon ? « Vas-tu cesser ce petit numéro condescendant. Tu n'étais pas là, tu ne sais pas ce que nous avons vécu.

— Je viens de te dire que tu avais raison, murmure-t-elle.

— Arrête, s'il te plaît. Je sais très bien pourquoi tu fais ça.

— Je ne fais rien du tout. Je n'ai pas envie de me disputer avec toi. Et tu as raison : je n'étais pas là, je ne sais pas ce que vous avez vécu.

— Tu dis ça uniquement parce que je suis dans un lit d'hôpital. Si ce n'était pas le cas, tu serais en train de me mettre en pièces, comme tu le faisais encore il y a une minute à peine.

— Je n'aurais pas dû faire ça, dit-elle.

— Si. » J'ai essayé de crier, mais ma gorge sèche et endolorie m'en a empêchée, apaisant ainsi en partie mon indignation. « Bien sûr que si. J'ai fait quelque chose d'horrible et j'essaie d'expliquer pourquoi je l'ai fait.

— Mais tu ne dis pas la vérité, je me trompe ? Tu me ressers tous les prétextes que tu t'es trouvés pour t'accorder la permission de le faire. Mais la vérité, c'est que tu voulais coucher avec lui, c'est tout. Et comme il n'était pas libre, tu t'es dit que la seule raison qui puisse justifier que tu voles le mari d'une autre était l'amour. Parce que l'amour, pour toi, c'est un permis de faire tout ce qu'on a envie de faire, non ? Tant pis pour sa femme, il ne l'aime pas, elle ne l'aime pas, elle n'a pas de relations sexuelles avec lui, alors c'est bon, je peux y aller.

— Mais tu n'avais pas de relations sexuelles avec lui.

— C'est là que tu te trompes : c'est lui qui n'avait pas de relations sexuelles avec moi. Il avait envie d'en avoir, mais ma vie sexuelle à moi est quasiment arrivée à son terme quand il s'est mis à ne plus vouloir me faire l'amour que comme dans ses vidéos pornos.

— Si j'ai bien compris, tu essaies de me dire qu'il ne voulait de moi que pour le sexe, et qui plus est pour réaliser ses fantasmes pornographiques ?

— Non, me répond-elle. Ce que j'essaie de te dire, c'est que je n'ai plus envie de parler de ça. Ni avec toi, ni avec qui que ce soit.

— Eh bien maintenant, c'est toi qui mens. Le problème n'avait rien à voir avec le porno, pas vrai ? Tu es en train de réécrire l'histoire pour t'expliquer à toi-même pourquoi il est allé voir ailleurs. »

Son regard est direct et implacable. « J'aimais le sexe avec Scott. C'était une aventure intime et agréable, et aussi bien sûr une façon d'exprimer notre amour. Ça m'aurait plu d'essayer de nouvelles choses. D'explorer le côté un peu plus pervers du sexe. Mais jamais personne ne m'a demandé mon avis. Scott l'a voulu, Scott l'a fait. Je n'étais pas à l'aise avec quelque chose, il boudait, râlait et me snobait jusqu'à ce que je cède. Et si je refusais de céder, il ne me touchait pas pendant des semaines. C'était le sexe à sa façon, ou rien. » Elle continue de m'éviscérer du regard. « Peut-être était-ce différent avec toi, peut-être était-il redevenu l'homme qu'il était vraiment ? Je ne sais pas, mais, pour ma part, j'en ai eu assez de me faire manipuler et de me retrouver obligée de commettre des actes qui me salissaient, qui me souillaient, qui me dégradaient. » Elle s'interrompt, et son visage reflète soudain sa tourmente intérieure. « Est-ce qu'il m'a demandé, ne serait-ce qu'une fois, quelles étaient les choses que moi, j'avais envie d'essayer ? Les fantasmes que moi, j'avais envie de réaliser ? M'a-t-il laissé l'occasion de prendre des décisions unilatérales concernant notre vie sexuelle ? Non. Non. Et non. Pourquoi aurais-je eu envie de coucher avec un homme qui me traitait comme une poupée gonflable et commençait à me dégoûter du sexe ? J'aimais le sexe, mais plus avec Scott. Et comme je refusais de devenir sa poupée…

— Il est allé voir ailleurs, terminé-je pour elle. Ce n'est pas ça que tu allais dire ? Il est allé chercher une femme qui accepterait de devenir sa poupée gonflable. Et cette femme, ç'a été moi.

— Je n'ai pas envie de parler de ça. Tu devrais être optimiste et penser à l'avenir. Je ne vois pas en quoi cette conversation pourrait te faire du bien. Nous n'aurions jamais dû parler de ça. Au départ, je voulais seulement t'inciter à parler de ta maladie à ta mère. Quoi qu'il en soit, je viendrai te chercher demain, d'accord ? »

Je hoche la tête sans vraiment l'écouter. Elle vient de me lancer sur cette route qui me conduit parfois à douter de Scott, douter des sentiments qu'il éprouve pour moi. J'ai entendu leurs deux points de vue concernant leur couple, et celui de Scott me paraissait plus plausible que celui de Tami, dans la mesure où le sien étayait ses actions, ainsi que notre relation. Mais, dans l'absolu, c'est celui de Tami qui me paraît le plus vraisemblable. Néanmoins, je n'ai pas envie de tenir compte de ça, car je sais que Scott n'est pas un salaud : il ne m'aurait pas menti pour me mettre dans son lit.

« À demain », me dit-elle dans un murmure à peine audible. Cette conversation l'a bouleversée, elle aussi. Elle n'avait jamais parlé de ces choses-là avant, j'en suis sûre. Elle les a gardées en elle, dans l'horrible petite boîte à secrets où elle a entassé toutes les choses qui ont pourri son couple.

Elle se lève, et je remarque qu'elle a encore perdu du poids, qu'elle continue de ne pas s'alimenter correctement et de ne pas prendre soin d'elle. Avant, elle était plutôt pulpeuse, avec tout ce qu'il fallait là où il fallait. Avant, elle avait un corps qu'il m'arrivait parfois d'envier. Oui, j'adorais mon corps, mais il m'arrivait parfois d'envier le sien. Maintenant, il ne reste presque plus rien de ses courbes, à part le galbe de ses seins. Des seins parfaits auxquels on n'a rien retranché.

« Quand as-tu fait l'amour avec lui pour la dernière fois ? je lui demande.

— Je ne m'en souviens plus précisément. Il y a six mois environ. »

Il m'avait dit un an.

« À demain, me dit-elle.

— Ouais », répliqué-je. Sur combien d'autres sujets m'a-t-il menti ?

Deux mois plus tôt

« Qu'est-ce que tu m'as manqué ! » m'a dit Scott, à peine entré dans mon appartement, en me prenant dans ses bras. Je me suis dégagée de son étreinte pour me diriger vers le séjour. « Qu'est-ce qui se passe, encore ? m'a-t-il demandé d'un air las, en m'emboîtant le pas.

— Qu'est-ce qui se passe ? Et si tu me parlais un peu de Mirabelle, pour commencer ? »

Il a poussé un profond soupir en se pinçant l'arête du nez.

« Tu crois vraiment que je pourrais m'intéresser à elle, alors que je t'ai, toi ?

— J'ai vu ta femme tout à l'heure, et elle avait l'air d'en être convaincue. »

Il s'est agité. Il s'est mis à faire les cent pas, les yeux incapables de se fixer ou de se concentrer sur quoi que ce soit. J'ai attendu en silence qu'il se calme et qu'il me rassure en me disant qu'il ne s'était rien passé. « Si j'avais eu envie de me faire emmerder par une bonne femme, je serais rentré à la maison pour parler avec la mienne », a-t-il tout à coup affirmé.

Je l'« emmerdais » ? Mais qu'est-ce qu'il croyait ? Qu'après avoir entendu tout ce que Tami m'avait raconté, je me jetterais dans ses bras à la seconde même où il passerait la porte de mon appartement ? Par ailleurs, d'après ce que j'avais pu déduire de la conversation que j'avais eue avec elle, Tami l'avait tout sauf emmerdé. Et pour finir, je n'étais pas elle. Et c'était là l'essentiel.

« Mais va la rejoindre, je t'en prie », lui ai-je dit en m'affalant sur le canapé, les bras croisés.

Il s'est immobilisé, manifestement surpris par ma réponse. Je dois dire qu'il a vraiment tendance à oublier qui je suis, parfois.

« Excuse-moi, je suis tellement stressé, en ce moment. » Il a pris ma main dans la sienne et m'a regardée dans les yeux. « Tu me pardonnes ?

— As-tu eu une aventure avec Mirabelle ? »

J'étais déterminée à ne pas céder avant qu'il me dise ce que je voulais savoir.

« Mais non, voyons ! Comme si j'avais envie de m'approcher d'elle. Je ne t'avais pas dit qu'elle était toujours après moi ? Je ne t'avais pas dit que si je me montrais un peu dur avec elle, elle allait m'accuser de harcèlement sexuel ? Je le savais, j'en étais sûr.

— Très bien. Mais pourquoi as-tu raconté à Tami cette histoire de liaison avec Mirabelle ? Ç'avait l'air tellement vrai.

— Tu sais bien comment elle est, surtout quand elle commence à regarder les choses sous l'angle des droits des femmes. Tu sais bien que c'est Mirabelle qu'elle aurait crue, et pas moi. Et tu sais bien que Mirabelle est une garce qui déteste les hommes. Les flics se sont laissé berner, mais, toi, tu dois me croire, tu…

— Bien sûr que je te crois, l'ai-je interrompu. C'est juste que je ne savais pas trop quoi penser quand j'ai vu Tami en train de pleurer toutes les larmes de son corps.

— Je sais, je sais, et je regrette vraiment d'avoir dû lui faire ça, mais c'était le seul moyen de l'empêcher de me condamner pour quelque chose que je n'avais pas fait.

— Tu me jures qu'il ne s'est rien passé entre vous ? » J'avais l'air d'une adolescente suppliant son petit ami boutonneux de lui donner des gages de fidélité et d'amour éternel.

« Je te le jure sur la tête de mes filles », m'a-t-il répondu.

J'ai eu un mouvement de recul. Un jour, quelqu'un m'avait dit qu'on pouvait reconnaître les menteurs à leur manie de jurer de leur bonne foi sur la vie d'autrui. *Et surtout de leurs enfants.* Craig l'avait fait quand il avait quitté sa femme : il lui avait juré sur la tête de ses enfants qu'il n'y avait personne d'autre. Mais Scotty n'aurait pas pu faire ça. Non, il n'y a que les salauds qui font ça. Et je ne serais jamais tombée amoureuse d'un salaud.

« J'adore tes cheveux, m'a-t-il dit en replaçant doucement une mèche derrière mon oreille. Je savais que tu serais encore plus belle en blonde.

— Mais je ne l'ai pas fait pour toi, ai-je répliqué pour le défier, pleinement consciente du nouveau bond en arrière que j'étais en train de faire dans le domaine de la maturité. J'avais juste envie d'un peu de changement. »

C'était aussi simple que ça. Je ne lui appartenais pas, je n'aurais jamais changé une partie de moi aussi fondamentale que la couleur de mes cheveux rien que pour faire plaisir à un homme. J'en avais eu envie, je l'avais fait. Point.

« Je sais, mais je suis content que tu l'aies fait. Tu es ravissante.

— Tu n'es pas mal, toi non plus.

— Tu m'as manqué, a-t-il murmuré.

— Toi aussi. Je déteste quand tu ne m'envoies pas de messages.

— En fait, ça ne m'a pas trop plu d'apprendre que tu avais rencontré un type à l'aéroport. Tu as couché avec lui ?

— Non. Mais j'aurais pu. »

Il a eu l'air contrarié. « Bon. Et qu'est-ce que je dois en déduire ?

— Scotty, quand tu seras libre de dormir avec moi tous les soirs et quand j'aurai l'assurance que tu ne dormiras plus avec elle dans un futur proche, j'arrêterai de chercher à coucher avec d'autres hommes. »

J'ai vu sa pomme d'Adam descendre, comme s'il avait du mal à ravaler sa jalousie et sa déception. « Nous serons ensemble très bientôt, m'a-t-il dit. Je te le promets. » Un petit sourire salace s'est dessiné sur son visage. « Mais maintenant, je crois qu'il est temps de vérifier si le paillasson est bien assorti au toit de chaume. »

Un instant plus tard, il était debout, m'attrapait par les hanches et me rasseyait sur le canapé. Je me suis prise à glousser, tandis que, dans un autre enchaînement de mouvements fluides, il relevait ma jupe, retirait ma petite culotte et commençait à me faire l'amour avec sa langue.

Une fois l'orgasme passé, je me suis laissée retomber contre le dossier de mon canapé de cuir blanc. Quand j'ai rouvert les yeux, il avait retiré son pantalon. De nouveau, il a placé ses mains sur mes hanches, mais cette fois-ci pour essayer de me retourner. J'ai tout de suite compris ce qu'il voulait faire. Je n'avais pas envie de ça. Je n'avais pas envie que nous fêtions nos retrouvailles de cette manière. J'ai commencé à me débattre un peu, à le repousser doucement avec mes mains pour le dissuader d'aller plus loin. Depuis la discussion que nous avions eue au sujet du bébé, il avait respecté ma décision et s'était consciencieusement « couvert » chaque fois que nous l'avions fait. Jusqu'à ce jour. Comme je continuais à résister doucement, il a fini par me regarder fixement, me suppliant silencieusement de ne pas être comme elle, de ne pas le laisser tomber en refusant d'assouvir son désir. Et son désir était de venir en moi sans enfiler de préservatif et sans courir le risque de me mettre enceinte.

J'ai cessé de me débattre, de gigoter, et je l'ai laissé me retourner, lui accordant ainsi tacitement la permission de continuer. J'étais attachée à lui, j'étais à lui, et j'avais désespérément envie de porter son enfant. Jamais jusqu'alors je n'avais éprouvé ce besoin. Pas même avec mon mari. C'était pour cela que j'aimais tant Cora et Anansy : elles étaient à moitié à lui, et si je me projetais dans un avenir où nous serions légitimement ensemble, elles pourraient également devenir à moitié à moi. Mais ce n'était pas en le repoussant que je parviendrais à le convaincre de concevoir notre propre enfant.

J'ai accepté, parce que, quand on aime, on fait parfois des choses que l'on n'apprécie guère, voire que l'on déteste dans le simple but d'inciter l'autre à rester. Mais parfois, c'est pour une tout autre raison que l'on baisse les bras. Personnellement, si je l'ai fait, c'est parce que je ne voulais pas être comme elle.

Tami

J'aime accompagner Beatrix à ses consultations.

J'ai beau trouver ça très étrange, c'est la pure vérité. J'aime y assister parce que cela me rappelle ce qu'est vraiment la vie. La vie, ce sont ces personnes dans la salle d'attente du service d'oncologie ; cette femme assise seule qui a deux petits traits de crayon à l'endroit où devraient se trouver ses sourcils, une écharpe à fleurs beige, rouge et crème enroulée autour de la tête, nouée sur le côté et retombant en une longue queue sur son épaule, d'immenses créoles d'argent aux oreilles, et un livre ouvert sur les genoux, dans lequel elle semble complètement plongée ; cet homme dont la peau est burinée, marquée et ridée, bien qu'il ne paraisse pas beaucoup plus vieux que moi, perdu dans son monde, assis en silence à côté de son compagnon, perdu dans son monde à lui, mais si proche de l'autre que leurs biceps se touchent ; cette jeune femme coiffée d'une perruque rose, entourée de quatre amies elles aussi coiffées de perruques roses, qui bavardent et gloussent joyeusement comme si elles s'étaient rassemblées pour passer une soirée entre filles ; cette femme dont la main est fermement serrée par celle de son mari qui, comme elle, est en train de lire quelque chose sur l'écran de son téléphone. Tous, absolument tous, portent en eux la vie. La vie est dans la rue, les gens s'affairent à leurs tâches quotidiennes, mais elle est aussi assise ici, à attendre.

Chaque fois que j'entre dans cette salle d'attente avec Beatrix, chaque fois que nous nous y asseyons, nous intégrons une partie du monde où la vie se mesure à la valeur qu'on attribue à chaque seconde qui passe, ces secondes dont il faut profiter, ces secondes qu'il faut savourer. Embrasser. Notre présence ici nous rappelle que la vraie beauté de la vie réside précisément dans la vie.

Mirabelle. Elle est toujours dans ma tête. Si seulement je pouvais me rappeler. Si seulement… Si seulement Mirabelle et Fleur ne s'étaient pas fait impitoyablement voler le temps qu'elles auraient pu passer ensemble. Chaque fois que je vois ces gens dans la salle d'attente, je reprends conscience de toute la force de mon désir de vivre. Et puis je pense à Mirabelle et à Fleur. Et je me promets de ne gaspiller aucune seconde du temps qui m'est compté.

Beatrix

Ce n'est pas aussi gros que je l'avais imaginé. Avec le pansement, j'avais l'impression que l'on m'avait retiré la moitié du sein. Je n'ai pas pu me résoudre à regarder quand l'infirmière en chef a changé le pansement et retiré le drain. J'avais trop peur de ce que j'allais découvrir et j'avais trop peur de ne pas pouvoir l'accepter. Jusqu'ici, la zone autour du pansement était contusionnée, presque noire, comme une aubergine, avec des nuances de bleu, de jaune et de rouge. Et sous le pansement se dissimulait une chose dangereuse et malveillante que je n'avais pas envie de regarder en face. La dure réalité s'insinuait déjà assez comme cela dans ma vie, je n'avais pas envie de voir ça, je ne me sentais pas encore prête.

Mais aujourd'hui, j'ai décidé de le faire. J'ai pratiqué les exercices de respiration requis, il y a un miroir en pied à un angle de la salle, et il y a Tami, debout à l'angle opposé, près de la porte. Elle a été assez insondable au cours de la semaine qui vient de passer. Nous n'avons eu aucune discussion digne de ce nom, mais elle s'est montrée plutôt aimable avec moi : elle m'a aidée à me laver, m'a apporté à manger, a autorisé les filles à entrer dans ma chambre pour me dire bonsoir, m'a rappelé de faire mes exercices…

Elle continue de maigrir à vue d'œil. Il y a quelque chose qui la ronge de l'intérieur. J'ignore ce que c'est vraiment, mais je crois discerner des remords, profonds et continuels. Néanmoins, j'ignore totalement de quoi elle pourrait se sentir coupable.

Vous avez vu ? Je suis en train de penser à autre chose pour ne pas avoir à baisser les yeux et à regarder. Regarder ce qui vient d'être exposé à l'air libre. Car je sens désormais l'air sur la peau de ma blessure, sensibilisée par tout ce temps passé sous le pansement.

Je laisse passer une dernière seconde, et je baisse les yeux. Une ligne légèrement sinueuse s'étend sur environ cinq centimètres du côté gauche de mon décolleté. Ce n'est rien, rien du tout. Vraiment rien. Pour moi qui m'attendais à un cratère.

Je résiste au désir instinctif de la toucher. Je sais que c'est étrange, mais je suis fascinée par l'hématome qui ne s'est pas totalement résorbé. Personne ne pourrait s'imaginer qu'une toute petite chose logée dans un si petit espace a failli me tuer.

« Ce n'est pas aussi moche que je le pensais », dis-je à l'infirmière, que je vois hocher la tête dans le miroir.

Tami est adossée au mur, elle a les lèvres pincées, et son visage est un océan de larmes. Est-ce à cause de la cicatrice ? Est-ce de la compassion ? Ou est-ce parce que je suis à moitié nue devant elle et que les images de ce que j'ai fait avec son mari lui sont apparues de façon plus nettes et plus claires en me voyant ainsi ?

Je détourne mon regard et je l'entends sortir discrètement de ma chambre.

Beatrix

Voilà ce que j'ai appris, aujourd'hui :

C'est un cancer de stade I, parce que la tumeur fait moins de deux centimètres de diamètre et parce qu'il ne s'est pas étendu aux ganglions lymphatiques.

C'est un cancer de grade II, parce que les cellules se développent à une vitesse modérée.

C'est un cancer à récepteurs d'œstrogènes positifs.

Je vais devoir subir une radiothérapie, ainsi qu'une chimiothérapie.

Je vais également devoir suivre une hormonothérapie pendant cinq ans environ.

Je vais devoir consulter fréquemment et passer des examens de contrôle réguliers jusqu'à la fin de ma vie.

Il va falloir que je reconsidère l'idée d'avoir un bébé, car les cancers à récepteurs d'œstrogènes positifs tendent à rendre les grossesses « compliquées ».

J'ai besoin d'entendre les choses plusieurs fois pour bien les intégrer.

Je peux faire souffrir une personne au point qu'elle semble complètement rongée de l'intérieur, et cela ne l'empêchera pourtant pas de me tenir la main pour m'aider à traverser l'une des pires épreuves de ma vie.

17

Fleur

L'intérieur est complètement différent de l'extérieur. Vue de dehors, la maison fait assez ancien et conventionnel, mais il suffit d'en pousser la porte d'entrée pour se rendre compte qu'en réalité, elle est supermoderne : dedans, tout est neuf et haut de gamme. C'est vraiment un truc qui te saute aux yeux.

Ça fait plusieurs jours déjà qu'on aurait dû venir, mais j'attendais de savoir s'il y avait du nouveau dans l'enquête. En fait, rien n'a changé : ils ont un suspect et ils continuent de rassembler des preuves. Bref, j'ai passé quelques jours à faire comme s'il pouvait se passer quelque chose, et puis je me suis dit que je ne pouvais plus continuer à remettre au lendemain, qu'il était temps d'y aller.

J'étais persuadée qu'au moment où j'ouvrirais la porte, je percevrais quelque chose, son esprit, un truc qui serait resté, ou au moins que je sentirais sa présence. Alors quand j'ai passé le seuil, j'ai pris la main de Noah.

On décide de visiter les pièces du rez-de-chaussée plutôt que de monter à l'étage. Mieux vaut remettre ça à plus tard.

Il règne ici un calme étrange. La maison paraît plus silencieuse qu'une maison vide ordinaire. Je savais bien que je percevrais quelque chose, mais ce n'est pas une présence, non ; en fait, c'est l'absence. Le cœur de la maison a cessé de battre et ça se sent.

La première porte qu'on pousse est celle d'un grand séjour. Je m'attendais presque à la trouver en train de lire, ou peut-être de boire une tasse de thé, ou encore un verre de vin. Il y a deux canapés en cuir, un grand tapis, deux tables basses. Et ce tableau. Je ne l'avais jamais vu, je ne savais pas qu'il existait, mais sa présence ici me paraît complètement normale. Sans lui, sa maison n'aurait pas été complète, n'aurait pas été sa maison. On n'ose pas entrer dans la pièce, ce serait comme pénétrer dans les plus profonds recoins de son cœur, ou un truc comme ça. Debout sur le seuil de la porte, on observe. Et on fait la même chose pour chacune des pièces du rez-de-chaussée : le cabinet de travail, avec une bibliothèque qui prend tout un mur, une petite étagère remplie de dossiers et un grand bureau de verre avec un ordinateur et une imprimante ; la cuisine, tout en longueur mais plutôt grande et parfaitement équipée en électroménager étincelant et mobilier de qualité supérieure. Et ainsi de suite.

« Tu n'es pas obligée de faire ça maintenant, me dit Noah.

— Si je ne le fais pas tout de suite, je ne le ferai jamais », je lui réponds.

J'ai envie de vomir au moment où je pose mon pied sur la première marche. Je ne sais pas où se trouve la salle de bains. Je ne sais pas si ce sera la première ou la dernière des pièces dont on ouvrira la porte. Je suis en train de broyer la main de Noah, je m'en rends compte, mais j'ai supermal au cœur, et si je ne la serrais pas aussi fort, je crois bien que je me trouverais vraiment mal.

En haut de l'escalier, le palier est gigantesque, et dans le long couloir qui part sur le côté je vois cinq portes. Tout à coup, je me rends compte que, pour pouvoir assimiler les choses, il vaut mieux que je sois seule au moment où je découvrirai l'endroit où ma mère est morte. Je ne peux partager ce fardeau avec personne.

« Tu peux… Tu peux m'attendre ici, s'il te plaît ?

— Si tu es sûre de toi… »

Je suis sûre de moi. Ou plutôt non. Enfin si, je suis sûre de moi, mais j'ai peur de mal faire. En tout cas, je crois qu'aucun étranger ne doit entrer dans la pièce où elle a vécu ses derniers instants.

Je regarde la première porte, celle qui est à ma gauche, à quelques centimètres à peine de moi et, tout en retenant mon souffle, je pose la main sur la poignée de cuivre et je la tourne. Rien. Elle est coincée. J'essaie encore. Rien à faire, elle est fermée à clef. Je vide tout l'air de mes poumons. Je ne pense pas que quelqu'un ait pu la fermer après le départ des flics, mais l'inspectrice chargée de l'affaire m'a dit au téléphone qu'ils avaient tout laissé comme ils l'avaient trouvé. Ce qui voudrait dire que cette porte était fermée à clef. Le problème, c'est que je ne vois de clef nulle part. Est-ce qu'ils se seraient donné la peine de refermer la porte et de replacer la clef à l'endroit où ils l'avaient trouvée ?

Ça me perturbe, ça m'énerve. Il va falloir qu'on fouille toute la maison pour retrouver cette clef. Il va falloir qu'on déplace des choses, qu'on détruise l'équilibre qu'elle avait créé, qu'elle avait façonné.

Je me dirige vers la porte suivante, dont je tourne la poignée, je m'attends à ce qu'elle me résiste, comme la première, mais elle s'ouvre. Sur une chambre. L'agencement de la pièce, le lit impeccablement fait, la chaise posée près de la baie vitrée avec une serviette d'invité pliée dessus... tout semble indiquer que c'est une chambre d'amis qui n'était pas utilisée très souvent. Mais une fois de plus, je m'interroge : est-ce que les flics sont venus ici ? Est-ce qu'ils ont examiné chaque centimètre carré de la pièce pour y rechercher des indices ? En tout cas, ce n'est pas l'impression que ça donne. On dirait que tout a été rangé et nettoyé par des professionnels.

« *Nous pensions que vous n'éprouveriez pas le désir de visiter les lieux après les investigations, alors nous avons demandé à une femme de ménage de venir après notre départ.* » Ce n'est pas ce que m'a dit la flic ? Il me semble que oui. En fait, je n'écoutais pas vraiment. J'étais bien trop stressée à l'idée de pouvoir enfin entrer dans cette maison.

« Ils ont fait venir une femme de ménage, je dis à Noah.

— Ça explique pourquoi tout est aussi bien rangé. »

La prochaine, je sais ce que je vais y trouver quand je l'aurai ouverte. Je sais que c'est celle-là. Après avoir pris une profonde inspiration, je pose ma main sur la poignée de cuivre. La porte ne grince pas, il ne se passe rien de flippant, non, elle s'ouvre en pivotant harmonieusement sur ses gonds, et une vague de blanc éclatant emplit brutalement mon champ de vision. Le carrelage des murs est blanc, celui du sol noir et blanc. Contre l'un des murs, je vois une immense cabine de douche vitrée, et, à côté, un lavabo mural. Juste devant moi, il y a une grande fenêtre, et, de l'autre côté de la douche, contre le mur opposé, une grande baignoire victorienne. Elle est blanche, avec de grands robinets chromés.

Je fais quelques pas et mon cœur se met à galoper dans ma poitrine, comme s'il cherchait à s'échapper. Je crois que je suis en train de trembler, mais je n'en suis pas sûre, parce que je ne suis pas sûre d'être encore en mesure de ressentir quoi que ce soit. J'avance encore un peu… un pas… un autre… et je suis devant la baignoire.

Je venais souvent lui parler quand elle prenait son bain. Je lui apportais un livre, je m'asseyais à côté de la baignoire et je lui parlais. Parfois, c'était moi qui lisais, ou plutôt qui inventais l'histoire au fur et à mesure, et elle m'aidait un peu et riait avec moi quand je disais des trucs complètement improbables. Parfois aussi, elle s'amusait à m'éclabousser, et je riais en sentant les petites gouttes d'eau couler sur mon visage, mes épaules et mes cheveux.

Je tombe à genoux à côté de la baignoire. Je ferme les yeux en en touchant le rebord lisse et froid.

Je me souviens… Je me souviens du bruit de l'eau qui clapotait quand elle se lavait avec son gant de toilette rouge… de la musique soul que diffusait la radio… de l'odeur de son savon à l'eau de rose qui emplissait l'air… de la chaleur que dégageait la vapeur parce qu'elle prenait toujours des bains très chauds… du bruit de son rire quand je lui avais dit que le chien était parti sur la lune… de ses longs doigts repliés autour du rebord de la baignoire juste avant qu'elle ne se lève… du tissu un peu rugueux de la serviette que je lui tendais… de la géante qu'elle devenait quand elle se levait et enroulait la serviette autour de son corps.

Je me souviens. Je me souviens de chaque instant.

« *Tu me passes ma serviette, s'il te plaît, ma Fleury ?* » J'ouvre les yeux, je la cherche, je cherche ma maman. Sa voix est là, elle ne doit pas être loin, elle.

Mais ce n'est qu'un écho de ma mémoire.

Je pose mes mains sur le rebord de la baignoire et laisse mes doigts glisser lentement dessus.

Ma gorge se serre, mon cœur flanche, mes paupières sont trop lourdes.

« Tiens, maman, je murmure.

— *Merci, ma Fleury. Merci.* »

Tami

Noah, le petit ami de Fleur, pose le lourd tableau contre le mur du hall.

« Je ne peux pas accepter, dis-je à Fleur. C'est trop. C'est à toi qu'il devrait revenir.

— Il est à moi. Et c'est pour ça que je peux te le donner.

— Mais Fleur…

— Le problème, madame C., c'est que je hais cette histoire. Oui, je sais que la haine est une sorte d'amour inversé. » Elle a regardé Noah en disant cela ; il a dû essayer de la raisonner lui aussi. « Mais il n'empêche que je la hais. Et je déteste ce tableau. Il me rappelle trop que ma mère m'a quittée. Qu'elle a préféré être là, sur cette image, à courir après des chimères, plutôt que de rester avec moi.

— Ce n'est pas aussi simple que ça, Fleur. La vie n'est jamais simple, tu sais ?

— Parfois si.

— Elle t'aimait.

— Et alors ? Elle m'aimait, mais ça ne l'a pas empêchée de m'abandonner. Elle n'a pas participé à ma vie. Je commence à l'accepter, tu sais ? On fait tous ce qu'on pense devoir faire. Mais ça ne change rien à mon problème, ça ne m'empêche pas de détester ce tableau et cette histoire. Je sais bien qu'elle a changé d'avis et essayé de revenir, mais il y a des erreurs qui sont vraiment trop graves pour être rachetées. »

Sans aucun doute. « Écoute, je vais le garder pour toi. Je n'aurais pas la conscience tranquille si je te disais que je l'acceptais définitivement, alors on va dire que je le garde jusqu'à ce que tu ressentes le besoin de le récupérer. Tu peux être sûre que j'emporterai ce tableau partout où j'irai.

— Pourquoi est-ce que tu dis ça ? Tu vas partir ? » me demande-t-elle.

« *Lâche-moi ! Ne me touche pas !* » Peau marron chocolat. Éclats de voix. Bras qui se débattent. Jambes qui ruent. Le visage de Mirabelle. Mon corps bouillant d'une rage incandescente.

« On ne sait jamais ce qui peut arriver.

— Pas faux. » Nouveau coup d'œil à Noah. Je suis contente qu'elle ait quelqu'un dans sa vie. « Mais si je peux te donner un conseil, comme quelqu'un… qui sait de quoi il parle, eh bien, n'abandonne jamais tes enfants. Je sais que tu ne le ferais pas, mais quand même… ne les laisse jamais derrière toi. »

Je lui souris.

« *Lâche-moi ! Ne me touche pas !* »

J'ignore si Mirabelle a eu le choix au moment où elle a quitté sa fille, mais pour ma part, je crains de me retrouver prochainement contrainte et forcée de me séparer des miennes.

Beatrix

« Salut, TB. » Il a l'air si calme, si détendu, si serein.

Je n'aurais pas dû répondre au téléphone, je ne suis pas chez moi, après tout. Mais c'est un réflexe : un téléphone sonne, je décroche. Vous n'êtes pas comme ça, vous ?

Bref, j'ai décroché. Et c'est lui. Lui.

Il a l'air… normal. Et, en entendant sa voix, son ton, je reste figée sur place et laisse tomber le téléphone.

« Tami ? fait sa toute petite, petite voix dans le combiné, sur le tapis. Tami, tu es là ? »

Je me penche lentement et, d'une main tremblante, reprends le combiné gris argent et le rapproche de mon oreille. Mais pas trop, parce que je ne crois pas que je pourrais supporter de sentir ses mots pénétrer chaque partie de mon corps.

« Je sais que tu n'as pas envie de me parler en ce moment, mais je voudrais… Pardon, peu importe ce que je voudrais, ce n'est pas ça qui compte. Cela dit, j'aimerais te parler. Tu me man... » Je raccroche. Je ne peux pas en entendre davantage. D'une main tremblante, je repose le combiné sur sa base et je le regarde fixement. Mais c'est lui que je vois. Les traits de son visage viril et puissant : son nez droit, ses lèvres pleines, ses sourcils arqués au-dessus de ses yeux miel chocolat, ses cheveux coiffés avec style.

Il ne m'a pas évoqué un homme qui souffrait, un homme trop embourbé dans son enfer personnel pour pouvoir répondre à mes messages ou mes appels (y compris quand j'essaie de ruser en appelant en numéro masqué), ou encore décrocher le téléphone de son bureau sans avoir été informé de l'identité de son correspondant et de la raison de son appel.

Scott m'a évoqué un homme amoureux de sa femme. Je me suis convaincue moi-même que ce que je faisais était justifié puisque je l'aimais. Je me suis défendue, je l'ai défendu, j'ai défendu ce que nous avions fait au nom de l'amour qui nous liait. Je me suis convaincue que nous avions dû mentir à Tami par omission parce qu'elle n'aurait pas pu comprendre.

En fait, c'est à moi que j'ai menti. C'est moi qui n'avais pas compris. Instinctivement, je pose ma main sur ma poitrine, ma cicatrice, cet endroit où le monde entier semble peser de tout son poids. C'est moi qui suis dans le déni, de ce que j'ai fait, de ce que je suis réellement.

Tout à coup, la porte s'ouvre, et je vois sa tête apparaître dans l'entrebâillement. Son regard s'attarde quelques instants sur ma main, sur ma posture.

« Tu as mal ? me demande-t-elle. Tu veux que j'appelle un médecin ? »

Je secoue la tête. Et, maintenant, je la sens se propager dans mon corps comme de l'encre dans de l'eau, se diluer partout en moi, marquer chaque partie de mon être. La culpabilité. Oui, je me sens coupable de ce que je viens de faire à l'instant et de ce que j'ai fait jadis, dans un passé plus lointain.

« Tu es sûre ? » insiste-t-elle en entrant dans le séjour. D'ordinaire, elle évite autant que possible de pénétrer dans cette pièce, qui est, en quelque sorte, devenue mon domaine réservé, puisque les filles jouent dans la cuisine, dans le jardin, ou dans leur chambre. Je me demande ce qui a bien pu se passer dans cette pièce pour qu'elle se voie reléguée au rang de zone interdite d'accès. Avant que je ne vienne m'installer ici, j'avais plutôt tendance à l'éviter moi aussi, à cause des photos de famille qui y étaient exposées. Mais maintenant, c'est avec délectation que je me plonge dans la contemplation de ces images : en les regardant, il m'est plus facile de me convaincre que tout finira par s'arranger, que je continuerai de voir toutes les personnes qui y sont immortalisées.

Je suis dans cette phase intermédiaire où l'on se remet de son opération avant de commencer la chimiothérapie. Je me sens souvent à la fois euphorique et épuisée. Mais je suis toujours là. Je dois sans cesse me rappeler la chance que j'ai d'être là. Je suis là. Mais la culpabilité est là aussi, maintenant.

Manifestement mal à son aise dans le séjour de sa propre maison, Tami continue de me dévisager.

« Le téléphone n'a pas sonné ? » me demande-t-elle.

Je tourne mon regard vers le combiné, bien droit sur son socle, et le visage de Scott se disperse, mais le souvenir de sa voix, du ton qu'il a employé quand il croyait lui parler, subsiste tel un lourd et capiteux parfum. J'appuie plus fort sur ma cicatrice, l'endroit où le monde pèse de tout son poids, l'endroit où la culpabilité a pris racine.

Elle tourne son regard vers le téléphone puis vers moi puis, comme toujours, le détourne de moi. Elle sait.

Elle sait que j'ai décroché et elle sait que c'était Scott. Elle est sans doute en train de s'interroger sur ce que je lui ai dit, de se demander si je l'ai supplié de me reprendre, de s'imaginer qu'il ne va pas tarder à frapper à sa porte pour me réclamer. « Ne réponds pas au téléphone, me dit-elle d'un air calme, pas du tout acrimonieux.

— *Pardon*, marmonné-je, *pardon d'avoir répondu au téléphone. Pardon d'avoir couché avec ton mari. Pardon d'avoir essayé de te manipuler pour que tu le quittes. Pardon pour tout. Tu ne peux pas savoir comme je regrette.* » Mais je ne dis rien de tout ça. Pas un mot. Je ne regrette pas suffisamment ce que je lui ai fait pour me sentir en droit de respirer en sa présence. Je ne suis pas sûre de regretter suffisamment pour me sentir en droit de continuer de vivre.

Tami

Il y a quelque chose de différent chez elle. Je l'ai remarqué quand je suis entrée dans le séjour et que je l'ai trouvée là, la main sur la poitrine, le corps si rigide qu'on aurait dit qu'il allait voler en éclats si je soufflais trop fort dans sa direction. Exactement comme si on lui avait annoncé une seconde fois qu'elle avait le cancer.

Elle venait de parler à Scott. Je l'ai compris quand je l'ai interrogée au sujet de ce coup de téléphone. Il est le seul à connaître ce numéro ; ça ne pouvait être que lui. Je ne sais pas s'il l'a repoussée, s'il lui a dit qu'il ne l'avait jamais aimée, mais, depuis, c'est comme si sa force intérieure (je veux dire cette chose qui lui a permis de faire tout ce qu'elle a fait) avait été pelée par un couteau bien aiguisé, pelée jusqu'à ce qu'il n'en reste plus rien. Jusqu'à ce qu'elle ne soit plus qu'une coquille vide qui ne se donne même plus la peine de descendre prendre le petit déjeuner ou les autres repas, et à qui il n'arrive que rarement de lever la tête quand j'entre dans sa chambre pour lui apporter son plateau-repas.

On dirait qu'elle a arrêté de se battre.

L'égoïsme, le déni des raisons véritables de leur aventure, les disputes constantes que nous avions à ce sujet… c'était son moteur. C'est fini. Elle n'est plus qu'une femme percluse de remords, une femme qui se désintègre sous le poids de la culpabilité.

Elle a arrêté de se battre.

Il faut que je parle à Scott, que je sache ce qu'il lui a dit. Mais je ne peux pas parler à Scott. Je n'arrive toujours pas à me résoudre à faire ça. Nous nous envoyons des textos et des mails au sujet des filles, mais nous ne nous parlons pas. Je n'arrive pas à lui parler. Si je le faisais, sa voix me paraîtrait normale, il m'appellerait TB et il s'arrangerait pour choisir des mots que je trouverais familiers et réconfortants, et quand je raccrocherais le téléphone, j'aurais de nouveau la sensation d'avoir été percutée par un camion. Et puis qui irait appeler son mari pour lui demander ce qu'il a pu dire à sa maîtresse pour lui faire perdre goût à la vie ? Qui ? Moi, apparemment. Parce que, depuis que Mirabelle est morte, je me bats contre les fantômes de ma propre culpabilité.

Je crois qu'elle a abandonné son combat pour la vie.

Et j'ignore si je suis suffisamment forte pour trouver un moyen de la ramener à la vie.

Je me trouve devant le tableau de la plage aux pétales de roses. À la façon dont Mirabelle m'a confié qu'elle connaissait l'artiste, je crois pouvoir dire maintenant qu'elles étaient amantes. C'est pour cela que le tableau semble si intime, les lignes de son corps si justes et si précises. L'artiste qui a immortalisé Mirabelle sur cette toile l'aimait d'un amour si absolu qu'elle a réussi à faire de cette image quelque chose de vraiment exceptionnel et merveilleux. Chaque coup de pinceau est un acte d'amour, une ode à la perfection que le peintre voyait en Mirabelle.

La douleur de son absence m'envahit soudain, et je dois fermer les yeux face à l'intensité de cette souffrance qui se répand dans mon corps tout entier.

Mirabelle aurait voulu vivre. Elle aurait tout donné pour vivre. Ses ongles arrachés, l'état de la salle de bains, les hématomes dont le sergent Harvan m'a parlé, tout cela prouve qu'elle s'est battue de toutes ses forces pour la vie. La terreur qu'elle a ressentie a dû être immense, épouvantable. La noyade, l'eau qui remplissait ses poumons à chaque fois qu'elle était immergée, la douleur du combat, la terrible certitude qu'elle ne pouvait rien faire pour empêcher ce qui était en train de se produire.

Et surtout, qu'elle ne pourrait plus jamais revoir sa fille. Qu'elle allait laisser son bébé derrière elle, pour toujours.

Les traits de son visage se précisent dans mon esprit, dans l'espace que son absence a laissé vacant, et je vois son sourire, je vois sa peau, les boucles de ses cheveux noirs, le regard qui faisait d'elle Mirabelle. Envolée. Disparue. Partie à jamais.

Et maintenant, c'est au tour de Beatrix.

Beatrix qui a abandonné son combat pour la vie.

Si j'avais cru Mirabelle, aurait-elle tout de même fini de cette façon ?

« *Lâche-moi ! Ne me touche pas !* »

Je ne peux pas sauver Beatrix. Mais je peux l'aider. Ai-je envie de le faire ? La douleur, l'horreur, le chagrin, les blessures, toutes ces choses sont encore là, mais transmutées, figées, comme si elles attendaient le moment opportun pour refaire surface. Ce moment, le moment où je ne pourrai différer plus longtemps l'avènement de la catastrophe, je sais qu'il finira par arriver, mais pour l'instant je ressens comme un véritable luxe la possibilité de penser, percevoir, respirer sans me sentir mentalement et émotionellement dévastée.

Beatrix a abandonné la vie. Si je ne fais rien, je vais contribuer à sa mort. Si je ne fais rien, je vais avoir une autre mort sur la conscience.

Le tremblement revient au moment où j'attrape le téléphone.

Il décroche aussitôt, avant même la fin de la première sonnerie.

« Allô, Scott », dis-je sans lui laisser le temps de parler. J'essaie de différer au maximum le moment où j'entendrai le son de sa voix, car je sais que, à cet instant précis, je me désagrégerai. Maintenant que certains des fils de ma vie se sont déjà détissés, le reste va s'effilocher irrémédiablement. « Il faut qu'on parle.

— Salut, TB », me répond-il.

Et je me désagrège aussitôt.

Tami

« Beatrix. » Combien de fois ai-je prononcé son prénom depuis que je suis au courant ? J'ai évité de le faire à haute voix parce qu'il était devenu synonyme du rôle qu'elle avait joué dans ma vie.

À en juger par sa réaction, je n'ai pas dû le faire bien souvent : l'air surprise, elle détourne son regard de la fenêtre et concentre son attention sur moi. Cette chambre est devenue sa tanière. Elle ne la quitte plus que pour aller aux toilettes et prendre une douche, le matin. Elle reste vautrée dans le lit toute la journée, parfois avec la télé allumée, parfois avec la radio allumée, mais le plus souvent dans le silence. J'ignore si elle se sert de son téléphone pour surfer sur le Net, mais, ce que je sais, c'est que cette pièce est le plus souvent plongée dans le silence. Un silence, un calme et une pénombre qu'on associerait facilement à un mausolée.

Les stores sont toujours baissés, tels des remparts érigés contre le monde extérieur. La lumière filtre, naturellement, la lumière est comme la vie, elle n'abandonne que quand elle n'a vraiment plus d'autre choix. L'air de cette pièce y a séjourné trop longtemps, il est vicié, corrompu par des odeurs de corps endormi et de nourriture. Et je ne crois pas pouvoir le supporter un instant de plus.

Bien que je sois parvenue à capter son attention, je me lève sans rien dire et me dirige vers la fenêtre. D'un geste sec, je tire sur la corde du store pour laisser entrer la lumière, laisser entrer le monde extérieur, et puis je cherche à tâtons la poignée de la fenêtre pour l'ouvrir, pour laisser entrer de l'air, laisser entrer la vie.

« Hein…, grogne-t-elle dans son lit. Non ! » Elle gesticule, se détourne de la lumière, se cache la tête sous le drap.

« Beatrix », m'efforcé-je de répéter, en retournant m'asseoir à côté du lit.

Elle abaisse lentement sa barrière de couvertures pour me regarder de nouveau. Manifestement surprise que j'aie prononcé son prénom une deuxième fois.

« Il t'aime », lui dis-je. Je ne mens pas. Je ne mens pas, à moins que… « Je… Je lui ai parlé. Et il m'a dit qu'il t'aimait. Ça ne signifie pas pour autant qu'il ne m'aime pas aussi, mais tu connais… Scott. Tu sais qu'il est compliqué. Il t'aime. J'en suis certaine. » À moins que je ne me sente obligée de l'être. À moins que je ne ressente le besoin de compenser par tous les moyens possibles cette immense et horrible chose.

Se déplaçant comme si elle souffrait horriblement, elle se redresse lentement dans le lit jusqu'à ce que la moitié supérieure de son corps (couverte par un haut blanc d'une propreté douteuse que je sais faire partie de sa tenue de yoga) soit complètement exposée. « Pourquoi tu me racontes ces conneries ? me demande-t-elle.

— Parce que... Parce que c'est la vérité.

— Bien sûr que non, rétorque-t-elle, le visage déformé par le dégoût. Bien sûr que non. Mais qu'est-ce qui t'arrive ?

— Je suis..., commencé-je.

— J'ai baisé avec ton mari, tu as oublié ? Pendant environ deux ans. Dans ce lit. J'ai baisé avec ton mari, et je t'ai baisée, toi, et je sais très bien que ce n'était pas parce qu'il m'aimait, mais juste parce qu'il savait que j'étais disposée à le faire. Alors pourquoi est-ce que tu me racontes cette connerie ? »

Je tremble. Je pensais que je pouvais le faire, je pensais que je pouvais être forte. Mais le tremblement est revenu. L'irrépressible besoin de boire est revenu. La crainte que m'inspire ce que je pense avoir fait est revenue. « Parce que j'en ai marre. Il y a eu assez de catastrophes comme ça, et je voudrais que ça cesse. Si tu as cessé de te battre, c'est parce que tu penses qu'il ne t'aime pas. Je veux que tu reprennes le combat, que tu reprennes soin de toi, que tu te remettes à croire que tu peux surmonter ça. Mirabelle, elle, elle n'a pas eu le choix. Mais toi, si. Tu dois... Tu dois continuer de vivre, tout simplement. N'abandonne pas le combat, Beatrix, je ne veux pas te perdre toi aussi. »

Elle me dévisage quelques instants, l'index et le majeur appuyés contre ses lèvres tremblantes. « Mais qu'est-ce qui ne va pas, chez toi ? finit-elle par me dire d'une voix sèche. Tu ne pourrais pas simplement me détester et passer à autre chose ? J'ai fait un truc horrible, vraiment horrible, à toi et à ta famille. À ta place, j'aurais appuyé à fond sur l'accélérateur si je t'avais trouvée au milieu de la rue. Je t'aurais arraché tous les cheveux, je t'aurais déchiré le visage avec mes ongles. J'étais folle de rage quand j'ai découvert ce que mon mari avait fait. Je me souviens encore de cette inextinguible soif de vengeance. Mais toi… tu ne me détestes pas. MAIS POURQUOI EST-CE QUE TU NE ME DÉTESTES PAS ? »

Elle me prend pour une sainte. Je ne suis pas une sainte. Je suis une femme qui a peur. Peur de ce dont elle est capable. Peur des souvenirs décomposés qu'elle a de cette nuit-là. Je ne suis pas une sainte, je suis juste une femme qui a peur.

« Je te déteste et je déteste ce que tu as fait, lui dis-je. Mais je déteste l'idée de te voir mourir. C'est aussi simple que ça. »

Elle me regarde pendant de longues et pénibles secondes. Mais ce n'est qu'au moment où elle éclate en sanglots que je me rends compte que, sans le vouloir, je lui ai fait bien plus de mal que je ne le croyais possible.

Beatrix

« *Je te déteste et je déteste ce que tu as fait. Mais je déteste l'idée de te voir mourir. C'est aussi simple que ça.* »

Le problème, c'est que je dois m'éteindre paisiblement dans mon sommeil à l'âge de quatre-vingt-dix-neuf ans. Je suis destinée à être entourée par une magnifique descendance ; je suis destinée à tenir la main de l'homme que j'aime et qui disparaîtra quelques jours après moi car il ne pourra pas supporter l'idée de rester sur terre sans moi. Je suis destinée à être mère et grand-mère, et je suis destinée à vivre une merveilleuse vie épanouissante.

Ç'a été pris à temps. Je le sais. Le pronostic est EXCELLENT (même si rien n'est jamais certain). Je le sais aussi. Je suis presque remise de mon opération. Je suis en forme. Je suis jeune.

Si l'on regarde les choses avec un peu de distance, on peut dire que je m'en sors plutôt bien, en tout cas mieux que la plupart des gens qui partagent mon sort.

Mais si l'on regarde les choses de plus près, à la hauteur de ma vie, eh bien je suis là, assise dans un lit, à pleurer, les bras serrés contre ma poitrine. Torturé par de douloureux sanglots, mon corps se balance d'avant en arrière. Et tout ça, à cause d'un mot. Un petit mot commençant par M.

C'est la première fois que quelqu'un utilise ce mot pour l'appliquer à mon cas personnel. Ils ont tourné autour du pot, ils ont utilisé des mots comme « pronostic », « risques », « stade » et « grade », tout ça pour éviter d'utiliser ceux qui commencent par M, mais qui, au final, signifient exactement la même chose. Je suis en train de mourir. Mon corps se fait du mal lui-même, et je suis en train de mourir.

Je suis en train de mourir.

JE SUIS EN TRAIN DE MOURIR.

Je n'ai pas accepté ça. Comment aurais-je pu le faire, alors que personne ne m'en a jamais parlé ? Impossible de regarder le mot en face. Impossible dans ce contexte. Combien de fois ai-je manqué de respect à ces mots en M en les balançant sans ménagement dans des expressions frivoles ou insignifiantes ? « J'étais tellement gênée que j'avais envie de mourir » « Lui parler à elle ? Plutôt mourir. » « J'ai une vraie tête de mort-vivant, ce matin. » Je n'ai jamais voulu dire ça. Je ne comprenais pas. Ça ne pouvait pas vraiment s'appliquer à moi. Moi qui étais jeune et en bonne santé. Les choses comme ça, vous savez, les trucs en M, ça n'arrive qu'aux autres. Et vous comprenez et partagez totalement leur souffrance et leur infortune. Leur douleur vous bouleverse parce que vous êtes compatissant. Et vous vous sentez si touché par leur détresse que vous les gardez dans vos pensées ; vous priez pour eux si vous êtes croyant, sinon vous croisez les doigts et espérez qu'ils finiront par vaincre cet affreux coup du sort.

N'IMPORTE QUOI. Vous ne comprenez rien du tout. Vous n'avez aucune idée de ce que c'est.

Moi-même, je n'avais aucune idée de ce que c'était.

Jusqu'à ce que cela m'arrive à moi.

Et même à ce moment-là, oui, même à ce moment-là, les mots en M ont été strictement bannis. Soigneusement mis à l'écart, chaque personne que je croisais faisait bien attention à ne pas les utiliser, préférait interrompre sa phrase plutôt que de prononcer le mot tabou devant moi. Tant que personne n'en parlait, ça ne pouvait pas arriver.

Mais elle l'a prononcé. Elle l'a dit. Et tout est en train de s'écrouler.

« Je suis désolée, mon Dieu, je suis désolée. Ce n'est pas ce que je voulais d... Excuse-moi. Je suis vraiment désolée.

— Ce n'est pas ta faute, sangloté-je.

— Je suis vraiment désolée. »

Elle sanglote elle aussi, désormais, horrifiée.

« Mais qu'est-ce qui ne va pas chez moi ? dit-elle en écrasant la paume de ses mains sur ses yeux. Excuse-moi. Excuse-moi.

— Tami, j'ai fichu ta vie en l'air, alors arrête de t'excuser. » Je ne supporte plus la situation. Je ne supporte plus sa noblesse et sa gentillesse. Sa gentillesse me dégoûte. Elle a déjà fait des tas de sacrifices pour m'aider, et elle a encore le bon goût d'être dévastée. Je ne peux pas le supporter.

« Tu sais pourquoi ça m'a fait tant de mal de savoir pour Scott et toi ? » me dit-elle tout à coup, en retenant un sanglot.

Je n'ai pas envie de parler de Scott, et surtout pas maintenant. Maintenant que je sais que JE SUIS EN TRAIN DE MOURIR. Mais ai-je mon mot à dire là-dessus ? Peut-être l'aurais-je eu si je ne m'étais pas comportée en garce égoïste durant la plus grande partie de ma vie ? Vaincue, je secoue la tête.

« C'est… » Elle prend une profonde inspiration, comme pour rassembler son courage. « C'est parce que je me suis demandé si tu étais le type de femme qu'il avait toujours recherché. » Ses yeux humides de larmes semblent lourds et fatigués. Sans formuler le moindre avertissement, elle se lève et grimpe sur le lit, avant de laisser sa tête retomber sur l'oreiller qui se trouve à côté de moi et de se coucher en chien de fusil, face à moi. « Ça m'a paru logique que toi et lui ayez une… une aventure. Cela faisait des années que je me demandais régulièrement quand il allait trouver quelqu'un d'autre. » Elle inspire et expire bruyamment. « Scott n'a jamais été mon type. Tu te rappelles le policier qui enquête sur ce qui est arrivé à Mirabelle ? Eh bien lui, c'est plus mon type. Mais je me suis fait piéger avec Scott. Pas piégée par lui, non. Piégée avec lui. Je le connaissais depuis tellement longtemps, c'était un très bon ami. J'avais de l'affection pour lui, il avait de l'affection pour moi. Et, avec le temps, je suis tombée amoureuse de lui, alors que ce n'était pas mon type. Et je me suis toujours demandé si ç'avait été la même chose pour lui.

« Et puis tu es arrivée dans notre vie. Belle, libre, fan de foot, avec les mêmes goûts musicaux que lui. Et blanche, bien sûr. Comme les filles avec qui il sortait avant. Sa famille t'aurait trouvée parfaite. Ta famille l'aurait trouvé parfait, parce qu'elle n'aurait jamais su qu'il venait d'une famille de délinquants, contrairement à la mienne, qui n'a jamais pu accepter ça.

« Scott et moi, c'était Roméo et Juliette. Ce qui signifiait que notre relation était vouée à mal finir, même si on croyait de toutes nos forces qu'on pouvait écrire nous-mêmes la fin de l'histoire. C'est pour ça que ça m'a paru si horrible qu'il puisse s'unir si facilement avec quelqu'un d'autre.

— Toi. Scott. Si vous vous êtes choisis, c'est parce que vous vouliez être ensemble, me vois-je contrainte de reconnaître.

— Mais il a fini par choisir quelqu'un d'autre. Toi. »

Je laisse ma tête retomber sur l'oreiller et me mets à regarder le plafond. J'ai beaucoup réfléchi depuis la conversation que j'ai eue avec Tami à l'hôpital, depuis que j'ai entendu sa voix, depuis qu'il a essayé de dire à Tami qu'elle lui manquait. Et j'en suis arrivée à la conclusion que je m'étais fait des illusions.

Que je m'étais menti à moi-même en prétendant qu'il m'aimait, qu'il avait fait tout cela par amour, et non pour combler son besoin de trouver quelqu'un d'autre avec qui baiser, parce que sa femme en avait marre de se faire exploiter. Ce n'était pas du tout l'impression que ça donnait, je vous prie de me croire. Enfin, pas tout le temps. Mais parfois, si. Ceci étant, c'est toujours un peu comme ça, non ?

Les relations de couple ne sont pas toujours fondées sur l'égalité et le respect. Mais ne devraient-elles pas l'être ? Est-ce qu'une bonne relation de couple ne devrait pas toujours être fondée sur l'égalité et le respect ? Il arrive à tout le monde de mal se comporter. Mais ne faut-il pas sacrifier un peu de ce que l'on est pour rendre heureuse la personne qu'on aime ?

Je me suis retranchée dans le déni, je me suis menti à moi-même afin de pouvoir le croire, lui. *Le déni.* Je deviens de plus en plus rompue à l'exercice, vous ne trouvez pas ? C'est pour ça que j'ai ignoré la fatigue. Ainsi que cette inexplicable (mais légère) perte de poids qui aurait dû m'alerter sur mon état de santé. C'est pour ça que j'ai ignoré la petite boule de la taille d'une lentille que j'avais pourtant sentie dans mon sein il y a bien longtemps de cela. C'était un kyste, c'était mon imagination, ce n'était rien de grave.

Jusqu'à ce qu'elle devienne grosse comme une myrtille et quasiment visible à l'œil nu.

Jusqu'à ce qu'elle devienne une tumeur cancéreuse.

Je suis très douée pour le déni. Ç'a failli me coûter la vie. Et ça m'a déjà coûté ma meilleure amie. Qui a pris le temps d'apprendre à me connaître. À me comprendre. Alors que moi…

« S'il m'a choisie, moi, finis-je par lui répondre, c'est parce qu'il a compris que j'accepterais de lui donner ce qu'il voulait. » Et que j'étais une personne faible qui ferait passer l'amour (ou l'illusion de l'amour) avant l'amitié. « Ç'aurait pu être n'importe qui.

— C'est une idée réconfortante. »

Vous avez vu ce qu'elle vient de faire ? Elle le fait aussi avec Cora et Anansy, je l'ai déjà vue à l'œuvre des milliers de fois. Elle essaie de détourner l'attention de la personne à qui elle parle pour apaiser sa colère. Et neuf fois sur dix, ça marche. Comme maintenant, par exemple.

« Tu sais pourquoi je suis tombée dans la dépression ? » lui dis-je. J'ai envie de tendre la main vers elle et de caresser son visage. J'ai envie de lui dire de prendre soin d'elle. De lui expliquer que j'ignore ce qui la ronge de l'intérieur, mais que, quoi que cela puisse être, ça n'en vaut pas la peine. Qu'elle ne peut pas y laisser sa santé, que rien ni personne ne mérite ça, que c'est trop important.

« Parce que Scott m'a appelée, alors qu'il ne t'a pas appelée, toi, me répond-elle d'une voix plate.

— Non. Parce que, lorsqu'il a appelé, son ton était désespéré. Juste avant que je raccroche, il a dit que tu lui manquais. »

Je passe ma langue sur mes lèvres gercées. J'ai arrêté de mettre le baume à lèvres que je devrais utiliser. J'ai arrêté de faire beaucoup de choses que je devrais faire parce qu'elles ont perdu une grande partie de leur intérêt à mes yeux. Ce qui compte, désormais, ce n'est pas tant d'avoir l'air femme que de me sentir femme, de me sentir vivante. Or, en ce moment, ce n'est pas le cas. Je ne me sens pas vivante. Mais je ne me sens pas non plus le contraire. « Je me suis rendu compte que lui et moi ce n'était pas le grand amour, que ce n'était qu'une petite amourette sordide. Et que je n'étais qu'une fille sordide qui ne valait pas mieux que les restes du mari d'une autre.

Je ne suis pas parvenue à mes fins, mais je voulais que l'homme avec qui je couche quitte sa femme. Quitte ma meilleure amie et ses enfants, comme si tout cela n'avait aucune importance, comme si ce n'était rien du tout. Ces quelques secondes passées au téléphone m'ont fait prendre conscience de la garce que j'étais devenue. » Je déglutis avec peine. Ma gorge est aussi sèche et douloureuse que ma bouche. « Et puis j'ai compris que je n'étais pas *devenue* une garce, mais que j'étais une garce. Que j'avais toujours été une garce, prête à faire n'importe quoi pour que les gens l'aiment. »

Comme pour digérer ce que je viens de dire, Tami reste silencieuse pendant un long moment. « Je crois que nous sommes tous capables de faire des choses terribles, puis de nous justifier en nous disant qu'on a agi par amour. Oui, nous en sommes tous capables, moi comprise », finit-elle par commenter.

Je tourne la tête vers elle. « Toi comprise ? Permets-moi d'en douter. » Le sourire que ses propos ont fait naître sur mes lèvres gercées projette des décharges de douleur dans mon corps tout entier.

« Contrairement à ce que tu sembles penser, je ne suis pas une sainte. J'ai fait quelque chose d'horri… Je ne suis pas une sainte.

— Maintenant, je te crois. »

Elle sourit, mais je vois bien qu'il y a quelque chose dans ses yeux. Quelque chose qui la torture et qui va bien au-delà de l'aventure qu'a eue son mari.

« Tami, si tu as envie d'en parler à quelqu'un… » Son regard rencontre le mien, et la méfiance que je lui inspire est si manifeste qu'instinctivement je me détourne d'elle et me tais au beau milieu de ma phrase. Il est trop tard pour ça. Jadis, à l'époque où nous étions amies, j'aurais pu lui demander ce qui la faisait tant souffrir, et elle aurait pu compter sur mon soutien infaillible. Mais aujourd'hui… il lui faut lutter seule contre cette chose qui la ronge de l'intérieur. Et j'ai honte, vraiment honte de ça.

« Je suis en train de mourir, lui dis-je, au bout de quelques minutes.

— Je sais », me répond-elle.

Je viens de prononcer ces mots à voix haute, et ça m'a paru juste. Pas agréable, non, très loin de là. Mais pas désagréable non plus. Pas horrible. Ces mots, je les ai dits. Je les ai acceptés… pour le moment, car demain, je serai peut-être incapable de les supporter. Demain, ils me briseront. Ou me soutiendront. Demain, je prendrai toute la mesure de leur signification et me déciderai à vivre pleinement chaque seconde du reste de ma vie. Je ne sais pas. Mais, pour l'instant, je suis capable de dire ces mots à un autre être humain sans que le monde s'écroule autour de moi.

De ses doigts, elle touche brièvement les contours de ma main, appuyée sur le lit, puis ramène son bras vers elle. « Mais en un sens, comme tout le monde. Alors tu dois profiter pleinement de chaque instant qui passe. Et tu dois faire tout ce qui est en ton pouvoir pour vivre, parce qu'il ne faut pas que ça se produise maintenant.

— Ouais, lui dis-je.

— Ouais. »

Et nous passons l'heure qui suit dans le silence le plus total.

18

Tami

« Merci d'avoir accepté de me rencontrer. »

Cela faisait des années qu'il ne s'était pas montré aussi gentil ; même quand il regrettait (ou semblait regretter) de s'être fait prendre, il restait toujours en lui un peu de Scott l'arrogant.

Je hoche la tête.

« Comme je vous l'ai expliqué au téléphone, madame Challey, votre mari a éprouvé le désir de vous rencontrer ici en ma présence afin que vous puissiez discuter tous les deux dans un espace sûr. »

Je tourne mon regard vers l'homme brun d'une cinquantaine d'années qui est assis dans son fauteuil confortable.

« Si vous le jugez nécessaire, et à n'importe quel moment, vous êtes libre de mettre un terme à cet entretien et de partir, poursuit-il. Si Scott dit quelque chose qui vous semble contestable, n'hésitez pas à le signaler. De même, si vous souhaitez commenter quelque chose, n'hésitez pas à le faire. Si vous ne vous sentez pas suffisamment à l'aise pour le faire, vous pouvez bien sûr me demander d'intervenir en qualité d'intermédiaire. Enfin, si, pour ma part, je m'aperçois que vous montrez des signes d'indisposition ou de détresse, je vous demanderai si vous souhaitez poursuivre ou si vous préférez que je mette un terme au processus dans le but de vous protéger. »

Il s'interrompt quelques instants, pour me permettre de prendre la mesure de ce qu'il vient de dire, je présume.

« Cela vous paraît-il acceptable, madame Challey ?

— Tami. Appelez-moi Tami. Oui, ça me paraît correct. » Naturellement, je préférerais ne pas être là, mais il me semble que je n'ai pas vraiment le choix. J'ai ouvert une porte de communication quand j'ai appelé Scott au sujet de Beatrix. Cette porte, j'aurais pu la refermer, bien sûr. Mais, tôt ou tard, il m'aurait de toute façon fallu la rouvrir pour évoquer avec lui des sujets dont nous devons nécessairement discuter ensemble : les enfants, l'argent et toutes les modalités pratiques du divorce.

Il ne m'a pas mis la pression. Il m'a simplement demandé si je voulais venir avec lui voir son psy et le laisser me dire la vérité sur ce qu'il a fait.

Le cabinet est intime, confortable, chaleureux. Je suis certaine que Scott déteste. Il aime tout ce qui est rutilant, neuf et minimaliste. Comme il devait détester notre maison !

« Si cela vous convient, Scott aimerait commencer, me dit le psy.

— Très bien », marmonné-je. De toute façon, pour ma part, je n'ai pas grand-chose à dire.

J'évite de regarder Scott. Depuis que je suis arrivée, je regarde fixement la fenêtre qui est à sa gauche, de sorte que son visage et son corps se trouvent bien dans mon champ de vision, mais que je ne puisse pas en discerner les détails. Si je voyais ces détails, je me mettrais aussitôt à le remodeler et le refaçonner dans ma tête, à le sculpter visuellement jusqu'à ce qu'il devienne l'homme que je voudrais qu'il soit, l'homme que je croyais avoir épousé, et non l'homme qu'il est réellement. L'homme que j'ai épousé n'existe plus, et je me demande encore s'il a jamais existé.

« Merci encore d'avoir accepté de me voir, me dit Scott. Je consulte le Dr Bruwood depuis que j'ai quitté la maison, et il m'a laissé entendre que le moment était peut-être venu d'essayer de te parler. Ça fait longtemps, très longtemps que j'ai envie de te parler, mais je ne l'ai pas fait jusqu'ici, parce que ç'aurait été à mon avantage, et non au tien.

« Pour commencer, sache que je ne vais pas essayer de te persuader de me laisser revenir. Je suis convaincu que tu as pris la bonne décision en me demandant de partir. Je n'aurais jamais pu débuter le processus de guérison si tu n'avais pas fait ça. Je crois vraiment que tu m'as sauvé. J'avais déjà franchi tellement de limites... Je regrette, et ça, c'est la chose la plus importante de toutes celles que je voulais te dire. Je regrette de t'avoir fait endurer tout ça. Je regrette de t'avoir menti, de t'avoir trompée et de t'avoir manipulée. Je te demande pardon pour ça, et pour tout le reste.

« Aujourd'hui, je suis un programme de rééducation. C'est dur. » Du coin de l'œil, je le vois hocher la tête, comme pour se confirmer à lui-même à quel point cela est ardu. Je comprends qu'il soit difficile d'accepter ce que l'on est. « C'est vraiment dur. Pour l'instant, je n'ai participé qu'à une seule séance, mais ce travail m'a permis de comprendre et d'accepter une chose essentielle : en définitive, je ne vaux pas mieux que mon père et mon frère aîné. J'ai toujours pensé que, comme je ne menaçais personne, ne volais personne et ne battais pas mes enfants, je valais mieux qu'eux, mais ce n'est pas le cas, je le reconnais. Et je vais faire tout ce qui est en mon pouvoir pour changer ça.

« J'ai également beaucoup parlé au Dr Bruwood de mon addiction au porno et de l'effet qu'elle a eu sur moi. Je commence à comprendre qu'elle a complètement modifié ma façon de percevoir les femmes : je ne voyais plus en elles que ce qu'elles pouvaient potentiellement m'offrir du point de vue sexuel. Je ne voyais plus les femmes comme des êtres humains, mais comme de simples objets sexuels. »

Il veut que je le regarde, il veut que j'établisse une connexion avec lui.

« Je pensais que je pouvais faire tout ce que je voulais quand je le voulais, poursuit-il. J'ai beaucoup réfléchi à ma façon de voir les choses, de penser qu'il était légitime que je puisse jouir de tout ce que je désirais quoi qu'il en coûte.

« Je regrette d'avoir fait de notre vie sexuelle ce qu'elle est devenue, je regrette de m'être montré odieux avec toi quand tu ne voulais pas faire les choses comme dans les vidéos pornos. Il ne m'est même pas venu à l'esprit que tu puisses avoir une libido aussi importante que la mienne, et je le regrette aussi. Et surtout… surtout… je regrette ce que je t'ai fait ce soir-là. »

Le souvenir du soir du oui qui avait tout du non refait surface, et aussitôt, je sens mon corps se raidir. La confusion, l'horreur et la douleur se propagent partout en moi.

« Ça va, madame Challey, Tami ? » La voix du psy est douce et calme. « Vous voulez arrêter ? » L'homme dont je me suis légèrement moquée dans ma tête paraît vraiment concerné, vraiment compréhensif. Me ramenant à l'instant présent, il conjure le souvenir et ces sensations en les renvoyant là d'où elles viennent. C'est-à-dire dans le passé. Un passé révolu. « Vous voulez arrêter ? répète-t-il d'une voix plus douce encore.

— Je ne veux pas parler de ça », m'efforcé-je de dire, malgré la rigidité de mes lèvres. Le souvenir est parti, mais mon corps ne parvient pas à se détendre, à se débarrasser de toutes ces réminiscences.

Il l'a dit, il a admis que ce n'était ni bien ni juste. Il vient de reconnaître que j'avais raison de ressentir ce que je ressentais. Que c'était lui qui n'allait pas bien. Qu'il avait… C'est quelque chose de bien trop compliqué pour être clairement expliqué, mais, pour faire simple, je dirais qu'il s'est servi de mon consentement pour me brutaliser. Il s'est servi de mon amour pour lui et pour notre famille pour faire comme si tout cela était on ne peut plus ordinaire. Si je n'avais pas arrêté de coucher avec lui après ce soir-là, les choses auraient empiré, il aurait continué jusqu'à… Un frisson me parcourt le corps. J'ai vu les vidéos, je sais comment les choses auraient pu finir. Bouleversée, je tente d'effacer cette pensée de mon esprit. Si j'insiste, si je creuse, si je continue de penser à ça, je ne pourrai pas reprendre le cours normal de ma vie. Plus tard. J'y reviendrai plus tard, je m'occuperai de tout ça plus tard.

« Voulez-vous un verre d'eau ? » me demande le Dr Bruwood. C'est un homme vraiment gentil, je n'aurais pas dû me moquer de lui, même dans l'intimité de mon esprit.

« Non. Je veux juste que tout cela s'arrête. » J'ai l'air dur, maintenant.

« Excuse-moi, TB. Je ne pensais pas que ça te ferait autant de mal. Mais quel idiot… Écoute, je voulais aussi te dire que j'étais allé voir la police. Je leur ai dit la vérité au sujet de Mirabelle. Je leur ai dit ce que j'avais fait, je leur ai expliqué que j'avais menti.

— Quoi ? » m'exclamé-je, en me retournant brusquement vers lui.

Je suis choquée par ce que je viens d'entendre. Mais maintenant, je suis aussi choquée par ce que je vois. Il ressemble… Il ressemble de nouveau à Scott. On dirait qu'il s'est dépouillé des artifices et ornements sous lesquels il avait fini par disparaître au fil des années. Ses cheveux ont un petit côté négligé, comme s'il les avait lavés rapidement puis laissés sécher à l'air libre. Disparue la coupe dure et lisse qu'il avait progressivement adoptée. Son visage est naturel et un peu ridé, on discerne quelques pores sur ses joues, son teint paraît sain et irrégulier, sa peau a perdu l'aspect faux, lisse et artificiellement poli que lui avait conféré sa consommation presque frénétique de produits de beauté. Sa manucure parfaite a disparu ; il arbore désormais des ongles rongés. Il porte un vieux T-shirt que je lui avais à une époque « emprunté » pour conserver son odeur quand il partait et avoir l'impression de le sentir, lui, Scott, contre ma peau. C'est un souvenir de lui, le vrai lui, un souvenir du temps où je vivais avec l'autre lui. Son pantalon, c'est un jean qu'il a acheté pour quinze livres sur le marché de Liverpool un jour où nous étions allés voir sa sœur, à l'époque où les filles étaient toutes petites (elle s'était montrée étonnamment agréable, mais nous avait clairement fait comprendre qu'elle ne voulait pas que nous disions à ses parents qu'elle avait eu la faiblesse d'accepter de nous voir).

Il me regarde attentivement, lui aussi. Pour voir si j'ai changé, voir ce qu'il y a de différent en moi. Essayer de déterminer, j'imagine, si les événements récents ont opéré en moi un quelconque changement physique. Et c'est le cas, naturellement. Les quelques semaines passées ont marqué un véritable bouleversement dans ma vie, et comme toute expérience bouleversante, celle-ci a laissé ses marques sur mon corps. Oui, sur moi et en moi. « Tu as fait quoi ? m'exclamé-je de nouveau.

— Je suis allé dire la vérité à la police. Pourquoi faire tout ce travail sur moi, pourquoi essayer de changer, si je ne dis pas toute la vérité sur ce que j'étais devenu ?

— Et qu'est-ce qu'ils t'ont dit, eux ? » Je n'ose pas lui demander ce qu'est cette vérité.

Il baisse les yeux vers ses mains, et son corps semble se recroqueviller. C'est la posture d'un homme qui a honte. Il joint les mains puis les repose sur ses genoux. « Cette inspectrice, Harvan, m'a dit que, comme Mirabelle avait retiré sa plainte et qu'elle était... partie, il était trop tard pour "soulager ma mauvaise conscience". Elle m'a dit qu'elle envisageait de me poursuivre en justice pour faux témoignage. Et elle m'a aussi dit qu'elle était sur le point de trouver la preuve ultime que c'était toi qui l'avais tuée. Et qu'une fois ton dossier bouclé, elle chercherait à prouver que j'avais été complice du meurtre. »

Ils pensent toujours pouvoir prouver que c'est moi. Que je suis capable de ça. Et je ne peux toujours pas prouver le contraire. « Pourquoi ne m'as-tu pas dit qu'ils pensaient que c'était toi ? me demande-t-il d'une voix basse. Elle m'a affirmé que tu étais leur seul suspect, mais elle ne m'a pas expliqué pourquoi. Pourquoi ne m'as-tu pas parlé de ça ?

— Pourquoi ne m'as-tu pas dit que tu couchais avec ma meilleure amie ? » répliqué-je, le corps tremblant à l'idée que la police cherche toujours à faire de moi une meurtrière.

Il prend une profonde inspiration et, en guise de réponse, se contente de baisser les yeux. Quand il relève la tête vers moi, je comprends à la couleur de ses yeux qu'il s'apprête à m'annoncer une terrible nouvelle, je comprends à la façon dont il se tient qu'il s'apprête à me révéler quelque chose de si atroce que le simple fait de l'entendre me donnera envie de vomir. « Je t'avais déjà trompée avant », me dit-il.

Je me détourne de nouveau de lui et fixe mon regard sur la fenêtre, laissant ce nouveau camion me percuter de plein fouet ; le choc est frontal, d'une extrême violence, et la douleur se répand rapidement dans mon corps.

« Plusieurs fois, mais à des degrés divers », poursuit-il. Ne voit-il pas que je suis déjà face contre terre ? Ne voit-il pas que je vais devoir lutter de toutes mes forces pour me relever ? Alors pourquoi est-il en train de faire marche arrière pour venir me percuter de nouveau ?

« Je n'ai pas... Je n'ai pas commencé directement avec une aventure, mais il y a eu plusieurs incidents au fil du temps qui m'ont amené à penser que je pouvais le faire impunément. En fait, ç'a commencé par un ou deux flirts. Et comme ça ne faisait de mal à personne, je ne me suis pas spécialement posé de questions. » *Bang ! Il m'a de nouveau percutée, et il est en train de faire marche arrière pour mieux recommencer.* « Et puis il y a eu d'autres flirts, qui sont allés un peu plus loin, avec des textos, des mails et des photos de nus. » *Pédale de frein. Marche avant.* « Après, je ne le faisais plus pendant quelque temps, je me disais que j'étais complètement idiot de tout risquer comme ça, alors que je vous aimais, toi et les enfants. Plusieurs fois, tu m'as dit quelque chose à propos de ces filles, comme si tu t'en doutais, et je me suis efforcé de te convaincre que tu te trompais, que tu étais jalouse et paranoïaque. » *Bang ! Marche avant. Frein. Marche arrière.* « Et comme tu finissais toujours par laisser tomber, je me suis dit que ce n'était pas si grave que ça, et que, de toute façon, je ne me ferais pas prendre. Du coup, quand l'occasion s'est représentée, j'ai recommencé. Et c'est comme ça que je suis passé à l'étape suivante : deux aventures d'un soir, à l'occasion de séminaires à l'étranger. » *Bang ! Marche avant. Frein. Marche arrière.* « Après ça, je me suis juré de ne jamais plus recommencer. Je ne voulais pas te faire du mal. J'avais commis une grave erreur et je devais me réengager auprès de toi. Me racheter, même si tu ignorais tout. » *Bang ! Marche avant. Frein. Marche arrière.* « Et puis les choses sont passées à l'étape supérieure quand j'ai eu cette aventure de trois mois avec...

— Avec la cliente américaine. » Je me suis surprise à prononcer ces mots. J'avais compris qu'il fantasmait sur elle. Et à l'observer durant l'heure qu'elle a passée à la maison avant qu'ils ne partent rejoindre les collègues de Scott, j'avais *compris* qu'elle fantasmait sur lui. Mais quand je lui en ai parlé, il m'a dit que j'étais une femme acariâtre, jalouse et paranoïaque pour qui « un et un faisaient toujours 69 ». Je m'en souviens bien. Cette blague-là, il en était très fier. Il me l'a ressortie en riant de lui-même pendant des semaines.

« Oui », confirme-t-il dans un souffle. *Bang ! Marche avant. Frein. Marche arrière.* « Je regrette tout ça. C'était mal, c'était atroce. Je me suis comporté de façon ignoble. Je t'ai traitée de façon ignoble.

« Je regrette, Tami. Je ne sais pas quoi te dire. Je ne vois pas ce que je peux te dire d'autre que te demander pardon. »

Ce mot. Je déteste vraiment ce mot. Il ne veut rien dire (comme tous les mots que l'on répète trop souvent et qui finissent ainsi par perdre tout sens, toute signification), et pourtant les gens le disent tout le temps. Les gens me le disent tout le temps. « Pardon » par-ci, « pardon » par-là. Ce mot a pour moi été vidé de toute substance.

Je hais ce mot.

« Je t'aime, ajoute Scott dans un souffle. Je voulais aussi te dire que je t'aime. Je n'ai jamais cessé de t'aimer. Je pensais juste que mes désirs devaient passer avant tout. »

« *Alors, c'est pire,* pensé-je. *Tu m'aimais, et pourtant tu as été capable de faire ces choses, de commettre toutes ces trahisons, de dire tous ces mensonges. C'est pire, bien pire. Ça prouve que l'amour ne signifie rien à tes yeux. Comment peux-tu faire ça à quelqu'un que tu aimes ? Comment ?* »

Mes sanglots m'empêchent de parler. Mais que pourrais-je dire, de toute façon ? Et puis, pourquoi suis-je en train de pleurer ? Quoi qu'il advienne, il ne pourra pas revenir, je ne pourrais pas revivre avec lui. Alors, pourquoi suis-je en train de pleurer ? Est-ce parce que, quelque part au fond de moi, j'avais caressé l'espoir que les choses pouvaient s'arranger ? Qu'il réussirait à faire une croix sur son addiction, son comportement, son arrogance ? À effacer son crime ?

Ou est-ce parce que je pensais tout savoir, et que je me rends compte désormais que je ne connaissais que la partie immergée de l'iceberg ?

Je prends mon sac, mes doigts se referment sur le coton de la poignée, et cette sensation familière me procure un étrange sentiment de réconfort. Je me lève et regarde mon mari. Il me regarde. Ses yeux sont baignés de larmes.

Je ne peux pas parler pour le moment. Je ne peux pas parler du tout.

Sans dire un mot à personne, je tourne les talons et quitte la pièce. Il n'y aura pas de seconde chance. Il se peut qu'une part de moi soit venue pour ça, il se peut qu'une part de moi ait espéré que s'il faisait ce qu'il fallait, je pourrais lui pardonner, je pourrais oublier.

Mais je sais désormais que c'est impossible.

Beatrix

Salut, Scott. Tu ne me répondras sans doute pas, mais j'ai besoin de te dire certaines choses avant de pouvoir tourner la page. J'ai besoin de te parler et de te voir pour te dire les choses que je n'ai pas eu l'occasion de te dire avant qu'elle n'apprenne. Ce n'est que justice, il me semble. Tu me dois bien ça. J'ai besoin de savoir si je signifie quelque chose à tes yeux. Je sais que ce n'est pas le cas, mais je voudrais te l'entendre dire. Parce que j'ai l'impression que tu t'es servi de moi. Comme je me suis servie de toi, moi aussi. Pour faire comme si les années ne passaient pas aussi vite, pour faire comme si j'étais plus désirable et sexy qu'une femme qui semble avoir tout pour elle. Mais s'il te plaît, parle-moi. J'ai vraiment besoin d'y voir clair. D'arrêter d'essayer de deviner ce qui se passe dans ta tête. Je suis amoureuse de toi. Et tu m'as dit que tu m'aimais, toi aussi. Alors, s'il te plaît, parle-moi. S'il te plaît. Bea

Tami

« Tu es content de toi, Scott ? » m'exclamé-je, à peine rentrée dans la pièce.

Mon corps est un brasier ardent. Je suis arrivée en bas de l'escalier, et au moment où j'ai posé la main sur la poignée de la porte de l'immeuble qui donne sur la rue, tout mon corps s'est enflammé, et la rage bouillonnante des quelques semaines passées est devenue un véritable enfer de fureur. Luttant de toutes mes forces pour me contenir, j'ai remonté les marches quatre à quatre.

« Tu es content de t'être déchargé de toutes ces choses sur moi ? Tu crois vraiment que j'avais besoin de ça ? Tu crois vraiment que j'avais besoin de savoir que tu as passé ces cinq ou six dernières années à me traiter comme une merde ? Et maintenant, il va falloir que je rentre et que je fasse bonne figure devant tes enfants, parce que ce n'est pas leur faute si leur père est un incontinent sexuel et si leur mère a été trop bête et ne l'a pas jeté comme elle aurait dû le faire à la seconde même où elle a découvert qu'il regardait des vidéos pornos et qu'il avait, de cette manière, débuté une nouvelle vie sexuelle loin d'elle. Je ne sais pas comment je vais pouvoir regarder mes filles en face, en sachant que j'ai accepté de vivre avec un type qui jouit régulièrement devant des images de femmes qui se font violer ou violenter. Oh, j'allais oublier : il va aussi falloir que je nourrisse et que je blanchisse ta maîtresse, parce que depuis ce que tu as fait à Mirabelle et ce qui lui est arrivé, je ne peux plus me fâcher avec personne, j'ai trop peur que les gens me claquent entre les pattes. »

Sous le coup de la colère, je jette mon sac par terre et éprouve une satisfaction certaine à voir Scott et le Dr Bruwood sursauter.

« Tu t'es trouvé un psy pour apaiser ta conscience, mais, moi, à qui vais-je pouvoir me confier, hein ? À Mirabelle ? Elle est morte. À Beatrix ? Elle est en train de mourir, et la dernière fois que je lui ai parlé de mes problèmes, elle a essayé de me manipuler pour que je te quitte. Je ne peux compter que sur moi-même parce que, depuis que nous sommes mariés, j'ai passé tout mon temps à élever nos enfants et à entretenir notre maison pour que tu n'aies pas à t'inquiéter de ça, à travailler pour que les responsabilités financières ne reposent pas toutes sur tes épaules, mais que tu aies tout de même l'air de les supporter dans leur intégralité, grâce à ta brillante carrière. Tout a toujours tourné autour de toi. Toi, toi et uniquement toi. Et au final, il ne reste plus rien pour moi. Comment devrais-je réagir maintenant que je sais que toute ma vie a été un mensonge d'après toi ?

— Ce n'était pas un mensonge, me répond-il.

— LA FERME ! La ferme ! Je ne peux même pas me mettre en colère sans que tu la ramènes pour me dire comment sont les choses de ton point de vue à toi. »

La colère n'a rien de séduisant ni de féminin, ce n'est pas un sentiment que les femmes comme moi sont censées ressentir ou afficher. Mais ça fait tellement de bien. Quelque chose a changé, je me sens libre, libérée des chaînes de l'espoir qui m'ont aveuglée depuis si longtemps. Oui, je sais bien que les femmes comme moi ne sont pas censées être à ce point furieuses. On attend d'elles qu'elles fassent de petites dépressions, qu'elles crient un petit peu, déchirent les costumes de leurs maris, boivent quelques verres, mangent beaucoup de glace, rassemblent leurs amies autour d'elles pour bénéficier de leur soutien, et puis qu'elles reviennent à leur état normal et recouvrent leur dignité. Oui, nous sommes censées prendre de la hauteur et éviter les réactions excessives. Mais, moi, je ne peux pas.

« Si tu n'étais pas le père de mes enfants, je m'arrangerais pour ne plus jamais te revoir. Je serais contente de te savoir en train de rôtir en enfer. JE TE DÉTESTE ! » Toutes les veines de mon visage et de mon cou ressortent au moment où je lui crie ça, et je le vois se replier sur lui-même.

« Si tu étais si malheureux, si peu épanoui dans la vie que tu menais, pourquoi n'es-tu pas parti ? » Je me contiens de nouveau pour éviter de crier.

« Pourquoi ? À cause des filles ? Tu n'étais quasiment jamais là, tu les aurais sans doute vues davantage si tu étais parti. À cause de la maison ? Tu aurais pu la garder, cette fichue maison, les filles et moi, on aurait été tout aussi bien ailleurs, mais je te rappelle tout de même que c'est grâce à mon argent qu'on a pu se la payer. Alors, pourquoi ? Pour l'image de la famille ? Tu aurais pu te trouver une femme disposée à baiser avec toi comme dans les vidéos pornos, à faire l'impossible pour être toujours au top et à supporter la bassesse de ton comportement irrespectueux. Si tout était horrible au point que tu aies à te conduire aussi mal, pourquoi n'es-tu pas simplement parti, hein ? Pourquoi ?

— Parce que ça n'avait rien d'horrible, balbutie-t-il. Ce n'était pas horrible, ce n'était pas insupportable, tu ne faisais rien de mal. » Il regarde fixement la moquette. « C'est juste que je ne me satisfaisais pas de ce que j'avais. Je ne voulais pas partir. Ce que je voulais, c'était l'excitation d'une nouvelle partenaire sexuelle… Et… je voulais pratiquer ce que tu appelles le sexe pornographique. Ce n'était pas ta faute, la vie que je menais n'avait rien d'horrible, je voulais juste des aventures et continuer à vivre ma vie comme si de rien n'était.

— Tu penses vraiment que je méritais d'être traitée de cette manière ? »

Il secoue lentement la tête. « Non. En fait, j'espérais que tu passerais l'éponge, comme ma mère le faisait avec mon père, pour le bien de la famille. Je n'ai jamais voulu me comporter comme lui, mais je crois qu'au fond de moi, je m'attendais en quelque sorte à ce que tu sois comme elle.

— Ah oui, c'est vrai, j'avais oublié : tu as eu une enfance difficile, ce qui t'autorise à traiter le reste du monde comme de la merde.

— Excuse-moi.

— Va te faire foutre. Va te faire foutre ! » Je me tourne vers le gentil Dr Bruwood. J'ai envie de l'envoyer se faire foutre, lui aussi. C'est sans doute grâce à lui que Scott a réussi à comprendre qu'il devait se montrer honnête et dire la vérité, mais c'est tout de même à lui que Scott a parlé : ce type est son confident, il connaît tous ses secrets. Il ne m'a rien fait, cependant, alors je tiens ma langue. Je m'empare de mon sac et me dirige vers la porte, que j'ouvre violemment, sans me soucier du bruit qu'elle fait en s'écrasant contre le mur. Après avoir couru sur le tapis bleu du couloir et avoir redescendu à toute allure l'escalier bancal, je sors en claquant derrière moi la porte qui donne sur la rue.

Courant à toutes jambes, je m'éloigne de cet endroit où de nouvelles pages de ma vie viennent d'être effacées puis réécrites. Je suis tellement hors de moi que je ne prends même pas la peine de m'arrêter pour regarder à gauche et à droite avant de traverser. Ç'a toujours été mon problème : suivre les règles, faire ce qu'il faut, m'inquiéter de l'impact que pourraient avoir mes actions sur les autres. Peut-être devrais-je m'inspirer du livre de Scott, du livre de Beatrix, du livre de Mirabelle : penser d'abord à me faire plaisir à moi, et puis attendre que tout le monde se conforme à ma volonté ?

« Tami ! » fait la voix de Scott, quelque part derrière moi. Je ne peux pas lui parler maintenant. Pourrais-je un jour lui reparler ? Tout en accélérant encore le pas, je me rends compte que je m'éloigne de l'endroit où j'ai garé ma voiture.

Espérant pouvoir m'y cacher, je rentre dans un petit parc entouré de grilles et cerné par de vieux bâtiments Régence typiques de ce quartier. Mon sac bat contre mon flanc au moment où je bifurque. Je tourne la tête pour voir si Scott m'a suivie. Et juste à ce moment-là, je sens mon corps heurter la forme dure d'un autre corps.

Des mains s'accrochent à moi et me maintiennent fermement en place. Je tourne la tête vers ce nouvel obstacle venu entraver mon chemin. La rage que je sens battre en moi disparaît l'espace d'une seconde, avant de se démultiplier brusquement. S'il y a bien un autre homme que je n'ai pas envie de voir maintenant, c'est lui.

« Madame Challey ? » Sa voix est chaude et veloutée, comme un café par une froide matinée d'hiver embrumée. « Qu'est-ce que vous faites là ? »

Beatrix

Scott. STP. Il faut vraiment que je te parle. Je ne vais pas essayer de te reconquérir, ne t'en fais pas, j'ai juste besoin de te parler pour faire une croix sur ce qui s'est passé entre nous.

Tami

M'étant libérée de ses griffes, je fais quelques pas en arrière.

« Qu'est-ce que vous faites là, madame Challey ? répète Wade.

— Nous sommes dans un pays libre, à ce que je sache, répliqué-je. J'ai le droit d'aller où je veux. » Je viens d'envoyer promener un officier de police, et ça ne m'inquiète pas plus que ça.

« C'est vrai, me répond-il. Bon, alors, à plus tard. » Il y a un banc, tout près, et j'ai envie de m'asseoir dessus, mais il me semble que si je cède à ce besoin, la colère et la rage que j'ai en moi retomberont mollement à mes pieds et je n'aurai plus le courage de faire quoi que ce soit, y compris de retourner à ma voiture. Mais il faut que je m'asseye, je n'ai pas le choix : l'adrénaline qui me parcourt les veines est en train de me faire vaciller sur mes jambes. Je me dirige donc vers le banc, un peu soulagée à l'idée d'avoir semé Scott. S'il m'avait vue, il serait déjà là. En train de me parler, de m'expliquer, de me répéter ce stupide mot dépourvu de sens.

Je pose mon sac sur mes genoux et prends une profonde inspiration. Le quartier n'est pas si loin de la mer, je peux presque l'entendre, et, de toute façon, je sens son odeur iodée. Baissant la tête, fermant les yeux, je m'imagine assise sur un banc près d'une plage, face à la mer. Ses eaux bleu acier ondulant calmement, les reflets dansants du soleil orangé scintillant sur les minuscules crêtes écumeuses. Le bruissement chantant des vagues qui s'écrasent sur la plage, le langoureux et mélodieux mouvement de la mer.

Telle est pour moi la plage idéale. Pas d'empreintes de pas sanglantes qui se changent en pétales de roses, pas de quête d'amour perdu. Non, sur ma plage à moi, il n'y a que paix et sérénité.

« Vous avez l'air triste », me dit Wade, en s'asseyant à côté de moi.

J'ouvre les yeux, me force à me redresser. « Vous trouvez ?

— Oui, vraiment.

— Je comprends pourquoi on ne vous a pas laissé en uniforme à un carrefour. Vous êtes perspicace.

— N'est-ce pas ? »

Premier ou second degré ? Curieuse de le savoir, je lui jette un coup d'œil à la dérobée.

Il regarde droit devant lui, tout en faisant nonchalamment tourner entre ses jambes un sac plastique sur lequel s'affiche le nom d'une supérette de quartier. Second degré, bien sûr.

« Je viens de voir mon mari. Et on ne peut pas dire que ça se soit vraiment bien passé.

— Vous avez envie d'en parler ?

— Ça dépend si ce que je dirai sera retenu contre moi.

— Ça dépend de ce que vous allez dire.

— Alors, je ne dirai rien.

— Vous savez que j'ai vu votre mari, l'autre jour ? » me dit-il en continuant de faire tourner son sac à moitié plein. Je me demande ce qu'il y a dedans. Que pourrait bien acheter un homme comme lui, dans une épicerie de quartier, au beau milieu de la journée ?

« Oui, il me l'a dit, finis-je par répondre.

— Ce n'est pas souvent que les gens viennent nous voir pour confesser un crime alors que plus rien ne les oblige à le faire.

— Vous dites ça comme s'il s'agissait d'un exploit. Pourquoi ne pas avouer dès le départ ? Est-ce une attitude trop radicale pour notre époque ?

— Je ne suis pas en train de vous dire que votre mari est un type bien ou qu'il ne mérite pas d'être puni pour ce qu'il a fait ; je vous dis simplement que, de toute ma carrière, j'ai rarement vu quelqu'un avouer un crime ou un délit alors que rien ne l'obligeait à le faire.

— Je vois. » Elle s'est dissoute, l'adrénaline générée par ma colère. Elle a disparu, et comme il fallait s'y attendre, je me sens complètement à plat. On dirait que quelqu'un a arraché tous mes muscles pour ne plus laisser qu'une coquille vide et flasque, assise là, sur un banc, au beau milieu de Brighton, à s'apitoyer sur son sort.

« Quand Harvan a quitté la pièce, votre mari m'a demandé ce que je pensais des programmes de rééducation, poursuit-il.

— Et que lui avez-vous répondu ?

— Je lui ai dit que très peu d'hommes finissaient par "guérir", je veux dire par là qu'ils ne récidivaient pas. »

Alarmée, je me tourne vers lui. « C'est surprenant.

— À bien y réfléchir, pas tant que ça. Parmi tous les hommes qui suivent ces cours, rares sont ceux qui veulent réellement changer. Ils se trouvent très bien comme ils sont. C'est la société ou leurs femmes qui les poussent à se conduire comme ça, ce n'est pas leur faute. S'ils suivent ces cours, c'est pour faire taire leurs femmes ou parce que la justice les y a contraints. Ils ne ressentent pas de réel besoin de changer.

— Alors vous pensez qu'il n'y a aucun espoir pour Scott ? » Aucun espoir pour moi de pouvoir de nouveau lui faire confiance pour faire passer les filles en priorité, si je me retrouve contrainte de faire ce que je pense qu'il va me falloir faire.

« Ce n'est pas ce que j'ai dit, proteste-t-il. J'ai dit que je n'y croyais pas beaucoup. Les hommes qui ne récidivent pas se sont inscrits de leur propre chef et suivent une thérapie plus personnelle. Ceux-là éprouvent vraiment le désir de changer. Ils suivent le programme à la lettre, sans tricher. Ils font l'effort d'intégrer ce qu'on leur enseigne. Et ils s'en sortent. Votre mari s'est inscrit de son plein gré, et c'est un point qui joue en sa faveur. De même que sa volonté de venir nous voir pour nous confesser son crime. Nous sommes tous capables de rédemption, madame Challey, et notre capacité à saisir les opportunités quand elles se présentent à nous est la force qui modèle notre vie et forge notre caractère. » Je sens son regard sur moi : fixe, aiguisé, omniscient. « Mais cela signifie également que nous devons reconnaître les opportunités de rédemption quand elles se présentent à nous. »

« *Je ne l'ai pas tuée*, ai-je envie de lui dire. *Je ne me souviens pas bien de ce qu'il s'est passé cette nuit-là, je sais que je me suis réveillée avec des égratignures et des bleus, mais je sais aussi que je n'aurais pas pu la tuer. Il se peut que j'aie eu en moi suffisamment de rage pour le faire, mais je ne pense pas que j'aurais pu commettre ce crime. Le chagrin, le manque que je ressens me disent tout ce que j'ai besoin de savoir. J'étais peut-être là ce soir-là, mais je ne l'ai pas fait. Je n'aurais pas pu lui faire ça. Je n'aurais pas pu la laisser au fond de sa baignoire, les ongles arrachés, les chevilles meurtries, le visage figé, le corps sans vie.* »

« Je vous laisse y réfléchir, me dit Wade en se levant.

— Merci. Je me sens beaucoup mieux, maintenant.

— Vous m'en voyez ravi. Mais réfléchissez bien à ce que je viens de vous dire au sujet de la rédemption.

— Très bien, lui dis-je en lui adressant un sourire tendu. Je vous promets que je vais essayer. »

Beatrix

Tu n'as pas le droit de me faire ça. Appelle-moi, envoie-moi un message. Un petit geste. J'ai juste besoin de connaître tes sentiments. C'est trop demander ? Il me semble que tu me dois bien ça.

Tami

Scott m'attend près de la voiture.

Coincée sous l'essuie-glace, une enveloppe en plastique transparent laisse entrevoir une forme vert et blanc. Une contravention. Tout bien considéré, il ne s'agit que d'une toute petite chose insignifiante, mais je suis certaine que si Scott n'était pas là, je me serais déjà effondrée sur le sol, la contravention à la main, en me lamentant de cette nouvelle injustice.

« Tes clefs de voiture, me dit-il en me tendant mon gracieux porte-clefs Tiffany. Elles sont tombées de ton sac. »

Mes doigts effleurent les siens au moment où je lui reprends les clefs.

À une époque, je me réjouissais de ces petits contacts fortuits et sans conséquence, que je considérais comme des liens ténus mais nécessaires que nous créions pour nous rappeler à quel point nous étions unis l'un à l'autre. Encore une chose qui m'a été volée.

« Tu comptes demander le divorce ? » me demande Scott au moment où je range les clefs dans mon sac. Il va falloir que je me débarrasse de ce porte-clefs. C'est lui qui me l'a rapporté d'un voyage d'affaires à New York dont il a certainement profité pour baiser avec cette cliente américaine qui était venue à Londres. Voilà ce qui est compliqué dans cette histoire : toutes ces minuscules petites choses qui nous lient l'un à l'autre et qui me rappellent sans cesse la relation que je croyais avoir avec lui. Ce porte-clefs, son *mug* préféré, les chaussons que les filles ont choisis pour moi avec lui l'année dernière pour la fête des Mères, et même le paillasson « Bienvenue[1] » rapporté du séjour en France que nous nous étions offert pour notre cinquième anniversaire de mariage. Notre maison est bourrée de symboles de notre vie ensemble. « Oui, Scott. »

Ses épaules s'affaissent légèrement, et son visage révèle sa déception.

« Je me doutais bien de la réponse, mais j'avais quand même un petit espoir. »

Je baisse les yeux vers le trottoir. Il porte les baskets que les filles lui ont offertes pour son anniversaire.

« Je ne sais pas quoi faire pour arranger les choses, pour recoller les morceaux, me dit-il d'un air désespéré. Je fais tout ce que je peux, mais je ne pense pas que ce sera suffisant.

1. En français dans le texte. (*N.d.T.*)

— Tu ne pourras pas recoller les morceaux », rétorqué-je en relevant enfin la tête vers lui. Je soutiens son regard, il soutient le mien, chose qui ne nous était pas arrivée depuis bien longtemps. Avant, nous nous regardions, mais il y avait toujours quelque chose de caché, une barrière entre nous ; maintenant, nous sommes ouverts, nous sommes honnêtes l'un avec l'autre. « Tout est fini entre nous, et tu le sais. On ne pourra pas recoller les morceaux.

— Mais j'aimerais tellement que ce soit possible », me répond-il, la voix brisée par un sanglot, les yeux baignés de larmes.

Je ne vais pas tarder à pleurer, moi aussi. C'est vraiment la fin. Rompant le contact visuel, je me mets à fouiller dans mon sac, à la recherche de mes clefs de voiture.

« Une fois que j'aurai fini ce programme et que j'aurai avancé dans ma thérapie, pourrais-je tout de même t'inviter, disons, à dîner, même si, à ce moment-là, nous serons certainement divorcés ? »

Je reste figée sur place. « Scott, je ne te suffis pas.

— Je ne veux que toi, et tu me combles. Quoi qu'il puisse advenir désormais, je ne cesserai jamais de t'aimer. Je vais continuer de me faire aider. Je vais tout faire pour que cela n'arrive plus.

— Je te crois. Je sais que tu fais beaucoup d'efforts et que tu vas devenir une meilleure personne et un meilleur père, mais moi… je ne peux pas… Je ne peux pas, c'est tout. »

Il inspire et expire profondément, plusieurs fois de suite. « O.K., concède-t-il. Je comprends.

— C'est vrai ? » Scott ne concède jamais rien. Il lui arrive de faire comme si, parce qu'il a d'autres chats à fouetter ou parce qu'il pense qu'il pourra arriver à ses fins par d'autres moyens, mais non, il ne concède jamais rien. Il ne m'a jamais rien concédé, même avant qu'il ne devienne un étranger.

Il hoche la tête. « Ça ne me plaît pas, et il me faudra lutter de toutes mes forces pour ne pas chercher à t'inciter à envisager l'idée de sortir avec moi dans l'avenir. Mais je respecterai ta décision.

— Merci », répliqué-je.

J'ouvre la portière de ma voiture et m'installe au volant, mais avant de refermer la portière, je l'entends me dire : « Merci d'être venue. Je regrette que ça ait été aussi dur pour toi. »

Je lui réponds par un bref hochement de tête.

« Embrasse les filles pour moi, ajoute-t-il. Et dis-leur que je les aime.

— Tu pourrais leur dire toi-même… Et si tu les emmenais déjeuner, samedi ?

— Je peux ? » Son visage révèle des centaines de nuances de joie, et je sens mon cœur se serrer au souvenir de l'homme qui pleurait en tenant ses filles dans ses bras après leur naissance. Et se serrer encore au souvenir de nous, dormant à tour de rôle durant le mois qui a suivi la naissance de Cora, afin de pouvoir veiller correctement sur elle, parce que nous avions trop peur de la quitter des yeux ne serait-ce qu'un quart de seconde. Et se serrer encore au souvenir du même scénario qui s'était déroulé après la naissance d'Anansy, bien que nous sachions désormais à quoi nous attendre. Mon cœur se serre, se serre, et manque d'exploser au souvenir de l'homme qui m'a proposé de faire graver la date du terme de notre premier enfant à l'intérieur de nos alliances.

Je hoche la tête. « Je vais leur demander où elles veulent aller et je les déposerai.

— Merci », dit-il. Le sourire heureux n'a pas quitté son visage. « Merci beaucoup. »

Il faut que je parte avant de m'effondrer. Ce Scott, c'est celui que j'ai épousé, naturellement. Celui que l'autre Scott a tué.

Beatrix

Elle est assise dans le noir à la table de la cuisine, devant un verre d'eau. Et elle porte ses vêtements de la journée sous son peignoir. Grâce à la lumière du couloir, je me rends compte qu'elle a l'air troublé : son regard est perdu dans le vide, et elle ne s'est pas aperçue que j'étais entrée dans la pièce.

Vêtue du pyjama que je viens d'acheter, je tire la chaise crème qui se trouve en face d'elle.

« Tout va bien ? » je lui demande en m'asseyant.

Elle lâche son verre et serre les poings avant de poser ses mains sur ses genoux et de s'adosser à sa chaise. Concentrant son regard sur moi, elle m'adresse alors l'un de ces petits sourires pincés qui signifient que non, tout va mal.

« Non, me répond-elle. Tout va mal. » Elle frotte un peu ses yeux bouffis. « Mais rien de neuf. Comment dire… ? De mauvais souvenirs de mon passé, qui n'arrêtent pas de remonter à la surface. »

Elle se concentre de nouveau sur mon visage, et un petit sourire se dessine sur ses lèvres, tandis que la mélancolie de son regard s'accentue. « Tu as l'intention d'en rajouter encore une couche, c'est ça ? »

Honteuse, je baisse les yeux vers la table. J'ai honte, oui, vraiment honte de moi, parce que c'est bien ce que j'ai l'intention de faire. Je n'arrive pas à relever les yeux de la table. Et, à y regarder de plus près, je remarque pour la première fois à quel point elle détonne avec le reste de la cuisine. Elle fait bon marché. Je ne veux pas dire qu'elle est moche, surtout avec ce très joli placage de bois clair, mais on voit bien qu'il ne s'agit pas d'un article haut de gamme, contrairement à quasiment tous ceux qui meublent sa cuisine. Je suis certaine que cette table est un vestige de l'époque où ils n'avaient pas beaucoup d'argent. L'époque où c'était Tami qui faisait vivre le foyer.

Je sais que ce que j'ai fait est pitoyable, mais je n'ai pas pu m'en empêcher. Je suis accro à lui ; face à lui, je suis totalement impuissante. « Je suis faible, lui dis-je. Je suis faible et en manque d'affection. Et je me déteste pour ce que j'ai fait. J'ai envoyé des textos et des mails à Scott. J'avais besoin de ça pour tourner la page, j'avais besoin de ça pour clore correctement ce chapitre de ma vie. Je l'ai supplié de me contacter, j'avais besoin d'avoir de ses nouvelles, d'entendre ce qu'il avait à me dire sur tout ça. Je n'ai pas pu m'en empêcher. Je te demande pardon, encore une fois, je n'ai pas voulu te faire de mal, je voulais juste savoir. Il y a tellement d'incertitudes dans ma vie en ce moment que je crois que j'avais besoin d'avoir au moins quelque chose à quoi me raccrocher. Excuse-moi. Pardon. »

Elle regarde fixement le verre qui se trouve devant elle. Va-t-elle me jeter son contenu à la figure ? Si j'étais elle, c'est ce que je ferais. Il y a bien longtemps que je l'aurais fait. Mais non, elle le prend et le porte à ses lèvres, et à la grimace que je vois apparaître sur son visage, je pense pouvoir déduire que ce n'est pas de l'eau. De la vodka, ou peut-être du schnaps. D'un geste lent, elle repose le verre sur la table.

« Je comprends », me dit-elle. Lentement, elle relève les yeux vers moi, et son regard finit par rencontrer le mien. « Je comprends, vraiment. Je sais ce que c'est que d'être accro à un homme, d'être faible face à lui. J'ai été comme ça avec Scott pendant très longtemps, alors je comprends. Tu n'as pas à te sentir coupable, d'accord ? Concentre-toi sur ton rétablissement et sur ta santé. »

Elle doit avoir fait une demande de canonisation, ce n'est pas possible.

« Tu dois partir, tu le sais, n'est-ce pas ? me dit-elle. Tu ne peux plus rester ici. Les craintes que j'ai manifestées étaient irrationnelles, elles m'ont poussée à prendre des décisions peu avisées et à accepter l'inacceptable. » Elle m'adresse un sourire triste. « Je sais que tu as peur, Bea. Je sais que tu as très peur de l'avenir, mais je ne peux plus prendre soin de toi. Ce n'est pas bon pour moi. Je suis en train de craquer, je n'en peux plus. J'ai essayé de préserver le maximum de choses de mon ancienne vie, mais c'était idiot. Je ne pourrai pas commencer à me reconstruire tant que tu seras là. C'est un fait que j'ai désormais compris et accepté. Tu dois partir. »

Je viens d'être poussée du haut d'une falaise. Sans qu'on m'en avertisse, sans qu'on me laisse la moindre chance de m'y préparer, j'ai été poussée du haut d'une falaise, je suis tombée dans l'océan, et, désormais, le courant m'emporte. La falaise qui s'élève devant moi est bien trop escarpée pour que je puisse l'escalader, et la mer, houleuse et déchaînée, m'empêche de rejoindre le rivage à la nage. Je suis seule. Et moi qui pensais qu'elle me tiendrait toujours la main… Non, je suis seule. Elle vient de la lâcher.

« Si tu veux, je peux continuer de t'accompagner à tes consultations », me dit-elle.

Mais que restera-t-il des nuits où je m'endormais en sachant que je n'étais pas seule à la maison ? Du joyeux barouf que faisaient les filles en se préparant le matin ? De nos petites discussions sur le chemin de l'école ? Du sentiment de faire partie intégrante d'une famille ? De toutes ces choses qui m'ont aidée à trouver ma place dans ce monde nouveau dont je me retrouve brutalement rejetée ? Elle vient de me jeter du haut d'une falaise, et la seule chose qu'elle me propose pour sortir la tête de ces flots déchaînés, c'est un gilet de sauvetage de poupée ? Je n'ai pas besoin que quelqu'un m'accompagne à l'hôpital ; c'est de l'amour d'une famille que j'ai besoin pour guérir.

« Je m'en irai demain matin, lui dis-je.

— O.K. », me répond-elle. Elle se lève, et le grincement qu'émet sa chaise m'écorche les oreilles.

Lentement, elle se dirige vers le plan de travail, son verre à la main, et après l'avoir regardé pendant un long et pénible moment, elle le vide doucement dans l'évier, le rince et le dépose à l'envers sur la paillasse.

« Bonne nuit, me dit-elle en quittant la cuisine.

— Nuit », marmonné-je.

J'ai besoin d'une famille. J'ai toujours eu besoin d'une famille. C'est pour ça que j'ai essayé de lui prendre la sienne.

19

Tami

C'est la première fois que je cours depuis que Mirabelle est morte.

Jusqu'ici, ça ne m'aurait pas semblé décent de le faire.

Sous mes doigts, les lacets me procurent une sensation inhabituelle au moment où j'effectue le double nœud de ma chaussure gauche. D'ordinaire, c'est toujours la droite que je lace en premier. Mirabelle était gauchère. On pouvait le voir rien qu'à l'aspect légèrement plus net que présentait le nœud. Quand on lace sa première chaussure, on est toujours très attentif, mais quand on passe à la seconde, on est déjà moins concentré.

Après ce petit footing, j'irai au commissariat.

Je me souviens de presque tout ce qui s'est passé la nuit où Mirabelle est morte.

Après ce petit footing, j'irai au commissariat pour leur dire ce que j'ai fait cette nuit-là.

20

Beatrix

Cette femme, cette hôtesse d'accueil, ne s'imagine pas à quel point je la déteste. Je déteste sa voix, sa tête, tout son être. C'est elle qui me répondait « Bientôt » chaque fois que je lui demandais quand Scott allait reprendre le travail dans les jours qui ont suivi sa disparition. C'est elle qui prend désormais un malin plaisir à filtrer ses appels. Cela fait deux jours que je viens personnellement me confronter à elle. Je pensais que ce serait plus facile « en face à face ». Mais c'est pire, bien pire, parce que, de cette façon, elle peut me regarder de haut.

Cela dit, si j'étais à sa place, je me regarderais de haut, moi aussi. Parce que je dois reconnaître que j'ai l'air ordinaire. Oui, je sais que vous n'auriez jamais imaginé entendre ça de ma bouche, mais c'est la pure vérité. Mes racines commencent à repousser, et un halo de cheveux rouge-orange s'est développé au sommet de ma tête. Le naturel est en train de revenir au galop, et mon carré autrefois bien net présente désormais quelques vagues ondulations. Mon teint est pâle, ni illuminé ni sublimé par la moindre touche de maquillage. Je suis habillée pour être à l'aise, et non pour me montrer : un jean large, un T-shirt, la grosse veste en daim que mon mari a laissée derrière lui et des sous-vêtements confortables.

Je n'ai pas envie de me prendre la tête avec ce genre de trucs en ce moment. Je ne peux même pas envisager de me comprimer dans une jupe moulante pour faire ressortir ma taille de guêpe, ni me résoudre à prendre un pinceau de maquillage pour créer une illusion de perfection. Je n'ai pas envie de m'embêter à me faire teindre ou lisser les cheveux. Et me voici, telle que je suis. Ordinaire.

Et vous savez quoi ? Ce n'est pas si mal d'être ordinaire. J'ai vu plusieurs garçons (des garçons qui ne m'auraient jamais regardée comme j'étais avant) se retourner sur mon passage. Et puis je me sens à l'aise maintenant que je ne cherche plus à me montrer à mon avantage. Mais manifestement, cette hôtesse d'accueil n'est pas du genre à respecter les gens ordinaires.

Si j'étais habillée comme à mon habitude, elle ne se montrerait sans doute pas si méprisante. Elle ne se sentirait sans doute pas en droit de me traiter comme une moins-que-rien.

Elle ne sait pas à qui elle a affaire.

« Je voudrais voir M. Challey, et je vais voir M. Challey », lui dis-je.

Sous son microcasque, ses cheveux sont lisses, soyeux et bien peignés. Sans se donner la peine de se lever, elle m'adresse un petit haussement de sourcils qui signifie « dans tes rêves », avant de me dire, d'une voix aussi condescendante que possible : « Ça ne va vraiment pas être possible, madame. M. Challey est extrêmement occupé.

— Très bien. Dans deux minutes, je commence à me déshabiller. À chaque minute qui passera, je retirerai un vêtement, jusqu'à ce que je sois complètement nue. » Je tourne mon regard vers la vitrine du bâtiment ; la zone de réception est parfaitement visible depuis la rue. « Et ensuite, je vais me mettre à hurler. Avant que vos agents de sécurité interviennent, j'aurai attiré TOUS LES REGARDS sur votre société. Bien. Peut-être souhaitez-vous expliquer à M. Challey ce que je viens de vous dire ? » Je lève mon poignet et fait mine de regarder une montre. « Et pour information, sachez que je ne me suis pas épilée depuis très, très longtemps. »

Superhôtesse d'accueil n'a manifestement pas été formée à gérer pareille situation. Elle ne dit rien, comme si elle n'avait pas entendu la menace que je viens de proférer, mais son regard ne cesse de passer de moi à l'agent de sécurité qui se trouve assis à côté de la porte. Il n'est pas payé assez cher pour se battre avec une cinglée. Et moins encore une cinglée qui vient d'affirmer qu'elle allait se mettre à poil. Déterminée, je retire ma veste et la laisse tomber sans cérémonie sur le sol.

Avec une moue dégoûtée, elle appuie sur un bouton qui se trouve devant elle. « Beatrix Carenden, au cas où vous auriez oublié. »

Tami

Le sergent Harvan a envie de me tuer. Je le sens.

Je m'attendais à ce qu'elle me regarde comme si elle voulait me mettre sous les verrous et balancer la clef. Mais ce que me disent ses yeux, c'est qu'elle pourrait se jeter sur la table, mettre ses mains autour de mon cou et serrer jusqu'à ce que mort s'ensuive. J'ai l'impression que son image au sein de la police a été écornée depuis que Mirabelle a retiré sa plainte. Le fait qu'elle n'ait pas encore mis la main sur l'assassin ne doit rien arranger, d'autant plus que la meilleure chose qu'elle ait obtenue, jusqu'ici, c'est une personne venue se présenter volontairement pour l'aider dans son enquête. L'inspecteur Wade, quant à lui, pense peut-être que le discours de motivation qu'il m'a servi l'autre jour a fini par me convaincre que je devais dire la vérité, mais il n'en demeure pas moins au fond de lui scandalisé d'apprendre que je lui ai dissimulé de telles informations.

Ils sont tous les deux assis en face de moi, ils ont tous les deux fait leurs remarques préliminaires devant la caméra concernant la date, l'heure et les personnes présentes. Harvan a les mains croisées devant son bloc-notes jaune, sur lequel trône un stylo à bille bleu transparent. Wade a lui aussi un bloc-notes jaune devant lui, mais il tient son stylo à la main. Il est l'auditeur, elle est l'interrogatrice. Et c'est moi que l'on écoute et que l'on interroge.

Je n'ai pas d'avocat. Je n'en ai pas besoin. Je veux simplement faire connaître la vérité. Me décharger de ce poids.

« Je ne me rappelle pas tout ce qui s'est passé cette nuit-là », leur dis-je, en regardant fixement mes mains qui reposent sur la table. Je me sens toujours un peu nue sans mon alliance. « Mais je me rappelle quasiment tout. Alors, si cela vous convient, je vais vous raconter les souvenirs que j'en ai et vous pourrez ainsi décider de la marche qu'il conviendra ensuite de suivre. »

Les filles sont chez mes parents à Londres. Pour le week-end, voire plus. Cela dépendra justement de ce qui va se passer ici. S'ils me gardent, j'appellerai Scott et je lui expliquerai.

« J'étais ivre ce soir-là. Pour quelqu'un qui n'a pas l'habitude de boire, deux bouteilles de bon vin sur un estomac vide et des nerfs à vif, ça monte directement à la tête », dis-je en guise d'introduction.

Tami

Il me faudra peut-être revenir en arrière, ou faire de grands sauts en avant, mais il faut bien commencer quelque part, et c'est là que je choisis d'entamer mon récit. Ou plutôt ma confession.

J'étais ivre ce soir-là. Pour quelqu'un qui n'a pas l'habitude de boire, deux bouteilles de bon vin sur un estomac vide et des nerfs à vif, ça monte directement à la tête.

Si je précise qu'il s'agit de bon vin, c'est parce qu'il provenait de la cave de Scott. Du vin excessivement rare et cher, dont j'avais ouvert deux bouteilles en même temps, parce qu'il m'avait fait du mal et que je savais que le moyen le plus rapide de me venger de lui était de passer par son porte-monnaie. Je n'avais pas l'intention de boire ce vin, je voulais juste qu'il les voie ouvertes sur la table et qu'il comprenne que son précieux nectar avait été gaspillé par une personne aussi insignifiante que moi. La stupide petite femme qu'il avait trompée.

J'étais très en colère, je suppose que je dois l'admettre. Je pensais à ce moment-là que Mirabelle m'avait trahie. Nous étions censées être des amies très proches, je lui confiais énormément de choses personnelles, des choses que je ne disais ni à Scott ni à Beatrix. Je pensais vraiment que Mirabelle avait eu une aventure avec mon mari et qu'elle voulait qu'il me quitte. C'était la faute de Scott, mais il avait commencé à faire des efforts. Ou du moins, c'est comme ça qu'il m'avait présenté les choses : il faisait des efforts, nous faisions des efforts pour recoller les morceaux, principalement pour le bien des enfants. C'était une pure illusion, je m'en rends compte avec le recul. Mais quoi qu'il en soit, à ce moment-là, Mirabelle m'est subitement apparue comme la cause de tous mes malheurs.

Ce n'était pas le cas, bien sûr, mais il y a une forme de haine toute particulière qui se développe en vous quand l'autre femme est une femme qui fait partie de votre vie. Qui s'est insinuée dans votre cœur et votre esprit, dans le cœur, l'esprit et la vie de vos enfants, et, ce faisant, s'est moquée de vous derrière votre dos. Car je me disais que, si elle avait pu me trahir de cette façon, c'était nécessairement qu'elle s'était moquée de moi derrière mon dos.

Je suis restée dans la cuisine, à boire, ruminer, me tourmenter, et la rage que j'avais en moi a pris des proportions telles que j'ai fini par me lever et par sortir de chez moi pieds nus.

Je voulais lui parler, voir si elle pouvait me faire comprendre pourquoi elle avait fait ça. C'était idiot de ma part, parce que je n'étais pas dans un état d'esprit rationnel, j'étais ivre, et, pour être honnête, j'avais envie de lui faire autant de mal qu'elle m'en avait fait à moi. Je ne parle pas des sentiments que j'éprouve maintenant, naturellement, je parle de ceux que j'éprouvais à ce moment-là, et qui étaient influencés par les fausses informations que je détenais à ce moment-là.

Ce dont je me souviens le mieux, c'est de la sensation du gravier sous mes pieds. Il avait plu un peu plus tôt dans la journée et il était encore légèrement humide. Je sentais chacun des petits cailloux sous mes pieds.

Elle a ouvert la porte, et comme bien souvent quand je la voyais, je suis restée béate d'admiration. Vous l'avez déjà rencontrée, vous n'ignorez donc pas que c'était une femme à la beauté tout à fait exceptionnelle, une femme qui était parfaitement bien dans sa peau. Elle était vêtue de son peignoir de soie, de ses grosses pantoufles en éponge, et ses cheveux étaient relevés en chignon.

Elle paraissait tellement normale. Elle couchait avec mon mari depuis des mois, et elle paraissait normale. Sereine. Belle. Elle n'aurait pas dû paraître aussi normale, épanouie, équilibrée. Je n'étais pas tant jalouse d'elle que furieuse d'avoir l'impression d'être reléguée en seconde position, si vous voyez ce que je veux dire. J'étais persuadée qu'elle l'avait fait. Et je me demandais comment elle avait pu. Après tout ce que nous avions partagé, toutes ces discussions que nous avions eues. C'était elle qui m'avait encouragée à me mettre au footing, à faire passer mon bien-être en premier de temps en temps, à avoir le courage d'être moi-même, en dépit du monde extérieur qui me dictait d'être une mère de famille, une épouse, une femme. Et durant tout ce temps, elle couchait avec mon mari. Elle s'était infiltrée dans ma vie comme un ver dans un fruit.

Elle a soupiré quand elle m'a vue, puis a regardé par-dessus mon épaule comme si elle se demandait s'il n'y avait pas quelque chose de plus intéressant dans la rue. « Qu'est-ce que tu veux ? » m'a-t-elle demandé d'un ton désagréable. Mais comment osait-elle se montrer désagréable avec moi ?

« Je veux que tu me dises pourquoi tu as fait ça », ai-je marmonné.

Elle a cessé de regarder par-dessus mon épaule, cessé de m'ignorer. « Tu as bu ? » Elle a baissé les yeux vers mes pieds. « Et tu ne portes pas de chaussures. Oh mon Dieu, Tami, mais pourquoi est-ce que tu te fais du mal comme ça ?

— Arrête de faire comme si tu te préoccupais de moi », ai-je rétorqué. Je me balançais d'un pied sur l'autre ; je n'aurais pas tenu debout si j'étais restée immobile.

« Viens, m'a-t-elle dit, et sans me laisser l'occasion de protester, elle m'a prise par le bras et m'a attirée dans sa maison.

— Lâche-moi ! me suis-je écriée en la repoussant. Ne me touche pas. Ne me touche pas ! »

Elle m'a lâchée, et je me suis affalée contre le mur. J'en étais ravie car j'avais désormais quelque chose de solide sur quoi m'appuyer pour garder mon équilibre.

« Je veux juste savoir pourquoi tu m'as poignardée dans le dos.

— Tu peux croire ce que tu veux, mais jamais je ne t'aurais fait ça, m'a-t-elle répondu. Et surtout pas avec lui.

— Je ne vois pas pourquoi il mentirait », lui ai-je dit. C'est à ce moment-là qu'il m'est devenu impossible de me tenir debout et que je me suis lamentablement effondrée sur le sol.

Elle a secoué la tête, et son visage était empreint d'une profonde tristesse.

« Et s'il ne te mentait pas sur ce qu'il a fait, m'a-t-elle dit, mais sur la personne avec qui il l'a fait ? Peut-être est-ce pour ça que tu sembles si disposée à le croire ? Parce que, au fond de toi, tu sais qu'il a quelqu'un d'autre ?

— J'ai vu les textos.

— Quels textos ? Je ne lui ai jamais envoyé le moindre texto. Si tu savais à quel point je le déteste, tu comprendrais que je ne voulais rien avoir à faire avec lui et que, par conséquent, jamais de la vie je ne lui aurais envoyé de textos.

— "Je sais que c'est mal, ai-je récité, mais je ne peux pas me battre contre mes sentiments. Je sais que tu n'es pas libre, mais je suis prête à attendre. J'attendrai toute ma vie, s'il faut cela pour que tu te décides à venir vivre avec moi. Cela engendrera beaucoup de malheur, et je ne suis pas fière de ça, mais je t'aime." Ce n'est pas toi qui as écrit ça ? »

Elle m'a regardée pendant un long moment en clignant des yeux, manifestement choquée à l'idée que j'aie pu lire ces messages, horrifiée que je m'en souvienne suffisamment bien pour les citer de mémoire. Ce qu'elle ignorait, c'est qu'ils étaient gravés au fer rouge dans l'étoffe même de mon être.

« Je veux que tu partes, maintenant », m'a-t-elle dit en essayant de me relever.

Je n'avais pas envie d'être relevée ; j'étais très bien, assise par terre ; c'était stable, par terre, le monde ne tournait plus. « Lâche-moi, lâche-moi ! Je t'ai déjà dit que je ne voulais pas que tu me touches ! » Je l'ai repoussée violemment avec mes mains et mes pieds pour qu'elle me laisse tranquille. « Ne t'approche pas de moi ! Ne me touche pas ! »

C'est ici que, au départ, ma mémoire flanchait. Ensuite, le seul souvenir auquel je pouvais me raccrocher, c'est de m'être réveillée le lendemain matin tout habillée et pieds nus, avec un violent mal de tête, des égratignures et des bleus sur les mains et les avant-bras, et le sentiment que quelque chose de vraiment horrible était arrivé.

Quand j'ai su avec quelle violence elle avait été tuée et que je me suis souvenue de la rage qui m'habitait la veille, j'ai cru que c'était moi qui l'avais tuée. Puis les souvenirs sont revenus, par flashs, sensations, impressions de déjà-vu. Peu à peu, j'ai cessé d'avoir peur d'eux, et j'ai décidé de m'y accrocher fermement et de les rapprocher progressivement des autres pièces du puzzle, jusqu'à ce que je puisse reconstituer des pans entiers de ma mémoire. Par exemple, je me rappelle que, après un petit moment, elle a arrêté d'essayer de me relever et, en se redressant, m'a regardée d'un air à la fois désespéré et dégoûté.

« Je n'aime pas te voir comme ça, m'a-t-elle dit.

— Et comment voudrais-tu que je sois, après tout ce qui s'est passé ? lui ai-je répondu. Explique-moi pourquoi tu as fait ça. Je suis sûre que ça ira mieux après. Ce sentiment, ce sentiment d'avoir été percutée par un camion… il disparaîtra, j'en suis certaine. J'ai juste besoin de comprendre pourquoi. »

Elle s'est assise à côté de moi. J'ai fait rouler ma tête le long du mur pour la tourner dans sa direction. J'étais tellement molle que mon cou me paraissait élastique. Je l'ai regardée. Elle m'a regardée. « Je ne peux pas te l'expliquer, parce que je ne l'ai pas fait. »

Je considérais Mirabelle comme une âme sœur. Il me semble que nous nous sentions toutes deux un peu perdues dans le monde, parfois. Est-ce que je n'aurais pas agi comme elle si j'étais tombée amoureuse d'un autre ?

Je l'ai regardée dans les yeux. Elle a fait de même. Non, je n'aurais pas agi comme elle.

« Écoute, admettons, de façon purement hypothétique et même si cette idée est parfaitement ridicule, que j'ai eu une… "aventure" avec lui. Comment peux-tu accepter quelque chose d'aussi blessant et d'aussi profondément irrespectueux ? Pourquoi restes-tu avec lui ? Quel exemple de relation conjugale donnes-tu à tes filles ?

— Ne me parle pas de mes filles, elles ne comptent pas pour toi.

— Détrompe-toi, ce sont elles qui m'importent le plus. C'est pour elles que j'ai… Il a vraiment fait ça, Tami, tu sais, et je regrette que tu ne puisses pas le comprendre. Mais si j'ai retiré ma plainte, c'est parce que j'ai pensé que cela pourrait avoir de très lourdes conséquences sur Cora et Anansy. Elles ne méritent pas de voir leur vie gâchée par un père publiquement reconnu comme un violeur. Mais je me demande si j'ai bien fait de me donner cette peine, puisqu'elles vivent de toute façon dans une atmosphère malsaine.

— Tu ne sais pas de quoi tu parles.

— Figure-toi que si. Je sais parfaitement de quoi je parle. As-tu grandi avec des parents qui se montraient tendres et respectueux l'un envers l'autre ou avec des parents qui faisaient chambre à part, qui ne se parlaient que pour échanger de petites remarques perfides, qui se jetaient des regards mauvais, et qui te démontraient tous les jours que, dans un couple, quand une personne est égoïste, intéressée et dominatrice, l'autre doit courber l'échine devant elle, parce que c'est toujours plus facile que d'essayer de modifier le *statu quo* ? »

Mirabelle savait parfaitement dans quel type de foyer j'avais grandi parce que je le lui avais raconté. Je m'étais confiée à elle comme je ne l'avais fait avec personne depuis longtemps. Je lui avais parlé de mon père, qui pouvait se montrer charmant avec nous, mais qui se mettait régulièrement dans d'horribles et incontrôlables colères ; je lui avais parlé de ma mère, qui pouvait tout aussi bien se montrer très tendre et très maternelle que parfaitement insensible et glaciale. Je lui avais confié des choses que je n'avais pas même dites à Scott, car l'enfance de Scott passait avant celle de tous les autres : aucune famille ne pouvait être pire que celle des Challey.

« Tu t'étais juré de ne jamais faire endurer à tes enfants ce que toi, tu avais vécu, m'a-t-elle dit. Tu t'étais promis d'apprendre à tes filles qu'une maman célibataire valait mieux qu'une maman malheureuse dans son couple. Tu as oublié ?

— S'il te plaît, tais-toi. »

Nous sommes restées assises dans un silence presque total, chacune de nous le regard fixé sur le mur.

« Il s'est arrêté, a-t-elle enchaîné. Il avait déchiré mes vêtements et était en train de farfouiller avec ses… » Elle s'est interrompue pour prendre deux ou trois profondes inspirations. « Le téléphone a sonné. Il s'est arrêté comme si quelque chose l'avait rappelé à l'ordre et qu'il était tout à coup redevenu lui-même. Et il a eu l'air… je ne sais pas, choqué de ce qu'il venait de faire. Il a tourné les yeux vers le téléphone, et j'en ai profité pour le repousser et m'enfuir.

— Donc, il s'est arrêté. Tu l'as dit, à la police ?

— Oui, bien sûr. Mais ça n'efface pas ce qu'il a fait. Il m'a fait du mal, il m'a terrifiée, il m'a pénétrée avec ses doigts… C'était une agression sexuelle. Et c'est pour ça que je suis allée voir les flics. »

Elle disait la vérité. Je ne pouvais plus en douter. Il l'avait fait.

Une chose horrible était en train de se produire, et c'est sans doute pour ça que ma mémoire m'a fait défaut par la suite. Je ne voulais pas affronter ça, je ne voulais pas que ce soit vrai, alors j'ai détourné mon esprit de cette conversation, je me suis réfugiée dans les brumes de l'ivresse.

« Tu me crois maintenant ? » m'a-t-elle demandé.

J'ai essayé de respirer par le nez, d'emmagasiner le plus d'oxygène possible pour ne pas vomir.

« Je suis tellement désolée pour ce qu'il t'a fait, ai-je fini par dire. Et tellement désolée de ne t'avoir pas crue dès le départ. »

Mais au moment même où je prononçais ces mots, je me suis rappelé les textos que j'avais lus. Ils avaient eu une aventure, c'était indéniable. Et puis il avait commencé à devenir violent et elle avait mis un terme à leur relation. Ou peut-être y avait-elle mis un terme parce qu'elle se sentait coupable, le contenu de ces messages le prouvait, d'ailleurs. Ça ne lui avait pas plu, il avait essayé de la reconquérir, mais les choses avaient dégénéré, il était devenu trop agressif, trop violent, et au final, il avait failli la… Ce n'était pas lui qui y avait mis un terme, c'était elle. Mais peu importait, ils l'avaient fait. Elle avait eu une aventure avec lui.

« Il faut que j'y aille », lui ai-je dit, en me demandant comment j'allais réussir à me relever, avec ces jambes en coton et ces bras en gelée.

Secouant la tête, elle m'a adressé un petit sourire triste. « Tu penses toujours que j'ai couché avec lui, hein ? m'a-t-elle demandé. Tu as beau me croire quand je te dis qu'il a fait ce qu'il a fait, tu penses toujours que nous avons eu une aventure.

— J'ai lu les textos.

— Il n'y a pas eu de… » Elle s'est interrompue brusquement, et tout à coup, elle s'est relevée et m'a tiré par la main pou m'aider à me redresser. « Tu sais, Tami, il y a plein de choses que tu ignores sur moi. Je me sens vraiment coupable de t'avoir caché tout ça. Mais tu as raison, il faut que tu y ailles. »

Je me suis appuyée au mur pour me soutenir et je l'ai regardée à travers la brume qui obscurcissait mes yeux.

« Va-t'en, m'a-t-elle ordonné d'un air grave. Rien de ce que je pourrais te dire ne te fera changer d'avis. Alors va-t'en.

— Avant de partir je voudrais que tu t'expliques à propos de ces messages ? Je sais que c'est toi qui les as écrits. Mais si ce n'est pas à lui que tu les as envoyés, alors à qui ? »

Elle m'a regardée fixement pendant quelques secondes et elle a fini par me dire au revoir. Puis elle a commencé à monte l'escalier avec cette grâce impériale qui n'appartenait qu'à elle et m'a demandé de refermer la porte derrière moi.

Ces textos, c'était la seule chose qui ne collait pas avec sa version de l'histoire. Et la seule chose qui collait avec sa version à lui. Je ne comprenais vraiment pas pourquoi elle refusait de me donner une explication à leur sujet, mais une vague de lassitude s'est abattue sur moi, et j'ai senti mon corps recommencer à chanceler. Je me suis résignée à m'en aller.

J'ai trébuché sur le pas de sa porte, et je suis tombée sur le gravier au bas du perron. Sous le coup de la douleur, de la colère et de toute la souffrance que j'avais en moi, j'ai crié et je me suis relevée comme j'ai pu. Après ça, je ne me rappelle plus rien du tout. Je ne sais pas comment j'ai réussi à rentrer chez moi. Comme je vous l'ai déjà dit, la seule chose dont je me souvienne ensuite, c'est de m'être réveillée dans mon lit tout habillée et pieds nus.

Voilà ce qui s'est passé cette nuit-là. Je me souviens désormais de beaucoup de détails. Mais si d'autres choses importantes me revenaient en mémoire, je n'hésiterais pas à vous les confier.

La balle est dans votre camp, maintenant. Si vous voule m'arrêter, faites-le.

Si vous voulez commencer votre interrogatoire, ne vous gênez pas, je répondrai aussi sincèrement que possible à chacune de vos questions.

Beatrix

« Mais comment est-ce que tu as pu me faire ça ? » me dit-il en refermant la porte de la salle de conférences dans laquelle il m'a traînée.

Il m'a prise ici, une fois. Je jette un coup d'œil à la pièce, qui surplombe l'immense jardin dans lequel ils organisent des cocktails, l'été. Le verre des fenêtres est teinté et réfléchissant, de sorte qu'on puisse voir l'extérieur sans être vu de l'intérieur. Je me souviens d'avoir regardé notre reflet dans ces vitres alors qu'il m'embrassait le cou, faisait glisser ses mains le long de mon corps puis s'enfonçait doucement en moi sur la longue table ovale autour de laquelle sont disposés des fauteuils équipés de micros. « *Les réunions vont me paraître beaucoup plus agréables, désormais* », m'avait-il dit en se mouvant rapidement en moi, la peur de se faire surprendre par l'un des agents de sécurité ne faisant qu'ajouter à l'excitation de l'interdit.

Il me paraît si différent de la dernière fois que je l'ai vu. Moins sophistiqué, plus… plus proche de l'homme que j'ai rencontré dans la rue le jour où il a emménagé dans le quartier. C'est à cela que Scott devait ressembler quand Tami a prononcé ses vœux. Un homme qui respire la morale, la gentillesse, la tendresse. Un homme qui veillerait sur vous, vous écouterait, serait là quand vous auriez besoin de lui. Un homme habillé de façon décontractée, mais raffinée, qui peut sortir de chez lui avec les cheveux en broussaille sans s'en inquiéter. Je crois que je préfère celui dont je suis tombée amoureuse. Celui-là me plaît aussi, ne vous y méprenez pas, mais l'autre avait davantage de prestance, c'était une personnalité forte que les gens ne pouvaient que remarquer. Personne ne croisait le Scott Challey qui est tombé amoureux de moi sans se retourner sur son passage. Il attirait l'attention sur lui avec une aisance impressionnante. Et, plus important encore, le nouveau Scott Challey avait un petit côté salaud, et c'est une qualité qui me plaît beaucoup chez les hommes. J'aime les hommes un peu agressifs.

Celui qui se trouve devant moi, bien que dépourvu de la présence et du charisme du véritable Scott Challey, a le visage marqué par la colère, et un regard qui me transperce. Il n'a pas envie d'être ici avec moi. Et il serait sans doute surpris d'apprendre que je n'ai pas envie d'être ici avec lui, moi non plus. Mais il n'a pas répondu à mes messages, il n'a pas répondu à mes appels. Il m'a royalement ignorée. Il fallait bien que je fasse quelque chose.

« Qu'est-ce que tu veux, Beatrix ?

— Ah c'est comme ça, maintenant ? Tu me sers du "Qu'est-ce que tu veux ?" et surtout du "Beatrix" ? » Je me rapproche de lui et pose ma main sur sa poitrine. J'ai envie de me connecter à lui, c'est une personne entière, une personne vivante, qui respire, à qui l'ont n'a pas retiré une partie d'elle-même pour qu'elle puisse potentiellement continuer de vivre. Physiquement, je le connais totalement, j'ai embrassé presque chaque centimètre carré de sa peau, et j'ai envie que mon corps se souvienne de ce que cela fait d'être avec quelqu'un de complet avec lequel il formait autrefois un tout. J'ai envie de le toucher comme jamais je n'ai touché qui que ce soit. De le toucher simplement pour voir si je peux me souvenir de ce que cela fait d'être de nouveau complète. « Tu m'appelais Bea, tu susurrais mon nom, tu me regardais comme si j'étais la plus belle femme du monde. Tu as oublié ? » Il fait un pas en arrière, s'éloigne de moi, rompt volontairement le contact. Et pour bien marquer le fossé qui nous sépare désormais, il recule encore de quelques pas.

« Qu'est-ce que tu veux ? » répète-t-il.

Je serre mes doigts contre la paume de ma main, et je sens mon sang battre violemment dans mes veines. Je voulais juste le toucher. Rien de plus. Et, de toute façon, même si je l'avais voulu, je n'aurais rien pu faire d'autre. Toucher, établir le contact avec un autre être humain, sentir sous sa paume la vie qui l'habite, voilà des choses dont on a besoin. Dont moi, j'ai besoin.

Mais peut-être ne comprend-il pas, peut-être ne sait-il pas ?

« Est-ce que Tami t'a dit que j'avais… ?

— Oui. Et je suis encore sous le choc. Et assez surpris que tu aies eu le culot de t'installer dans notre maison pour qu'elle s'occupe de toi. Après tout ce que nous lui avons fait endurer.

— Ce n'est pas comme ça que ça s'est passé », lui dis-je. J'ai envie de mettre ma main sur ma cicatrice, pour me protéger, protéger cette partie blessée de mon corps, la protéger de ça. Je ne pensais pas que les choses se passeraient ainsi. Rien de tout cela ne correspond à ce à quoi je m'attendais.

Il ferme les yeux, se frotte les paupières avec son index et son pouce. Exactement comme l'a fait Tami l'autre soir. « Excuse-moi, me répond-il. Je sais bien que ce n'est pas comme ça que ça s'est passé. Ç'a dû être horrible pour toi. Et tu as dû avoir très peur. J'espère que tu vas mieux, maintenant, et que tu vas te remettre pleinement. Et je suis ravi qu'il y ait avec toi quelqu'un qui te soutienne. Mais ça n'aurait pas dû être Tami. Elle n'aurait pas dû se retrouver contrainte de s'occuper de toi, après cette chose horrible que je lui ai faite et que tu m'as aidé à faire.

— On ne choisit pas la personne dont on tombe amoureux, lui dis-je. Nous ne voulions pas la faire souffrir, nous sommes juste tombés…

— Non », m'interrompt-il. Il paraît anxieux et peiné, comme s'il regrettait déjà ce qu'il allait dire. « Non, Beatrix, nous ne sommes pas tombés amoureux. Ce n'est pas comme ça que les choses se sont passées. Je t'aimais bien, tu m'aimais bien. Point barre. Rien de plus.

— Tu mens. On ne se comporte pas avec une femme comme tu t'es comporté avec moi quand on n'est pas amoureux d'elle. J'étais là, je sais de quoi je parle. Je sais que tu m'aimais, et d'ailleurs, tu me l'as dit. »

Le soupire qu'il pousse, long et laborieux, a manifestement pour but de retarder les propos qu'il s'apprête à tenir. « Je suis un homme égoïste, Beatrix. Je suis une thérapie, qui me conduit à admettre que je suis quelqu'un d'égoïste. Je suis égoïste, arrogant, je suis un être vil et méprisable. Je m'efforce d'accepter toutes ces vérités. Mais sois honnête avec toi-même et réfléchis à ce qui s'est passé entre nous. Si j'étais amoureux de toi comme j'ai prétendu l'être, pourquoi n'ai-je pas quitté ma femme ?

— À cause des enfants. C'est ce que tu m'as toujours dit, tu ne voulais pas quitter tes enfants.

— Si j'aimais tant mes enfants, pourquoi ne passais-je pas tout mon temps libre avec elles ? Je me suis servi d'elles pour obtenir ce que je voulais, à savoir, du sexe, sans avoir à m'engager auprès de toi. Comme je viens de te le dire, je suis un être vil et méprisable.

— Je ne te crois pas. Si tu dis ça, c'est pour récupérer Tami. Tu ne supportes pas de ne plus voir tes filles tous les jours, et tu serais prêt à dire et à faire n'importe quoi pour que ta femme te laisse rentrer à la maison.

— Écoute, Tami va demander le divorce. Elle ne me laissera rentrer en aucune façon et en aucune circonstance. Elle me l'a dit et elle a raison. Je l'ai perdue, et j'ai beau en souffrir comme je ne pensais pas qu'il fût possible de souffrir, je trouve que c'est tout ce que je mérite.

— Mais si tout est fini entre vous, pourquoi ne m'as-tu pas appelée ? Pourquoi… ? »

Manifestement embarrassé, il baisse la tête. Il n'avait aucune intention de m'appeler. Il ne veut plus rien avoir à faire avec moi. Il avait l'intention de couper définitivement les ponts en refusant à tout jamais de me reparler. Alors que j'étais malade et qu'il le savait, alors que nous étions ensemble depuis près de deux ans. Il voulait faire en sorte de ne plus jamais me revoir.

Il ne m'aime pas.

Il ne m'a jamais aimée.

La terre est en train de se fendre en deux, juste en dessous de mes pieds. Je perçois les vibrations de ce choc sismique, j'entends le rugissement des plaques qui s'écartent l'une de l'autre, je sens que je suis sur le point de tomber. Je n'ai rien à quoi me raccrocher, rien pour m'empêcher de choir dans les enfers. J'ai trahi ma meilleure amie pour un homme qui ne m'a jamais aimée. Qui s'est servi de moi. Qui m'a menti. Et, pire encore, qui m'a confortée dans mes propres mensonges. Rien d'étonnant à ce que le monde soit en train de s'écrouler. J'ai misé tout ce que j'avais sur une promesse mensongère. Même au moment où ils me poussaient dans le bloc opératoire, je me disais qu'il fallait que je guérisse pour que lui et moi puissions être ensemble. Même au moment où je disais à Tami que j'étais une personne horrible et égoïste qui ferait n'importe quoi au nom de l'amour, je pensais à l'avenir que Scott et moi aurions ensemble, au jour où, lovés l'un contre l'autre dans un grand lit, nous reviendrions sur cette horrible période de notre vie en nous félicitant d'avoir réussi à en surmonter tous les obstacles. Et même au moment où je suis tombée en dépression, oui, même à ce moment-là, je m'imaginais en train de lui parler de mes problèmes et je le voyais me prendre dans ses bras, m'embrasser sur le front et me dire que plus jamais il ne me ferait souffrir ainsi.

J'ai vécu sur des promesses en l'air, j'ai rattaché ma guérison et tous mes espoirs de rémission à un homme qui s'était déjà révélé être un menteur et un mari volage. Moi qui n'aurais dû compter que sur moi-même, je me suis appuyée sur quelqu'un d'autre.

J'ai failli sacrifier ma vie par amour. Et il ne s'agissait même pas de véritable amour.

« Tu avais déjà trompé Tami, avant, n'est-ce pas ? » Depuis que le monde a commencé à se fendre en deux, je vois les choses de façon beaucoup plus claire.

Il acquiesce sans relever la tête. Il ne peut pas me regarder en face. Il ne veut pas me regarder dans les yeux et admettre qu'il m'a menti, menti et encore menti. Couille molle !

« Et tu lui en as parlé, il y a trois jours ? »

Il relève brusquement la tête. Parce que je viens de parler d'elle, naturellement. Ç'a toujours été elle. Toujours. Mais il a fallu qu'elle parte, qu'elle ne soit plus à sa disposition pour qu'il s'en rende compte. « Oui, pourquoi ? »

À dire vrai, c'est surtout pour cela que je suis venue le voir. Je ne suis pas venue pour rompre, je ne suis pas venue pour essayer de lui rappeler ce qu'il avait pu ressentir pour moi. Non, si je suis là, c'est parce que, dans la solitude et le silence de mon appartement, je n'arrêtais pas de revoir le visage de Tami. Je n'arrêtais pas de penser au malheur qui semblait l'accabler, elle, cette femme qui m'avait littéralement tenu la main durant la période la plus difficile de mon existence et qui était assise là, seule dans sa cuisine, comme si elle était sur le point de tomber dans le vide sidéral. Si je suis là, c'est pour mon amie.

« Parce que, et c'est la raison pour laquelle je suis venue te voir, il y a trois jours de ça, je suis descendue dans la cuisine au milieu de la nuit, et je l'ai trouvée assise dans le noir, devant un grand verre de ce qui ressemblait à de la vodka ou du schnaps.

— Elle allait bien ?

— Bien sûr que non. Pas du tout. Elle a parlé de mauvaises nouvelles de son passé qui n'arrêtaient pas de s'entasser. Je n'ai pas bien saisi sur le coup, mais, maintenant, je comprends. Et ensuite, je lui ai parlé des messages que je t'avais envoyés parce que j'avais besoin d'une véritable rupture. Si l'on ajoute à cela la mort de Mirabelle, je crois qu'elle a tellement de poids sur les épaules qu'elle pourrait vraiment s'effondrer ou se faire du mal à elle-même.

— Tu as eu de ses nouvelles depuis ? me demande-t-il d'un air anxieux.

— Non. Elle m'a demandé de partir ce soir-là.

— Quoi ? Et tu l'as laissée comme ça ? Mais qu'est-ce qui ne va pas chez toi ? Et pourquoi ne m'as-tu pas dit ça plus tôt ?

— Mais je ne sais pas. Peut-être parce que tu ne réponds jamais à ton putain de téléphone », *connard*, ajouté-je silencieusement.

« Il faut vraiment que je lui parle.

— Je le crois aussi. » Je hisse mon sac sur mon épaule et glisse ma main dans ma poche. Mes doigts se referment sur un galet qu'Anansy m'avait rapporté de la plage, un jour. Comme il est lisse ! Il a dû rester sur la plage pendant plus d'années que je ne peux l'imaginer, à se faire polir et user par la mer et le temps. Caresser et brutaliser. Il est à peu près de la taille de ce qu'ils ont retiré de mon sein. Petit, mais incroyablement significatif.

J'avais remercié Anansy pour ne pas la vexer et avais glissé le galet dans ma poche pour pouvoir le remettre plus tard sur la plage, regrettant au fond de moi que la petite ignore à quel point il est important de laisser les choses telles qu'on les a trouvées, de ne pas bouleverser l'équilibre de la nature. Mais c'est ce que la nature fait à tout moment, si on y réfléchit bien : elle vous retire tout le temps des choses, et c'est à vous de déterminer si c'est bon ou non pour vous. J'ai dû me faire retirer une partie de mon sein pour pouvoir continuer de vivre. Je vais devoir extirper Scott de ma vie parce qu'il ne m'a jamais appartenu.

Et je vais devoir me dépouiller de ma vanité pour me rappeler que je dois être satisfaite de tout ce que j'ai. Je ne peux pas me reposer sur les gens qui veulent que je vive. C'est à moi de vouloir vivre. Je suis en vie, et, ma vie, je dois la vivre pour moi-même.

« Merci, Beatrix », me dit Scott, d'un air sincère.

Je me contente de hocher la tête en tournant les talons. Pour ne pas avoir à lui répondre par un « De rien, connard » moins silencieux que tout à l'heure.

Tami

« Il y a quelque chose que je ne comprends pas, madame Challey, me dit le sergent Harvan après avoir patiemment écouté mon récit. Vous êtes restée avec un homme accusé de viol et votre conscience vous a laissée en paix tout ce temps ?

— Je ne sais pas. Je croyais qu'ils avaient eu une aventure et qu'il avait rompu, et je pensais qu'elle avait menti pour se venger de lui. Mais quand j'ai découvert la vérité, je lui ai demandé de partir.

— Mirabelle était-elle déjà morte à ce moment-là ? » me demande-t-elle.

Je baisse les yeux vers la table.

« Oui.

— Est-ce vous qui l'avez tuée ? s'enquiert l'inspecteur Wade.

— Non. » Je ne me montre pas aussi convaincue ou révoltée que devrait l'être une personne innocente qui s'entendrait poser cette question. Mais je suis innocente.

« Voulez-vous que je vous dise comment je pense que les choses se sont réellement passées ? » me demande Harvan.

Je hoche la tête.

« Je pense que vous étiez très alcoolisée et très en colère. Mais comme vous aviez fermement décidé de recoller les morceaux avec le vio... pardon, avec votre mari, vous n'aviez pas d'autre choix que de reporter votre colère sur Mirabelle. Vous vous êtes saoulée et vous êtes allée la voir, peut-être pas dans l'intention de la tuer ; peut-être, comme vous le dites, dans le simple but de parler avec elle. Admettons que tout se soit passé comme vous venez de nous le décrire, je ne pense pas que vous ayez quitté la maison après qu'elle est montée à l'étage. Je pense que vous aviez une telle rage en vous que vous l'avez suivie pour l'interroger sur les textos. Elle vous a repoussée, ce qui n'a fait qu'attiser votre colère. Vous l'avez empoignée et vous avez essayé de lui plonger la tête sous l'eau. Elle s'est débattue et vous a même peut-être frappée pour se défendre. Et puis vous avez perdu le contrôle de vous-même. C'était la femme qui avait détruit votre vie, qui avait couché avec votre cher mari. Et elle se permettait de vous frapper ! C'était tout bonnement inadmissible.

« Vous ne lui avez pas plongé la tête sous l'eau pour la tuer, vous l'avez fait pour lui donner une bonne leçon. Mais quand elle s'est mise à se débattre, en hurlant qu'elle irait raconter à tout le monde ce que vous lui aviez fait, vous vous êtes sentie piégée. Vous avez pensé à vos filles, vous vous êtes dit qu'elles avaient déjà été assez traumatisées comme ça par ces agents de police qui étaient venus arrêter leur papa. La scène ne pouvait pas se répéter avec vous. Et le seul moyen de faire taire Mirabelle une bonne fois pour toutes était de finir ce que vous aviez commencé. »

J'ai secoué la tête durant tout le temps qu'a duré son monologue, horrifiée à l'idée qu'elle puisse imaginer un tel scénario. Comment peut-on penser qu'une personne puisse commettre un meurtre aussi facilement ?

« Il ne s'est rien passé de tout cela, lui dis-je.

— Pourtant, ça me paraît plus que plausible, à moi, intervient l'inspecteur Wade.

— Il ne s'est rien passé de tout cela. Je suis partie. Je ne suis pas montée à l'étage.

— Et si nous vous disions que nous avons des preuves que vous êtes allée non seulement à l'étage, mais aussi, plus précisément, dans la salle de bains ? »

Je la regarde droit dans les yeux puis tourne mon regard vers lui. Ils bluffent. Je dois d'abord me fier à mon propre jugement, tout le reste doit passer en second. « Alors je vous demanderais pourquoi vous ne m'avez pas encore arrêtée, et notamment maintenant. Maintenant que je viens de vous avouer que je me trouvais bien dans sa maison la nuit de sa mort. »

Ils me refont leur petit numéro de duo comique, mais silencieusement, cette fois-ci, il ne s'agit que d'un échange de regards. Ils se demandent si la femme trompée un peu niaise qui est assise en face d'eux finira par tomber dans leur piège ou s'il serait plus prudent d'abandonner.

« Je vais vous dire ce que nous allons faire, madame Challey, commence le sergent Harvan.

— Parce que, dans nos esprits, il n'y a aucun doute sur le fait que vous avez tué Mme Kemini, poursuit Wade.

— Nous allons repasser la scène de crime au peigne fin, et je ne doute pas que nous finirons par trouver quelque chose qui nous prouvera une bonne fois pour toutes que c'est vous qui avez tué Mirabelle. Du reste, une simple preuve que vous êtes entrée dans la salle de bains suffira. Et une fois que nous l'aurons, nous vous arrêterons, madame Challey. Je vous conseille donc de vous préparer dès maintenant à passer le reste de votre vie en prison.

— Vous ne trouverez rien, pour la simple et bonne raison que je n'y suis pas entrée.

— Nous verrons, madame Challey, dit Wade.

— Nous verrons, répète Harvan.

— Vous pouvez partir, maintenant, ajoute Wade.

— Mais nous vous déconseillons vivement de quitter Brighton dans les jours à venir, poursuit Harvan.

— Nous ne tarderions pas à l'apprendre, faites-nous confiance, déclare Wade.

— Mais mes filles sont à Londres, leur dis-je.

— Je vous conseille alors de les faire revenir parce que vous-même vous ne pouvez pas quitter Brighton, me répond Wade.

— Bonne chance », conclut Harvan.

Un nouveau fardeau pèse sur mes épaules. Je suis libre, je sais que je ne l'ai pas tuée. Le fait de raconter l'histoire m'a permis de replacer les dernières pièces manquantes. Mais il n'en demeure pas moins qu'elle est partie. Partie en sachant que je ne l'avais pas crue. Et je n'ignore pas que cette pensée atroce viendra me hanter jusqu'à la fin de mes jours.

« Je n'ai pas fait ça, dis-je en poussant la porte. Je n'aurais jamais pu faire ça. »

Un silence méprisant. Voilà tout ce que je reçois en guise de réponse. À bien y réfléchir, je n'aurais pas dû m'attendre à autre chose.

Tami

Devant le commissariat de police, je vois mon mari.

Médusée, je m'immobilise en haut des marches. Est-il bien réel ? Si c'est un rêve, c'est un cauchemar, car en ce moment précis, il s'agit sans doute de la dernière personne que j'aie envie de voir.

« Qu'est-ce que tu fais là ? » lui dis-je.

Il s'approche de moi, arborant un air tendu et anxieux, sourcils froncés, lèvres serrées.

« Beatrix est venue me voir au bureau, me dit-il sans s'attarder sur le nom de sa maîtresse comme je craignais qu'il ne le fasse. Elle était inquiète pour toi et m'a demandé de vérifier si tu allais bien. Elle craignait que tu ne fasses une bêtise. Elle m'a dit que la dernière fois qu'elle t'avait parlé, tu semblais vraiment en détresse. Je ne l'avais jamais vue aussi inquiète.

— Comment as-tu su que j'étais là ?

— J'ai essayé de t'appeler je ne sais combien de fois, et puis j'ai appelé la directrice de l'école pour savoir si les filles allaient bien et si tu lui avais parlé de quelque chose. Et quand elle m'a dit que les filles n'étaient pas venues à l'école aujourd'hui, j'ai paniqué. Je me suis dit que c'était fini, que plus jamais je ne te reverrais. Mais j'ai tout de même eu la présence d'esprit d'appeler ta mère et j'ai réussi à lui tirer les vers du nez. Les filles vont bien, soit dit en passant, tu n'as pas de souci à te faire pour elles. »

Je n'ai pas dit à ma mère toute la vérité sur ce que Scott a fait, je lui ai simplement expliqué que je lui avais demandé de partir pendant quelque temps parce que nous ne nous entendions pas très bien en ce moment. Je lui ai raconté que je devais me rendre au commissariat pour parler à la police de mon amie qui avait été assassinée. Je lui ai dit que la police avait interrogé de nombreuses personnes, mais que comme je la connaissais très bien et que je l'avais vue le jour de sa mort, ils avaient de nouvelles questions à me poser. Et je lui ai dit que je n'avais pas envie de me retrouver contrainte d'abréger la discussion pour me dépêcher d'aller chercher les filles à l'école.

J'ai serré les filles dans mes bras comme si c'était la dernière fois que je les voyais en tant que femme libre, mais sans me lancer dans des adieux trop dramatiques, de crainte de les effrayer.

J'avais onze ans quand j'ai parlé pour la première fois à la version miniature de l'homme que j'étais destinée à épouser. Je me demande souvent ce qu'il se serait passé si je ne lui avais pas dit qu'il pouvait être qui il avait envie d'être, qu'il n'était pas obligé de se comporter comme une brute parce que son frère en était une. Serait-il allé à l'université ? Serions-nous devenus des amis, qui seraient devenus des amants, qui seraient devenus un couple, qui serait devenu deux êtres ayant vécu un événement tragique qui les aurait amenés à s'engager l'un auprès de l'autre ? Le destin aurait-il trouvé d'autres moyens de faire en sorte que nos chemins se croisent, se recroisent et se recroisent encore jusqu'à ce que les trames de nos existences respectives soient si entremêlées l'une à l'autre que nous en serions arrivés au même point qu'aujourd'hui ? Lui, coupable du plus horrible des crimes ; moi, suspectée de meurtre.

Je me demande s'il aurait été possible pour Scott et moi de vivre nos vies respectives l'un sans l'autre.

Il se rapproche de moi, et, tout à coup, je brûle d'envie de me trouver dans ses bras, dans ce petit espace au fond de son cœur que je voudrais qu'il ait réservé pour moi. Il me serait si facile de me fondre en lui, de le laisser me soulager d'une partie de mon fardeau. Mais, comme chaque fois que je pense cela, je finis par me souvenir de ce qu'il a fait. C'est à cause de lui que j'en suis là. C'est lui qui a donné un sens à ma vie et qui m'a menée jusqu'ici.

« Je sais bien que je suis la dernière personne avec qui tu aies envie de faire ça, me dit-il, et que, en d'autres circonstances, ça ne se serait jamais produit. Je sais aussi que ça ne changera rien entre nous. Mais il n'empêche : viens. » À ces mots, il me prend dans ses bras. Et je ne cherche pas à résister ou à le repousser. Je me désintègre. Je m'effiloche de l'extérieur, comme je me suis effilochée de l'intérieur depuis que cette histoire a commencé. « Fais comme si j'étais quelqu'un d'autre, murmure-t-il dans mes cheveux, en me serrant plus fort contre lui. Fais comme si j'étais quelqu'un d'autre et laisse-moi te consoler quelques instants. »

J'avais à peine remarqué que je pleurais, avant qu'il resserre ses bras autour de moi et se mette à murmurer « chut » en me caressant doucement la tête. « Je croyais que c'était moi, laissé-je échapper entre deux sanglots. Durant tout ce temps, j'ai cru que c'était moi qui l'avais tuée. »

21

Tami

Longtemps avant

« Pourquoi t'es-tu installée à Brighton ? » m'a demandé Mirabelle.

Notre séance de footing terminée, nous étions en train de faire des exercices d'étirements. J'avais le talon posé sur le muret et la jambe tendue pour étirer mes ischio-jambiers. « Toujours la même histoire, lui ai-je répondu.

— Tu as suivi ton mari ?

— Non, c'est à moi qu'on a proposé un job ici. La branche de la multinationale dont TLITI faisait à l'époque partie voulait que l'un des cadres de Londres soit transféré à Brighton. Ils m'ont proposé le poste, et j'ai failli refuser, à cause de Scott. Mais il a insisté pour que j'accepte et il a demandé à changer d'université pour finir son MBA ici.

— C'est lui qui t'a suivie ? Waouh, je n'arrive même pas à l'imaginer en train de faire ça.

— Tu n'es pas la première personne à me le dire. Quand il a commencé à travailler à TLITI, la plupart des gens ne le croyaient pas ; et d'ailleurs, à l'époque où j'ai démissionné, l'histoire avait en quelque sorte été réécrite : c'était lui qui avait voulu finir son MBA à Brighton, et moi qui avais demandé à être mutée pour le rejoindre.

— Et tu as accepté ça ? Ça ne t'a pas vexée ?

— Non.

— J'aurais été folle de rage, à ta place.

— L'important, c'était que, moi, je connaisse la vérité, et que lui aussi la connaisse. Il manquait d'assurance, il avait peur que cette histoire le fasse passer pour quelqu'un de faible et romantique aux yeux des jeunes employés (ce qui est complètement idiot, soit dit en passant), alors il s'est mis à mentir et à broder. Ça ne me dérangeait pas, comme je te l'ai déjà dit, parce que nous connaissions tous les deux la vérité, de même que les personnes qui m'avaient engagée. Mais tu sais, ce n'est pas parce que quelqu'un dit quelque chose que cette chose est vraie. Et si cette chose est fausse, on peut la répéter autant de fois qu'on le veut, ça ne la rendra pas plus vraie pour autant.

— J'image que c'est une bonne façon de voir les choses.

— Et toi, pourquoi es-tu venue à Brighton ? » lui ai-je demandé. À ces mots, elle a arrêté ses étirements et, d'un bond, s'est assise sur le muret.

Pressentant qu'une longue histoire était sur le point de commencer, je me suis à mon tour hissée sur le muret pour m'asseoir à côté d'elle. J'adorais les histoires de Mirabelle. Elle avait une telle façon de raconter les choses : ses paroles vous transportaient, vous incitaient à vous évader en elles, à disparaître en elles.

« C'était à une époque de ma vie où rien ne semblait se passer comme il le fallait. J'étais mariée depuis un petit moment et je pense que je m'étais perdue. Que j'avais perdu mon identité, je ne savais plus qui j'étais, vraiment. Et puis j'ai entendu dire que l'une de mes amies s'était installée à Brighton et y avait disparu. J'ai pris le train pour la chercher. C'est complètement fou, hein ? J'ignorais tout de cette ville, de la taille qu'elle faisait, de l'endroit où les choses se trouvaient, mais il fallait absolument que je la retrouve. Je crois que je pensais que la plage serait un peu comme celle de l'histoire de la plage aux pétales de roses. Cette histoire, d'ailleurs, c'était elle qui me l'avait racontée.

« À la fin de la journée, je ne l'avais pas retrouvée. Alors je suis revenue la semaine suivante. Ç'a duré des mois, jusqu'au jour où mon train a été retardé et où je n'ai pas pu rentrer à Londres. Mon mari est devenu fou, et il avait toutes les raisons de l'être. Je lui avais caché ce que je faisais. C'est ça que je voulais dire, le jour où tu m'as demandé si j'avais trompé mon mari. Je ne l'ai pas trompé au sens strict du terme, mais je lui ai caché un lourd secret, ce qui revient exactement au même. D'ailleurs, je suis tombée amoureuse de Brighton, et au fur et à mesure de mes visites, mon amour pour cette ville a grandi.

« Il a été tellement furieux d'apprendre ce que j'avais fait derrière son dos qu'il a fallu que je lui promette de me retirer de la tête cette “idée stupide”. Je n'allais plus à Brighton, mais je lui ai demandé si nous pouvions venir nous y installer, pour prendre un nouveau départ. J'étais certaine que les choses seraient plus faciles pour moi si nous venions vivre ici, mais il a refusé. Sa famille, son travail, toute sa vie était à Londres, et, naturellement, il se posait des questions quant à la raison qui me poussait à vouloir m'installer à Brighton. »

Elle a tourné la tête vers moi.

« C'était devenu une obsession, tu comprends, Brighton. L'air marin, le cri des mouettes, le fracas de la mer sur le rivage. C'était comme les battements d'un cœur, comme les battements de mon cœur. » Elle s'est interrompue, et ses yeux sont devenus brumeux. « Alors je suis partie. Je lui ai dit que c'était seulement pour un petit moment, le temps de retrouver mon amie, de m'éclaircir les idées, de retrouver un peu de mon identité. Parce que je me sentais perdue, Tami, j'avais passé tellement de temps à essayer de m'intégrer, à essayer de devenir quelqu'un que je n'étais pas, que je n'avais plus aucune idée de qui j'étais réellement. J'imagine que tu comprends ce que je veux dire, toi qui es une mère ? Tu n'as jamais envie de trouver un endroit où tu pourrais redevenir celle que tu étais avant ? Ou même simplement de redevenir celle que tu étais avant, sans le poids des contraintes de la vie quotidienne ?

— Si, parfois… Mais c'était avant. Ça ne me le fait plus, depuis que je me suis mise à courir. »

Elle s'est détournée de moi pour regarder les maisons de brique rouge de l'autre côté de la rue.

« Partir a été l'une des choses les plus dures que j'aie jamais faites de ma vie. J'ai beaucoup pleuré, j'ai paniqué, j'avais peur d'avoir fait le mauvais choix. Tous les jours, j'essayais de me motiver en me disant que si j'étais restée, je n'aurais pas été fidèle à moi-même. Avec le temps, j'ai fini par comprendre à quel point je m'étais montrée égoïste. Cette décision… Je n'ai pensé qu'à moi, et c'est très bien de le faire quand on est seul, mais dans le cas contraire…

— As-tu retrouvé ton amie ?

— Oui et non. J'ai rencontré des gens qui pensaient savoir ce qu'il lui était arrivé, mais aucun d'entre eux n'en était vraiment certain. Alors j'ai continué de chercher. Et puis, à un moment, je ne sais plus exactement quand, j'ai arrêté. J'ai parfois l'impression de l'apercevoir, mais toujours à l'âge qu'elle avait la dernière fois que je l'ai vue, tu comprends ?

— Tu n'as jamais éprouvé le désir de rentrer ?

— Si. J'avais gardé le contact, j'appelais presque tous les jours. J'écrivais des lettres, j'envoyais des cartes postales, je revenais régulièrement faire des visites. Mais beaucoup d'eau a coulé sous les ponts. Quand j'ai essayé de rentrer, il était trop tard, trop de temps était passé. Il ne voulait plus que je revienne, il se débrouillait très bien sans moi.

— Et qu'as-tu ressenti à ce moment-là ? »

Le désespoir consume son visage l'espace d'une seconde puis disparaît, dévoilant le visage de la Mirabelle que j'ai appris à connaître. « J'ai commis une erreur. Je le sais, désormais. Pendant longtemps, j'en ai voulu à la terre entière, j'ai reproché aux autres de ne pas m'avoir comprise, de ne pas avoir été patients, de ne pas avoir mis leurs vies en suspens pour que je puisse "me chercher". Ça n'aurait pas dû durer si longtemps. Mais, au moins, grâce à la nouvelle vie que j'ai menée, je me suis retrouvée moi-même. Et toi, qu'aurais-tu fait, à ma place ?

— Je ne sais pas. Il y a Cora et Anansy, ça rend les choses plus compliquées. Je ne m'imagine pas les quitter, mais même s'il n'y avait que Scott, je ne pense pas que je pourrais. Je ne sais pas comment dire… il est comme tissé dans l'étoffe même de mon être.

— C'est exactement ça que je suis venue chercher ici, tu sais ? La personne qui était tissée dans l'étoffe même de mon être. Quand j'ai enfin pris la mesure de tout ce que j'avais détruit en partant, j'ai été dévastée… »

Elle a frotté ses mains l'une contre l'autre, comme si elle essayait de se réchauffer. Je commençais à avoir froid, moi aussi, malgré le beau temps : la sueur avait séché sur nos corps, et nous n'avions pas terminé nos étirements.

« Mais tout était ma faute, a-t-elle poursuivi. J'ai fait tout mon possible pour essayer de rentrer, mais il allait jusqu'à refuser de me laisser passer la porte. Alors je me suis lancée dans une profonde introspection et j'ai décidé de changer. Il fallait que je trouve un emploi convenable, que je m'arrange, que je devienne une personne responsable et méritante. Je me suis inscrite à l'université, j'ai suivi des cours, accumulé autant d'expérience professionnelle que possible, et j'ai fini par décrocher un MBA. J'ai travaillé très dur pour arriver là où je suis.

— Je vois ça. Et tes efforts ont porté leurs fruits ?

— Non, pas vraiment, m'a-t-elle répondu avec un sourire d'une infinie tristesse. Je suis toujours seule, Tami. Je suis toujours séparée de la personne que j'aime le plus au monde. Je suis partie à la recherche de l'amour et de mon épanouissement, alors que j'avais déjà tout ça à la maison. J'essaie de ne pas trop y penser, mais, parfois, je ne peux pas m'en empêcher.

— Il ne veut toujours pas que tu reviennes ?

— Il ne sert à rien de revenir, comme il me l'a lui-même dit un jour. Il faut trouver un moyen d'avancer.

— C'est parce que tu avais perdu un bébé de lui ? C'est pour cela que tu l'aimais tant ? Je me rappelle que, quand ça nous est arrivé à Scott et à moi, je me sentais tellement vide à l'intérieur que j'avais envie d'être de nouveau emplie par un bébé, mais, en même tant, je ne voulais pas prendre le risque, j'avais peur que ça ne se reproduise. Et du coup, je me suis accrochée comme une folle à Scott. Je ne sais pas ce que nous serions devenus si ça n'était pas arrivé, mais ce que je sais, c'est qu'après ça, je ne pouvais pas imaginer ma vie sans lui. J'avais besoin de lui, parce que c'était la seule personne qui pouvait comprendre un peu ce que je ressentais. Je ne l'ai jamais dit à personne, mais c'est Scott qui a suggéré que nous fassions graver la date du terme de notre bébé mort à l'intérieur de nos alliances, ça prouve à quel point il a été marqué par cette histoire, lui aussi. Je comprends pourquoi tu te sentais si liée à cet amour, si tu as perdu un bébé toi aussi ? »

Elle a poussé un profond et douloureux soupir. « Je n'ai pas envie d'en parler. Ce que j'ai fait… La façon dont je l'ai laissée tomber. Je vois son visage tous les jours… Je pense à elle tout le temps… Tout ce que je fais, je le fais en pensant à elle, je le fais pour elle… Oh mon Dieu, mon Dieu ! Je n'ai pas envie d'y penser. Je l'ai perdue parce que je n'étais pas là où j'aurais dû être. Et je n'ai pas envie de penser à ça. »

Je lui ai pris la main et l'ai serrée très fort pour lui faire comprendre que j'étais avec elle de tout cœur.

« Je sais que je me conduis comme si je me fichais un peu de tout, comme si j'étais forte, comme si je n'avais peur de rien, que je pouvais tout faire, aller où je veux, mais… au fond de moi, je suis glacée. Sans elle, je suis glacée. »

J'ai passé mon bras autour de ses épaules et l'ai serrée contre moi. Elle a laissé sa tête retomber contre ma poitrine et, comme j'ai senti qu'elle se détendait un peu, j'ai desserré mon étreinte, l'attirant plus près de moi. Instinctivement, j'ai déposé un baiser au sommet de sa tête, comme je l'aurais fait pour Cora ou Anansy.

Quand je pensais au bébé que j'avais perdu, j'avais mal, mais perdre un enfant avec qui j'aurais vécu, dont j'aurais appris à connaître chacun des traits, dont la respiration m'aurait bercée tous les soirs où j'aurais veillé sur son sommeil, dont le sourire aurait pu m'extirper des gouffres les plus abyssaux… je n'arrivais même pas à l'imaginer.

« Je suis désolée, m'a-t-elle dit en se dégageant de mon étreinte. Ça va aller, maintenant. Ça va.

— Tu n'es pas obligée de faire la fière, tu sais ? On a le droit de craquer, parfois.

— Me dit la femme parfaite.

— Parfaite, moi ? J'aimerais bien. C'est vrai que j'aspire à la perfection, c'est vrai. Mais quand j'atteins le "médiocre", c'est que j'ai de la chance.

— Ne fais pas la modeste. Je t'ai vue à l'œuvre avec tes enfants. Je sais comment tu es vraiment.

— Non, tu m'as vue avec mes filles quand elles se montrent coopératives. Tu ne m'as pas vue debout dans leur chambre en train de hurler comme une folle parce qu'elles ne veulent pas arrêter leur raffut et se mettre au lit. Tu ne m'as pas vue me cacher dans le débarras pour pleurer quand je n'arrive plus à faire face. Enfin, c'est un peu plus facile, maintenant qu'elles ont grandi. Et d'ailleurs, je n'ai pas ressenti cette soudaine envie de m'en aller pour ne plus jamais revenir depuis… deux heures et trente-sept minutes ! »

Le sourire qui a illuminé son visage était semblable au soleil qui se levait sur Brighton : plein de chaleur et de beauté. « Ça t'arrive vraiment de ressentir le besoin de t'en aller et de tout plaquer ?

— Oui. Comme toutes les mamans, je pense. Personne ne nous parle jamais des moments difficiles, pas vrai ? Tout le monde épilogue sur les nuits blanches et le peu de temps qu'il reste pour la vie de couple, mais on n'entend jamais parler du peu de temps qu'il reste pour soi, pour réfléchir à ce que l'on attend de la vie. On n'entend jamais parler de la peur de tout faire de travers ou de faire du mal à ses enfants. On n'entend jamais parler de la terreur absolue que l'on ressent le jour où l'on se regarde dans un miroir et où l'on se rend compte que la personne qui est en face de nous n'est pas la personne que l'on s'attendait à voir, et qu'on n'a aucune idée de ce qui a pu advenir de la femme que l'on pensait être.

— C'est exactement ça », a commenté Mirabelle, en souriant de plus belle.

D'un geste tendre, elle a fait glisser son pouce le long de ma joue, un peu comme le faisait Scott à l'époque où nous n'étions pas encore un couple bien établi et que nous saisissions n'importe quel prétexte pour nous toucher l'un l'autre. « Tu me fais penser à l'amie que je suis venue retrouver à Brighton, m'a dit Mirabelle en retirant sa main de mon visage, mais pas son regard appuyé. Je me demande parfois si tu ne serais pas sa réincarnation.

— Certainement pas. Je suis absolument unique en mon genre. On ne t'a pas dit qu'ils avaient cassé le moule après m'avoir faite ? »

Son rire m'a évoqué la première bouchée d'un toast beurré, tellement parfait et satisfaisant qu'il fallait se faire violence pour ne pas tout avaler d'un coup. Je voulais qu'elle continue de rire, d'emplir mes oreilles de ce son divin. « Tu entends ? m'a-t-elle soudainement demandé.

— Quoi ?

— L'eau, le bruit de la marée qui monte.

— Non », lui ai-je répondu, et pourtant je l'entendais j'entendais le flux de la mer, qui se précipitait sur le rivage, recouvrait le sable, s'élevait toujours plus haut. Le monde autour de moi s'illuminait à chaque élan des vagues, les bâtiment s'estompaient, et le monde disparaissait sous l'un de ces ciels bleus qui n'existent que dans les rêves. Le soleil était une immense balle jaune-orangé qui brillait très haut, et tout autour de nous il y avait du sable, des galets et des palmiers aux minces troncs bruns. Du ciel s'est mise à tomber une pluie rouge, rouge, toujours plus rouge. Sur nos épaules, sur nos têtes, sur nos corps, sur la plage. Le sable sur lequel nous étions désormais assises était recouvert de pétales rouges. De doux et soyeux pétales de roses rouges.

Je me suis tournée vers Mirabelle. « Nous n'avons jamais eu cette conversation, n'est-ce pas ?

— Il me semble que si, m'a-t-elle répondu.

— Mais comment aurais-je pu oublier toutes ces choses que tu m'as dites sur Fleur ?

— Ou peut-être que nous ne l'avons pas eue, a-t-elle répliqué.

— Mais dis-moi : est-ce que c'est vraiment arrivé ?

— Je ne peux pas te le dire, tu dois le déterminer toi-même.

— Mais…

— Tu sais ce qu'il te reste à faire maintenant, Tami, hein ?

— Non, je ne sais pas.

— Naturellement que tu le sais, tu sais tout, parce que tu es la maman. Viens, maman. Maman. Maman. Maman ? Maman ! »

Anansy est debout devant moi, la poignée de mon mug préféré dans une main, une tartine dans l'autre. « Je l'ai pas fait exprès, maman, je l'ai pas fait exprès. »

Je ravale ma salive avec peine, luttant pour retrouver mes repères, quelque chose à quoi je pourrais m'accrocher pour revenir à la réalité.

« Pardon, maman, balbutie Anansy. Je voulais pas le casser.

— Je sais », lui dis-je en me redressant. J'ai l'impression que ma tête a été passée dans un pressoir à pommes. C'était un souvenir qui avait l'air d'un rêve, ou un rêve qui avait l'air d'un souvenir. Il y a quelque chose là-dedans qui me turlupine. Et depuis bien longtemps déjà. Mais ai-je vraiment eu cette conversation avec Mirabelle ? Il me semble que oui. Je me rappelle m'être assise sur le muret devant sa maison, mais nous le faisions si souvent... Néanmoins, je suis certaine qu'un jour elle s'est effondrée en me parlant de la fille qu'elle avait perdue.

« Le problème, maman, c'est que j'ai aussi mis un peu de bazar », me dit Anansy. Cora est partie dormir chez une amie, et je devais veiller sur Anansy, mais elle voulait jouer dans le séjour, et j'étais trop fatiguée pour garder les yeux ouverts.

« Où ? lui dis-je en relevant la tête pour regarder autour de moi.

— Mais tu dois me promettre de pas crier.

— La seule chose que je peux te promettre, c'est de ne pas crier trop fort.

— Les nounours avaient très, très faim, ils avaient pas encore pris leur petit déjeuner, m'explique-t-elle. Alors j'ai emmené les corn flakes au salon pour qu'ils puissent manger au restaurant d'Anansy. Excuse-moi, maman. »

Tout bien considéré, il n'y a pas tant de bazar que ça. Juste un demi-paquet de corn flakes écrasés sur la moquette et un peu de lait renversé de-ci de-là. Néanmoins mon mug préféré n'a pas survécu à cette histoire, et, naturellement, il va falloir que j'aille dans le séjour pour tout nettoyer. J'entretiens toujours une sorte d'aversion pour cette pièce.

C'est là que la trame de ma vie s'est brusquement mise à se détacher. C'est là que ma vie a commencé il y a bien longtemps, maintenant.

« Excuse-moi, maman, répète Anansy.

— Ce n'est pas grave », dis-je d'une voix toujours un peu ensommeillée en commençant à ramasser les pétales de maïs orange qui jonchent la moquette couleur coquille d'œuf. Si la moquette était du sable et si les corn flakes étaient rouges, ce serait un peu comme de ramasser des pétales de roses sur la fameuse plage.

« À quoi est-ce que tu rêvais, maman ? me demande Anansy en se penchant à son tour pour m'aider à rassembler les corn flakes.

— Je rêvais que j'étais sur la plage aux pétales de roses, comme dans l'histoire que vous racontait tatie Mirabelle.

— Oh… Et tatie Mirabelle, elle était là ? s'enquiert-elle.

— Oui, elle y était.

— Génial. Et c'était bien ?

— Oui, très bien. »

Certaines parties du rêve me rappellent quelque chose. Quelque chose qui me turlupine depuis un certain temps. Quelque chose qui manque. Et dont l'absence devrait me sauter aux yeux.

Alors que je reviens dans le séjour, après avoir jeté les restes du goûter d'Anansy à la poubelle, mon regard est attiré par le tableau de la plage aux pétales de roses, dont je ne peux m'empêcher de m'approcher. Fascinée, j'observe pensivement les délicates lignes qui le composent.

« Oh, Mirabelle », murmuré-je au moment où mon regard se tourne vers les pétales de roses qu'elle tient dans sa main. Je les étudie pendant un certain temps, et puis je me mets à observer la main qui les tient. Une main nue couverte de pétales de roses. Une main nue.

D'étranges picotements parcourent mon cuir chevelu et se répandent partout dans mon corps. Je sais qui l'a fait. Je sais qui a tué Mirabelle.

Fleur

Mme C. a halluciné quand on lui a apporté le tableau.

C'est la première chose que j'ai changée dans la maison. Pas parce que j'envisage de m'installer ici ou un truc dans le genre. Non, c'est juste que je ne pouvais pas supporter de voir ce tableau, parce que c'était à cause de lui qu'elle était partie.

Je le ressens, maintenant. Depuis que je suis allée dans la salle de bains et que tous ces souvenirs se sont déversés sur moi comme une rivière en crue qui aurait brisé la digue d'un barrage, je le ressens. Noah m'a dit que c'était normal que ça ne se soit pas produit plus tôt, que c'était parce que j'avais cherché à me protéger en me persuadant moi-même que je ne ressentais rien. Et je penserais sûrement qu'il avait raison si je ne ressentais pas ce que je ressens en ce moment. Si le chagrin n'était pas horrible au point de me faire parfois pleurer de douleur.

Je reste au lit le matin à rêver à tout ce que j'aurais pu faire si j'avais eu ne serait-ce qu'un jour de plus avec elle. J'aurais pu lui parler. Lui demander pourquoi elle était partie. Comment elle avait pu supporter de partir. Et aussi lui demander si elle pourrait redevenir ma maman. Si elle pourrait être ma maman plutôt que la femme avec laquelle j'étais devenue amie. Le matin, je demande à Noah de se taire quand il commence à me parler, et il le fait parce qu'il sait que je suis en train de rêver à la vie que j'aurais dû avoir.

Ce tableau, il fallait qu'il disparaisse. Son histoire, c'est la voleuse qui m'a pris ma vie, et je ne voulais pas qu'il y ait un truc qui me le rappelle chaque fois que je viendrais dans la maison pour ranger ses affaires. J'étais sûre que Mme C. apprécierait. Je me demande si elle sait que la femme qui est sur le tableau est ma mère. Je n'ai pas voulu lui en parler. Je ne sais pas si ça lui aurait vraiment fait plaisir d'avoir ma mère accrochée sur un mur après tout ce qui s'est passé. Cela dit, je ne pourrais pas expliquer pourquoi, mais, au fond de mon cœur, je suis persuadée que ce tableau a trouvé sa place, que c'est chez elle qu'il doit être.

On a cherché dans toute la maison la clef de la pièce qui est fermée, on a appelé la femme de ménage, qui a pleuré après Mirabelle et dit qu'elle n'avait jamais eu la clef de cette pièce et n'y avait jamais fait le ménage.

On a donc décidé de passer au plan B : défoncer la porte.

« Tu es sûre de toi ? » me demande Noah encore une fois.

Je lui réponds que oui, même si je ne le suis pas tant que ça. Techniquement, c'est ma maison maintenant, mais, au fond, c'est encore un peu la sienne. Et bizarrement, j'ai l'impression qu'elle pourrait débarquer tout à coup en me criant dessus parce que je me suis débarrassée de son tableau et que j'ai défoncé la porte de son cabinet secret.

Il faut quatre tentatives à Noah pour y arriver, et j'entre dans la pièce d'un pas moyennement assuré. Ce n'est pas un débarras, contrairement à ce que j'avais imaginé. Il y a un lit bien fait au carré, mais pas de serviettes d'invité sur la chaise que je vois à côté de la baie vitrée. En fait, c'est une jolie chambre accueillante, avec une belle couverture à fleurs sur le lit et un immense tapis imprimé de marguerites. Mes fleurs préférées. Dans cette chambre, il y a des rideaux bleu roi. Ma couleur préférée. À côté du lit, une lampe à lave. J'adorais les lampes à lave quand j'étais petite, je voulais en faire collection, mais je n'avais pas de place dans ma minuscule petite chambre. Les murs sont peints en bleu Tiffany. Le bleu qu'il y avait sur mes murs quand j'étais petite. Cette chambre, c'est ma chambre.

Je sais que c'est ma chambre, pas à cause de ces différents éléments de décor, mais à cause des photos qui sont sur les murs. Mes photos d'école, classées dans l'ordre chronologique et séparées par de petits cartons blancs, sont alignées dans un long cadre chromé : sur la première, j'ai six ans et j'ai des couettes, puis, sur la deuxième, sept ans, et une grosse masse de cheveux attachée vite fait en queue de cheval. À huit ans, j'ai deux grosses couettes ébouriffées, parce que, à cette époque, je préférais ça aux nattes. À neuf ans, j'ai les cheveux très courts, parce que papa ne savait plus quoi en faire, alors il m'avait emmenée chez le coiffeur et lui avait demandé de me les couper ; j'avais beaucoup, beaucoup pleuré. À dix ans, j'ai une coupe afro et je souris à l'objectif comme si je croyais que j'étais la plus mignonne de toutes les petites filles du monde (c'est vrai que j'étais mignonne, quand même). À onze ans, j'ai de nouveau les cheveux mi-longs, parce que Mirabelle était venue à l'école pendant ma pause déjeuner et avait demandé à l'une des dames de service noires de me donner des produits qu'elle avait achetés et de m'expliquer comment m'en servir (c'est à ce moment-là que j'ai commencé à utiliser de l'huile de noix de coco). À douze ans, j'ai les cheveux ondulés et presque longs. À treize ans, j'ai la raie sur le côté et les cheveux qui retombent sur un œil. À quatorze ans, je me cache derrière mes cheveux et on voit à peine mon visage.

Je ne savais pas qu'elle avait tout ça. Il y a d'autres photos accrochées sur le mur : elle et moi quand j'avais quatre ans, en train de jouer sur la plage ; moi, à l'âge de cinq ans, en train de lui servir le thé dans notre minuscule jardin ; elle, me tenant dans ses bras alors que j'étais un tout petit bébé. Ce sont de vieilles photos, pâlies par le temps, mais elle a pris soin d'en fair d'immenses agrandissements et de les accrocher au mur. Et puis il y a des photos de moi plus récentes qu'elle a prises avec son portable : moi, dans ma voiture, en train de lui sourire ; moi, à la terrasse d'un café de Lewisham, portant ses grandes lunettes de soleil ; moi, lui jetant un regard par-dessus mon épaule en m'en allant ; moi, assise en face d'elle dans un café, en train de lui sourire. La qualité de ces photos est plutôt médiocre, mais elle les a quand même fait agrandir et encadrer. Le mur est entièrement tapissé de photos de moi.

« T'étais mignonne », me dit Noah.

Mon cœur bat vraiment très vite. J'ai envie de courir dans tous les sens pour ouvrir les tiroirs et les placards, de rechercher frénétiquement les autres trucs de ma vie qu'elle a conservés ici. J'avance vers la grande commode en acajou à côté de la fenêtre et j'en ouvre les tiroirs. Le premier est plein de serviettes, le deuxième de draps. Les deux suivants sont vides, mais le dernier est rempli de papiers qui ont l'air de documents officiels. Je m'assieds par terre et je les regarde un par un. Ce sont des lettres de mes écoles. Des programmes de voyages scolaires, des formulaires de consentement parental, des invitations à des journées portes ouvertes, des photocopies de mes bulletins scolaires (les originaux doivent se trouver quelque part dans les affaires de papa), et il y a même le programme de mes exams.

C'est comme ça qu'elle a su quand avait lieu mon dernier exam. C'est comme ça qu'elle a su que papa avait commencé à rompre le pacte. Je suis sûre que c'est elle qui a demandé au proviseur et à Mlle Devendis de convaincre papa de me laisser aller à ce voyage scolaire.

Elle était présente, durant tout ce temps. Elle participait à ma vie à distance.

« J'étais importante pour elle », je dis à Noah.

Il s'accroupit à côté de moi et passe son bras autour de ma taille.

« Bien sûr que oui.

— Elle pensait à moi, je lui fais en lui présentant les morceaux de mon passé que je tiens entre mes mains, elle pensait tout le temps à moi.

— Je sais, mon cœur. Les trucs que tu viens de trouver, les trucs dont tu t'es rappelé, tout ça prouve qu'elle voulait désespérément prendre part à ta vie. Elle t'aimait. C'était ta maman.

— Ma maman. »

Maman. Je savoure le mot, j'essaie de le garder en bouche. Maman. Un si petit mot, qui signifie tellement. Maman.

C'était ma maman.

Je lève les yeux vers la photo où elle me tient dans ses bras. Moi, tout petit bébé vêtu d'une grenouillère en velours rose ; elle, le visage dégagé, les cheveux plaqués en tresses africaines. Elle ne sourit pas à l'objectif, non, c'est à moi que son sourire s'adresse.

« Maman », je dis à la photo. Et je sais bien que je l'ai déjà dit plusieurs fois. Mais c'est la première fois que je le pense vraiment.

22

Tami

« C'est vous, hein ? »

Je suis en présence d'un assassin. Quelqu'un qui a volontairement, délibérément, intentionnellement arraché la vie d'un autre être humain. Non pas pour abréger ses souffrances ou dans un réflexe d'autodéfense. Mais pour éliminer cet autre être humain. Le faire disparaître, à tout jamais. Je ne comprends même pas comment c'est possible.

« Madame Challey, me dit-elle, en m'offrant un sourire aussi chaleureux que celui qu'elle m'a adressé au commissariat la première fois que je lui ai parlé. C'est toujours un plaisir de vous voir. » L'espace d'un instant, je me sens un peu déstabilisée. Mais je le remarque, ce drôle d'air qui passe sur son visage et s'installe dans cet espace creux qui se trouve derrière ses yeux. Elle sait pourquoi je suis là. D'un geste gracile, elle m'indique le siège qui se trouve en face d'elle.

Je l'ai trouvée assise à la terrasse d'une paillote, face à la mer. Le lieu est peu fréquenté, car il est situé juste à côté du port où les bateaux de pêche débarquent le matin, ce qui signifie que, quand le soleil est haut dans le ciel, l'odeur de poisson y est forte et tenace.

Ses cheveux sont lâchés, elle porte des lunettes de soleil et un livre est posé devant elle sur la petite table en plastique. D'ordinaire, quand je la vois, elle est toujours en tailleur ; aujourd'hui, elle porte un jean, un joli haut à fleurs et une veste en daim marron. C'est son jour de congé, manifestement.

« Asseyez-vous, je vous en prie », insiste-t-elle sans se départir de son amabilité. Tout en retirant ses lunettes de soleil, elle pointe du doigt la chaise vide qui se trouve en face d'elle. Mon regard se fixe sur sa main. La main qui a tué Mirabelle.

J'hésite. C'est un endroit public. Pas très fréquenté, certes, mais nous sommes tout de même dans le champ de vision de cet homme dans la paillote qui porte un tablier maculé de graisse. Et puis il y a quelques personnes assises dans des chaises longues au bord de l'eau, avec des cannes à pêche suspendues. Elle ne peut rien me faire ici, ce n'est pas son style. Non, elle est plutôt du genre à tuer en privé. À agir dans la discrétion de l'intimité.

Toujours hésitante, je me glisse sur le siège en plastique. De nouveau, elle me sourit. Souriait-elle aussi en maintenant la tête de Mirabelle sous l'eau, hurlait-elle sa colère et sa haine, ou affichait-elle un air totalement inexpressif ?

« Je lisais un peu », me dit-elle en me montrant le livre posé à l'envers sur la table. Je ne peux m'empêcher de regarder ses mains : lisses et gracieuses, avec des ongles courts et nets. « Que puis-je faire pour vous ?

— C'est vous, n'est-ce pas ? » répété-je.

Elle me fixe du regard, la tête très légèrement inclinée sur le côté, comme si elle méditait ce que je venais de lui dire. C'est la première fois que je la regarde vraiment. Jusqu'ici, je ne m'étais pas attardée sur son physique, j'avais comme l'impression qu'elle faisait partie du décor. Mais maintenant que je l'observe, je comprends ce que Mirabelle a pu lui trouver. Elle a un visage agréable, le genre de visage que l'on aimerait découvrir à côté de soi le matin en se réveillant. Il a été façonné par des milliers de sourires, sculpté par des milliers de démonstrations d'affection. Si je ne savais pas qu'il s'agit d'une meurtrière, je crois que je la trouverais belle, comme le sont parfois les gens ordinaires.

« Je ne vois pas du tout ce que vous voulez dire, madame Challey, affirme-t-elle.

— Il y a plein de petites choses qui me turlupinent depuis le début, des petites choses qui m'ont toujours paru bizarres. Pour commencer, vous avez tout de suite su qui j'étais quand vous avez frappé à ma porte la première fois. Vous ne m'avez pas demandé qui j'étais, j'aurais pu être n'importe qui. »

« *Bonsoir, madame Challey. Votre mari est-il là ?* »

« Et puis, ce jour où nous étions devant la maison de Mirabelle, la façon dont elle s'est moquée du comportement que vous aviez avec Wade. Elle était jalouse, pas énervée, non, jalouse d'être exclue de cette intimité que vous partagiez avec lui. »

« *Vous essayez de nous faire un duo comique, ou quoi ? Si c'est le cas, permettez-moi de vous faire savoir que c'est raté. Je ne vous trouve pas drôles du tout, à terminer vos phrases à tour de rôle, comme ça. Ça n'a rien d'amusant, c'est juste énervant.* »

« Et ensuite, dans la salle d'interrogatoire, vous m'avez demandé si je m'étais rendue chez Mirabelle pour vérifier si elle avait vraiment eu une panne d'oreiller. Pourquoi ? Parce que vous saviez que je l'avais fait. Je suis certaine que vous y étiez. »

« *Êtes-vous allée chez elle pour vérifier ?* »

« D'autre part, vous saviez que Scott regardait des pornos de v... des pornos extrêmes : Mirabelle vous avait raconté en détail les choses qu'il lui décrivait. C'est pour ça que vous avez cherché à m'inciter à aller vérifier. »

« *Votre mari se masturbe-t-il devant des vidéos présentant des scènes de viol ?* »

« C'est vous-même qui m'avez dit que les meurtriers assistaient presque toujours à l'enterrement de leurs victimes. »

« *Vous seriez surprise du nombre d'assassins qui se présentent aux funérailles de leurs victimes.* »

« Et quand je suis venue vous raconter ce qui s'était passé le soir de sa mort, vous avez plusieurs fois oublié de l'appeler Mme Kemini. Vous n'arrêtiez pas de l'appeler Mirabelle, comme si vous la connaissiez. Vous prononciez son prénom comme s'il s'agissait pour vous d'un être cher. Le détective Wade, lui, n'a pas commis ce lapsus. »

« *Mais comme vous aviez fermement décidé de recoller les morceaux avec le vio… pardon, avec votre mari, vous n'aviez pas d'autre choix que de reporter votre colère sur Mirabelle.* »

« Mais venons-en au principal : mon alliance. Vous saviez ce que signifiait la date qui y est inscrite. Or la seule personne à qui j'ai parlé de ça est Mirabelle, parce que je pensais qu'elle avait elle aussi perdu un enfant. C'est donc nécessairement de sa bouche que vous l'avez appris. Mais Mirabelle était une femme qui savait garder les secrets, elle n'aurait jamais parlé de ça à qui que ce soit, à part peut-être à une personne dont elle aurait été amoureuse.

« *Mais moi, moi, je l'ai reconnue, cette alliance qui est si atypique. Et puis, bien sûr, il y a cette inscription qui est atypique, elle aussi. Ce n'est pas votre date de mariage, je présume. Qu'est-ce que c'est ? Premier rendez-vous, première déclaration d'amour, première fois au lit ?* »

En guise de réponse, le sergent Harvan (je ne connais même pas son prénom) se contente de me sourire d'un air aimable. Comme je reste moi aussi silencieuse, elle finit par me demander : « Que voulez-vous que je vous dise ? »

À quoi est-ce que je m'attendais ? À des aveux ? À un démenti ? À quelque chose entre les deux ?

« Je n'en sais rien, pour être honnête. Je crois que j'aimerais que vous m'expliquiez pourquoi. J'ai lu les messages qu'elle vous a envoyés, elle était follement amoureuse de vous. Pourquoi l'avez-vous tuée ? Comment avez-vous pu ? »

Le sergent Harvan garde le silence pendant un long moment puis, lentement, tourne son regard vers moi.

« J'avais une amie, me dit-elle lentement, prudemment, une amie qui vivait une vie de couple heureuse et était maman de deux enfants. Elle avait un super travail, et une vie vraiment merveilleuse. Enfin, sur le papier. Parce que, au fond d'elle, mon amie se sentait complètement morte. Malgré la vie parfaite qu'elle semblait mener, elle me disait avoir l'impression que la lumière qui était en elle s'était éteinte.

« Et puis, un jour, alors qu'elle faisait un peu de jogging pour se changer les idées, au coin d'une rue, elle est tombée par hasard sur la plus belle femme qu'elle avait jamais vue. Les deux joggeuses se sont recroisées quelques jours plus tard, et ainsi de suite, pendant plusieurs semaines d'affilée, jusqu'à ce qu'elles se mettent à échanger des sourires, puis des hochements de tête. Mon amie m'a expliqué que la vie ne lui semblait plus avoir de sens que pour cet instant de la journée, ce moment où la plus belle femme de la terre lui souriait et illuminait sa vie. »

« *Je vis pour tes sourires. Ils éclairent mon univers.* »

Erica

Tamia Challey regarde fixement mes mains. Elle doit être en train de s'imaginer ce que j'ai fait avec. Je n'ai jamais compris ce que Mirabelle lui trouvait. Elle est fade et mal habillée. C'est une ménagère soumise.

« Mon amie avait peur de ce qui était en train de se passer, lui dis-je. Elle n'avait jamais ressenti cela pour une femme. Elle avait toujours été attirée par des hommes, et elle l'était encore, d'une certaine façon, mais cette femme-là était exceptionnelle, elle avait quelque chose de vraiment lumineux. C'était une déesse dans un monde de trivialité. Au bout d'un certain temps, les deux joggeuses ont commencé à se parler. Quand elles se croisaient, elles s'arrêtaient de courir et s'asseyaient pour bavarder sur le premier banc venu. Plus le temps a passé, plus leurs discussions se sont allongées, et plus leurs séances de jogging se sont écourtées. »

« *Tu sais, le meilleur moment de ma journée, c'est quand je te vois. Cela fait des semaines que c'est comme ça. Je te trouve vraiment sympa.* »

« Mon amie avait compris qu'elle était en train de tomber amoureuse de cette personne si belle et si exceptionnelle. Elles avaient tellement de choses en commun, elles aimaient les mêmes films, écoutaient la même musique, avaient le même humour. Et le jour où la belle joggeuse a nonchalamment effleuré la main de mon amie, cette dernière a compris que sa vie était à la fois terminée et sur le point de commencer. »

« *Que dirais-tu de venir boire un café chez moi ? C'est tout près. Tu pourrais me réexpliquer en détail les raisons pour lesquelles tu penses que je devrais m'acheter une paire de baskets plus adaptée que ces jolies saletés que j'ai aux pieds.* »

« Elles ont arrêté les séances de jogging pour se retrouver dans la maison de la belle, toujours en secret, parce que mon amie était mariée et que tout le monde ignorait que la belle était lesbienne. Mon amie m'a raconté que la première fois qu'elle avait trouvé le courage d'embrasser la belle, elle était assise sur son canapé, en train de regarder un tableau représentant une histoire qui était très importante aux yeux de la belle. Et tout à coup, cédant à son instinct, elle s'était tournée, tremblante comme une feuille, et, lentement, s'était penchée et avait effleuré la belle de ses lèvres.

« Mon amie m'a expliqué qu'elle n'avait jamais rien connu de semblable à la chaleur et la passion qui s'étaient alors mises à courir dans ses veines. Jamais elle n'avait ressenti cela avec un homme. Pas même son mari, qu'elle aimait pourtant de tout son cœur. »

« *J'ai tellement attendu ce moment. Moi-même, je n'osais pas le faire, je ne savais pas si tu étais vraiment intéressée. Mais j'ai eu envie de t'embrasser dès la première fois où je t'ai croisée et où tu t'es retournée pour me regarder, tout en continuant de courir en marche arrière. J'avais trouvé ça tellement mignon. Si j'avais été un peu plus courageuse, je me serais mise à te faire la cour dès ce moment-là.*

— *Si j'avais eu la moindre idée de ce que je ressentais réellement, je me serais laissé faire de bon cœur.* »

« Quelques semaines plus tard, quand elles sont allées au lit ensemble, mon amie a cru mourir de plaisir. Elle avait enfin l'impression de comprendre ce qu'était l'amour, le sexe, la sensation d'être comblée. Complète. »

« *Je n'avais jamais fait l'amour avant, mais ce n'est que maintenant que je m'en rends compte. Mon corps est encore tout vibrant des caresses que tu lui as prodiguées.*

— *Je n'avais jamais fait l'amour comme ça, moi non plus. Tu es tout pour moi.* »

« Mais mon amie avait des enfants, ne l'oublions pas. Elle ne pouvait pas quitter son mari comme ça, parce qu'elle avait peur qu'on ne lui en retire la garde. Elle n'aurait pas pu supporter de ne plus les avoir avec elle tous les jours. Alors elle a continué de voir la belle en cachette et de partager en secret de merveilleux moments au lit avec elle. Plus le temps passait, et plus elle se sentait amoureuse d'elle. Et pour la première fois, elle avait l'impression de savoir qui elle était vraiment. »

« *J'espère que tu comprends à quel point je t'aime.* »

« Et mon amie est tombée de plus en plus amoureuse, jusqu'au jour où elle s'est rendu compte que la belle avait quelqu'un d'autre. Elle l'avait senti, vous savez, ce genre de chose, on le sent toujours quand on est amoureux. Quelque chose avait changé, c'était certain, mais elle ne savait pas exactement quoi.

« Jusqu'à ce que la belle mentionne un nom, le nom d'une femme avec qui elle allait désormais courir. La belle, naturellement, pouvait flirter et être vue avec qui elle voulait. Elle pouvait faire tout ce qu'elle voulait, elle, alors que mon amie, de son côté, devait sauvegarder les apparences : mère parfaite, épouse modèle, fonctionnaire irréprochable. »

« *Tami est une fille super. J'aimerais beaucoup te la présenter. On pourrait se donner rendez-vous dans un bar, un de ces soirs ? J'ai réussi à la convaincre de venir courir avec moi une fois par semaine.*

— *Tami, ce n'est pas la femme de ce Scott ?*

— *Si, mais elle, elle est adorable, je t'assure.*

— *Si tu veux mon avis, tu ferais mieux de ne pas t'en approcher. Ça doit être une tordue, elle aussi. Qui se ressemble s'assemble.*

— Non ! Elle n'est pas du tout comme lui. Quand tu la verras, tu comprendras tout de suite. »

« La belle n'imaginait même pas ce que ça représentait pour mon amie que de rester là, impuissante, à la regarder se lier d'amitié avec sa partenaire de jogging. Et mon amie, qui était jusqu'ici très heureuse, qui avait l'impression de revivre, a commencé à se rendre compte qu'elle avait terriblement peur de perdre la belle et peur de perdre sa famille. Et c'est à ce moment-là que la belle s'est mise à lui parler des problèmes qui étaient réapparus entre elle et le mari de sa partenaire de jogging.

« Il s'était un peu calmé quand je me suis liée d'amitié avec Tami, mais depuis que nous nous sommes mises à faire du footing ensemble, paf, c'est reparti. On dirait qu'il me déteste. C'est encore pire qu'avant. Il est encore plus cruel, encore plus menaçant, et il agit toujours de façon sournoise. Il a aussi recommencé à me parler de ses vidéos pornos.

— Tu devrais porter plainte pour harcèlement sexuel.

— Je ne veux pas perdre mon travail.

— C'est lui qui se fera virer ; toi, tu garderas ta place.

— Bien sûr, bien sûr. Allez, ne fais pas l'idiote. Tu sais très bien que quand une femme se plaint d'un type, elle se fait traiter de gouine ou d'emmerdeuse dépourvue d'humour. Quant aux hommes qui font ça, on les considère comme des gars qui sont allés un peu trop loin avec leurs blagues de bourrins et qui mériteraient une petite tape sur la main. Crois-moi, je sais de quoi je parle. »

« Je me suis dit que tout allait s'arranger : comment la belle aurait-elle pu avoir l'idée d'aller plus loin avec sa partenaire de jogging, alors qu'elle était harcelée sexuellement par son mari ? Et pourtant la belle était tellement fascinée par cette femme qu'elle n'a pas pu se résoudre à l'abandonner. Et ce, même après que le mari de la partenaire eut essayé de la violer. »

À ces mots, je vois le corps de Tamia Challey se crisper sous le coup de l'horreur. Elle n'aime pas penser à ça, hein ? Elle sait ce qu'il a fait, mais elle se plaît à penser que c'était normal de continuer de dormir dans le même lit qu'un violeur. Elle a besoin de se dire à elle-même qu'elle ignorait tout, qu'elle ne le croyait pas capable de ça, qu'elle a fait ce qu'il fallait, du début à la fin. Qu'est-ce que je disais, hein ? Une vraie femme de Stepford.

« La belle a été anéantie par cette agression. J'ai passé beaucoup de temps à la tenir dans mes bras tandis qu'elle pleurait en repensant à ce qui s'était passé et en se demandant ce qu'elle devait faire. Elle ne voulait pas que sa partenaire de jogging souffre, mais elle ne voulait pas non plus le laisser s'en tirer impunément. D'autant moins que sa partenaire de jogging ignorait tout. Alors elle a trouvé le courage de porter plainte. Je… Mon amie a fait en sorte qu'on lui confie l'affaire, elle voulait se venger de l'homme qui avait fait ça à la belle, l'amour de sa vie. Et elle savait que, si elle parvenait à le faire condamner, elle étoufferait dans l'œuf la relation de la belle et de sa partenaire de jogging. »

« Si tu l'avais vue, à la plage, en train de pleurer toutes les larmes de son corps… Pauvre Tami. Tu ne peux pas savoir comme je regrette.

— C'est elle qui devrait regretter de ne pas s'être rendu compte qu'elle couchait avec un criminel.

— Elle le connaît depuis toujours. Il a même fait graver la date du terme du bébé qu'ils ont perdu à l'intérieur de leurs alliances. Qui pourrait croire qu'un homme capable de se montrer aussi sensible puisse commettre un acte aussi inhumain ?

— Les hommes comme lui ne sautent pas le pas comme ça, du jour au lendemain. Et je sais de quoi je parle : j'en ai vu. Ça commence par de petits actes pervers, puis les choses empirent avec le temps, et dans son cas, la réussite et l'argent. À un moment ou à un autre, ils ne se donnent même plus la peine de se cacher, parce qu'ils ont pris l'habitude de s'en tirer impunément. Bref, de toute façon, ce n'est pas ton problème, tu dois te concentrer sur ce qui est bon pour toi. »

« Mais la belle n'a pas pu aller jusqu'au bout de sa démarche. Elle ne supportait pas de voir sa partenaire de jogging souffrir. Si elle a retiré sa plainte, ce n'est pas pour elle, mais pour sa partenaire de jogging. Mais le pire, c'est ce qui m'est arr… ce qui est arrivé à mon amie. Mon amie l'a suppliée de ne pas faire ça, de penser à l'impact que cela aurait sur sa carrière : au départ, ses supérieurs s'étaient montrés très réticents à l'idée qu'elle arrête un homme d'affaires aussi connu, parce que, dans leurs esprits, les choses qu'on lui reprochait – l'addiction au porno extrême, la drague lourde – étaient des choses auxquelles eux-mêmes se livraient. Mais mon amie, n'écoutant que son devoir, l'avait tout de même arrêté, et désormais, elle allait devoir le laisser tranquille et le regarder jouir impunément de sa liberté. Vous voyez le topo ?

« La belle n'a pas changé d'avis. Tout ce qui lui importait, c'était sa partenaire de jogging et ses enfants. Dans un lointain passé, la belle s'était mal comportée, et elle voulait essayer de se racheter. Elle disait qu'elle ne voulait pas détruire la vie d'une personne innocente et de ses enfants. Mais moi ? Qu'est-ce que je lui avais fait ? Qu'est-ce que mes enfants lui avaient fait ?

— Et c'est pour ça que vous l'avez tuée ? » me demande Tamia Challey, telle l'innocence incarnée, comme si tout cela n'était pas sa faute. Elle n'a rien pigé, cette idiote. Elle n'a pas compris ce qu'était devenue ma vie : en tombant amoureuse pour la toute première fois, j'avais enfin cerné la nature exacte de la part de moi qui me manquait. Je n'étais pas détraquée, je n'étais pas bizarre. C'était juste que je n'avais pas rencontré la bonne personne. Mais la situation était désormais en train de m'échapper complètement : ma vie professionnelle allait devenir un véritable enfer si je le laissais s'en tirer. Tous les hommes qui me jetaient des regards suspicieux parce que je ne participais pas à leurs conversations de bourrins et que je ne riais pas à leurs stupides « blagues » sexistes, tous ces hommes allaient se mettre à colporter partout que je détestais les hommes. Ils allaient me traiter de broute-minou aigrie (ils m'appelaient déjà comme ça quand je refusais de flirter avec eux), et m'accuser d'avoir essayé de persécuter un type bien, qui était juste un peu volage, ce qui n'était pas un crime.

Tamia Challey ne comprend pas qu'en essayant de sauver la famille de sa partenaire de jogging, la belle était en train de détruire la vie de mon amie.

« Ça ne pouvait pas continuer comme ça. Mon amie était désespérée. Elle n'arrêtait pas d'essayer de convaincre la belle. Voilà ce qui s'est passé. Elle essayait juste de lui faire entendre raison. Mais la belle refusait de l'écouter. Elle disait que c'était là l'occasion rêvée d'expier la faute qu'elle avait commise dans son passé. De se racheter pour avoir abandonné la seule et unique personne qu'elle avait jamais aimée de tout son cœur. Elle voulait à tout prix éviter de détruire la vie d'une autre, même s'il fallait pour cela qu'elle sacrifie sa propre vie.

« Si je m'arrange pour que ces petites filles ne souffrent pas, ne se retrouvent pas contraintes de vivre l'enfer d'une enquête de police et d'un procès, tout finira peut-être par s'arranger. Quelque chose dans l'univers changera, tout reprendra sa place, et elle m'aimera de nouveau. Comme elle m'aimait avant. Elle me regardera comme elle le faisait jadis, et elle reviendra à moi. Si seulement tu pouvais comprendre : elle est tout pour moi, je veux qu'elle m'aime de nouveau. Je donnerais n'importe quoi pour qu'elle m'aime de nouveau. »

« Je… Mon amie a compris que la décision de la belle allait marquer la fin de sa vie professionnelle et de sa vie à Providence Close, et elle s'est dit que, si c'était la fin, ce serait la fin de tout. Elle s'était rendue chez la belle pour voir si elle allait bien et si elle pouvait encore la faire changer d'avis, et elle l'a vue, à peine vêtue, ouvrir sa porte à sa partenaire de jogging. Sans même chercher à se cacher. En attendant que la partenaire de jogging s'en aille, mon amie a réfléchi à tout ce qu'elle allait devoir abandonner, et elle s'est dit que la partenaire de jogging ne pouvait pas se contenter de perdre ce qu'elle avait de matériel, non, il fallait qu'elle comprenne ce que cela faisait de tout perdre. Tout. Absolument tout.

« *Tu n'écoutes pas ce que je te dis. Il faut que tu retournes porter plainte. Que tu dises qu'ils t'ont menacée, que tu avais peur de faire souffrir les enfants des Challey, n'importe quoi. Je viens de la voir sortir de chez toi, je pourrais dire…*

— *Ah oui ? Et qu'est-ce que tu faisais là ? Tu m'espionnais ?*

— *Ce n'est pas ce que tu penses.*

— *J'en conclus donc que tu m'espionnais.*

— *Voudrais-tu cesser de changer sans arrêt de sujet ? Mes supérieurs veulent te faire inculper pour accusation mensongère. La situation est grave. Il faut que tu retournes porter plainte.*

— *Tu n'écoutes pas ce que je te dis. Je ne vois donc plus aucune raison de te parler. Je vais prendre un bain.*

— *Non, tu… Remets ton peignoir. Reviens ici. Je t'interdis de t'en aller. Je t'interdis…* »

J'essaie d'oublier ce qui est arrivé ensuite. J'essaie de ne pas y penser parce que les choses auraient pu se passer différemment si elle m'avait écoutée. Tout aurait été bien mieux pour tout le monde si elle avait fait ce qu'il fallait.

« *Mais qu'est-ce que tu fais ? Tu as failli me noyer. Écoute, sors d'ici. Je n'ai plus rien à te dire.*

— *Eh bien moi, j'ai plein de choses à te dire.*

— *Je n'ai pas envie de t'écouter.*

— *Mais pour qui te prends-tu ? J'ai risqué tout ce que j'avais pour toi. Ma vie professionnelle et ma vie familiale, tout.*

— *Je sais, je sais, mais…*

— *Il n'y a pas de mais. Je suis prête à tout pour protéger ma vie professionnelle et familiale. Tu ne comprends pas ? Si tu ne comprends pas, je vais te le faire comprendre par la force.*

— *Par la force ? Tu me menaces ? Je ne crois pas que tes supérieurs verront ça d'un très bon œil, quand ils l'apprendront. Si tu veux mon avis, tu ferais mieux de partir, avant de t'enfon…* »

« Elle était vraiment amoureuse de v... de sa partenaire de jogging. Elle avait toutes les raisons de vivre, mais elle a choisi de sacrifier sa vie pour vous. J'imagine que vous êtes ravie de l'apprendre. »

Tamia Challey me dévisage de ses grands yeux de biche, dont elle a dû beaucoup user pour faire tourner la tête de Mirabelle. Mais, petit à petit, dans son regard, l'innocence laisse place au dégoût. Je préférais quand elle avait un peu peur de moi.

« Ce n'était pas de moi qu'elle parlait, me dit-elle d'une voix basse, qui me laisse entendre que, au fond d'elle, le mépris est venu s'ajouter au dégoût. Ce n'était pas de moi, c'était de sa fille, Fleur. Elle voulait que sa fille l'aime de nouveau. La mauvaise action qu'elle avait commise dans le passé, c'était de l'avoir abandonnée. Elle devait penser qu'en rétablissant l'équilibre cosmique, en faisant quelque chose pour mes enfants, elle aurait le droit de redevenir une part importante de la vie de sa fille. » Tamia Challey met une éternité à fermer les yeux, à secouer la tête, à enrouler ses doigts autour de son annulaire nu. Ce n'est pas elle qui bouge au ralenti, c'est le monde. Le monde a ralenti sa course depuis qu'elle a ouvert la bouche.

« Vous ne vous êtes jamais donné la peine de lui demander quelle était cette mauvaise action qu'elle avait commise dans le passé, n'est-ce pas ? Vous pensiez qu'il s'agissait d'un délit ou d'un crime, alors vous n'avez pas voulu l'interroger à ce sujet, de peur d'avoir à la dénoncer. Et vous qui étiez si dure avec moi au sujet du déni dans lequel je m'étais retranchée pour ne pas avoir à ouvrir les yeux sur l'homme que j'aimais, vous avez fait exacte ment la même chose avec la femme que vous aimiez. Quelle ironie du sort, vous ne trouvez pas ? »

Tamia Challey ment. Il ne peut pas en être autrement.

« Et le plus ironique de tout, c'est que vous vous êtes comportée exactement comme Scott l'a fait : vous ne vous êtes préoccupée que de vous, de vos désirs, de vos besoins, de votre satisfaction sexuelle. Vous avez pensé que Mirabelle parlait de moi, une nouvelle maîtresse potentielle, parce qu'il n'y avait que ça qui vous intéressait, vous. »

Tamia Challey secoue de nouveau la tête, toujours au ralenti. *Sa fille.* Ces mots rampent dans mon cerveau, dévorent mon esprit comme des vers un corps en décomposition. J'ai déjà vu ça, naturellement. J'ai déjà vu ça, et des centaines d'autres choses tout aussi terribles, tout aussi dégoûtantes. Mais c'est en moi que c'est en train d'arriver, en cet instant. Elle l'a fait pour récupérer sa fille.

Quand j'ai vu cette pièce de sa maison, qui était en substance un autel dédié à sa fille, j'ai été d'autant plus surprise que j'ignorais tout de son existence. Mais j'ai pensé que Mirabelle était une femme de caractère, une femme libre et forte qui, en cas de divorce, aurait été suffisamment courageuse pour laisser son enfant à son père.

« L'avez-vous jamais interrogée sur la vie qu'elle menait avant de vous connaître ? Sur ses rêves, ses espoirs ? Ce qu'il lui était arrivé dans le passé ? Ou n'étiez-vous intéressée que par ce qu'elle pouvait apporter à votre vie, à votre sexualité, à votre ceci, à votre cela, à vous, vous, vous ? »

Il n'y a plus le moindre signe de peur chez Tamia Challey. Elle me parle comme elle parlerait à n'importe qui. « Attention de ne pas tomber de vos grands chevaux, madame Challey. La chute risque de vous faire mal.

— Ça va, ça va. » Elle se lève, s'apprêtant manifestement à faire une sortie grandiose sur une réplique dramatique visant à me remettre à ma place.

Je n'ai jamais compris ce que Mirabelle pouvait lui trouver. Chaque fois que je la vois, je ne peux m'empêcher de m'étonner qu'elle ait réussi à la captiver à ce point. Mirabelle était comme l'air que l'on respire. Le genre de femme sans qui on ne peut plus imaginer la vie une fois que l'on a pénétré son univers. Elle avait un visage parfait, un corps de déesse, un esprit acéré. Et elle était mienne. J'avais réussi à la conquérir. Je ne pouvais pas la perdre, je ne pouvais pas la laisser partir. Pour qui que ce soit. Y compris pour elle-même.

Pourquoi Mirabelle aurait-elle souhaité conquérir Tamia Challey ? La meilleure réponse que Tamia Challey ait pu m'apporter jusqu'ici est la suivante : elle ne souhaitait pas la conquérir ; tout ce qu'elle a fait, elle l'a fait pour sa fille. C'est cohérent. Tout est cohérent quand on voit les choses à travers les yeux de Tamia Challey.

« Je ne monte pas sur mes grands chevaux, me dit-elle. Je ne veux pas être accusée d'un meurtre que je n'ai pas commis, c'est tout. »

C'est tout ? Voici donc la meilleure réplique qu'elle ait réussi à trouver ?

Qui aurait envie de voir le monde à travers les yeux de Tamia Challey ?

Non sans avoir pris soin de jeter un regard méprisant à la grande diva, je reprends mon livre. Rien ne m'empêche de le faire. Tamia Challey a toutes les raisons du monde de mentir concernant l'identité de la femme pour laquelle Mirabelle a agi. Pourquoi s'en priverait-elle ? Elle sait que personne ne pourra prouver que c'est moi qui l'ai tuée et que c'est à cause d'elle que Mirabelle est morte. Si j'étais à sa place, je mentirais. Les gens mentent beaucoup, et ils se mentent surtout à eux-mêmes.

Tamia Challey a essayé de me faire du mal en utilisant la seule faiblesse qu'elle me connaissait. Je me fiche bien de la cohérence que ses propos ont pu apporter à la situation. Et notamment en m'expliquant pourquoi Mirabelle m'a répété à de nombreuses reprises qu'elle regrettait énormément ce que nous faisions à ma famille. Pas suffisamment pour arrêter, néanmoins. Mais si elle a vraiment agi pour sa fille, son action prend un sens totalement différent. Je crois même que j'aurais pu comprendre si elle m'avait expliqué la situation, au lieu de me laisser croire qu'elle faisait tout ça pour Tamia Challey, même quand je lui tenais la tête sous l'eau.

Les choses auraient pris un tour totalement différent si Mirabelle avait été honnête avec moi. Et tout ça, c'est la faute de Tamia Challey, naturellement. Elle va me le payer. Quand ils ont retrouvé son alliance, je me suis dit que c'était un don du ciel. J'étais tellement contente d'avoir une preuve de sa présence dans la maison le soir du meurtre. Mais elle a fini par réussir à se disculper. Et ça aussi, je le lui ferai payer. Je le lui ferai payer très cher.

« Wade ! dis-je en voyant mon coéquipier s'approcher de ma table et prendre la place qu'occupait Tamia Challey il y a quelques secondes. Qu'est-ce que tu fais là ? »

L'air grave et austère, il me dévisage comme si j'étais une étrangère. Il est comme un frère pour moi. Au travail, nous n'avons presque pas besoin de communiquer verbalement : nous savons ce que l'autre va dire, nous devinons ce que l'autre va penser. Je regrette de lui avoir caché certains aspects de ma vie privée, mais il n'aurait pas compris. Wade comprend les faits, les mobiles ; il ne comprend pas la passion, l'amour, la nécessité de survivre, quoi qu'il en coûte.

« Je lui ai dit qu'elle était folle, commence-t-il sur le ton égal qu'il utilise toujours quand il débute l'interrogatoire d'un suspect. C'est pour ça que je lui ai indiqué où elle pourrait te trouver. Une folle qui a tout perdu et qui essaie de bousiller la vie des autres pour se venger, voilà ce que j'ai pensé. Alors je lui ai dit d'aller te parler et je lui ai expliqué que je resterais dans le coin pour écouter la conversation, qui serait très brève, je n'en doutais pas.

— Tu as raison : elle est folle. Et elle cherche à se venger.

— Je l'ai regardée s'asseoir. Elle ne s'est pas relevée. Tu ne lui as pas dit de s'en aller. Tu lui as parlé. Tu t'es justifiée. Elle ne m'a rien dit quand elle est partie, elle m'a juste regardé comme si elle venait de voir le diable en personne. Tu sais ce que c'est, on a fait ça des centaines de fois.

— Tu te trompes, Wade. J'avoue que je connaissais Mme Kemini avant le début de cette enquête et que ce n'était pas très avisé de ma part de…

— Je ne veux rien entendre », m'interrompt-il en se levant. Il détache les menottes qui sont accrochées à sa ceinture et les pose sur la table. « Je préférerais que les choses se passent dans le calme.

— Wade, c'est ridic…

— Je ne veux rien entendre, vraiment. Lève-toi, Harvan.

— Non. C'est une err… »

Il pose sa main sur mon biceps et me force à me lever. Dans son autre main, il tient les menottes. L'une d'entre elles se referme sur mon poignet gauche, l'autre sur mon poignet droit.

« Erica Harvan, je vous arrête pour assassinat et entrave à l'exercice de la justice. Vous avez le droit de garder le silence. Dans le cas contraire, tout ce que vous direz pourra être retenu contre vous devant un tribunal. »

C'est un malentendu, un terrible malentendu. Wade finira par comprendre. Je sais qu'il a du mal à appréhender les sentiments comme la passion, l'amour et la peur, mais il finira bien par comprendre. Oui, il comprendra. Il ne peut pas en être autrement.

23

Fleur

Mme C. m'a demandé de la rejoindre ici, sur la plage.

C'est l'endroit que je préfère, à Brighton. Si je pouvais, je passerais tout mon temps là.

On est assises en silence depuis un bon bout de temps, elle a quelque chose à me dire. J'ai compris ça à la façon dont elle m'a parlé au téléphone, à l'angoisse que j'ai lue sur son visage quand elle s'est avancée vers moi. Et puis surtout, j'ai remarqué qu'elle avait recommencé à trembler.

Je ne sais pas ce qu'elle veut me dire, mais je n'ai pas envie qu'elle me le dise. Je veux qu'elle le garde pour elle, parce que moi, je commence tout juste à m'adapter à ce monde où ma maman a disparu et où je peux l'appeler maman sans la moindre hésitation. La colère n'est plus aussi intense, le sentiment d'avoir été volée plus aussi puissant. Bref, je crois que je commence à me sentir normale. Et ça me fait un peu bizarre.

« Je sais qui a tué ta mère, me dit Mme C. d'une voix aussi douce qu'un bruissement d'aile d'oiseau. Je suis désolée. Je suis désolée que ça soit arrivé. Je suis désolée d'avoir à te dire ça. Mais j'ai pensé que tu préférerais l'apprendre de ma bouche plutôt que de celle d'un officier de police.

— Alors, c'est pas toi ? » je lui demande, mi-figue mi-raisin. Elle secoue la tête. « Non, ma chérie, bien sûr que non.

— Je voulais juste en être sûre, je lui dis d'une voix haut perchée et soulagée. Bon. » Je tremble en fouillant dans ma poche pour y chercher une cigarette. Tremblote de chez tremblote. Mais comment je vais faire pour allumer ma clope, si mes mains tremblent comme ça ? Aucune idée. Je me bats pour en prendre une dans le paquet, mais je l'ai à peine sortie que je la remets. Je n'ai pas envie de fumer. J'ai envie de rien faire, et surtout pas d'écouter ce que Mme C. va me dire.

« Alors, qui c'est ? »

Elle passe son bras autour de mes épaules et me serre contre elle comme maman le faisait quand elle me lisait une histoire et qu'on se pelotonnait l'une contre l'autre dans le canapé. Je me rapproche d'elle autant que je peux. En fin de compte, je voudrais que l'histoire ne se termine jamais pour que je puisse rester toujours comme ça, tout contre elle. Mme C. me serre dans ses bras en me racontant l'histoire de la mort de ma mère. Elle me dit qui. Elle me dit pourquoi. Mais elle ne me dit pas ce que je peux y faire. Elle ne me dit pas comment sera ma vie maintenant que je sais tout ça. Elle ne me dit pas si j'arrêterais un jour d'avoir mal et d'avoir peur. Mais elle me dit quand même un truc bien : « Ta mère était l'une des personnes les plus merveilleuses que j'aie jamais connues. Elle a commis une erreur, mais elle a compris qu'elle avait fait une erreur, et elle n'en demeurait pas moins un être humain vraiment exceptionnel. Je l'aimais énormément. Je n'ai pas le tiers de son courage. Et je n'ai pas le dixième du tien. »

Ma voix ne passe plus l'obstacle de ma bouche, je ne peux plus parler.

« Je t'ai apporté ça, me dit Mme C. en sortant de sa poche un sac plastique transparent rempli de pétales de roses. J'ai pensé qu'on pourrait en jeter un peu dans la mer pour lui souhaiter bon voyage. »

Je me tourne vers Mme C., la tête en vrac, l'esprit tout embrouillé. « C'est une super idée, je lui dis. Vraiment, vraiment super. »

24

Trois semaines plus tard

Beatrix

Chère moi. Tu peux le faire. Je t'envoie tout mon amour. Beatrix

« Je suis prête, lui dis-je.

— Très bien. Alors, viens, on y va », me répond-elle.

J'ai beau me sentir prête, j'hésite. Debout dans le hall, je regarde mon appartement. Je sais que le frigo est plein, que le lit est fait, avec des draps propres et une bonne couverture, qu'il y a tout un tas de DVD et une pile encore plus grande de livres et de magazines, un pichet d'eau, les pyjamas confortables qui ont remplacé mes nuisettes sexy. J'ai le téléphone. J'ai l'immense téléviseur que j'ai récupéré dans le séjour de ma meilleure amie. Tout est prêt, et pourtant, j'ai l'impression de regarder ce décor pour la dernière fois.

« J'ai peur, Tami, avoué-je.

— Je sais, me répond-elle. Mais tu es aussi incroyablement courageuse.

— Ce n'est pas l'impression que j'ai.

— Je t'assure, me dit-elle d'une voix rassurante. Ce n'est pas parce qu'on a peur qu'on n'est pas courageux. Tu vas y arriver. Et puis, qu'est-ce qui te fait le plus peur, ta première séance de chimio ou la visite prolongée de ta mère ?

— Ce n'est pas bien de se moquer ! sifflé-je, mais je ris, comme elle savait que j'allais le faire. À cause de toi, je n'ai plus qu'une envie : aller me recoucher, jusqu'à ce que tout ça soit terminé. Y compris la visite de maman.

— Quand arrive-t-elle ?

— Après-demain, tu le sais aussi bien que moi.

— C'est vrai. » Elle ramasse son sac, puis le mien, avant d'ouvrir la porte d'entrée. Quand elle se retourne vers moi, elle me tend la main. « Viens. »

Ma main se glisse aisément dans la sienne et je passe le seuil avec elle.

Lentement, je referme la porte derrière moi, en songeant que la prochaine fois que je l'ouvrirai, une nouvelle étape de ma vie aura commencé.

Fleur

Blog de la fille de la plage aux fleurs

Choses que j'ai écrites sur la carte postale que j'ai envoyée à papa aujourd'hui :

Cher papa, je t'aime, mais, s'il te plaît, arrête de m'appeler. Je ne peux pas te parler, là, tout de suite. Mais je reviendrai bientôt te voir, et on pourra discuter. Pour le moment, je vis avec la meilleure amie de maman et sa famille. Je vais m'inscrire à l'école d'art de Brighton. J'ai un petit ami, et il va emménager ici, lui aussi. Mais, le plus important, c'est que je vais essayer d'être heureuse. Et que je voudrais que tu sois heureux toi aussi. Je t'aime très, très fort. Fleur

25

Trois mois plus tard

Tami

« Chhhut, il faut pas réveiller les nuages », murmure Anansy. Nous sommes toutes les trois sur la plage, les yeux de nouveau levés vers le ciel.

« On sait toujours pas où ils dorment, chuchote Cora.

— Moi, si, dis-je doucement.

— Où, maman ? me demandent-elles en chœur.

— Sur la plage aux pétales de roses.

— Avec tatie Mirabelle ? s'enquiert Cora.

— Oui.

— C'est un bel endroit pour dormir, commente Anansy. Dormez bien, avec tatie Mirabelle, ajoute-t-elle à voix basse à l'attention des nuages.

— Oui, dormez bien », répète Cora.

L'ombre qui arrive sur nous leur tire à toutes deux de petits cris de joie. Elles se lèvent d'un bond. « Papa ! » s'exclament-elles ensemble, oubliant aussitôt le silence nécessaire au sommeil des nuages. Et elles se jettent sur lui, comme si elles ne l'avaient pas vu depuis une éternité, alors que quatre jours seulement sont passés depuis sa dernière visite.

Il s'agenouille pour les prendre dans ses bras. Il n'hésite pas à le faire, désormais : il leur montre à quel point il les aime, à quel point il leur est dévoué. Pas de paroles creuses ni de gestes ostentatoires ; quand il les a pour le week-end, il passe tout son temps avec elles. Il joue avec elles, les aide à faire leurs devoirs, cuisine pour elles. Il leur prouve chaque jour qui passe qu'elles sont ce qu'il y a de plus important à ses yeux.

Il est toujours en thérapie, il suit toujours le programme de rééducation, il essaie toujours de devenir un homme meilleur. Tout en lissant de ma main les plis de ma jupe, je me lève et récupère mon manteau.

« À plus tard », leur dis-je en les embrassant à tour de rôle sur la tête. Je sais bien que je m'attarde un peu trop longuement sur chacune d'entre elles, mais j'ai beau commencer à m'habituer, ça me fait toujours mal de les laisser pour le week-end. Oui, ça me fait mal. Je ne vois pas d'autre façon de décrire ce que je ressens. Mais que puis-je y faire ? C'est ainsi. Telle est ma nouvelle vie. « Amusez-vous bien.

— À plus tard, maman, répondent en chœur mes deux filles, désormais rompues à ce rituel.

— On t'appelle tout à l'heure, déclare Scott d'une voix rassurante.

— Oui, très bien », dis-je, aussi rompue à ce rituel que le sont mes filles. Et alors que je me mets en route sur les galets pour rejoindre la promenade, je sens la douleur devenir plus violente, plus profonde en moi. Cette douleur, elle ne disparaît vraiment qu'au moment où je les retrouve, au moment où je les revois.

« Hé ! » fait tout à coup la voix de Scott.

Je m'arrête et me retourne vers lui.

Il relève fièrement le menton, comme il l'a fait il y a si longtemps de cela.

Tout est fini entre nous, mais nous avons Cora et Anansy, nous avons le souvenir de notre premier enfant et nous avons la vie qui existait avant que notre histoire ne commence à être réécrite. Nous sommes liés l'un à l'autre par toutes ces choses. Et par l'amour que j'éprouve pour lui et qui, je le sais, ne disparaîtra jamais complètement.

Je lui adresse un sourire, comme je l'ai fait il y a si longtemps de cela.

En rentrant chez moi, je lève de nouveau les yeux vers le ciel, où les nuages continuent de défiler, sans que rien au monde puisse venir les troubler. Peut-être vont-ils dormir sur la plage aux pétales de roses ? Peut-être poursuivent-ils simplement leur chemin vers une autre partie du monde ?

Je peux le faire désormais, moi aussi : poursuivre mon chemin, sans que rien ne vienne me troubler.

26

Mirabelle

Il n'y a pas si longtemps

Je ferme les yeux lentement, très lentement, pour tente d'arrêter le temps. Quand j'y parviendrai, quand l'image sera figée, je saurai que mon amoureuse se trouve toujours quelque part dans ce monde, et que nos vies ne seront pas passées à côté l'une de l'autre.

L'eau glacée de la mer me mord les tibias, et bien que je n'aie aucune envie de le faire, je sais que je dois rouvrir les paupières, revenir là où le monde continue de tourner, d'avancer, de bouger.

Les gens qui se trouvent sur la plage de Brighton me verront, là, dans la mer, une parfaite rose rouge à la main, et ils se demanderont ce que je fais ou penseront que je suis folle. Je suis folle. Bien sûr.

Mais il faut que je fasse ce que je suis en train de faire, car je ne peux pas arrêter le temps.

Je ferme les yeux, plus lentement encore, et essaie de nouveau de tout arrêter. Je voudrais tellement que cela marche, je voudrais tellement que le temps s'arrête, parce que je ne peux pas croire que tout cela soit en train de m'arriver à moi. Je ne peux pas croire que ma vie à Londres se soit terminée et que je me sois retrouvée – volontairement – bannie à Brighton. J'ouvre les yeux, regarde l'horizon, la ville où j'ai perdu mon amoureuse ; le lieu où ma vie est sur le point de commencer à nouveau.

Je m'enfonce un peu plus profondément dans la mer, l'eau imprégnant avidement ma robe, dérobant toute la chaleur de mon corps. Et, lentement, minutieusement, je commence à détacher les pétales de la rose. Je voudrais tellement être aussi courageuse qu'elle, la femme de la légende de la plage aux pétales de roses.

Je voudrais tellement être capable de faire ce qu'elle a fait, de donner ma vie pour retrouver mon amoureuse. Je voudrais être comme elle. Elle qui perdit son bien-aimé en mer et qui, sans hésiter une seule seconde, traversa l'océan jusqu'à l'île déserte où il avait été vu pour la dernière fois et jura d'en explorer chacun des recoins pour le retrouver. Et son amour était si exceptionnel et si merveilleux, si profond, si beau, si pur que lorsque ses pieds foulaient le sol et heurtaient le bord des galets, chacune de ses gouttes de sang se changeait en pétale de rose, tant et si bien que la plage ne fut bientôt plus qu'un lit de pétales, des pétales d'un rouge absolument parfait.

Quelques-uns des pétales que je tiens dans mes mains s'envolent en dansant, s'éloignent en flottant dans la brise ; les autres tombent en tournoyant dans l'écume de la mer et sont immédiatement emportés par la houle.

Après avoir parcouru chaque recoin de l'île, la femme s'étendit sur la plage, sa plage aux pétales de roses, pour dormir de son dernier sommeil. Et, dans son sommeil, son sommeil éternel, elle retrouva enfin l'homme qu'elle avait tant cherché.

J'aimerais être aussi courageuse que la femme de l'histoire, plutôt que d'essayer d'arrêter le temps. Je voudrais jurer de donner tout ce que j'ai pour connaître la vérité sur la vie et la mort de mon amoureuse.

Mais là, debout dans l'eau, je sais que je ne pourrai pas, je sais que je ne suis pas faite pour mener ce genre de quête : j'ai trop peur que mon amoureuse n'ait été assassinée et que la même chose ne soit sur le point de m'arriver.

Maintenant

Connaissez-vous l'histoire de la plage aux pétales de roses ?

Seriez-vous prêt à mourir pour elle ?

Connaissez-vous l'histoire de la plage aux pétales de roses ?

Si oui, vous savez que j'ai laissé derrière moi la vie que je menais à Londres pour venir à Brighton retrouver mon premier amour, la personne qui m'avait montré le chemin que j'étais destinée à suivre.

Connaissez-vous l'histoire de la plage aux pétales de roses ?

Si oui, vous savez que ce n'est pas pour mon amoureuse que je suis morte, mais pour *elle*, mon bébé, la seule et unique personne qui ait jamais compté pour moi.

Connaissez-vous l'histoire de la plage aux pétales de roses ?

Si oui, vous savez que je n'ai désormais plus qu'une chose à faire : rester étendue là, sur mon rivage couvert de pétales, et entrer dans mon sommeil éternel.

Connaissez-vous l'histoire de la plage aux pétales de roses ?

Je l'espère. Et j'espère qu'elle aura eu sur vous le même effet qu'elle a eu sur moi, à savoir, vous pousser à croire qu'il ne faut jamais abandonner, jamais, car on finit toujours par trouver ce que l'on recherche.

Remerciements

Je suis très honorée de pouvoir écrire une autre page de remerciements à la fin d'un livre, et je compte bien me montrer très expansive. Aussi, si les effusions de sentiments vous gênent, n'hésitez pas à passer votre chemin.

Merci

À ma merveilleuse famille et mon adorable belle-famille. Vous êtes formidables. Je vous aime, tous.

À mes incroyables amis. Votre simple présence dans ma vie suffit à me faire sourire.

À la géniale équipe de Quercus : David, Mark S., Bethan, Katie, Caroline P., Iain, Caroline B., Mark T., Dan, Jenny (notamment pour mes magnifiques couvertures), Astrid et tous les autres, qui se sont montrés si chaleureux et si gentils.

À Ant & James. Ne changez jamais : vous êtes époustouflants. À Emma D., un agent extraordinaire.

Aux Dr Sarah Marshall et Adam Dukes pour leurs précieux conseils professionnels.

Et encore merci

À Jo. Tu es vraiment super. Merci. Pour tout.

À E. & G. Restez toujours comme vous êtes (c'est-à-dire exceptionnels).

À M., mon amour. Je t'aime un peu plus chaque jour.

Et enfin, merci à vous

Je vous remercie, comme toujours, d'avoir acheté ce livre. Et j'espère de tout cœur qu'il vous aura plu.

Achevé d'imprimer en Espagne
par BlackPrint CPI Ibérica S.L.
Sant Andreu de la Barca (08740)
Dépôt légal : janvier 2019